契诃夫文集

俄·契诃夫⊙著

李辉⊙译

中学生枕边书

The Collected Works Of Maupassant

·上·

【 契诃夫文集 】

专为中学生选编的名家名作

一位具有世界影响的伟大人物，都蕴藏着一部感人至深的故事。

北京联合出版公司

图书在版编目（CIP）数据

契诃夫文集/（俄罗斯）契诃夫著；李辉译. —北京：北京联合出版
公司，2010.5（2015.10修订重印）

ISBN 978-7-8072-4197-7

Ⅰ. 契… Ⅱ.①契… ②李… Ⅲ. 短篇小说—作品集—俄罗斯—近代
Ⅳ. I512.44

中国版本图书馆 CIP 数据核字（2006）第 018586 号

契诃夫文集

著　　者：契诃夫

译　　者：李　辉

责任编辑：王　巍

封面设计：燕宏林洲

图文制作：北京东方视点数据技术有限公司

北京联合出版公司出版

（北京市西城区德外大街 83 号楼 9 层　　100088）

北京龙跃印务有限公司　新华书店经销

字数 400 千字　640mm×960mm　1/16　36 印张

2015 年 10 月第 2 版　第 3 次印刷

ISBN 978-7-8072-4197-7

定价：84.00 元（全三册）

导　读

　　契诃夫（1860－1904年），俄国小说家、戏剧家，被视为最伟大的短篇小说家。小说的语言以精炼准确见长，善于透过生活的表层进行发掘，将人物隐蔽的内心世界揭示得淋漓尽致。

　　契诃夫生于俄国塔甘罗格的一个农奴家庭，父亲开杂货铺，常逼契诃夫在店铺里干活，童年给他留下痛苦的回忆，也为他后来的创作提供了生动的素材。契诃夫1884年毕业于莫斯科大学医学系，成为医生。在行医和繁忙的社交活动之余从事文学创作，补助家用。

　　契诃夫早期写些粗俗戏谑性的小故事，还将短小喜剧改编成小说。在这些创作中，他描绘了人的苦难与绝望，与其喜剧的戏谑大异其趣。1888年中篇小说《草原》的发表标志着契诃夫告别了喜剧性小说的创作。他的声誉主要建立在后期的短篇小说和成熟的戏剧作品之上。尽管从1888年开始，契诃夫几乎只写严肃的短篇小说，但幽默仍然是他的作

The Collected Works Of Chekhov

The Collected Works Of Chekhov

品中的重要方面。

契诃夫在政治上、哲学上采取不介入的态度。1890 年初，他独自去库页岛从事社会考察，借以逃避都市的喧嚣。这期间他写了《库页岛》，又写了剧本《结婚》、《纪念日》和《万尼亚舅舅》等。1892－1898 年他在梅利霍沃居留期间，写了大量的短篇小说，其中有《邻居》（1892 年）、《黑衣教士》（1894 年）、《凶杀》和《阿里亚德纳》（1895 年）、《农民》（1897 年）、《套中人》（1898 年）等优秀作品。他的短篇小说经常暗含着某种训诫，但决不能说他阐明了某种系统的伦理或哲学。《海鸥》一剧确立了契诃夫作为戏剧家的地位。在雅尔塔时期（1899－1904 年），他创作了自己最著名的小说《带狗的女人》。最后两部剧《三姊姐》和《樱桃园》是为莫斯科艺术剧院写的。契诃夫认为《樱桃园》是"一部喜剧，有些地方甚至是闹剧"。他在这部剧作中深刻地描绘了衰落中的俄国地主阶级。

契诃夫逝世 40 年以后，随着 1944－1951 年间 20 卷的《契诃夫著作与书信全集》的出版，他的文学成就才得到应有的评价。

契诃夫不像有些目中无人的作家那样，动辄以老子天下第一自居，恰恰相反，他常贬抑自己的作品为"破烂货"、"令人作呕"、"废话"等。当他已名扬遐迩的时候，仍然宣称如要排座次，他在俄国小说家中只居第三十七位。稍后他又说："第一号是托尔斯泰，至于我，是第八百七十七名。"

这并不是浅薄文人的故意卖弄，是一个刻意求新的探索者为达到更高目标所做的否定。

尽管契诃夫主要以戏剧著称，但是评论界认为他的短篇小说，特别是1888年以后的短篇小说，应当是他更重要富有创造性的文学成就。

本书所选都是契诃夫的短篇杰作。如《套中人》成功塑造了自己成了装在套子里的人，还千方百计把所有人都装进他那封建守旧的套中去的典型形象。中学教师别里科夫顽固、保守，害怕与敌视一切新事物。不管什么时候他都穿着雨靴、大衣，戴着帽子和墨镜，甚至还用棉花堵住耳朵。嘴里总是念叨着"千万别出什么事呀"！他监视人们的思想，控制人们的行动。弄得人人都怕他，以至十几年间全校全城人都变得谨小慎微，"不敢大声说话，不敢写信，不敢交朋友，不敢看书……"通过《套中人》契诃夫揭露了旧制度卫道士的反动和愚顽，号召人们起来与之抗争。

契诃夫说："简练是天才的姐妹。"契诃夫的短篇小说一向以简练著称，本书所选的《套中人》、《变色龙》、《普里希别耶夫中士》、《醋栗》、《万卡》、《哀伤》等都是这样，往往只选取生活的一个侧面，采撷人生长河里一朵浪花，情节清晰明了，人物性格鲜明。但是契诃夫的简练却并不简单，他常常通过简练赋予作品以深刻的内涵，让读者在一件小事、一个小人物、一个简单句子上击节称赞，回味无穷。如《万卡》中的"乡下爷爷收"短短一句，读来让人心酸：乡下，

哪个乡下？爷爷，哪位爷爷？这句话活脱脱写出了俄国儿童的天真、可怜与不幸遭遇。契诃夫说过，他"写惯了只有开头和结尾的短篇小说"。也只有高手才能这样写。

契诃夫文集

The Collected Works Of Chekhov

目　录

第六病室

一

医院的后院里有一幢不大的，四周长着密密麻麻的牛蒡、荨麻和野生大麻的厢房。这幢房子的屋顶是铁皮的，已经生了锈；烟囱半歪半斜；门前台阶已经朽坏，长满杂草；墙上的灰浆只留下斑驳的残迹。厢房的正面正对着医院，后墙朝着田野；一道上面钉着钉子的灰色围墙把厢房和田野隔开。这些尖端朝上的钉子、灰色的围墙和偏屋本身，所有这些都显得阴森恐怖，只有医院和监狱才会有这种特殊的氛围。

您如果不害怕被荨麻螫痛，那您就沿着通向厢房的那条弯曲小道走过去，看一看里面。走进头一道门，我们来到了前堂。在墙角下和炉子旁边扔着一堆堆医院里的破烂东西。什么床垫啦，破旧的病人服啦，长裤啦，蓝白条纹的衬衫啦，毫无用处的破鞋啦……所有这些皱皱巴巴的破烂混杂在一起，胡乱堆放着，正在霉烂，发出一股闷臭的气味。

看守人尼基塔，嘴里衔着一只烟斗，他老是躺在这堆乌七八糟的破烂东西上。他是个年老的退伍兵，那身旧军服上的红领章早已褪成棕黄色。他的脸严厉而枯瘦，两道下垂的眉毛使他那张脸上充

满了一副草原牧羊犬的神气，他的鼻子通红，身材矮小，看上去瘦骨嶙峋，筋脉凸显，可是气派威严，拳头粗大。他属于那种头脑简单、唯命是从、忠于职守、脑筋反应迟钝的人。这种人最喜欢纪律和秩序，并将它视为高于一切，因而深信：他们就得挨打。他打他们的脸、胸、背，打着什么部位算什么部位，相信不这样，这地方就要乱了。

您再往里走，便进入了一间宽敞的大房间，要是不把前堂算在内的话，整座房子就全由它占去了。这里的墙壁被涂成混浊的淡蓝色，天花板被烟熏得挺黑，像乡下的农舍一样——显然，每逢到了冬天，这里的炉子日夜冒烟，房间里净是煤气。窗子的里边装着铁栅栏，样子很难看。地板颜色灰暗，满是木刺。房间里满是酸白菜味、灯芯的焦糊味、臭虫味和氨水味，这股浑浊的气味让您一进门的最初印象，就仿佛进入了一个圈养动物的畜栏。

房间里摆着几张床脚被钉死在地板上的床。在床上坐着、躺着一些穿着蓝色病号服的人，头上戴着旧式尖顶帽。这些人都是疯子。

这房间里一共住着五个人。只有一个人出身贵族，其余的都是小市民。睡在离房门最近的是个又高又瘦的小市民，褐色的小胡子闪闪发亮，眼眶满是泪痕，托着头坐在床上，死死盯着一个地方发呆。他一天到晚都在发愁，摇头，叹气，苦笑。他从不参与别人的谈话，即使人家问他什么，他照例一概不予回答。给他端来食物，他就机械地吃下去，喝下去。从他那剧烈而痛苦的咳嗽、骨瘦如柴的模样和脸颊上的潮红可以看出来，他正害着肺痨病。

在他旁边是个矮小、活泼、十分好动的老头，留一把尖尖的小胡子，一头乌黑的像黑人那样的鬈发。白天他在病室的两扇窗子间不停地走来走去，或者像土耳其人那样盘腿坐在自己床上，同时无休止地吹着口哨，学灰雀啼叫，还小声唱歌，嘿嘿窃笑。他的这种

· 2 ·

孩子气的乐趣和活泼的性格，即使在夜里也能表现出来：他常常爬起来向上帝祷告，也就是用双拳捶胸，用手指头抠门缝。他是犹太人莫谢伊卡，大约二十年前，他因为帽子作坊烧毁而引发神经错乱，变成了疯子。

第六病室全体病人中，只有莫谢伊卡一人得到允许可以外出，甚至可以离开医院到街上去。他很久以来就享受着这一特权，大概因为他是医院的老住户，又是个不伤人的傻子，再者他早已成了城里供人逗乐的小丑。只要他一出现，就会立即被一群孩子和狗围住，对此人们也早就看惯了。他穿着又大又破的病号服，戴着滑稽的尖顶帽，穿着拖鞋，有时光着脚，甚至没穿长裤，在街上走来走去，在民宅和商店的门口站住要钱。有的给他一点克瓦斯喝，有的给他点面包吃，还有人给他一个小钱，因此他回来时通常已吃得饱饱的，满载而归。他带回来的东西全都让尼基塔没收了去，归他自己享用。这个老兵干起这种事来很不客气，他粗鲁地、气急败坏地翻遍他的每一个口袋，还呼唤着请上帝来作证，诅咒说他从今往后绝不再放这个犹太人上街，他认为这种事应该比这个世界上任何一件事都遵守秩序。

莫谢伊卡喜欢帮别人的忙。他经常给同伴端水，在他们睡着的时候给他们盖好被子，还答应下次从街上回来送每人一个小钱，并且给每人缝一顶新帽子，他还用勺子给左边的邻居、一个瘫痪病人喂饭吃。他这样做既不是出于同情，也不是出于什么人道主义性质的考虑，他只是摹仿右边的邻居格罗莫夫的举动，不由自主的依照邻居的意思办事。

伊凡·德米特里·格罗莫夫是个大约三十三岁的男子，出身于贵族家庭，担任过法院民事执行员，属十二品文官，患有被害妄想症。他要么缩成一团躺在床上动也不动，要么在房间里不停地走来走去，像在锻炼身体，很少有坐着的时候。一种令人惊慌不安的、

The Collected Works Of Chekhov

说不清道不明的担心，弄得他总是十分激动、急躁、紧张。外屋里只要稍微有一丝动静，或者院子里有人叫一声，他便立即抬起头，竖起耳朵听：莫非是有人来找他，要把他抓走？遇到这种时候，他的脸上就露出极其惊慌和厌恶的神情。

我喜欢他这张方脸，颧骨很高，脸色总是苍白而愁苦，像一面镜子那样反映出他那颗饱受惊吓又苦苦挣扎的心灵。他的这种愁眉苦脸的样子是奇特的，病态的，然而那清秀的面容虽然被深沉而真诚的痛苦刻下了细纹，却显出理性和知识分子所特有的文化素养，他的眼睛放射出热烈而健康的光芒。我也喜欢他本人，他彬彬有礼，乐于助人，对所有的人都异常客气，除了尼基塔。谁要是不小心掉了扣子或者茶匙什么的，他总是赶紧从床上跳下来，拾起那件东西还给人家。每天早晨他都要跟同伴们道早安，临睡前祝他们晚安。

如果把他一贯紧张的心情和病态的脸相除了外，他的疯病还有如下表现：有时一到傍晚，他就裹紧那件破旧的病号服，浑身发抖，牙齿打战，开始在墙角之间、病床之间急速地走来走去，好像他正发着高烧。有时他突然猛地站住，瞧一眼他的同伴们，想必是有十分重要的话想要说，可是他大概又考虑到他们不会听他讲话，或者即使听了也听不懂，于是他便烦躁地摇着头，继续在墙角之间、病床之间走来走去。可是过不了多久，想说话的欲望又重新压倒一切顾虑，占了上风，他就管不住自己，热烈地、激昂地讲起来。他的话丝毫没有条理，时快时慢，像是梦呓，前言不搭后语，使人怎么也听不明白，然而在他的言谈中，在他的声调中，有一种异常美好的东西。他一讲话，您会觉得他既是疯子又是正常人。他的那些疯话是无法用文字来表达的。他谈到人的卑鄙，讲到医院里蹂躏真理的粗暴，讲到人间未来的美好生活，讲到这些铁窗总是使他想到强权者的愚蠢和残酷。结果这就成了一首乱糟糟的、不连贯

的杂曲，尽管是老调重弹，然而却永远不会过时。

二

    在十二年或是十五年之前，有一个文官，他姓格罗莫夫。在城里一条最主要的大街上，他有自己的房子，并且颇有名望，家境殷实。他的两个儿子，一个叫谢尔盖，一个叫伊凡。谢尔盖读到大学四年级的时候得了急性肺痨病，死了。他的死亡像是给灾难开了个头，自他死后一连串的不幸突然降临到这家人头上。刚埋葬了谢尔盖不出一周，年老的父亲又因为舞弊和挪用公款而受到审判，不久因伤寒病死在监狱的医院里。房子连同所有不动产均被拍卖，父亲撇下伊凡·德米特里和他的母亲去世之后，他们只有自谋生路。

    原先，在父亲生前，伊凡·德米特里在莫斯科上大学，每月能收到六七十个卢布的生活费，他根本不懂什么叫穷，现在他不得不一下子改变自己原先奢侈的生活。他为了挣几个小钱，要从早到晚去一家报酬很低的教馆做抄写工作，尽管这样辛苦地工作却仍旧要挨饿，因为他把全部收入都寄给母亲维持生活了。伊凡·德米特里忍受不了这种生活。他灰心丧气，生起病来，不久就离开学校，回到了家乡。在这里，在这座小城里，他多方托人，谋到了县立学校的一位教员的位子。可是他跟同事们相处得不是很融洽，学生也不喜欢他，不久他就辞职了。母亲又去世了。他在长达半年的时间里找不到工作，只靠面包和水生活，后来又当上了法院的民事执行员。之后他一直担任这个职务，直到因病而被辞退。

    他给人的印象从来都是不太健康的，即使在青春年少的大学期间也是这样。他总是脸色苍白，身体消瘦，动不动就感冒，吃得少，睡不好。只要喝一杯红葡萄酒就头晕，歇斯底里发作。他喜欢

跟人们来往，但由于他生性多疑，又爱生气，他跟任何什么人都没有好过，也没有朋友。他对城里人的评论向来带着轻蔑，说他觉得他们的粗鲁无知和浑浑噩噩的禽兽般的生活是他深恶痛绝的。他用男高音说话。声音响亮而激烈。说时要么带着讥讽和愤慨的口气，要么就带着惊奇和热心的口气，不过任何时候他的表情都是诚恳的。不论人家跟他谈什么，他总是归结到一件事上去：这个城市的生活既无聊又闷人，市民们没有高尚的趣味，过着糊涂的、毫无意义的生活，到处充斥着形形色色的暴力、愚昧、腐化和伪善。卑鄙的人锦衣玉食，正直的人却忍饥挨饿；这个社会需要创办学校，主办正义的地方报纸、剧院、大众读物，知识力量的团结；必须让这个社会看清楚自己的面目，为自己感到害怕才成。他批评人们的时候总加上浓重的色彩，而且只有黑白二色，不承认有其他的色调。他把人类分成卑鄙小人和正直君子两种，中间的人是没有的。谈论起女人和爱情他总是热烈而入迷，但他一次也没有恋爱过。

尽管他言论很尖刻，又容易冲动，城里人却喜欢他，背地里都亲切地叫他万尼亚。他那种待人和蔼、乐于助人的天性，为人的正派，道德的纯洁，就连他那件破旧的小礼服，病态的外貌，家庭的不幸，也总能唤起人们心中美好的、热烈的、忧伤的感情。此外他受过良好的教育，博览群书，用城里人的话说，他无所不知，在这个城市里是一部供人查考的活字典。

他老是坐在俱乐部里，神经质地捻着小胡子，翻阅杂志和书籍。看他的脸色可以知道，他不是在阅读，而是在吞咽，而且根本来不及咀嚼。但人们必须承认，阅读是他的一种病态的嗜好，因为不管他抓到什么，哪怕是去年的报纸和日历，他都急不可待地贪婪地读下去。在家里他总是躺着看书。

三

在秋天的一个早晨，伊凡·德米特里竖起大衣领子，在泥泞中啪嗒啪嗒地走着，穿过小巷和后街，费力地去找一个小市民的家，凭执行票向他收款。每到早晨他总是心情抑郁。在一条巷子里他遇到四个荷枪实弹的士兵押送着两名戴着手铐的犯人。以前伊凡·德米特里经常遇见犯人，他们每一次都在他心里引起怜悯和不安的感觉，可是这一次相遇却给他留下一个异样的、奇怪的印象。不知什么缘故他突然觉得，他也会像那样戴上手铐，走在泥地里，被送进监狱去。他在小市民家待了一会儿，在回家的路上，在邮局附近他遇见一个认识的警官，那人跟他打了招呼，还和他沿着大街并肩走了几步，不知什么缘故他又觉得这很可疑。回到家里，他一整天都无法把那两个犯人和荷枪的士兵从脑子里赶出去，一种莫名其妙的惶恐不安的心情搅得他无法阅读和集中精力想心事。晚上他在屋里没有点灯，一夜失眠，不住地想他也许会戴上手铐，被关进监狱。他不知道自己曾犯过什么错，而且可以担保他今后也绝不会去杀人、放火、偷东西。可是，无意中偶然犯下罪行不是很容易吗？而且不会有人诬陷吗？最后，还有审判方面的错误不是很容易吗？难怪千百年来人民的经验教导说：谁也不能发誓永远会不讨饭、不坐牢。而在现行的审判程序下，审判错误是相对存在的，没什么可奇怪的。凡是对别人的痛苦有着职责或事务关系的人，如法官、警察和医生，时间一长，出于工作习惯，就会变得麻木不仁，以致对他们的当事人即使不愿意也不能不采取敷衍了事以外的态度。从这方面讲，他们跟在后院里杀羊宰牛而看不见血的农民没有什么不同。在对人采取这种敷衍了事的、没有感情的态度的时候，为了剥夺一

个无辜的人的一切公民权利并判他徒刑，法官只需一件东西，那就是时间。只要有时间去完成某些法定程序，然后就大功告成了——法官就是凭这个才领取薪水的，事后你休想再在这个离铁道二百俄里的肮脏的小城寻找公正和保护。再说，既然社会把一切暴力视作明智、合理的必要手段，而一切仁慈的举动，如宣告无罪的判决，却引起沸沸扬扬的不满和报复情绪，在这种情况下，奢谈公正，岂不是可笑吗？

第二天早上，伊凡·德米特里起床后心里非常害怕，额头上冒出冷汗，此时他已经完全相信，他随时都可能被捕。"既然昨天那些阴郁的思想这么久不肯离开我，"他想道，"可见其中必定有点道理。这些想法的确不可能无缘无故地钻进我脑子里的。"

有个警察从他的窗口慢慢踱步走过：这可不会没有来由。瞧，有两个人站在房子附近不动，也不言语。他们为什么这么沉默呢？

伊凡·德米特里从这以后一天到晚提心吊胆。所有路过窗下的人和走进院子的人都像是奸细和暗探。中午，县警察局长照例坐着双套马车走过大街，他这是从城郊的庄园坐车到警察局上班。可是伊凡·德米特里每一次都觉得马车跑得太快，局长脸上有一种特别的神情，他分明是急着跑去报告，说城里有一个十分重要的犯人。每逢有人拉铃或者敲门，伊凡·德米特里就浑身打颤；每逢在女房东家里遇到陌生的客人，他就坐立不安。可是一遇见警察和宪兵他就微笑，还吹着口哨，装出满不在乎的样子。他一连几夜都失眠，担心被捕，可是又故意像熟睡的人那样大声打鼾、呼气，好让女房东以为他睡着了。要知道如果夜里他睡不着觉，那就意味着他受到良心的谴责而痛苦不堪，这可是了不起的罪证！事实和常理使他相信，所有这些恐惧都是荒唐的，都是心理作用；另外，如果把事情往好处想，即使被捕坐牢其实也没有什么可怕的，只要良心清白就行了。可是他越是往有理性有条理的方向思考，他内心的惶恐不安

反而变得越是强烈痛苦。这就像一个隐士本想在处女林里开出一小块安生之地，他越是辛辛苦苦用斧子砍，林子反而长得越来越茂盛。伊凡·德米特里最后意识到，这也没有用处，就索性不再思考，完全听凭绝望和恐惧来折磨自己。

他开始过隐居的生活，避开人们。他原先就不是很喜欢自己的工作，现在简直是干不下去了。他深怕他会受人蒙骗，上什么圈套或是趁他不防备往他的口袋里塞些贿赂，然后揭发他。或者他自己一不小心在公文上出点错——类似伪造文书，或者他把别人的钱不小心丢失了。奇怪的是，他以前的思想从来没有像现在这样灵活机动过，现在他每天都能想出成千上百个不同的理由，觉得应当认真为自己的自由和名誉担忧。正因为如此，他对外界、特别是对书籍的兴趣便明显地淡薄，他的记忆力也大为衰退了。

雪在春天来临时融化了，在公墓附近的一条山沟里发现两具部分腐烂的尸体。这是一个老妇人和一个小男孩，带有因伤致死的迹象。于是城里人议论纷纷，不谈别的，只谈这两具尸体和尚未查明的凶手。伊凡·德米特里担心别人以为他是凶手，便整天在大街小巷走来走去，还面带微笑。一旦遇见熟人时，他的脸色就红一阵，白一阵，开始表白说没有比杀害弱小的、无力自卫的人更可恶的罪行了。可是这种作假的行为很快就弄得他精疲力尽，他想了一阵，决定，处在他的地位，他顶好就是躲到女房东的地窖里去。他在地窖里坐了整整一天，后来又坐了一夜和一个白天。他实在冷得厉害，好不容易挨到天黑，就像贼那样溜进自己的房间里。天亮之前，他在房间中央一直站着，身子一动不动，留心听着外面的动静。大清早，太阳还没有升起，就有几个修炉匠来找女房东。伊凡·德米特里明明知道，他们是来翻修厨房里的炉灶的，可是恐惧却告诉他，说这些人是打扮成修炉匠的警察。于是他悄悄地溜出房子，没戴帽子，没穿上衣，惊骇万分地沿着大街飞跑。狗在他身后

吠叫，有个农民在后面不住地喊叫，风在他耳边呼啸，伊凡·德米特里觉得全世界的暴力都聚集在他的背后追他，正在追他。

最后，有人把他拦住了，并把他送回家，打发女房东去请医生。医生安德烈·叶菲梅奇（这人以后还要提到）开了在头上冷敷的药液和镇静剂的药方后，愁眉苦脸地摇摇头。临走前他对女房东说，以后他不会再来了，因为他不该打扰发了疯的人。由于伊凡·德米特里在家里生活无法自理也得不到医疗，只好把他送进医院，安置在性病病室里。他每天晚上睡不着觉，任性胡闹，搅得病人不得安宁，不久安德烈·叶菲梅奇便下令把他转到第六病室去了。过了一年，城里人已经完全忘了伊凡·德米特里，他的书让女房东随便堆在屋檐下的一辆雪橇里，被顽皮的孩子们一本本陆续偷走了。

四

犹太人莫谢伊卡是伊凡·德米特里左边的邻居，右边的邻居是个农民，胖得滚圆，一张痴呆呆的脸上毫无表情完全缺乏思想的痕迹。这是一个不爱动的、贪吃的、不爱干净的畜生，早已丧失了思想和感觉的能力。从他身上不断冒出一股酸臭的气味。

每当收拾床铺的时候，尼基塔总是狠命打他，使足力气，一点也不顾惜自己的拳头。这时候，可怕的还不是他挨了打，这是谁都能习惯的——可怕的是这个傻子挨了打却毫无反应：一声也不响，一动也不动，连眼睛也一眨不眨，只是身子稍稍晃一下，像一只沉甸甸的大木桶。

第六病室的第五个，也就是最后一个病人是个小市民，从前是在邮局干拣信的工作。他是个瘦小的金发男子，一张和善的面孔上带点调皮的神色。从他那双聪明、安详的眼睛以及明亮而快活的眼

神看来，他很有心计，心里藏着一桩很重要的、愉快的秘密。他在枕头和床垫底下藏着什么东西，从来不肯拿出来给别人看，并不是怕人抢了去，或偷了去，而是因为不好意思拿出来。有时他走到窗前，背对着同房病人，把一个什么东西戴在胸口上，还低下头看了又看。如果要是这时有人走到他跟前，他就慌里慌张，把胸前的东西很快扯下来。不过要猜破他那点秘密倒也不难。

他常对伊凡·德米特里说："您得向我道喜，上司为我呈请授予二级斯丹尼斯拉夫勋章。二级勋章向来只颁发给外国人，可是不知什么缘故他们要为我破例哩，"他笑着说，还大惑不解地耸耸肩膀，"嘿，老实说，我可真没有料到。"

"这类事我一点也不懂。"伊凡·德米特里阴郁地声明。

"可是您猜我将来还会得到什么勋章吗？"以前的邮局分拣员狡黠地眯细眼睛接着说，"我一定能得到一枚瑞典的'北极星'。这种勋章是值得费点力气。那是一个白十字架和有一条黑带子的勋章。漂亮极了。"

这座偏屋里的生活比任何别的地方都单调。每天早晨，除了瘫痪病人和胖农民以外，病人都在前堂里的一个大木桶里洗脸，用病号服的底衣当手巾用。这之后他们用带铁把的锡杯子喝茶，茶是由尼基塔从医院主楼里拿来的。每人只许喝一杯。中午他们喝酸白菜汤和粥，晚上吃中午剩下的粥。三餐之间的空闲时间，他们除了躺下、睡觉，就是看窗外，在房间里走来走去。天天这样。甚至以前的邮局拣信员说的那几种勋章也还没变。

新人在第六病室是很难见到的。医生早就不接收新的精神病人了，而在这个世界上想访问疯人院的人总是不多的。理发师谢苗·拉扎里奇隔两个月来这里一次。至于他怎么给疯子们理发，尼基塔怎么帮他的忙，这个醉醺醺、笑嘻嘻的理发师一到，病人们怎样乱作一团，我们都不愿意描写了。

除了理发师以外，还从来没有一个人到这里来看一看。病人们注定一天到晚只能见到尼基塔一个人。不过近来在医院的主楼里流传着一个相当奇怪的谣言。

传说好像医生开始常到第六病室了。

五

这是个奇怪的谣言！

安德烈·叶菲梅奇·拉金，从某一点上说是个特别的人。据说他年轻时笃信宗教，准备干神甫的行业。一八六三年他中学毕业，他有心进神学院学习，可是他的父亲是名医学博士和外科医师，他刻薄地挖苦了他一顿，还断然宣布，如果他真去做教士，就不认他做儿子。这话是真是假，我不知道，不过安德烈·叶菲梅奇本人不止一次地承认，他不怎么爱好医学或者一般的专业学科。

不管怎样，他在医科毕业以后，并没有去当教士。从开始行医到现在看不出他如何笃信宗教，他怎么看都不像是个虔诚信教的人。

他的外表像个笨重、粗俗的庄稼汉。他的脸、胡子、平顺的头发和结实笨拙的体格，使人想起大道边上小饭铺里那种酒足饭饱、随随便便、待人粗鲁的店老板。他粗糙的脸上，布满细小的青筋，眼睛小，鼻子发红。由于身材高，肩膀又宽，所以手脚也很大，似乎一拳打出去，就能置人于死地。不过他的步态徐缓，走起路来谨慎而谦虚。在狭窄的过道里遇见人时，他总是先站住让路，说一声："对不起！"他的声音完全不是预料中的男低音，而是嗓子尖细、音色柔和的男中音。有个不大的瘤子在他的脖子上，使得他没法穿刮浆过的硬领衣服，所以他老是穿柔软的亚麻布或棉布衬衫。

总之，他的服装看起来不像个医生。一套衣服他一穿就是十年，新衣服他通常总是到犹太人的铺子里去买，新衣服穿在他身上就跟旧衣服一样又难看又皱。同一件常礼服，他看病也好，吃饭也好，出门也好，总是穿那套。不过他这样做倒不是因为他吝啬，而是因为不注重自己的仪表。

当安德烈·叶菲梅奇来到这个城市就职的时候，这个"慈善机关"的情形简直糟透了。病室里、过道上、医院的院子里，臭气熏天。医院的勤杂工、助理护士和他们的孩子们都跟病人一块儿住在病房里。人们抱怨，蟑螂、臭虫和老鼠搅得大家没法住。在外科病房里，丹毒从来没有绝迹过，整个医院只有两把外科手术刀，一个体温计也没有，浴室里堆放着土豆，总务处长、女管理员和医士一起向病人勒索钱财。据说安德烈·叶菲梅奇的前任老医生把医院里的酒精偷偷拿出去卖，他还网罗护士和女病人，成立了一个后宫。城里人全都清楚这些乌七八糟的事，甚至言过其实，可是大家对待这种现象却满不在乎。有些人还强词夺理，说什么住医院的都是小市民和农民，他们应该很满足了，因为他们家里的生活比医院里还要糟得多，总不能供他们吃松鸡吧！另一些人则辩解说，没有地方自治局的资助，光靠这座小城本身的财力是办不成一所像样的医院的；谢天谢地，医院虽差一些，总算有一个。而新成立的地方自治局，不论在城里还是城郊都不再开设诊疗所，因为他们在视察医院以后认为城里已经有医院了。

安德烈·叶菲梅奇视察医院以后，断定这个机构道德败坏，对病人的健康非常有害。依他看来，目前所能做的最明智的可行办法就是把所有的病人放出去，并关闭这所医院。但他考虑到，光凭他个人的权限是一定办不成这件事的，况且这也于事无补，就算把肉体上的和精神上的污秽从一个地方赶出去，那它也会转移而出现在另一个地方；只好等待它自行消失。再说，人们既然开办一个医

院，而且容忍它存在下去，可见它的存在自有它的必要性。偏见以及所有这些日常生活中的种种卑鄙龌龊的丑事也是必要的，因为久而久之它们会转化为有用的东西，正如畜粪会变成黑土一样。这个世界上没有一种好东西在起源的时候会不沾一点肮脏。

安德烈·叶菲梅奇上任之初对待医院里的混乱采取的态度是相当冷漠的。他只要求医院的勤杂工和护士不要睡在病室里，并且购置了两柜子的医疗器械，至于总务处长、女管理员、医士和外科的丹毒，仍旧都维持原状保持不变。

安德烈·叶菲梅奇对智慧和正直这种东西是十分喜爱的，然而要在自己身边建立明智和正直的生活，他却缺乏坚强的毅力，缺乏这方面的信心。下命令，禁止，坚持己见，这些他全都办不到。就好像他发过誓，永远不提高嗓门，永远不用命令的口气对别人说话似的。"给我这个"或者"把那东西拿来"这样一些话他很难说出口。每当他饿了，他总是迟疑地嗽一嗽喉咙，对厨娘说："最好给我一杯茶"或者"最好给我弄点吃的"。至于吩咐总务处长不准再偷盗，或者把他赶走，或者干脆废除这个多余的寄生职位——这些他完全是办不到的。每当有人欺骗安德烈·叶菲梅奇，或者奉承他，或者拿来一份明明是造假的账单要他签字时，他总是涨红脸，尽管他觉得心中有愧，但还是在账单上签了字。遇到病人向他抱怨挨了饿，或者怪护士态度粗暴，他就慌慌张张，惭愧地嘟哝说：

"好吧，好吧，我调查一下……多半这是误会……"

安德烈·叶菲梅奇在刚开始时工作十分勤奋。每天从早晨起他就开始给病人看病，做手术，甚至接生，一直干到吃午饭。女病人都说他细心，诊断很准，特别是儿科疾病和妇女病。可是日子一长，他因为工作单调乏味、而且徒劳无益，显然感到厌烦了。今天接诊三十个病人，到明天一看，加到三十五个了，后天就是四十，照这样一天天，一年年干下去，可是城市的死亡率却并没有因为我

的努力工作而减低，病人仍旧不断地来。一个上午，要对四十名就诊病人真正有所帮助，这在体力上是办不到的，因此尽管不愿意，结果也不能不成为骗局。一个年度接诊一万两千名病人，如果简单地说一句，那就是欺骗了一万两千名病人。同样地，假如让重病人住进病房，照科学的规章给予治疗，这也是办不到的，因为规章倒是有的，却没有科学。要是抛开空洞的议论，像别的医生那样一板一眼地照章办事，那么目前最需要的是洁净和通风，而不是垃圾和污浊的空气；其次是有益健康的食品，而不是酸臭的白菜汤；三是助手，而不是窃贼。再说，既然死亡是每个人正常合理的结局，那又何必阻止人们去死呢？如果某个商人或文官多活了五年十年，那又有什么好处呢？要是认为医学的任务在于用药品来减轻痛苦，问题就来了：为什么要减轻痛苦呢？据说，首先，痛苦使人精神完美，其次，如果人类当真学会了用药丸和药水减轻痛苦，那么就会完全抛弃宗教和哲学，可是到目前为止人类在宗教和哲学中不仅找到了逃避各种烦恼的保障，甚至找到了幸福。普希金临死前经受了极大的痛苦，可怜的海涅因瘫痪而卧床好几年。那么为什么某个安德烈·叶菲梅奇或者玛特廖娜就不该生病呢？反正这些人的生活毫无内容，如果再没有痛苦，那他们的生活就会完全空虚，变得跟变形虫的生活一样了。

这种想法把安德烈·叶菲梅奇得闷闷不乐，从此他不再天天去医院上班了。

六

他每天过的就是这样的生活。他通常早晨八点左右起床，穿好衣服，喝茶。然后他在书房里坐下看书，或者去医院上班。在医院

里，门诊病人坐在又窄又黑的小过道里等着看病。勤杂工和护士们在他们身边跑来跑去，皮靴在砖地上踩得咚咚响，瘦弱的住院病人也从这里穿行；死尸和装满污物的器具也从这里抬过去；病儿啼哭，寒风吹进来。安德烈·叶菲梅奇知道，这样的环境是一种苦刑，尤其对发烧的、害肺痨的和一般敏感的病人更是有害无益，可是那又有什么办法呢？医士谢尔盖·谢尔盖伊奇正在候诊室里迎候他。他是个矮胖子，圆鼓鼓的脸刮得很光，洗得干干净净。他态度温和，举止从容，穿一身肥大的新西装，看上去与其说像医士，倒不如说像参政议员。他在城里私人行医，生意做得很大，他系着白领结，自认为比医生精通医术，因为医生不私下行医。诊室的墙角立着一个里面放一尊很大的圣像的神龛，面前点一盏笨重的长明灯，旁边有个高烛台，蒙着白罩子。四壁墙上挂着好几幅主教的肖像，一张圣山修道院的风景照片和一圈圈干枯的车矢菊。谢尔盖·谢尔盖伊奇信仰上帝，喜欢庄严的仪式。圣像就是他出钱买来要放在这儿的。每逢礼拜天，由他指定一个病人在诊室里大声吟唱赞美诗，唱完之后，谢尔盖·谢尔盖伊奇便拿着香炉，摇炉散香，走遍各个病室。

而病人又有很多，时间很短促，因此诊病工作只限于简短地问一问病情，然后发点氨搽剂或蓖麻油之类的药。安德烈·叶菲梅奇坐在那儿，脸颊被拳头支撑着，沉思着，随口提几个问题。谢尔盖·谢尔盖伊奇也坐着，搓着手，时不时地插上一两句话。

他常说："因为我们没有好好的向仁慈的上帝祈祷，才会受穷受累。的确如此！"

安德烈·叶菲梅奇在门诊看病的时候，不做任何手术。他一见到血就不舒服，所以早就不做任何手术了。每逢他不得不扳开婴孩的嘴，看一下喉咙，小孩子哇哇地哭叫，挥舞小手招架的时候，他的耳朵里便嗡嗡地响，弄得他头发晕，眼睛里涌出泪来。他赶紧开

个药方，摆一摆手，让女人把小孩子快点带走。

通常在门诊看病的时候，病人都很胆怯，说话前言不搭后语，再加上身边正襟危坐的谢尔盖·谢尔盖伊奇，墙上的那些画，他自己二十年来一成不变的提问——不久就弄得他厌烦了。他看了五六个病人以后就走了。剩下的病人由医士接着看下去。

安德烈·叶菲梅奇愉快地想到，谢天谢地，他早已不私人行医了，现在没有人来打搅他了。一回到家后，他立即坐到书房里桌子旁边开始看书。他很多书都读得津津有味。他薪水中有一半都用来买书，六间一套的寓所有三间堆满了书和旧杂志。历史和哲学方面的著作是他最喜欢读的了。医学书他只订了一份《医师》杂志，而且他总是从后面读起来。每次他都能不间歇地读上几个小时而不觉着累。他跟伊凡·德米特里不一样，伊凡·德米特里那样读得又快又急，容易冲动，而他是慢慢地看，深入，读到凡是他喜欢的或者读不懂的地方他常常停一停。在书的旁边总要放上一小瓶伏特加，一根腌黄瓜或者一个盐渍苹果，而且不用盘子装，直接放在呢子桌布上，每过半个钟头，他就为自己斟上一杯伏特加，慢慢喝下去，眼睛却始终没离开书，然后不用眼睛看，用手摸到黄瓜，咬下一截来。

大约到下午三点钟的时候，他会小心翼翼地走到厨房门口，嗽一嗽喉咙，说：

"达留什卡，最好给我弄点吃的……"

午饭烧得很差还不干净，吃完之后，安德烈·叶菲梅奇就双手交叉抱在胸前在各个房间里走来走去，一边思索着什么事情。时钟敲了四点，后来敲了五点，他还在走来走去地想心事。偶尔厨房的门吱嘎响起来，从门里探出达留什卡那张带着睡意的红脸。

"安德烈·叶菲梅奇，到您喝啤酒的时间了吧？"她不安地问。

The Collected Works Of Chekhov

"不，还没到时候……"他回答，"再等一会儿……再等一会儿……"

邮政局长米哈伊尔·阿韦良内奇在快接近傍晚时来访。在跟全城居民的交往中，只有他还没有让安德烈·叶菲梅奇感到厌烦。米哈伊尔·阿韦良内奇原先是个很有钱的地主，在骑兵团服役，但后来家道中落，迫于生计只好在晚年时进了邮政部门里做事。他精力充沛，身体健壮，白色络腮胡子蓬蓬松松，举止彬彬有礼，嗓音洪亮，声音悦耳。他善良，重感情，可是脾气暴躁。在邮局，只要有顾客提出抗议，或不同意他的某些做法，或者只是议论几句，米哈伊尔·阿韦良内奇立即涨红了脸，周身发抖，雷鸣般地吼道："你闭嘴！"因此这个邮政局早已出了名，到这个机关去一趟真要战战兢兢。米哈伊尔·阿韦良内奇认为安德烈·叶菲梅奇有教养，心灵高尚，因而尊敬他，喜爱他。他对本城的其余的居民则像对待他的下属一样总是看不起他们。

"我来了！"他说着走进安德烈·叶菲梅奇的书房，"您好，我亲爱的朋友！您一定讨厌我了，对不对？"

"正好相反，我很高兴，"医生回答说，"见到您我总是很高兴。"

两位朋友在书房的长沙发上坐下，先默默地抽一阵烟。

"达留什卡，最好给我们弄点啤酒来！"安德烈·叶菲梅奇说。

两人仍旧一言不发喝完第一瓶啤酒。医生在想心事，米哈伊尔一副快活而兴奋的神色，好像有一件极其有趣的事要讲出来。谈话总是由医生开头。

"多可惜啊！"他说得徐缓而平和，一边摇着头，眼睛不瞧对方（他向来不直视人家的脸），"真是太可惜了，尊敬的米哈伊尔·阿韦良内奇，在我们这个城市里，根本没有人能谈些高深的或者有趣的话题，他们没有这个能力，也不喜欢这样做。这对我们来说是巨

大的损失。就连知识分子也不免于庸俗，他们的智力水平，我敢断言，一点也不比下等人高。"

"完全对。我同意。"

"您知道，"医生平静从容地接着说，"在这个世界上，除了人类智慧最崇高的精神表现之外，一切都是渺小而没有趣味的。智慧在人和动物中间划了一条鲜明的界线，暗示着人类的神圣，甚至在某种程度上它能取代人类的不朽——尽管不朽是不存在的。因此，智慧是快乐的惟一可能的源泉。可是在我们周围看不到也听不到智慧——这就是说我们的快乐被剥夺了。不错，我们有书，但是这跟活跃的交谈和积极的交往是根本不一样的。要是您容许我做个不完全恰当的比喻的话，那么我要说：书是音符，交谈才是歌。"

"完全对。"

接着是沉默。达留什卡从厨房里出来，呆板的脸上带着几分愁苦，拳头支着脸，在房门外站住，想听听他们讲什么。

"唉！"米哈伊尔·阿韦良内奇叹了口气，"真希望现在的人能聪明起来！"于是他讲起过去的生活多么健康、快活、有趣，那时俄罗斯的知识分子多么聪明，他们多么看重名誉和友谊。他们借钱给人家不要借据，朋友有困难自己不伸手帮助他，那是被看作耻辱。再说从前那些出征、冒险、争论多么有意思啊！还有什么样的朋友，什么样的女人啊！说到高加索，那是多么迷人的地方！有个营长的妻子，是个怪女人，常常穿上军官制服，独自骑马进山，向导也不带。据说她跟山村里的一个小公爵有点风流韵事。

"我的圣母娘娘……"达留什卡叹道。

"再说那时候喝得多痛快！吃得多么丰盛！我们是多么激烈的自由主义者！"

安德烈·叶菲梅奇听着，却没听进去：他一边思考着什么，一边喝着啤酒。

"我常常梦见聪明的人，跟他们谈一谈天，"他忽然打断米哈伊尔·阿韦良内奇的话说，"我的父亲让我受到良好的教育，可是他在六十年代的思想影响下，硬要我当医生不可。我觉得，假如当年我没听他的话，那么我现在一定处在智力运动的中心了。我多半做了大学的教授。当然，智慧也不是永恒的，而是短暂易逝的，可是您已经知道，我为什么对它如此偏爱。生活是恼人的牢笼。当一个有思想的人进入成年，他的思想意识成熟起来的时候，就会不由自主地感到仿佛自己掉进了没有出路的陷阱。实际上，他从虚无到有生命，由不得自己做主，而是由某些偶然的条件促成的……这是为什么？他想弄清自己生活的意义和目的，人家却什么也说不出来，或者说些荒诞无稽的话。他敲门——没人给他开门。最后死神来找他——这同样是由不得他自己做主的。打个比方，正如监狱里的人被共同的灾难联系着，当他们聚到一处时心情就轻松些，同样的道理，当看重分析和归纳的人们聚到一处，在交流彼此的引以自豪的自由思想中消磨时光时，你就不会觉得生活在牢笼里了。从这个意义上来说，智慧是不可替代的快乐。"

"完全对。"

安德烈·叶菲梅奇不看朋友的脸，只顾自己说着，一直平静地谈论着有智慧的人和跟他们的谈话。米哈伊尔·阿韦良内奇专心地听着，连连赞同："完全对。"

"那么您不相信灵魂不死吧？"邮政局长突然问道。

"不相信，尊敬的米哈伊尔·阿韦良内奇，我不相信，而且也没有理由相信。"

"说实话，我也怀疑。不过，我有一种感觉，好像我永远不会死去。哎，我暗自想到：得了吧老家伙，你该死了！可是灵魂里有个声音悄悄地说：别信这话，你死不了！……"

米哈伊尔·阿韦良内奇在九点一过便告辞回家。他在前室穿上

皮大衣,叹着气说:

"可是,我们被上帝抛弃在这么个穷乡僻壤了!最糟糕的是我们还得死在这里。唉!……"

七

安德烈·叶菲梅奇送走朋友以后,在桌旁坐下,开始看书。宁静的夜晚,四周悄无声息。时间仿佛停了,跟埋头读书的医生一起屏住了气息。仿佛除了这书和带绿罩子的灯以外,什么也没存在似的。医生那张粗俗的脸上渐渐地容光焕发,在人类智慧的进展面前露出了感动和欣喜的笑容。啊,为什么人不能永生呢?他想。为什么要有脑中枢和脑室,为什么要有视力、语言、自觉能力和天才呢,既然所有这一切注定要埋进土里,到头来同地壳一起冷却,随后千百万年没有意义、没有目的地随着地球绕着太阳旋转。既然要冷却,既然要随着地球旋转,那就完全没有必要从虚无中孕育出人和他高度的近乎神的智慧,然后仿佛开玩笑似的又把人变成泥土。

物质的变化就是这样,然而用类似这种永生来安慰自己是多么的懦弱!自然界中所发生的这种无意识的变换过程,甚至比人的愚蠢更为低劣,因为愚蠢中毕竟还有知觉和意志,而那些过程中却什么也没有。只有那种在死亡面前感到恐惧而不是感到尊严的懦夫,才能解嘲说,他的躯体迟早会化作青草、石头、蛤蟆……在物质变化中看见人的不朽,这是一种奇谈怪论,正如一把珍贵的提琴被砸碎变得毫无用处后,有人却预言装提琴的盒子会有灿烂的前途一样荒唐。

安德烈·叶菲梅奇在时钟每次敲响时就往圈椅的椅背上一靠,闭上眼睛,思索一会。他在刚从书中读到的那些美好思想的影响

The Collected Works Of Chekhov

下，不由得把目光转向自己的过去和现在。过去是可惜的，最好不想为妙。而现在也跟过去一样。他知道，当他的思想随着冷却的地球绕着太阳旋转的时候，在他寓所旁边的医院主楼里，人们却在肉体上遭受着疾病和浑身脓疮的折磨。有的人也许睡不着觉，正在跟臭虫作战，有人正在受着丹毒的传染，或者因为绷带缠得太紧而呻吟，也许有的病人正跟护士们玩牌喝酒。每年有一万二千人受到欺骗；整个医院，跟二十年前没什么两样，依然建立在偷盗、争吵、诽谤、徇私的基础上，建立在拙劣的招摇撞骗上；医院依旧是不道德的机构，并且对病人的健康毫无帮助。他知道在第六病室的铁窗里尼基塔经常殴打病人，也知道莫谢伊卡每天都到城里走来走去讨饭。

另一方面他又清楚地知道，医学在近二十五年来发生了神话般的变化。他在大学里念书的时候就觉得，医学不久就会遭到炼金术和玄学同样的命运，可是现在，每逢他夜里看书时，医学就常常触动他，唤起他心中的惊喜之情甚至使他入迷。的确，它的辉煌成就简直是意想不到的，那是多么深刻的革命啊！多亏抗菌素，伟大的皮罗戈夫认为甚至将来都做不了的许多手术，现在也能做了。连普通的地方自治局医生都敢做膝关节切除术。至于剖腹术，只有百分之一是致命的。结石病已经被看作小事一桩，甚至没有人再为它写文章了。梅毒已经能够彻底治愈。还有遗传学说，催眠疗法，巴斯德和科赫的发现，以统计学为基础的卫生学，还有我们俄国的地方自治局医疗系统。精神病学以及它现代的精神病分类法、诊断法、医疗法，这些同过去相比，简直像一座雄伟的厄尔布鲁士。现在人们不再往疯子头上泼冷水，也不给他们穿紧身病号服，用比较人道的方式对待疯子，据报上说，甚至为他们举办演出和舞会。安德烈·叶菲梅奇知道，凭现代的观点和时尚来看，像第六病室这样的丑恶现象也许只有在离铁道二百里的偏僻小城里才会出现，因为这里

的市长和全体议员都是半文盲的小市民，他们把医生看作祭司，即使医生把烧熔的锡水灌进病人的嘴里也只能相信而不能做任何批评。要是换了别的地方，社会人士和报刊早就把这个小小的巴士底砸得稀烂了。"可是这又怎么样呢？"安德烈·叶菲梅奇睁开眼睛问自己，"由此能得出什么结论来呢？抗菌素也罢，科赫也罢，巴斯特也罢，现实生活在这里基本上仍旧没变。患病率和死亡率一如往常。人们为疯子举办舞会，演戏，可是依旧不能让他们自由行动。可见这一切都是虚妄和徒劳，其实，最好的维也纳医院和我的医院之间并没有很大的分别。"

然而一种悲哀和近似嫉妒的情绪使他再也不能无动于衷了。这大概是因为疲劳，他那沉甸甸的头向书本垂下去，他只好双手托住脸，心里想道：

"我正在做着有害的事情，我拿人家的钱却欺骗他们。我不诚实。不过，话又说回来，我自己也是无能为力，我只是必不可少的社会罪恶的一小部分，所有的县官都是祸害，都白领着薪水……可见不诚实并不是我的过错，而是时代的过错……我要是生在二百年以后，我就不同了……"

在时钟敲了三下之后，他熄灭灯进了卧室。但他一点想睡的感觉也没有。

八

地方自治局在两年前一时大方，决定在开办地方自治局医院之前，每年拨款三百卢布，作为市立医院扩充医务人员的补助金。因此，为了协助安德烈·叶菲梅奇的工作，县医生叶夫根尼·费多雷奇·霍博托夫也应聘来到这个城市。他是个三十岁不到的青年，高

颧骨，小眼睛，是个身材高大的黑发男子，看来他的祖先多半是异族人。他刚到这个城市时身无分文，只有一个又小又破的手提箱，还带着一个据说是他的厨娘的难看的年轻女人。这个女人还有一个吃奶的孩子。叶夫根尼·费多雷奇经常戴一顶鸭舌帽，脚穿高统靴，冬天穿一件短皮袄。他跟医士谢尔盖·谢尔盖伊奇和会计成了好朋友，可是不知为什么他总是躲着他称做贵族的其余官员。他的整个住所里只有一本书：《一八八一年维也纳医院最新处方》。他总是随身带着这本书去看病人。他不喜欢打牌，但每天晚上他都到俱乐部玩台球，他很喜欢在谈话中用这类词："无聊之至"，"废话连篇"，"故布疑阵"等等。

他每个礼拜来医院两次，查病房，看门诊。医院里没有抗菌剂，只能用拔血罐放血，这些都惹得他非常气愤，但他也没有运用新办法，怕的是这样会得罪安德烈·叶菲梅奇。他把自己的同事安德烈·叶菲梅奇看作老滑头，疑心他有很多的钱，私下里嫉妒他。如果能占据他的职位那才好呢。

九

在一个三月底的春天的黄昏，地上的积雪早已融化，医院的花园里椋鸟在啼叫。安德烈·叶菲梅奇把他的朋友邮政局长送到大门口时，犹太人莫谢伊卡正带着他讨来的东西回来，刚走进院子。他没戴帽子，光脚穿一双浅色雨鞋，手里拿着一小包人家施舍的东西。

"给我一个小钱吧！"他冻得直哆嗦，笑着对医生说。

向来不肯拒绝人的安德烈·叶菲梅奇给了他一个十戈比硬币。

"这多么糟，"他瞧着莫谢伊卡的光脚和又红又瘦的踝骨想道，

"瞧，都湿透了。"

他的内心激起一种既像怜悯又像厌恶的感情，就跟在犹太人身后朝偏屋走去，时而看看他的秃顶，时而看看他的踝骨。医生刚走进屋子，尼基塔立即从那堆破烂东西上跳起来，立正行礼。

"你好，尼基塔，"安德烈·叶菲梅奇温和地说，"发给这个犹太人一双靴子才好，他要着凉了。"

"是，老爷。我去报告总务处长。"

"劳驾了。你可以用我的名义请求他，就说是我要你这么办的。"

从外屋通向第六病室的门正开了。伊凡·德米特里躺在床上，用胳膊肘撑着抬起身子，惊慌地听着不熟悉的声音，突然认出了医生。他气得浑身发抖，跳起来，涨红了脸，圆瞪着眼，一脸凶相地跑到病室中央。

"医生来了！"他哈哈大笑地叫着，"到底来了！先生们，我向你们道喜，医生光临我们的寒舍！该死的混蛋！"他突然尖叫一声，使劲地跺一下脚，那副模样是病室里的人从来没有见过的，"打死这个混蛋！不，打死还嫌便宜了他！该把他淹死在粪坑里！"

安德烈·叶菲梅奇听到这话，就从外屋朝病室里看，温和地问道：

"为什么？"

"为什么？"伊凡·德米特里嚷道，带着威吓的神情走到他面前，一面战战兢兢地裹紧身上的病号服，"为什么？你是贼！"他憎恶地说，还鼓起嘴巴，似乎想啐他一口，"骗子！刽子手！"

"请您消消气，"安德烈·叶菲梅奇惭愧地微笑着说，"我向您保证，我从来没有偷过东西，至于别的话，您恐怕言过其词了。我看得出来，您在生我的气。请消一消气，我求您，如果你愿意的话，请冷静地告诉我：您为什么会生我的气？"

"那么为什么您把我关在这里？"

"因为您有病。"

"不错，我有病。可是要知道，成百上千的疯子却行动自由，因为你糊涂得分不清疯子和清醒的人。为什么我和这几个不幸的人，就该像替罪羊似的在这儿代人受过，被关在这里？在道德方面，我们这儿的任何人都比您、医士、总务处长，以及你们医院里所有的混蛋要高尚得多，可是为什么被关在这儿的是我们，而不是你们呢？这是什么道理？"

"这跟道德和道理没有关系。一切都要看机会。谁被关起来，他就只好待在这里，谁没有被关起来，他就可以自由行动。就这么回事。至于我是医生，您是精神病患者，这其中既与道德无关，也无道理可言，这纯粹是一种毫无道理的凑巧罢了。"

"这种废话我听不懂……"伊凡·德米特里闷声说着，在自己床上坐下来。

莫谢伊卡仗着现在医生在，尼基塔不敢当面搜查他，就趁机把不少面包、纸币和果核摊在自己的床上。他仍旧冻得直打哆嗦，用悦耳的声音很快地说着犹太话。他多半幻想自己又开铺子了。

'放我出去吧。"伊凡·德米特里说，他的声音发颤。

"我办不到。"

"为什么办不到？为什么？"

"因为这不是我能决定的。请您想一想看，就算我放您出去了，这对您会不会有什么好处？您出去试试看，城里人或者警察还会捉住您，再送回来的。"

"不错，不错，这倒是实话……"伊凡·德米特里说着，用手抹了一下额头，"这真可怕！那么我该怎么办？怎么办呢？"

伊凡·德米特里的声调，以及他那张年轻聪明的脸和愁苦的面容，都让安德烈·叶菲梅奇觉得很喜欢。他有心对这个年轻人亲热

些，想安慰他几句。于是他挨着他坐到床边，想了想开口说：

"您刚才问怎么办，像您现在的这种处境，顶好是从这里逃出去。然而可惜，这样做徒劳无益。您会叫人抓住的。一旦社会对罪犯、精神病人和一般不稳当的人严加防范，把他们隔离起来，这个社会是不会如此轻易善罢甘休的。剩下来您只有一种办法：安下心来，并且认定您待在这里也很不错，这也是不可避免的。"

"这对任何人都不是不可避免的。"

"既然监狱和疯人院存在，那就总得有人住进去才成。不是您就是我，不是我就是别的什么人。您等着吧，到遥远的未来，监狱和疯人院也许都会绝了迹，到那时也就不会再有这些可恶的铁窗，不会再有这样的疯人院。毫无疑问，这样的时代是早晚要来到的。"

伊凡·德米特里冷冷一笑。

"您在开玩笑，"他眯缝着眼睛说，"像您和您的助手尼基塔之流的老爷们跟未来一点关系也没有，但是您可以放心，体谅心情的先生，美好的时代总是会来的！纵使我说得非常通俗，您尽管取笑，但是，新生活的曙光将普照大地，真理必定胜利，而且那时候在我们的大街上将举行盛大的庆典！我是等不到那一天了，早死了，不过我们的后代会等到的。我用整个灵魂祝贺他们，我高兴，为他们高兴！前进！求主保佑你们，朋友们！"

伊凡·德米特里闪着亮晶晶的眼睛，站了起来，向窗子那边伸出双手，继续用激动的声调说道：

"从这些铁窗里我祝福你们！真理万岁！我高兴！"

"我看不出有什么特别的理由值得这样高兴，"安德烈·叶菲梅奇说，他觉得伊凡·德米特里的举动像在演戏，不过这同样让他喜欢，"将来监狱和疯人院即使没有了，真理会像您刚才讲的那样胜利了，不过要知道事情的本质是永远不会改变的，自然界的规律依然如故。人们仍旧会像现在这样生病、衰老、死亡，不管将来有多

么灿烂的曙光照耀您的生活，到头来人还得被钉进棺材，扔进墓穴里。"

"那么永生呢？"

"哎，算了吧！"

"您不相信，嘿，可是我却相信。不知是陀思妥耶夫斯基还是伏尔泰的书里有一个人物说，要是真的没有上帝，那么人们也必须把他臆造出来。我深信，即使没有永生，那么伟大的人类智慧早晚也会把它创造出来的。"

"说得好，"安德烈·叶菲梅奇愉快地微笑着说道，"您有信念，这是好事。有信念的人哪怕被幽禁在四堵墙当中也会生活得快乐的。请问您以前大概在什么地方念过书吧？"

"是的，我在大学里念过书，不过没有读完。"

"您是个有思想、爱思考的人。在任何好或坏的环境中您都能找到内心的平静。旨在探明生活意义的那种自由而深刻的思考，对人世无谓纷扰的全然蔑视——这是迄今为止人类最高境界的两种幸福。哪怕您生活在三道铁栅栏里面，却仍旧能享受这种幸福。第欧根尼住在木桶里，可是他比人间所有的帝王更幸福。"

"您那个第欧根尼是傻瓜，"伊凡·德米特里阴沉地说，"您为什么要对我谈起第欧根尼，谈起什么怎样理解生活？"他突然生气了，跳起来叫道，"我爱生活，热烈地生活！我得了被害妄想症，心里经常有一种痛苦的恐惧在煎熬着我，不过有的时候我心里充满了对美好新生活的渴望，这时我就害怕发疯。我渴望着正常的生活，非常渴望！"

他在病室里激动地走来走去，然后压低声音又说：

"当我开始幻想的时候，我脑子里就出现种种幻觉。好像有人走到我跟前来，我听到说话声和音乐声，我似乎觉得，我是在树林里散步，或者在海边徘徊，我是那么热烈地渴望奔忙、操劳的生活

……请告诉我，外面有什么新闻吗？"伊凡·德米特里问，"外头怎么样了？"

"您是想知道城里的新闻呢，还是一般的情形？"

"那就先跟我讲讲城里的新闻，再讲讲一般的情形。"

"好吧。城里乏味得令人厌倦……找不到一个人可以谈天，听不到一句有意思的话。也没有什么新来的人。不过，最近倒是来了一个年轻的医生霍博托夫。"

"居然在我活着的时候就有新人来了。怎么样，他是个卑鄙小人吧？"

"对了，他是一个没有教养的人。您知道吗，说来也奇怪……从各方面看，我们的许多省城都挺活跃，并没有智力停滞的情形——这就是说，省城里应当有真正有教养的人。可是不知什么缘故，每一回他们给我们派来的人都叫人有些失望。这儿真是个不幸的城市！"

"是的，真是个不幸的城市！"伊凡·德米特里叹道，又笑起来，"那么一般的情形呢？在报纸和杂志上有人写了些什么好文章？"

病室里已经暗下来。医生站起来，开始叙述国内外发表的一些重要文章，讲起当前出现了什么样的思想潮流。伊凡·德米特里专心听着，不时提出些问题，可是突然间，他仿佛想起了什么可怕的事情，立刻抱住头，在床上躺下，背对着医生。

"您怎么啦？"安德烈·叶菲梅奇问道。

"您休想再听见我说一个字，"伊凡·德米特里粗鲁地说，"离我远点！"

"这是为什么？"

"我对您说：离我远点！真见鬼了！"

安德烈·叶菲梅奇耸了耸肩膀，叹口气，走了出去。经过外屋

时他说：

"这里最好收拾一下，尼基塔……气味难闻得很！"

"是，老爷。"

"多么招人喜欢的年轻人！"安德烈·叶菲梅奇一面走回寓所一面想道，"我在此地住了这么久，他好像还是我所遇到的头一个值得交谈的人。他善于思考，关心着应该关心的事。"

这以后他坐下看书，上床睡觉，想着伊凡·德米特里。第二天早晨醒来，他记起昨天结识了一个聪明有趣的人，便决定一有空闲就再去看他一次。

✝

伊凡·德米特里依旧保持着那种姿势抱着头，缩着腿躺在床上。

"您好，我的朋友，"安德烈·叶菲梅奇说，"您没有睡着吧？"

"首先，我不是您的朋友，"伊凡·德米特里把嘴埋在枕头里说，"其次，您这是白费心思：您休想再从我嘴里听到一个字。"

"奇怪……"安德烈·叶菲梅奇狼狈地嘟哝说，"昨天我们本来谈得很融洽，可是不知什么缘故您突然生气了，一下子什么也不肯谈了……恐怕我说了什么不得体的话，或者是说了些想法不符合您的信念……"

"哼，居然要我这么相信您的话！"伊凡·德米特里直起身子，带着既嘲讽又惊慌的神情望着医生，他的眼睛是红的。"您尽可以到别的地方去刺探和拷问，可是在这里您办不到。我还在昨天就已经想明白您为什么上这儿来的原因了。"

"奇怪的想法！"医生淡淡一笑，"这么说，您把我当成密

探了?"

"是的,是这样……我就是这么想的,密探也罢,医生也罢,总归是一回事,反正都是派来试探我的。"

"唉,您这个人,请原谅我直说……真是个怪人!"

医生在床前的凳子上坐下,不以为然地摇着头。

"不过现在假定您是对的,"他说,"就算我阴险地想抓住您的什么把柄好告到警察局去,您被捕了,于是受审了。可是难道您在法庭上或在监狱里就一定比在这里更糟吗?就算判您终生流放甚至服苦刑,难道就一定比关在这间病室里更糟吗?我以为不会更糟……那您又有什么可怕的?"

听完这番话,伊凡·德米特里的心暂时安定下来了。他安心地坐下了。

那是下午四点多钟。平常这个时候,安德烈·叶菲梅奇总在寓所的各个房间里走来走去,达留什卡便问他是不是该喝啤酒的时间了。这一天风和日丽,晴空万里。

"我吃完饭出来溜达溜达,您瞧,顺路就上这儿看看您,"医生说,"外面完全是春天了。"

"现在是几月?三月吗?"伊凡·德米特里问道。

"是的,三月底。"

"外面到处是烂泥吧?"

"不,不完全是。花园里已经有路可走了。"

"现在要是能坐上一辆四轮马车去郊游倒是挺适宜的,"伊凡·德米特里像刚醒来似的揉揉他的红眼睛说,"然后回到家里温暖舒适的书房……请一位好大夫治治头疼……我已经过了很久这种禽兽不如的生活了。这里糟糕透了!糟糕得叫人受不了!"

经历了昨天的兴奋之后,他累了,无精打采,懒得说话。他的手指不住地发抖,头疼得很厉害,脸色很差劲。

"温暖舒适的书房跟这个病室之间并没有什么多大的差异，"安德烈·叶菲梅奇说，"人的恬静和满足不在他身外，而在他的内心。"

"您这话是什么意思？"

"普通人以身外之物，像马车和书房，来衡量命运的好坏；而有思想的人以内心平静与否来衡量它的好坏。"

"您或许应该到希腊去宣传这套哲学，那里气候温暖，空气中充满着橙子的芳香，而这套哲学跟这里的气候却相互冲突。我跟谁谈起过第欧根尼来了？大概就是跟您吧？"

"是的，昨天您跟我谈起过他。"

"第欧根尼用不着书房和温暖的住所，那边没有这些东西也已经够热了。只要住在木桶里，吃橙子和橄榄就足够了。如果他生活在俄罗斯，那么别说十二月，就是在五月份他也会要求搬进屋里去，否则他准会给冻得缩成一团了。"

"不，对寒冷，以及一般人们所说的普通的痛苦，人可以做到毫无感觉。马可·奥勒留说过：'痛苦是人对病痛的一种生动的概念，如果你运用意志的力量去改变这个概念，抛开它，不再诉苦，痛苦就会消失。'这话说得很中肯。大圣大贤或者一般的有思想、爱思索的人，之所以与众不同，就在于他蔑视痛苦、忽略痛苦，他总感到心满意足，对任何事物都不感到惊奇。"

"那么说我痛苦，不满，对人的卑鄙感到吃惊，是因为我是白痴。"

"您用不着这样说。只要您能经常地深入思考一番，您就会明白，那些搅得我们心神不宁的身外之物是多么微不足道。竭力去探明生活的意义——真正的幸福所在。"

"探明生活的意义……"伊凡·德米特里皱起眉头说，"什么身外之物，内心世界……对不起，我实在不懂。我只知道，"他站起

来，怒气冲冲地看着医生说，"我只知道上帝创造了我这个有血有肉有神经的人，就是这样，先生！人的机体组织既然是有生命的，那么它对外界的一切刺激就不会无动于衷，它会有所反应。我就有反应。受到痛苦，我就喊叫，流泪；看到卑鄙行为，我就愤慨，看到肮脏，我就厌恶。在我看来，说实在的只有这样才叫真正的生活。这个有机体越是低下，它的敏感程度就越差，它对外界刺激的反应能力就越弱；机体越高级，也就越敏感，对现实的反应就越强烈。这点儿道理您应该不会不懂吧？身为医生，居然连这么简单的道理都不明白！为了能蔑视痛苦、永远知足，对什么都不感到惊奇，瞧，就得修炼到这般地步，"伊凡·德米特里指着一身肥肉的胖农民说，"要不然让痛苦把你磨练得麻木不仁，对苦难失去一切感觉，换句话说，也就是变成了活死人。对不起，我不是大圣大贤，也不是哲学家，"伊凡·德米特里气愤地继续道，"您那些道理我一点也不懂。我也不善于讲道理。"

"刚好相反，您讲起道理来很出色。"

"您刚才讲到的斯多葛派哲学家，是一些了不起的人，但他们的学说早在两千年前就停滞不前了，当时一步也没有向前迈进，将来也不会前进，因为那种学说不切实际，脱离生活。它只是在少数终生致力于研究、赏玩各种学说的少数人中间获得成功，而大多数的人并不理解它。任何鼓吹漠视财富，漠视生活的舒适，蔑视痛苦和死亡的学说，对绝大多数人来说，是完全无法理解的，因为大多数人生来就没有享受过富裕，也从没享受过安逸的生活，而蔑视痛苦对他们来说也就是蔑视生活本身，因为人的全部实质就是由寒冷、饥饿、屈辱、损失等感觉以及哈姆雷特式的怕死感觉构成的。全部生活不外乎这些感觉。人可以因生活而苦恼，而憎恨它，但决不会蔑视它。是这样。我再说一遍，斯多葛派的学说绝不会有前途，从开天辟地起直到今天，您也看明白，不断进展的是斗争，对

痛苦的敏感，对刺激的反应能力……"

伊凡·德米特里的思路突然中断，他停下来，烦躁地擦着额头。

"我本来想说一句重要的话，可是我的思路乱了，"他说，"我刚才说什么来着？哦，对了！我想说的是，有个斯多葛派的人为了替亲人赎身，就自己卖身做奴隶。您瞧，这就是说连斯多葛派的人对刺激也不会毫无反应的，因为要做出舍己为人这种壮举，就得有一颗义愤填膺、悲天悯人的心灵才行。我在这个牢房里把学过的东西都忘光了，要不然我还会记起一点别的事情，譬如拿基督来说，怎么样？基督对现实生活的反应是哭泣、微笑、忧愁、愤怒，甚至难过。他并没有面带微笑去迎接痛苦，也没有蔑视死亡，而是在客西马尼花园里祷告，求天父叫这苦难离开他。"

伊凡·德米特里笑起来，坐下了。

"就算人的安宁和满足不在他身外，而在他自己的内心，"他又说，"就算人应当蔑视痛苦，对什么都不表示惊奇。可是您根据什么理由鼓吹这些呢？您是智者？哲学家？"

"不，我不是哲学家，不过每个人都应当宣扬它，因为这是在情在理的。"

"不，我想知道的是，您凭什么认为自己有资格来宣扬探明生活意义、蔑视痛苦等等这类观点？难道您以前受过苦？您理解痛苦的意义？容我问一句：您小时候挨过打吗？"

"没有，我的父母痛恨体罚。"

"可是我经常挨父亲的毒打。我的父亲是个性情暴躁、害痔疮的文官，鼻子很长，脖颈发黄。不过我们还是谈谈您吧。您有生以来，从来没被人用指头碰过一下，谁也没有吓唬过您、折磨过您，您健壮得跟牛一样。您在您父亲的庇护下长大成人，他供您上学读书，之后一下子就谋到这个高薪而清闲的差使。二十多年来您一直

住着不花钱的公房，供暖、照明、仆役，一应匝俱全，而且有权爱
怎么干就怎么干，爱干多少就干多少，哪怕一点事儿不做也无关紧
要。您生性就是个懒散、邋遢的人，所以您费尽心思把您的生活安
排得不让任何什么事情来打搅您，免得您动一动位子。您把应做的
工作交给医士和别的坏蛋去做，自己却坐在温暖安静的书房里，攒
钱，看书。为了消遣，思考着各种各样高尚的无聊问题，而且还，"
伊凡·德米特里看一眼医生的红鼻子，"爱喝酒。总而言之，您并
没有见识过真正的生活，完全不了解生活，对于现实，您只是在理
论上认识它。至于您蔑视痛苦、对什么都不表示惊奇，其原因很简
单：四大皆空，身外之物和内心世界，蔑视生活、痛苦、死亡，探
明生活的意义，真正的幸福——凡此种种都是最适合俄国懒汉的哲
学。比方说，您看见一个农民在打他的妻子。何必抱不平呢？由他
去打好了，反正人生来，迟早有一天是会死的，况且打人的人所侮
辱的不是被打的人，而是他自己。酗酒是愚蠢的，不成体统的，但
喝酒与不喝酒最终的结局都是死。再譬如有个村妇来找您看病，她
牙疼……哼，那算什么？疼痛是人对病痛的一种概念罢了，再说人
生在世免不了灾病，大家都要死的，所以你这婆娘，去你的吧，别
妨碍我思考和喝酒。年轻人来讨教他该怎样生活，怎样做才对。换
了别人回答前一定会认真考虑慎重回答，可是您的答案是现成的：
努力去理解生活的意义，或者努力去寻找真正的幸福。可是那个荒
唐的'真正的幸福'究竟是什么东西呢？当然，答案是虚无的。我
们这些人被关在铁牢里长期幽禁，浑身脓疮，受尽折磨，可是这很
好，也很合情合理，因为这个病室和温暖舒适的书房之间没有什么
分别。好方便的哲学：不用做事，而良心清清白白，并自以为是个
智者……不，先生，这不是哲学，不是思想，也不是眼界开阔，而
是懒惰，是巫师显灵，是痴人说梦……是的！"伊凡·德米特里又
生气了，"您蔑视痛苦，可是，如果用房门把您的手指头夹一下，

您恐怕就要扯开嗓门大喊大叫起来了!"

"也许我并不大喊大叫呢。"安德烈·叶菲梅奇温和地微笑着说。

"是吗!可能吗?瞧着吧,要是您突然中风。'咚'地一声栽倒了,或者有个混蛋和无耻小人,利用他自己的地位和官势当众侮辱您一场,您明知他这样做仍旧可以逍遥法外——哼,到那时您就会明白叫别人去探明生活的意义、和追求真正的幸福是怎么回事了。"

"您的话很有自己独特的见解,"安德烈·叶菲梅奇满意地笑着、搓着手说,"您对概括的爱好,这使我感到既愉快又吃惊。您刚才对我的性格特征勾勒了一番,简直精彩极了。我得承认,同您交谈给我精神上带来了莫大的乐趣。好吧,我已经听完了您的话,现在请您费心听我说一说……"

十一

一个多钟头过去了,谈话才刚结束,伊凡·德米特里显然给安德烈·叶菲梅奇留下了深刻的印象。此后他开始每天到这间屋子里。他早晨去,下午去,黄昏时也仍旧能看到他跟伊凡·德米特里在交谈。伊凡·德米特里起先见着他还有点拘束,怀疑他居心不良,就公开表示自己的敌意,可是后来跟他处熟了,他的声色俱厉的态度就变成了一种宽容的嘲讽。

不久医院里到处流传着一种谣言,说医师安德烈·叶菲梅奇开始经常去第六病室。医士也好,尼基塔也好,护士们也好,谁都弄不明白他为什么到那儿去,而且一坐就是好几个钟头,到底谈些什么,为什么也不开药方。他的行为太古怪了,连米哈伊尔·阿韦良内奇也常常发现他不在家,这在过去是从来没有发生过的。达留什

卡更是心慌，怎么医生不在规定的时间喝啤酒，有时甚至连吃饭都耽误了。

那是六月底的一天，医生霍博托夫来找安德烈·叶菲梅奇商量点事，发现医师不在家，就到院子里找他。在那儿有人告诉他，说老医生到精神病人那儿去了。霍博托夫走进偏屋，站在外屋里，听见了下面的谈话：

"我们永远谈不到一块儿，您休想让我相信您的那一套信仰，"伊凡·德米特里气愤地说，"您根本不了解现实生活，您从来没有受过苦，反而像条水蛭那样专靠别人的痛苦而生活。我呢，从生下那天起就一直在受苦直到今天，因此我老实对你说：我认为我在各方面都比您更高明，比您有资格。您不配来教训我。"

"我根本没有存心要您认同我的信仰，"安德烈·叶菲梅奇平静地说，他很惋惜对方不肯了解他的心意，"问题不在这里，我的朋友。问题不在于您受苦而我没有受过苦。痛苦和欢乐都是暂时的，我们不谈这些，由它们去吧。问题在于您和我都在思考，我们看出彼此都是善于思考和推理的人，不管我们的见解多么不同，但思考把我们紧紧连在了一起。要是您能知道，我的朋友，我是多么厌恶那种无所不在的狂妄、平庸和愚昧，而每次跟您交谈我又是多么愉快就好了！您是有头脑的人，我觉得跟您相处很快乐。"

霍博托夫把门推开一条缝，往病室里看了一眼。伊凡·德米特里戴着尖顶帽和医师安德烈·叶菲梅奇并排坐在床边。疯子做着怪相，直打哆嗦，还不时神经质地裹紧病号服。医师低着头，一动不动地坐在那儿，脸色发红，表情显得非常无奈和悲伤。霍博托夫耸耸肩膀，冷笑一声，跟尼基塔互相看一眼，尼基塔也耸耸肩膀。

霍博托夫跟医士在第二天一起到偏屋里来，两人站到前室里偷听。

"咱们的老爷子似乎完全疯了！"

"主啊，饶恕我们这些罪人吧！"庄重的谢尔盖·谢尔盖伊奇叹了一口气，小心地绕过水洼，免得弄脏他那双擦得锃亮的鞋子，"老实说，尊敬的叶夫根尼·费多雷奇，我老早就预料到会发生这样的事儿！"

十二

在这以后，安德烈·叶菲梅奇开始感觉四周有一种神秘的气息包围着他。医院里的勤杂工、护士和病人一遇见他就从头到脚地瞧他，然后交头接耳地说话。往常他喜欢在医院的花园里遇见总务长的女儿小姑娘玛莎，可是现在每当他面带微笑走到她跟前想摸摸她的小脑袋时，不知因为什么缘故她总是飞快地跑开。邮政局长米哈伊尔·阿韦良内奇听他说话，也不再总是"完全正确"，而是令人莫名其妙地惶惶不安地嘟哝："是的，是的，是的……"同时若有所思地忧伤地看着他。潜移默化中他开始劝自己的朋友戒掉伏特加和啤酒，不过他是一个讲究礼貌的人，在劝的时候并不直截了当地说，总是旁敲侧击地暗示他。先对他讲到一个营长，那是一个出色的人；之后讲到团里的神父，也是一个可爱的年轻人；说他们因为经常喝酒，所以经常生病，可是把酒戒掉之后，什么病都好了。他的同事霍博托夫来过两三次，他也劝他戒酒，而且无缘无故地劝他服用溴化钾药水。

安德烈·叶菲梅奇在八月里的时候收到市长的一封来信，说是请他去共同商量一件很要紧的事。他在约定的时间来到市政厅，在那里安德烈·叶菲梅奇发现在座的还有军事长官，政府委派的县立学校的学监，市参议员，霍博托夫，另外还有一位胖胖的头发金黄的先生，经介绍，原来这是一位医师。这位医师姓一个很难上口的

波兰人的姓，住在离城三十俄里远的养马场，现在是凑巧路过这个城。

"这里有一份关系到你们医院的申请，"大家互相打过招呼围桌坐下来以后，市参议员对他们说，"叶夫根尼·费多雷奇说，医院主楼里的药房太窄了，应当把它搬到侧屋去。当然啦，搬是可以的，这不成问题。关键问题在于侧屋需要整修一番。"

"是的，不整修是不行的，"安德烈·叶菲梅奇想了想，"比如说，把院子角上的那个侧屋布置出来充当药房，那么这笔费用我认为至少需要五百卢布。这是一笔非生产的开支。"

大家沉默了一会儿。

"十年前我已经呈报过，"安德烈·叶菲梅奇低声继续道，"若要保持这个医院的现状，那么它将是这个城市的一个超过了它负担能力的一个奢侈品。这个医院是在四十年代建成的，不过当时的经费情况跟现在有所不同。现在这个城市把过多的钱花费在不必要的建筑和多余的职位上了。我认为，换一种方式，这笔钱完全可以维持两所模范的医院。"

"好，那您就提出另外一个办法吧！"市参议员赶忙说。

"我已经向您呈请过：把医疗部门移交地方自治局管理。"

"是啊，您要是把钱交给地方自治局，它就可中饱私囊了。"浅发的医生笑着说。

"历来如此。"市参议员表示同意，也笑了。

安德烈·叶菲梅奇垂头丧气地用暗淡无光的眼睛看着金黄头发的医生说：

"说话要公道才对。"

又是一阵沉默。茶端上来了。不知什么缘故那个军事长官很不好意思，他隔着桌子碰碰安德烈·叶菲梅奇的手，说：

"您完全把我们忘了，大夫。不过您跟我们不同，您是个修士：

既不爱打牌，也不喜欢女人。您跟我们这班人来往一定觉得无聊吧。"

大家谈起，在这个城市里，上流人士的生活是多么无聊。没有剧院，没有音乐，在俱乐部最近开的一次舞会上，二十来位女士才有两名男舞伴。年轻人不跳舞，却老是挤在小吃部附近，不然就打牌。安德烈·叶菲梅奇没有抬起眼睛看任何人，慢慢地平静地开始讲起来，城里人把他们生命的精力、心灵和智慧都耗费在打牌和搬弄是非上，不会也不愿意把时间用在有趣的谈话和读书上，不肯享受智慧所提供的乐趣，这真是可惜，太可惜了。只有智慧才是有趣味的、值得注意的，至于其余的一切都是泛泛的不值一提的。霍博托夫专心地听着自己同事的讲话，突然问道：

"安德烈·叶菲梅奇，今天是几号？"

听到提问以后，他和金黄头发医生用一种自己也觉得不高明的主考官的口气开始盘问安德烈·叶菲梅奇：今天是星期几，一年当中有多少天，第六病室里是不是住着一个了不起的先知。

安德烈·叶菲梅奇在回答最后一个问题时，红着脸说：

"是的，他是一个病人，不过他是个有趣味的年轻人。"

此后再没有人向他提任何问题。

当他在前厅里穿大衣的时候，军事长官伸出一只手来放在他的肩头上，叹口气说：

"我们这些老头子到该退休的时候啦！"

安德烈·叶菲梅奇在走出市政厅时才明白过来，原来这是个奉命来考查他的智能的委员会。他回想他们对他提的种种问题，不禁涨红了脸，不知为什么他生平第一回为医学感到惋惜和悲哀。

"我的天哪，"他想起那些医生刚才怎么考查他，不由得暗想，"要知道他们不久前刚听完精神病学的课程，参加过考试，怎么现在变得这么一窍不通？他们连精神病学的概念都没有。"

他非常生气有生以来第一次受到了别人的侮辱，生气了。

邮政局长在黄昏时分来看他。米哈伊尔·阿韦良内奇没向他打招呼，而是径直走到他跟前，抓住他的双手，激动地说：

"亲爱的，我的朋友，请您相信我的真诚的好意，并把我看作您的朋友……亲爱的！"他不容安德烈·叶菲梅奇开口讲话，仍旧激动地继续道，"我喜欢您是因为您有教养、心灵高尚。请听我说，我亲爱的朋友。医学守则要求医生不能对您说真话，而我作为军人必须实话实说：您的身体如今不是很正常！原谅我，亲爱的朋友，但这是实情，您周围的人早已注意到这一点了。刚才叶夫根尼·费多雷奇大夫对我说，为了您的健康着想，您务必要休息一下，散散心。完全正确！好极了！我的度假日过几天就到了，我也想外出换换空气。请表明您是我的朋友，我们一道走！仍旧照往日那样一道走。"

"我觉得我身体十分健康，"安德烈·叶菲梅奇想了想说，"我不能去。请允许我用别的方式来向您表明我的友情。"

出门远行，既不知道到哪儿去，也不知道为什么要去，丢开书，离开达留什卡，离开啤酒，完全打破已经建立了二十多年的生活方式——这种主意他一开始就觉得又荒唐又离奇。可是他想起了在市政府的那番谈话，想起了离开市政府回家路上经历的那份沉重的心情，他又觉得暂时离开这个城市，躲开这些把他当成疯子的蠢人，倒也未尝不可。

"那么您究竟打算去哪儿呢？"

"去莫斯科，去彼得堡，去华沙……我曾在华沙度过了我一生中最幸福的五年。那是个多棒的城市啊！我们一道去，亲爱的朋友！"

十三

医院在一个星期以后，建议安德烈·叶菲梅奇休养一下，其实就是变相地要他辞职，他满不在乎地照着做了。又过了一个星期，他和米哈伊尔·阿韦良内奇已经坐上一辆邮车，动身去最近的火车站了。天气凉爽晴朗，蓝湛湛的天空，一望无际的原野，一切都看得清清楚楚。到火车站有二百俄里路程，坐马车得走两天，沿途歇两夜。每到一个驿站，总有人端来茶水，杯子没有洗干净，或者套马的时间久了一点，米哈伊尔·阿韦良内奇便气得涨红了脸，浑身哆嗦，大声喝斥："闭嘴！不准强辩！"一坐进远程马车之后，他就一刻不停地讲起他当初去高加索和波兰王国旅行的事。多么惊险的经历，多么热情的接待！他说话的声音非常宏亮，同时做出一副惊讶的神色，让人以为他是在说谎。另外，他总是一面讲话一面冲着安德烈·叶菲梅奇的脸喷气，对着他的耳朵哈哈大笑，弄得医师很别扭，也妨碍他思考和集中精力。

到了火车站，他们为了省钱，买了三等车厢的票，坐进一节不准抽烟的车厢里。半数乘客是上流人士。米哈伊尔·阿韦良内奇不久就跟他们搞熟了，从这个座椅换到那个座椅，大声说，他们真不该在这种糟糕的铁路上旅行。简直上当受骗！如果骑一匹好马走就完全不同啦，一天赶上一百俄里路，过后仍然精神抖擞，舒服得很。至于讲到我们收成不好，那是因为平斯克沼泽地的水都叫人排干了。总而言之，到处都糟透了。他显得十分兴奋，高声谈笑，不容别人插嘴。这种无休止的扯蛋，哈哈大笑和指手划脚，让安德烈·叶菲梅奇感到十分厌倦。

"我们两人当中究竟谁是疯子？"他懊丧地想，"是我这个竭力

不惊扰乘客的人，还是这个自以为比大家都聪明有趣，因而不让其他人休息的利己主义者呢？"

在莫斯科，米哈伊尔·阿韦良内奇穿上没有肩章的军服和镶着红丝条的军裤。在外出时还戴上军帽，穿上军大衣，走在大街上使得士兵们见着他都要立正敬礼。安德烈·叶菲梅奇现在才感到，这个人原来所有的贵族气派中的良好素养已经丧失殆尽，只留下一些恶习。他喜欢别人伺候他，哪怕在完全不必要的时候也一样。火柴就在他面前的桌子上，他自己也看见了，但还是向仆役嚷嚷，要他拿火柴来。他从来不认为穿着内衣裤在女宾面前走来走去是件难为情的事。他对所有的仆人，哪怕是老人，也一律称呼"你"，发火的时候，就骂他们是蠢货和傻瓜。安德烈·叶菲梅奇觉得，这些虽然都是老爷派头，但非常令人厌恶。

首先，米哈伊尔·阿韦良内奇领他的朋友到伊维尔教堂里。他热烈地祈祷，不住地磕头、流泪。完事以后，还深深地叹口气说：

"即使你不信教，可是祷告一下心里也会觉得踏实点。吻圣像吧，亲爱的。"

安德烈·叶菲梅奇有些尴尬地吻了吻圣像。米哈伊尔·阿韦良内奇则努起嘴唇，晃着脑袋，小声念着祷词，眼泪又涌上了眼眶。随后两人到克里姆林宫，观看了皇家的炮和钟，甚至伸出手去摸了一摸，欣赏了莫斯科河对岸的景色，参观了救世主教堂和鲁缅采夫博物馆。

他们在捷斯托夫饭店吃饭。米哈伊尔·阿韦良内奇把菜单看了很久，摩挲着络腮胡子，用那种素来觉得到了餐馆就像在家里那样的美食家的口气说：

"我们倒要瞧瞧今天你们拿什么菜来招待我们，亲爱的！"

The Collected Works Of Chekhov

十四

　　医师做着一切他旅游时该做的事，但他心里只有一种感觉：讨厌米哈伊尔·阿韦良内奇。他一心想离开他的朋友独自休息一下，躲着他，藏起来，可是这位朋友却认为有责任寸步不离地跟在他身边，尽量为他安排各种娱乐消遣。等到实在没有东西可看的时候，他就用闲谈来给他解闷。安德烈·叶菲梅奇连着隐忍了两天。但第三天他实在忍不住了，便向朋友声明他病了，想留在家里歇一天。朋友说，既然这样他也不出去了。确实，也该休息一下了，要不然两条腿都要跑断了。安德烈·叶菲梅奇躺在长沙发上，脸对着靠背，咬牙切齿地听朋友东拉西扯。他热烈地断言，法国早晚一定会打垮德国，说莫斯科有无数骗子，说想看出马的优劣，不能光凭外貌，等等，等等。医师感到耳朵里嗡嗡地响心砰砰直跳，但是出于礼貌，他不好意思要朋友走开或者闭嘴。幸好米哈伊尔·阿韦良内奇自己觉得枯坐在旅馆里闷得慌，饭后独自出去散步了。

　　等到只剩下安德烈·叶菲梅奇一人时，他这才体验到一种休息的感觉。一动不动地躺在沙发上，意识到房间里只有自己一人，这是件多么令人愉快的事啊！没有孤独就不会有真正的幸福。堕落天使之所以背弃上帝，大概是因为他渴望享受天使们没有领略过的孤独吧。安德烈·叶菲梅奇本打算想一想这几天来的所见所闻，可是米哈伊尔·阿韦良内奇的影子却在他的脑子里挥之不去。

　　"要知道他是出于友谊，出于好心才放弃度假日，陪我出来旅行，"医生烦恼地想道，"可是，这种友爱的保护却让人觉得是种束缚。看上去他是个善良、宽厚、快活的人，其实是个无聊得很的家伙。无聊得叫人受不了。有些人就是这样明明愚蠢得很却总是装作

会说聪明话和好话。"

安德烈·叶菲梅奇在之后的几天里一直推说自己病了，不肯离开旅馆的房间。他脸对着长沙发的靠背，躺在长沙发上，遇到朋友用闲谈为他解闷，他便苦恼不堪，遇到朋友外出，他就休息养神。他埋怨自己不该出门旅行，埋怨朋友变得越来越贫嘴、放肆。他无论怎样也无法把思想提到一些严肃而高尚的方面去。

"这就是伊凡·德米特里所说的现实生活，它把我折磨的好苦。"他心想，气恼自己的小题大做，"不过，这没什么要紧……等我回到家，一切都会跟先前一样……"

在彼得堡仍旧是他成天不出旅馆，躺在沙发上，只有喝啤酒时才站起来的局面。

米哈伊尔·阿韦良内奇老是催他到华沙去。

"亲爱的，我上那儿去干什么？"安德烈·叶菲梅奇恳求他，"您一个人去吧，您让我回家好了！我求您了！"

"那可不行！"米哈伊尔·阿韦良内奇抗议道，"那是个无与伦比的城市。我一生中最幸福的五个年头是在那里度过的。"

安德烈·叶菲梅奇的性格中缺乏那种坚持己见的个性，他只好勉为其难地跟着到华沙去了。到了那里，他照样没有走出旅馆的房间，躺在沙发上，生自己的气，生朋友的气，生那些怎么也听不懂俄语的仆役的气。米哈伊尔·阿韦良内奇却照样健壮快活精神抖擞，一天到晚在城里溜达，找他旧日的朋友，好几次彻夜未归。有一回，不知他在什么地方过了一夜，大清早才回到旅馆，而且神情激动，来回踱步，满脸通红，头发蓬乱。他在房间里从这头走到那头走了很长时间，嘴里喃喃自语，后来站住了，说：

"名誉要紧啊！"

他又走了一阵儿，忽然双手抱住头，用悲惨的语调说：

"是的，名誉要紧！真该死，当初我就不该坚持己见，一定要

来游历这个巴比伦！亲爱的，"他对医生说，"您蔑视我吧：我打牌输了钱！借给我五百卢布吧！"

安德烈·叶菲梅奇数出五百卢布，一句话也没说地就把钱交给他的朋友。他的朋友仍旧因为羞愧、愤怒而满脸通红，没头没脑地赌了一个毫无必要的咒，戴上帽子，出去了。大约过了两个钟头他回来了，往一张圈椅里一坐，大声叹一口气，说：

"我的名誉总算保住了！我们走吧，我的朋友！我连一分钟都不愿意再待在这个讨厌的城市了。到处都是骗子！奥地利的间谍！"

在十一月时，他们才回到他们的城市，街上积了很深的雪。霍博托夫医生接替了安德烈·叶菲梅奇的职位，不过他仍旧住在原来的寓所里，等着安德烈·叶菲梅奇回来后腾出医院的寓所。那个被他称为厨娘的丑女人已经在一间厢房里住下了。

城市里又散布着关于医院新的流言蜚语，据说那个丑女人跟事务长吵过一架，还说事务长好像向她下跪告饶了。

安德烈·叶菲梅奇第一天回到本城就不得不找房子搬家。

"我的朋友，"邮政局长不好意思地对他说，"原谅我提个唐突的问题：您手里有多少积蓄？"

安德烈·叶菲梅奇默默地数数自己的钱，说：

"八十六个卢布。"

"我问的不是这个，"米哈伊尔·阿韦良内奇没听懂医生的话，慌张地说，"我问的是您手里总共有多少家底？"

"我刚才已经告诉您了：八十六个卢布……此外什么也没有。"

医生在米哈伊尔·阿韦良内奇的心里向来是个高尚的正人君子，但仍旧疑心他手里大约有两万存款。现在听说安德烈·叶菲梅奇已成了乞丐，甚至没有钱来维持生活，不知怎么他忽然流下眼泪，抱住了自己的朋友。

十五

安德烈·叶菲梅奇后来在一栋有三扇窗的小房子里住了下来，那房子是小市民别洛娃家的。房子只有三间屋，外加一个厨房。医生住在窗子临街的两个房间，达留什卡和带着三个孩子的女房东挤在第三个房间和厨房。有时女主人的情夫来过夜，这个醉醺醺的汉子整夜吵闹，吓得孩子们和达留什卡胆战心惊。他一来就在厨房里坐下，开始要酒喝，大家都觉得很不自在。医生动了怜悯之心就把哭哭啼啼的孩子们带进自己房里，让他们在地板上睡下，他从中得到很大的快乐。

他还是跟以前一样，八点钟起床，喝完早茶以后便坐下来阅读自己的旧书和旧杂志。他已经没钱买新书了。不知道是因为那些书是旧书，还是环境变了，总之读书不再像从前吸引他了，而且很快就使他疲倦了。为了不虚度光阴，他把旧书编出一个详细目录，再把小小的书目标签贴到书脊上，他觉得这件机械而费事的工作比读书还有趣。这种单调而烦琐的工作往往在不知不觉中弄得他昏昏欲睡了，现在他什么也不想，这一来时间便过得飞快。即使在厨房里坐下，帮达留什卡削土豆皮，或在荞麦粒中捡小石子他也觉得很有趣。一到星期六和星期日，他必定去教堂。他站在墙边，眯细眼睛，听唱诗班唱诗，想起他的父亲，他的母亲，想起大学生活，想起各种宗教。他心里变得平静而忧伤，走出教堂的时候，总惋惜礼拜仪式结束得太快了。

他到医院里去看望过伊凡·德米特里两次，想再跟他谈一谈。但是那两次伊凡·德米特里情绪都非常激动、气愤。他请医生不要再来打扰他，因为他早已讨厌空谈了。他说，他为自己的一切苦

难,向那些该诅咒的坏蛋请求一种补偿——单独囚禁。难道连这一点要求也要遭到拒绝吗?当安德烈·叶菲梅奇向他告辞、祝他晚安时,两次他都没好气地回答说:

"滚你的去吧!"

安德烈·叶菲梅奇现在不知道他该不该第三次去看望他。不过他心里还是想去的。

往日在吃完午饭的那段时间,安德烈·叶菲梅奇总是在房间里走来走去,沉思默想,可是现在从吃完午饭一直到喝晚茶这段时间里,他一直脸对着靠背躺在沙发上,完全无法摆脱满脑子的世俗想法。他想到工作了二十多年,既没有领到养老金,也没有领到一次补助。不由得愤愤不平,诚然他工作得不算勤恳,可是要知道,所有的工作人员,不管勤恳也好,不勤恳也好,都是能领养老金的。当代的公道正在于官品、勋章、养老金,这些都不是在于道德品质的好坏和工作能干与否而发放的,而是按职务发放的,并不关工作得怎么样,那为什么惟独他一个人要成为例外呢?他现在是身无分文了。他不好意思走过小铺,一看到老板娘就觉得害臊。他已经欠下三十二个卢布的啤酒钱,也欠着小市民别洛娃的房租钱。达留什卡偷偷变卖旧衣服和旧书,还对女房东撒谎,说医生不久就会领到一大笔钱。

他恼恨自己,不该外出旅行花掉了他的一千卢布积蓄。有这一千卢布现在会多么有用啊!他心里烦躁抱怨有人总来打扰他。霍博托夫自认为有责任不时来探访这位有病的同事。可是他那肥头胖脸,他那种粗俗的故作宽容的口气,他嘴里的"同事",连他那双高统靴子,处处都让安德烈·叶菲梅奇看了讨厌。顶讨厌的是,他居然自认为有责任给安德烈·叶菲梅奇看病,而且自以为医术高明。他每一次来访都带一瓶溴化钾药水和几颗大黄药丸。

认为有责任经常来拜访他的还有米哈伊尔·阿韦良内奇。他经

常来为他解闷。每一回他走进安德烈·叶菲梅奇的房间，总是装出随随便便的样子，不自然地哈哈大笑，一再向他表明他今天气色很好，谢天谢地，局面有了转机，从这样的话里也可以得出结论，他认为自己朋友的病情毫无希望了。他总是羞愧难当，神情紧张，并极力扬声大笑，说些滑稽的事，是因为他至今仍未归还在华沙欠下的债。他的那些笑话和奇闻轶事现在好像永远讲不完，这对安德烈·叶菲梅奇和他本人来说都成了件很辛苦的事。

有他在，安德烈·叶菲梅奇照样脸对着墙躺在沙发上，咬着牙听他说话。他的内心本来就压着层层积怨，这积怨随着他朋友的拜访逐渐加深，好像就要涌到他的喉咙口了。

为了压下这些无聊的感情，他赶紧去想，他本人也罢，霍博托夫也罢，米哈伊尔·阿韦良内奇也罢，早晚都要死的，不会在大自然中留下一丝痕迹。要是设想百万年之后有个精灵飞过地球上空，那么这个精灵所看到的也只是粘土和光秃的峭壁。一切东西，不论是文化还是道德准则，都会消灭，连一棵牛蒡都长不出来。那么在小铺老板娘面前觉得害臊，微不足道的霍博托夫，或者米哈伊尔·阿韦良内奇的令人讨厌的友谊，这些又算得了什么？这一切都微不足道，无聊得很。

可是这样的想法已经无济于事。他刚想到百万年之后的地球，这时穿着高统靴的霍博托夫或是故意哈哈大笑的米哈伊尔·阿韦良内奇就会从光秃的峭壁后面突然闪现出，甚至能听到他那含着羞愧的低语："华沙的借款，亲爱的，过几天我就还给你……一定。"

The Collected Works Of Chekhov

十六

米哈伊尔·阿韦良内奇在一天下午来拜访他，安德烈·叶菲梅

奇正躺在沙发上。凑巧，霍博托夫带着一瓶溴化钾药水也来了。安德烈·叶菲梅奇费劲地爬起来，坐好，两条胳膊支在沙发上。

"今天，我亲爱的，"米哈伊尔·阿韦良内奇开口说，"您的气色比昨天好多了。您显得挺有精神！真的，挺有精神！"

"也该到复原的时候了，同事，"霍博托夫打着哈欠说，"这么拖拖拉拉恐怕您自己也腻烦了吧。"

"咱们会复原的！"米哈伊尔·阿韦良内奇快活地说，"我们还要活到一百岁呢！一定能！"

"一百岁不好说，再活二十年应该没问题，"霍博托夫安慰说，"没关系，没关系，同事，您可别泄气……别再胡思乱想了。"

"我们还要大显身手呢！"米哈伊尔·阿韦良内奇哈哈大笑，还拍拍他朋友的膝头，"我们要大显身手的。求上帝保佑，到明年夏天咱们去高加索玩一趟，骑着马儿到处逛一逛，——驾！驾！驾！等我们从高加索回来，瞧着吧，大概还要热热闹闹地操办婚礼呢。"米哈伊尔·阿韦良内奇调皮地挤挤眼睛，"我们会给你说成一门亲事的，亲爱的朋友，让您成亲……"

安德烈·叶菲梅奇忽然感到，积怨一下子涌到喉头上来了，他的心脏猛烈地跳动起来。

"真庸俗！"他说，很快站起来走到窗前，"难道你们不明白你们说得太庸俗了吗？"

他本想说得温和些、礼貌些，可是却不由自主地突然攥紧拳头，高高举过头顶。

"离我远点！"他大喝一声，嗓音都变了，脸涨得通红，浑身打颤，"滚出去！你们俩都滚出去！滚！"

米哈伊尔·阿韦良内奇和霍博托夫都站了起来，先是莫名其妙地瞧着他愣住了，后来害怕了。

"两个人都滚出去！"安德烈·叶菲梅奇不断地嚷道，"呆子！

蠢才！我既不要你们的友谊，也不要你们的药水，蠢才！庸俗！可恶！"

霍博托夫和米哈伊尔·阿韦良内奇不知所措地互相看一眼，踉跄地退到门口，走进了前室。安德烈·叶菲梅奇抓起那瓶溴化钾，朝他们背后使劲扔去。玻璃瓶砰的一声在门槛上砸碎了。

"滚蛋！"追到前室，他用含泪的声音喊道："滚！"

安德烈·叶菲梅奇在客人走后，像发疟疾一样不住地哆嗦，躺到沙发上，反反复复地嘟哝着：

"呆子！蠢才！"

等他的火气平静下来，他首先想到的是可怜的米哈伊尔·阿韦良内奇现在一定羞愧的不得了，心里难受极了，他觉得这件事做得太可怕了。以前从来没出过这种事。头脑和分寸跑哪儿去了？通情达理和明智的淡漠都到哪儿去了？

医生十分羞愧，不住地埋怨自己，吓得彻夜未眠。第二天早上，十点来钟，他动身到邮政局去向邮政局长陪礼道歉。

"昨天的事我们不要再提了，"大为感动的米哈伊尔·阿韦良内奇紧紧握住他的手，叹口气说，"谁再提旧事，让他的眼睛瞎掉。留巴夫金！"他忽然大叫一声，弄得所有邮务人员和顾客都打了个哆嗦，"搬把椅子来！你等着，"他对一个农妇喊道，她正把一封挂号信从铁格子里递给他，"难道你没看见我正忙着吗？"他又转身接着对安德烈·叶菲梅奇温和地说："坐下吧，我恳求您，亲爱的朋友。"

他沉默了一会儿，轻轻地抚摩着膝头，然后才说：

"我心里一点也没有生您的气。害病可不是闹着玩的事，这我知道。昨天您发病了，吓坏了我和大夫。事后我们又谈起您，谈了很久。我亲爱的。您应该认真治一治您的病了？事情不能照这样发展下去？请原谅我作为朋友直言不讳，"米哈伊尔·阿韦良内奇开

始小声说，"您生活在极其恶劣的环境里：住处狭小，肮脏，无人照料，没钱治病……我亲爱的朋友，我和大夫真诚地恳求您，听从我们的忠告：住到医院里去养病吧！那里有营养食品，有人护理，有人治病。叶夫根尼·费多雷奇，我们私下里说一句，尽管是个举止粗俗的人，不过他医术精湛，咱们倒完全可以信任他。他已经答应我，他要给您治病。"

安德烈·叶菲梅奇被邮政局长这种真诚的关怀和突然出现在脸颊上的眼泪感动了。

"我尊敬的朋友，不要听信那种谣言！"他也小声说，一手按到胸口上，"别信他们的话！那全是骗人的！我的病只在于二十年来我在这个城市里找到了一个有头脑的人，而他又是个疯子。我根本没有害病，我只不过落进了一个魔圈里，再也出不去了。我觉得随便怎么样都无所谓，我做好了承担一切恶果的准备。"

"到医院里去养病吧，我的朋友。"

"我无所谓，哪怕跳进万丈深渊也没关系。"

"亲爱的，您得保证处处都听叶夫根尼·费多雷奇的安排。"

"好吧，要我保证我就保证。可是我要再说一遍，我尊敬的朋友，我落入了一个魔圈。现在不管什么东西，就连我的朋友们真诚的关怀，也包括在内，只会导致一个结局——我的毁灭。我正在毁灭，而且我现在有勇气承认这个事实。"

"好朋友，您会康复的。"

"何必再说这种话呢？"安德烈·叶菲梅奇忿忿地说，"很多人在一生中的最后阶段才能体会我此刻的心境。一旦有人告诉您，您的肾脏有毛病，或者心房扩大之类的话，所以您必须治疗，或者有人告诉您，您是疯子，是罪犯，总之换句话说，一旦人家突然注意您，那您就得知道您落入了魔圈里，再也出不去了。您竭力想逃出来，却越发陷得深了。索性听天由命吧，因为任何人的力量已经不

能挽救您了。我就是这样想的。"

这当儿铁格子那边挤满了顾客。安德烈·叶菲梅奇不想妨碍公务，便站起来告辞。米哈伊尔·阿韦良内奇再一次请求取得他的诺言，然后一直把他送到大门口。

霍博托夫穿着短皮袄和高统靴出乎意料地在当天傍晚来到安德烈·叶菲梅奇家里来。他平静地说，那语气仿佛昨天根本没发生过任何事：

"我是有事来找您的，同事。我来邀请您，您愿意不愿意跟我一道去参加一次会诊？"

安德烈·叶菲梅奇心想，霍博托夫大概想让他出去走一走，解解闷，或者真要给他一个赚点儿钱的机会，于是穿上衣服，跟他一道走到街上。他暗自高兴总算有机会弥补一下昨天的过失，两人和解了，并且从心里感激霍博托夫，他居然只字不提昨天的事，可见分明原谅他了。别人很难料到这个没有教养的人会有这样细腻的感情。

"那么您的病人在哪儿？"安德烈·叶菲梅奇问道。

"在我的医院里。我早就想请您来看一看了，那是一个很有意思的病例。"

他们走进医院院子，绕过主楼，朝疯人住的偏屋走去。不知什么缘故走这段路时两人都沉默不语。他们一走进前室，尼基塔照例跳起来，挺直身子立正。

"这里有个病人忽然由肺部引出并发症，"霍博托夫同安德烈·叶菲梅奇一块走进第六病室时低声说，"您在这儿先等一下，去取我的听诊器之后。我马上就回来。"

他说完就匆忙出去了。

十七

天色逐渐暗沉下来，伊凡·德米特里依旧躺在自己床上，把脸埋在枕头里。瘫痪病人一动不动地坐着，轻声抽泣，嘴唇不住地嘟动。胖农民和从前的拣信员已睡觉了。屋里一片寂静。

安德烈·叶菲梅奇坐在伊凡·德米特里的床沿上等着。可是一个半钟头过去之后，霍博托夫还是没有来。尼基塔却抱着病号服，也不知谁的内衣裤和一双拖鞋来到了面前。

"老爷，请您换衣服，"他轻声说，"您的床在这边，请过来，"他指着一张显然是不久前刚搬来的空床接着说，"不要紧，上帝保佑，您会复原的。"

这下子安德烈·叶菲梅奇全明白了。他一句话也没说，按照尼基塔的指点走到那张床前，坐在床边。他看到尼基塔站在一旁等着，便自己脱光身上的衣服，他感到很难为情。又赶紧穿上病号的衣服，内裤太短，衬衫又太长，那件长袍上还有熏鱼的气味。

"您会复原的，上帝保佑。"尼基塔又说了一遍。

他伸手抱起安德烈·叶菲梅奇换下来的衣服，走出去，随手关上身后的门。

"无所谓……"安德烈·叶菲梅奇想道，羞臊地裹紧长袍的衣襟，直觉得穿上这身新衣服他像个囚徒了，"这也无所谓……礼服也罢，制服也罢，这身病号服也罢，反正都一样……"

可是怀表怎么样了？侧面口袋里的记事本怎么样了？还有香烟呢？尼基塔把他的衣服拿到哪儿去了？这样一来，恐怕直到死的那一天为止，他再也没机会穿自己的裤子、坎肩和靴子了。这一切实

在太离奇了，乍想简直不可思议。尽管直到现在安德烈·叶菲梅奇还是相信，小市民别洛娃家的房子跟这第六病室之间没有什么差别，相信这个世界上的一切都无聊、空虚，然而他的手还是发抖，腿脚冰凉。一想到待一会儿伊凡·德米特里就会起床看见他穿着病号服。就不由得害怕。他站起来，在病室里走了个来回，后来又坐下。

就这样他坐了半个钟头，一个钟头，他感到厌倦和烦闷得要命。难道我要在这鬼地方坐上一天，一星期，甚至像这些人那样一坐就是好几年吗？是的，他坐一阵，走一阵，又坐下了。他还可以走到窗前，瞧一瞧窗外，然后再从这个墙角走到那个墙角。可是这以后再做什么呢？就这样像个木头人似的始终坐着想心事吗？不，总这样是不行的。

安德烈·叶菲梅奇躺下去，可立即又坐起来，用袖子擦去额头上的冷汗。于是他觉得他的整个脸上都有一股熏鱼的气味。他又在病室里走来走去。

"这一定是出了什么误会……"他说，茫然地摊开双手，"这个得解释一下才成，这是误会……"

正想着，伊凡·德米特里醒来了。他坐起来，用两个拳头托着腮帮子。他吐了口唾沫。然后懒洋洋地看一眼医生，显然他还不明白这是怎么回事，但不久他那张带着睡意的脸上便露出了恶毒的讥讽的神情。

"啊哈，他们把您也关到这里来啦，亲爱的！"他还眯起一只眼睛用带着睡意而嘶哑的声音说，"我很高兴。您以前吸别人的血，现在轮到别人吸您的血了。妙不可言！"

"这一定是出了什么误会……"安德烈·叶菲梅奇说。他显然被伊凡·德米特里的话吓坏了，慌张地说，他耸耸肩膀，重复道："这一定是误会……"

伊凡·德米特里又吐了口唾沫，躺下了。

"该诅咒的生活！"他嘟哝说，"这种生活真叫人痛心，令人屈辱的是，它不是以我们的苦难得到补偿而结束，也不像歌剧中那样以礼赞而结束，却是用死亡来结束。总有一天勤杂工会来拉住尸体的胳膊和腿，把他拖到地下室里。呸！不过那也没关系……到了那个世界就要轮到我们过好日子了……到那时我的幽灵也要从那个世界回到这里来显灵，吓唬这些恶人。我要把他们吓得昏了头。"

莫谢伊卡回来了，看到医生，就伸出一只手。

"给个小钱吧！"他说。

十八

安德烈·叶菲梅奇走过去望着窗户外面的田野。天色已黑下来，在右侧的地平线上，一轮冷冷的、红色的月亮升起来了。在离医院围墙不远的地方，不过一百俄丈开外，矗立着一幢高大的围着石墙的白房子。那是监狱。

"瞧，这就是现实生活！"安德烈·叶菲梅奇想道。他觉得害怕极了。

这月亮，这监狱，这些钉在围墙上的铁钉，连同远处烧骨场上腾起的火焰，全都让人不寒而栗。他听见身后传来叹息声。安德烈·叶菲梅奇回过头去，看见一个胸前戴着亮闪闪的星章和勋章的人，正微微笑着，狡黠地挤着一只眼睛。那模样也显得可怕。

安德烈·叶菲梅奇自欺欺人地想使自己相信：月亮和监狱并没有什么蹊跷的地方，神智健全的人也照样佩戴勋章，世上万物早晚都要腐烂，化作尘土。可是他忽然陷入绝望，伸出双手抓住窗上的铁栏杆，竭尽全力摇起它来。坚固的铁窗却纹丝不动。

随后，为了摆脱恐怖，他走到伊凡·德米特里床边，坐下了。

"我的精神支持不住了，亲爱的朋友，"他喃喃低语，战战兢兢地擦着冷汗，"我的精神崩溃了。"

"可是您不妨谈谈人生哲理呀。"伊凡·德米特里挖苦他说。

"我的上帝，上帝啊……对了，对了，有一回您说俄国没有哲学，然而大家都谈哲学，连小人物也大谈哲理问题。其实您知道小人物大谈哲理对谁都没有什么害处，"安德烈·叶菲梅奇有一种仿佛要哭出来、想引起怜悯的语气说，"我的朋友，为什么您要发出这种幸灾乐祸地嘲笑人的笑声呢？既然小人物感到不满，为什么他不能发发议论呢？一个有头脑的、受过教育的、有自尊心的、爱好自由的人，一个圣洁如神灵的人，竟然没有别的路可走，只能到一个肮脏愚昧的小城里来做医生，把整整一辈子消磨在给病人拔火罐、贴水蛭、贴芥末膏上面！招摇撞骗，狭隘、庸俗！啊，我的天哪！"

"您在说蠢话。要是您讨厌当医生，那就去当大臣呀。"

"不行，我什么都做不了。我们软弱，亲爱的……对世事我向来漠不关心，我积极而清醒地思考着，可是生活刚刚粗暴地碰我一下，我的精神就支持不住了……泄气了……我们软弱，我们不中用……您也一样，我的朋友。您聪明、高尚，您从母亲的乳汁里吸取了美好的激情，可是您刚刚迈进生活，就疲倦了，生病了……我们软弱、软弱啊！"

黄昏即将来临时，除了恐惧和屈辱的感觉之外，安德烈·叶菲梅奇无时无刻不感受到另外一种难以摆脱的痛苦。最后，他弄明白了，他这是想喝啤酒，想抽烟了。

"我要从这儿出去，我亲爱的，"他说，"我要叫他们在这点个灯……这样我可受不了……我无法忍受下去……"

安德烈·叶菲梅奇走到门口，打开门，可是尼基塔立即跳起

来，挡住他的去路。

"您上哪儿去？不行，不行！"他说，"到睡觉的时候啦！"

"可是我想出去一会儿，在院子里散一散步。"安德烈·叶菲梅奇慌张地说。

"不行，不行，这是不许可的。您自己也知道。"

尼基塔砰的一声关上门，并且用背顶住门板。

"可是就算我出去了，也不会伤害别人呀！"安德烈·叶菲梅奇耸耸肩膀问道，"真不明白！尼基塔，我一定要出去！"他用颤抖的嗓音说，"我一定要出去！"

"不许捣乱，这样可不好！"尼基塔告诫他说。

"鬼知道这是怎么回事！"伊凡·德米特里突然跳下床喊道，"他没有权力不放我们出去。他们怎么敢把我们关在这里？法律上明明规定，不经审判不能剥夺任何人的自由！这是暴力！专横！"

"当然，这是专横！"安德烈·叶菲梅奇受到伊凡·德米特里呼喊声的鼓舞，添了点儿勇气也说，"我要出去。非出去不可。他没有权力！放我出去，我跟你说！"

"你听见没有，愚蠢的畜生？"伊凡·德米特里大声叫骂，用拳头捶门，"你开门，要不然我就把门砸碎！屠夫！"

"开门！"安德烈·叶菲梅奇浑身发抖，大喊道，"我要你开门！"

"你尽管喊呀！"尼基塔在门后回答，"随你去说吧！"

"至少你去把叶夫根尼·费多雷奇叫到这儿来。就说，我请他来一趟……来一会儿！"

"他老人家明天自己会来的。"

"他们绝不会放我们出去！"这当儿伊凡·德米特里继续道，"他们要在这里把我们活活折磨死！哦，主啊！难道下面那个世界里真的没有地狱，这些坏蛋真的可以不受惩罚？正义在哪里？快开

门，坏蛋，我透不过气来！"他声嘶力竭地喊道："好吧，我来撞个头破血流！你们这些杀人凶手！"

尼基塔迅速打开门，用双手和膝盖粗暴地推开安德烈·叶菲梅奇，然后抡起胳膊，一拳打在他的脸上。安德烈·叶菲梅奇感到一股带咸味的巨浪兜头上来，把他向床那边冲去，他的嘴里真的有股咸味：多半他的牙齿出血了。他像要游出这股大浪似的，挥舞着胳膊，抓住了什么人的床，同时感到尼基塔在他背上又打了两拳。

伊凡·德米特里也尖叫一声。想必他也挨打了。

之后悄无声息一片宁静。淡淡的月光透过铁窗照进来，在地板上铺着网子一样的阴影。真可怕。安德烈·叶菲梅奇躺在那儿，屏住呼吸，战战兢兢地等着再一次挨打。他觉得好像有人拿一把尖刀，扎进他的身子，在胸腔内和腹腔内搅了几下似的。他疼得直咬枕头，磨牙。忽然间，在他那乱糟糟的脑子里，清晰地闪出一个可怕的叫人受不了的念头：如今在月光下像鬼影般的这几个人，若干年来一定天天都在忍受着这样的疼痛。可是他二十多年来对此却一无所知，而且也不想知道——怎么能这样呢？他没有受过苦，甚至没有疼痛的概念，因此这不能怪他。可是，良心的谴责却像尼基塔那样固执无情，使他从后脑勺一直到脚后跟都变得冰凉。他一跃而起，想用尽气力大喊一声，飞快跑去杀了尼基塔，然后打死霍博托夫、总务长和医士，最后自杀，可是从他的胸腔里却发不出一丝声音，两条腿也不听使唤了。他喘不过气来，拼命拉扯胸前的长袍和衬衫，它们被猛地撕得粉碎。他倒在床上，不省人事了。

十九

他在第二天清晨醒来时头疼得厉害，耳朵嗡嗡地响，感到周身瘫软。想起昨天自己的软弱他不觉得害臊。昨天他胆怯，甚至怕见月亮，而且真诚地说出了以前他万没有料到自己会产生的思想感情，比方说想到小人物感到不满难免爱发议论的想法。可是现在他觉得一切都无所谓了。

躺在那儿既不吃不喝，也不动，又不说话。

"对我来说，什么都一样，"别人问他话时他想，"我不想回答……对我来说什么都一样。"

米哈伊尔·阿韦良内奇在午饭后赶来了，送给他四分之一俄磅茶叶和一俄磅果冻。达留什卡来过几次，脸上露出茫然的悲伤神情，在床头一站就是一个钟头。霍博托夫也来看望他，带来一瓶溴化钾药水，吩咐尼基塔烧点什么熏一熏病室。

在傍晚临近时，安德烈·叶菲梅奇因脑溢血而死去。起初他感到一阵猛烈的寒颤和恶心，仿佛有一种使人恶心的东西浸透他的全身，甚至钻进他的手指，从胃里涌到头部，淹没他的眼睛和耳朵。眼前的东西都变成了绿色。安德烈·叶菲梅奇明白死神即将降临，他忽然想到伊凡·德米特里、米哈伊尔·阿韦良内奇以及千千万万的人都是相信永生的。万一真会不死呢？然而他并不希望永生，他的这个念头也只是一闪而过。他昨天在书里读到的一群体态优雅、美丽异常的鹿正从他面前跑过去，随后一个农妇向他伸出一只手来，手里拿着挂号信……米哈伊尔·阿韦良内奇说了一句什么话。随后一切都消失了，安德烈·叶菲梅奇永远失去了知觉。

勤杂工来了，抓住他的胳膊和腿，把他抬到小教堂里去了。他

躺在那里的桌子上，睁着眼睛，夜里月光照着他。到早晨谢尔盖·谢尔盖伊奇来了，对着十字架上的耶稣像祷告一番，把他前任上司的眼睛阖上了。

第二天，安德烈·叶菲梅奇下了葬。为他送葬的只有米哈伊尔·阿韦良内奇和达留什卡两人。

一八九二年十一月

变色龙

奥楚美洛夫警官身穿崭新的军大衣，手里提着个小包，穿过市集的广场。他身后跟着一名棕红色头发的巡警，手里捧着一个筛子，上面满满地盛着没收来的醋栗，四周一片寂静……广场上一个人也没有。小铺和酒店洞开的大门，无精打采地看着上帝创造的这个世界，有如一张张饥饿的嘴巴。店铺附近甚至连一个乞丐也没有。

"你竟敢咬人，该死的畜生！"奥楚美洛夫忽然听见有人在喊叫。"伙计们，别放跑它！现如今咬人可不行！抓住它！哎哟……哎哟！"

狗的尖叫声传过来。奥楚美洛夫朝那边张望，只见商人彼楚京的木柴场里窜出一条狗，用三条腿一边跑，一边不住地回头看。有一个人在它身后紧追出来，穿着浆硬的花布衬衫和敞着衣襟的坎肩。他逼近那条狗，身子往前一探，扑倒在地，双手抓住那条狗的后腿。紧跟着又传来狗叫声和人喊声："别放跑它！"一张张带着睡意的脸纷纷从小铺里探出来，一会儿功夫木柴场门口就围起一堆人来，就像是从地底下冒出来的一样。

"看样子出事了，长官！……"警察说。

奥楚美洛夫把身子微微往左边一转，迈步朝人群那边走过去。在木柴场门旁，他看见上述那位敞开坎肩的人站在那儿，高高举起右手，伸出一根血淋淋的手指头给周围的人看。他那张半醉的脸上

似乎露出这样的神情："我要把你的皮撕下来，坏蛋！"而且那根手指头本身就像是一面胜利的旗帜。奥楚美洛夫认出这个人就是首饰匠赫留金。一条白毛尖脸、背上有一块黄斑的小猎狗是这场乱纷的肇事者，正坐在人群中央的地上，两只前腿劈开，周身不住地发抖。它那双泪汪汪的眼睛里流露出忧伤和恐惧的神色。

"这儿出了什么事？"奥楚美洛夫分开众人，走到人群中，问道：

"你在这儿干什么？你竖起手指头干什么？……是谁在嚷？"

"我本来走我的路，长官，没有招惹谁……"赫留金一边用手遮住嘴，不断地咳嗽，一边开口说。

"我正跟米特利·米特利奇谈木柴的事，忽然间，这个坏东西无缘无故咬了我的手指头……请您别见笑，我是个做工的人……我的活儿细致。该让他们赔我一笔钱才成，因为这根手指头也许一个星期都动弹不了啦……法律上，长官，也没有这么一条，说是人受了畜生的害就该忍着……要是每头畜生都来咬人，那人在这个世界上就没法活了……"

"嗯！……好……"奥楚美洛夫严厉地说，接连咳嗽几声，动了动眉毛。"好的……这是谁家的狗？这种事我不能袖手旁观。我要拿点颜色出来叫那些放出狗来闯祸的人看看！对于那些不愿意遵守法令的老爷们，现在也是该管管的时候了！等到受了罚款处分，他，这个混蛋，才会明白把狗和别的畜生到处放会有什么下场！我要给他点厉害瞧瞧……叶尔迪陵，"警官对警察说，"你去调查清楚这是谁家的狗，记录在案！狗嘛该打死。马上就办！这多半是条疯狗……我问你们：这会是谁家的狗呢？"

"这条狗好像是席加洛夫将军家的！"人群中有个人说。

"席加洛夫将军家的吗？嗯！……你，叶尔迪陵，帮我把身上的大衣脱下来……怎么这么热！看来就要下雨了……只是有一件事

我不明白：它怎么会把你咬了？"奥楚美洛夫对赫留金说。

"莫非它够得到你的手指头？它身材矮小，可是你，要知道，你却是个彪形大汉！你这个手指头多半是让小钉子划破的，后来却异想天开，要人家赔你钱。你这种人啊……我见得多了！我可知道你们这些鬼东西！"

"长官，他把他的雪茄烟戳到狗的脸上去，拿它开心。狗也不笨，就咬了他一口……他是个无聊的人，长官！"

"你说谎，独眼龙！你并没有看见，为什么要胡说？尊贵的长官是聪明人，看得出来谁胡说，谁能当着上帝的面凭良心说话……要是我说的不是实话，就让调解法官审判我好了。他的法律上写得明白……现如今人人平等……实话对您说……我弟弟就在当宪兵……"

"别争了！"

"不，这条狗不是将军家的……"警察一脸严肃地说。"将军家里没有这种狗。他家里的狗多半是猎野禽的大猎狗……"

"你有把握吗？"

"有把握，长官……"

"我自己也知道。将军家里的狗都很名贵，都是纯种狗，可是这条狗呢，鬼才知道是什么东西！毛色不好，样子也难看……不过是下贱种……他老人家难道会养这样的狗吗?！你的脑子哪儿去了？要是这样的狗出现在彼得堡或者莫斯科，你们知道会是什么结局吗？那儿才不管什么法律不法律，一转眼的工夫就会叫它断了气！你，赫留金，遭了点罪，这件事不能就此了结……是该教训他们一下！是时候了……"

"不过，也许就是将军家的狗……"警察把他的想法说出了声。"它脸上又没写字啊……前几天我在他家院子里就见到过这样的狗。"

"没错儿，是将军家的！"人群中有人说。

"嗯！……叶尔迪陵老弟，帮我把大衣穿上吧……好像刮风了……冷得让人直发抖……你带着这条狗到将军里去一趟，到那儿问个明白……你就说这条狗是我找着的，派你送去……而且告诉他们以后不要放狗到街上。也许它是名贵的狗，要是每个猪猡都拿雪茄烟戳到它脸上去，要不了多久就能把它作践死。狗是娇嫩的动物嘛……你，蠢货，把手放下来！用不着展览你的笨手指头！这都是你自己惹的祸！……"

"将军家的厨师来了，我们来问问他吧……喂，普罗霍尔！你到这儿来，亲爱的！你瞧瞧这条狗……是你们家的吗？"

"瞎说！我们那儿从来也没有过这样的狗！"

"这么说就用不着费时间去查问了，"奥楚美洛夫说。"这是条野狗！用不着在这里多费口舌了……我既然说过它是野狗，那就是野狗……弄死它算了。"

"这条狗不是我们家的，"普罗霍尔继续说。"可这是将军哥哥的狗，他前几天到我们这儿来过。我们将军不喜欢这种狗。他老人家的哥哥却喜欢……"

"难道他老人家的哥哥来了？是符拉季米尔·伊凡内奇来了吗？"奥楚美洛夫问，他整个脸上洋溢着动情的笑容。"可了不得，主啊！我还不知道呢！他是来小住一阵吗？"

"是小住一阵……"

"哎呀！真是的，上帝呀！……他是想念弟弟了……可我竟然不知道呢！这么说这是他老人家的小狗？真高兴……你把它带去吧……这条小狗还不错……怪灵巧的……一张嘴就把这家伙的手指头咬了一口！哈哈哈哈！……咦，你干吗发抖？呜呜……呜呜……它生气了，小滑头……好一条小狗……"

普罗霍尔喊上小狗，带着它离开了木柴场……那群人就对着赫

留金哈哈大笑。

"我还会要来收拾你!"奥楚美洛夫吓唬他说,说完把身上的大衣裹紧,穿过集市的广场,径自走去。

跳来跳去的女人

一

奥莉加·伊凡诺夫娜的婚礼所有的朋友和熟人都参加了。

"瞧瞧他吧：他不是挺有意思吗？"她对朋友们说，朝着丈夫那边点一点头，仿佛要说明，她为什么嫁给了这么一个普普通通、本本分分、毫无出众之处的男人似的。

她的丈夫奥西普·斯捷潘内奇·戴莫夫是一名医生，论官品不过是九品文官而已。他在两家医院里做事：在一家医院里任编外主治医师，在另一家医院当解剖师。每天早晨从九点到中午十二点，他给门诊病人看病、查病房，一直忙忙碌碌，午后乘公共马车赶到另一家医院，在那儿解剖。他私人也行医，可是那生意很小，一年收入至多不超过五百来卢布。仅此而已。此外，关于他还有什么可说的呢？然而，奥莉加·伊凡诺夫娜和她的朋友熟人却不是什么十分平常的人。他们每一位总在某一方面有出众的地方，多多少少有点名气。有的已经成名，是公认的专家名流，有的即使还没有成为名流，但却有着即将成为名流的光辉灿烂的前程，有一位剧院演员，早已是公认的伟大天才，他优雅、聪明、为人谦虚，还是一位出色的朗诵家，他教过奥莉加·伊凡诺夫娜念台词。有一位歌剧院

的歌唱家，一个性子温和的胖子，经常叹着气对奥莉加·伊凡诺夫娜说：她毁了自己，如果她不懒，能管束自己，那她肯定能成为一名出色的歌唱家。其次有好几个艺术家。为首的一个是擅长风俗画、动物画和风景画的里亚博夫斯基，一个相貌英俊的浅头发青年，年纪二十四五岁，几次画展都开得比较成功，最近画的一幅画卖了五百卢布。他为奥莉加·伊凡诺夫娜修改素描画稿，并说她将来很可能有所成就。另外还有一位大提琴手，他的乐器发出呜呜咽咽的声音，像人在哭泣。他公开承认，在他认识的所有女人中间，能为他伴奏的只有奥莉加·伊凡诺夫娜一个人。再有就是一位作家，年纪很轻，但已经名声在外，他写过不少中篇小说、剧本和短篇小说等等。此外还有谁呢？哦，还有瓦西里·瓦西里伊奇，贵族，地主，业余的插图画家，刊头卷尾的小花饰设计者，酷爱古老的俄罗斯风格、古老的史诗和民谣，在纸上、瓷器上和熏黑的盘子上，他能创造出真正的奇迹。这伙逍遥自在的艺术家，命运的宠儿，虽说一个个彬彬有礼，态度谦和，但也只有在生病的时候才会想起天下有医生这种人。至于戴莫夫这个姓氏在他们听来跟西多罗夫和塔拉索夫没有什么区别。在这伙人中间，戴莫夫显得陌生、不为人所需要、矮小，其实他身材很高大，肩膀也挺宽。看上去他好像穿着别人的礼服，留着店伙计的胡子。不过，如果他真是作家或艺术家，那人家就会说，他那部胡子叫人联想起左拉。

那位演员对奥莉加·伊凡诺夫娜说，她穿上这身漂亮的婚纱，再配上亚麻色的头发，很像一棵春天里开满素雅的白花、仪态万方的樱桃树。

"不，我来告诉你，"奥莉加·伊凡诺夫娜对他说，挽住他的胳膊，"这件事是怎么突然发生的？您听着，听着……我得告诉您：我爸爸同戴莫夫在一家医院里做事。有一次可怜的爸爸害了病，戴莫夫在他的病床前一连守了几天几夜。多么了不起的自我牺牲啊！

你们都听我说，里亚博夫斯基……还有您，作家，你们都听着，这是很有意思，你们都走过来一点。多么了不起的自我牺牲，多么真诚的关心！我也一连几夜没有合眼，守着爸爸，突然间，了不得，公主赢得了英雄的心！我的戴莫夫神魂颠倒地掉进了情网。真的，有时候命运就有这么奇怪！爸爸死后，他常常来看我，有时两人在街上相遇，在那么一个晴朗的晚上，他突然间冷不防向我求婚了……简直如雪山压顶……我通宵没睡一直在哭，我自己也昏头昏脑地掉进了情网。现在呢，你们瞧，我成了他的妻子。他是不是有点意思；他显得强壮有力，像熊一样。此刻，他的脸有四分之三对着我们，光线不好。不过等他转过身来，你们瞧他的脑门。里亚博夫斯基，您得说说看这脑门怎么样？戴莫夫，我们正在说你呢！"她招呼她的丈夫，"你过来，把你诚实的手伸给里亚博夫斯基……这就对了。你们交个朋友吧。"

戴莫夫温和地、诚实地微笑着，向里亚博夫斯基伸出手去，说：

"幸会幸会。当年在医学校里我有个同班毕业的同学也姓里亚博夫斯基。他是您的亲戚吗？"

二

奥莉加·伊凡诺夫娜二十二岁，戴莫夫三十一岁。他们结婚后，日子过得很好。奥莉加·伊凡诺夫娜在客厅的四面墙上挂满了自己的和别人的素描画，有的镶进画框，有的没有画框。她在钢琴和家具之间布置了一个漂亮而热闹的墙角，用的有中国小花伞、画架、五颜六色的小布条、匕首、半身雕像和照片……在餐室里，她用粗拙的民间木版画裱糊墙壁，挂上树皮鞋和小镰刀，屋角放一把

长柄大镰刀和搂草的耙子，于是布置成了带有俄罗斯风格的餐室。在卧室，她用黑绒布把天花板和四面墙都蒙上，弄得这房间看上去更像山间岩穴，在两张床的上方挂了一盏威尼斯灯笼，在门旁还立着一个手执斧戟的泥塑。人人都认为，这对年轻夫妇有一个十分可爱的小巢。

　　每天早上，奥莉加·伊凡诺夫娜要到十一点才起床，之后她弹钢琴，或者要是天气晴朗就画油画。然后，到十二点多钟，她就坐上车子到服装店去。因为她和戴莫夫只有很少一点钱，只够日常开销，所以为了经常有新衣服可穿，并且凭它们而引人注目，她和她的女裁缝常常挖空心思想尽巧妙的方法。她们经常把旧衣服染色，加上一些不值钱的零头绣花纱、花边、长毛绒和丝绸，不必破费什么就能创造出十足的奇迹来。做出来的东西叫人目瞪口呆，简直不能叫衣服，而是梦幻。从女裁缝家里出来，奥莉加·伊凡诺夫娜就乘车去拜访她熟悉的一位女演员，一来打听一些剧院内幕新闻，二来顺便弄几张新剧首场演出或纪念性义演的戏票。从女演员家出来，她还得坐车到某位画家的画室去，或者参观某个画展，然后再去拜访某位名流——邀请他来家作客，或者拜望，或者就只是同他聊聊天。她到处受到愉快而友好的欢迎，大家都夸她漂亮，可爱，是个少有的女人……那些她称之为名流和伟人的人也都把她当作自家人看待，当作他们的同行。这些人异口同声地向她预言：凭她多方面的天赋、她的趣味和聪明才智，只要她肯专心些，将来一定大有成就。她唱歌，弹钢琴，画油画，雕塑，参加业余演出，所有这些她都不是随便凑凑数，而是表现得十分有才能。不管是扎个彩灯，还是梳妆打扮，哪怕只是给人系条领带，她都做得特别有艺术趣味、优美、可爱。不过，有一方面她的才能表现得更明显，那就是，她善于很快结识名流，很快跟他们混熟。只要有人刚刚小有名气，引起人们的议论，她马上就去拜访他，当天就跟他交上朋友，

并请他到家里来做客。每逢她结交一个新的名人，对她来说都是真正的喜庆事儿。她崇拜名人，为他们骄傲，天天都梦见他们。她如饥似渴地寻求他们，而她的这种渴望却永远得不到满足。旧的名人走了，被人遗忘，又有新的名人来取替他们。不过，就是对这些新的名人她不久也就腻了，或者失望了，开始热心地寻找新的名人，新的伟人，找到他们以后，再找。这到底是为什么呢？

她和丈夫一块儿下午四点多钟在家吃饭。他的朴实、理智和善良让她感动得忘乎所以。她时不时跳起来，使劲地抱住他的头，不停地吻他。

"戴莫夫，你是个聪明而又宽宏大量的人，"她说，"只是你有一个严重的缺点。你对艺术没一丁点儿的兴趣，你否认音乐和绘画。"

"我不了解它们，"他温和地说，"我一辈子搞的是自然科学和医学，所以我根本没有时间对各门艺术产生兴趣。"

"可是你知道这是很可怕的，戴莫夫！"

"那为什么？你的那些朋友对自然科学和医学一窍不通，可是你并没有因此而责备他们。每个人都有自己的本行。我不懂风景画和歌剧，但我对这些东西的看法是这样：既然有一批聪明人为它们献出了毕生的精力，而且有另一些聪明人愿意为它们花费大笔的钱，那么可见它们是有价值的。"

"来，让我握一握你那诚实的手！"

吃完饭，奥莉加·伊凡诺夫娜又坐上车出去看朋友，然后上剧院看戏，或者去听音乐会，过了午夜才回到家。天天如此。

每逢星期三，她家总有晚会。在这些晚会上，女主人和客人们不玩牌，不跳舞，他们的娱乐是各种艺术活动。话剧演员念台词，歌剧演员唱歌，画家们在纪念册上画速写（这种纪念册奥莉加·伊凡诺夫娜有很多），大提琴手拉提琴，女主人自己呢？绘画、雕塑、

唱歌、伴奏、朗诵、演奏和唱歌。休息时间，他们谈论文学、戏剧和绘画，而且往往争辩起来。晚会上没有女宾，因为奥莉加·伊凡诺夫娜认为，除了女演员和她的女裁缝，其余所有的女人都讨厌、庸俗。每次晚会都免不了这种场面：门铃声一响，女主人便猛地一惊，随即脸上露出得意的神色，说："这是他！"这个所谓的"他"当然指的是一位应邀来访的新的名人。戴莫夫是不在客厅里的，而且谁也想不起有他的存在。不过一到十一点半，通向餐室的门便打开了，戴莫夫带着他善良温和的微笑出现在门口，他搓搓手说：

"请吧，各位先生，来吃晚饭吧。"

大家进了餐室，每一回看见餐桌上摆的总是那些东西：一盘牡蛎，一块火腿或者小牛肉，沙丁鱼罐头，奶酪，鱼子酱，蘑菇，一瓶伏特加和两瓶葡萄酒。

"我亲爱的管家，"奥莉加·伊凡诺夫娜说，热诚地轻轻合起掌来，"你真是迷人！朋友们，瞧瞧他的脑门！戴莫夫，你侧过脸来。先生们，瞧他的脸活像一头孟加拉老虎，那表情却又善良又可爱，像鹿一样。哇，我的宝贝儿！"

客人们吃着，瞧着戴莫夫，心想："确实，挺不错的一个人，"可是他们很快就忘了他，只顾谈他们的戏剧、音乐和绘画。

这对年轻夫妇十分幸福，他们的生活水一样的流着没有一点障碍。不过在他们蜜月的第三个星期却过得不很美满，甚至有点凄凉。原来，戴莫夫在医院里得上了丹毒，在床上躺了六天，而且不得不把他一头漂亮的黑发全部剪掉。奥莉加·伊凡诺夫娜坐在他身旁，哀伤地哭泣着。不过等他的病情刚有好转，她就用一块白头巾把他剃光的头包起来，把他当成贝陀因人画。两人又快活了。病好后他便回医院上班，可是三天后他又出了岔子。

"我真倒霉，亲爱的！"他吃午饭时说，"今天我做了四次解剖，直到回家后我才发现我的两个手指头被划破了。"

奥莉加·伊凡诺夫娜一听吓坏了。他却笑着告诉她说，这是小事一桩，他做解剖的时候经常划破手。

"亲爱的，我一专心，就变得大意了。"

奥莉加·伊凡诺夫娜焦急不安地担心他会得败血症，每天晚上为他作祷告，还好，结果什么事也没有发生。于是生活又和平而幸福的流着，无忧无虑。眼前的生活是美好的，而且紧跟着春天来了，它已经在远处微微的笑，许下了无数欢乐。他们的幸福是没有尽头的！四月，五月，六月，可以住到远离尘嚣的别墅里，散步，写生，钓鱼，听夜莺唱歌。然后从七月直到深秋，画家们将去伏尔加河旅行，她作为这个团体的一名必不可少的一分子，肯定是要参加这项活动的。她已经用细麻布缝了两套旅行装，买了路上用的颜料、画笔、画布和新的调色板。里亚博夫斯基几乎每天都来她家，看看她的绘画有什么进步。每当她把画拿给他看时，他就把手深深地往衣袋里一插，咬着嘴唇，哼着鼻子，说："噢，是这样……您的这片云在叫唤呐：它的光线不对头，不像黄昏。前景像被嚼碎了，有些地方，您明白吗？不大对劲……您的那座小木屋上重下轻，在吱吱哇哇叫苦……这个墙角应该再暗一些。不过总的来说还不错……我挺喜欢它。"

三

他说得越是难懂，奥莉加·伊凡诺夫娜倒越是容易听懂。

在圣灵降临节的第二天，午饭后戴莫夫买了点儿酒菜和糖果，动身去别墅看望妻子。他已有两周没有看见她，十分惦记她。他先是坐了一段火车，后来在一大片树林里寻找自家的那幢别墅，他时时刻刻觉得又饿又累，一心盼望着待会儿能逍遥自在地歇下来跟妻

子共进晚餐，再美美地睡上一觉。他看着那包东西心里非常高兴。那里面有鱼子酱、奶酪和鲑鱼。

当他终于找到自家的别墅，认出它来时，太阳正在下山了。一个年老的女仆告诉他：太太不在家，不过他们很快就会回来的。这别墅样子难看极了，天花板很低，上面贴着写过字的纸，地板不平，尽是裂缝。一共只有三个房间。一间房里摆着一张床，另一个房间里，椅子上和窗台上乱扔着画布、画笔、脏纸、男人的大衣和帽子，在第三个房间里戴莫夫看到三个不认识的男人。其中两个是留着大胡子的黑发男子，都很胖，脸上刮得干干净净，看样子是个演员，桌上烧着的茶炊吱吱作响。

"您有什么事？"演员用男低音问，不客气的打量着戴莫夫，"您要见奥莉加·伊凡诺夫娜吗？等一等吧，她马上就回来。"

戴莫夫坐下来等着。一个黑发男子睡眼惺忪地、无精打采地瞧了他几眼，给自己倒了一杯茶，问道：

"您要不要来一杯？"

戴莫夫又渴又饿，但他不想败坏自己的胃口，所以拒绝了。不久就听到脚步声和熟悉的笑声。门砰的一声响，奥莉加·伊凡诺夫娜跑进房间来，她戴一顶宽边草帽，手里提着画箱。紧随其后，兴高采烈、满脸红光的里亚博夫斯基走了进来，他拿着一把大伞和一张折叠椅。

"戴莫夫！"奥莉加·伊凡诺夫娜扬声叫道，高兴得涨红了脸，"戴莫夫！"她又叫一声，把头和两个胳膊扑在他的胸脯上，"这是你吗！你为什么这么久都不来？为什么？为什么？"

"我哪儿有空啊，亲爱的？我都是很忙，等我有空了，可是火车的班次又常常不合适。"

"不过看到你我是多么高兴啊！我每天每天夜里都梦见你！我真担心你生病了。哎呀，你不会知道你是多么可爱，你来得正是时

候！你是我的救星！只有你才能救我！明天这儿要举行一个顶顶别致的婚礼，"她继续说，笑嘻嘻地为丈夫系好领带，"火车站上的电报员奇克里杰耶夫明天就要结婚了。他是个很英俊的小伙子，人也不蠢，你知道吗，他的脸上有一股倔强的、像熊一样的神气……可以拿他当模特画一幅年轻的瓦兰人。我们全体住在别墅里消夏的游客都对他很感兴趣，已经答应他一定参加他的婚礼……他这个人没有钱，孤单单的，还胆小怕事，所以呢，不用说，不同情他那就是罪过。你想想吧，做完弥撒就举行结婚仪式，然后大伙从教堂里一直走到新娘家……你知道吗，在葱翠的小树林里，听着小鸟叽叽喳喳，阳光斑斑驳驳落在草地上，在这片明朗鲜绿的背景衬托下，我们都成了五颜六色的斑点——这幅画多么别致，有着法国印象派的韵味哩。可是，戴莫夫，叫我穿什么衣服进教堂呀？"奥莉加·伊凡诺夫娜说着，她那模样仿佛要哭出来似的，"我这儿什么也没有，简直是什么也没有！没有衣服，没有花，没有手套……你一定要救救我。既然你来了，那么，这就是说，是命运托付你来救我的。我亲爱的，你拿着这串钥匙，回家去，把衣柜里我那件粉红色连衣裙拿来。你知道它，它就挂在最前面……然后在储藏室的右边地板上，你会看到两个硬纸盒。你打开上面的盒子，里面尽是花边，花边，花边，还有各种各样的零头碎料子，这些东西下面就是花。你拿花的时候，千万要小心，可别把它弄皱了，亲爱的。把那些花统统都拿来，我要在里面挑一挑……另外，再买一副手套。"

"好的，"戴莫夫说，"我明天去取，叫人送来。"

"明天怎么行？"奥莉加·伊凡诺夫娜问，吃惊地望着他，"明天可就来不及了？明天头班火车早上九点钟开，婚礼在十一点钟举行。不，亲爱的，要今天去取才成，务必得今天回去！如果你明天来不了，那就找个人送来。好了，你得赶紧……待会儿有趟客车要经过这里。别误了火车，亲爱的。"

"好吧。"

"唉，我真舍不得放你走哟，"奥莉加·伊凡诺夫娜说，泪水涌上她的眼眶，"唉，我这个傻瓜，何苦答应那个电报员呢？"

戴莫夫匆匆忙忙喝了一杯茶，拿了一个面包圈，温和地微笑着，上车站去了，那些鱼子酱、奶酪和鲑鱼，都让那两个黑发男子和胖演员受用了。

四

六月里，一个风平浪静的夜晚，奥莉加·伊凡诺夫娜站在伏尔加河上一条游轮的甲板上，时而望着水面，时而望着像图画那么美丽的河岸。在她身旁站着里亚博夫斯基，他对她说，水上黑魆魆的阴影不是阴影，而是梦，又说，这仙境般的河水闪着和它奇幻的光的美景中，这无边无际的天空，以及伤感沉思的河岸，都在诉说着我们生活的空虚，述说着冥冥中存在的一种崇高而又永恒的幸福；在这样迷人的月夜，人若能忘掉自己，死去，变成回忆，那该多么动人啊！过去的岁月庸俗而无聊，未来也平平淡淡，这个美妙的夜一生中只有一次，它也很快就要消逝，化作永恒——那么何必再活下去呢？

奥莉加·伊凡诺夫娜时而听着里亚博夫斯基的呓语，时而聆听夜的宁静，心里却想着：她是永生的，永远不会死去。这绿宝石般的水——她还从未见过这种颜色——这天空，河岸，黑影和充溢她心田的不由自主的喜悦，都在告诉她：有朝一日她会成为一位伟大的艺术家；在那遥远的地方，在月光照不着的那一边，在无边无际的天地里，等待她的将是成功，荣誉和人民的爱戴……她久久地注目凝视着远方，似乎看到了蜂涌的人群，辉煌的灯火，似乎听到了

庆典上昂扬的乐曲和热烈的喝彩，还看到了她自己穿一袭白色长裙，鲜花从四面八方撒到她身上。她想起，跟她并排站着、伏在船侧栏杆上的这个男人，是个真正伟大的人，天才，上帝的宠儿……迄今为止，他所创作的全部作品都是那么出色、新颖、不同凡响，一旦他那绝世才华完全成熟，他的创作将无限高超，惊天动地令世人倾倒。这一点，只凭他的脸，只凭他说话时的那种神态，只凭他对大自然的态度就看得出来。关于阴影和黄昏的情调，关于月光，他都说得与众不同，用的是他自己的语言照他所独有的方式，这一切使人不由得感受到他那种驾御大自然的力量是多么慑人心魂。他本人十分英俊，有独特的才能。他的生活无牵无挂，自由自在，超凡脱俗。他过着小鸟一样的生活。

"天凉了，"奥莉加·伊凡诺夫娜说着，不由得打了个冷颤。

里亚博夫斯基把自己的大衣披在她身上，悲伤地说：

"我觉得我落在您的掌心里了。我成了奴隶。为什么你今天这样迷人呢？"

他一直目不转睛地瞧着她。他的眼神很可怕，她都不敢抬眼看他了。

"我疯狂地爱您……"他凑近她的耳朵说，呼出的气哈到她的脸颊上，"只要您对我说一个'不'字，我就不愿意再活下去了，我要抛弃艺术……"他激动万分地喃喃说，"您爱我吧，爱我吧……"

"别说这样的话，"奥莉加·伊凡诺夫娜说时闭上了眼睛，"这真可怕。再说戴莫夫怎么办呢？"

"什么戴莫夫？为什么提戴莫夫？我跟戴莫夫有什么相干？这儿有伏尔加，月亮，美景，我的爱情，我的痴迷，这儿压根就没有什么戴莫夫！……唉，我什么也不知道……我不管过去，只求您给我片刻的……一瞬间的欢乐吧！"

奥莉加·伊凡诺夫娜的心剧烈地跳动起来。她极力想一想丈夫，可是她又觉得过去的一切，包括婚姻、戴莫夫和家庭晚会，都微不足道，没有意义，毫无必要，平淡乏味，而且离她已经很远很远了……真的，戴莫夫算什么？为什么提戴莫夫，她跟戴莫夫有什么相干，再说，他究竟是确有其人呢，还是只不过是一个梦？

"其实，拿他这样一个普通而又平凡的人来说，他已经得到的那份幸福就够多的了。"她双手掩面想道，"不管别人怎样谴责，怎样诅咒去吧，我却偏要这样，情愿走向灭亡。偏要这样，宁愿走向灭亡……生活中的一切都应当有所体验才对。我的天哪，这是多么可怕又多么美妙啊！"

"怎么样？怎么样？"画家喃喃地说，搂着她，贪婪地吻着她的手，她则有气无力地想推开他，"你爱我吗？是吗？是吗？啊，多静的夜！美妙的夜啊！"

"是的，多静的夜！"她悄悄地说，瞧着他那双因含着泪水而发亮的眼睛。然后她很快地回转身来，伸出胳膊去搂住他，热烈地吻他的嘴唇。

"船快到基涅什玛了！"有人在甲板的另一侧喊道。

他们听到沉重的脚步声。那是饮食部的堂伯从旁边经过。

"听着，"奥莉加·伊凡诺夫娜说，她高兴得又笑又哭，"给我们拿点儿葡萄酒来。"

画家激动得脸色发白，坐到椅子上，用爱慕的、感激的眼神呆呆地望着奥莉加·伊凡诺夫娜。然后他闭上眼睛，懒洋洋地微笑着，说：

"我累了。"

他把头倚在栏杆上睡着了。

五

九月二日，天气温暖又没有风，可是天色阴沉。一大早，伏尔加河上升起一层薄雾，九点钟以后又开始连绵不断地下起雨来。转晴的希望不是很大。喝早茶的时候，里亚博夫斯基对奥莉加·伊凡诺夫娜说，绘画是一门最难见成效又最枯燥无味的艺术，说他算不得画家，说除了傻瓜以外谁也不认为他有什么才能。说着说着突然间，无缘无故，他抓起一把刀子，把他的一幅最好的素描划破了。喝完茶后，他满腔愁容地坐在窗前，默默地望着伏尔加河。现在伏尔加河已经暗淡无光了，通体一个颜色，看上去冷冰冰的没有折射出一点亮光来。所有的一切都使人想到，阴雨绵绵、令人无味的秋天即将来临。似乎是，伏尔加河两岸一块块美丽的绿毯，河上一串串宝石般的反光，透明的蓝色远方，以及大自然所有别致而华丽的服饰，此刻都已让造物主统统收了起来，留到来春再拿出来用似的。群鸦在伏尔加上空飞，嘲骂地叫道："光啦！光啦！"。

里亚博夫斯基听着它们的聒噪，默默想道：他的才华已经枯竭；这世上的一切都是有条件的、相对的、愚蠢的；还想到他不该让这个女人束缚住自己……总之，他情绪混乱，苦闷极了。

在隔板后面的床上，奥莉加·伊凡诺夫娜正坐在那儿，她用手指梳理着自己美丽的亚麻色头发，时而幻想自己在客厅里，时而在卧室里，时而又在丈夫的书房里。她的想像又把她带到剧院里，带到女裁缝那里，带到那些有名气的朋友家里。不知这些时候他们都在干些什么？他们还想起她吗？演出季节已经开始，到了该筹划她的晚会的事了。戴莫夫呢？啊，可爱的戴莫夫！他在每封信里都多么温存地、像孩子般苦苦央求她快些回家！每月他都给她寄来七十

五卢布。有一次她写信告诉他，她欠了画家们一百卢布，不久他真的把这笔钱汇来了。多么善良、慷慨的人啊！旅行使得奥莉加·伊凡诺夫娜厌倦了，她觉得无聊极了，恨不得马上离开这些农民，躲开河上的潮气，甩掉那种浑身不干净的感觉，这种不干不净是她从一个村子搬到另一个村子，住在农家小屋里时时刻刻都感觉到的。要不是里亚博夫斯基已经对那些艺术家们保证，他要跟那些画家在此地一直盘桓到九月二十日，她本可以今天就离开这里。要真能离开这儿，那是多好啊！

"天哪！"里亚博夫斯基哀声叹气地埋怨道，"到底什么时候才能出太阳呢？没有太阳，我那幅阳光普照的风景画怎么画得下去！"

"可是你还有一幅画稿画的是阴云的天空呀，"奥莉加·伊凡诺夫娜从隔间走出来，说，"你记得吗，在前景的右侧是树林，左侧是一群母牛和鹅。不妨趁现在把它画完。"

"哼！"画家绷着脸，"把它画完！难道您以为我这人就那么笨，竟不知道自己该做什么！"

"你对我的态度转变得好厉害呀！"奥莉加·伊凡诺夫娜叹了一口气。

"哼，好得很。"

奥莉加·伊凡诺夫娜的脸上一阵抽搐，她走到炉子旁边，呜咽起来。

"对，现在只有哭了——这是最后的办法。算了吧！我有成千上万种理由掉眼泪，可我就是不哭。"

"成千上万种理由！"奥莉加·伊凡诺夫娜呜咽着叫道，"最根本的理由就是您已经讨厌我了。是的！"她说完，放声大哭起来，"实话实说，我知道您现在已经为我们的爱情感到害臊了。您千方百计阻止，并担心着那几个画家发现我们的恋爱，其实要想瞒着他们是不可能的，他们很早以前就知道了。"

"奥莉加，我只求您一件事，"画家用恳求的声调说，一手按着胸口，"只求一件事：别惹我！除此之外，我不再向你要求任何东西！"

"但您得起誓，说您仍旧爱我！"

"真是要命！"画家咬着牙一字一顿地说，他跳了起来，"我只好去跳伏尔加河，要不然就发疯了事！你躲开我吧！"

"好啊，您打死我吧，打死我吧！"奥莉加·伊凡诺夫娜嚷起来，"打呀！"

她哭着，跑回隔间去了。雨哗哗地落在农舍的干草顶上。里亚博夫斯基抱着头，在小屋里大步地来回走动。忽然他一脸果断的神色，仿佛要向谁证明什么事似的，戴上帽子，把猎枪往背上一搭，走出小屋去了。

奥莉加·伊凡诺夫娜在他走了以后躺在床上哭了很久。起初她心想，服毒自尽倒也不错，等里亚博夫斯基回来时发现她已经死了。后来又想像回到自家的客厅，回到丈夫的书房。她想像着自己纹丝不动地坐在戴莫夫身旁，享受着生活的宁静与平和，到了晚间坐在剧院里，听马西尼演唱。她渴望文明，渴望城市的繁华，渴望看见那些名人，这些想法弄得她心都痛了。有个农妇走进屋来，懒懒散散地生炉子做饭。烟熏火燎，满屋子都是焦糊味。画家们回来了，穿着泥泞的高统靴，脸上隐约挂着雨水。他们分析他们的素描，聊以自慰地说：伏尔加河不管遇上如何恶劣的天气，都丝毫不减它的魅力。那只不值钱的挂钟在墙上滴答走着……冻僵的苍蝇聚在放圣像的屋角里嗡嗡地叫，人们可以听到长凳底下那些厚纸板中间有蟑螂爬来爬去……

太阳下山的时候里亚博夫斯基才回到农舍。他把帽子丢在桌子上，也没有脱下他那双脏靴，脸色苍白、筋疲力尽地落坐在长凳上，立即闭上眼睛。

"我累了……"他说，他拧紧眉头，竭力想抬起眼皮。

奥莉加·伊凡诺夫娜为了对他表示亲热，表明她没有怄气，就坐到他面前，默默地吻了他一下，把小木梳插进他的浅色头发里。想给他梳一梳头。

"你这是干什么？"他问，受了一惊，好像有个冰凉的东西碰到他的身体似的，他睁开眼睛，"你这是干什么？您让我安静一会儿，求您了！"

他推开她，自己走掉了。她觉得他的脸上显出憎恶和厌恼的神情。这时候，农妇小心翼翼地捧着一碗菜汤给他送来，奥莉加·伊凡诺夫娜看到，她那两个胖胖的大拇指浸在汤里了。那肮脏的农妇站在那儿，身子往前探着，里亚博夫斯基津津有味的喝着菜汤，那小屋以及这整个生活，此刻都让她觉得太可怕了，虽说刚来的时候她很喜欢这种生活的简朴和颇有艺术趣味的杂乱。现在呢，她突然感到自己受了很大的侮辱，就冷冷地说：

"我看我们最好还是分开一段时间，要不然由于生活无聊我们会当真吵翻的，我讨厌这种情形。今天我就走。"

"怎么走？骑着扫帚柄吗？"

"今天星期四，所以九点半钟有一班轮船经过这里。"

"是吗？对，对……好吧，你走吧……"里亚博夫斯基温和地说，他用毛巾代替餐巾擦了擦嘴，"你在这里烦闷得很，又无事可做，谁要是有心留你，必定是个十足自私的家伙。你回家去吧，二十号以后我们又会见面的。"

奥莉加·伊凡诺夫娜兴高采烈地收拾东西，红红的脸上显出快活的神情。"难道这是真的。"

她暗自问自己，"难道很快就能在客厅里画画，在卧室里睡觉，在铺着桌布的餐桌上吃饭？"她心上的一个沉重的包袱卸掉了，她已经不生画家的气了。

"我把颜料和画笔统统留给你用，里亚布沙，"她说，"凡是我留下的东西，将来你都给我带回去……注意了，我走以后你别犯懒，别心事重重一副不开心的样子，你要工作。你是个挺好的人，里亚布沙。"

九点钟，里亚博夫斯基给了她临别的一吻，她立即想到，他这样做是为了避免当着画家们的面在轮船上吻她，这之后他把她送到码头。轮船不久就来了，把她带走了。

两天半之后她回到了家里。来不及脱掉帽子和雨衣，她兴奋得喘着粗气跑进了客厅，又从那儿来到了餐室。戴莫夫没穿上衣，只穿着敞开的坎肩，坐在餐桌旁边，正在叉子上磨刀子。他面前的盘子上摆着一只松鸡。当奥莉加·伊凡诺夫娜走进住宅的一刹那，她确信，所有的一切必须瞒住她丈夫才成，对此她有足够的能力和本事。可是现在，当她看到他那开朗、温和、幸福的微笑和那双亮晶晶的、快活的眼睛时，她立即感到，要欺骗这个善良的人是卑鄙丑恶的，同时也是不可能，她做不到，诚如要她去诽谤、偷东西、杀人一样的歹毒、可恶。刹那间，她决定把发生的一切事情原原本本讲给他听。她让他吻她，拥抱她，随后她跪在他面前，双手蒙住了脸。

"你这是怎么啦？怎么啦，亲爱的。"他温存地问道，"是想家了吧？"

她抬起羞得通红的脸，带着惭愧的恳求的目光望着他，但是恐惧和羞耻又阻止她说出实情来。

"没什么，"她说，"没什么……"

"我们坐下来吧，"他说着把她搀起来，扶她坐到餐桌旁边，"这就好了……吃松鸡吧。可怜的小乖乖，你一定饿坏了。"

她贪婪地呼吸着家里温馨的空气，吃着松鸡；他呢，温存地瞧着她，开怀地笑着。

六

冬季已经过了一半的时候，戴莫夫这才开始怀疑自己受骗了。仿佛自己良心不安宁似的，不敢正视他妻子的眼睛，脸上再也没有愉快的笑容了。为了避免单独跟她在一块，他常常把他的同事科罗斯捷列夫带回家吃午饭。这个身材矮小的人留着短发，满脸皱纹，为人腼腆，每当他跟奥莉加·伊凡诺夫娜谈话的时候，总是窘得把自己坎肩上的全部钮扣一忽儿解开，一忽儿扣上，然后用右手去捻左侧的唇髭。吃饭的时候，两位医生谈的都是医学问题，如横隔膜一旦升高有可能引起心脏病，或者最近一个时期经常遇到许多神经炎患者。有一次戴莫夫谈到，他昨天解剖了一具尸体，诊断书上写着"恶性贫血"，他却在胰腺上发现了癌变。两人一个劲儿的这样谈医学，似乎只是为了给奥莉加·伊凡诺夫娜一个沉默机会，也就是可以不必撒谎的机会。饭后，科罗斯捷列夫坐到钢琴旁，戴莫夫叹口气，对他说：

"唉，老兄！算了吧，这有什么！你给弹首忧伤的曲子吧。"

他耸起肩膀，伸开十指，科罗斯捷列夫在钢琴上弹出几个和音，然后用男高音唱起来："请你告诉我，在什么地方俄罗斯的农民不呻吟？"戴莫夫又长叹一口气，用拳头支着头，思索起来。

近来，奥莉加·伊凡诺夫娜的行为举止放肆极了。每天早晨她醒来后情绪总是很坏。她想到，她已经不再喜欢里亚博夫斯基，谢天谢地，这事总算已经完全过去了。可是喝完咖啡的时候，她又想到，里亚博夫斯基害得她失去了她丈夫，现在她既失去了丈夫，又失去了里亚博夫斯基。后来她回想起一些熟人的谈话，说里亚博夫斯基正准备在画展上展出一幅惊人之作，是风景画和风俗画的混合

体，带有波列诺夫的风格。据说，凡是去过他的画室的人，没有一个不为之倾倒的。不过她又想，他是在她的影响下才创作出来的，总之，多亏她的影响他才变得愈来愈好，达到艺术的高峰。她的影响那么有益，那么重要，一旦她丢下他不管，他也许会毁了前程。她又回想起，上次他来看她的时候，穿一件带小花点的灰上衣，系着新领带，懒洋洋地问她："我漂亮吗？"是的，凭他那种潇洒，长长的鬈发和蓝蓝的眼睛，他的确很漂亮（也许，这是最初的印象），而且他对她挺热情。

奥莉加·伊凡诺夫娜在脑子里这样胡思乱想着迟迟才穿上衣服，随后十分激动地去画室找里亚博夫斯基。她来到那儿时，发现他正兴高采烈，自我陶醉于那幅真正出色的画。他蹦蹦跳跳，做出顽皮的样子，对严肃的问题总是用笑话打发了。奥莉加·伊凡诺夫娜嫉妒里亚博夫斯基，又痛恨他的那幅画。不过出于礼貌，还是在画前默默站了五分钟，最后，她像人们在圣物前叹息那样，叹了一口气，小声说：

"是的，以前你还从来没有画过这样优秀的画。你知道这画，简直太惊人了！"

然后，她开始苦苦哀求，要他爱她，别丢开她，要他怜悯她这个可怜而不幸的人。她流泪，吻他的手，硬逼着他对她起誓，说他爱她，而且一再向他表明：如果离开她的良好影响，他就会走上歪路，毁了前程。等到她败坏了画家的好兴致，心里感到深深的屈辱，就坐上车到她的女裁缝那儿去，或者找熟悉的女演员弄几张戏票。

有时她在他的画室里找不到他，她就会给他留下一封信，信上赌咒说：要是他当天不来看她，她准保服毒自尽。他害怕极了，就来找她，还留下来吃饭。他并不避讳她的丈夫在场，对她说些粗鲁无礼的话，她也照样粗暴地回敬他。两人都感到对方拖累了自己，

都觉得对方是暴君和敌人。他们大发雷霆，在气愤中全然没有注意到，他们的举动有多么不成体统，连剪短头发的科罗斯捷列夫也全看明白了。饭后，里亚博夫斯基匆匆忙忙告辞，走了。

"您上哪儿去？"奥莉加·伊凡诺夫娜在前室问他，那目光是仇恨的。

他绷紧了脸，眯着眼，随口说出一个女人的名字——这人她也认识。显然他这是讪笑她的醋意，有意惹她生气。她回到自己的卧室，倒在床上。由于嫉妒，愤怒，屈辱和羞耻，她咬着枕头，放声大哭起来。戴莫夫撇下客厅里的科罗斯捷列夫，走进卧室，局促不安地、心慌意乱地轻轻说：

"别哭得这么响，亲爱的……何苦呢？这种事你务必要……要不露声色才好……你知道，过去的事已经过去了，无法挽回了。"

她不知道怎样才能减轻他的嫉妒的重压，猜忌折磨着她，她甚至感到太阳穴跳得发痛。她转而又想，事情还可以挽回，于是她洗过脸，朝哭肿的脸上扑点粉，飞一般去找那个熟悉的女人。她在那个女人家没有找到里亚博夫斯基，就坐上车找第二家，然后找第三家……起先她还觉得这样乱找一气有点难为情，可是后来她跑习惯了，常常是，一个晚上她就跑遍了她认得的所有女人的家，为的是找到里亚博夫斯基。大家心里也都明白。

有一天，她对里亚博夫斯基讲起她的丈夫：

"这个人拿他的宽宏大量来压我。"

她挺满意这句话，所以每逢遇到别的画家时，只要对方知道她和里亚博夫斯基的风流韵事，每次她总是把手用力一摇，这样说她的丈夫：

"这个人拿他的宽宏大量来压我。"

他们的生活方式依旧跟一年前一样。每逢星期三总要举行晚会。演员朗诵，画家作画，大提琴手演奏，歌唱家唱歌，而且照例

刚到十一点半，通往餐厅的门就打开了，戴莫夫面带微笑地说：

"请吧，先生们，来吃晚饭吧。"

奥莉加·伊凡诺夫娜还是跟从前一样寻找伟人，找到了随后又不满意，再找新的。跟往常一样，她每天深夜才回家，这时候戴莫夫却不像去年那样已经睡觉，而是坐在他的书房里，在写什么东西。他要到三点才躺下睡觉，八点钟就起床了。

一天傍晚，她正准备去剧院，站在卧室的穿衣镜前，这时戴莫夫穿着礼服、系着白领带走进她的寝室来。他温和地微笑着，而且像过去一样，快活地瞧着妻子的眼睛。他的脸上放光。

"我刚才通过了我的学位论文答辩，"他说着，坐下来揉他的膝盖。

"通过了？"奥莉加·伊凡诺夫娜问。

"啊哈！"他笑了，伸长脖子想看看镜子里妻子的脸，因为她始终背对着他，站在那里梳理头发，"啊哈！"他又说了一遍，"你知道吗，他们很可能给我一个病理学概论方面的编外副教授职称。看样子有这方面的迹象。"

他那张脸显得神采飞扬，快乐无比，此刻只要奥莉加·伊凡诺夫娜能跟他一块高兴，一块儿得意地分享他的喜悦和成功，那他会原谅她所做的一切，包括现在的和将来的，他会忘掉一切，可是她不懂什么叫编外副教授，什么叫病理学概论，再说她正担心看戏迟到了，所以什么话也没有说。

他在那儿又坐了两分钟，抱歉地笑了笑，走了出去。

七

这天是个最不平静的日子。

戴莫夫的头痛得很厉害。早上，他没有吃早饭，也没去医院，始终躺在书房里的一张土耳其式长沙发上。奥莉加·伊凡诺夫娜像平时一样十二点多钟又去找里亚博夫斯基，想让他看看自己的静物写生，再问问他为什么昨天不来看她。她觉得这幅画毫无价值，她之所以画它只是为了找个无谓的借口可以到画家那儿去罢了。

她进去时没有拉门铃。当她在前室脱套鞋时，好像听到画室里有人轻轻地跑过去，带着女人衣裙的沙沙声。她赶紧往画室里张望，只看到棕色的裙角一闪而过，消失在一幅大画后面。这幅画连同画架，从顶端一直到地板，都蒙着黑布。毫无疑问，有个女人躲在那儿。想当初，奥莉加·伊凡诺夫娜也常常在这幅画后面避难呢！里亚博夫斯基显然很窘迫，他对她的到来显得很尴尬，向她伸出两只手，不自然地陪着笑脸说：

"哎呀哎呀！看见您真高兴。有什么好消息告诉我吗？"

奥莉加·伊凡诺夫娜的眼睛里充满了泪水。她感到羞愤，感到心酸。哪怕给她一百万，她也不愿在这个不相干的女人、情敌、虚伪的人在场的情况下说上一句话。那女人现在站在画布后面，多半在恶毒地窃笑吧。

"我给您带来一幅画稿……"她用极细的声音怯生生地说，她的嘴唇颤抖着，"一幅静物写生。"

"啊？……一幅素描吗？"

画家接过画稿，边看边走，似乎是不经意地进了隔壁一个房间。

奥莉加·伊凡诺夫娜顺从地跟着他。

"静物写生……一流的，"他嘟哝着，随后信口哼起韵词来了，"库罗尔特，乔尔特，波尔特……"

这时有匆忙的脚步声和衣裙的沙沙声从画室传来。这样看来，她已经走了。奥莉加·伊凡诺夫娜恨不得大喝一声，抓起什么重东

西朝画家头上砸去，然后转身跑掉。但是她泪眼模糊，什么也看不见，沉重的羞辱感压在心头，她觉得自己已经不是奥莉加·伊凡诺夫娜，也不是女画家，而是一条小小的虫子。

"我累了……"画家懒洋洋地说，瞧着那幅画，不住地甩着头驱赶瞌睡，"当然啦，画得挺不错，不过今天一幅画稿，明天一幅画稿，下个月还是一幅画稿……您居然画不腻呢？换了我是您的话，早就把画笔扔了，不如认真搞点音乐什么的。要知道，您算不得画家，您是音乐家。不过，您再也想不出来，我有多累啊！我这就去叫他们送茶来……好吗？"

他走出房间，奥莉加·伊凡诺夫娜听到，他对听差吩咐了几句话。为了避免告辞，避免解释，尤其是免得放声痛哭，她没等他回来，赶紧跑到前室，穿上套鞋，到了街上。她这时才算呼吸畅快了，感到自己跟里亚博夫斯基、跟绘画、跟刚才在画室里压在她心头的那种沉重的羞辱感，从此一刀两断了。一切都结束了。

她坐上车子先去找了一趟女裁缝，随后去拜访昨天刚到此地的巴尔奈，从巴尔奈那儿出来又去了一家乐谱店。一路上她都在琢磨着，她怎样给里亚博夫斯基写一封冷酷无情的充满个人尊严的信，怎样在春天或夏天和戴莫夫一道去克里米亚度假，从此跟过去的生活彻底决裂，开始过一种新的生活。

这天夜里，她很晚才回家，她没有换衣服就在客厅里坐下开始写信。里亚博夫斯基对她说什么她算不得画家，为了还敬他几句，现在写信告诉他：他每年画的都是老一套东西，他每天说的也是老一套话，他已经停滞不前了，他此后休想超过他以往的成绩了。她还想告诉他：他在许多方面得益于她的良好影响，如果说他从此走下坡路，那只是因为各式各样的暧昧人物取代了她的影响，今天躲在画布后面的那个女人就是其中之一。

"亲爱的，"戴莫夫在书房里叫她，并没有开门，"亲爱的！"

"什么事？""亲爱的，你别进我的房间，站在门口就行了。是这么回事……前天我在医院里传染了白喉，现在……我不舒服。你赶快去请科罗斯捷列夫。"

奥莉加·伊凡诺夫娜对丈夫，就像对她所有熟悉的男人一样，素来只称呼姓，不叫名字。她不喜欢他的名字奥西普，因为它让人联想到果戈里的奥西普与这名字相关的俏皮话："奥西普，哑嗓子；阿尔希普，爱媳妇。"现在她却喊道：

"奥西普，这不可能！"

"快去吧！我不舒服……"戴莫夫在门里面说。可以听到他走回沙发那里，又躺下了。

"快去吧！"传来他低沉的声音。

"这是怎么回事？"奥莉加·伊凡诺夫娜想，她吓得手脚冰凉，"这病可危险着呢！"

不知什么缘故，她举着蜡烛走进卧室，在那里盘算着她该怎么办，无意间看了一下穿衣镜：一张苍白的惊慌失措的脸，高袖口的短大衣前有一大堆黄色的皱边，裙子上乱七八糟的条纹，她觉得自己这副模样既可怕又丑陋。她突然痛心地感到她对不起戴莫夫，对不起他对她的那份深厚无边的爱情，对不起他年轻的生命，甚至对不起他的这张好久没来睡过的寂寞的床。她不时想起他平日那张温和、依顺的笑脸。她伤心得放声大哭起来，立刻给科罗斯捷列夫写了一封求助的信。这时已是午夜两点钟了。

八

早晨将近七点多钟，奥莉加·伊凡诺夫娜因夜间失眠而脑袋昏沉，没有梳洗，模样很不好看，一脸悔愧的神情，从卧室里走出

来。这时一位黑胡子先生从她身旁走过，进了前室，看来大概是医生。空气里有一股药水味。科罗斯捷列夫站在书房门口，右手捻着左侧的唇髭。

"对不起，我不能放你进去看他，"他一脸深沉地对奥莉加·伊凡诺夫娜说，"这病会传染的。况且说实在的，进去也没什么用。他已经发高烧说胡话了。"

"他真是得了白喉吗？"奥莉加·伊凡诺夫娜问，声音非常轻。

"那些明知危险却偏要去冒险的人，真应该送交法庭审判，"科罗斯捷列夫嘟嘟哝哝地说，没有回答奥莉加·伊凡诺夫娜的问话。"您知道他是怎么传染上这病的吗？星期二那天，他用吸管吸一个病儿的白喉粘液。这是干什么？愚蠢……纯粹是胡闹……"

"这病重吗？很危险吗？"奥莉加·伊凡诺夫娜问。

"是的，最厉害的白喉就是这种了。说实在的，应当把施列克请来才对。"

之后又来了一个身材矮小的红发男子，鼻子很长，说话带犹太人口音；随后又来了一个高个子，伛偻的、头发蓬松的人，看上去像个大辅祭；最后来了一个年轻人，他很胖，脸色红润，戴一副眼镜。这是医生们来为自己的同事轮流值班。科罗斯捷列夫值完班后没有回家，仍旧待在这儿，像个幽灵似的在各个房间里走来走去。女仆不断地给值班的医生们送茶，不断跑药房，根本没人收拾房间。这宅子里有一种阴沉的肃静。

奥莉加·伊凡诺夫娜独自坐在卧室里，暗想到这是上帝因为她欺骗她丈夫而来惩罚她了，这个沉默寡言、从不诉苦、不可理解的人，这个温顺得失去个性、由于过分的善良显得没有主见、显得软弱的人，此刻正躺在他冷冷清清的书房的长沙发上，默默地忍受着痛苦，连一句抱怨的话也没有。如果他吐出一句怨言，哪怕是高烧中说出抱怨的话，那么值班的医生就会了解到，白喉并不是他的痛

苦的惟一原因。他们就会去问科罗斯捷列夫：他什么都知道。这就难怪他看着朋友的妻子时，那眼神仿佛在说：她才是真正罪魁祸首，白喉不过是她的帮凶罢了。现在她已经不记得伏尔加河上那个月夜，不记得那番爱情的表白和农舍里的那段富有诗意的生活。她只在想，她由于无聊的苛求，由于任性胡为，她整个人从头到脚都沾上了一层又脏又黏的污秽，从此再也洗不净了……

"哎呀，我不该骗得他这样了，"她想道，记起了她跟里亚博夫斯基的那段乱糟糟的爱情史，"真该死！……"

她跟科罗斯捷列夫在下午四点钟时一起吃午饭。他闷声不响，光是拉着长脸喝葡萄酒，一点东西也没吃。她也什么都没吃。有时她暗自祷告，向上帝起誓，一旦戴莫夫病好了，她一定再爱他，永远做他忠实的妻子。有时她精神恍惚，望着科罗斯捷列夫，想道："做一个庸庸碌碌默默无闻的普通人，没有一点出众的地方，再加上面容憔悴，举止粗鲁，难道不厌烦吗？"有时她又觉得上帝会立即来处死她，因为她担心传染，竟一次也没进过丈夫的书房。总之，她的情绪低沉而沮丧，相信她的生活已经全毁了，再怎么样努力也无法挽救了……

午饭时天色暗下来。当奥莉加·伊凡诺夫娜走进客厅时，科罗斯捷列夫已躺在沙发床上，枕着一个金线绣的绸垫子，在呼噜呼噜地打鼾。

值班的医生走进来守病人，然后又走出去，谁也不曾留意这种混乱状态。外人在客厅里呼呼大睡，墙上的那些画稿，独出心裁的陈设，头发蓬乱、衣衫不整的女主人——所有这一切现在已引不起一丁点儿兴趣。有位医生偶尔不知为什么笑了一声，这笑声显得那么古怪、胆怯，听了叫人不无心酸。

当奥莉加·伊凡诺夫娜再次走进客厅时，科罗斯捷列夫已经醒了。他正坐在那里抽烟。

"他的白喉已经转移到了鼻腔，"他小声说，"现在心脏功能也不正常了。说实在的，情况很糟糕。"

"那您去请施列克吧！"奥莉加·伊凡诺夫娜说。

"他已经来过了。正是他发现的：白喉杆菌已经扩散到鼻腔，唉，施列克管什么用！说实在的，施列克也一点儿没有用。他是施列克，我是科罗斯捷列夫——如此而已。"

时间慢腾腾地拖下去。奥莉加·伊凡诺夫娜和衣躺在从早晨起就没有收拾的床上，迷迷糊糊地睡着了。她似乎觉得，整个宅子，从地板到天花板，都让庞大的铁块填满了，只要把这铁块搬出去，大家就都会感到轻松愉快了。等她醒过来，她才明白，压在她心上的不是铁块，而是戴莫夫的病。

"静物写生，港口……"想着想着，又陷入昏睡状态，"港口……疗养院……施列克怎么样？施列克，格列克，弗列克……克列克。现在我的朋友们在哪儿？他们是否知道我们家的不幸？主啊，救救我……饶恕我。施列克，施列克……"

又是那个铁块……时间一分一秒地过去，虽然楼下的挂钟不时敲响。有时听到门铃声：是医生们陆陆续续的来……一名女仆端着托盘上的空杯子走了进来，问道：

"太太，床铺要我收拾一下吗？"

她见没有答复，又走了出去。楼下的钟敲响了。她梦见伏尔加河上的细雨，又有人走进卧室来，她觉得好像是个外人。奥莉加·伊凡诺夫娜猛地跳起来，认出那人原来是科罗斯捷列夫。

"现在是什么时候啦？"她问。

"大概三点了。"

"哦，怎么样？"

"还能怎么样！我是来告诉您一声：他去世了……"

他忍不住地哭了，挨着她坐在床边，用袖子擦着眼泪。她一下

子明白不过来，可是紧跟着就浑身冰冷，开始慢慢地在自己胸前画着十字。

"他去世了……"他用尖细的嗓子又重复了一遍，又一声抽泣，"他去世了，因为他牺牲了自己……对科学来说，这是多么重大的损失啊！"他沉痛地说，"要是拿我们全体同他相比的话，那么可以说，他是一个伟大的、不平凡的人！才华出众！他给了我们大家多大的希望！"科罗斯捷列夫绞着手，继续道，"慈悲的上帝啊，像他这样的学者现在打着灯笼也休想再找到。奥西卡·戴莫夫，奥西卡·戴莫夫，你是怎么搞的呀！哎呀呀，我的上帝啊！"

科罗斯捷列夫双手掩面，绝望地摇着头。

"他有着多大的道德力量！"他接着说，变得越来越怨恨什么人，"一颗善良、纯洁、仁爱的心灵——跟水晶一样透明！他为科学服务，他为科学献身。他日日夜夜像牛一样辛勤干活，谁也不怜惜他。凭他那么年轻，凭他那种学问却不得不私下行医，晚上搞翻译工作，好挣钱来买这堆……下贱的废物！"

科罗斯捷列夫用仇恨的目光看着奥莉加·伊凡诺夫娜，双手抓过床单，气冲冲地撕碎它，仿佛床单有罪似的。

"他不怜惜自己，别人也不怜惜他。唉，真是的，说这些有什么用！"

"是啊，他是一个世上少有的人！"在客厅里有个男人低声说。

奥莉加·伊凡诺夫娜回想起她和他一块儿度过的全部生活，从头到尾，包括所有的细节，这才突然间明白过来，他确实是世上少有的不平凡的人，跟她所认识的所有那些人相比，真要算是伟大的人。她又回想起她去世的父亲和所有跟他共事的医生们对他的态度，她这才明白，他们的确都认定他是未来的名人。那墙、天花板、电灯和地毯，好像都在挤眉弄眼地嘲笑她，仿佛在说："你瞎了眼，瞎了眼！"她发出一声哀叫冲出卧室，在客厅里同一个不相

识的男人擦肩而过，奔进了丈夫的书房。他一动不动地躺在那张土耳其式长沙发上，齐腰盖着一条被子。他的脸消瘦干瘪得可怕，脸色灰黄，这样的颜色活人脸上是绝不会有的。只有那脑门，那黑眉毛，还有那熟悉的微笑，才让她认得出这是戴莫夫。奥莉加·伊凡诺夫娜赶紧摸他的胸、额头和手。胸口还有余温，但额头和手已经凉得叫人毛骨悚然。那双半睁半闭的眼睛不是望着奥莉加·伊凡诺夫娜，而是望着被子。

"戴莫夫！"她大声喊叫，"戴莫夫！"

她要对他说明：过去的一切其实是一个错误，事情还可以挽救，生活依旧可以美满幸福。她还要告诉他：他是一个不平凡的、伟大的人，她会一生一世的崇拜他，对他怀着神圣的敬畏和恭顺……

"戴莫夫！"她叫他，拍他的肩膀，不相信他从此就不会再醒来，"戴莫夫，戴莫夫呀！"

在客厅里，科罗斯捷列夫正对女仆发话：

"这有什么好问的？您去找教堂的看门人，跟他打听一下，那些靠养老院救济的老婆婆住在哪儿。她们自会给死者洁身、装殓，做好一切需要做的事。"

一八九二年一月五日

出 事

车夫讲的故事

　　哪，老爷，那件不幸的事就是发生在山沟后面的那片小树林里，我那去世的爹，愿他老人家升天，有一天赶着大车给东家送一笔五百卢布的款子。那当儿，我们村和舍伕列沃村的农民都租那位老爷的地种，我爹送的钱正是大伙儿半年的田租。他是个敬畏上帝的人，常读圣书，说到要他去克扣别人，或者欺骗人家，或者比方说，诈骗人家钱财——这些上帝不允许做的事情，他是从来不干的，所以农民都很信赖他。遇到村里需要派人进城去见长官或者给地主送钱的时候，大家总是推举他去。他老人家人品出众，跟一般人不一样，可是我说这话请别见怪，他这人缺少点毅力，有个毛病，老人家贪杯。如果路过小酒馆不进去是办不到的：他一定得进去，喝上几盅，临了可就喝得不省人事了！他自己也知道这个毛病不好，所以每逢送公款的时候，总要把我或者我的小妹妹安纽特卡带上，免得自己睡着了，或者出点别的什么事把钱弄丢了。

　　其实，我们家里的人都喜欢喝点酒。我上过学，有点文化，在城里的一家烟草店里做过六年事，碰到形形色色有教养的老爷我都能攀谈几句，什么文雅的字眼我都能说出一些。我曾在一本小书里读到，说伏特加是魔鬼的血，这话可算是千真万确的，老爷。就因

为老喝酒，我的脸色才变得发青，脑子里也常常晕晕糊糊，什么事都搞不清楚。以至于后来，这会儿您也看到了，现在我做了车夫，跟不认得字的农民、无知无识的粗人一样了。

我刚才跟您说过，我爹给东家送钱去，那回他把安纽特卡也带了去。那时候安纽特卡大概七至八岁的样子，正经八百是个小傻瓜，个子矮矮的。到卡朗契克以前，他们一路上顺顺当当的，我爹没喝酒，脑子清醒得很。可是一到卡朗契克，路过莫谢卡，他老人家就走进了一家小酒馆，他那老毛病又犯了。喝了三杯酒，他在众人面前就说起大话来：

"别看我是个不起眼的小百姓，可我的口袋里揣着五百卢布哩。只要我高兴，这酒馆，这些坛坛罐罐，这莫谢卡，甚至连同镇上的所有犹太娘们和犹太崽子们，我都能买下来。统统全买了，全包了。"

当然，这是他在开玩笑。随即他又抱怨起来：

"教友们，当个财主或者商人，可烦死人了。没有钱，也就没有烦恼；可有了钱，你就得随时留神口袋，随时要提防坏人来偷。钱多的人活在世上总是活受罪。"

他的话被那些喝酒的人都听到了，并且记在心上了。当时，卡朗契卡一带正在修铁路，各种各样的流浪汉和光脚汉像一群群蝗虫，一窝蜂都来了。我爹后来醒悟过来，但为时已晚。话就像麻雀——飞出去就捉不回来了。老爷，他们当时就走到这片小树林。猛然间，听到后面有人骑着马追上来。我爹可不是胆小怕事的人，不能这么评价他，但他还是起疑心了。小树林里的路，平时也就只有人拖点干草或木柴什么的，谁也没理由骑马来这里，特别是农忙的季节。骑马飞奔肯定不是为了什么好事。

"好像有人在追我们，"我父亲对安纽特卡说，"他们跑得这么急。刚才在酒馆里我本来应该不说话才对，我这该烂掉的舌头。

唉，闺女啊，我心里预感到马上要出不吉利的事了！"

他把这种危险的处境考虑了一会儿，就对我妹妹安纽特卡说：

"事情很不妙，恐怕真是有人追上来了。不管怎么样，亲爱的安努什卡，好孩子，你拿着这钱，揣进怀里，钻进树丛里躲起来。万一那些该死的人来抢劫，你就跑回去找你母亲，把钱交给她，再让她送到村长家。只是你一定要留神，千万别让他们看见你，顺着树林子、小山沟跑，免得被人家发现。使劲跑吧，求仁慈的上帝保佑你。愿基督与你同在！"

安纽特卡揣着父亲塞给她的那包钱。她找了一处密密的灌木丛钻了进去。过了不久，三名骑着马的人跑到我父亲这来了。其中一个人身强力壮，肥头大耳，穿一件红布衬衫和一双高筒靴子。另外两人衣衫破烂，脏兮兮的，看来是修铁路的。我父亲预感到的事，老爷，果然来了。那个穿红布衬衫的人，就是那个身强力壮、不同寻常的庄稼汉勒住马，随后三人一起动手对付我父亲。

"站住，你这家伙！钱放在哪儿？"

"什么钱？见你们的鬼去！"

"就是你给东家送的田租呀！快拿出来，你这脓包，秃子，要不然我们就干掉你，叫你来不及忏悔就咽气！"

他们开始动手对我父亲耍蛮，我父亲没有向他们求饶，也没有哭哭啼啼，相反，他老人家勃然大怒，开始疾言厉色地痛骂他们。"你们这些魔鬼缠着我干什么？你们这群恶棍，你们不敬畏上帝，该遭瘟疫才对！你们本就不该拿到钱，你们该去挨鞭子抽，叫你们的肩背痛上三年才好！都给我滚开，你们这些混蛋，不然我可要动手了！我怀里揣着一把手枪，里边有六发子弹！"这些强盗一听这番话变得更凶了，他们随手操起家伙就来打我父亲。他们把板车上的东西翻了个底朝天，又把我父亲浑身上下里里外外搜了一遍，甚至把他的靴子都拽了下来。他们见我爹挨了打反倒骂得更有劲，就

千方百计的折磨他。这时候安纽特卡正躲在树丛里，可怜的小女孩什么都看见了。后来她看到父亲躺在地上，喘着粗气，就赶紧跳起来，飞快地穿过小树林，沿着小山沟，拼命往家里跑。她年纪太小，什么也不懂，又不识路，光是瞎跑。那地方离我家不过也就是八九里路。换了别人一个钟头就跑到了，可她是一个小孩子，不用说，常常是进一步退两步，再说也不是每个人都能光着脚板在荆棘丛生的树林里跑的。先得习惯走这种路才成，而我们那里的小姑娘都是整天蹲在炕头上的，要不就在院子里忙活，连走进树林子都害怕。

黄昏来临时，安纽特卡好歹跑到一户人家，她一看见有一幢木屋就跑了过去。那是苏霍卢科沃村外守林人的住家，他守着一片官家的林子，当时有商人租了这片林子烧炭用。她敲了敲门。有个女人出来开门，那是守林人的老婆。安纽特卡当即哭了起来。先是把事情经过讲给她听，毫不隐瞒，连钱的事也讲到了。守林人的老婆可怜她。"我可怜的孩子，宝贝儿！你才这么小，愿上帝保佑你！我的好闺女！快进屋吧，至少让我给你吃点东西！"

实际上，那女人正在竭力讨好安纽特卡，又给吃的，又给喝的，甚至陪着她哭。她待安纽特卡那么好，您猜怎么着，这小妞就把钱包都交给了她。

"我呀，小乖乖，先把它藏起来，到明天早上就还给你，再送你回家，小宝贝！"那女人拿了钱走了，安顿安纽特卡睡在炉台上，当时炉台上正烘着许多笆帚。守林人的女儿——跟我家安纽特卡一般大小——已经躺在炉台上的笆帚上睡着了。事后安纽特卡跟我们讲，那些笆帚香得很，有一股蜂蜜味！安纽特卡躺在那里却怎么也睡不着，一个人偷偷地哭：她想起可怜的爹爹，为他担心害怕。可是，老爷，才过了一两个钟头，就有人进屋来了。她一看，哎哟，正是那三个折磨爹爹的强盗。那个穿红布衬衫的人走到女人跟前

说："哎，老婆，今天我们是白白弄死人了。今天吃中饭时候，我们打死了一个人。打死倒打死了，可是连一个小钱也没有找着。"

原来，那个穿红布衬衫的人就是守林人，正是那个女人的丈夫。

"那家伙白白送了命，"他的两个破衣烂衫的同伙说，"我们也是白白叫我们的灵魂背上了罪孽！"

守林人的老婆望着他们三个人，嘿嘿笑出声来。

"傻婆娘，你笑什么？"

"我觉得好笑哩。瞧我既没有打死人，灵魂也没有背上罪孽，可我却得到了钱。"

"什么钱？你胡说些什么？"

"那就叫你们看看，我是不是瞎扯。"

守林人的老婆把钱包解开，这该死的婆娘把钱拿出来给他们看，接着就原原本本地说起来：安纽特卡是怎么来找她，说了些什么，等等，等等。那些杀人凶手高兴极了，即刻开始分赃，差一点打起来，后来，没说的，他们就坐下吃喝起来。可怜的安纽特卡躺在炉台上，他们说的话她全听到了，吓得浑身发抖，就像热锅上的蚂蚁。怎么办呢？从他们的话里她知道爹爹已经死了，尸体横在路上，她这个傻孩子恍惚看到一群狼和狗在撕食可怜的爹爹，好像我们家的马跑进林子深处，也叫狼吃了，又好像她自己被关进监牢，还有人要责打她，怪罪她没有照管好那笔钱。

那些强盗吃饱了，打发女人去打酒。他们给了她五卢布，叫她买伏特加和甜葡萄酒。他们花别人的钱取乐，又是喝又是唱。这些狗东西喝个没完没了，一个劲儿地叫女人去打酒，不用说，他们要没完没了地喝下去。

"索性喝到明天得了！"他们嚷嚷，"现在我们有很多钱，用不着节省了！喝吧。就是别喝昏了头就行！"

到午夜时分，三个人都喝得酩酊大醉，那婆娘第三次去打酒，守林人在屋里来回走了两趟，脚步已经踉踉跄跄。

"哎，弟兄们，"他说，"那个小丫头可留不得！我们要是放过她，她会第一个去告发我们。"

他们最后商量决定：不能让安纽特卡活着——该除了她。谁都知道，要对一个无辜的孩子下毒手，那可不是件容易的事，这种事只有醉鬼或疯子才下得了手。他们争论了大概有一个钟头，该谁去杀死她。三人你推我，我推你，差点就打了起来，结果谁也不愿意去。最后只得抓阄，守林人抓着了。他又喝下了满满一大杯酒，清清嗓子，到外屋取斧子去了。

别看安纽特卡傻呆呆的，真遇上事了还挺聪明的，这一回她倒想出主意来了，这么说吧，绝不是随便哪个有学问的人能想出来的。多半是上帝怜悯她，赐给她一点聪明吧，也可能是她被吓着了，急中生智了。总之，在生死关头，她比谁都聪明。她悄悄地爬起来，向上帝求告一阵，拿起守林人老婆盖在她身上的羊皮袄。您知道，守林人的女儿跟她并排躺在炕上，她们两个年龄又相仿。安纽特卡把羊皮袄盖在她身上，把盖在小姑娘身上的那件婆娘的棉袄披在自己身上。这是说，她给掉换了一下。她用衣服盖住头，穿过房间，从那些醉鬼身边走过，那些人以为她是守林人的女儿，看都没看她一眼。幸好，那婆娘不在屋里，出去打酒了。要不然，安纽特卡肯定躲不过那把斧子，那女的眼睛像鹰一样雪亮。那婆娘的眼睛可尖着呐。

一走出屋子，安纽特卡拔腿就跑。她迷了路，在林子里转悠了整整一夜，直到早晨才好不容易找到了林边空地，沿着大路跑。上帝保佑，她碰见了文书叶戈尔·丹尼雷奇——如今他也已去世，愿他升入天堂！——他拿着鱼竿正要去钓鱼。安纽特卡把事情经过从头到尾对他说了一遍。他就赶紧往回走——这种时刻哪儿还顾得上

去钓鱼？回到村里，他马上召集了一帮农民，赶到守林人的草屋里。

他们急急忙忙到了那儿，所有的杀人犯全醉倒在那儿，横七竖八地躺在地板上。那婆娘也醉倒了。头一件事是搜他们的身，把钱全找了回来。他们往炕上一看，哎哟——求上帝宽恕我们吧！守林人的女儿还睡在笤帚上，盖着羊皮袄，可是满头已经鲜血淋淋，那是让斧子给砍的。大伙儿把三男一女都叫醒了，反绑了他们的手，押到乡里去了。女人放声大哭着，守林人却只顾摇头，央求道：

"再给点酒喝吧，乡亲们，好让我醒醒酒！我的头好痛啊！"

后来他们的审判会是在城里开的，他们受到十分严厉的法律制裁。这件不幸的事，老爷，就发生在小山沟后面的那片树林里。这会儿林子已经看不大清楚，太阳落到树林后头去了。我只顾跟您说话，连这些马都站住了，倒好像它们也听着哩。嗨，宝贝，我的好马！跑得麻利点，坐车的可是位好老爷，会赏给咱们几个茶钱的！嗨，说的是你们哪，宝贝！

一八八七年五月四日

外科手术

在县立医院，病人们暂由医士库里亚京看病，因为医师请假结婚去了。他是个四十来岁的胖子，上身穿一件很旧的柞丝绸单排扣短上衣，下身穿一条破旧的带花纹的布料裤子。脸上现出责任感和愉快的神情。左手的食指和中指，总是夹着一支雪茄烟，浑身散发出一股恶臭的气味。

教堂庶务奉米格拉索夫走进诊所，他是一个又高又结实的老头，穿着窄腰肥袖的棕色长袍，拦腰束着一条宽皮带。他的右眼患有白内障，半睁半闭着，鼻子上还有一颗疣子，远远看去像一只很大的苍蝇。诵经士眼睛很快地搜寻圣像，没有找到便对着一个盛着石碳酸溶液的长颈大玻璃瓶画了一个"十"字。随后又从红布中里取出一块圣饼，边鞠躬边把它放到医士面前。

"啊……谢谢啦！"医士打着哈欠说，"您有何贵干？"

"祝您礼拜天过得好，谢尔盖·库兹米奇……我有件事要求您……对不起，圣诗里说得真是千真万确：'我所饮的，搀着眼泪。'几天前，我坐下跟老婆子一块儿喝茶——哎哟，我的上帝！我连一点一滴也喝不进去，就想着快躺下，真不如死掉的好……刚喝那么一小口——就痛得我一点儿力气也没有了！除了牙痛，整个这半边脸……好痛啊，好痛啊！这耳朵里也突然痛起来，实在受不了啊，就像里面有颗钉子，或者是别的什么东西：一阵阵刺痛，一阵阵刺

痛！作孽呀！犯罪呀！……可耻的罪恶迷住了心窍，我终生在懒惰中……报应呀，谢尔盖·库兹米奇，报应呀！大司祭神父在做完弥撒后责备我说：'你呀，叶菲姆，口齿不清，鼻音又重。唱诗时，叫人一点也听不清你在唱什么。'请您来评评理：要是连嘴都张不开，还能唱什么诗呀！脸都肿起来了，实在受不了啊，夜里连觉也睡不着……"

"噢，好吧……请坐下……张开嘴！"

奉米格拉索夫坐下，张开嘴。

库里亚京皱起眉头，往嘴巴里瞧去，在一排由于年老和烟熏而变黄的牙齿之间，他看到一颗龋齿。

"助祭神父要我敷上辣子泡酒——可那根本不管用。格利克里娅·阿尼西莫夫娜——求上帝保佑她老人家身体健康吧——她给我一根从阿索斯圣山带回的细线，让我扎在胳膊上，还要我用牛奶漱口。我呢，说实话吧，线倒是扎上了，至于牛奶，我没有照办：我敬畏上帝，正是斋戒期呀……"

"迷信！……"医士稍作停顿后又说："牙得拔掉，叶菲姆·米海伊奇！"

"您比我明白，谢尔盖·库兹米奇。您是上过学堂的人，所以您对这种事很内行，知道该怎么办：是拔了呢，还是上点药水，或是用点别的什么……所以才把您摆在这里，恩人哪，求上帝保佑您身体健康，好让我们为您，亲爹，日日夜夜做祷告……直到我们躺进坟墓……"

"那是小事一桩……"医士谦虚起来，他走到立柜前，开始翻寻拔牙器具，"外科手术——不值一提……这里靠得全是熟练，手有劲……这不费吹灰之力……前不久，地主亚历山大·伊凡内奇·叶吉佩茨基来到医院，就像您现在这样……他也是牙痛得厉害……这人很有学问，什么事都要问长问短，弄个明白：怎么回事，为什

么。他跟我握手，称我的名字和父名……他在彼得堡住过七年，跟所有的教授都混熟了……我跟他接触了很久……他以耶稣上帝的名义央求我：'求您给我拔了它，谢尔盖·库兹米奇！'那有什么不行的？当然可以拔。不过，这里需要内行的人，不懂就不行……需要拔的牙齿有各种各样的。有的要用夹钳拔，有的得用专用牙钳，有的用螺旋钳就可以……这要因人而异。"

医士边说边拿起专用牙钳，犹豫地看了它一分钟，之后把它放下，拿起一把夹钳。

"好吧，先生，把嘴张大些……"他拿着夹钳走到诵经士跟前接着说，"我这就来把它……那个……这不费吹灰之力……只要扎破牙床……再顺着垂直轴心往外拽……这就成了……"他扎破牙床，"这就成了……"

"您是我们的救命恩人……我们这些愚蠢的人啥也不懂，是天主让你们的脑子开了窍……"

"既然你的嘴不得不张着，就别发什么议论啦……这牙很容易拔，可是弄不好的话牙根常常拔不出来……这一颗——不费吹灰之力……"他把夹钳放上去，"等一等，别拉扯……坐好，别动……一眨眼的工夫……（用力拽）……关键在于，要往深里拔（使劲拽）……别把牙根弄断了……"

"我们的天父呀……圣母娘娘呀……哎哟哟……"

"不对头……不对头……怎么拔不了？你别用手乱抓！给我把手放下！"他使劲拔，"马上就好……快了，快了……事情么，要知道并不像想像的那么简单

"天父呀……爹娘呀……"他尖叫起来，"天使呀！哎哟哟……你倒是快拔呀，拔呀，你怎么拖拖拉拉想拔五年吗？"

"这事么，要知道……属于外科手术……一下子完不了……快了，快了……"

奉米格拉索夫痛得把双膝抬到胳膊肘上，十个指头乱抓乱舞，瞪大眼睛，上气不接下气……那张紫红的脸上冒出汗来，眼睛里涌出泪水，库里亚京站在诵经士面前累得呼呼直喘，一面跺着脚，继续用力拔……最折磨人的半分钟过去了——夹住牙齿的钳子脱落了。诵经士跳起来，把手指伸进嘴里。他摸到嘴里那颗龋齿还在老地方。

"瞧你拽的！"他用哭笑不得的腔调说，"把你送到阴间去才好！太感谢啦！既然你没有本事，就别来拔牙！简直痛得我生不如死……"

"那你干吗用手抓我？"医士也生气了，"我在拔牙，而你呢，老来碰我的手，还说了无数蠢话……混帐！"

"你才混帐！"

"你以为，乡巴佬，牙齿是好拔的吗？你来试试看！这可比不得你爬到钟楼上去撞撞钟！（戏弄地）'没有本事，没有本事！'你说，你怎么教训起我来了！真有你的……我给叶吉佩茨基老爷，也就是亚历山大·伊凡内奇拔过牙，人家什么事也没有，而且一句话也没说……人家比你高贵，也不用手乱抓……坐下！我跟你说：坐下！"

"我痛得七荤八素了……你让我喘口气吧……哎哟！"他坐下，又说，"就是别太久了，用力拔吧。你别拽，只要用力拔……一下子就拔出来！"

"你居然教训起行家来了！天哪，这么一个无知无识的乡巴佬！跟这种人生活在一起……你真是要发疯！张开嘴！"他放进夹钳，"外科手术，老兄，可不是闹着玩的……这比不得在唱诗班里唱唱诗……"他用力拽，"别发抖……看来，这牙已经老了，牙根太深……"他使劲拽，"别动……这就对了，这就对了……别动……好，好……"响起断裂声，"我早知道会这样！"

奉米格拉索夫呆呆地坐了片刻，似乎麻木了。他昏迷了……他的眼睛茫然地望着空间，煞白的脸上满是汗水。

"我要是用专用牙钳就好了……"医士嘟哝着，"真是没有料到！"

诵经士清醒过来后，立即把手指塞进嘴里，他摸到在病牙的地方有两个尖利冒出的碎茬。

"恶，恶鬼！……"他破口大骂，"让你们这些希律待在这里，是想要我们的命呀！"

"你再骂人……"医士嘟哝着，把夹钳放回立柜，"无知无识的乡巴佬……你在神学校里鞭子挨少了……叶吉佩茨基老爷，也就是亚历山大·伊凡内奇，他在彼得堡住过七年……多有学问……他的一件外衣就值一百卢布……人家就不骂人……你有什么了不起？不要紧，反正死不了！"

诵经士拿起桌上的圣饼，一手捂着脸颊，只好回家去了……

一八八四年八月十一日

小人物

"我那尊贵的先生，父亲，恩人！"文官涅维拉济莫夫正在起草一封复活节的贺信，"希望您在健康和平安中度过这个神圣的日子以及此后的许多岁月，希望您阖家安康……"

灯里的煤油快烧干了，冒着黑烟，发出一股焦臭的气味。桌子上，就在涅维拉济莫夫写字的那只手旁边，有一只迷途的蟑螂正在惊慌失措地奔跑。跟这值班室相隔两个房间，看门人巴拉蒙已经是在第三遍擦他那双节日才穿的皮靴。擦得那么起劲，所有的房间里都能听到他吐唾沫的声音和上过鞋油的刷子声。

"此外，对于那个混蛋我应该写些什么呢？"涅维拉济莫夫思索着，抬起眼睛瞧着熏黑的天花板。

他看到在天花板上一个发黑的圆圈：灯罩的影子。下面是落满灰尘的墙檐，再下面是墙壁——以前是刷成深褐色的。他觉得这间值班室像沙漠一样荒凉，他禁不住可怜起自己来，同时也可怜起那只蟑螂了……

"我下了班就可以离开这里，可这蟑螂却要一生一世守在这儿，"他伸着懒腰想道，"真是苦闷啊！要不我也把我的皮靴擦一擦？"

涅维拉济莫夫又伸了一个懒腰，这才懒洋洋地朝看门人房子走去。巴拉蒙已经停止擦皮靴了……他一手拿着鞋刷子，一手在胸前

画着十字，站在通风小窗前仔细听着……

"敲钟了，先生！"他小声对涅维拉济莫夫说，睁大他那双呆滞的眼睛望着他，"已经敲钟了。"

涅维拉济莫夫把耳朵凑到通风窗前面去听。复活节的钟声随同春天的气息，一齐从窗口飘进室内。各处的教堂钟声齐鸣，大街上马车辘辘作响，在这乱糟糟的一片响声中，只有最近的教堂那活跃而高昂的钟声清晰可闻，不知谁还发出了一阵又响又尖的笑声。

"人真多啊！"涅维拉济莫夫望了望下面的街道，叹口气说。在那些亮着的街灯下面时不时闪过一个个人影。"大家都跑去做晨祷了……我们东正教的复活节一般在俄历三月二十二日——四月二十五日之间。恐怕人们现在喝足了酒，正在城里闲逛哩。有多少欢声笑语！只有我一个人倒楣，在这种日子还得坐在这里。而且我每年都是这样！"

"那是因为您拿了人家的钱呢？要知道今天本不该是您值班的日子，是扎斯杜波夫雇您当替身的。别人玩得高兴，您却在这里替人值班……您这是贪财啊！"

"见鬼，这怎么能叫贪财呢？根本没有什么财可贪哟。钱一共只有两个卢布，外加一条领带……这是穷，而不是贪财！可是现在，你知道，要是能跟大伙儿一道去做礼拜，然后去开斋，那该多好啊……喝点儿酒，吃点冷荤菜，然后躺下睡他一觉……或者你在桌旁一坐，桌上摆着受过圣礼的库利契，茶炊在'咝咝'作响，身边还有那么一个迷人的小妖精……你喝上一小杯，再摸摸她的下巴，那东西还真能撩人心魄……这时你会感到自己是个人……唉……我这一辈子算是白活了！你瞧，有个骗子坐着四轮马车过去了，可你却只能待在这里，惟一可做的事就是想想心事。"

"人各有天命，伊凡·达尼雷奇。上帝保佑，您日后也会升官

晋级，坐上四轮马车的。"

"我？嘿，得了吧，伙计，你别开玩笑。哪怕是拼了命的干，我这九品文官也上不去了……我没有受过什么教育。"

"我们的将军也没有受过什么教育，可是……"

"嘿，将军啊，他在还没有做将军之前，就偷盗了十万公款。他那副派头，伙计，我可比不上……看我这副模样也不会有什么出息了！连姓也招人恶心：涅维拉济莫夫！一句话，伙计，我的这种处境是没什么指望的。你愿意，就活下去；你不愿意——干脆上吊……"

涅维拉济莫夫从通风小窗边走开，懒散地在各个房间里转来转去。钟声就越来越响……用不着站在窗口就能听清楚了。可是，钟声越是清晰，马车声越是热闹，这深褐色的四壁和烟熏的墙檐就越发显得阴暗，煤油灯的黑烟显得越浓。

"要不要丢下值班的差事，一走了之？"涅维拉济莫夫这样想道。

不过，这种不负责任的一走了之结局是很糟的……即便离开了公署，在城里逛荡一阵，涅维拉济莫夫还是得回到自己的住所，他那个住所比值班室更阴暗、更糟糕……就算复活节这一天他过得很好，很舒服，可是往后又怎么样呢？依旧是阴暗的四壁，依旧是要替人值班，依旧是写这种贺信……

最后涅维拉济莫夫在值班室中央站着一动不动，沉思着。

美好的新生活是他内心一直非常渴望的，这种渴望弄得他满心痛苦，痛得他受不了。他热切地盼望着自己能突然出现在大街上，卷进活跃中的人群，参加节日的庆典——为此钟声齐鸣，马车轰响。他渴望着小时候所熟悉的种种现象：全家团聚，亲人们喜气洋洋的脸，白色桌布，室内亮堂而温暖……他想起了刚才一位贵妇人

乘坐的四轮马车，想起了庶务官穿在身上的十分漂亮的大衣，想起了秘书佩在胸前的金表链……他想起了温暖的床铺，斯坦尼斯拉夫勋章，新靴子，袖子没有窟窿的文官制服……要知道他之所以想起这些，是因为所有这些东西他一样也没有……

"难道只有去偷？"他又想道，"其实偷东西并不难，可是要藏好可就不容易了……据说，很多人带着赃物都逃往美洲，不过鬼才知道这个美洲在什么地方！看来要想能偷会盗，还得受教育才成啊。"

这时钟声停了。此刻惟一能听到的只有远处的马车声和巴拉蒙的咳嗽声了。可是涅维拉济莫夫的满腔愁绪和愤恨，却变得越来越强烈，简直受不住了。值日室里的挂钟敲过十二点半。

"也许写封告密信也不错？普罗什金很快高升就是因为干过这种事，很快就高升了……"

坐在自己的书桌前，涅维拉济莫夫沉思着。灯里的煤油已经烧干，正冒着浓烟，眼看就要灭了。迷途的那只蟑螂还在桌上爬来爬去，找不着窝……

"告密倒也确实行，可是这告密信到底该怎么写呢？要写得摸棱两可，还得要点花招，像普罗什金那样……我哪能办得到！这种东西一旦写了，日后准把我牵连进去，我这个笨蛋只会见鬼去！"

涅维拉济莫夫左思右想，一边琢磨着摆脱困境的种种办法，一边呆呆地看着他起草的那封贺信。这信是写给一个他十分憎恨又很惧怕的人的，近十年来，他一直在向这个人请求把他从十六卢布的职位提到十八卢布的职位上……

"啊……看你往哪儿跑，鬼东西！"他恶恨恨的一巴掌拍在那只不幸被他看到的蟑螂身上，"可恶的东西！"

蟑螂仰面朝天，绝望地蹬着细腿……涅维拉济莫夫捏住它的一

条腿，把它丢在灯罩里，灯罩里突然燃烧起来，发出劈劈啪啪的响声……

涅维拉济莫夫这才觉得好过了一点。

一八八五年三月二十三日

小职员之死

庶务官伊凡·德米特里·切尔维亚科夫的心情很不错。在这样一个美妙的黄昏，他坐在剧院座椅第二排，正用望远镜观看轻歌剧《科尔涅维利的钟声》。他看着演出，感到自己置身于极乐世界。可是突然间……小说里经常出现"可是突然间"。作家们没有用错词儿：生活中确实充满了各种意料之外的事情。可是突然间，他的脸皱起来，眼珠往上翻，呼吸停住了……他放下望远镜，低下头，便……啊嚏一声!!!请注意他打了个喷嚏，无论何时何地，谁打喷嚏都是不能禁止的。庄稼汉会打喷嚏，警长会打喷嚏，就是达官贵人也在所难免。人人都打喷嚏。切尔维亚科夫丝毫不觉得有什么难为情的地方，他掏出小手绢擦擦脸，然后就像一位讲礼貌的人那样，举目看看四周：想知道他的喷嚏是否影响别人了？但这回他不由得慌张起来。他看到，坐在他前面第一排座椅上的那个小老头，正用手套使劲擦他的秃头和脖子，嘴里还嘟哝着什么。切尔维亚科夫认出这人是三品文官布里扎洛夫将军，他在交通部一个机关里任职。

"我的唾沫溅着他了！"切尔维亚科夫心想，"他虽说不是我的上司，是另一部门的，不过终归挺不好意思的。应当向他道个歉才对。"

切尔维亚科夫咳嗽一声，向前探出身去，贴近将军的耳朵悄声说：

"请原谅，大人，我的唾沫星子溅着您了……我这是无意的……"

"没关系，没关系……"

"看在上帝份上，请您原谅我。要知道我……这是事出意外……"

"哎，请您坐下吧！让人听戏嘛！"

切尔维亚科夫心乱如麻了，他傻笑一下，开始看戏。他看着演出，但已不再感到处身于极乐世界了。他开始局促不安起来。幕间休息时，他走到布里扎洛夫跟前，在他身旁徘徊片刻，终于鼓起勇气，嗫嚅道：

"我的唾沫溅着您了，大人……对不起……要知道我……我不是有意的……"

"哎，够了！……我已经不记得了，您怎么没完没了呢！"将军说完，不耐烦地撇了撇下嘴唇。

"他说忘了，可是他那眼神阴森森的！"切尔维亚科夫暗想，不放心地时时瞧他一眼。而且他连话都不想说。应当给他解释清楚，我压根就是无意的……而且这是自然规律……要不然他会认为我存心啐他。即使他现在不这么想，往后也肯定会这么想的！……"

看完戏回家后，切尔维亚科夫把自己的失态告诉了妻子。他觉得妻子对发生的这件事毫不在意。她先是受了点惊吓，但后来听说布里扎洛夫是"别的部门的"，也就不再担心了。

"不过你还是去一趟，去赔礼道歉的好，"她说，"不然他会认为你在公共场合有不检点行为！"

"就是这么回事！刚才我不止一次道过歉了，可是他有点古怪……一句中听的话也没说。再者当时也没有时间细谈。"

切尔维亚科夫穿上新制服，刮了脸，在第二天去找布里扎洛夫，想好好解释……走进将军的接待室，他看到里面有许多请求接

见的人。将军本人被围在中间，已经开始接受他们的呈文。询问过几人后，将军抬眼望着切尔维亚科夫。

"昨天在'阿尔卡吉亚'剧场，要是大人还记得的话，"庶务官开始报告，"我打了一个喷嚏，不小心溅了您……务必请您原……"

"这是不值一提的小事嘛！……天知道你是怎么回事！"将军扭过脸，对下一名来访者说："您有何贵干？"

"他不愿和我说话！"切尔维亚科夫脸色煞白，心里想道，"看来他生气了……不行，这事不能这样了结……我一定要跟他解释清楚……"

最后一名来访者走了之后，将军刚走向内室时，切尔维亚科夫一步跟上去，又开始嗫嚅道：

"大人！在下斗胆打搅大人，可以说，我只是出于一种悔过的心情……我不是有意的，请您一定要体察，大人！"

将军做出一副哭笑不得的样子，扬了扬手。

"您简直是在开玩笑，先生！"将军说完，进门不见了。

"这怎么是开玩笑？"切尔维亚科夫想，"压根儿没有一点儿开玩笑的意思！身为将军，却不明事理！事情已经到了这种地步，我再也不向这个装腔作势的人赔不是了！去他的！我写封信给他，再也不上这儿来了！真的，决不再来了！"

切尔维亚科夫这么想着回到家里。可是给将军的信始终没有写成。他左思右想，怎么也想不出信的内容该怎么写。只好第二天又去向将军本人解释。

"我昨天来打搅了大人，"直到将军向他抬起疑问的目光，他才开始嗫嚅道，"我不是如您讲的来开玩笑的。我是来向您赔礼道歉，因为我打喷嚏时溅着您了，大人……说到开玩笑，我可从来没有想过。我怎么敢开玩笑？倘若我们学会了开玩笑，那么，就丝毫谈不上对大人的尊敬了……谈不上……"

"你给我滚出去!"将军突然大吼一声,脸色发青、浑身打颤。

"什么,大人?"切尔维亚科夫小声问道,他简直吓傻了。

"你给我滚出去!!"将军跺着脚,又喊了一声。

切尔维亚科夫感到肚子里好像有什么东西离开了原位,破碎了。他什么也看不见,什么也听不着,一步一步退到门口。他蹒跚着来到街上,艰难地移动着双腿……他迷迷糊糊地回到家里,制服也没脱,就倒在长沙发上……咽了气。

一八八三年七月二日

在流放地

老谢是一个外号叫"明白人"的小老头，此刻他正和一个谁也不知道姓名的年轻鞑靼人坐在岸边的篝火旁。另外三名摆渡工人待在小木屋里。谢苗是个六十岁上下的老头子，瘦骨嶙峋，牙齿快掉没了，可是肩膀挺宽，看上去还挺硬朗，这时他已经喝得烂醉如泥了。他本来早该进屋去睡觉，但他口袋里还有半瓶伏特加，他担心屋里的伙计们跟他讨酒喝。鞑靼人生着病，没精神，他裹紧破衣衫，正在讲到他的家乡辛比尔斯克如何如何好，他撇在家里的妻子多么漂亮多么聪明。他最多也不过二十四五岁，此刻，在篝火的映照下，他脸色苍白，一副愁苦的病容，看上去像是个孩子。

"那当然，这儿不是天堂，"明白人说，"你自己也看到了，这地方只有水，光秃秃的河岸，到处都有的黏土，此外再没有别的东西……复活节早已过去了，可眼下河面上还有流冰，今天早上还下了一场雪。"

"不好，不好！"鞑靼人说着，战战兢兢地朝四下里张望。

在十步开外流着一条乌黑的寒气袭人的河流，河水"汩汩"有声，拍打着布满洞穴的黏土河岸，急匆匆地奔向不知何方的遥远的海洋。贴近这边河岸，有一条黑糊糊的大驳船，这里的船工管它叫"浮船"。河对岸遥远的地方，有几处火光忽儿亮起来，忽儿又熄灭了，像几条火蛇在游动：这是有人在烧去年的荒草。蛇样的火光之后又是一片黑暗。可以听到不大的冰块撞击驳船的声音从那边传

来。四周潮湿而阴冷……

鞑靼人抬头眺望天空。满天星星，跟他在家乡看见的一样多，周围也是一片漆黑，可总觉得缺少点什么。在家乡，在辛比尔斯克，完全不是这样的星星，天空也不一样。

"不好，不好，"他反复说道。

"你慢慢就会习惯的！"明白人说，笑了起来，"现在你还年轻，傻，你嘴上的奶味还没干，凭你那股傻劲觉得，这世上没有比你更不幸的人，可是将来总有一天你会说：'求上帝保佑，但愿人人都能过上这种生活才好！'你瞧瞧我。再过一个星期，等水退下去，我们就要在这里安排好摆渡的事，你们就要离开这里，在西伯利亚到处飘荡，我却可以留下来，继续在这两岸间摆过去渡过来。就这样我白天晚上来来去去了二十年。谢天谢地！我什么也不要。只求上帝保佑，但愿人人都能过上这种生活才好。"

鞑靼人往火堆上添些枯枝，挨近火堆躺下，说：

"我爹经常生病。等他死了，我娘和妻子要上这儿来。她们答应过的。"

"你要你娘和老婆来干什么，"明白人问，"简直糊涂，伙计。你这是让魔鬼迷了心窍，滚它的魔鬼！你千万别听它的话，这该死的东西！别让它得意。它用婆娘来勾引你，你就跟它作对，说：'我不稀罕！'它用自由来诱惑你，你就要咬牙顶住，说：'我不在乎！'我什么也不要！没有爹娘，没有老婆，没有自由，没有庄园，没有一根木橛子！什么也不要，见它的鬼去！"

谢苗抓起酒瓶，猛喝了一大口，接着说：

"我呀，伙计，可不是普通的庄稼汉，也不是粗人出身，我是教堂执事的儿子。当初我没被流放的时候是多么自由自在，住在库尔斯克，进进出出穿着礼服。可现在，我把自己磨练到了这种地步：我能赤条条躺在地上睡觉，靠大吃青草过日子。只求上

帝保佑，但愿人人都能过上这种生活。我什么也不要，什么人也不怕，在我看来，这世上没有比我更富有更自由的人。当年，我从俄罗斯发配到这里来的时候，从头一天起我就下定决心：我什么也不要！魔鬼拿妻子、拿亲人、拿自由来诱惑我，可我却对他说：我什么都不要！我打定了主意，坚持下来，所以你瞧，我过得很好，我没有怨言。谁要是对魔鬼让一让步，哪怕只听它一回，他就要完蛋，他就没救了；他会陷进泥潭，灭了顶，休想再爬出来。别说像老弟你这样糊涂的庄稼人，就连那些出身高贵、受过教育的老爷也照样完蛋。大约十五年前，有位老爷从俄罗斯发配到这里。据说他伪造了一份遗嘱，不跟自家兄弟平分财产。他还是公爵或男爵哩，也许只是一名文官——谁知道呢！好，他来到这里，头一件事就是在穆霍金斯克为自己买下一幢房子和一块地。他说：'今后我要靠我的劳动和汗水来过活，因为我现在已经不是老爷，而是一名移民了。'我对他说，'没什么，上帝会保佑你的，这是一件好事。'那时候他还是个青年，爱张罗，整天忙忙碌碌：他总是亲自割草，有时去捕鱼，还能骑着马跑个六十来俄里山路。不过只有一件事糟糕：从头一年起，他就三天两头跑格林诺，去邮政局取信。他站在我的渡船上，老是叹气：'唉，谢苗，家里很久没有给我寄钱来了，到底是什么缘故？'我说：'你用不着钱，瓦西里·谢尔盖伊奇，您要钱干什么？您把往事都抛开，忘了它，就当它从来没有发生过，就当它是一场梦，您从头开始生活好了！'我又说：'您可别听魔鬼的话，它不会把好处带来送给你，只会把你拉到绝路上去，您现在想钱，再过一阵子，瞧着吧，您又会想别的东西，之后想更多更多的东西。您若想让自己幸福，那么最重要的就是要记住您什么也不要。对了……'我对他说，'要是命运狠心地欺负了您和我，那么绝不要向它求饶，不向它屈膝下跪，而是要蔑视它，嘲笑它。

要不然它就会嘲笑我们。'我就是这么对他说的……大约两年之后，我又把他渡到这边岸上来，他搓着手，笑嘻嘻的。他说：'我这是去格林诺接我的妻子。她可怜我，就来了。我妻子待我多好，心地善良。'他乐得气也透不出来了。于是过了一天，他和妻子一道坐车来了。太太年轻漂亮，戴着帽子，怀里还抱着个小女孩。各式各样的行李一大堆。我那瓦西里·谢尔盖伊奇乐得在她身边团团转，怎么看也看不够，怎么夸也夸不够。他说：'没错，谢苗老兄，哪怕在西伯利亚，人们也照样能生活得下去！幸福照样能出现在西伯利亚！'我心想：得了吧，用不了多久他就乐不出来了。打那时起，差不多每个星期他都要去一趟格林诺：打听俄罗斯寄钱来了没有。花销大得很呀。他说：'她是为我才留在西伯利亚，为我毁掉了自己的青春和美貌，她愿意跟我同甘共苦，所以我应当想尽一切办法让她开心……'为了让太太高兴，他就跟那些长官和形形色色的坏蛋交往。不用说，他得供那帮人吃喝，家里还得有钢琴，沙发上还得有一条毛茸茸的叭儿狗——活见鬼！……总之，他摆阔气，娇宠她。可是太太也没跟他过太久。她怎么住得下去呢？这地方只有黏土、水、寒冷，要蔬菜没蔬菜，要水果没水果，没有任何交际，而她是京城里一位娇生惯养的太太……她当然闷得慌了，再说她丈夫吧，不管怎么说，已经不是老爷，而是个移民流刑犯——谈不上体面了。也就是过了三年吧，我记得在圣母升天节前夜，河对岸有人大声喊叫。我把渡船划到那里，我这一瞧不要紧，原来——是那位太太，她把脸遮得严严实实，身边站着一位年轻的老爷，一名文官。旁边还有一辆三套马车……我把他们渡到这边岸上，他们坐上雪橇一阵风似的走了，转眼就无影无踪了！不过他们还是让人发现了。一清早，瓦西里·谢尔盖伊奇赶着双套马车飞奔而来。他问：'谢苗，我妻子跟一个戴眼镜的老爷来过这里没有？'我

说：'过河了，你去野地里追他们去吧！'他策马飞奔追他们去了，追了五天五夜。后来我又把他送到河对岸时，他扑倒在渡船上，拿头使劲撞船板，还嚎啕大哭。'事情是明摆着的'，我说，还笑他，点拨他：'哪怕在西伯利亚，人们也照样能生活得下去！'他撞得更厉害了……后来他就开始盼望自由。他妻子跑回俄罗斯去了，所以他一心想回去找她，把她从情人手里夺回来。从此他就开始每天出去，我的小老弟，差不多天天骑着马飞跑，要么上邮局，要么进城找长官。他把呈文不断寄出去，递上去，请求他们怜悯他放他回家。他常提到，光是电报费他就花去了二百多卢布。他把地卖了，把房子抵押给犹太人。他本人头发白了，背也驼了，脸色发黄，跟痨病鬼没什么两样。他跟人说话的时候，嘴里结结巴巴，老是嗯嗯嗯……还眼泪汪汪的。他就这么递呈文，足足折腾了八年。可是后来他又活过来了，又快活起来：他迷恋上了新的东西。你猜是怎么回事：她女儿长大了。他瞧着她，心疼她。她呢，说实在的，长得真不错：很漂亮，黑眉毛，性情活泼开朗。每个礼拜天父女俩总要一道去格林诺的教堂。两人总是并排站在渡船上，她笑容满面，他呢，眼睛一忽儿也不离开她。他说：'是啊，谢苗，哪怕在西伯利亚，人们也照样能生活下去。在西伯利亚也会有幸福。你瞧瞧，我的女儿有多好！你跑出一千俄里恐怕也找不出另一个这样的好姑娘。'我嘴上说：'你女儿是挺好，这没错，是实话……'心里却想：'等着瞧吧……这妞儿正年轻，她的血液正在沸腾，她想过好日子，可是这地方过的是什么样的生活？'后来，还没多久，她果然开始烦闷了……她蔫下去，蔫下去，整个人憔悴了，病了，现在连路都走不动了。害了痨病。这就叫西伯利亚的幸福！见他的鬼去！这就叫西伯利亚人过的日子……他开始到处找医生，把他们接回家来。只要听说三百俄里开外有医生，或者有巫师，他就马上赶

车去接他们。花在医生身上的钱呀，这就多了！要是依我说，不如把这些钱换酒喝的好……她早晚都是一死。等她一死，他可就完蛋了。要么伤心得去上吊，要么逃回俄罗斯——事情是明摆着的。他真要逃跑，人家就会抓他，审他，判他服苦役，到那时候他就要尝尝鞭子的滋味了……"

"好，好，"鞑靼人嘟哝着，冻得直发抖。

"好什么？"明白人问。

"妻子呀，女儿呀……苦役，和苦恼算不了什么，他总算见到了妻子，见到了女儿……你说什么也不要。可是你什么也没有——不好！他妻子跟他一块儿过了三年，这是老天爷的恩典。什么也没有——不好；三年——好。你怎么就不懂呢？"

鞑靼人整个人颤栗着，费劲地搜罗着他所知道的有限的俄语词汇，结结巴巴地说：求上帝保佑，千万别让人在外乡得病，死掉，埋进这片寒冷的铁锈般的土地里。又说，只要妻子能来到他身边，哪怕只待一天，只待一个钟头，那么为了这种幸福，他都愿意承受任何什么样的苦难。而且他会感谢上帝，过上一天幸福生活，总比什么也没有强。

然后他又讲到，他的妻子是一个多么漂亮，多么聪明的女人。说着说着，他双手抱住头，痛哭起来。他一再向谢苗担保：他没有犯过丝毫罪，他受了冤屈。他的两个兄弟和一个叔叔抢走了农民家的几匹马，把那个老头打得半死，可是村社不凭良心办事，下了判决，把兄弟三个统统流放到西伯利亚来了，叔叔是有钱人，倒留在家里了。

"你会习惯的！"谢苗说。

鞑靼人沉默不语，用一双哭红的眼睛呆呆地望着篝火。他一脸的迷茫和惊恐，仿佛他至今仍旧没弄明白，他为什么会流落到这里，处在黑暗和潮湿中，处在陌生人中间，而不是在辛比尔斯克。

谢苗挨着火躺下来，不知什么缘故冷笑一声，低声哼起一支曲子来。

"她跟她父亲在一起有什么快乐？"过了一会儿谢苗又说起来，"他爱她，他得到了安慰，这话没错；可是，伙计，你对他得加倍小心行事：他可是个严厉的老头子，固执。年轻的妞儿可不需要严厉……她们需要温柔，需要哈哈哈、嘻嘻嘻，需要香水和化妆品。是这样……唉，事情啊事情！"谢苗叹口气，费劲地站起身来，"酒全喝光了，这下可以去睡了。怎么样？我走啦，伙计……"

鞑靼人独自一个人时，他又添些枯枝，侧身躺下，呆望着篝火，开始思念起家乡和妻子来。她若能来住上一个月，哪怕只住一天，那该多好啊！随后，要是她想回去，那就让她回去好了！来住上一个月，哪怕一天，也总比什么也没有强。可是万一妻子说到做到，真的来了，那他拿什么养活她呢？在这种地方她住到哪儿去呢？

"要是没吃没喝的，叫她怎么活得下去？"鞑靼人大声问。

他现在没日没夜都在划船，他们才给他十卢比。不错，过路人会给点茶钱和酒钱。可是那几个伙计把进款都私分了，一个小钱也不给鞑靼人，还一个劲儿地取笑他。他穷得挨饿，挨冻，成天担惊受怕……眼下他浑身酸痛，发抖，他本该进屋去躺下睡觉，可是他在那边没有被子盖，比这岸边还冷。这里虽说也没有东西可盖，好歹还可以生堆火……

再过一个礼拜之后，等这里的水全退下去，他们安置好平底渡船的时候，所有的船工，除了谢苗之外，所有的那个村子里人都无事可干了。到那时鞑靼人只好走村串户去乞讨，去找活儿干。他妻子才十六岁，长得漂亮，娇滴滴，羞答答——难道能要她不戴面纱也在这个村子讨饭吗？不行，这事想一想都可怕……

清晨。驳船、水中的柳丛和水上的波纹已经可以看得清清楚楚

The Collected Works Of Chekhov

了。要是回头看——那边是一片黏土高坡。坡底下有一间农舍，屋顶苫着褐色的干草，往上一些的地方，不少乡村木屋拥挤。公鸡已在村子里"喔喔"啼叫了。

红土高坡、驳船、河流、坏心眼的异乡人、饥饿、寒冷、疾病——所有这一切或许实际上都并不存在，或许这一切仅仅是梦中所见——鞑靼人这样寻思。他觉得他睡着了，甚至能听到自己的鼾声……当然，他现在是在家里，在辛比尔斯克，只要他叫一声妻子的名字，她准会答应；他母亲就在隔壁房间里……可是，天下竟有这么可怕的梦！干吗要做这种梦呢？鞑靼人微笑着睁开了眼睛，这是什么河？伏尔加吗？

天空飘着雪花。

"喂！"对岸有人在喊叫，"放渡船过来！"

鞑靼人一下子惊醒了，连忙跑去把他的同伴们叫醒，好把船划到对岸去。几个船工一边走到河岸上来，一边穿上他们的破皮袄，睡意未消地操着哑嗓子骂街，一个个冻得缩着脖子。他们刚从睡梦中醒过来，河上飘来的那股刺骨的寒气，显然让他们感到既可恶又可怕。他们慢吞吞地跳上驳船……鞑靼人和那三名船工拿起宽叶长桨，这些桨在黑暗中看上去像龙虾的脚，谢苗把肚子抵着长长的船舵。对岸的叫声仍旧没停，甚至放了两枪，大概以为船工多半睡着了，或者去村里下酒馆了。

"行了，急什么！"明白人说，那种口气仿佛他深信不疑：这世上什么事情都不必去着急，因为照他看来，一切事情到头来总是一场空。

笨重的驳船离开了岸，在柳丛中间漂浮而去。柳树慢慢往后退去，只能凭这一点才知道驳船在移动，而没有停在某个地方。几名船工行动一致地划着桨。谢苗用肚子压着船舵，身子不时地在空中划出一道弧线，从船帮的这一侧翻到了另一侧。在黑暗中看去，这

些人好像坐在某个洪荒年代、长着好些长爪的怪兽身上，它要把他们送到一个寒冷而荒凉的国度，这样的国度即使在噩梦中也难得见到。

他们艰难地穿过了柳树丛，驳船进入空旷的水面。对岸已经可以听到船桨的嘎吱声和有节奏的溅水声。就又有人在喊："快点！快点！"又过了十来分钟，驳船沉重地撞到码头上。"天老下个没完，老下个没完！"谢苗嘟哝着，抹去脸上的雪，"这么多雪都是打哪儿来的，真是天才知道！"

等船的是个穿着一件狐皮短袄，戴一顶白羔皮帽子的瘦高个老头，站在离马不远的地方，一动也不动。他的神色忧郁而专注，仿佛正在极力回忆某件事情，对他自己的健忘感到很是生气。当谢苗走到他跟前，笑嘻嘻地摘下帽子时，那人就说：

"我到阿纳斯塔西耶夫卡去急着找医生。我女儿又病重了，听说那里新派来了一位医生。"

马车被拖上驳船，又往回划去。谢苗叫他瓦西里·谢尔盖伊奇的那个人，在大家划船的时候，始终站着不动，咬紧厚嘴唇，眼睛望着一处地方发呆，马车夫请求他允许在他面前抽烟，他也不答话，好像没听见似的。谢苗用肚子压着船舵，瞧着他挖苦说：

"哪怕在西伯利亚，人们也照样能生活下去。活得下去哟！"

明白人一副洋洋自得的神色，仿佛他证实了一件事情，仿佛他正高兴事情的结果当真不出他所料。身穿狐皮短袄的人的那副不幸而又无可奈何的样子，分明让他十分快活。

"现在出门，瓦西里·谢尔盖伊奇，路上尽是烂泥，"他看到车夫在岸上套马便说，"您应该再等上两个礼拜，到那时路就会干些。要不然索性别出门……要是您出门跑一趟真会有什么好处，倒也罢了，可是您自己也知道，人们一辈子东奔西跑，日日夜夜地跑，到头来总是毫无用处。这可是实实在在的！"

瓦西里·谢尔盖伊奇默默地赏了酒钱，坐上远程马车，赶路去了。

"瞧他，又跑去找医生去了！"谢苗说，冷得缩起脖子，"好，去找真正的医生吧，那就和去野地里追风、想抓住魔鬼的尾巴一样，见你的鬼去！好一个怪人，主啊，求您宽恕我这个罪人吧！"

鞑靼人带着痛恨、厌恶的神情走到谢苗跟前，浑身发抖，用夹着鞑靼话的蹩脚的俄语说：

"他好……好，你——坏！你坏！老爷是好人，他好；你是畜生，你坏！老爷是活人，你是死尸……上帝造人是让他活着，让他高兴，让他伤心，让他忧愁，可是你什么也不要，所以你不是活人，你是石头，是泥土！石头什么也不要，你什么也不要……你是石头——所以上帝不喜欢你，只喜欢老爷。"

大家哄堂大笑。鞑靼人轻蔑地皱起了眉头，一挥手，裹紧破衣衫，朝篝火走去。几个船工和谢苗拖着沉重的脚步走进了小木屋。

"好冷啊！"一个船工声音颤抖地说。他在潮湿的泥地上铺上麦秸秆，然后躺下去，伸直身子。

"是啊！真不暖和！"另一个人附和道，"这日子真是活受罪！……"

大家都躺下睡觉了。门被风吹开了，雪飘进屋子里。谁也懒得爬起来去关门：冷是冷，可是去关门又太麻烦。

"我挺好。"快要入睡的谢苗迷迷糊糊地说，"只求上帝保佑，但愿人人都能过上这种生活才好。"

"你呀，当然，服了一辈子苦役，连鬼都不愿意抓你。"外面传来狗吠似的呜呜声。

"这是什么声音？是谁在那儿？"

"是鞑靼人在哭。"

"瞧他……真是个怪人！"

　　"他早晚会习——习惯的!"谢苗迷迷糊糊说完,马上就酣然入睡了。

　　其他的人也很快进入了梦乡。那门就这样开着始终没人去关。

一八九二年五月八日

预谋犯

一个身材矮小、消瘦异常的庄稼汉站在法院审讯官面前。他穿着花粗布衬衫和打补丁的裤子，那张鬓须浓重、布满麻点的脸，以及藏在耷拉的浓眉里、让人不易看清的眼睛，神情阴沉而冷漠。一头蓬乱的浓发显然已很久没有梳理了，看上去像一顶帽子，使得他的面容越发显得似乌云般阴沉。他没有穿鞋。

"丹尼斯·格里戈里耶夫！"审讯官开始说，"你走近一点，回答我的问题。本月七日，也就是七月七日，铁路看守人伊凡·谢苗诺夫·阿金福夫沿线巡查时，发现你在一百四十公里处正在拧铁轨上固定枕木的螺丝帽。瞧，就是这颗螺丝帽……他把你同这颗螺丝帽一齐扣下了。是这样吗？"

"啥？"

"阿金福夫说的事情经过没有失实吧？"

"没错，是这样。"

"好。那你为什么要拧螺丝帽？"

"啥？"

"你别'啥啥啥'的，回答我的问题：你为什么要拧螺丝帽？"

"俺去拧它当然是有用的了。"丹尼斯斜眼望着天花板，用沙哑的声音说。

"那你要这螺丝帽做什么用？"

"螺丝帽吗？俺们拿它做坠子……"

"俺们是谁？"

"俺们，老百姓呗……也就是克利莫夫斯克的庄稼人。"

"听着，老乡，你别在我面前装糊涂，说正经的！别撒谎，扯什么坠子不坠子的！"

"俺这辈子从来没有说过谎话，这会儿说俺瞎扯……"丹尼斯眨巴着眼睛，嘟哝着，"再说，老爷，没有坠子能行吗？你若把鱼饵或是蚯蚓装到钓钩上，不加上个坠子，它怎么能沉到水底？还说俺瞎扯哩……"丹尼斯冷笑道："鱼饵这东西，若是浮在水面上，能顶个屁用！鲈鱼、梭鱼、江鳕，向来往深水里钻。鱼饵若漂在水上，只有赤梢鱼才来咬钩，再说那种事也少见……俺们那条河就没有赤梢鱼……这种鱼喜欢大河大水。"

"你跟我大讲赤梢鱼干什么？"

"啥？这可是您自己问的呀！俺们那儿，连地主老爷们也都这么钓鱼的。最不懂事的娃娃都知道没有坠子是钓不来鱼的。当然啦，也有一种人什么都弄不明白，嘿，没有坠子也去钓鱼。傻瓜蛋可不管章法不章法……"

"那么你是说，你拧下这颗螺丝帽是为了拿它做坠子的？"

"不为这个又为啥，总不能拿它当羊拐子①玩！"

"可是，你要做坠子不一定非拧螺丝帽呀？你尽可以拿铅块、子弹壳……或者钉子什么的……"

"在大路上可找不着铅块，得花钱去买。说到钉子，那不管用。螺丝帽这东西最好不过了……又重，还有个小洞。"

"你装什么糊涂！像是昨天才出生的，或者从天上掉下来的。

---

① 一种儿童游戏，用羊蹄腕骨向远处的另一块骨头扔去，中者为胜。

你难道不知道，笨蛋，拧掉螺丝帽会造成什么后果？要不是看守人及时发现，火车就要出轨，许多人就会因此丧命！你就成了杀人的罪魁祸首了！"

"上帝保佑，千万不要发生这种事，老爷！干啥要去害人？难道俺们不信教？俺们可不是坏人！谢天谢地，好老爷，别说俺一辈子没害死过一个人，就连这种念头也从来不敢有过……求圣母娘娘保佑，饶恕……瞧您说的，老爷！"

"那么你说，火车是怎么出事的？告诉你：你只要拧下两三颗螺丝帽，火车就要翻身！"丹尼斯嘿嘿冷笑，眯起眼睛怀疑地瞧着审讯官。

"得了吧！这些年来，俺们村的人拧下的螺丝帽可多了，上帝保佑，可从来没见翻车，这会儿说什么出事，害人……我若把铁轨搬了去，或是，比方说吧，扛一根大木头横在铁路上，噢，那样的话，火车倒可能要出轨，可是……呸！不就是少一颗螺丝帽吗！"
"你要明白：那些螺丝帽是用来固定铁轨和枕木的。"

"这个俺们也懂……俺们又没有把所有的螺丝帽都拧下……还留着许多呢……俺们办事也不是不动脑筋……俺们也懂……"

丹尼斯打了个哈欠，在嘴巴上画个十字。①

"去年这地方有一列火车出轨了，"审讯官说，"现在调查清楚了……"

"您说啥？"

"我是说，现在知道了，为什么去年有一列火车出轨……我弄明白了！"

"您念过书，当然应该明白事理，俺们的恩人……上帝知道，该让谁明白事理……您刚才说了一大通，是怎么回事，为什么，可

---

① 一种迷信说法，打哈欠后画十字可以不让魔鬼进入口中。

那个看守人是庄稼汉，啥也不懂，就知道一把揪住俺的后脖领；拖着俺就走……你先说明白了，再拖人也不迟呀！俗话说得好，庄稼人有庄稼人的道理……您再记上一笔，老爷，他还扇了俺两个嘴巴子。往俺胸口上打了一拳。"

"搜你家的时候，又搜出另外一颗螺丝帽……那颗螺丝帽你是在什么地方什么时候拧下的？"

"您是说小红箱子底下的那一颗吧？"

"我怎么知道它放在哪儿。你什么时候拧下的？"

"不是俺拧的，那是伊格纳什卡给俺的，他么，就是独眼龙伊凡的儿子。俺说的是压在小箱子底下的那一颗，至于院子里雪橇上的那一颗是俺同米特罗凡一块儿拧的。"

"哪个米特罗凡？"

"就是米特罗凡·彼得罗夫呗……难道你没听说过？他在俺们村编大鱼网，卖给老爷们。他很需要这种螺丝帽。编一张网，大概需要十来颗……"

"你听着……刑法第一千零八十一条规定：凡蓄意破坏铁路，致使该路上行驶中的运输工具发生危险，且肇事者明知该行为的后果将造成不幸——听明白了吗？明知！而你明明知道，拧掉螺丝帽会发生什么后果——该肇事者当判处流放并服苦役。"

"当然，您知道的东西多……俺们是没有知识的人，这个俺们哪能弄懂？"

"你什么都懂！你净瞎扯，装糊涂！"

"干啥要瞎扯？您如果不相信，去问问村里人好了……不加坠子只能钓钓赤梢鱼，那是最下等的鱼了，不加坠子，就连它也不上钩的。"

"你再讲讲赤梢鱼呀！"审讯官微笑着说。

"俺那儿可没有赤梢鱼……俺有时用蛾子当饵，不加坠子，让钓丝漂在水面上，只有雅罗鱼来咬钩，再说那也少见。"

"行了，你住嘴吧……"

紧接着一片沉默。丹尼斯不知所措地倒换着脚站着，瞅着蒙上绿绒布的桌子，使劲眨巴眼睛，仿佛他眼前看到的不是绿绒布，而是红太阳。审讯官奋笔疾书。

"俺可以走了吧？"沉默半晌后丹尼斯问道。

"不行。我得把你押起来，再送进班房。"

丹尼斯不再眨眼，抬起浓眉，疑惑地望着审讯官。

"为什么要去班房？老爷！俺可没有那么多闲工夫，俺得去赶集。伊戈尔欠俺三卢布的腌猪油钱，俺得去讨回来……"

"住嘴，别妨碍我工作。"

"坐班房……要是真做了坏事，去也行啊，可是……活得好好的……犯什么罪啦？俺又没有偷东西，也没跟人打过架……您如果怀疑俺拖欠税款，老爷，那您千万别信村长的话……您一定得问问常任委员先生……他，那个村长，一点良心也没有……"

"住嘴！"

"俺没瞎说……"丹尼斯嘟哝着，"村长尽造假账，这个俺敢对天起誓……俺家三兄弟：老大库兹马·格里戈里耶夫，老二伊戈尔·格里戈里耶夫，再就是俺，丹尼斯·格里戈里耶夫……"

"你真捣乱……喂，谢苗！"审讯官叫道，"把他押下去！"

"俺家三兄弟，"丹尼斯继续嘟哝，这时两名壮实的士兵押着他走出审讯室，"亲兄弟也不替亲兄弟担当责任……库兹马没有纳税，那么你，丹尼斯，就得来承担……什么法官！俺东家是将军——可惜死了，但愿他上天堂——要不然他会给你们这些法官一点厉害瞧瞧……审案子也得有道理，不能胡来……你就算用树条抽我一顿，也得有凭有据，凭良心……"

一八八五年七月二十四日

132

哀 伤

当年在加尔钦乡里无人不知的优秀旋匠格里戈里·彼得罗夫，同时又是出名已久的做事欠考虑的糊涂农民，此刻正赶着一辆雪橇把他生病的老伴送往地方自治局医院去。这段路大约有三十来俄里，道况糟透了，连公家的邮差都很难对付，而像旋匠格里戈里这样的懒人走起来就是举步维艰了。刺骨的寒风迎面而来。空中，举目四看，到处都是密密层层飞旋着的雪花和雾气。雪大得叫你分不清这是从天上掉下来的，还是从地上刮起来的。除了茫茫大雪，田野、电线杆和树林一概都看不见。每当强劲的寒风袭来，弄得格里戈里连眼前的车辀都看不见。那匹瘦弱的老马艰难地一步一步向前移动。它的全部精力在从深雪里困难地拔出腿来、头不时地摆动中消耗完了。旋匠急着赶路。他常常在赶车人的座位上焦急地上下跳动，不时挥鞭抽打马背。

"你呀，玛特廖娜，别哭了……"他小声嘟哝，"再忍耐一下。上帝保佑，我们会赶到医院的。然后，只要一会儿工夫，你的那个病……巴维尔·伊凡内奇会给你喝一些药水，或者让人给你放血。或者说不定他会发善心，用酒精给你擦身，你那个腰痛病说好就好了。巴维尔·伊凡内奇会尽力的……他会责骂一通，跺跺脚，但他一定会尽量帮你治病的……多好的老爷，待人又和气，求上帝保佑他身体健康……等我们一到，他会立即从他的诊室里跳出来，跟着就数落个没完：'怎么回事？'他会嚷嚷，'为什么现在才到？为什

The Collected Works Of Chekhov

么不按时来？难道我是一条狗，该成天在你们这些鬼东西身边忙得团团转？为什么不在上午来？滚，给我滚回去！明天再来！'那我就求他：'医生老爷！巴维尔·伊凡内奇！尊贵的好老爷'哎，你倒是走开呀，我叫你发呆，见鬼！驾！"

旋匠用鞭子抽他的瘦马，也没有看他老伴一眼，继续小声地自言自语：

"'老爷！我说的是实话，我敢当着上帝的面说……我凭十字架起誓：天还没亮，我们就赶车上路了。可哪能按时赶到呀？既然老天爷……圣母娘娘……发了火，送来了这么大的一场暴风雪。您老人家也能看见，即便是再好的马也赶不来的，何况我那匹老马。您老人家也看到了：那根本不能算是马；简直是丢人现眼！'可是巴维尔·伊凡内奇会皱起眉头，大声嚷嚷：'你们这些人我知道。总能找出理由来为自己辩护！特别是你，格里戈里！我早知道你的为人！一路上恐怕又进了五六家小酒馆吧！'我就对他说：'难道我是恶棍，或是异教徒？老太婆快要归天了，要咽气了，我怎么还有心思一趟趟跑小酒馆！您这是什么话呀，您饶恕我吧！叫那些小酒馆见鬼去！'于是巴维尔·伊凡内奇就吩咐人把你抬进医院去。我就给他跪下……对他说：'巴维尔·伊凡内奇！老爷！我们对您千恩万谢啦！请您原谅我们这些傻瓜，大逆不道的人，不要生我们庄稼人的气！您按理该把我们连打带骂轰出去，可您老人家还是为我们操心，瞧您的脚都沾上雪了！'巴维尔·伊凡内奇会瞪我一眼，像要揍我一顿似的，说：'你与其给我扑通一声下跪，傻瓜，不如平时少灌几杯白酒，再可怜可怜你的老太婆。真该揍你一顿才是！''说得对，真该揍，巴维尔·伊凡内奇，您就揍我一顿吧！既然您是我们的恩人，亲爹，我们干嘛不能给您下跪呢？老爷，我说的是老实话……如同站在上帝的面前一样……要是我撒谎，您就啐我的眼睛。只要我的玛特廖娜，也就是这个老太婆，病治好了，还跟从

前一样又能操持家务了，那么不论您老人家吩咐我做什么，我都会给您做好！小烟盒，要是您想要的话，我可以用卡累利阿棒木做……还有糙球，还有九柱戏的木柱，我都能旋得跟外国货一样好……为了您我什么都能做！一分钱也不收您的！若在莫斯科，这种小烟盒人家会卖您四个卢布，可我一分钱也不要您的。'医生就会笑着说：'好，行啊，行啊……我心领了！只可惜你是个酒鬼……'我，老伴儿，我知道该怎样跟那些老爷们打交道，没有我搭不上话的老爷，只求上帝保佑，别让我们迷路才好。瞧这暴风雪刮得！把我的眼睛都刮得睁不开了。"

　　旋匠就这样嘟哝着一刻都没停过。他顺口东拉西扯，只求能稍稍减轻一点自己那沉重的心情。他嘴上的话很多，可是脑子里的想法和疑问却更多。哀伤猝不及防地向旋匠袭来，完全出乎他的意料，弄得他现在怎么也不能清醒过来，平静下来，认真想一想。在此之前，他一直过着无忧无虑的生活，就像处在醉后那种昏昏沉沉的状态那样，既不知道哀伤，也不知道欢乐，可是现在却突然感到心情沉重，十分痛苦。这个无忧无虑的懒汉和酒鬼莫名其妙地变成了另一个人，居然忙碌起来，凡事都操心，心急火燎，甚至连下着这么大的暴风雪也不怕了。

　　他的哀伤是从昨天傍晚开始的。旋匠记得很清楚，昨晚他回到家里，按照早已形成的习惯喝得醉醺醺的，像往常一样，又开始骂人，挥舞拳头。老太婆瞧了一眼她的冤家，那眼神却是他从来没有见过的。往日，她那双老眼里布满了痛苦和温顺的眼神，就像那些经常挨打、吃不饱肚子的狗，而现在她却严厉而呆滞地瞧着他，就像是圣像上的圣徒或者快要死的人。哀伤正是从她那双奇怪的、不祥的眼睛开始的。吓傻了的旋匠赶紧向邻居借了一匹老马，立即把老太婆往医院里送，一心指望巴维尔·伊凡内奇能给些药粉或者油膏让老太婆恢复从前的眼神。

　　"你呀，玛特廖娜，那个……"他又小声嘟哝，"要是巴维尔·伊凡内奇问起我打过你没有，你就说：'绝对没有的事！'我呀！往后再也不打你了。我凭十字架向上帝起誓！再说，我过去打你并不是出于恶意！我就这么不假思索随手打了你。现在我心疼你哩。换了别人就不会这么伤心，可我现在急着送你去看病……我在尽力去做。瞧这风雪，好大呀！上帝啊，你发怒吧！只求你保佑我们别迷路……怎么样，腰痛吗？玛特廖娜，你干嘛老不出声啊？我问你呢：腰还痛吗？"

　　他感到奇怪，为什么老太婆脸上的雪怎么老也不化。奇怪，那张脸不知怎么显得那么消瘦，灰白里透着蜡黄，面容庄重而又严肃。

　　"唉，蠢婆娘！"旋匠嘟哝道，"我跟你说着掏心窝的话，上帝作证……可是你，那个……咳，真是蠢婆娘！再这样，我索性不把你送医院了！"

　　旋匠放下缰绳，踌躇起来。他不敢回头看一眼老太婆：因为他害怕！向她问话得不到回答，同样叫人害怕。最后，为了探个明白，他没有回头看老太婆，只是去摸她的手。手冰冷，拉起后像鞭子一样落下去。

　　"这么说她死了。这下可麻烦啦！"

　　于是旋匠哭了。他不只可怜老太婆，更感到懊丧。他想：这世上的一切事都变得太快！他的哀伤刚刚开始，怎么立即就要收场了。他还没来得及跟老太婆好好过日子，对她表表心意，疼爱她，怎么她就死了。他跟她共同生活了四十年，但这四十年像活在梦里一样。酗酒、打架、受穷，没有感觉出来是在过日子。而且，正当他感悟到要疼爱老太婆，离了她就没法生活，而且自己实在对不起她的时候，老太婆却死了。老天爷分明在跟他作对。

　　"是啊，她还常常去讨饭来着！"他回想往事，"是我自己打发

她去向人家讨面包的，这麻烦事！这个，蠢婆娘，再活上十年就好
了，要不然，要不然她说不定当真以为我是那种人。圣母娘娘啊，
我这是往什么鬼地方赶呀？现在不用去看病了，现在该下葬了。掉
头吧！"

旋匠掉转马头，使出全身力气抽他的马。道路变得越来越难走
了。现在，连车辄都根本看不见了。雪橇有时撞到小杉树上，有个
黑糊糊的东西擦伤他的手，在眼前一闪而过。于是视野之内又变得
白茫茫一片，风雪飞旋。

"要是能再从头活一次就好了……"旋匠想道。

他回忆起大约四十年前玛特廖娜还是个年轻、漂亮、快活的姑
娘，出身于富裕人家。父母把女儿嫁给他，仅仅是因为喜欢他有一
手好手艺。本来完全可以过上好日子，但不幸的是，婚礼后他开始
酗酒整天烂醉如泥，每天一头倒在暖炕上，从此就迷迷糊糊，仿佛
直到今天都还没有清醒过来。婚礼他倒记得，可是婚礼之后日子是
怎么过来的——哪怕你把他打死，除了喝酒、睡觉、打老婆，此外
就什么也记不起来了。四十个年头就这样过去了。

黄昏来临，密密层层的大雪渐渐变得灰暗了。

"我这是往哪儿赶车呀？"旋匠猛然清醒过来，该往墓场赶，我
却去医院……像变傻了！"

旋匠重又掉转雪橇，又抽打起马来。老马鼓足全身的劲，打着
响鼻，开始小跑起来。旋匠接二连三地抽它的背……身后传来某种
东西的撞击声，他就是不回头看，也知道那是故去的老太婆的头撞
着雪橇发出的声音。天色变得越来越黑，风变得越来越冷，越来越
刺骨……

"再从头活一次就好了……"旋匠想道，"我要添置一套新工
具，接受新的订单……把钱都交给老太婆管……就这样！"

后来他不小心把缰绳弄脱了。他找到缰绳，想把缰绳捡起来，

却怎么也不行。他的手不听使唤……

"算了……"他心想,"反正马认路,它会把我拉回家的。这会儿能小睡一下也挺好……趁下葬以前,安魂祭以前,最好歇一歇。"

旋匠把眼睛闭上,打起盹来。不久他听到马停步不前。他睁眼一看,见自己面前有一堆黑糊糊的东西,像是小木屋,又像大草垛……

他真想从雪橇上爬下来,弄清楚出了什么事,可是他全身懒得什么也不想干,宁愿冻死,也不想动弹了……于是他安静地睡着了。他醒来时,发现自己躺在一间四壁粉刷过的大房间里。窗外射进明亮温暖的阳光。旋匠看到面前站着有好些人,第一件事他就想表明自己是个稳重而懂事的人。

"请来参加老太婆的安魂祭,乡亲们!"他说,"还要告诉东家一声……"

"唉,算了,算了!你只管躺着吧!"有人打断他。

"天哪,是巴维尔·伊凡内奇!"旋匠看到身边的医生便惊叫道,"老爷哪!恩人哪!"

他想跳下床,扑通一声给医生跪下,但感到手脚都不听他的使唤。

"老爷!我的腿哪儿去了?胳膊呢?"

"你跟胳膊和腿告别吧……你把它们冻坏了!好了,好了,你哭什么呀,你已经活了一辈子,感谢上帝吧!恐怕活了六十年了吧——你也活够了!"

"悲伤呀,老爷,我伤心呀!请您宽宏大量饶恕我!要再活上那么五六年就好了……"

"干什么呢?"

"马是借来的,得还人家……要给老太婆下葬……这世上的事怎么变得那么快!老爷!巴维尔·伊凡内奇!卡累利阿榨木烟盒还

没有做好，槌球还没有做出来……"

　　医生摆了摆手，从病房里走了出去。这个旋匠——算是完了。

一八八五年十一月二十五日

打　赌

一

秋天，一个黑暗的夜晚。老银行家在书房里走来走去，想起十五年前也是在秋天他举行过的一次晚会。在那个晚会上，许多有识之士光临了，谈了很多有趣的话题。他们无意中谈到了死刑。其中有不少学者和新闻记者，大多数人都不赞成死刑。他们认为这种刑罚的方式已经过时，跟信奉基督教的国家不相称，而且不合乎道德观。按照这些人的看法，死刑应当一律改为无期徒刑才对。

"我不这么认为，"主人，银行家说，"我没有尝试过死刑的滋味，也没有体验过无期徒刑的磨难，不过如果可以主观评定的话，死刑比无期徒刑更合乎道德，更人道。死刑让人一下子便结束了生命，而无期徒刑却慢慢地把人折磨死。究竟哪一个刽子手更人道？是那个在几分钟内处死您的人，还是在漫长的岁月中耗尽您的生命的人？"

"两种都同样不道德，"有一个客人说，"因为它们只有一个共同的目的——夺去人的生命。国家不是上帝。它没有权力夺去即使将来有心也无法使它恢复原状的东西。"

这些客人当中有一个二十五岁的年轻律师。人家问他的看法

时，他说：

"死刑和无期徒刑都是不道德的，不过倘若要我在死刑和无期徒刑中任选一项的话，我一定选择第二种。活着总比死了强。"

此话引起了一番热烈的争论。银行家当时还比较年轻，一时性起，用拳头捶着桌子，对着年轻的律师嚷道：

"不对！我敢打两百万的赌，在囚室里您连五年都坐不了！"

"要是你这话是经过认真考虑而说的，"律师回答说，"那我就跟您打这个赌，我不是坐五年，而是十五年。"

"十五年？行！"银行家叫道，"诸位先生，我赌两百万。"

"可以！您拿两百万做赌注，我用我的自由做赌注！"律师说。

就这样，他们打了如此一个野蛮而荒唐的赌！银行家当时到底有几百万家财，连他自己也算不清，他志得必满，不免轻狂，打完赌也兴高采烈。吃晚饭的时候，他打趣律师说："年轻人，好好想一下吧，现在反悔还为时不晚。对我来说两百万是小事一桩，而您却在冒险，会丧失一生中最美好的三四年时光。我说三四年，因为我相信您不可能坐得超过三四年。您这个不幸的人，也不要忘记：自愿受监禁比强迫坐牢要难熬得多。即使您有权利随时出去享受自由——这种想法会使您在囚室中的生活苦不堪言。我替您可惜！"

此刻银行家在书房里走来走去，想起这些，不禁问自己：

"打这种赌究竟是为了什么呢？那个律师失去十五年的自由美好生活，我损失了两百万，这有什么好处呢？难道这只是为了向人们证明，死刑比无期徒刑好或是坏吗？不能，不能。这简直是胡闹，毫无意义罢了！在我这方面，完全是因为饱食终日，任意胡闹，而律师，则纯粹是贪钱罢了……"

然后银行家回想起那次晚会后发生的事。双方当时就协商好，律师必须搬到银行家后花园里的一间小屋里住，在最严格的监视下度过监禁的岁月。规定在十五年间他不能跨出门槛，不能看见人

影，不能听见人声，不能收受信件和报纸。允许他有一个乐器，可以读书、写信、喝酒和抽烟。依照商妥的条件跟外界的联系只能通过一个为此特设的小窗口进行，而且不准开口说话。他需要的东西，例如书籍、乐谱、酒等等，可以写在纸条上，要多少给多少，可是只能通过窗口。契约规定了种种条款和细节，保证监禁做到严格的与世隔绝，而且规定律师必须坐满十五年，即从一八七○年十一月十四日十二时起至一八八五年十一月十四日十二时止。律师一方只要有一点儿违反契约的行为，哪怕离规定期限只差两分钟，银行家也有权利拒绝支付他两百万的义务。

第一年的监禁生活是，根据律师的简短便条看来，他感到十分寂寞和苦闷。他的小屋里不分昼夜地传出钢琴的声音！他拒绝喝酒抽烟。他写道：酒能激起欲望，而欲望是囚徒的最大敌人。况且，没有比喝着美酒却见不着人更烦闷的事了。他房间里经常弥漫着烟味，要阅读的都是内容轻松的那一类：情节十分复杂的爱情小说、侦探小说、神话故事、喜剧等等。

第二年当中，小屋里的钢琴声沉寂了，律师的纸条上只要求古典小说了。第五年小屋里又传出乐曲声，囚徒要喝酒了。那些在窗外监视他的人说，整整这一年他光是吃饭、喝酒、躺在床上、哈欠连天、忿忿地自言自语。他不读书。晚上有时爬起来写东西，写很久，一到清晨又把写出来的东西撕得粉碎。他们听见他哭了不止一次。

到第六年的下半年，囚徒开始热衷于研究语言、哲学和历史。他如饥似渴地研究这些学问，弄得银行家都来不及供应他要的书。在后来的四年间，依他的要求，总计买了大约六百本书。在律师疯狂迷恋书籍的时期，银行家除了接到别的信以外还收到他的这样一封信：

　　亲爱的狱长：我用六种语言给您写这封信。请您将信交有关专家们过目。如果他们找不出一个错误，那么我请求您吩咐人在花园里放一枪。枪声可以表明，我的努力没有白费。各国历代的天才是说不同的语言的，然而他们的心中都燃烧着同一种火焰。啊，但愿您能知道如今我能够真正了解他们的时候，我感到了什么样的人间所没有的快乐！

囚徒的愿望实现了。银行家吩咐人在花园里放了两枪。

后来，在十年之后。律师静静地坐在桌旁，只读一本《福音书》。银行家觉得奇怪，六百本深奥的著作他都读过了，这么一本通俗易懂的、不厚的书怎么要读上一年工夫呢？读完《福音书》，他跟着就看神学和宗教的了。

　　在最后两年的监禁当中，囚徒完全不加选择，读了各种各样的书。有时他研究自然科学，有时又要拜伦和莎士比亚的作品。他的一些纸条上往往要求同时给他送化学书、医学书、长篇小说、哲学或神学论。他看书就好像他是一块干燥的海绵，努力吸取知识海洋中的水。

二

　　"明天十二点钟他就要恢复自由了。按契约我应当付给他两百万。但要是我真给了他，我就倾家荡产了，一切都完了……"老银行家回忆着那些往事，又想道。

　　他自己也不知道十五年前到底有多少个一百万，如今却害怕问自己：他的债务是否多过他的财产？交易所里全凭侥幸的赌博，冒

险的投机买卖，直到老年急躁的脾气都改不了，渐渐把他的事业送上了下坡路。这个无所畏惧、过分自信的，骄傲的富翁现在变成一个平常的银行家，证券的一起一落都会使他发抖了。

"该死的打赌！"老人嘟哝着，绝望地抱住头，"为什么这个人不死呢？他还只有四十岁。不久我最后的钱将归他所有，然后他会结婚，享受生活的乐趣，搞证券投机。我呢，像个乞丐似的嫉妒地瞧他，每天听他那句表白：'多亏您，我的生活才幸福，让我来帮助您。'不，这可叫人受不了！摆脱破产和耻辱的惟一办法就是要这个人死掉！"

三点钟，银行家听了听：这所房子里的人都睡了，只听见窗外的树木冻得吱吱作响声。他竭力不发出一点声音，从保险柜里取出十五年来从未用过的房门钥匙，穿上大衣，走出了房间。

花园里又黑又冷。天在下雨。潮湿而刺骨的寒风呼啸着刮过花园，不容树木有一刻的消停。银行家集中注意力，可看不见土地、白色雕像、那座小屋、树木。他摸到小屋附近，叫了两次看守人。没有人答话。显然，看守人躲风雨去了，此刻正睡在厨房里或者花房里。

"如果我有足够的勇气实现我的计划，"老人想，"那么人们会首先怀疑看门人。"

他在黑暗中摸索着台阶和门，进了小屋的前室，随后摸黑进了狭窄的过道，划着了一根火柴。没有任何人在这里。有一张床，但床上没有被子，角落里有个黑糊糊的铁炉。囚徒房门上的封条是完整的。

火柴灭了，老人兴奋得发抖，摸到小窗口往里张望。

昏暗的囚徒房间里只有一支蜡烛闪着微光。他坐在桌前。从这里只能看到他的背、头发和胳膊。在桌子上，在两个圈椅里，在桌子旁的地毯上，到处放着翻开的书。

　　五分钟过去了，囚徒巍然未动。十五年的监禁教会了他静坐不动。银行家曲起一个手指敲敲小窗，囚徒对此毫无反应。这时银行家才小心翼翼地撕去门上的封条，把钥匙插进锁孔里。生锈的锁发出一声闷响，房门嘎吱一声开了。银行家预料会立即听见惊奇的叫声和脚步声，可是两三分钟过去了，门里照旧很安静。他决意走进去。

　　一个面目全非的人坐在桌子后面一动不动。这是一具皮包骨头的骷髅，长长的鬐发像是女人，胡子乱蓬蓬的。他的脸发黄，脸颊凹陷，背部又长又窄，胳膊又细又瘦，一只手托着长发蓬乱的头，那模样看上去令人害怕。他的头发早已花白，瞧他那张像老人般枯瘦的脸，谁也不会相信他只四十岁。他已经睡着了……桌子上，在他垂下的头前有一张纸，上面写着密密麻麻的字。

　　"可怜的人！"银行家想道，"他睡着了，大概正梦见那两百万呢！只要我抱起这个形如死尸的人，往床上一扔，用枕头闷住他的头，稍稍压一下，那么事后连最仔细的医检也找不出猝死的原因了。不过，让我先来看看他写了什么……"

　　银行家拿起桌上的纸，看到下面这段话：

　　　　明天十二点我将获得自由，获得正常地跟人交往的权利。不过，在我离开这个房间、见到太阳之前，我认为有必要告诉一下您我的想法。带着清白的良心，面对注视我的上帝，我向您声明：我蔑视自由、生命、健康，以及你们那些书里叫做人间幸福的种种东西。

　　　　十五年来，我专心研究人间的生活。不错，我看不见一切人们习已为常的东西，但在你们的书里我喝着香醇的美酒，唱着歌，在树林里追逐鹿群和野猪，爱过女人……由你们天才的诗人凭借神来之笔创造出的无数美女，轻盈

得犹如白云，夜里常常来探望我，对我小声讲述着美妙的故事，听得我神迷心醉。我在你们的书里，攀登上艾尔布鲁士和勃朗峰的顶巅，从那里观看日出，观看如血的晚霞如何染红了天空、海洋和林立的山峰。我站在那里，看到在我的上空雷电如何劈开乌云，像人蛇般游弋；我看到绿色的森林、原野、河流、湖泊、城市，听到塞王的歌唱和牧笛的吹奏；我甚至触摸过美丽的魔鬼的翅膀，它们居然飞来跟我谈论上帝……在你们的书里我也坠入过无底的深渊，我创造过奇迹，我行凶杀人，我烧毁城市，我宣扬新的宗教，我征服了无数王国……

你们那些书给了我智慧。不倦的人类思想千百年来所创造的一切，如今浓缩成一团，藏在我的头脑里。我知道你们所有人的智慧都比不上我。

我也蔑视你们那些书，蔑视人间的一切幸福和智慧。一切都空洞、脆弱、虚幻、诈伪，像海市蜃楼一样。虽然你们骄傲、聪明而美丽，然而死亡会把你们彻底消灭，就像消灭地窖里的耗子一样，而你们的后代、你们的历史、你们的天才，都会连同地球一齐烧毁或者凝结。

你们丧失了理智，误入歧途。你们把谎言当成真理，把丑恶看作美丽，如果由于某种特殊原因，苹果树和橙树上不结果实，却忽然长出蛤蟆和蜥蜴，或者像玫瑰花发出马的汗味，你们就会感到诧异；同样，我对你们这些拿天国来换取人间的人也是这样的奇怪。我不想了解你们。

我蔑视你们赖以生活的一切，我用行动向你们表明我蔑视你们的所有，我不要那两百万，虽说我曾经对它像对天堂一样梦寐以求，可是现在我蔑视它。为了解除我接受这笔钱的权利，我决定在规定期限之前五个小时走出这个

地方，从而违反契约……

银行家读到这里，把它轻轻地重新放在桌子上，吻了吻这个怪人的头，流着泪走出小屋。他一生中任何时候都没有像现在这样蔑视过自己，哪怕在交易所输光之后。回到自己的屋里，他倒在床上，然而这一切使他异常激动，以至一夜无眠……

第二天一大早，吓白了脸的看守人惊慌失措地跑来告诉他，说他们看到被监禁的人爬出窗子，进了花园，走到门口，不见了。银行家带领仆人立即赶到小屋，证实囚徒确实跑掉了。为了避免无中生有的流言蜚语，他把桌上那份放弃权利的字条收了起来，回到屋里，把它锁在保险柜里了。

一八八九年一月一日

美妙的结局

　　有一天，斯特奇金列车长不当班，柳博芙·格里戈里耶夫娜在他家里坐着，她是一个四十岁左右、容貌漂亮，身体壮实的女人。她的工作是给人家说媒，另外还干许多通常只能背地里悄悄说的事情。斯特奇金不免有点尴尬，不过她像平时一样严肃、认真、稳重。他在房间里走来走去，抽着雪茄，说：

　　"非常高兴能够认识您。谢苗·伊凡诺维奇向我推荐您，他认为，您将在一件很微妙的事情上对我有所帮助。这件事对于我来说非常重要，涉及到我一生的幸福。我，柳博芙·格里戈里耶夫娜，已经五十二岁了，照理说，在我这样的年龄，本该儿女成群了。我有稳定的职业。财产虽然不算丰厚，但要养活心爱的女人和孩子们是根本不成问题的。我私下里告诉您，除了薪水，我在银行里还有一些存款，这些钱是按我的生活方式一分一厘辛苦节省下来的。我为人正派，不喝一滴酒，过着严谨而合理的生活，可以这么说，在这方面我能做许多人的楷模。可是话又说回来，我还是有所欠缺——没有一个温暖的家庭，没有生活的伴侣，我像个四处漂泊的匈牙利人，居无定所，没有什么娱乐，也没有人可以与我商量，即使生病，也没有人会照顾我一下，等等，等等。除了这些，柳博芙·格里戈里耶夫娜，在社会上有了家室的人总要比单身汉更有威信……我是个受过教育的人，又有钱，可是如果从某种观点来看我，我又算个什么样的人呢？一个孤苦伶仃的人，跟某个出家人同出一

辙。因此，我十分希望您能来牵线——也就是说，和一位般配的女士缔结良缘。"

"这当然是好事！"媒婆嘘了一口气。

"我孑身一人，我不认识这个城市里的任何人。既然我不认识任何人，叫我去哪儿找这么一位女士呢？所以，谢苗·伊凡诺维奇才劝我找一个这方面的行家，她的职业就是促成人们的幸福。所以我才万分诚恳地请求您，柳博芙·格里戈里耶夫娜，请您竭力帮助、安排好我将来的命运。您认识所有城里的未婚小姐，您要促成我的好事是轻而易举的。"

"这是小事一桩……"

"您请喝呀，别客气……"

媒婆熟练地把酒杯送到嘴边，一饮而尽，连眉头都不皱一下。"这是不成问题的，"她接着说，"那么您，尼古拉·尼古拉伊奇，您对新娘有什么要求呢？"

"我吗？一切随缘吧！"

"讲到缘分，当然无可非议。不过，每个人的口味都不一样。有人喜欢黑头发的，有人却喜欢金发女郎。"

"您知道吗，柳博芙·格里戈里耶夫娜，"斯特奇金郑重地叹息道，"我为人正派，性格比较刚强。美貌以及一般的外表在我看来是不重要的，因为，您是知道的，人的容颜是会老的，况且娶个漂亮老婆并不省心。我是这样认为的：一个好女人的评定标准不在于外表，而在于内里，也就是说，她要有一颗善良的心灵，各方面的品性都好。请喝呀，别客气……不用说，如果老婆长得富态，看着当然舒服，不过，这对双方的幸福并不重要，重要的是智慧。可是话又说回来，其实女人也用不着智慧，因为有了智慧她就会自命不凡，就会异想天开。现在这年头不受教育是不行的，这不用说，可是教育也是各不相同。如果老婆能说一口流利的法语或德语，甚至

精通各种语言，那当然好，甚至好极了；可是如果她给你，譬如说吧，连个扣子都钉不上，能说外语又管什么用呢？我是个受过教育的人，即使跟卡尼杰林公爵我照样能说得头头是道，就像现在跟您说话一样。我需要朴实一些的女人。最主要的是，她得敬重我，她得明白，她的幸福是我给予的。"

"那是当然。"

"好吧，现在来谈谈实际问题……富贵人家的小姐我不要。我不能如此看轻自己，居然为了金钱去结婚，我希望我不至于吃女人的面包，而是要她吃我的面包，还要让她心里明白这一点。可是穷苦人家的姑娘我也不能要。我这人虽然有点钱财，我结婚也并不是出于钱财，而是出于爱情，但是，我也不能娶个穷女人，因为，您是知道的，现在物价比较昂贵，再说将来还要生儿育女。"

"可以找个有陪嫁的。"媒婆说。

"请喝呀，别客气……"

两人沉默了五分钟。媒婆叹了一口气，看了列车长一眼，问道："那么，老爷，那种……单身女人您要吗？有好货哩。有个法国女人，还有个希腊女人。都挺抢手的。"

列车长考虑一下，说：

"不，谢谢您。承您好心关照，我心领了。现在容我冒昧问一下：您给人介绍一个新娘要收多少钱？"

"要得不多。您按老规矩给二十五卢布外加一件衣料，我就多谢了……至于找有陪嫁的女人，那价码就不一样了。"

斯特奇金在胸前交叉抱着胳膊，沉思了一会儿，叹口气说：

"价钱太贵了……"

"一点儿也不贵，尼古拉·尼古拉伊奇！在以前，因为婚事比较容易做成，所以收费也就相对低廉一些，现在这年头，我们挣不了几个钱。如果在不持斋的月份，能挣上两张二十五卢布，那就得

谢天谢地了，跟您说实话，老爷，仅仅凭说媒我们是发不了财的。"

斯特奇金再次疑惑地望着媒婆，耸了耸肩膀。

"哼！难道五十卢布还少吗？"他问。

"那当然！过去我常常拿一百多呢。"

"哼！真没想到，干那种事居然能挣大钱。五十卢布！那可不是每个男人都能挣到的数目！请喝呀，别客气……"

媒婆又干了一杯，眉头一下都不皱。斯特奇金默默地把她从上到下打量一番，说：

"五十卢布……这么说，一年就是六百哪……请喝呀，别客气……有这么多红利，您可知道，柳博芙·格里戈里耶夫娜，您应该很容易就能给自己找个新郎……"

"我吗？"媒婆笑了，"我老啦……"

"一点儿也不……您的身段那么好，脸蛋又白又胖，其余的，都很优秀。"

媒婆和斯特奇金都觉得不好意思了，他挨着她坐下。

"您还挺讨人喜欢的，"他说，"要是您再找一个作风正派，又能省吃俭用的当家人，那么有他的薪水，再加上您的收入，您就更讨人喜欢了，夫妇俩会恩恩爱爱过日子……"

"天知道您在说什么，尼古拉·尼古拉伊奇……"

"说说又怎么样？我没有恶意……"

沉默了一会儿后，斯特奇金开始擦鼻涕，媒婆则羞红了脸，难为情地望着他，问：

"那么您，尼古拉·尼古拉伊奇，一月有多少收入呢？"

"我吗？七十五卢布，不算奖金……另外，我们在硬脂蜡烛和兔子上也有些进账。"

"您打猎吗？"

"不，我们把逃票乘客叫做兔子。"

　　彼此又沉默了一分钟。斯特奇金站了起来，开始在房间里兴奋地走来走去。

　　"我不找年轻姑娘，"他说，"我是上了年纪的人，我需要那种……像您那样……中年以上，稳重、身段好的女人……"

　　"天知道您在说什么……"媒婆傻傻地笑起来，用手绢把涨红的脸遮住。

　　"还有什么好考虑的？我觉得您的那些品性正符合我的择偶要求。我这人作风正派，不喝一滴酒，如果您也同意，那……那就真是天作之合了！请允许我向您求婚！"

　　媒婆激动得揎下了眼泪，随即又傻傻地笑起来。为了表示同意，她马上和斯特奇金碰杯。

　　"好了，"神采奕奕的列车长说，"现在容我来向您说明，我希望您怎样待人接物，怎样持家过日子……我这人向来严肃、认真、稳重，做人做事光明磊落，我希望我的妻子也跟我一样要求严格，她得明白，她的恩人是我，她一生中最重要的人就是我。"

　　他深吸一口气，然后坐下来，开始向未来的新娘阐述他对家庭生活、对妻子责任等等的观点。

一八八七年七月二十五日

契诃夫文集

The Collected Works Of Maupassant

俄·契诃夫⊙著

李 辉⊙译

中学生枕边书

·中·

【 契诃夫文集 】

专为中学生选编的名家名作

一位具有世界影响的伟大人物，都蕴藏着一部感人至深的故事。

北京联合出版公司

图书在版编目（CIP）数据

契诃夫文集/（俄罗斯）契诃夫著；李辉译. —北京：北京联合出版
公司，2010.5（2015.10 修订重印）

ISBN 978-7-8072-4197-7

Ⅰ. 契⋯　Ⅱ.①契⋯ ②李⋯　Ⅲ. 短篇小说—作品集—俄罗斯—近代
Ⅳ. I512.44

中国版本图书馆 CIP 数据核字（2006）第 018586 号

契诃夫文集

著　　者：契诃夫

译　　者：李　辉

责任编辑：王　巍

封面设计：燕宏林洲

图文制作：北京东方视点数据技术有限公司

北京联合出版公司出版

（北京市西城区德外大街 83 号楼 9 层　100088）

北京龙跃印务有限公司　新华书店经销

字数 400 千字　640mm×960mm　1/16　36 印张

2015 年 10 月第 2 版　第 3 次印刷

ISBN 978-7-8072-4197-7

定价：84.00 元（全三册）

目　录

未婚夫和爸爸

"我在别墅舞会上听说，您快要结婚啦！"有个熟人问彼得·彼得罗维奇·米尔金，"什么时候举行少年告别晚会呢？"

"您是怎么知道我快要结婚了？"米尔金听了非常气愤，"这是哪个混蛋告诉您的？""大家都这么说，何况种种迹象也看得出来……别保密啦，老兄……您以为我们毫不知情，其实我们已经看透你了，我们都知道！……哈哈哈……凭种种迹象看得出来……您整天待在康德拉什金的家里，在那里吃午饭，吃晚饭，唱抒情歌曲……您跟娜斯坚卡·康德拉什金娜单独出去散步，只给她一个人送花，把她拖进……我们全都看见了，先生！前几天我遇见了康德拉什金，他亲口告诉的，你们的事全安排好了，只等从别墅搬回城里，立即就举行婚礼……怎么样？愿上帝保佑！真高兴！更为康德拉什金高兴……要知道可怜的人有七个女儿！七个哪！这可不是闹着玩的，有机会弄出去一个也好啊……"

"活见鬼……"米尔金想道，"他是第十个对我提起这件婚事的人了。他们无中生有，叫他们统统去死吧！就因为我天天在康德拉什金家吃饭，同娜斯坚卡散步……不——行，该制止这种流言秽语了，到时候了，弄不好这帮该死的真把我的婚事给包办了……我明天就去跟这个蠢货康德拉什金说清楚，叫他别痴人做梦，我呢，趁早——溜之大吉！"

第二天，米尔金来到七品文官康德拉什金别墅里的书房，他感

到既害怕又很尴尬。

"欢迎，彼得·彼得罗维奇！"主人迎接他说，"日子过得怎么样，可以吧？是不是很烦闷，亲爱的？嘿嘿嘿……娜斯坚卡马上就来……她去了古谢夫家，一会儿就回来……"

"我，说句实在话，不是来找娜斯塔西娅·基里洛夫娜的，"米尔金结结巴巴地说，尴尬得直用手揉眼睛，"而是来找您的……我需要跟您谈一件事……哎呀，我眼睛里好像进了什么东西……"

"那么您打算谈什么事呢？"康德拉什金挤了挤眼睛，"嘿嘿嘿……您干吗这么腼腆，亲爱的？咳，男子汉呀，男子汉！真拿你们这些年轻人没有办法！我知道您想说什么！嘿嘿嘿……早该……"

"说句实在话，由于某种原因……事情嘛，您瞧，是这样的，我……是来向您告别的……明天我就要走了……"

"您要走，这是什么意思？"康德拉什金疑惑地瞪着眼睛问。

"很简单……我要离开这里，就这么回事……请允许我感谢您全家的热情款待……您的女儿一个个都很可爱……我一辈子也不会忘记这段美好时光……"

"对不起，先生……"康德拉什金的脸涨得通红，"我不太懂您的意思……当然，每个人都有权利离开这里……您有自己的自由，可是，先生，您……想溜……您不老实，先生！"

"我……我……我不明白，我怎么想溜？"

"你在整个夏季天天来这里，又吃又喝，我们都对你抱着希望，你跟丫头们从早到晚待在一起，可是突然间却说：'我要走了！'"

"我……我从来没让人抱什么希望……"

"当然，您没有求婚，可是您的言行举止说明了什么，难道不是很清楚吗？每天来吃饭，每天夜里跟娜斯佳手挽着手……难道这一切都是毫无用心的？只有未婚夫才天天在别人家吃饭，要是您不是未婚夫，我还能供您吃喝吗？是的，您不老实！我不想听您的

话！您必须求婚，否则我就……那个了……"

"娜斯塔西娅·基里洛夫娜很可爱……是位好姑娘……我尊敬她，而且……我认为找不到比她更好的妻子，可是……我们的信念和观点有冲突。"

"就因为这？"康德拉什金展开笑容，"是吗？哎呀，我的宝贝，找一个跟丈夫观点完全一致的妻子是不可能的，咳，年轻人啊，年轻人！幼稚，幼稚！只要一谈起什么观点，真是的，嘿嘿嘿……就激动得了不得……现在你们意见不合，没关系，只要小两口经过一段日子的相处，所有这些疙里疙瘩都会磨平的……新的马路还不好走哩，经过车辆压，那会多平坦啊！"

"您这话也在理，可是……我配不上娜斯塔西娅·基里洛夫娜……"

"般配，般配！你是个很好的年轻人！"

"您还不了解我的种种欠缺……我穷……"

"这没有关系！您月月领薪水呢，谢天谢地……"

"我……是个酒鬼……"

"不不不！我也没见您喝醉过！"康德拉什金用力摆着双手，"年轻人怎么会不贪杯呢……我也年轻过，酒喝多了点儿。这无可厚非……"

"可是我酗酒成性。我这毛病是遗传的。"

"我不相信！这么一个容貌英俊的小伙子，突然间——酗酒成性！我不相信！"

"这老鬼，你骗不了他！"米尔金心想，"不过，他可真是一心想把女儿推销出去呀！"他便大声说："除了酗酒成性之外，我还有另外一些毛病。我受贿……"

"好孩子，有谁不收受贿赂呢？嘿嘿嘿。瞧你大惊小怪的！"

"再说，在未得知我的判决前，我没有权利结婚……有一件事

我一直瞒着您，现在您应该知道全部真相……我……我因为盗用公款在吃官司……"

"吃官司？"康德拉什金惊呆了，"是吗！这可是新闻……我不知道会有这种事。的确，在判决之前你不能结婚……那么您盗用的公款很多吗？"

"十四万四千。"

"是吗，这可是一笔大数目！没错，这事确实有点西伯利亚的味道……这样一来，我的女儿的锦绣前程都断送了。既然是这样，那就没话可说了，上帝保佑您吧……"

米尔金松了一口气，便去拿帽子。

"不过嘛，"康德拉什金考虑了一会儿接着说，"如果娜斯坚卡真心爱您，那你无论走到哪她肯定就会跟到哪。如果她害怕牺牲，那还叫什么爱情？另外托木斯克省很富饶。西伯利亚的生活，老弟，那儿比这里好。要不是有一家老小要照顾，我早就去了。您可以求婚！"

"这老鬼冥顽不灵！"米尔金心想，"只要能脱手，把女儿嫁给魔鬼他也同意。"他又大声说："可是我还没有说完……我吃官司不只因为我盗用公款，我还伪造证据。"

"反正一个样！只判一次刑！"

"呸！"

"您为什么这么大声啐唾沫？"

"没什么……您听我说，我还没有向您全部坦白……别逼我说出我生活中的隐私……可怕的隐私！"

"我才不想知道您的那些隐私！琐琐碎碎，不值一提！"

"不是琐琐碎碎，基里尔·特罗菲梅奇！您要是听说了……了解到我是怎样的一个人，您肯定会跟我绝交……我……我是在逃的苦役犯！！"

康德拉什金像被黄蜂蜇了一下，迅速地从米尔金跟前跳开，简直吓呆了。足足有一分钟他张口结舌、一动不动地站着，恐怖地望着米尔金，随后他倒进圈椅里，不住地呻吟。

"真没想到……"他嘟哝着说，"我用胸口捂暖了谁呀！走！看在上帝分上，你走吧！别让我再见着你！唉呀！"

米尔金拿起帽子，得意洋洋地朝门口走去……

"慢着！"康德拉什金叫住他，"你是怎么逃出来的？"

"现在我改名换姓了……逮住我可不容易……"

"您也许活了一辈子都没人知道您是谁……等一等！要知道您现在改邪归正了，您早已悔过了……上帝保佑您，就这样，您结婚吧！"

米尔金直冒冷汗……他实在编不出比在逃的苦役犯更可怕的故事，眼下只有一个办法：什么理由也不说，可耻地逃跑……他正准备夺门而去，这时脑子里又闪过一个念头……

"请听我说，您还不了解全部情况，"他说，"我……我是疯子，而正常人和丧失理智的疯子是禁止结婚的……"

"我可不相信！疯子不可能有如此有条理的思维……"

"您说这话可见您没有明白疯子的真正含意！难道您不知道，许多疯子只在犯病的时候发疯，其余的时间跟正常人一样吗？"

"我不相信！您不要再说了！"

"既然如此，我给您弄一份医生证明！"

"证明我信，可是您没有……好一个疯子！"

"过半小时我就把证明给您拿来……呆会儿见！"

米尔金抓起帽子，赶紧跑了出去。他在五分钟后已经走进他的朋友菲秋耶夫医生家，可是倒霉的是，他正赶上医生在整理自己的发型，因为他刚跟妻子吵了一架。

"我的朋友，请帮我一个忙！"他对医生说，"事情是这样的

The Collected Works Of Chekhov

……有人非要我娶她女儿不可，为了摆脱这场灾难，我想出了装疯的主意……从某种意义上讲，这是哈姆雷特方式……你知道，疯子是禁止结婚的……看在我们是朋友的情分上，给我开一张疯子证明！"

"你不想结婚？"医生问。

"绝对不想！"

"事情如果是这样的话，那我不能给你开证明，"医生一面抚平自己的头发，一面说，"不想结婚的人绝对不是疯子，相反，倒是最聪明的人……什么时候你想结婚了，你再来，我一定给你开证明……只有到那时才说明你确实发疯了……"

一八八五年七月三十一日

牡 蛎

在我记忆中有一件往事，不必冥思苦想我就能想起它的所有细节。那是一个阴雨绵绵的秋天的傍晚，当时我和父亲站在莫斯科的一条热闹的大街上，我觉得自己正在害一种奇怪的病。我没有任何痛苦的感觉，但两条腿却不由得往下弯，要说的话嗄在喉咙口说不出来，头无力地往一边耷拉着……显然，我马上就会倒下去，不省人事。

我如果这时被送进医院，医生们一定会在我的病历卡上写上"饥饿"这个词——这种病在任何医学教科书里是找不到记载的。

在人行道上挨着我站的是我的亲爹。他穿着一身破旧的夏季大衣，戴着一顶露出一团棉花的花条呢帽。他的脚上穿一双又大又重的胶皮雨鞋。这个世俗的人生怕别人看出他光脚穿雨鞋，便在小腿上再套一副旧皮靴筒。

我对这位贫穷而又有点糊涂的怪人的爱，随着他那件雅致的夏季大衣变得越来越破旧和肮脏而逐渐加深，他在五个月前来到京城，想谋求一个文书工作的职位。整整五个月来他一直在城里东奔西跑，寻找工作，直到今天他才终于拿定主意到大街上来乞讨……正对着我们的是幢高大的三层楼房，上面挂着蓝色招牌："旅店"。我的头软弱无力地往后仰，朝两边歪，情不自禁地朝上方看，瞧见旅店那透出灯火辉煌的窗子。窗内闪动着的一个个人影。看得见一架轻便管风琴的右侧有两幅粗劣的彩画和挂着的电灯……我盯住一

扇窗子，便看到一块发白的东西。那东西一动不动，它的长方形轮廓，在四周深褐色的背景上十分醒目地凸现出来。我瞪着眼睛细看，认出那是挂在墙上的一块白色招贴。招贴上面有字，但究竟是什么字，我就看不清了……

我目不转睛地看着这块牌子。足足有半个钟头，那片白色一直吸引着我的视线，似乎在对我的脑子施催眠术。我竭力想读出上面写的字，可是我的力气显然是白费的。

最后，那奇怪的病逞起威风来。

马车的辘辘声在我听来像是隆隆的响雷，在大街上的臭气中我能分辨出上千种气味，在我的眼里，那旅店的灯光和街灯成了令人目眩的闪电。我的五种感官全调动起来，有了异常的反应。我开始看到从未看到过的东西。

"牡蛎……"我终于看清了牌子上的字。

好怪异的字！我在这世上活了整整八年零三个月，可是从来也没有听说过这个词。这个词是什么意思？不会是旅店老板的姓吧，可是一般的姓氏招牌都是挂在大门口，而不是挂在墙上呀！

"爸爸，牡蛎是什么？"我费劲地把脸转向父亲，声音嘶哑地问道。

父亲正在专心地注视着人群的活动，他没有听见我的问话，他注视着每一个路过他身边的人……根据他的眼神我看出，他想对行人说点什么，但那句重如秤砣的要命的话，却始终挂在他不停抖动的嘴唇上，怎么也吐不出来。他甚至跟在一个行人身后迈出一大步，而且碰了碰他的衣袖，但当那人回过头来时，父亲却连忙说声"对不起"，一脸尴尬地倒退回来。

"爸爸，牡蛎是什么？"我又问一遍。

"这是一种动物……生活在海洋里……"

我立即在脑子里想像这种从未见过的海洋动物是什么模样。它

应当是介于鱼虾之间的某种东西。既然它是产自海洋里，那么用它再加上胡椒和月桂叶就自然能做出一盆十分鲜美的热汤，或是做一盆带脆骨的酸辣汤，或是做成虾酱似的浇汁，或是加上洋姜做成凉菜……我发挥丰富的想像力生动地想着，人们怎样从市场上带回这种动物，麻利地把它收拾干净，赶快下锅……快，快，因为大家都饿了……饿极了！从厨房里飘出煎鱼和虾汤的香味。

我感到这股气味刺激着我，使我的上腭和鼻孔发痒，而且这种感觉渐渐地遍及全身……旅店、父亲、白牌子、我的袖子，全都冒出这股诱人的香味。香味浓极了，我的嘴居然开始咀嚼起来。我又嚼又咽，好像我的嘴里当真有一块牡蛎肉似的。

我感到一种极大的满足，腿却不由得弯下去了，为了不致跌倒，我便抓住父亲的袖子，身子紧紧贴着他那湿漉漉的夏季大衣。父亲蜷曲着身子，直打哆嗦。他发冷……

"爸爸，牡蛎是素菜，还是荤菜？"我问道。

"这东西要生吃……"父亲说，"它像乌龟一样有壳，不过……它有两片壳。"

刹那间，鲜美的香味不再刺激我的身体，幻想破灭了……现在我全明白了！

"真恶心，"我小声说，"真恶心！"

原来牡蛎是这样的形状！我在脑子里把它想像成青蛙那样的动物，现在这只青蛙缩在壳里，瞪着一对大的发亮的眼睛朝外看，不断摆动它那让人讨厌的下颌。我想像着，人们怎样从市场上买回这种有壳、有整、眼睛闪亮、皮肤黏乎乎的动物……孩子们见了都躲起来，只有厨娘带着厌恶的表情皱起眉头，抓住一只大鳌，把它放在盘子里，便端到饭桌上。大人们抓起来就吃……生吃下去，连同它的眼睛、牙齿、爪子都一起吃进去！可它吱吱直叫，拼命想咬人的嘴唇……

　　我深锁眉头，不过……不过为什么我的牙齿却开始咀嚼了？这牡蛎令人恶心，令人讨厌，令人作呕，可我却在吃它，吃得狼吞虎咽，生怕尝出它的味道，闻出它的气味。吃完一只，我又看到第二只、第三只的亮闪闪的眼睛……我把它们都吃了……最后我就吃餐巾，吃盘子，吃父亲的胶皮雨鞋，吃那块白牌子……我把视线所及的一切，统统吃下去，因为我觉得，只有吃，才能让我的病消失。那些牡蛎可怕地睁着眼睛，丑陋无比，我一想到它们就浑身打哆嗦，但我还是想吃！吃！

　　"请给我几个牡蛎吧！给我几个牡蛎！"这呼喊从我的胸膛迸发出来，我朝前伸出双手。

　　"请帮帮我们，先生们！"这时我听到父亲那低沉而沙哑的声音，"我羞于求人，可是，我的上帝，这孩子已经饿得顶不住了！"

　　"给我牡蛎！"我揪住父亲的大衣后襟一边高声叫着。

　　"小小年纪，难道你会吃牡蛎？"我听见身边有人发笑。

　　我们的面前站着两个戴圆筒礼帽的先生，他们哈哈笑着瞧着我的脸。

　　"你这个小家伙会吃牡蛎？当真？这太有意思了！你怎么吃它呢？"

　　我记得，这时不知是谁的有力的手把我拖进了灯火通明的旅店。一会儿工夫周围就聚起了一大群人，他们哄笑着好奇地瞅着我。我在一张桌旁坐下，开始吃某种滑溜溜的东西，那东西很咸，冒着一股潮气和霉味。我狼吞虎咽般吃起来，不嚼、不看、也不打听我吃的究竟是什么。我觉得，如果我睁开眼睛，那我一定会看到一对发亮的眼睛、螯和尖利的牙齿。突然间我开始嚼到一样硬东西。并且嘎巴一声咬碎了。

　　"哈哈哈！他在吃壳！"人们在哄堂大笑，"小傻瓜，难道这壳也能吃吗？"

此后我记得渴得要命。我躺在自己的床上，却睡不着觉，因为我全身疼痛，发烫的嘴里有一股怪味。我的父亲从一个屋角走到另一个屋角，不停地用手比划着手势。

"我恐怕是着凉了，"他嘟哝道，"脑袋里有一种说不清的感觉……好像里面有个人……或许是因为我今天没有……那个……没有吃过东西……我这人，真的，是有点古怪，糊涂……我明明看到那些先生为牡蛎付了十卢布，干嘛我没有走过去，向他们讨几个……借几个钱呢？他们多半会给的。"

我到第二天清晨时候，睡着了，我梦见了一只有螯、有壳、眼珠子老转动的青蛙。中午我渴得醒过来，睁开眼睛寻找父亲：他仍旧来回踱步，不停地挥着手比划着做手势……

一八八四年十二月一日

The Collected Works Of Chekhov

醋 栗

　　一大早，乌云就布满了整个天空。没有风，不算热，但空气很沉闷。每逢大地上空乌云低垂、等着下雨雨却不下的阴晦天气，就常是这种情形。兽医伊凡·伊凡内奇和中学教员布尔金已经走得很累，他们觉得眼前的这片田野像是永远走不到头。遥远的前方，依稀可见米罗诺西茨村的风车。右边，起伏的山丘绵延开去，消失在村外的远方。他俩都知道那是河岸，那边有草场、绿色的柳树和不少庄园。如果登上一处山岗，放眼望去，从那里可以看到同样辽阔的一片田野，电线杆，以及远方像条毛毛虫一样爬着的火车。天气晴朗时，从那里甚至可以看到城市的远景。现在，在这平静无风的天气，整个大自然显得温馨而沉静。伊凡·伊凡内奇和布尔金对这片田野充满爱意，两人都在想，这方水土是多么辽阔、多么壮丽啊！

　　"上一次，我们同在村长普罗科菲的堆房里过夜，"布尔金说，"当时您想讲一个什么故事来着。"

　　"是的，当时我是想讲讲我弟弟的事。"

　　伊凡·伊凡内奇缓慢而悠长地叹一口气，点上烟斗，打算开始讲故事，可是雨忽然下了起来。四五分钟后，雨下大了，漫天遍野，很难预料它什么时候才能停。伊凡·伊凡内奇和布尔金迟疑地站住了。他们的狗已经淋湿，夹起尾巴站在那里，温驯地望着他们。

"我们该找个地方避避雨，"布尔金说，"我们到阿列兴那儿去吧。他家住得离这儿比较近。"

"那我们走吧。"

他们立即拐弯，穿过已收割完的庄稼地。时而照直走，时而偏向右边，最后上了大路。不久就出现一排杨树林，果园，然后是谷仓的红屋顶。有条河波光粼粼，一段深水湾、磨场和座白色浴棚呈现在眼前。这就是阿列兴居住的索菲诺村。

磨坊还在工作，发出的隆隆声盖过了雨声，水坝在发抖。几匹湿淋淋的马奔拉着脑袋站在那边的大车旁，人们披着麻袋奔来跑去。四下里潮湿、泥泞、憋闷。看上去水面的样子冰冷而狰狞。伊凡·伊凡内奇和布尔金已经感到浑身湿透，不干净，不舒服，双脚因沾满烂泥而变得沉重。当他们越过堤坝，爬坡登上地主的谷仓时，一直都闷声不响，好像互相在发脾气。

在一座簸谷的风车轰隆作响的谷仓里。大门敞开着，一股股灰尘从里面飞扬而出。阿列兴本人刚好站在门口，这是一个四十岁上下的男子，又高又胖，头发很长，那模样很像教授或者画家却没有一点地主的样子。他穿一件很久未洗过的白衬衫，腰间扎一根绳子，一条长衬裤裰当外裤，靴子上也沾着烂泥和干草。他的鼻子和眼睛被粉尘抹得黑黑的。他认出了伊凡·伊凡内奇和布尔金，显然非常高兴。

"快请屋里坐，两位先生，"他微笑说，"我这就来。"

这是一座两层楼的大房子。阿列兴住在楼下，两间屋子都带拱形屋顶、窗子很小，原先管家们就住在这里。屋里的陈设简单，混杂着黑麦面包、廉价的伏特加和马具的气味。楼上的几间正房他一般很少去，除非来了客人他才上去。在房子里，伊凡·伊凡内奇和布尔金受到一名女仆的接待，她又年轻又漂亮，两人不由得同时驻足，互相看了一眼。

"你们想像不出我有多么高兴见到你们，两位先生，"阿列兴在他们之后进了门厅，说，"真没有想到！佩拉吉娅，"他转身对女仆说，"快去给客人们找两身衣服换一换。顺便我也得换换衣服。不过先得去洗个澡，我好像开春以来就没洗过澡。两位先生，你们想不想去浴棚里？趁这工夫好让他们把这里收拾一下为好。"

美丽的佩拉吉娅举止十分端庄有礼，模样儿给人很温柔的感觉。她给他们送来了浴巾和肥皂。于是客人们被阿列兴领着到浴棚里洗澡去了。

"是啊，我已经很长时间没有洗澡了，"他脱衣服时说，"我这浴棚，你们也看到了，挺不错，还是我父亲盖的呢，可是为什么我老是没有时间洗澡。"

他坐在台阶上，长头发和脖子上涂满了肥皂，他周围的水变成了褐色。"是啊，我坦率地说一句是这样……"伊凡·伊凡内奇极富表情地看着他的头，说道。

"我已经很长时间没有洗澡了……"阿列兴不好意思地又说了一遍，再次在身上抹上许多肥皂擦洗，他周围的水变成墨水一般的深蓝色。

伊凡·伊凡内奇来到外面，"扑通"一声跃进水中，使劲抡动胳膊，冒雨游起泳来。于是水中形成波浪，白色的睡莲便随波漂荡。他游到深水湾中央，一个猛子扎下去，过一会儿又从另一个地方钻出水面，他继续往前游，不断潜入水中，想摸到河底。"哎呀，我的老天爷……"他十分畅快地重复着，"哎呀，我的老天爷……"他一直游到磨坊那儿，跟几个农民说了一阵话，然后往回游，到了深水湾中央，便仰面躺在水上，让雨涮着他的脸。布尔金和阿列兴这时已经穿好衣服，准备回去，而他还在一个劲地游泳，扎着猛子。

"您也游够了！"布尔金对他喊道。

　　他们重又回到房子里。在楼上的大客厅里点上了灯，布尔金和伊凡·伊凡内奇都穿上了绸长袍和暖乎乎的便鞋，坐在圈椅里。阿列兴本人洗完澡、梳了头，显得很清爽，换上新的常礼服，在客厅里走来走去，显然因为换上干衣服和轻便鞋而心满意足地感受着这份温暖和洁净带来的快意。漂亮的佩拉吉娅悄无声息地在地毯上走着，面带温柔的微笑，端着托盘送来了茶和果酱。直到这个时候，伊凡·伊凡内奇才开始讲起他的故事。而且仿佛听故事的不只是布尔金和阿列兴，还有那些老老少少的太太和将军们也从墙上的金边画框里平静而严厉地瞧着他们，似乎也在听着哩。

　　"我们一共兄弟两人，"他开口说，"我叫伊凡·伊凡内奇，还有一个弟弟叫尼古拉·伊凡内奇，比我小两岁。我完成学业，当了兽医，尼古拉从十九岁起就在省税务局里当差。我们的父亲奇木沙—喜马拉雅斯基曾经是世袭兵，但后来因功获得军官官衔，给我们留下了世袭的贵族身份和一份小小的田产。他死后，那份小田产被判定拿去抵了债，不过无论怎么样，我们的童年是在乡间无忧无虑地度过的。我们完全跟农民的孩子一样，白天夜晚都在田野上、树林里度过，看守马匹，剥树的内皮，捞鱼，以及诸如此类的事情……你们也知道，人的一生中哪怕只钓到过一条鲈鱼，或者在秋天只见过一次鸫鸟南飞，看它们在晴朗凉爽的日子怎样成群飞过村子，那么他已经不再是城里人，他会一直到死都十分向往这种自由。我的弟弟身在省税务局，心里却老惦记着乡下。一年年过去了，而他仍然呆在原来的位子上，写着老一套的公文，想着同一件事情：能回乡间去就好了。他的这种思念逐渐凝成一种明确的愿望、一种理想——要在什么地方的河边或湖畔给自己购置一座小小的田庄。

　　"我弟弟是个善良温和的人，我爱他，可是对他的这种想一辈子把自己关在自家小庄园的愿望，我向来没有同情过，人们常说：

一个人只需要三俄尺土地就够了。可是要知道，需要三俄尺地的，是死尸，而不是活人。现在也有人说，如果我们的知识分子都向往土地，盼望有庄园，那是一件好事。

"我弟弟尼古拉坐在自己的办公室里，每天都幻想着将来有一天喝上自家种的、香得满院子都闻得见的菜汤，在绿油油的草地上吃饭，在温暖的阳光下睡觉，一连几个小时坐在大门外的长凳上瞻望着田野和树林。农艺书籍和各种日历上的这类建议，带给他欢乐，成了他心爱的精神食粮。他喜欢看报，但只读其中的广告栏，如某地出售若干俄亩的耕地和草场，连同庄园、果园、磨坊和若干活水池塘。于是他脑海里就浮现出果园里的小径、花丛、水果、棕鸟笼、池塘里的鲫鱼的形象，以及你们所知道的，诸如此类的东西。当然这些想像中的画面每次都是各不相同的，这要随着他所看到的广告内容而更换。可是不知为什么所有的画面上必定有醋栗。他不能想像一座庄园，一处富有浪漫诗意的地方，居然会没有醋栗。

"'乡间生活自有它的乐趣，'他常常这样说，'你可以坐在阳台上喝茶，而水塘里有你自家的小鸭子在游来游去，鸟语花香，而且……而且醋栗树不断在长高，成熟了。'"

"他常构勒出自己田庄的草图，但每一次图上都会有同样的东西：一，主人的正房；二，仆人的下房；三，菜园；四，醋栗。他省吃俭用：经常忍饥挨饿，不多饮茶水，天知道他穿得多么破烂，真像叫花子，同时拼命不断攒钱，存到银行里。他成了吝啬鬼贪财得厉害！我看见他就痛心，常常给他点钱，过节前也给他寄点，可是他连这个也存起来。一个人要是拿定了主意，那你就拿他毫无办法了。

"很多年过去之后，他被调到另一个省工作，他当时已年过四十，依然不断地读各家报上的各种广告，同时存钱。后来我听说他

结婚了。出于同样的目的，即买一座有醋栗的庄园，他娶了一个老而丑的寡妇，他对她没有丝毫感情，只因为她手里有几个臭钱。他俩一起生活他照样很苛刻，经常让她半饥半饱，而她的钱却被他在银行存进自己名下。她原先的丈夫是邮政支局局长，过惯了吃馅饼、喝果子酒的生活，现在却在第二个丈夫家里连黑面包也不能尽情吃饱。这种生活把她弄得憔悴不堪，不到三年就一命呜呼了。当然，我的弟弟从来没有内疚过也没有想过，她的死是由他的过错造成的。金钱如同伏特加一样，能把人变成怪物。我们城里曾经有个商人病得快死了。临终前他叫人端来一碟蜂蜜，然后他把自己所有的钱和彩票就着蜂蜜都吃进肚里，叫谁也得不着。还有一次我在火车站查看牲口，当时有一个牲口贩子不小心掉到机车底下轧断一条腿。我们把他抬到急诊室里，血流如注——真吓人。而他却一个劲地求我们把他的断腿找回来，他一直焦虑不安，因为那条腿的靴子里有二十五卢布，但愿别弄丢了。"

"哎，您这话已经离题了。"布尔金说。

"妻子死后，"伊凡·伊凡内奇略想了想接着说，"我弟弟开始给自己仔细物色田庄。当然啦，即使花五年时间选择，到头来还有可能出错，买下的和想要的完全不是一码事。弟弟尼古拉通过代售人，用分期付款的方式购得一所占地一百十二俄亩的田庄，有主人的正房，有仆人的下房，有花园，但没有果园，也没有醋栗，更没有活水池塘和小鸭子。倒有一条河，不过河水被严重污染了，颜色像咖啡，因为田庄一侧是砖瓦厂，另一侧是烧骨场，可是我的尼古拉·伊凡内奇并没有放弃他的想法，他立即订购了二十丛醋栗，动手栽下去，于是便过起自己地主般的生活来了。

"我在去年去看望过他。我想，我倒要看看他那里是怎么样的情况，又有些什么东西。弟弟在来信里称呼自己的田庄叫'丘姆巴罗克洛夫荒园'，又叫'喜马拉雅村'。我是下午到达'喜马拉雅

The Collected Works Of Chekhov

村'的。天气炎热。到处都是沟渠、篱笆和围墙，到处栽着成排的云杉——弄得你简直不知道怎样才能走进院子里，把马拴在哪儿。我朝一幢房子走去，迎面过来一条毛色红褐的狗，肥得像一头猪。它想叫几声，可是又懒得张嘴。厨房里走出来一个厨娘，光着脚，胖得也像一头猪。她说，老爷吃过饭正在休息。我进屋向兄弟走去，他坐在床上，膝头盖着被子。他不但苍老，而且胖多了，皮肉松弛。他的脸颊、鼻子和嘴唇往前突，眼看就要发出像猪一般的嚎叫声，钻进被窝里去了。

"我们彼此相互热烈拥抱，流下了又高兴又伤心的眼泪，凄凉地想到：曾几何时我们都很年轻，现在却白发苍苍，不久于人世了。他穿好衣服，领我去参观他的田庄。

"'哦，你在这儿过得怎么样？'我问他。

"'挺不错，感谢上帝，我过得挺好。'

"从前那个胆小怕事可怜巴巴的小职员不见了，他如今已是一个真正的地主老爷。他已经习惯这里的生活，而且觉得其乐无穷。他吃得很多，常在澡堂里洗澡，身体发福。已经跟村社和两个工厂都打过官司，遇到农民不叫他'老爷'时他就大为恼火。他相当关心自己灵魂的事，一副老爷气派，他做好事不是真心诚意，而是装模作样。那么他做的是些什么样的好事呢？他用苏打和蓖麻油给农民包治百病，当自己的命名日到来时他必定在村子里做感恩祈祷，然后摆出半桶白酒让大家喝，他认为他应当这样做。哎呀，多可怕的半桶白酒！今天这个胖地主还拖着农民向地方行政长官控告他们的牲口糟蹋了他的庄稼，到了明天，在节庆日的时候，他又会摆出半桶酒请他们喝。他们喝了酒就高呼'乌拉'，喝得醉醺醺了便跪在他脚边。生活变富裕了，酒足饭饱，游手好闲，便养成了俄罗斯人的自以为是和厚颜无耻的毛病。尼古拉·伊凡内奇当初在税务局里不敢大声说话甚至不敢发表自己的看法，现在呢，说起话来都是

至理名言，而且说话口气仿佛他是个大臣：'教育是必不可少的，但对平民百姓来说却言之过早。'又如'体罚一般来说是有害的，但在某种场合下又是有益的、不可替代的。'

"'我十分了解老百姓，也善于和他们打交道，'他说，'老百姓也喜欢我。我只消动一动手指头，老百姓就会替我办好我想做的一切事情。'

"这一切，请你们注意，他都是面带精明而善良的微笑说出来的。他不下二十遍反反复复地说：'我们这些贵族'，'我，作为一名贵族……'他显然已经忘了我们的祖父曾经是个庄稼汉，父亲当过兵。就连我们的姓奇木沙—马拉雅斯基本实际上是个怪僻的姓，现在依他看来却响亮、显贵，十分悦耳动听。

"然而问题不在于他，而在我本人。我想告诉你们的是，我在他庄园里逗留的短短几个小时里我内心发生的多么巨大的变化。傍晚，我们喝茶的时候，厨娘端来满满一盘醋栗，放在桌子上。这些醋栗并非买来的，而是自家种的。自从栽下这种灌木以后，这还是头一回收摘果子。尼古拉·伊凡内奇眉开眼笑，激动得足有一分钟，泪汪汪地看着醋栗一言不发，随后他把一枚果子放进嘴里，得意地瞧着我，那副样子就像一个小孩子好不容易得到了自己心爱的玩具似的。

"'真好吃！'他说。

"他吃得津津有味，不断地重复道：

"'嘿，真好吃！你来尝一尝！'醋栗又硬又酸，不过正如普希金所说，'对我们来说，使我们变得高尚的谎言较之无数真理更为珍贵。'我看到了一个幸福的人，他梦寐以求的宿愿无疑已经实现，他的生活目标已经达到，他得到了他想要的一切，他对自己的命运和他本人都感到满意。我对人的幸福的看法，不知什么原因思想里常常夹杂着伤感的成分，可是现在，当我面对着这个幸福的人，我

的内心充满了近乎绝望的沉重感觉。夜里这种沉重感更加明显。他们在我弟弟卧室的隔壁房间里为我铺了床，夜里我听到，他没有睡着，多次起身走到那盘醋栗跟前每次拿一颗吃。我心里琢磨：实际上，心满意足的幸福的人是很多的！这是一种多么强大的令人压抑的力量！你们看一眼这种生活吧：强者骄横无礼，游手好闲，弱者愚昧无知，过着牛马不如的生活，到处是让人难以置信的贫穷、拥挤、堕落、酗酒、伪善、谎言……与此同时，在所有房子里和所有大街上，却一片安安静静，人们相安无事。在城里居住的五万居民中，绝对找不到一个人敢大声疾呼，公开表示自己对生活的愤慨。我们所看到的，是人们上市场采购食品，白天吃饭，晚上睡觉，他们说着自己的生活琐事，结婚，衰老，平静地送死去的亲人入墓地。可是我们看不到那些受苦受难的人，听不见他们的声音，看不见在幕后发生的生活中的种种惨事。一切都平静而且相安无事，提出抗议的只有不会说话的统计数字：多少人发疯，多少桶白酒被喝光，多少儿童死于营养不良……这样一种秩序显然是必需的，显然，幸福的人之所以感到幸福只是因为不幸的人们在默默地承受着自己的重负，一旦没有了这种沉默，一些人的幸福便不可想像。这是普遍的催眠状态。住在城里的每一个心满意足的幸福的人的门背后，应该站上一个人，手拿小锤子，经常敲门提醒他：世上还有许多不幸的人，不管他现在多么幸福，生活迟早会向他伸出利爪，灾难就会发生——疾病、贫穷，种种损失。到那时将不会有人看见他，不会有人听见他，正如眼下他看不见别人，听不见别人一样。可是，拿锤子的人是没有的，幸福的人照样过他的幸福生活，只有日常生活的小小烦恼才使他感到有点焦虑，程度轻微得就像微风吹拂杨树一样。于是一切都幸福圆满。"

"我也是心满意足无所求的，这是在那天夜里我才明白的。"伊凡·伊凡内奇站起来，继续说，"我在饭桌上，在打猎时也开导过

别人，告诉他们该怎样生活，怎样信仰，怎样管理平民百姓。我也常常说：学问就是光明，教育必不可少，不过对普通人来说目前只要能读会写就足够了。自由就是幸福，没有自由就像没有空气一样是不行的，但目前还得等待。是的，我经常这样说，不过我现在要问：为什么我们必须要等待？"伊凡·伊凡内奇生气地望着布尔金，问道，"我请问你们，为什么要等待？这是出于什么样原因？人们常对我说，凡事不能一蹴而就，任何理想在生活中总是逐步地、在适当的时候得到实现的。不过，这是谁说的？有什么证据说明这句话正确？你们会引证事物的自然法则和社会现象的规律。但是我请问：我，一个有思想的大活人，站在一道沟前，本来也许我可以跳过去，或者在上面架一座桥走过去，但我却偏要等着它自己合拢，或者等着淤泥把它填满，在这件事上也有什么规律和法则可言吗？再说一遍，为什么要等待，等到活不下去的时候吗？可是人需要生活，渴望生活啊！

"我在清晨就离开弟弟的庄园。从那时起，我就感到无法忍受住在城里。那份平静和相安无事令我压抑，我害怕看别人家的窗子，因为现在对我来说，没有比围桌而坐一道喝茶的幸福家庭更让我感到难受的场景了。我已经老了，已经不适宜当一名斗士，我甚至不会憎恨了。我只有在思想上悲伤、气愤、懊丧，每到夜里各种思绪蜂拥而来，弄得我头发热，不能安睡……唉，要是我还年轻该多好啊！"

伊凡·伊凡内奇情绪激动得在两个屋角间不停地走来走去，反复说：

"我要是还年轻该多好啊！"

他突然走到阿列兴跟前，先握住他的一只手，之后又握他的另一只手。

"巴维尔·康斯坦丁内奇！"他用恳求的语气说，"请您永远不

The Collected Works Of Chekhov

要高枕无忧，不要让自己麻木不仁！趁您年轻、强壮、朝气蓬勃，请您永不停息地做好事！幸福现在是根本不存在的；如果生活中有意义有目标，那它们也绝不是存在于我们的幸福，我们的幸福在于更明智、更伟大的事业。请您常做好事吧！"

伊凡·伊凡内奇说这些话时是带着可怜巴巴的、央求的笑容说的，仿佛他是为私人向他请求似的。后来这三人在客厅里不同角落的圈椅里坐下，都默不作声了。伊凡·伊凡内奇的故事既没有让布尔金也没有让阿列兴感到满足。在昏黄的夜色中，金边画框里的将军和太太像活人似的瞧着他们，在这种时候听人讲一个爱吃醋栗的可怜的小职员的故事不免乏味。不知为什么他们非常希望听听文人雅士或女人的故事。他们坐着的这个客厅里的全部陈设，从蒙着套子的枝形吊灯架、圈椅，到脚下的地毯，在讲述这些此刻在画框里看着他们的人从前也经常在这里走动过，坐过，喝过茶。现在漂亮的佩拉吉娅在地毯上无声无息地来回走着——这比任何故事更美妙动人。

阿列兴实在困得很：他每天早上三点就起床操持家务，现在他的眼睛困得睁不开了。但他怕客人们在他不在时会讲什么有趣的故事，因此等着不肯离开。伊凡·伊凡内奇刚才讲的是否有道理是否正确，他不去琢磨。客人们不谈麦种，不谈干草，不谈焦油，而是谈跟他的生活没有直接关系的什么事，这就让他很高兴，乐得希望继续谈下去……

"不过觉还是要睡的，"布尔金站起身来说，"祝各位晚安。"

阿列兴向他们道了晚安，回到楼下的住室去了，两位客人留在楼上。他们被带到一个大房间过夜，那里有两张旧式的雕花木床，墙角挂着耶稣受难的象牙十字架。床上的被褥又宽大又干净，由美丽的佩拉娅刚刚铺好，四处散发着一股好闻的清爽味。

伊凡·伊凡内奇闷声不响地脱去衣服，躺下了。

　　"主啊，饶恕我们这些罪人吧！"他说完就蒙头睡了。

　　他的烟斗放在桌上散发出一股浓重的烟油子味道。因此布尔金久久不能入睡，怎么也弄不明白，这股难闻的气味是从哪儿来的。

　　玻璃窗外的雨敲打了一夜。

一八九八年八月

脖子上的安娜

一

　　婚礼在教堂里举行完以后，甚至就连清淡的酒菜也没吃，这对幸福的新婚夫妇各喝了一杯酒，便换上行装、坐上马车，去了火车站，他们没有举行欢乐的婚庆舞会和晚宴，取消了音乐和跳舞，他们要赶到二百俄里以外的一个圣地去朝圣。许多人称赞他们这种做法，说，莫杰斯特·阿列克谢伊奇是个官位很高，年纪也不算轻的人，举行热闹的婚礼看来显得不是很合适。再说一个五十二岁的文官，娶了一个只有十八岁的姑娘，在这种场合下音乐倒可能叫人听着乏味。大家还说，莫杰斯特·阿列克谢伊奇是个循规蹈矩的人，他之所以想出去修道院朝圣的主意，其实是特意要让年轻的妻子明白：即使在婚姻问题上，他也把宗教和道德放在第一位。

　　为这对幸福的新婚夫妇送行到车站的是一群同事和亲戚。他们端着酒杯站在那儿，专等着火车一开动时就欢呼"乌拉！"彼得·列翁季伊奇，新娘的父亲，头戴一顶高筒帽，身穿教员制服，已经喝醉，脸色煞白，举着杯子，不住地往窗口探过身去，恳求地说：

　　"安尼娅！安尼娅！安尼娅，我有一句话要跟你说！"

　　安尼娅从窗子里探出身来，他便凑近她的耳朵小声说着。她直

觉得一股酒气笼罩着她，吹她的耳朵，她什么也没听清楚。他就在她脸上、胸前、手上不住地画十字。这时他连呼吸都在颤抖，泪珠在眼睛里颤动着。她的两个弟弟，那两个学生别佳和安德留沙，在他身后拉扯他的衣服，慌张的悄悄说：

"爸爸，别说了……爸爸，别这样……"

安尼娅在火车开动时看见，她的父亲跟着火车跑了几步。脚步踉跄，酒也洒了。他那张带着愧色的脸是多么善良而又可怜啊！

"乌拉！"他嚷道。

现在只剩下这对新婚夫妇了。莫杰斯特·阿列克谢伊奇进了包间，查看一番，把东西放在行李架上，然后笑容可掬地在他年轻妻子的对面坐下。他是个中等身材的文官，非常胖，大腹便便，显得保养得十分好，脸上留着长长的络腮胡子，嘴上却不留唇髭。他那个刮得光光的、轮廓鲜明的圆下巴，看上去像是脚后跟。他脸上最特别的一点就是没有唇髭，这块新刮过的不毛之地，渐渐地过渡到肥胖的、像果冻一样的脸颊。他风度翩翩，动作从容，态度温和。

"现在我不由自主地想起一件事情来了，"他微笑着说，"科索罗托夫在五年前得了一枚二级圣安娜勋章，到大人府上道谢的时候，大人是这样说的：'那么您现在有三个安娜了：一个在扣眼里，两个在脖子上。'这得说明一下，当时科索罗托夫的妻子也叫安娜，是一个爱吵嘴的轻佻女人，刚刚回到他家里来。我相信，当我拿到二级安娜勋章的时候，大人没有理由对我说这种话。"

他那双小眼睛微微地笑着。她也微微笑了。可是她一想到这个男人随时会用他那嚅湿的嘴唇来吻她，而她又没有权利拦阻他，心里就不免意乱如麻。他那大腹便便的身子只要一动，就会吓她一跳。她感到又是害怕又是厌恶。他站起身来，从脖子上不慌不忙地取下勋章，脱掉上衣和坎肩，穿上睡衣。

"这样就舒服多了。"他说着在安娜身边坐下。

她回想起参加的婚礼是多么令人痛苦难堪，那时候她总觉得神父、宾客和教堂里所有的人，都忧愁地望着她，似乎在问：像她这样一个漂亮可爱的姑娘，究竟为什么非要嫁给这个上了年纪的、没有趣味的老头儿？虽说今天早晨她还兴致高昂，认为一切都安排得很让人满意；可是后来在举行婚礼的时候，以及现在坐在车厢里，她却感到自己犯了错，受了骗，显得很荒唐可笑。瞧她虽然嫁给了一个阔人，可是她却没有钱，连结婚礼服也是赊账买来的。今天父亲和两个弟弟来送她的时候，她从他们的脸上就看得出来，他们一个钱也没有。今天他们有晚饭吃吗？明天呢？不知什么缘故她觉得，她走后现在父亲和弟弟只好坐在家里挨饿，就像安葬完母亲的那天晚上那样，她感到很悲凉。

"唉，我是个倒霉的人！"她想，"为什么我这么不幸呢？"

莫杰斯特·阿列克谢伊奇是个死板的人，不惯于向女人献殷勤，他别扭地搂一搂她的腰，拍一拍她的肩膀；她呢，仍旧想着钱，想着母亲和母亲的死。母亲去世以后，父亲彼得·列翁季伊奇，一名中学习字课和图画课教员，开始酗酒，紧跟着家境便越来越贫困。两个男孩子没有靴子和套鞋，父亲叫人扭送去见民事法官，法警便来家把家具列了清单……多么丢脸！安尼娅要照看酗酒的父亲，给弟弟补袜子，跑市场……遇到有人夸她年轻漂亮、大方优雅时，她就觉得全世界的人都在嘲笑她那顶廉价的帽子和用黑面糊堵住的靴子上的窟窿。她经常在夜晚偷偷的哭，怎么也摆脱不掉不安的思绪：总是担心父亲因他的酒瘾不久就会被学校辞退，他会受不了这种打击，于是也跟母亲一样死掉。于是，一些相识的太太开始出面管这事了，要为安尼娅张罗一桩好亲事。不久就找到了这个莫杰斯特·阿列克谢伊奇，他既不年轻，也不英俊，可是有钱。他在银行里有十万存款，还有一座租给外人经营的祖上留下的田庄。这人循规蹈矩，颇得大人的好评。保住父亲的工作，对他来说

是件很容易的事，他只消请大人给中学校长，甚至给督学写封信，叫校方不要辞退彼得·列翁季伊奇就行了……

她正回想着这些往事，突然被音乐声和嘈杂的人声打断了。原来火车在一个车站停住了。在月台对面的人群里，有人使劲地拉着手风琴，一把廉价的小提琴正发出刺耳的拉锯声。军乐声从一排高高的白桦和杨树后面，从沐浴在月光中的别墅区那边传来：那地方一定在举行舞会。在月台上，住别墅的消夏客和来这儿的城里人，只要天气晴朗的话，总要上这儿来呼吸新鲜空气。这其中就有一个是阿尔特诺夫，整个别墅区的业主，一个又高又胖的黑发男子，脸型像亚美尼亚人，眼睛鼓出，穿一身古怪的衣服。他上身的衬衫没系扣子，露着胸口，一双带马刺的高统靴，肩上披一件拖到地上的黑斗篷，像女人身后的拖地衣裙。两条猎狗跟在他后面，它们的尖鼻子抵着地面。

泪水依然在安尼娅的眼睛里打转，但她已经不想母亲，不想钱和自己的婚姻了。她正在跟她认识的中学生和军官们握手，开心地笑着，很快地问：

"您好！过得怎么样？"

她走出车厢来到小平台上，站到月光下，好让大家都能看到她华丽的新衣和漂亮的帽子。

"我们的车为什么会停在这里？"她问。

"这儿是个错车的地方，"有人回答，"他们在等一辆邮车。"

她发现阿尔特诺夫正目不转睛地瞧着她，就卖弄风情地眯起眼睛，大声说起法语来。忽然间，不知是因为她的声音那么美妙动听，因为周围乐声荡漾、一轮明月倒映在水池里，因为阿尔特诺夫，这个出了名的风流男子和幸运的宠儿，正痴迷地、好奇地瞧着她，还是因为大家的兴致都很好，安尼娅忽然觉着快活起来。当火车开动、她所认识的军官们纷纷行军礼向她告别时，她竟随着树林

后面送来的军乐声，哼起了波尔卡舞曲。她回到包间时，觉得方才在火车站好像已经得到证明：尽管有种种不顺心的事，她将来肯定会幸福的。

在修道院盘桓了两天，这对新婚夫妇就回到了城里。他们住在一幢公家寓所里。每逢莫杰斯特·阿列克谢伊奇上班后，安尼娅就弹弹钢琴，或是郁闷地哭一阵，再不然就躺在软榻上看看小说，翻翻时装杂志。用午饭的时候，莫杰斯特·阿列克谢伊奇吃得很多，边吃边大谈政治，说些有关任命、调动和奖赏的消息，还谈到辛苦工作的必要，说家庭生活不是享乐，而是尽责，说一个个戈比都当心着用，卢布自然会多起来，他说世界上任何东西都没有宗教和道德重要。最后，他握着餐刀，像举着剑似的，说：

"每个人都应当尽到各自的责任！"

安尼娅非常害怕他讲的话，饭愣是吃不下去，常常饿着肚子离开餐桌。午饭后丈夫睡午觉，鼾声很响，她就回到自己的家去看望亲人。父亲和弟弟们瞧了她一阵，那眼神有点特别，好像她来之前他们刚刚责备过她，说她是为了金钱才嫁给一个她不爱的、既枯燥又讨厌的人。她那窸窣作响的衣裙，手镯，总之她的一身已婚女人的气派，使他们感到拘束和屈辱。在她面前他们有点不知所措，不知道跟她谈些什么好。但他们还像以前一样爱她，吃饭的时候要是她不在还觉得不习惯。她在他们旁边坐下来，跟他们一道喝菜场和粥，吃那种有蜡烛味的羊油煎的土豆。彼得·列翁季伊奇用颤抖的手拿起酒瓶，斟满自己的酒杯，然后带着憎恶的神情匆匆地很过瘾地喝干，接着倒第二杯、第三杯……别佳和安德留沙，两个消瘦、苍白、大眼睛的男孩夺过酒瓶来，着急的说：

"不要喝了，爸爸……够了，爸爸……"

安尼娅也觉得不安起来，央求他别再喝了，他却忽然冒火了，用拳头捶桌子。

"我不准人家管我的事儿！"他大声嚷着，"可恶的坏小子！坏丫头！看我把你们统统都赶出去！"不过他的声音里流露出软弱和善良的口气，所以也不怕他。他通常在午饭后常要穿上顶考究的衣服。他脸色苍白，下巴上因刮胡子不小心而留下一个口子，伸着细长的脖子，在镜子前一站就是半个钟头。一会儿梳头，一会儿捻捻黑胡子，周身洒上香水，再打个蝴蝶领结，然后戴上手套和高礼帽，这才走出家门到一家教馆去了。或者如果那是节日，他就留在家里，有时画画水彩画，有时弹弹风琴。那台吱吱叫，隆隆响的小风琴，他偏要逼它奏出和谐悦耳的乐声来，还要边弹边唱，要不然就冲着两个孩子嚷叫：

"可恶的东西！饭桶孩子！你们把乐器都弄坏了！"

安尼娅的丈夫常常在黄昏时分跟住在同一幢公寓里的同事们打牌。那些文官的太太们也来了。这些太太是些丑陋的、服装难看的、举止粗鲁、跟厨娘一样粗俗的女人。她们在房间里说东道西搬弄是非，她们的话跟她们本人一样粗俗而无聊。有时莫杰斯特·阿列克谢伊奇也带安尼娅上剧院看戏。幕间休息的时候，他从不肯让她离开他身边半步，他要她挽着自己的胳膊一道在走廊里和休息室里踱来踱去。每逢他对某个人躬身致礼时，随即就悄悄对安尼娅说："五品文官……去拜望过大人……"或者，"这人家道殷实……自家有房子……"当他们经过小卖部的时候，安尼娅很想吃点甜食，她喜欢吃巧克力和苹果馅小蛋糕，可是她没有钱，她也不想向丈夫要。他呢？拿起一个梨，用指头捏一捏，犹豫不定地问：

"多少钱？"

"二十五戈比。"

"好家伙！"他说着又放下了那个梨。不过什么也不买就走开实在很难为情，于是他就要了一瓶汽水，一个人把它全喝光，喝得眼泪涌到他的眼睛里。在这种时候安尼娅真恨他。或者，他忽地涨红

了脸，很快地对她说：

"向那位老夫人鞠躬！"

"可是我不认识她。"

"没关系。她是本地税务局局长的太太！你倒是鞠躬呀，我跟你说呐！"他固执地埋怨道，"你的脑袋不会掉下来的。"

安尼娅便依言鞠躬致礼，她的脑袋也确实没有掉下来，可是心里却感到苦不堪言。她丈夫要她做什么她就做什么，她只能暗自生自己的气：她不该像个布娃娃似的由他摆布。她本来只是为了钱才跟他结婚的，不料现在她比结婚前更缺钱。原先父亲还常常给她二十戈比，现在呢，她连一个戈比也没有。偷偷拿钱或者向他要钱她都办不到，她怕她丈夫，见着他就发抖。她总觉得她对这个人的恐惧感好像与生俱来。小时候，她总认为中学校长素来是世界上最威严最可怕的力量，这力量像头上的闷雷，像冲过来的火车头要把她压死似的。另一种威严可怕的力量，就是家里经常提起、大家都对他诚惶诚恐的大人。其次还有十几种小一些的可怕力量，其中包括中学里那些胡子刮得干干净净、严厉、死板的教员。而最后，就是现在的莫杰斯特·阿列克谢伊奇，这个循规蹈矩的人跟中学校长长得很像。在安尼娅的想像中，所有这一切力量化成一个力量，变成一头可怕的大白熊，正咆哮威胁着朝像她父亲那样一些弱小而有过失的人。她不敢说出顶撞她丈夫的话，每当她受到粗暴的爱抚，被对方的搂抱吓得心慌意乱、受到玷污的时候，她只能强颜欢笑，极力做出快乐的样子。

惟一一次，为了偿还一笔极讨厌的债务，彼得·列翁季伊奇乍起胆子向他借五十卢布，可那是多么令人痛苦难堪啊！

"好吧，我给您这笔钱。"莫杰斯特·阿列克谢伊奇想了一想说，"可是我警告您：往后您不戒酒的话，我就不会再帮忙了。身为一个国家公职人员，有这种缺点应该感到难为情的。我得向您提

一件大家都知道的事实：有许多有才干的人都被那种嗜好毁掉了，其实只要他们有所克制，这些人就可以升到很高的地位上去。"

随后便是长篇大论："根据……"，"鉴于刚才所说……"，"由于上述的种种……"，可怜的彼得·列翁季伊奇觉得十分难堪，反倒更想喝酒了。

有时两个弟弟到安尼娅家里来作客，他们总是穿着破裤子和破靴子，照样得听他的训导。

"每个人都应当尽到各自的责任！"莫杰斯特·阿列克谢伊奇对他们说。

他从来没给他们钱。但他送给安尼娅戒指、手镯和胸针，说是这些东西到了艰难日子自有用处。他经常拿钥匙打开她的抽屉的锁，查看这些东西在不在。

二

冬天很快就到了。当地报纸还在圣诞节以前，就老早地发布消息：说一年一度的圣诞舞会将于十二月二十九日在贵族俱乐部举行。每天晚上打完牌以后，莫杰斯特·阿列克谢伊奇总要焦虑不安地跟官太太们交头接耳，还不时心事重重地打量安尼娅一眼，随后长时间地在房间里来来去去地走着，想着什么心事。最后，有一天晚上，夜深了，他在安尼娅面前站定，说：

"你应当去做一件舞衣，听明白了没有？只是你必须先跟玛丽亚·格里戈里耶夫娜和娜塔利娅·库兹米尼什娜商量一下。"

他给了她一百卢布。她收下钱，可是她在定做舞衣的时候并没有找谁商量，只是在父亲面前提了提。她竭力回忆，母亲参加舞会穿什么样的衣服。她去世的母亲素来打扮得顶时髦，而且一向肯为

安尼娅花工夫，把她打扮得像一个漂亮的洋娃娃似的，还教会她说法语，跳玛祖卡舞——而且跳得极好（她在结婚前做过五年的家庭教师）。安尼娅跟她母亲一样，会把旧衣裙翻改成新装，用汽油把手套洗干净，租用珠宝首饰，她跟母亲一样，会眯细眼睛，娇滴滴地说话，摆出种种迷人的姿态，遇到必要时可以装得神采飞扬，也可以变得一脸忧伤，叫人琢磨不透。她从父亲那里遗传了黑头发和眼睛、紧张的神经和随时注重打扮得很考究的习惯。

在尚未赴舞会的前半个小时，莫杰斯特·阿列克谢伊奇没穿礼服走进她的房间，想在她的穿衣镜前把勋章挂在脖子上。他一见到她，简直被她的美貌和那身新做的华丽夺目的薄纱舞衣迷的呆住了。他得意地摩挲着自己的络腮胡子，说：

"原来我的太太多漂亮……多漂亮！我的安尼娅！"忽然他换了严肃的口气说："我已经让你享受了荣华富贵，现在你也同样能使我得到幸福。我求你跟大人的夫人拉拢关系！看在上帝的分上！通过她我就可以谋到主任奏事官的职位了！"

他们坐车去参加舞会。贵族俱乐部的大门口站着侍卫。他们走进了前厅，只见衣帽架上挂了很多皮大衣，侍者川流不息，袒胸露背的仕女们用扇子遮在胸口挡风。空气里有煤气灯和军人的气味。安尼娅挽着丈夫的胳臂走上楼去，耳朵里听着音乐，眼睛瞧着大镜子里被辉煌亮光照着的影子，心中不由得涌上来一股快乐，就跟那次在月光下的小站上一样，她又一次感到幸福即将来临。她高傲自信地走着，第一次感到自己已经不是姑娘，而是一位夫人，就不由自主地模仿起已故母亲的步态和风度。这还是她平生第一次觉得自己是个阔绰的、自由的人。就连丈夫在身旁，她也不感到难堪，因为在她踏进俱乐部门槛的那一刻，她已经本能地意识到，身边的年老丈夫丝毫不会使自己减色，相反，倒给她增添一种引得男人入迷的，搔得人心痒的神秘意味。大厅里乐声悠扬，舞会已经开始。乍

从自己家简朴的公寓里出来，一下子置身于这片辉煌的灯火、缤纷的色彩、音乐和喧闹之中，深受感动的安尼娅向大厅里扫了一眼，暗自想道："啊，多么可爱！"她立刻在人群中认出了所有她的熟人，所有那些以前在晚会上或野餐时遇见过的军官、教员、律师、文官、地主、大官、阿尔特诺夫和那些地位高贵的太太小姐们。这些女士一个个都穿着盛装，袒胸露背，有的漂亮，有的长相丑陋。她们在义卖市场的小木屋和售货亭里已经占好位子，为穷人募捐举行义卖。一个佩戴带穗肩章的魁梧的军官（她是在上中学时在老基辅街上跟他相识的，可是现在已想不起他的名字了）好像从地底下钻出来一样，邀请她跳华尔兹舞。她从丈夫身边翩翩飞走，她觉得此刻她像在暴风雨中坐在一条小帆船上随波起伏，而丈夫已远远地留在岸上似的……她热烈奔放、动情地跳着，华尔兹、波尔卡、卡德里尔，一曲接一曲跳下去，一个舞伴刚刚放下她，另一个舞伴就来接替，音乐和喧闹使她头昏脑胀，她娇滴滴地说话，俄语里夹杂着几句法语，不住地笑，脑子里根本没有丈夫，或者别的东西的影子。她赢得了男人的欢心，这是明摆着的，而且实在也不可能不是这样。她兴奋得透不过气来，焦急不安地抓紧扇子，她觉着口渴。她的父亲彼得·列翁季伊奇穿一件皱巴巴的有汽油味的礼服，走到她跟前，递给她一盘红色的冰淇淋。

"今天你真迷人！"他快活地瞧着她说，"我还从来没有像今天这么懊悔过，你不该匆匆忙忙就结了婚……何必结婚呢？我知道，你是为了我的缘故才结婚的，可是……"他用发抖的手掏出一小沓钞票，说："今天我领到家教馆的薪水，我可以还清欠你丈夫的那笔钱了。"

她刚把盘子还给他，就立即被人搂住腰，远远地把她带走了。她从舞伴的肩头望过去，看到父亲在镶木地板上轻快地滑行，搂着一位太太在大厅里回旋。

"他没喝醉的时候多么可爱啊!"她想。

她还是跟原先那个魁伟的军官跳玛祖卡舞。他傲慢地、沉重地踏着舞步,活像一具穿着制服的死尸,他不时耸动肩膀、挺挺胸膛,脚跟很勉强地踩着拍子——好像不想跳舞了。她却在他身边像花蝴蝶一样轻盈地飞来飞去,用她的美貌和裸露的脖颈挑逗他,她的眼睛像火一般燃烧着,她的动作热情,而他却越来越冷淡,像国王恩赐似地向她伸出手去。

"好哇,好哇!"旁观的人群里有人喝彩。

可是,渐渐地连魁伟的军官也抵挡不住了,他活跃起来,激动起来,被她的妩媚迷住,变得无比狂热,现在他的动作变得轻快,充满了活力,而她光是扭动肩膀,调皮地望着他:仿佛她现在是皇后,而他是她的奴隶。这时她感觉到,整个大厅里的人都在看着他们,每个人都兴奋、嫉妒他们。魁伟的军官还没来得及向她道谢,人群突然分开,男人们不知为什么奇怪地挺直腰板,双手贴在裤边上……原来,礼服上佩戴着两枚星章的大人笔直向她走来。是的,大人正是照直冲她而来的,因为他正直勾勾地盯着她,脸上现出阿谀,同时舔着自己的嘴唇——他看见漂亮女人的时候总是这样舔嘴唇。

"我真高兴,真高兴……"他开口说,"我要下令把您丈夫关起来,因为他把这么一件宝贝一直藏起来瞒住我们。""我受太太之使命前来找您,"他接着说,向她伸出他的手去,"您得帮帮我们的忙……嗯,对了……应当照他们美国人的办法给您一笔美人奖金才对……嗯,是的……美国人……我太太等得您心焦呢。"

他把她领到小木屋里,给她引见一位中年妇人。这位太太的下半截脸大得出奇,看上去好像她的嘴里含着一块大石头似的。

"快来帮帮我们的忙,"她带点鼻音撒娇地说,"所有的漂亮女人都在我们的义卖市场上工作,只有您一个人在玩乐,您应该来帮

帮我们的忙呢！"

安尼娅在她走后就接替她的位子守着一把银茶壶和几只杯子。这里的生意马上兴隆起来。喝一杯茶安尼娅至少收一个卢布，她硬逼着那个魁伟的军官喝了三杯。阿尔特诺夫也来了。这个富翁生着一双爆眼，害着哮喘病，身上穿的已不是安尼娅夏天看到的那身古怪衣服，而是跟大家一样的礼服。他眼睛一眨不眨地盯着安尼娅，喝了一杯香槟酒，付了一百卢布，接着又喝一杯，又给了一百——始终没有开口说话，因为哮喘病犯了……安尼娅招来买主，收他们的钱，此刻她已经坚定的相信，她的笑容和漂亮的媚眼能给这些人带来很大的快乐。她这才明白，她生来就是为了享受这种有音乐、有舞蹈、有崇拜者的热闹、豪华、欢乐的生活。想到长期以来她所害怕的那股威压的力量，看来显得多可笑。现在她谁也不怕了。她只惋惜母亲去世了，否则她此刻会看到她的成功并为之骄傲。

彼得·列翁季伊奇脸色现在苍白，但两条腿勉强还站得稳，他走到小木屋前，要了一杯白兰地喝。安尼娅脸红了，等着他会说出什么不得体的话（她已经为自己有这样一个寒酸而普通的父亲感到难为情），可是他喝完酒，从一沓钞票中抽出十卢布，一句话没说就傲慢地走了。过了一忽儿她看到他跟舞伴一道跳轮舞，这时他脚步已经站不稳了，不断地嚷着，弄得他的舞伴十分狼狈。安尼娅由此想起，三年前的一次舞会上，他也是这样脚步踉跄、吵吵嚷嚷，结果让警察分局长押着他回家睡觉，第二天校长就威胁要辞退他。这段往事是多么羞辱呀！

售货亭里的茶炊熄灭之后，累极了的女慈善家们把各自的收入都交给了那位嘴里像含着石头的中年妇人。这时阿尔特诺夫伸出胳膊来挽起安尼娅的胳臂把她领到餐厅，那里已经为全体参加义卖的人摆上酒宴。参加晚宴的不超过二十个人，可是席间却很热闹。大人举杯提议："在这个堂皇的餐厅里，应当为本次义卖的宗旨——

为廉价的慈善食堂的成功干杯。"一名陆军准将建议大家为"为那种连大炮也甘拜下风的力量"干杯，于是男士们探过身子纷纷跟女士们碰杯。那顿饭吃得快活极了！

当安尼娅让人护送回家时，天已经大亮，厨娘们都上市场了。她高高兴兴、带着醉意、满腔的新感，同时又精疲力尽，她脱去衣服便往床上一躺，立刻就睡着了……

直到下午一点多钟女仆才来叫醒她，票报说，阿尔特诺夫先生登门拜访。她很快穿好衣服，来到客厅。大人在阿尔特诺夫刚走不久亲自前来感谢她协助工作。他色迷迷地瞧着她，嗫动着嘴巴，吻她的手，并且请求她允许他以后再来，然后告辞走了。她仍旧站在客厅中央，又惊又呆，不相信她的生活这么快就发生了如此美妙的变化。正在这时候她的丈夫莫杰斯特·阿列克谢伊奇走进来……他站在她面前，竟也现出一副讨好巴结、卑贱而恭敬的奴才相，这副模样她已经看得习以为常了；他在那些有权有势的大人物面前总是这个样子。她料定自己说什么话他也不敢惹她，于是又是快活、又是气愤、又是轻蔑地咬清每个字的字音说：

"滚出去，你这蠢货！"

舞会之后安尼娅就开始忙活起来，因为她有时参加野餐，有时参加郊游，有时参加演出。她每天都在夜半才回到家里，经常睡在客厅的地板上，事后又动人地告诉大家说，她如何睡在花丛底下。她需要用很多的钱，但她已经不再怕莫杰斯特·阿列克谢伊奇了，她花他的钱就跟花自己的钱一样。她不求他，也不向他张口，只是把账单给他送去，或者写张便条："交来人二百卢布"，或"立刻付一百卢布"。

莫杰斯特·阿列克谢伊奇在复活节那天受了一枚二级安娜勋章。当他去道谢的时候，大人放下正在看的报纸，在圈椅里移动了一下，以便坐得更舒服一点。

"这么说，您现在有三个安娜了，"他说，一面查看着自己的白手和粉指甲，"一个在扣眼里，两个挂在脖子上。"

莫杰斯特·阿列克谢伊奇小心地举起两个手指，放在嘴唇上，免得笑出声来。他说：

"现在我只巴望着小弗拉季米尔出世了才好。我斗胆请求大人做他的教父。"

他这是暗示四级弗拉季米尔勋章，而且已经暗地里想像着，将来他怎样到处去宣扬他的这句妙语双关的俏皮话。他本想再说些类似的妙语，可是大人又埋头看报去了，光是朝他点一点头……

安尼娅依然坐着三套马车到处奔走，同阿尔特诺夫一块儿出去打猎，演独幕剧，在外面晚餐，回家看望父亲和弟弟的次数越来越少了。他们现在吃饭没有她来做伴了。彼得·列翁季伊奇的酒瘾比以前小多了，钱却没有，那架风琴早已卖掉抵债了。两个男孩子现在不敢放他独自上街，总是跟着他，生怕他跌倒。每逢他们在老基辅街上遇见安尼娅坐在双套马车上兜风，车旁还有一匹拉梢的马，阿尔特诺夫坐在车夫座位上代替车夫时，彼得·列翁季伊奇摘下他的高礼帽，想对她大嚷一声，可是别佳和安德留沙总是一人揪住他一条胳膊，恳求地说：

"别这样，爸爸……别说，爸爸……"

一八九五年十月二十二日

彩 票

伊凡·德米特里奇是一个中产阶级的男子，每年靠一千二百卢布养活家人，他十分满意自己的命运。一天晚饭后，他在沙发上坐下来，开始看报。

"今天我忘了看报，"他的妻子边收拾着饭桌说，"你看看，中彩的号码登出来了？"

"哦，登出来了，"伊凡·德米特里奇说，"不过你的彩票没有失效吗？"

"没有，星期二我还去取过利息呢。"

"是几号？"

"第九四九九组，第二十六号。"

"好的，太太……让我来查一查……"

伊凡·德米特里奇向来不相信有中彩的运气，换了别的时间无论如何也不会去查看开彩的号码单，但此刻他没事可做，报纸恰好就在眼前，于是他伸出食指，顺着一串号码划下去。像是考验他的信心，就在上面数起的第二行，九四九九号赫然跳入眼帘！他信不过自己的眼睛，连忙把报纸放在膝头上，也没有再核对一遍，而且，像肚子上被泼了冷水，他感到心里有一股令人愉悦的凉意：痒酥酥，战兢兢，甜蜜蜜！

"玛莎，有九四九九号！"他用有气无力的声音说。

妻子瞧着他那张吃惊的、吓呆的脸，明白他不是在开玩笑。

"九四九九？"她脸色发白地问，把折好的桌布又放到桌子上。

"是啊……真有！"

"那么票子的号码呢？"

"哦，对了！还有票号。不过先别急……等着。先不看，怎么样？反正我们的组号总算是对上了！反正，你明白……"

望着妻子的伊凡·德米特里奇，咧开嘴傻笑着，活像一个小孩子看见了什么花花绿绿的东西似的，妻子也是乐开了怀：看到他只读出组号，却不急于弄清票号，她跟他一样愉快。抱着能交上好运的希望，不趁机承受折磨并刺激一下自己，那是多么甜美而又惊心动魄呀！

"这是我们的组号，"伊凡·德米特里奇沉默良久后才说，"那么，我们有可能中彩的了。尽管只是可能！"

"行了，现在看看票号吧！"

"等一等，待会儿有让我们失望的时候！这号从上面数起的第二行，彩金有七万五。这不是钱，而是权力，是资本！等我一对号，果然有——二十六！啊！我说，要是我们真的中了彩，那会怎么样呢？"

夫妇二人喜笑颜开，默默地互相注视着。可能交上好运的想法使得他们神志混乱，他们说不出，也想不出，他们俩要这七万五卢布做什么用，他们要买什么东西，上哪儿去旅游。他们只想着两个数目：九四九九和七万五千，在各自的想象中描绘它们，幸福的本身虽然是那么可能，他俩一时还想不到。

伊凡·德米特里奇手里拿着报纸，在两个屋角之间走了好几个来回，直到从最初的感受中平静下来，才开始有点幻想起来。

"要是我们中了彩，那会怎么样？"他说，"那就要过新生活啦，这可是时来运转！彩票是你的，不过如果是我的，那么我首先，当然啦，我要花上二万五买下一份类似庄园的不动产；花一万做眼前

的开销：添置新家具……旅游……还债等等。剩余的四万五全存进银行吃利息……"

"对了，买座庄园，这倒是个好主意。"妻子说，索性坐下来，把双手放在膝盖上。

"到图拉省或者奥尔洛夫省买个庄园……首先，就不必再置消夏别墅；其次，庄园永远有收益。"

于是他开始展开丰富的想象，那画面一幅比一幅优美，富有诗意。在所有这些画面中，他发现自己都大腹便便，心平气和，身宽体胖，他感到温暖，甚至嫌热了。瞧他，刚喝完一盘冰冷的杂拌浓汤，便挺着肚子躺在小河旁热沙地上，或者花园里的椴树下……天挺热……一双小儿女在他身边爬来爬去，挖着沙土，或者在草地里捉瓢虫。他惬意地打着盹，什么事都不去想，全身心都感觉到今天、明天、后天，他都不必去上班。等休息够了，他就去割割草，或者去林子里采蘑菇，或者去看渔夫们怎样用大鱼网捞鱼。等到太阳下山，他就拿着浴巾和肥皂，溜溜达达地走进岸边的更衣房，在那里从容地脱掉衣服，用手掌长时间地摩擦着赤裸的胸膛，然后跳进水里。在水里，在那些肥皂波纹的附近，小鱼游来游去，绿色的水草晃来晃去。洗完澡就喝奶茶，吃奶油鸡蛋甜面包……到晚上，散散步，或者跟邻居们玩玩文特什么的。

"对了，买一座庄园也不错。"妻子说，她也在幻想着，从她的神情看来，她想得都入迷了。

伊凡·德米特里奇又暗自描画出多雨的秋天，那些阴冷的黄昏，以及温暖、晴朗的初秋景色。在那季节，他情愿到花园里、菜园里、河岸边多多散步，以便好好锻炼一下自己，然后喝上一大杯伏特加，吃一个腌松乳菇或者茴香油拌的小黄瓜，然后——再来一杯。孩子们从菜园子里跑来，带来了不少胡萝卜和青萝卜，这些新鲜的东西甚至都芎着泥土味……然后，就往长沙发上一躺，消遣地

翻阅一本画报，之后把画报往脸上一盖，解开坎肩的扣子，舒舒服服地打起盹来……

晴暖的初秋一过，便是细雨接连不断的天气。白天夜里都下着雨，光秃秃的树木在流泪，秋风潮湿而寒冷。那些狗、马、母鸡，全都淋湿了，没有一点儿精神，缩头缩脑。没地方可以散步了，这种天气不适宜出门，只好在房间里走来走去，不时愁苦地瞧瞧阴暗的窗子，真是凄凉呀！

伊凡·德米特里奇收住脚，望着妻子。

"玛莎，你知道，我该出国旅行才对。"他说，

于是他开始构想：深秋出国，到法国南部……到意大利……到印度，那该多好啊！

"我也想出国，"妻子说，"可是，你快看看票号吧！"

"别着急！再等一等……"

他在房间里又来回地走着，接着想心事。脑子里突然冒出一个想法：万一妻子当真也要出国，那可怎么办呢？一个人出国旅游那才痛快；再不然找个轻佻的，只顾眼前的，满不在乎的女人结伴同行也还不错；就是千万不能跟那种一路上只惦记自己的孩子、成天唉声叹气、花一个小钱也要心痛发抖的女人一道出门。伊凡·德米特里奇幻想着：妻子带着无数包裹和提篮进了车厢；她动辄就嫌这嫌那，抱怨一路上累得她头痛，抱怨出门一趟花去了那么些钱；每到一个停车站就得跑下去弄开水，买面包、牛油……她舍不得去餐厅用餐，因为她嫌那里东西太贵……

"她看见我花钱，一定会埋怨！"想到这里他看一眼妻子，"唉！彩票是她的，不是我的！可是她何必出国呢？她在那边能开什么眼界？肯定把自己关在旅馆里，也不让我离开她一步……我知道！"

他的脑子还是平生第一次注意到，他的妻子老了，丑了，浑身上下透着一股子厨房的气味。而他却还年轻、健康，还可以再结一

次婚。

"当然，这全是胡想，"他又想道，"不过……她出国去又何必呢？她在那边能长什么见识？她要坚持非去不可……我能想象……其实对她来说，那不勒斯和克林都是一样。她只会妨碍我。我只好受她的控制。我能想象，她一拿到钱，就会像正正经经的女人那样加上六道锁……把钱藏起来不让我知道。她会津贴娘家的亲戚，却一个子儿也不舍得给我。"

伊凡·德米特里奇立即想起她的那些亲戚和姐妹们的面孔。所有这些兄弟姐妹和叔伯姨婶，一听到消息说她中了彩，准会跑上门来，像叫花子那样千方百计的假装巴结他们，那些寒酸的、讨厌的人们！要是给他们钱，他们会争着多要；要是不给，他们就会咒骂、造谣，盼着你遭灾。

伊凡·德米特里奇又想起了自己的亲戚。以前他见到他们并没有什么感觉，现在却觉得他们又讨厌又可恶了。

"都是些屠头！"他想道。

现在他甚至觉得妻子也面目可憎，令人厌恶。他对她窝了一肚子火，于是他恶意地想道：

"她根本不懂得如何管理钱财，所以才那么吝啬。她要是真中了彩，顶多给我一百卢布，把别的都锁起来，锁好。"

这时他的笑容不见了，而是憎恨地望着妻子。她也抬眼看他，同样也是又气又恨。她有她自己的白日梦、自己的计划和想法；她完全明白丈夫的梦是什么。她知道，第一个会来抢她的彩金的人是谁。

"拿别人的钱做自己的梦！"她的眼神分明这样说，"不，你休想瞎搅和！"

她的眼神被丈夫看清了，憎恨在他胸中搅动起来。他要气一气他的妻子，故意跟她作对，很快地翻到报纸的第四版看一眼，得意

洋洋地叫道：

"九四九九组，四十六号！不是二十六号！"

希望与憎恨立刻一齐消失，伊凡·德米特里奇和他的妻子马上觉得：他们的住房如此阴暗、窄小、低矮，他们刚吃过的晚饭还没有填饱肚子，腹部却难受极了，而秋夜又长，令人烦闷无聊……

"这究竟是什么道理啊，"伊凡·德米特里奇说，开始挑三拣四起来，一走路，脚底下尽是些纸片，面包渣，瓜果壳。屋子里总是打扫不干净！弄得人一步不想靠近这个家，气死我了！我得出去，碰到第一棵榆树就上吊。"

一八八七年三月九日

带阁楼的房子

画家的故事

一

这是发生在六七年前的事了，当时我在 T 省某县地主别洛库罗夫的庄园里居住。别洛库罗夫是个年轻人，经常黎明即起，穿一件紧腰细褶长外衣，每天傍晚要喝啤酒，他一直对我抱怨，说他在任何地方也没有得过什么人的同情。他住在花园里的厢房里，我则住在地主老宅的大厅里。这个大厅有许多圆柱，那里除了我睡觉用的一张宽大的长沙发和供我摆纸牌作卦的一张桌子外，再没有任何别的家具。这里的几个旧式的阿莫索夫壁炉里总是嗡嗡作响，任何时候，即使晴和的天气也是这样。遇上大雷雨，则整座房子便震颤起来，似乎会轰的一声土崩瓦解。特别在夜里，当所有十扇大窗霍地被闪电照亮时，那才真是可怕呢。

我这人生性懒散，这一回干脆什么事都不做。我常常一连几个小时，望着窗外的天空、飞鸟和林荫道，阅读从邮局给我寄来的一切邮件，要不就睡大觉。有时我会走出屋子，信步在什么地方徘徊

游荡，直到深夜。

有一天，我在回家的路上，不经意地转到一处我没有到过的庄园。这时太阳已经落山，黄昏的阴影在扬花的黑麦地里四处撒开。两排又高又密的老云杉，有如两堵连绵不断的墙，营造出一条幽暗而美丽的林荫路。我不费力地越过一道栅栏，然后顺着这条林荫道走去，地上铺着一俄寸厚的针叶，走起来有点打滑。四周一片宁静幽暗，只有在高高的树梢上，不时有一片明亮的金光闪动，并在一些蜘蛛网上变幻出虹霓般的色彩，针叶的气味浓烈得让人透不过气来。后来我拐上一条长长的椴树林荫道。这里同样苍凉而古老。隔年的陈树叶在脚下发出悲伤的沙沙声，暮色中的树木之间隐藏着无数阴影。右边的一座古老的果园里，黄莺无精打采有气无力地哼哼着，想必它也上了年纪啦。后来，椴树林荫道总算到头了，我在一幢白色的带凉台和阁楼的房子旁边走过，眼前竟意外的现出一座庄园的院落和一个水面宽阔的池塘。池塘四周绿柳成荫，还有一座洗澡棚子。池塘对岸是一个村庄，还有一座高高的窄小的钟楼，映出落日的光辉，好像在燃烧。一时间，一种亲切而又熟悉的感觉让我心旷神怡，仿佛眼前这番景象我早已在儿时见过。

两扇白色的砖砌大门由院落通向田野，这大门古香古色而且结实，两侧有一对石狮子。门边站着两个姑娘。其中一个年长些，身材苗条，脸色苍白，十分漂亮，满头浓密的栗色头发，一张小嘴轮廓分明，神态严峻，对我似乎不屑一顾。另一个还十分年轻，顶多十七八岁，同样苗条而苍白，嘴巴稍大，一双大眼睛吃惊地看着我从一旁走过，说了一句英语，又不好意思起来。我有一种感觉，好像这两张可爱的脸儿也早已熟悉的。我兴致勃勃地回到住处，恍如做了一场好梦。

在这之后不久，有一天中午，我和别洛库罗夫在房子附近散

步，忽听得草地上沙沙作响，想不到一辆带弹簧座的四轮马车驶进院子，车上坐着那位年长的姑娘。她是替遭受火灾的乡民募捐来的，随身带着认捐的单子。她眼睛也不看我们，极其严肃而详尽地告诉我们西亚诺沃村有多少家房子被烧毁，有多少男女和小孩无家可归，还讲明了救灾委员会初步打算采取的措施是什么——她现在就是这个委员会的成员。她让我们认捐签字，收好单子后便立即告辞。

"您已经把我们全忘了，彼得·彼得罗维奇，"她对别洛库罗夫说，一边把手递给他，"您来吧，如果某某先生（她说出我的姓）愿意光临舍下，看一看崇拜他天才的人是怎样生活的，那么妈妈和我都会十分荣幸。"

我鞠躬致谢。

她走之后，彼得·彼得罗维奇便开始讲起她家的情况。用他的话说，这个姑娘是尊贵家庭出身，叫莉季娅·沃尔恰尼诺夫娜，她和母亲、妹妹居住的庄园，和池塘对岸的村子同名，都叫舍尔科夫卡。早先她的父亲在莫斯科地位显赫，去世时已是三品文官。虽说家境宽裕，沃尔恰尼诺夫的家人却一直住在乡间，不论夏天还是冬天从不外出。莉季娅在舍尔科夫卡的地方自治局属下的小学任教，月薪二十五卢布。她自己的花销就只用这笔收入，她为能自食其力而感到骄傲。

"这是一个很有意思的家庭，"别洛库罗夫说，"好吧，我们抽空去看看她们。她们会欢迎您的。"

一个节日的午后，我们想起了沃尔恰尼诺夫一家人，便动身到舍尔科夫卡去看望她们。母亲和两个女儿都在家。母亲叶卡捷琳娜·帕夫洛夫娜当初肯定是个美人儿，不过现在身体虚胖，显得和实际年龄不相称，还得了哮喘病。她面带愁容，心神无法专注，为了

引起我的兴趣，尽量谈些有关绘画的话题。她从女儿那里得知，我可能会到舍尔科夫卡来，于是仓促间想起了在莫斯科的展览会上曾见过我的两幅风景画。现在她就问我，我想在这些画里表现些什么。莉季娅，家里人都叫她丽达，大部分时间在跟别洛库罗夫交谈，很少跟我说话。她神态严肃，不苟言笑，一再问他为什么不到地方自治机关任职，为什么他至今为止也没有出席过一次地方自治会的会议。

"这样不好，彼得·彼得罗维奇，"她责备说，"不好。该惭愧啊。"

"说得对，丽达说得对，"母亲赞同道，"这样不好。"

"我们全县都让巴拉金控制了，"丽达转向我接着说，"他本人是县地方自治区执行委员会主席，他把县里的一切职位都分别授给他自己的侄儿和女婿，他总是一意孤行，为所欲为。应当斗争才是。青年人应当组成强有力的团体，可是您看，我们这儿的青年人是什么样子啊。真该惭愧，彼得·彼得罗维奇！"

大家谈论地方自治局的时候，妹妹任妮亚一直沉默不语。她没有参加过严肃的谈话。家里人还没有把她当作成年人看待，由于她小，大家叫她蜜修斯，因为童年时她称呼她的家庭女教师为蜜斯。她一直好奇地望着我，当我翻看照相册时，她就一一为我解说："这是叔叔……这是教父"，还用纤细的手指点着相片。这时她就像孩子般把肩头靠着我，于是我便在近处看到她那柔弱的尚未发育成熟的胸脯、消瘦的肩膀、发辫和紧束着腰带的苗条的身材。

我们玩槌球、打网球，在花园里散步、喝茶，然后又在晚餐时消磨了很长时间。在住惯了宽大而空落落的圆柱大厅之后，我在这幢不大却很舒适的房子里不知怎地感到很不自在。这里的墙上没有粗劣的石版画，这里对仆人讲话以"您"相称，这里因为有了丽达

和蜜修斯所有的一切都显得年轻而纯洁，一切都呈现出高贵的派头。吃晚饭的时候，丽达又跟别洛库罗夫谈起县地方自治局、布拉金和学校图书馆的话题。这是一位富有朝气的、真诚的、有主见的姑娘，听她讲话很有兴味，尽管她说得太多，嗓门也高——这也许是她讲课养成的习惯。可是我的那位彼得·彼得罗维奇，早在上大学时，就有把一切谈话引向争论的习惯，现在讲起话来仍然枯燥无味、有气无力并且冗长，总想炫耀自己是个有头脑的进步人士。他不断比划手势的时候，袖子带翻了一碗调味汁，弄得桌布上一滩油渍，不过除了我，好像没有人看见。

我们动身回去的时候，天色已黑，四下里一片寂静。

"良好的教养不在于你会不会弄翻调味汁、弄脏桌布，而在于别的什么人弄翻调味汁时你只当没看见，"别洛库罗夫说完叹了一口气，"是啊，这是个极优秀的、有教养的家庭。我落在这些高尚的人的后面了，真是落后了很多！这全是因为成天忙忙碌碌！忙忙碌碌！"

他说，如果你想把农庄经营得极好，就必须付出许多辛劳。而我却想：他是一个办事拖拉、非常懒惰的人！每当谈起什么正经事，他就故意拖长声调，哎呀哎的，干起事来，也跟说话一样——慢慢腾腾，总是拖拖拉拉，延误或超过期限。我对他办事的认真精神已经不大信得过，因为我曾托他去邮局发几封信，谁知他竟把信揣在自己的口袋里一连几个星期。

"最难以忍受的是，"他跟我并排走着，嘟哝道，"最难以忍受的是，你在辛辛苦苦地工作，却得不到任何人的同情。一丝一毫的同情都得不到！"

二

从此我开始经常去沃尔恰尼诺夫家。通常我坐在凉台最下一级的台阶上。我心情深为苦闷，对自己不满，惋惜自己的日子匆匆流逝，并且还没有趣味。我总在想，如果能把我变得如此沉重的心，从胸腔里挖出来那该有多好。这时候凉台上有人说话，响起衣裙的窸窸窣窣声，翻动书的声。不久我就习惯了丽达的活动：白天她给病人看病，分发各种小册子，经常不戴帽子、打着伞到村子里去，晚上则大声谈论着地方自治局和各个学校的情况。这个苗条而漂亮、神态永远严谨、小嘴轮廓分明的姑娘，只要一谈起正经的话题，总是冷冷地对我说：

"您对这种事是不会感兴趣的。"

在开场时没好感。她之所以不喜欢我，是因为我是风景画家，在我的那些画里没有反映人民的疾苦，而且她觉得，我对她如此热衷的事业无动于衷。我不由得记起一件往事：一次我路过贝加尔湖畔，遇到一个骑在马上、穿一身蓝布裤褂的布里亚特族姑娘。我问她，可不可以把她的烟袋卖给我。我们说话的时候，她一直用轻蔑的眼光看着我这张欧洲人的脸和我的帽子，顿时不愿和我交谈。她一声叱喝，便策马而去。丽达也是这样蔑视我，似乎把我当成了异族人。当然，她在外表上绝不表露出不喜欢我的样子，但这种不悦的神态我能感觉出来，因此，每当我坐在凉台最下一级的台阶上，总是闷闷不乐，数落道：自己不是医生却给农民看病，和欺骗他们有什么不同，再者说一个拥有两千俄亩土地的人，做个慈善家那还不容易。

她的妹妹蜜修斯，没有任何需要操心的事，跟我一样，十分闲

散地过着自己的日子。早上起床后，她立即拿上一本书，坐在凉台上深深的圈椅里读起来，两条腿刚刚能够着地。有时她带着书躲到树林荫路上，或者干脆跑出大门到田野里去。她整天看书，贪婪地阅读着。有时她的眼睛看累了，目光变得越来越疲乏，脸色十分苍白，凭着这些迹象才能猜得出，这种阅读使她多么伤神。每逢我上她的家，她一看到我脸上就微微泛起红潮，放下书，两只大眼睛盯着我的脸，兴致勃勃地向我讲起家里出了什么事情，比如说厨房里的烟囱起火了，或是有个雇工在池塘里捉到一条大鱼。平日她一般穿浅色的上衣和深色的裙子。我们一道散步，摘樱桃回去做果酱吃，划船。每当她跳起来摘樱桃或划桨时，从她那宽大的袖口里就露出她细弱的胳膊。有时我写生，她则站在旁边，看得津津有味。

七月底的一个星期日，早上九点多钟我就来到沃尔恰尼诺夫家。我先在花园里散步。和房子保持较远的距离，寻找那年夏天长得很茂盛的白蘑菇，我在一旁插上标记，等着以后同任妮亚一道来采。和风习习。我看到任妮亚和她的母亲身穿浅色的节日盛装，从教堂里回来，任妮亚一手压着帽子，免得被风刮掉。后来我看到她们在凉台上喝茶。

我这个人无牵无挂，而且经常为自己的闲散生活找各种理由，所以夏天我们庄园里的节日早晨总是异常吸引人的。这时郁郁葱葱的花园里空气湿润，露珠晶莹，在晨曦的照耀下，万物都熠熠生辉，整个园子都显得喜气洋洋；房子附近弥漫着木犀花和夹竹桃的香味。年轻人刚从教堂里归来，在花园里喝着茶；这时人人都穿得漂漂亮亮，个个都兴高采烈；这时你才知道，所有这些健康、不愁温饱的、漂亮的人，在这漫长的夏日里可以一整天什么事都不干——每当这种时刻，你就会不由得热切盼望：但愿一辈子都能过上这种生活。此刻我心中想的正是这样的情景，我在花园里走来走

去，准备照这样无所事事地、毫无目的地走上一整天，走上一个夏季。

任妮亚提着篮子走来。看她脸上的那副表情，仿佛她早就知道或者预感到可以在花园里找到我似的。我们一块儿采蘑菇，聊天。当她想问我什么时，总要朝前走几步，为的是好看清我的脸。

"昨天我们村里出了一个奇迹，"她说，"瘸腿的佩拉吉娅病了整整一年，无论什么样的医生和药都不管事，可是昨天有个老太婆小声说了一阵话，她病就好了。"

"这算不了什么，"我说，"不应当在病人和老太婆身上寻找奇迹。难道健康不是奇迹？难道生命本身不是奇迹？凡是让人不可理解的东西，都是奇迹。"

"可是，您对那些不可理解的现象，不觉得害怕吗？"

"不怕。对待那些我不理解的现象，我总是精神抖擞地迎上去，不向它们屈服。我比它们高明。人应当意识到，自己比狮子、老虎、猩猩更高明，比自然界的一切生灵和万事万物都要高明，甚至比那些不可理解、被奉为奇迹的各种一般现象还要高明，否则他就不能称为人，而是一只见什么都怕的老鼠。"

任妮亚以为，我既然是画家，肯定是见多识广，即使有些事情我不知道，多半也能琢磨出来。她一心想让我把她领进那个永恒而壮美的领域里，走进那个崇高的世界中，照她看来，我在那个世界里就有如鱼儿得水，她可以跟我谈上帝、谈永生、谈奇迹。而我又不容许我和我的思想在我死后将不复存在，便回答说："是的，人是永生不死的，""是的，我们将永生。"她听着，相信了，并不要求什么论证。

我们朝房子走去，她突然站住了，说：

"我们的丽达是杰出的人，难道不是吗？我热烈地爱她，随时

愿意为她牺牲我的生命。不过请您告诉我，"任妮娅伸出手指碰碰我的袖子，"请您告诉我为什么您总和她无休止地争论呢？为什么您动不动就生气？"

"因为她的话不正确。"

任妮亚摇摇头表示不同意，泪水涌上她的眼眶。

"多让人费解！"她说。

这时，丽达刚好从什么地方回来，手里拿一根马鞭站在台阶附近，沐浴在阳光下更显得苗条而漂亮。她正对雇工吩咐些什么。她匆匆忙忙，说话声很高，接待了两三个病人，之后一脸认真、操心的神色在各个房间里走来走去，时而打开这个立柜，时而又打开另一个立柜，最后到阁楼上去了。大家找了她好久，叫她吃午饭。等她来时，我们已经喝完汤了，所有这些细节不知为什么我至今都记忆犹新。那一整天尽管没有发生什么特别的事，可是它活生生的留在我的记忆里，令人欢欣。午饭后，任妮亚埋进深深的圈椅里又看起书来，我又坐到台阶的最下一级。大家都不说话。整个天空乌云密布，开始下起稀疏的细雨。天气闷热，风早就停了，仿佛这个白天永远过不完似的。叶卡捷琳娜·巴夫洛夫娜也到凉台上来了，她一副睡意未消的样子，手里拿着扇子。

"啊，妈妈，"任妮亚说，吻她的手，"白天睡觉有伤你的身体。"

她们彼此热爱。要是她们中一个人去了花园，另一人必定站在凉台上，望着树林呼唤："喂，任妮亚！"或是"妈妈，你在哪儿呢？"她俩经常一起做祈祷，两人的信仰相同，即使不说话，彼此也能心领神会。她俩对人的态度也一样。叶卡捷琳娜·巴夫洛夫娜很快就跟我相处融洽，并且总惦记我，只要我两三天没露面，她就会打发人来探问，我是不是病了。跟蜜修斯一样，她也津津有味地

观看我的画稿，絮絮叨叨地、毫无顾忌地告诉我家里发生了什么事，甚至把一些家庭秘密也透露给我听。

她对自己的大女儿极其崇拜。丽达向来不对人撒娇，只说正经的事。她过着自己独特的生活，在母亲和妹妹的心目中，是个神圣而又带几分神秘的人，诚如水兵们心目中的海军上将，总是坐在舰长室里，神圣得叫人难以猜透。

"我们的丽达是个杰出的人，"母亲也常常这样说，"不是吗？"

这时天下着细雨，我们谈到了丽达。

"她是个杰出的人，"母亲说，然后胆战心惊地环顾四周，又压低嗓子，鬼鬼祟祟地补充道，"这种人白天打着灯笼也难找。不过，您知道吗，我现在开始有点不安了。学校啦，药房啦，小册子啦，这一切都很好，可是为什么要走极端呢？要知道她都二十四岁啦，早该认真想想自己的背后了。老这样为书本和药房的事忙忙碌碌，不知不觉中大好年华就要过去了……她该出嫁了。"

任妮亚看书看得脸色发白，头发蓬乱，这时略抬起头来，望着母亲，仿佛自言自语地说：

"好妈妈，一切都取决于上帝的旨意。"

说完，又埋头看书去了。

别洛库罗夫来了，他穿着紧腰长外衣和绣花衬衫。我们玩槌球，打网球。后来天黑了下来，大家又消磨了很长时间吃晚饭。丽达又讲起学校的情况和那个在全县大权在握的拉巴金。这天晚上我离开沃尔恰尼诺夫家时，带走了对这漫长而又闲散的一天那美好的印象，同时又悲哀地意识到：这世上的一切事物，不管它多么长久，总会有结束的时候。任妮亚把我们送到大门口，或许正是因为她从早到晚和我一起度过的原因，这时我感到，离开她我似乎有些寂寞，这可爱的一家人对我来说已十分亲切。于是入夏以来我头一

次产生了作画的愿望。

"请告诉我，您为什么生活得这么无聊，毫无色彩？"我和别洛库罗夫一道回家时，问他，"我的生活枯燥、沉闷、单调，这是因为我是个画家，我是个怪人，从年轻时候起我在精神上就备受折磨，弄得我神智有点不健全：嫉妒别人，对自己不满，对事业缺乏信心，我一直都很贫穷，到处流浪；可是您呢，您是健康正常的人，是地主，是老爷——您为什么日子过得这么没有趣味？为什么您从生活中获取的东西那么少？比如说吧，为什么您至今没有爱上丽达或者任妮亚？"

"您忘了我爱的是另一个女人。"别洛库罗夫回答。

他指的是他的女友，和他同住在厢房里的柳博芙·伊凡诺夫娜。我每天都能见到这位女士在花园里散步。她身体滚圆，十分丰满，妄自尊大，活像一只养肥的母鹅，穿一套俄式衣裙，戴一串珍珠项链，总是举着一把小阳伞。仆人时不时就叫她回去吃饭或喝茶。三年前她租了一间厢房当别墅，从此就在别洛库罗夫家住下，看样子永远都不会走了。她比他大十岁，把他管得很紧，所以即便是暂离家门，他也必须得到她的许可。她经常扯着男人般的嗓子大哭大叫，遇到这种时候，我就打发人去对她说，如果她再不止住哭叫，我就立即迁出这所住宅，她这才止住哭叫。

我们回到家里，别洛库罗夫坐到沙发上，皱起眉头陷入沉思想心事，我则在大厅里走来走去，像个堕入情网的人，体会着内心的激动和欢欣。我不由得很想谈谈沃尔恰尼诺夫一家人。

"丽达只可能爱上地方议员，一个像她一样，热衷于办医院和学校的人，"我说，"啊，为了这样的姑娘，不但可以参加地方自治会的工作，而且可以像童话里说的那样，穿破铁鞋也心甘情愿。还有那个蜜修斯，她是多么令人着迷呀！"

别洛库罗夫开始拉长声音大谈时代病——悲观主义。他说得振振有词，那口气就好像我在跟他辩论似的。如果一个人坐在那里，只顾高谈阔论，而且知道自己什么时候才会走开时，你的心情远比穿过几百俄里荒凉、单调、干枯的草原还要烦闷。

"问题不在于悲观主义还是乐观主义，"我恼怒地说，"问题在于一百个人当中倒有九十九个没有头脑！"

别洛库罗夫认为这话是冲他说的，一气之下便走了。

三

"公爵在玛洛焦莫沃村居住，他向你问好，"丽达不知刚从什么地方回来，边摘掉手套，边对母亲说，"他讲了许多有趣的事情……他答应在省地方自治局代表会议上重新提出在玛洛焦莫沃村设立医务所的问题。不过他又说希望很小。"这时她转过身对我说："请原谅，我总是忘记，您对这种事是不感兴趣的。"

我感到心头一股怒火。

"为什么不感兴趣？"我耸耸肩膀反问，"您不愿意了解我的看法，但我敢向您保证，对这个问题我倒是很感兴趣。"

"是吗？"

"是的。我认为，玛洛焦莫沃村设立医务所完全没有必要。"

我的气愤使她受了感染。她看我一眼，眯起眼睛，问道：

"那么什么东西是必要的？是风景画吗？"

"风景画也不需要。那里什么都不需要。"

她脱掉手套后拿起一份邮差刚送来的报纸。过一会儿，她显然克制住自己的感情，小声地说："上个星期安娜难产死了，要是附近有医务所的话，她就不会死。我认为，风景画家先生们对这类事

有明确的见解才好。"

"我对这类事的见解十分明确，请您相信，"我回答说，但她用报纸挡住我的视线，似乎不愿听我说话，"我认为，医务所、学校、图书馆、药房等等，在现有的条件下只是为奴役们效劳。人民被一条巨大的锁链捆住了手脚，而您不去砍断这条锁链，反而给它添加许多新的环节——这就是我要对您说得见解。"

她抬头看我一眼，带着讥讽的神情笑了笑。我继续说下去，尽力把握住我的主要思想：

"问题不在于安娜死于难产这件事，而在于所有这些安娜、玛芙拉和佩拉吉娅们从一大早到天黑都在弯着腰干活，因为干着力不能及的劳动她们老是生病，她们一辈子为挨饿和生病的孩子而有操不完的心，一辈子为死亡和疾病而担惊受怕，一辈子求医看病，未老先衰，面容憔悴，在污秽和臭气中死去。她们的孩子稍稍长大了，又重复他们上辈的这一套。几百年就这样过去了，千千万万的人过着猪狗不如的生活——只为了一小块面包，成天担惊受怕。她们处境的整个悲剧，还在于他们没有回忆一下自己的灵魂，顾不上没有时间来想一想自己的形象和面貌。饥饿、寒冷，本能的恐惧，繁重的劳动，就如同雪崩一般堵住了他们通向精神生活的条条路径。而只有精神生活，才是人区别于动物的标志，才是他惟一的人生追求。您来到他们中间，用医院和学校帮助他们，但您这样做并不能将他们从镣铐中解救出来，恰恰相反，您使他们受到进一步的奴役，因为您给他们的生活带进了新的偏见，您增加了他们的需求范围，更不用说她们还要为了买斑蝥膏药和书本，向地方自治会付钱，这就是说，他们得更辛苦地干活才成。"

"我不想跟您争论，"丽达放下报纸说，"这一套我早就听过了。我要对您说的只有一句话：不要袖手旁观。确实，我们并不能拯救

整个人类，而且说不定在许多方面做错了，但是我们正在做力所能及的事情，所以我们是正确的。一个有文化的人最崇高最神圣的使命是为周围的人们服务，所以我们就试图尽我们的所能这样做。您尽可不喜欢这个，一个人做事本来就无法叫每个人都满意。"

"说得对，丽达说得对，"母亲附和道。

有丽达在场她总是胆怯，说话的时候总是不安地察看她的脸，生怕说出什么废话或者不得体的话。她也从来不反对她的意见，永远随声附和："说得对，丽达说得对。""教农民读书识字，散发充满一文不值的说教和民间俗语的书本，设立医务所，这一切既不能减少愚昧无知，也不能降低死亡率，这正如你们家里的灯光不能照亮窗外的大花园一样。"我说，"您什么东西也没有给他们，您干预他们的生活，其结果只能给他们造出新的需求，并且使他们为此付出更多的劳动。"

"哎呀，我的天哪，毕竟人得干些事情啊！"丽达恼火地说，听她说话的口气可以知道，她认为我的议论微不足道，并且她鄙视这些议论。

"应当把人们从沉重的体力劳动中解放出来，"我说，"应当减轻他们的负担，给他们喘息的时间，使他们不至于守着炉台和洗衣盆，或者在田野里干活来度过一辈子，使他们也有时间来想一想灵魂和上帝，能够更广泛地发挥出自己精神上的才能。任何在精神活动中的使命就是探求真理和生活的意义。一旦您使他们那种简单的无理性的劳动变得不必要，一旦您让他们感到自己是自由的，到那时您将会看到，您的那些书本和药房实际上是多么可笑的东西。既然人意识到自己的真实使命，那么能够满足他们的就只有宗教、科学和艺术，而不是这些小打小闹的东西。"

"从劳动中解放出来！"丽达冷笑道，"难道这是可能的吗？"

"可能的。您可以自己分担一分他们的劳动。假如我们所有的人，全体城乡居民，无一例外地同意分担人类旨在满足全人类物质需要而耗费的劳动，那么分到我们每个人头上的可能一天不超过两三个小时。请您设想一下，如果我们每一个人，全体富人和穷人，一天只干三小时的活儿，那么其余的时间都空闲了。请再设想一下，为了更少一些依靠我们的体力，为了减轻劳动，我们发明各种能代替人劳动的机器，并且尽量把我们的需求减少到最低限度。我们经常锻炼自己，锻炼我们的孩子，让他们不再害怕饥饿和寒冷，到时候我们就不会像安娜、玛芙拉和佩拉吉娅那样，成天为孩子们的健康而没完没了地操心了。您想一想，我们不看病，不经营药房、烟厂和酒厂——最后我们将会剩下多少空闲的时间啊！让我们大家共同把这闲暇的时间献给科学和艺术。正像农民们有时全体出动去修路一样，我们大家也全体出动，来寻找真理和生活的意义，而且——对此我深信不疑——真理一定会很快被揭示出来，人们就可以摆脱这些经常折磨人、使人心情沉重的恐惧感，甚至还可能摆脱死亡本身。"

"但是，您是自相矛盾的，"丽达说，"您口口声声'科学'，'科学'，可您自己又对识字教育表示否定。"

"在人们只能读到酒店的招牌、偶尔看到几本读不懂的书本的情况下，识字教育又能做些什么呢？这样的识字教育早从留里克时代起保持到了今天，果戈理笔下的彼得鲁什卡早就会读书认字了，可是农村在留里克统治时期是什么样子，现在还是什么样子。现在我们需要的不是识字教育，而是能广泛地发挥精神才能的自由，需要的不是小学，而是大学。"

"您连医学也否定？"

"是的。医学只有在把疾病当作自然现象来研究，而不是用来

治疗的情况下，才是必需的。如果要医治的话，那也不是治病，而是根治病因，只要消除体力劳动这一主要的病因，那疾病就不会发生。我不承认有什么治病的科学，"我激动地接着说，"一切真正的科学和艺术所追求的不是短暂的局部的目标，而是朝向永恒的共同的目标——它们会不断探求真理和生活的意义，不断探索上帝和灵魂。如果把它们同当前的需要和当务之急的问题拉扯在一起，那么它们只能使生活变得更加复杂、更加不堪重负。我们有许多医生、药剂师、律师，会读书写字的人也很多，可是没有一个生物学家、数学家、哲学家和诗人。所有聪明才智和精神力量，都耗费在满足暂时的、转眼即逝的物质需求上……我们的学者们、作家们和艺术家们在辛勤工作，多亏他们的努力，人们的生活条件的舒适才与日俱增，人们的物质需求也不断增长，与此同时，距离真理却还十分遥远，人依旧和从前一样是最贪婪凶残、最卑鄙龌龊的动物。这一切发展下去就会导致人类的大多数退化，并永远丧失所有的生活能力。在这样一些情况下，艺术家的生活就没有意义了。他越是有才能，他充当的角色就越令人奇怪、不可理解，因为实际上他是为凶残卑鄙的动物而工作，是维护现行制度的。所以我现在不想工作，将来也不工作……什么都不需要，让地球滚远点儿——最好是毁灭！"

"蜜修斯，你出去。"丽达对妹妹说，显然认为我的言论对这样年轻的姑娘是有害的。

任妮亚忧伤地看看姐姐和母亲，走了出去。

"当人们想为自己的冷漠辩解时，通常就说这类妙论。"丽达说，"否定医院和学校，比给人治病和教书容易得多。"

"说得对，丽达说得对。"母亲附和道。

"您扬言今后不再工作，"丽达接下去说，"显而易见您把自己

的工作估计得很高。让我们停止争论吧，反正我们永远谈不到一块儿去，因为您刚才那么鄙薄地谈到的图书馆和药房，哪怕最不完善的，我也认为它比世界上所有的风景画都更有价值。"说到这里，她立即对着母亲，换了完全不同的语气说："公爵比上次待在我们家的时候，人瘦了许多，模样大变了。家里人要把他送到维希去。"

她一个劲地对母亲谈起公爵的情况，显然为的是不想跟我说话。她满脸通红，为了掩饰自己激动的心情，她像个近视眼似的，把头低低地凑到桌子跟前，装作看报的样子。有我在场已经使人难堪。于是我便告辞回家。

四

房外一片寂静。池塘对岸的村子已经入睡，看不到一点灯光，只有池塘水面上朦朦胧胧地倒映着惨淡的星空。任妮亚一动不动地站在大门前的石狮旁，等着我，想送送我。

"村里人都睡了，"我对她说，尽力想在黑暗中看清她的面孔，结果看到一双忧伤的黑眼睛定定地凝视着我，"连酒店掌柜和盗马贼都安安静静睡着了，我们这些高贵人却在互相怄气，争论不休。"

这一个凄凉的八月之夜，之所以凄凉，是因为已经透出秋天的气息。月亮躲在一片紫云后面慢慢升起，在大路和大路两侧黑沉沉的冬麦地里洒下朦胧的清辉。不时有流星坠落下去。任妮亚和我并排走在大路上，她竭力不看天空，免得看到，不知怎地让她感到害怕。

"我觉得您是对的，"她说，在夜间的潮气中打着冷颤，"假定人们能同心协力，献身于精神活动，那么他们很快就会明白一切。"

"当然。我们是万物之灵。假定我们当真能认清人类天才的全

部力量，而且只为崇高的目标而生活，那么我们最终会变成和上帝一样了。不过这种事任何时候也不可能有：人类将退化，连天才也不会留下痕迹。"

大门已经看不见，任妮亚收住脚步，急匆匆跟我握手。

"晚安，"她只穿一件衬衫，冷得缩成一团，浑身颤抖地说："明天您再来。"

想到我将变得独自一人，怒气未消，对己对人都不满意，我不禁感到害怕。我也竭力不去看天上的流星了。

"再跟我待一会儿，"我说，"求求您了。"

我爱任妮亚。我爱她大概是因为她总来迎我，送我，因为她总是温柔地带着欢愉的心情望着我。她那苍白的脸，娇嫩的脖颈，纤细的手，她的柔弱、悠闲，她的那些书，是多么美妙而动人！那么，智慧呢？我不认为她智慧超群，但她开阔的视野让我叹服，也许这是因为她的许多思考问题的方法跟严肃、漂亮而不喜欢我的丽达完全不同。我是作为画家赢得任妮亚的欢心的，我的才能征服了她的心。我也一心只想为她作画，在我的幻想中，她是我娇小的皇后，她将同我一起共同拥有这些树林、田野、雾气和朝霞，拥有这美丽迷人的大自然，尽管在这里我迄今为止仍感到极其孤独，像个多余的人。

"再待一会儿，"我央求道，"求求您了。"

我脱下自己的大衣，披到她冰凉的肩上。她怕穿着男人的大衣显得可笑、难看，便笑起来，丢开大衣。趁这时我把她搂在怀里，连连吻她的脸、肩膀和手。

"明天见！"她悄声说，然后小心翼翼地拥抱我，似乎怕打破这夜晚的宁静，"我们家彼此都不保守秘密，我要马上把一切都告诉妈妈和姐姐……这是多么可怕！妈妈倒没什么，妈妈也挺喜欢您，

The Collected Works Of Chekhov

可是丽达就不一样了……"

她朝大门跑去。

"再见!"她喊了一声。

接着有两分钟时间我听到她在奔跑。我不想回家去,回那里也无事可做。在静思中我略站了一会儿,然后悄悄地步履沉重地径直往回走,想再看一眼她居住的那幢亲切、朴素、古老的房子,它那阁楼上的两扇窗子,有如眼睛似地望着我,似乎它什么都明白了。我走过凉台,在网球场旁边的长椅上坐下。我处在老榆树的荫影中,从那里瞧着房子。只见蜜修斯住的阁楼的窗子亮着耀眼的灯光,随后漾出柔和的绿光——这是因为她们在灯上加了灯罩。人影摇曳……我的内心充溢着柔情和恬静,我满意自己,满意自己能够有所眷恋,能够产生爱意。同时我又觉得很不愉快,因为想到此刻在离我几步远的这幢房子的某个房间里,住着那个并不爱我、可能还恨我的丽达。我坐在那里,一直等着,说不定任妮亚会走出来,我静心谛听,似乎觉得阁楼里有人在说话。

大约过了一个小时,绿色的灯光熄灭了,人影也见不到了。月亮已经高高地悬在房子上空,照耀着酣睡的花园和条条小路。屋前花坛里的大丽花和玫瑰清晰可见,而且好像都是一种颜色。天气渐渐变得非常寒冷。我走出花园,在路上拾起我的大衣,不慌不忙地步履艰难地回去了。

第二天午后,我又来到沃尔恰尼诺夫家。通往花园的玻璃门敞开着。我在凉台上坐了一会儿,期待着任妮亚会突然出现在花坛后面的平台上,或者从某条林荫道里走出来,或者能听到从房间里传来她的声音。后来我走进客厅和饭厅。那里一个人也没有。我从饭厅里出来,经过一条长长的走廊,来到前厅,接着又往回走。走廊里有好几道门,其中的一道门里传来丽达的声音。

"上帝……送给……乌鸦……"她拖长声音大声念道，大概在给学生听写，"上帝送给乌鸦……一小块奶酪……谁在外面？"她听到我的脚步声，突然喊了一声。

"是我。"

"哦！请原谅，我现在不能出来见您，我正在教达莎功课。"

"叶卡捷琳娜·巴夫洛夫娜在花园里吗？"

"不在，她带着我妹妹今天一早动身去奔萨省我姨妈家了。冬天她们可能要去国外……"她沉吟一下这样补充道。"上帝……送给乌鸦……一小块奶酪……你写完了吗？"

我走进前厅，万念俱灰地站在那里，望着池塘，望着村子，耳边又传来丽达的声音：

"一小块奶酪……上帝给乌鸦送来一小块奶酪……"

于是我顺着我第一次来这里走过的路离开庄园，不过方向相反：先从院子到花园，从一幢房子旁边走过，然后是一条椴树林荫道……这时一个男孩追上我，递给我一张字条。我展开念道：

> 我把一切都讲给姐姐听，她要求我离开您。我不能不服从她而让她伤心。愿上帝赐给您幸福，请原谅我。但愿您能知道我和妈妈是多么伤心落泪就好了。

然后是那条幽暗的云杉林荫道，一道倒塌的栅栏……当初黑麦正扬花，鹌鹑声声啼叫的田野上，此刻只有母牛和绊腿的马儿在慢腾腾游荡。山岗上，东一处西一处露出的冬麦绿得耀眼。我又回到平常那种清醒的该工作的心境，我为自己在沃尔恰尼诺夫家讲的那席话感到羞愧，又跟从前一样过起枯燥乏味的生活。回到住处，我把行李收拾好，当天晚上就动身回彼得堡去了。

此后我再也没有见到沃尔恰尼诺夫一家人。不久前的一天，我去克里米亚，在火车上遇见了别洛库罗夫。他还和从前一样穿着紧腰长外衣和绣花衬衫。当我问到他身体可好，他回答说："托您的福挺好。"我们没完没了兴味很浓地交谈起来。他把原先的田庄卖了，用柳博芙·伊凡诺夫娜的名义买了另一处小一点的田庄。关于沃尔恰尼诺夫一家人的情况，他谈的新闻不多。据他说，丽达依旧和原来一样住在舍尔科夫卡，在小学里教孩子们读书。渐渐地她在自己周围聚集了一群同情她观点的人，他们已结成一个强而有力的团体，在最近一轮地方自治会的选举中"打垮了"一直把持全县的拉巴金。关于任妮亚，别洛库罗夫只是说，她回老家里住了，不知她如今待在什么地方。

那幢带阁楼的房子我早已开始淡忘，只偶尔在作画或者读书的时候，突然会无缘无故地想起阁楼窗口那片绿色的灯光，记起了我那天夜里走在田野上的脚步声，当时我正沉醉于爱情的欢欣中，不慌不忙地往回走，还冷得直搓手。有时——这种时刻更少——当我孤独难耐、心情忧郁的时候，我也会模模糊糊地回忆起这段往事，而且不知什么缘故，我渐渐地开始觉得，有人也在想念我，等待我，仿佛有朝一日我们还会再相逢的……

蜜修斯，你在哪儿？

一八九六年四月

名贵的狗

　　杜博夫，一个很早当兵、年纪不轻的中尉和志愿入伍的克纳普斯正坐在一起喝酒。

　　"好一条公狗！"杜博夫指着他的狗米尔卡对克纳普斯说，"名—贵—的狗哪！您看看它的嘴脸！凭这嘴脸就值大价钱了！如果遇上喜欢狗的人，冲这张脸就肯甩出二百卢布！您不相信？这么说您是外行……"

　　"我懂，不过……"

　　"这可是长毛猎狗，英国纯种的长毛猎狗！发现野物时的神态别提多漂亮了，还有那鼻子……真灵！天哪，多灵的鼻子！当初米尔卡还是一条小狗时，您知道买它我花了多少钱？一百卢布！好狗啊！米尔卡，你这机灵鬼！米尔卡，你这小坏包！过来，过来，上这儿来……哎呀呀，我的小宝贝。我的小乖乖……"

　　杜博夫把米尔卡叫了过来，亲了一下它的头，泪水涌进了他的眼睛里。

　　"我谁也不给……我的小美人……小淘气。你是爱我的，米尔卡，是不是？……行了，滚一边去，"中尉突然喝道，"你的爪子又弄脏我的军服了！说真的，克纳普斯，买这小狗我花了一百五十卢布！显然它很值钱，可惜我没有时间去打猎！这狗简直闲死了，它的才能也荒废……所以我想把它卖了。您买吧，克纳普斯！您一辈子会感谢我的！哦，如果您手头不宽裕，我可以半价让给您……出

五十卢布就可以带走！您这是白捡的呀！"

"不，亲爱的……"克纳普斯叹了口气，"您那米尔卡要是一条公狗，我也许会买下它，可是……"

"米尔卡不是公狗？"中尉惊诧极了，"克纳普斯，您怎么啦？米尔卡不是公——狗！哈哈！那么照您看它是什么？母狗吗？哈哈哈！这孩子，可真行！连公狗母狗都分不清！"

"您这样说，就好像我是个瞎子或者是个不懂事的孩子……"克纳普斯生气了，"当然是母狗！"

"说不定您还会说我是一位太太吧！唉，克纳普斯，克纳普斯！亏您还读过专科学校呢！错啦，我亲爱的，这是一条地地道道的纯种公狗！而且它比任何一条公狗要强十倍，您却说……不是公狗！哈哈……"

"对不起，米哈伊尔·伊凡诺维奇，您……您简直把我当成傻子了……真叫人生气……"

"算了，不要生气，去您的……不买算了……您这个人真死心眼！待会儿您还会说，这狗的尾巴不是尾巴，是腿呢……不要生气。我本来是一番好意。瓦赫拉梅耶夫，拿白兰地来！"

勤务兵又送来一瓶白兰地。两位朋友各斟一杯，沉思起来。静无声息地半个小时过去了。

"就算是母狗……"中尉打破沉默，沉着脸瞧着酒瓶，"真是怪事！这样更合算。它能给您下崽，一头小狗崽子就是二十五卢布……谁都愿意买您的。我真不明白您为什么这么喜欢公狗！母狗比公狗强一千倍。母狗更识好歹，更恋主人……这样吧，既然您这么害怕母狗，您给二十五卢布就带走。"

"不行，亲爱的……我一个戈比也不出。第一，我不需要狗，第二，我也没有钱。"

"这话您早说不就行了。米尔卡，从这儿滚出去！"

勤务兵端上煎鸡蛋。两位朋友吃起来，默默地把一平锅鸡蛋吃光了。

"您是个好小伙子，克纳普斯，诚实……"中尉擦着嘴说，"就这么让您回去我心里也不舒服，见鬼去……想不到吧？把狗带走吧，我白送您了！"

"可是把它放在哪儿呢，亲爱的？"克纳普斯说完叹一口气，"再说我那里没有人能照看它？"

"行了，不要就不要……见您的鬼去！既不想买，也不想要……哎，您去哪儿？再坐一会儿嘛！"

克纳普斯伸个懒腰，站起来，拿起帽子。

"该走了，再见吧……"他打着哈欠说。

"那您等一下，我来送送您。"

杜博夫和克纳普斯穿上大衣，来到街上，默默地走了一百来步。

"您看我把这狗送谁好呢？"中尉开口说，"您有没有什么熟人？那条狗您已经看到了，是条好狗，纯种狗，可是……我一点儿也用不上它！"

"我不知道，亲爱的……另外我在这地方根本没有什么熟人。"

一直走到克纳普斯的住处，两位朋友谁也没有再开口。克纳普斯握了握中尉的手，打开自家的便门，这时候杜博夫咳了一声，有些迟疑地说：

"您知不知道本地的那些屠夫收不收狗呢？"

"应该会收的……我也说不准。"

"明天我就让瓦赫拉梅耶夫送去……去它的！叫人剥了它的皮……这该死的狗！可恶极了！不但弄脏了所有的房间，昨日还偷吃完了厨房的肉，下一下一贱胚子……是纯种狗倒好了，鬼知道它是什么东西，说不定是看家狗和猪的杂种。晚安！"

"再见!"克纳普斯说。

便门关上了,中尉一人留在外面。

一八八五年十一月十九日

普里希别耶夫中士

"普里希别耶夫中士！您被指控在今年九月三日出言冒犯并动手殴打了本县警察日金、村长阿利亚波夫、乡村警察叶菲莫夫，见证人伊凡诺夫和加夫里洛夫，以及另外六个农民，而且前三人是在执行公务的时候受到您的侮辱的。你承认自己犯有这些罪吗？"

普里希别耶夫，是一个满脸皱纹的退伍中士，生着一张好像有刺的脸，这时正手贴裤缝立正站着，用沙哑而闷声闷气的嗓音，回答时咬清每一个字，仿佛下命令似的说：

"长官，调解法官先生！当然，根据法律的一切条款，法庭有理由允许双方陈述当时的各种情况。有罪的不是我，而是另外那些人。这件事完全是由一具死尸惹出来的——愿他的灵魂能升入天堂！三号那一天，我跟我妻子安菲莎正在心平气和、规规矩矩地走着，一看——河岸上聚了一大堆各式各样的人。我请问：老百姓有什么充分的权利在这地方聚集一起？什么目的？难道法律上写着，老百姓可以成群结伙走动吗？我喊了一声：散开！就动手推开众人，要他们各回各的家去，还吩咐乡村警察揪住他们的脖领，把他们轰走……"

"容我插一句嘴，要知道你根本就不是本县警察，也不是村长，难道你有赶散人群这种事的权利吗？"

"他管不着，管不着！"从审讯室的各个角落里响起人们的齐声

喊叫声，"他搅得人没法活了，大人！我们受了他十五年的气了！自从他退伍回家，从那时起，大家恨不得逃出村子去才好。他把大家害苦了！"

"正是这样，大人！"村长作证说，"我们整个村子都在抱怨。说什么也没法跟他在一起生活下去了！我们捧着圣像去教堂也罢，举行婚礼也罢，要不，比方说，出了什么岔子也罢，他处处都管，还大喊大叫，吵吵闹闹，总是要人家守规矩。他拧小伙子的耳朵，暗地里跟踪监视婆娘们，生怕她们出什么事，倒像他是她们的老公公似的……前几天，他挨家挨户下令不许唱歌，不许点灯。他说，根本没见一条法律规定可以唱歌的。"

"请您等一下，回头您还有机会提供证词，"调解法官打断他的话，"现在，让普里希别耶夫继续陈述。接着说吧，普里希别耶夫！"

"遵命，先生。"中士声音沙哑地说，"您，长官，刚才说到，赶散人群不关我的事……好，先生……可要是民众闹事呢？难道可以允许老百姓胡闹吗？哪一部法典里写着，老百姓可以由着性子干，任其胡来的？我绝不容许，先生。要不是我赶散人群，给他们点厉害看看，谁又能挺身而出呢？谁也不懂现行的规章秩序，可以这么说，长官，全村只有我一人懂得，怎样对付那些老百姓，而且，长官，我什么都懂。我不是庄稼汉，我是中士军官，是退役的军需中士，在华沙的司令部里当过差，先生。这以后，不瞒您说，我堂堂正正退了伍，当了消防队员，先生。再后来，由于病后体弱离开了消防队，在一个古典男子初级中学当了两年的看门人……所有的规章秩序我都知道，先生。可是庄稼汉是普通人，什么也不懂，就应该听我的，因为我是为他们好。就拿眼前这件事来说吧……我是驱赶了人群，可是岸边沙地上却躺着一具从水里捞起来的死尸。我请问：根据什么理由，尸体可以躺在这个地方？难道这合

乎规矩吗？本县警察是干什么的？我就说：为什么你这个县里的警察不把此事报告长官？也许这个淹死的人是投河自尽，但也许这件事里头带点西伯利亚的气味：说不定是一桩刑事凶杀案……可是本县警察日金满不在乎，只顾抽他的烟。还说：'这个人是谁，在这儿指指点点的？他是打哪儿来的？难道离了他我们就不知道怎么办事。'我就说：'既然你只知道站在那儿，满不在乎，可见你这个傻瓜就是什么也不懂。'他说：'昨天我就把这事报告了县警察局长。'我请问：为什么报告县警察局长？这是根据哪部法典的哪一条？碰到这类案子，像有人淹死，有人上吊，或者诸如此类的别的案子，难道归县警察局长管吗？我说，这是刑事案件，民事诉讼……我说，眼下得赶紧派专人呈报侦查官先生和法官先生。我还说，首先你得打个报告，送到调解法官先生那儿去。可是他，这个本县警察，光是听着笑。那些庄稼汉也是这样。大家都笑，长官。我可以对天起誓，我的供词绝对没错。喏，这个人就笑过，那人也笑过，日金也笑了。我说，你们干嘛龇着牙笑，不料县警察开口说，'这类案子调解法官管不着。'我一听这话简直火冒三丈。县警察，你不是说过这话吗？"中士转身问县警察。

"说过。"

"大家都听见了，你当着所有老百姓的面就是这么说的：'这类案子调解法官管不着。'大家都听见了，你说过这种话……我顿时火冒三丈，长官，我甚至吓坏了。我说：'你再说一遍，坏蛋，把你说过的话再说一遍！'他就把那句话又重复了一遍……我跑到他跟前。我责问他：'你怎么能这样说调解法官先生？你是本县警察，居然要反对官府？啊？'我还说，'你知道吗？要是调解法官先生高兴的话，他能凭你这句话把你这个行为不端的人送交省宪兵队！你知道吗？凭你这些有政治色彩的言论，调解法官先生可以把你发配到什么地方去？'可是村长说话了：'调解法官超出权限的以外的

事，只有小案子才归他审讯。'他就是这么说的，大家都听见了……我就说：'你怎么敢蔑视官府？嘿，你可别跟我开玩笑，要不然，老弟，事情可就要不妙！'想当初我在华沙当差或在男子中学当门卫的时候，只要一听到这类不成体统的话，我就朝大街上张望，看有没有宪兵。'老总，'我喊，'你到这儿来！'于是我就把事情原原本本都报告给他。现如今在乡下你跟谁说去？我心里的火就上来了。一想到如今的老百姓又放肆，又犯上，想怎么干就怎么干，不服从命令，我心里就有气，我抡起拳头就给了他一下……当然我没有使劲，真的，就这么轻轻地打了一下，好叫他下次不敢再说长官您的坏话……本县警察这时却出来为村长保驾。于是我连县警察也……就这样一下子就乱打起来……我一时性起，长官，嘿，不过话说回来不这样也不行。你要是见着蠢人不打他，坏的灵魂就背上了。何况这是为了正事……民众闹事……"

"容我插一句嘴！即使民众闹事也自有人。这方面有本县警察，村长，本村警察就管这种事……"

"县警察不能样样事情都管到，再说县警察又不如我这么明白事理……"

"可是你要明白，这不关你的事！"

"什么，先生？这怎么不关我的事？奇怪，先生……有人胡作非为，却不关我的事！难道还要我去称赞他们？刚才他们向您抱怨，说我禁止唱歌……可是唱歌又有什么好处？他们放着正经事不干，却要唱歌……如今他们还养成风气晚上点着灯闲坐着。应该躺下睡觉才对，他们却闲聊，还嘻嘻哈哈的。这事我都记下来了，先生！"

"你记下什么了？"

"记下哪些人点灯闲坐着。"

说罢，普里希别耶夫从衣袋里摸出一张油污的小纸片，戴上眼

镜，念道：

"点着灯闲坐着的农民计有：伊凡·普罗霍罗夫，萨瓦·米基福罗夫，彼得罗夫。大兵的寡妇舒斯特罗娃同谢苗诺夫·基斯洛夫私妍。伊格纳特·斯韦尔乔克行巫术，他的妻子玛芙拉是巫婆，每天夜间都跑出去挤人家的牛奶。"

"够了！"法官说完开始审问证人。

普里希别耶夫把眼镜推到额头上，不胜惊讶地瞧着调解法官，这位法官分明不站在他这一边。他那双瞪大的眼睛发亮，鼻子变得通红。他看了看调解法官，看了看证人，无论如何也弄不明白，为什么从审讯室的各个角落里时而响起一片不满的埋怨声和压抑着的笑声。他更是弄不明白最后竟是这样的判决：坐一个月的牢。

"什么罪？"他大惑不解地摊开双手问，"根据哪条法律？"

但有一点他是才明白过来的，那就是这世界已经变了，变得简直无论如何也活不下去了。种种阴暗、沮丧的念头困扰着他，然而，当他从审讯室走出去，看到一群乡民聚在一起互相拥挤和谈话的时候，他积习难改，不由得手贴裤缝立正，用沙哑的噪音，生气地嚷道：

"老百姓，散开！不许成群结伙！都给我回家去！"

一八八五年十月五日

演说家

一个晴朗的早晨，八等文官基里尔·伊凡诺维奇·瓦维洛诺夫下葬。他死于俄国最为盛行的两种疾病：坏老婆和酒精中毒。在送殡队伍离开教堂动身去墓地的时候，死者的同事，一位姓波普拉夫斯基的人，坐上一部马车，去找他的朋友格里戈里·彼得罗维奇·扎波伊金——此人虽然很年轻，却已经有挺大的名气了。这个扎波伊金，诚如许多读者所知道的那样，具有绝世的天才，他擅于在婚礼上，葬礼上，各种各样的周年纪念会上发表演说。他在任何时候都可以开始演讲：半睡不醒时，饿着肚子时，烂醉如泥时，发着高烧时。他的演说，就好似排水管里的水，流畅、冗长、滔滔不绝。在他演说家的字典里，那些热情似火的词汇，比小饭馆里的蟑螂都还要多。他总是讲得娓娓动听，长而又长，甚至有的时候，特别是在商人家的婚礼宴会上，为了制止他不讲，不得不找警察来帮忙。

"我呀，朋友，找你来了！"波普拉夫斯基正赶上他在家，就开口说，"你快穿好衣服，跟我走吧。我们的一个同事死了，这会儿正准备送他去另一个世界，所以，朋友，在告别之际总得扯淡一番……全部希望寄托在你身上了。要是死了个小人物，我们也不会来麻烦你，可是要知道这人是秘书……某种意义上说，是办公厅的台柱子。给这么一个大人物下葬，没人致辞总是不妥当的。"

"啊，秘书！"扎波伊金打了个哈欠，"难道是那个酒鬼吗？"

"没错，就是那个酒鬼。这回有煎饼做招待，还有各色冷盘

……你还会拿到一笔车马费。走吧，老兄！到了那边的墓地，你就哇啦哇啦地熊他一通，讲得比西塞罗还西塞罗，到时候我们就千恩万谢你啦。"

扎波伊金爽快的答应了。他把头发弄乱，又装出一脸的悲伤，跟波普拉夫斯基一起走到了街上。

"我认得你们那个秘书，"他说着上了马车，"诡计多端，老奸巨滑，但愿他升天，这种人可真少见。"

"得了，格利沙，骂死人可是不对的。"

"那当然。对死者要么三减（缄）其口，要么大唱赞歌。不过他终究是个骗子。"

两位朋友追上了送殡的行列，就跟随在后面。灵柩抬得很慢，所以在到达墓地之前，他们能够三次拐进小酒馆，为超度亡灵喝点酒。

在墓地上做完安魂祈祷。死者的岳母、妻子和小姨子遵照风俗痛哭一阵。当棺木放进墓穴时，他的妻子甚至哭喊道："让我跟他一块儿去吧！"不过她没有随丈夫跳下去，多半是想起了抚恤金。等一切都安静下来了，扎波伊金就朝前跨出一步，看了一眼所有的人，开口说：

"能相信我们的视觉和听觉吗？这棺木，这些泪痕斑斑的脸，这些呻吟和哀伤，岂不是一场噩梦吗？唉，这不是梦，视觉也没有欺骗我们！眼前躺着的这个人，不久前我们还看到他是如此精神，像个年轻人似的活泼而纯洁，这个人不久前还在我们眼前不知疲倦地工作，像一只蜜蜂，把自己酿的蜜送进国家福利公共的蜂房里，这个人，他……就是这样一个人，现在将变成一堆骸骨，化作物质的幻影。冷酷无情的死神把它那骨节棱棱的手放到他身上的时候，尽管他已渐近老年，但他必竟还依然充满了青春活力和光辉灿烂的希望。不可弥补的损失啊！现在有谁能为我们代替他呢？好的文官

我们这里多的是，然而普罗科菲·奥西佩奇却是独一无二的！他直至灵魂深处都忠于他神圣的职责，他不吝惜自己的精力，往往工作到深夜，他没有私心，不收受贿赂……他嫉恶如仇，那些想方设法损害公共利益妄图收买他的人，那些利用种种诱人的生活福利来拉拢他，让他放弃职守的人，全都遭到他的鄙视！是的，我们还看到了，普罗科菲·奥西佩奇把他微薄的薪水散发给他穷困的同事们，你们也亲耳听到了靠他接济的那些孤儿寡母的痛彻心肺的哭泣。由于他忠于职守，一心行善，他没有享受到生活的种种乐趣，甚至放弃了享受家庭生活的幸福。众所周知，他至死还是个单身汉！现在有谁能为我们取代他这样的同事呢？就在此刻我也能看到他那张刮得干干净净的、让人感动的脸，它对我们总是挂着善意的微笑；就是在此刻我也能听到他那温和友爱的声音。愿你的骸骨得到安宁，普罗科菲·奥西佩奇！安息吧，诚实而高尚的工作者！"

扎波伊金接着讲下去，可是听众却开始纷纷议论起来。他的演说也还使人满意，而且博得了一些眼泪，但是其中有许多话令人生疑。首先，大家搞不懂，为什么演说家称死者为普罗科菲·奥西佩奇，死者明明叫基里尔·伊凡诺维奇呀。其次，众所周知，死者生前同他的合法妻子吵了一辈子架，因此他根本算不得单身汉。最后，他明明留着红褐色的大胡子，打生下来就没有刮过脸，所以谁也不明白，为什么演说家说他的脸向来刮得干干净净的。听众们莫名其妙，面面相觑，耸了一下肩膀。

"普罗科菲·奥西佩奇！"演说家眼睛望着墓穴，带着感动的神情继续说道，"虽然你的脸丑陋，甚至招人讨厌，你总是愁眉苦脸，神色严厉，可是我们大家都明白，正是在这样一个有目共睹的外表里，跳动着一颗正直而友爱的心！"

不久，听众们开始发现，就连演说家本人也露出了奇怪的样子，他定睛瞧着某一个地方，不安地移动身子，甚至连自己也耸起

肩膀来了。突然间他打住了，吃惊得张大了嘴巴，转身对着波普拉夫斯基说：

"你听我说，他还活着呢！"他惊恐万状地瞧着那边。

"谁还活着？"

"普罗科菲·奥西佩奇呀！瞧他正站在墓碑旁边呢！"

"他本来就没有死呀！死的人名字叫基里尔·伊凡诺维奇！"

"可是你刚才告诉我，你们的秘书死了！"

"基里尔·伊凡诺维奇确实是秘书呀。你这怪人，都叫你搞乱了！普罗科菲·奥西佩奇，没错，他是我们的前任秘书，但是两年前他就调到第二科做主任科员去了。"

"咳，鬼才能搞得清你们的事！"

"你怎么停住了？接着讲下去，不讲可是不妙！"

扎波伊金又转过身对着墓穴，仍旧流畅地继续那中断了的悼词。墓碑旁果真站着普罗科菲·奥西佩奇。一个脸面刮得干干净净的老年文官。他怒气冲冲地瞪着演说家，生气地皱起眉头。

"你说错话了！"行完葬礼之后，一些文官跟扎波伊金一道赶回去时说，"埋葬了一个活人。"

"你这可不好呀，年轻人！"普罗科菲·奥西佩奇嘟囔着，"您的那些话说死人也许合适，可是用来说活人，这简直是讥讽啦，天哪，您刚才都说了些什么话？没有私心呀，不被收买，不受贿赂！这些话用来说活人只能算是侮辱人格，先生！再说谁也没有请您，阁下，来宣扬我的脸面。什么丑陋呀，相当难看呀，就算真的是这样，你为什么当着大家的面丢我的丑？您真是气死人了，先生！"

一八八六年十一月二十九日

坏孩子

伊凡·伊凡内奇·拉普金，一个仪表堂堂的年轻小伙子和安娜·谢苗诺夫娜·扎姆布里茨卡娅，一个翘鼻子的年轻姑娘，一起走下陡峭的河岸，坐在一张长椅子上。长椅摆在水边，藏在密密的柳树丛里。好一处美妙的地方！您在这儿一坐，简直就是与世隔绝了——能看见您的水里的鱼儿，还有那水面上闪电般跑来跑去的水蜘蛛。这两个青年随身带着鱼竿、抄网、装蚯蚓的小罐子以及别的鱼具。坐稳后，他们立即开始垂钓。

"我真高兴，我们总算能单独呆在一块儿了，"拉普金往四下里看一眼，"我有很多话想要告诉您，安娜·谢苗诺夫娜……很多很多话……就在我头一回看见您的时候……鱼咬您的钩了……我立即就明白：我为什么要活着，我崇拜的偶像在哪儿，我应该为谁用我的诚实勤劳的生活来供奉他……咬钩的可能是一条大鱼……我一看见您，我才生平第一次生出了爱情！……等一会儿您再拉竿……让它咬死点儿……请告诉我，我亲爱的，我求求您，我是否有指望——啊，我不是指望我们相互爱慕，不是的！——这个我不配，我根本都不敢有这个心——我是说我能不能指望……您快拉上来！"

安娜·谢苗诺夫娜提起握着的钓竿，往上一拉，同时尖叫了一声，一条银绿色的小鱼在空中闪光。

"天哪，好一条妙鱼！嗬，嗬……快！它要挣脱了！"

鲈鱼挣脱钓钩，在草地上蹦跳着，本能地朝它的老家逃去，随

后……"扑通"一声，落回到水里！

拉普金急忙去抓鱼，却没有抓到，不知怎么竟无意中抓住了安娜·谢苗诺夫娜的手，而且又无意中把这手送到唇边……对方急忙用力往回一缩，但已经迟了：两人的嘴无意中贴在了一起，接吻了。这事有点阴差阳错。接吻之后接着还是接吻，之后是山盟海誓，倾诉衷肠……好幸福的时光！可是，话又说回来，人世间的生活没有绝对的幸福。幸福本身就包含着什么毒素，或者说在受到外来事物的毒害。这一次也是如此。当两个年轻人热烈拥吻的时候，突然听到了一阵笑声，他们朝河面上望去，两个人都吓呆了：原来那儿站着一个赤身露体的男孩。他叫科利亚，是一个中学生，安娜·谢苗诺夫娜的弟弟。他站在河里，瞧着两个年轻人，怪里怪气地微笑着。

"哎呀呀！……你们在亲嘴呢？"他说，"好啊！我这就去告诉妈妈。"

"我希望，您，像个光明正大的人那样……"拉普金涨红脸，嗫嚅地说，"偷看别人的行为是卑鄙的，去告密更是下流，可憎，可恶……我以为，像您这样正大光明，胸襟高尚的人……"

"给我一个卢布，我就不说！"高尚的人回答，"要不然，我告诉妈妈去。"

拉普金从衣袋里掏出一个卢布，递给科利亚。对方把卢布捏在湿淋淋的手心里，吹一声口哨，游走了。接下去这一对恋人再也没有心情接吻了。

第二天，拉普金从城里给科利亚带来了一些颜料和一个皮球。姐姐呢，先是把她所有的丸药盒都送给了他，后来又不得不送他几颗刻着小狗脸的钮扣。这个坏孩子，他分明很喜欢这一切，而且为了收到更多的礼物，他开始监视他们。拉普金和安娜走到哪儿，他总跟着，他一刻也不让他们单独待在一起。

"坏蛋!"拉普金咬牙切齿地说,"年纪这么小,就已经坏透了!他以后会成为什么样的人?"

整个六月,科利亚没有让这对可怜的恋人过上一天好日子。他总是扬言要去告密,还不断跟踪他们,讨要各种各样的礼物。他总觉得礼送的太轻,最后竟口口声声要一只怀表了。唉,那有什么办法呢?只好答应送他一块了。

有一回,大家正在吃午饭,当仆人送上维夫饼干时,科利亚突然哈哈大笑起来,挤着一只眼,问拉普金:

"说出来怎么样?啊?"

拉普金立刻满脸通红,把餐巾当成维夫饼干嚼起来。安娜则从桌后一跃而起,跑到另一个房间里去了。

在这种处境下这对年轻人一直捱到八月底,捱到拉普金终于可以向安娜求婚的那一天。啊,这是多么幸福的一天!拉普金同安娜的父母谈了一阵,取得他们的同意后,要做的第一件事就是跑进花园去找科利亚。找到他后,拉普金高兴得差点哭出来。他一把揪住那个坏孩子的耳朵。安娜·谢苗诺夫娜也跑来了,她也来找科利亚,她揪住了他的另一只耳朵。现在该轮到科利亚哭着哀求他们:

"亲爱的,大好人,亲人,我再也不敢干啦!哎哟,哎哟,饶了我吧!"

这个时候,这对恋人脸上那副喜悦的表情才真值得一看哩。

后来这对年轻人不能不承认:在他们整个相恋期间,从来没有体验过在他们揪住那坏孩子的耳朵时所感受到的那种幸福,那种令人心醉的欢乐

一八八三年七月二十三日

代 表

"嘘！……我们到门房里谈，这里不方便……他会听见的……"

他们进了门房。目的是不让看门人马卡尔偷听后去告密，他们赶紧打发他去地方金库。马卡尔拿起收发簿，戴上帽子，但他没有去地方金库，而是在楼梯底下藏起来：他知道他们要造反……头一个发言的是卡沙洛托夫，之后是杰兹杰莫诺夫，之后是兹拉奇科夫……危险的激情一发而不可收，一张张红脸开始抽搐，人们在捶胸顿足……

"我们生活在十九世纪下半叶，而不是鬼才知道的年代，更不是洪荒时代！"卡沙洛托夫说，"这些大腹便便的家伙过去总是为所欲为，现在不能再允许他们这么干了！我们已经受够了！现在已经不是那个时候，他们可以……"以及诸如此类的话。

杰兹杰莫诺夫接着也激昂陈述，内容大致相同。兹拉奇科夫甚至破口大骂……人人都在呐喊！不过话又说回来，还是有极度明智的人。这位有识之士做出一脸忧虑，用一块摞满鼻涕的手帕擦着脸说：

"哎，真值得这样吗？唉……嗯，好吧，就算这些话都有道理，不过何苦呢？你们用什么尺度衡量人，别人也会用同样的尺度衡量你们。一旦你们当了上司，别人同样会造你们的反！请相信我的话！你们只会害了自己……"

但是大家对他的话根本听不进去，没等他把话说完，就把他挤到房门口。看到理智占不了上风，有识之士也失去了理智，自己也激动起来了。

"到时候了，现在也该让他明白，我们也是人，跟他一样！"杰兹杰莫诺夫说，"我们，我要再说一道，不是奴才，不是贱民！更不是古罗马的角斗士！我们不允许被人嘲弄！他对我们总是你呀你的；给他行礼，他不还礼；向他报告事情，他总要扭过脸去；他还骂人……现在连对听差的都不允许你骂了，何况对我们这些有身份的人？这些话都该对他说！"

"前几天他冲我而来，问我："你那张嘴脸怎么啦？去找马卡尔，叫他拿墩布给你擦擦干净！'好一个玩笑！还有一回……"

"有一回我和妻子一起走，"兹拉奇科夫抢过来说，"碰巧遇到了他。'哎，你这厚嘴唇'，他说，'怎么老跟窑姐儿鬼混！而且是在大白天！'我告诉他，这是我的妻子，大人……他没有道歉，只是动一下嘴唇！我妻子受到这种奇耻大辱大哭大闹了三天。她不是窑姐儿，正相反……你们都知道……"

"归根结底，先生们，再不能这样生活下去了！要么我们走，要么他走，要我们和他共事是绝对不可能的！宁愿丢官赋闲，不可人格扫地！现在是十九世纪了！谁都有自尊心！即便我是小人物，可我毕竟不是抽象的人。我有自己的性格。我不容许这样继续下去！就么对他说！让我们当中去一个人告诉他：照这样下去是不行的！找一个人代表我们大家！去吧！谁去？就这么照直说！用不着害怕，不会出事的！谁去？呸……见鬼……我嗓子都喊哑了……"

他们开始推选代表。经过长时间的争论争吵，他们一致公认，最聪明，最有口才，最有胆量的应属杰兹杰莫诺夫。他在图书馆里

挂了名，写得一手漂亮的字，他还结识了不少有教养的太太小姐们
——可见他头脑聪明。他知道该说什么，该怎么说。至于胆量，更
不用提。大家都知道，有一次他竟敢要求警察分局长向他赔礼道
歉，因为对方在俱乐部里把他当成"仆人"看待。对这一要求，警
察分局长还没来得及皱起眉头，有关杰兹杰莫诺夫胆量过人的消息
就已经传遍四面八方，而且使人心里舒畅……

"去吧，谢尼亚，别怕！就这么对他说！你什么也得不着，就
这么说！你看错人了，大人，就这么说！你胡作非为！你找别人当
你的奴才去吧！我们并不比别人笨，大人，我们会把那些自命不凡
的家伙撵走！用不着含糊其词！就这么说……走吧，谢尼亚……朋
友……只是你要把头发梳一梳……就这么说……"

"我脾气急躁，先生们……恐怕会把话说过了头。还是兹拉奇
科夫去较好！"

"不，谢尼亚，你去好……兹拉奇科夫对付绵羊还行，而且还
得喝醉了酒之后……他是糊涂虫，而你呢，毕竟……去吧，亲
爱的。"

杰兹杰莫诺夫梳好头发，拉平坎肩，握住拳头咳了一声，就走
了……大家屏住呼吸。走到办公室之后，杰兹杰莫诺夫站在门口，
手哆嗦着摸摸嘴唇：哦，该怎么开头呢？当他看到上司秃顶上那颗
熟悉的黑痣时，他感到心头一阵冰凉，心脏像被带子勒紧了……背
上掠过一股寒气……其实，这根本不算糟糕，由于不习惯谁都会这
样的，就是不该胆怯……鼓起勇气来！

"哎……你来干什么？"

杰兹杰莫诺夫向前迈出一步，动了动舌头，但没能吐出一个
字：嘴里像塞着一团乱麻似的。与此同时，这位代表感到，不仅嘴
里出了毛病，就连五脏六腑也一样……那股勇气从胸部下到腹部，

在那里咕噜噜响了一阵，又顺着大腿下到脚后根，最后在靴子里卡住了……而靴子又是破的……糟糕！

"哎，你来干什么？你没听见我问你吗？"

"嗯……我，我没什么事……我只是顺便来看看。我，大人，听说……听说……"

杰兹杰莫诺夫想把舌头管住，但舌头不听话，他接着往下说：

"我听说尊夫人中彩得了一辆四轮轿式马车……那彩票，大人……嗯嗯嗯……大人……"

"彩票？好……我这里只剩五张了……五张你全要？"

"不……不……不要，大人……一张……足够了……"

"五张你全要了？我问你呢！"

"好极了，大人。"

"每张本来六卢布……不过你么，只收五卢布……签个字吧……衷心祝你好运……"

"嘻嘻嘻……谢谢……大人……啊哈，见到您非常愉快……"

"你走吧！"

一分钟后，杰兹杰莫诺夫已经站在门房中央了，他脸红得像大虾，含着眼泪向朋友们借了二十五卢布。

"我给了他，诸位仁兄，二十五卢布，可那不是我的钱！那是我丈母娘要我付房租的……借给我钱吧，先生们！求求你们啦！"

"你哭什么呀？很快你就可以坐上马车出游了……"

"马车……马车……我要马车干什么？拿它吓唬人吗？我可不是神职人员！再说，如果当真中彩的话，我把马车放哪儿？我能把它塞在哪儿呀？"

他们谈了很久。他们谈的时候，马卡尔（他能读会写）一直在

做着笔记。记完之后，便……如此这般……这下话就更长啦，先生们！不管怎么说，由此可以引出教训：千万不要造反！

一八八三年五月二十八日

卡什坦卡的故事

一 不乖

一条栗色的小狗，在人行道上跑过来跑过去，不安地朝四周张望。它时不时停下来，呜呜哀号着，时而抬起那只冻僵的爪子，时而抬起另一只，心里琢磨着，这是怎么回事，它居然迷路了？

这一天是怎么度过的它记得很清楚，到头来怎么会在这条不熟悉的人行道上。

这一天是这样开始的：它的主人细木匠卢卡·亚历山德雷奇，戴上帽子，拿起一件用红头巾包着的细木活往腋下一夹，叫道：

"卡什坦卡，咱们走！"

一听到自己的名字，这条达克斯狗和看家狗的杂种狗就从工作台底下钻出来（它原本躺在那里的刨花上），慢吞吞地伸个懒腰，跟在主人后面跑起来。卢卡·亚历山德雷奇的主顾们住得都很远，所以每次走到一户主顾家之前，细木匠肯定要光顾几次小酒馆，给自己提提精神。卡什坦卡记得一路上它的行为很不体面。因为主人把它带出来溜达，它高兴得蹦蹦跳跳，见着公共马车就汪汪叫着扑过去，几次跑进人家院子里，还追逐别的狗。细木匠常常找不到它，只好站住了，怒气冲冲地叫它的名字。有一回，他甚至现出愤

怒的神情，一把揪住它那狐狸一样的耳朵，拧了一阵，一字一顿
地说：

"叫瘟疫送了你的命才好！可恶的家伙！"

走完了主顾家，卢卡·亚历山德雷奇顺道去探望他的姐姐，在
她家里喝了酒，吃了点东西。从姐姐家出来，他又去看望书籍装订
匠，这是他的朋友。从装订匠那儿出来又去小酒馆。从小酒馆出来
之后又到他的另一个好朋友家，等等。总之，当卡什坦卡发现自己
来到这条不熟悉的人行道时，天已经黑下来了，细木匠已经喝得醉
醺醺的。他抡动着胳膊，呼呼地喘着气，吐字不清地说：

"我娘生了我这孽种！唉，造孽呀造孽！这会儿我们走在街上，
瞧着街灯，等我们一死——我们就要到地狱去遭火烧。"

要不然他又恢复和蔼的语气，把小狗唤到跟前，对它说：

"你啊，卡什坦卡，在动物里头不过是一条毛毛虫。拿你跟人
比，就像拿粗木匠跟细木匠比一样。"

他正在跟狗说话时，忽然传来一片音乐声。卡什坦卡回头一
看，街上有一队士兵正朝它这边走来。音乐刺激了它的神经，它受
不了，它扭动身子来回乱窜，呜呜哀号起来。让它大吃一惊的是，
细木匠不但不害怕，不呼喊，不乱叫，反而咧着嘴笑，挺胸凸肚，
把五个指头举到帽檐旁敬礼。看到主人并不反抗，卡什坦卡叫得更
厉害，一时间昏头昏脑，竟穿过大街，跑到了对面的人行道上。

等它神志清醒过来时，音乐声已经没有了，那队兵也不见了，
它连忙穿过大街，跑到刚才离开主人的地方，可是，糟糕！细木匠
已经不在了。它先往前飞跑，又掉头往后跑，又穿过大街，可是细
木匠像是钻进地缝里似的……卡什坦卡开始仔细地闻人行道的路
面，希望发现主人脚印的气味，可是刚才恰好有个坏蛋穿一双新的
胶皮套鞋经过这里，现在所有一切细微气味都跟刺鼻的橡胶臭气混
在一起，无论如何也分辨不清了。

卡什坦卡前前后后来回奔跑，没有找到主人，这时天已经完全黑了。街灯在马路两边亮起来，家家户户的窗子里也透出灯光。鹅毛大雪满天飞舞，马路、马背、车夫的帽子都被染成了白色。天越黑，所有的东西就显得越白。陌生的主顾来来往往川流不息，从卡什坦卡面前走过，挡住了它的视线，有时还用脚踢它。（卡什坦卡把全人类分成极不平等的两部分：主人和主顾。他们中间有个主要的区别：主人有权利打它，主顾呢，它有权利咬他们的腿肚子。）那些主顾匆匆忙忙地赶路，根本不理睬它。

等到天色漆黑，卡什坦卡不由得绝望、恐慌起来。它缩在一户人家的门洞里，呜呜地抽泣起来。因为它跟卢卡·亚历山德雷奇奔跑了一整天，此刻它累了，它的耳朵和爪子已经冻僵，还有它已经饿坏了。这一天它才吃过两次东西：一次在装订匠家吃了点浆糊，一次在小酒馆柜台边找到一小块腊肠皮——就这么一点点东西。如果它是人，他一定会这样想：

"天哪，这样怎么活得下去！我非自杀不可啦！"

二 神秘的陌生人

可是小狗却什么也没有想，光是呜呜抽泣。当它的背上和头上落满了轻柔松散的雪花、它由于疲惫不堪正要昏昏入睡时，突然门吱吱嘎嘎响起来，砰一下撞在它的身上。它跳起来。从打开的大门里走进一个属于主顾那一类的人。卡什坦卡尖叫一声，朝他的脚扑去，因此这人注意到它了。他弯下腰来挨近它，问道：

"小狗，你是从哪儿来的？我把你撞痛了吧？好可怜，可怜的小东西……算了吧，别生气，别生气了……是我不好。"

透过挂在眉毛上的雪花卡什坦卡打量了一下这个陌生人。它看

到眼前站着个矮胖的小个子，圆圆的脸上刮得干干净净，戴一顶高礼帽，穿一件没有钮扣的皮大衣。

"你哭什么？"他接着说，伸出一个指头掸掉它背上的雪，"你的主人哪儿去了？我想你可能迷路了吧？唉，可怜的小东西！现在我们该怎么办呢？"

卡什坦卡从陌生人的声音里听出一种温柔热诚的语气，便用舌头舔舔他的手，呜咽得更加伤心了。

"你是一条好狗，可笑的小东西！"陌生人说，"简直像只狐狸！嗯，也没有别的办法，跟我走吧！说不定你将来能派上用场呢……行，走吧！"

他动一下嘴巴，对卡什坦卡做了一个手势，那手势只能有一种意思："跟我来！"卡什坦卡就跟他去了。

半个钟头之后，它已经蹲在一个明亮的大房间里。它斜着头，感激地、好奇地望着陌生人；他坐在桌旁正在吃饭。他一边吃，一边扔些东西给它……起初他给它一点面包，一块发绿的干酪皮，后来给一小块肉，半个馅饼，几根鸡骨头。它太饿了，所有这些东西很快就被吞下去，来不及辨别滋味，而且它吃得越多，饥饿的感觉就越厉害。

"可见你的主人对你不是很好！"陌生人说，看着它嚼都不嚼狼吞虎咽地吞下这些东西，"你长得多瘦啊！只剩下一层皮了……"

卡什坦卡吃了很多，但还是没有吃饱，不过已经吃得心满意足。饭后，它伸展四肢舒舒服服地躺在房间中央，感到全身一股愉快的倦意，便摇起尾巴来。趁新主人伸开手脚懒洋洋地躺在圈椅里时，它摇着尾巴在考虑一个问题：是陌生人这里好呢，还是细木匠家里好？陌生人房里的摆设又寒酸又难看，除了几把圈椅、一张沙发、一盏灯和地毯外，再没有什么了，所以房间里显得空荡荡的。细木匠家里呢，几个房间都堆满了东西。他有桌子，工作台，刨花

堆，刨子，凿子，锯子，装在鸟笼里的黄雀，还有很大的洗衣盆……陌生人这里没一点儿气味，可是细木匠家里总是烟雾腾腾，有胶水味，油漆味，刨花味，好闻极了。不过陌生人这里有个很大的优点——他给许许多多东西，而且，也该为他说句公道话才对，这阵子卡什但卡躺在桌旁，讨好地望着他，他一次也没有打过它，没有用脚踢它，一次也没有叫骂："滚开，该死的畜生！"

新主人抽完一支雪茄烟后，就走出去，没多久又回来了，手里拿着一个小小的垫子。

"喂，小狗，上这儿来！"他说，把小垫子放在沙发旁的墙角里，"你就躺在这上面，睡吧！"

接着他熄灭了灯，走了出去。卡什坦卡心满意足地在垫子上躺下来，闭上了眼睛。狗叫声从街上传来，它有心回应几声，可是忽然间，它出乎意外地伤心起来。它想起了卢卡·亚历山德雷奇，想起他的儿子费久什卡，想起了工作台底下自己那舒适的小窝……它想起漫长的冬夜，细木匠刨木头，或大声读报，费久什卡常常跟它一块儿玩的情景……他抓住它的后腿把它从工作台下拖出来，变换方式捉弄它，常常弄得它眼前金星乱迸，浑身骨头酸痛。他逼它用后腿走路，拿它当铃铛玩，也就是拉住它的尾巴使劲的抢它，痛得它大声尖叫，咆哮起来。有时，还老拿鼻烟让它闻……有一种玩法特别叫它难受：费久什卡在绳子上吊一块肉，让卡什坦卡吃，等它吞进肚里，他就哈哈大笑，把那块肉从它胃里拖出来。这些回想越是清晰，卡什坦卡就越是悲哀，呜咽声也变得越悲惨。

但没多久疲劳和温暖压制了忧伤……它渐渐睡着了。在它的想象中有许多狗在它面前跑来跑去，其中有一条鬈毛老狗从它身边跑过去。这条狗是它今天在街上看到的，眼睛上有一块白斑，鼻子两边生着一绺软毛。费久什卡手里拿着凿子，跑着追那条鬈毛狗，后来忽然间他自己也全身长出鬈毛来，快活地汪汪吠叫，在卡什坦卡

身边站住了。卡什坦卡和他友好地闻了一阵对方的鼻子，顺着大街一块儿快活地奔跑……

三 投缘的新朋友

等卡什坦卡一觉醒来，已经是早上了，从街上传来只有白天才有的喧闹声。房间里没有人。卡什坦卡伸个懒腰，打个哈欠，心里很不舒服，于是它不安地在房间里走来走去。它闻遍了所有的角落和家具，朝外间看了一眼，没有发现任何有趣的东西。除了通向外间的门以外，这房间还有另一道门。卡什坦卡伸出前爪，在门上抓挠一阵，门打开了，它就走进隔壁房间。这儿的床上躺着一个主顾，身上盖着毛毯。它认出这就是昨天那个陌生人。

"呜呜……"它开始生气了，可是想起昨天那顿晚饭，就摇起尾巴，到处闻起来。

它闻了一阵陌生人的衣服和靴子，觉得那上面有一股马的气味。睡房里还有一扇紧关着的门不知通向什么地方。卡什坦卡又用爪子去抓挠这扇门，还用胸膛抵住它，门又开了，它立即感到一股奇怪的很可疑的气味。卡什坦卡预料到就要有不愉快的遭遇，便发出呜呜声音，小心观察，进了这个糊着肮脏壁纸的小房间，可是，刚走进去就吓得倒退回来。它看到一幅出乎意料的可怕情景。一头灰鹅把脖子和头贴向地面，张开翅膀，嘎嘎叫着，直奔它而来。在它旁边不远的地方，一只白猫躺在小垫子上。猫一看到小狗，就立即跳起来，拱起背，竖起尾巴，蓬起毛，也恶狠狠地冲着它叫起来。狗着实吓坏了，可又不愿意露出胆怯的样子，便大声吠叫，朝猫扑过去……猫把背拱得更高，喵呜叫着，伸出爪子给了卡什坦卡当头一下。卡什坦卡慌忙往后一闪，四条腿趴在地上，朝猫伸出鼻

The Collected Works Of Chekhov

子去，发出响亮的尖叫声。这时鹅从它后面包抄过来，用嘴使劲啄它的背。卡什坦卡跳起来，转身朝鹅扑去……

"这是怎么回事？"传来生气的洪亮的声音，陌生人穿着睡袍嘴里叼着雪茄走进房间来，"这是什么意思？都回原位！"

他走到猫那儿，轻轻拍一拍它拱起的背，说：

"费奥多尔·季莫费伊奇，这是什么意思？打架了吧？哼，你这个老滑头！给我躺下！"

他又转身对鹅喝道：

"伊凡·伊凡内奇，回你的老地方台湾！"

老猫听话地躺到它的小垫子上，闭上了眼睛。从它的嘴脸和触须的神态看来，它自己也不满意刚才大发脾气，打起架来。卡什坦卡委屈地呜咽起来，鹅则伸长脖子，嘎嘎地急速地说些什么，说得热烈而明确，但小狗完全听不懂。

"行了，行了！"主人打着哈欠说，"你们要和睦友好的相处。"他抚摩着卡什坦卡接着说，"你呢，小红狗，不用害怕……它们是好伙伴，不会欺负你的。别忙，我们该管你叫什么呢？没有名字可不行，朋友。"

陌生人想了一会儿，说：

"这样吧……你就叫——姑姑……你听明白了没有？姑姑！"

他重复了几遍"姑姑"，便走了出去。卡什坦卡坐下来，开始监视它们。老猫一动不动地躺在垫子上，装出睡着的样子。鹅伸长脖子，在原地踏步，仍旧在急促而兴奋的讲着什么。显然，这是一只非常聪明的鹅。每一次激昂的长篇大论之后，它总要吃惊地后退一步，做出一副对自己的演说十分欣赏的气派……卡什坦卡听完它的演说，就"汪汪"地应和几声，之后开始闻遍各个墙角。在一个角落里它发现一个小木盆，它看到里面有泡过的豌豆和泡软的面包皮。它尝尝豌豆，它们并不好吃；又尝尝面包皮，就吃起来。鹅看

到一条陌生的狗在吃它的口粮，一点也不生气反倒更兴奋地述说起来，而且为了表明自己的信任，还亲自走到小盆旁，吃下几颗豌豆。

四 架上的奇怪玩艺儿

过了一会儿，那个陌生人又走进来，随身带来一件古怪的东西，像一扇门，又像字母 n。在这个做工粗糙的木架的横梁上吊着一个铃铛，还栓着一把手枪。铃铛的摆锤和手枪的扳机上垂下两根细绳。陌生人把木架放在房间中央，费了很长时间，把一样东西系好又解开，然后看着鹅说：

"伊凡·伊凡内奇，请！"

鹅走到他跟前站定，做出等候的姿势。

"好，"陌生人说，"咱们从头开始。先鞠个躬，行屈膝礼！好好表演！"

伊凡·伊凡内奇伸长脖子，向四方连连点头，两个脚掌往后撑一撑。

"行，好样的……现在你死去吧！"

鹅仰面朝天躺下，两条腿直直地竖在空中。他们又做了几个这类的小把戏，陌生人忽然抱住头，做出一副惊恐的样子，喊叫道：

"救命啊！着火啦！我们要烧死了！"

伊凡·伊凡内奇跑到横梁下，用嘴叼住绳子，弄得铃铛哗哗哗响起来。

陌生人非常满意。他抚摩着鹅脖子说。

"棒极啦，伊凡·伊凡内奇！现在假设你是珠宝商人，卖金银首饰和钻石。现在再假设你回到你的店铺，发现你的店铺里面有

贼。遇到这种情况，你该怎么办？"

鹅用长嘴叼住另一根绳子，拽一下，立即响起一声震耳欲聋的枪声。卡什坦卡听见铃声就高兴得不得了，听到枪声更加兴奋，它就绕着木架奔跑，一边汪汪地叫。

"姑姑，回原位！"陌生人对它喝道，"不许出声！"

伊凡·伊凡内奇的任务，并没有随着那一声枪声而结束。随后，陌生人用调马索套住鹅脖子，整整一个钟头，赶着它兜圈子，把马鞭抽得啪啪响。这时候鹅就一路跳过横栏，钻过圆环，像马那样举起前蹄，也就是一屁股坐在地上，挥动两个鹅掌。卡什坦卡目不转睛地看着伊凡·伊凡内奇，高兴得在地上打着滚儿，有几次索性一边大声吠叫一边跟着它跑。陌生人把鹅和自己都弄累了，他擦着头上的汗，叫道：

"玛丽亚，去把哈夫罗尼娅·伊凡诺夫娜带到这儿来！"

不一会儿，就传来咕噜咕噜的声音……卡什坦卡发出怒叫，做出一副很勇敢的样子，不过为了安全起见，它还是走到陌生人近旁。门开了，有个老太婆探进头来，说了一句什么，放进一头极难看的黑猪。它毫不理睬卡什坦卡的呜呜吠叫，昂起猪嘴，快活地发出咕嗜咕嗜的声音。显然它看到自己的主人、猫和伊凡·伊凡内奇感到很开心。它走过猫的身旁时，用猪嘴轻轻拱拱它的肚子，然后又跟鹅攀谈几句。它的动作、声调和抖动的小尾巴，都流露出很多善意。卡什坦卡立即明白：对这样一个东西发凶和吠叫是用不着的"

主人把木架拿走，叫道：

"费奥多尔·季莫费伊奇，请！"

猫站起来，懒洋洋地伸了个懒腰，很不开心地走到猪跟前，像是给主人赏脸似的。"好，现在我们从埃及金字塔做起。"主人说。

他花了很长时间作说明，然后下命令：一……二……三！一听

到"三",伊凡·伊凡内奇就扇动翅膀,跳到猪背上……等它扭动脖子、拍打翅膀稳住了自己的身子,在生着硬毛的猪背上站定了,费奥多尔·季莫费伊奇便露出一脸瞧不起的神情,就好像觉得自己的本领一钱不值似的,有气无力地、懒洋洋地先爬到猪背上,再满心不情愿地爬到鹅身上,举起前爪直立起来。这就是陌生人所说的"埃及金字塔"。卡什坦卡兴奋得汪汪尖叫,可是这时老猫打了个哈欠一下子没有站稳,从鹅身上摔了下来。伊凡·伊凡内奇身子一晃,也掉了下来。陌生人大声喊叫,挥舞胳膊,又作了一番说明。为这金字塔忙乎了整整一个钟头,随后,不知疲倦的主人又着手教鹅骑到猫背上,教猫抽烟,等等,等等。训练总算结束了,陌生人擦去额上的汗,走出房间。老猫费奥多尔·季莫费伊奇表示厌恶地嘤一下鼻子,躺到小垫子上,闭上了眼睛。伊凡·伊凡内奇走到盆子跟前,老太婆把猪带走了。多亏有了这种种新鲜印象,卡什坦卡的头一天不知不觉就过去了。傍晚,它同它的小垫子已经被安顿在糊壁纸的小房间里,它得跟老猫和鹅一起睡觉了。

五 天才!天才!

过了一个月。

卡什坦卡对于每天晚上吃一顿美餐已经感到很习惯了,也不管主人叫它姑姑。它跟陌生人和新伙伴也慢慢的熟悉了。生活过得倒也舒服而安闲。

每天都是一个样子。通常总是伊凡·伊凡内奇醒得最早,它马上走到姑姑或者猫跟前,弯下脖子,兴奋地委婉地说道起来,但小狗跟以前一样一句也听不明白。有时鹅高高地昂起头,发表长篇独白。在它们相识的开始几天,卡什坦卡以为它很聪明,所以才说那

么多的话，可是没过多久，就对它失去了一切尊敬。当它唠唠叨叨走到身边的时候，小狗不再摇动尾巴，而把它看成一个讨厌的、不让大家睡觉的话匣子，所以毫不客气地用"呜呜呜"来回敬它……

费奥多尔·季莫费伊奇却是一位不大相同的绅士。它醒过来后一声不吭，一动也不动，连眼睛都不睁开。它希望不醒过来才好，因为看得出来，它是不热爱生活。它对什么事都不感兴趣，对一切都冷淡，马马虎虎。它蔑视一切，哪怕吃可口的饭食时也厌恶地直喷鼻子。

卡什坦卡醒来后，就在各个房间里跑来跑去，闻遍所有的屋角。只有它和猫才有特权在整套住宅里走动：鹅却没有权利跨出那个糊着肮脏壁纸的房间的门槛，至于哈夫罗尼娅·伊凡诺夫娜，它住在后院的小板棚内，除非上课的时候它才露面。主人向来很晚醒来，喝过茶后立即动手教它们耍把戏。每天都把木架、鞭子和圆环搬进小房间，每天所要做的都是差不多。一堂课总要拖上三四个钟头，因此有的时候费奥多尔·季莫费伊奇累得东倒西歪，像喝醉了酒，伊凡·伊凡内奇张大嘴巴，不住地倒气，主人则满脸通红，头上的汗怎么也擦不干。

白天因为上课吃饭过得很有意思，可是晚上却没劲。一到晚上，主人经常外出，而且把鹅和猫也一起带走了。剩下姑姑孤零零躺在垫子上，开始觉得悲哀……愁闷不知不觉中袭来，渐渐占满它的心头，就像把黑暗抓进一个房间并且占满这房间一样。这一来，小狗先是没有心思吠叫，吃东西，在屋里跑来跑去，甚至不想张开眼看一看东西。后来在它的想象中出现两个模糊不清的又像狗又像人的身影，那模样亲切可爱，却又叫人无法理解。他们一出现，姑姑就摇尾巴，好像以前在什么地方见过他们，爱过他们……等它昏昏入睡的时候，它总是觉得这些东西身上有胶水、刨花和油漆的气味。

卡什坦卡完全适应了新的生活,从一条瘦骨嶙峋的看家狗变成了一条肥壮的、皮毛发亮的很好的狗。有一天在训练前,主人抚摩着它说:

"现在,姑姑,我们该学点儿正事了。你也闲荡得够久了。我想让你当演员……你愿意做演员吗?"

于是他开始教它各种技能。第一课它学会了用后腿站立和行走,这件事恰好是它很喜欢做的。第二课,它得用后腿跳跃,叼住教练放在它头顶上空的糖块。随后的几堂课它学会了跳舞,套着绳子跑圆圈,随着音乐汪汪叫,拉铃和放枪。一个月以后,它完全可以顶替老猫费奥多尔·季莫费伊奇搭金字塔了。它学得很热心,对自己的成绩也很满意。脖子上套着绳子、伸出舌头跑圆圈,钻圆环,骑在老猫背上,这些都使它感到极大的快乐。每一种把戏玩成功后,它总要响亮而快活地汪汪叫几声,教练也表示惊叹,高兴得搓起手来。

"天才!天才!"他说,"简直是天才!你肯定会成功的!"

姑姑已经听惯了"天才"这两个字,所以每当主人说起这两个字时,它总要跳起来,东张西望,仿佛这就是它的名字似的。

六 不安宁的一夜

姑姑做了一个狗的梦,梦见看门人举起扫帚追它。它心惊肉跳地醒过来。

房间里很静,很黑,而且十分闷气。还有跳蚤在叮它。姑姑以前从来没怕过黑暗,可是现在不知什么缘故却感到可怕,真想汪汪叫几声。隔壁房里主人在大声叹气,又过了一会儿,小板棚里的猪开始咕噜咕噜叫,随后一切都归于寂静。平常,一想到吃食,它心

里就会轻松些，于是姑姑开始回想，今天它偷了老猫费奥多尔·季莫费伊奇的一个鸡爪子，把它藏进客厅里立柜后面的墙缝里，那里有许多蜘蛛网和灰尘，不妨现在去瞧瞧：看看那东西还在不在那儿？说不定主人已经找到鸡爪子，把它吃了。可是天不亮是不准离开房间的——这是规矩。姑姑闭上眼睛，想快点入睡，因为它凭经验知道，你睡得越快，早晨来得也越快。突然，离它不远的地方发出一声古怪的叫声，它不由得一阵哆嗦，用四条腿跳了起来。这是伊凡·伊凡内奇在叫唤，它的叫声不像平常那样热烈而恳切，却有点怪异，刺耳，不自然，很像开门时的吱嘎声。姑姑在黑屋子里什么也看不清，弄不明白出了什么岔子，姑姑越发感到可怕，便发怒地小声咆哮起来：

"呜呜呜……"

过了一段时间，大概是平常吃完一根好骨头的工夫，叫声并没再传来。姑姑渐渐安下心来，开始打盹。它梦见两条大黑狗，在它们的大腿上和腰旁还留着一络络去年的毛。它们围着一个大木盆狼吞虎咽地吃着泔水，泔水还冒着热腾腾的蒸气，和逗人嘴馋的香气。它们时不时回过头来看看姑姑，龇出牙齿，呜呜咆哮："我们不给你吃！"可是从屋里跑出一个穿皮袄的男人，拿鞭子把它们赶走了。这时姑姑就走近木盆吃起泔水来，可是那人刚进大门，两条黑狗就吼叫着朝它扑来，突然又响起一声刺耳的尖叫。

"嘎！嘎嘎！"伊凡·伊凡内奇叫道。

姑姑惊醒了，跳起来，没离开它的垫子，发出声声哀嚎。它已经觉得，尖叫的仿佛不是伊凡·伊凡内奇，而是另一个不相干的东西。不知什么道理小板棚里的猪又咕噜咕噜叫起来。

这时传来便鞋的沙沙声，主人穿着睡袍走了进来，手里拿着蜡烛。闪烁不定的烛光在肮脏的壁纸和天花板上跳动，赶走了黑暗。姑姑看到屋里并没有不相干的东西。伊凡·伊凡内奇卧在地板上，

没有睡觉。它的翅膀难看地支开着，嘴大张着，总之看它那副模样像是累极了，困极了。老猫费奥多尔·季莫费伊奇也没有睡着。它一定也被尖叫声弄醒了。

"伊凡·伊凡内奇，你怎么啦？"主人问鹅，"你叫什么？你是不是生病了？"

鹅闷声不响。主人摸摸它的脖子，抚摩它的背，说：

"你是个奇怪的家伙！自己不睡也不让人家睡。"

主人走出去，随身带走了亮光，屋子里又漆黑一片。姑姑胆战心惊。鹅倒不叫了，但小狗还是觉得黑暗里站着一个不相干的东西。顶可怕的是它无法去咬那东西一口，因为谁也看不见他，他是无形的。不知什么道理它预感到这一夜一定要出一件很糟的事。老猫费奥多尔·季莫费伊奇也很不安。姑姑可以听到，它在垫子上不住地挪动身子，打哈欠，晃动脑袋。大街上不知哪儿传来敲门声，小板棚里的猪又在叫唤。姑姑呜呜地吠叫起来，伸出前爪，把头架在前爪上。那敲门声，那无端醒来的猪的咕呷声，那黑暗，那寂静，都让它感到如同伊凡·伊凡内奇的叫声一样，含着凄凉和可怕的意味。周围的一切都惊慌而不安，那是为什么？这看不见的无形物到底是什么东西？这时，两点模糊的绿光在姑姑附近亮了亮。这是相识以来老猫费奥多尔·季莫费伊奇第一次走到它的身边。它要做什么呢？姑姑舔一下猫的爪子，没问它来做什么，用几种声调轻轻吠叫起来。

"嘎！"伊凡·伊凡内奇又叫道，"嘎嘎嘎！"

门又开了，主人拿着蜡烛走进来。鹅还是原先的姿势，劈叉开翅膀，张着大嘴。它的眼睛闭上了。

"伊凡·伊凡内奇！这是怎么啦？你要死了，是吗？哎呀，我现在想起来了，想起来了！"他喊着抱住了自己的头，"我知道是怎么回事了！这是因为今天那匹马踩了你一脚是不是？天哪，我的

天哪！"

姑姑不明白他的主人在说些什么，但看他的脸色可以知道，他也经历着一种可怕的感觉。它向黑暗的窗子伸出脑袋，它好像觉得有个东西正贴着窗子往里张望，便哀声吠叫起来。

"它要死了，姑姑！"主人说着，伤心得轻轻搓着自己的手，"是啊，是啊，它要死了！死神已经来到你们的房间里了。我们该怎么办呢？"

脸色苍白、焦急不安的主人叹着气，摇着头，走回自己的睡房，姑姑不敢留在黑屋子里，就跟着主人回到他的寝室。主人在床上坐下，反复说：

"我的天，这可怎么办呀？"

姑姑在他的脚边走来走去，不明白自己为什么这样难过，也不明白大家为什么都这样不安，它竭力想探个明白，就注意主人的每个动作。平常很少离开垫子的老猫赞奥多尔·季莫费伊奇，这回也跟着主人进了睡房，在主人的腿旁蹭来蹭去。猫不住地晃着脑袋，就好像想把里面的沉重思想都甩出去似的，一边还怀疑地看看床底下。

主人拿着一个小碟子，往里面倒了一点脸盆里的水，又走到鹅身边。

"喝吧，伊凡·伊凡内奇！"他温柔地说，把碟子放到它面前"喝点水吧，宝贝儿。"

可是伊凡·伊凡内奇一动不动，也不睁开眼睛。主人把它的头按到碟子上，把它的嘴塞进水里，但鹅不喝水，翅膀却劈叉得更大，而脑袋就这样躺在碟子上了。

"不行了，现在已经无法可救了！"主人叹了一口气，"一切全完了。伊凡·伊凡内奇死了！"

他的脸上掉下两行闪亮的水珠，就像下雨时窗子上常有的雨滴

一样。不明白这是怎么回事，姑姑和老猫费奥多尔·季莫费伊奇直往主人脚边靠，胆战心惊地望着鹅。

"可怜的伊凡·伊凡内奇！"主人伤心地叹着气说，"我一直盼望着到了春天把你带到别墅去，跟你一块儿在绿草地上散步。可爱的东西，我的好伙伴，你却离去了！没有你，我现在该怎么办呢？"

姑姑似乎觉得，有一天自己也会发生这种事，也就是，它也会像鹅那样，无缘无故就闭上了眼睛，叉开四条腿，露出牙齿，叫人看着它也心里害怕。显然，这样的念头也在老猫费奥多尔·季莫费伊奇的脑子里掠过。此刻老猫脸色阴沉愁闷，这在从前是没有过的。

天色渐渐亮起来，那个把姑姑吓坏了的看不见的东西已经不在房间里了。等到天完全亮了，看门人走进来，提着鹅腿，不知把它带到什么地方去了。随后老太婆来了，拿走了那个食盆。

姑姑跑到客厅，瞧瞧柜子后面：那只鸡爪子没有被主人吃掉，它还放在满是尘土和蜘蛛网的老地方。可是姑姑只感到凄凉、悲伤，恨不得哭一场才好。它甚至闻也不闻一下鸡爪子，就钻到沙发底下，蹲在那里，哀怨地小声哭叫起来：

"呜……呜……呜……"

七　不顺利的出台表演

这是一个晴朗的晚上，主人走进糊着肮脏壁纸的房间，搓一搓手说：

"好吧……"

他原本还想说点什么，可没说出来就走了出去。姑姑在上课的时候对主人的面容和声调仔细地研究过，这时猜出他很激动，担

忧，好像还有点生气。不一会儿他又回来了，说：

"今天我要带姑姑和费奥多尔·季莫费伊奇一块儿去。搭金字塔的时候，你呢，姑姑，要代替去世的伊凡·伊凡内奇。鬼知道演出的结果会怎么样！样样都没有准备，一切都没有练熟，也很少排演！我们要出丑了，我们要倒霉了！"

说完他又走出去，过了一会儿穿着皮大衣，戴着高礼帽回来了。他走到猫跟前，抓住它的前腿，提起来，把它藏在胸前的皮大衣里。这时费奥多尔·季莫费伊奇显得满不在乎，甚至连眼睛也没睁一睁。看来对它来说，躺着也好，叫人提起腿来也好，卧在小垫子上也好，被塞进主人的皮大衣也好，绝对是无所谓的⋯⋯

"姑姑，跟我走，"主人说。

姑姑什么也不明白，摇着尾巴跟他去了。不一会儿，它已经上了雪橇，蹲在主人脚旁，主人被寒冷和不安弄得缩成一团，听他激动地唠叨着：

"我们要出丑了！我们要丢脸了！"

在一座古怪的大房子前雪橇停了下来，那房子像个倒扣的汤盆。宽大的人口有三扇玻璃门被十几盏明晃晃的灯照得雪亮。玻璃门发出撞击声，不断地打开，像三张大嘴，把挤在人口处的人们吞进去。除了许多人以外，不时有马车停到大门外，不过却不见有狗。

主人抓起姑姑的前爪，把它也塞进怀里，跟老猫待在一起。皮大衣里又黑又闷，但很暖和。这时忽地闪出两个暗淡的绿点——那是老猫受到小狗冰冷的硬爪子的搅扰而睁开了眼睛。姑姑舔舔它的耳朵，它想让自己待得舒服一点，便不安地扭动身子，收腿时冰冷的爪子踩着了老猫。无意中它还把头探出大衣外面，随即生气地吠叫起来，赶紧又缩了回来。它好像看到了一个灯光不亮的大房间，里面满是稀奇古怪的东西。房间两侧的隔板和栅栏后面，探出许多

可怕的嘴脸：有的是马脸，有的头上生着一对犄角，有的耳朵很长，有个肥头大脸上该长鼻子的地方却长着一条尾巴，嘴里伸出两根长长的、被啃光了肉的长骨头。

老猫在姑姑的爪子底下声音嘶哑地喵鸣一声，好在大衣这时敞开了，主人说了一声"下去！"费奥多尔'季莫费伊奇和姑姑就都跳到地板上。现在他们待在一间四面是灰的木板小屋里。这里除了一张不大的、带镜子的桌子、一个凳子和挂在墙角的几件旧衣服外，再没有什么家具了。屋里没有灯和蜡烛，只有固定在墙上的小管子里发出扇面形的亮光。费奥多尔·季莫费伊奇舔着被姑姑弄乱的皮毛，走到凳子底下，躺下了。主人依旧紧张不定，不断搓手，开始脱衣服……他像平常在家里准备躺进毛毯时那样脱光了衣服，也就是脱得只剩下贴身的衣裤。随后在凳子上坐下来，照着镜子，在自己身上玩出顶出奇的花样儿来。他先往头上套个假发，这假发中间分开，两边的头发竖起来，像两个犄角。然后他往脸上涂一层厚厚的白东西，在白脸上再画眉毛、胡子和红脸蛋。到这儿他的花样还没有完。他把脸和脖子弄脏了以后，开始给自己穿上一件古怪的极不像样的衣服——这种衣服不论在别人家里或者大街上，姑姑都从来没有见过。您想想看：这是一条十分肥大、用大花布缝成的裤子（这种大花布在小市民家里通常只用来做窗帘和沙发套子），而且裤腰一直束到胳肢窝下面，一条裤腿是褐色的，另一条裤腿是鲜黄色的，那条裤子差不多把他周身都装在里面了，主人套进这条裤子之后，又穿上一件花布短上衣，镶着扇形的大领口，后背有一颗金星。最后他穿上五颜六色的袜子和一双绿皮鞋……

姑姑眼花缭乱，心里也乱成一团的。在这个肥大笨拙的白脸人身上虽说有主人的气味，他的声音虽说也是熟悉的主人的声音，但有好几回，姑姑还是满腹狐疑，这时它真想从这个花花绿绿的人身边逃跑，或者汪汪叫几声才好。新的地方，扇面形的灯光，气味，

主人的变样——所有这些都使它生出一种莫名的恐慌,而且预感到一定会遇到可怕的事,就像遇到肥头大脸上不长鼻子却长尾巴的怪物一样。还有,隔着墙板外面很远的地方正在演奏可恨的音乐,有时还能听到叫人摸不着头脑的吼叫声。只有一件事能让它安下心来,那就是费奥多尔·季莫费伊奇稳如泰山。它一直静静地在凳子底下打盹,连凳子让人搬走时它都没有睁开眼睛。

有个身穿黑礼服、白坎肩的人探进头来说:

"现在阿拉贝雷小姐上场了。她下场之后就该您出场。"

主人没答话。他从桌子底下拖出一只不大的箱子,又坐下,等着。从他的嘴唇和手看得出来,他很激动,姑姑能听出就连他的呼吸都在颤抖。

"乔治先生,请上场吧!"有人在门外喊道。

主人站起来,在胸前一连画了三次十字,然后从凳子底下抱起猫来,把它塞进箱子里。

"过来,姑姑!"他柔声说。

姑姑什么也不明白,走到主人手边,他吻一吻它的头,把它也放到猫旁边。随后便是黑暗……姑姑踩着了猫,用爪子抓搔箱子四壁,心里害怕得出不了声。箱子摇摇晃晃,像在波浪上颠簸,不住地抖动……

"瞧,我又来了!"主人大声喊道,"瞧,我又来了!"

姑姑感觉到,主人喊完之后,箱子撞在硬邦邦的东西上,不再晃动。听得见打雷般沉闷的吼叫声:好像有许多人在拍手,还有大概就是肥头大脸上不长鼻子却长尾巴的怪物,大吼大叫,哈哈大笑,震得箱子上的锁都晃动起来。主人发出一阵尖利刺耳的笑声来回答这片吼叫,他在家里可从来没有这样笑过。

"哈哈!"他嚷道,竭力想压住这片吼叫,"最可敬的观众朋友们!我刚从火车站来!我的祖母呼呜哀哉啦,给我留下一笔遗产!

箱子里的东西真重——那一定是金子喽……哈哈！我马上要成百万富翁啦！现在让我们打开箱子，瞧一瞧……"

箱子上的锁喀嚓一响。明亮的灯光直刺姑姑的眼睛，它立即从箱子里跳出来，又被吼叫声震聋了耳朵，便飞快地绕着主人拼命奔跑起来，还发出一连串清脆的吠叫声。

"哈哈！"主人喊道，"亲爱的费奥多尔·季莫费伊奇！亲爱的姑姑！我可爱的好亲戚们，你们怎么来的，真是见鬼！"

他趴到地上，抓住猫和姑姑，跟它们拥抱一下。姑姑趁主人紧紧搂抱它的时候，顺便扫了一眼命运把它送来的这个天地，它没有料到这地方那么宏大漂亮，它由于惊奇和愉快，一时竟呆住了。后来它挣脱主人的怀抱，为了表示它感情的浓烈，它像个陀螺似的团团转起来。新的天地太大了，充满了亮晃晃的光，不论往哪儿瞧，四面八方从地面到天花板，到处都是人的脸，脸，脸，再没有别的什么。

"姑姑，我求您坐下！"主人喊道。

姑姑明白这是什么意思，这才跳到椅子上蹲下。它望着主人。主人的眼睛像平时一样，看上去严肃而且温和，但他的脸，特别是嘴和牙齿，因为要做出保持不变的笑容而变得十分难看。他还哈哈大笑，蹦蹦跳跳，扭动肩膀，在成千上万的观众面前做出很高兴的样子。姑姑相信他真的很快活，突然间，它全身都感觉到，成千上万的脸都在瞧自己，它便昂起自己狐狸样的嘴脸，高兴得汪汪叫起来。

"您呢，姑姑，请坐一会儿，"主人对它说，"我先跟叔叔跳一曲喀马林舞。"

费奥多尔·季莫费伊奇等着主人逼它做蠢事，蹲在那里，冷淡地左顾右盼。它跳舞的时候无精打采，心不在焉，阴阳怪气，看它头的动作、尾巴和触须就可以知道，它深深地瞧不起这些观众，瞧

不起明亮的灯光，瞧不起主人和它自己……它做完人家指定它做的工作，就打个哈欠，卧下了。

"现在，姑姑，"主人说，"我先跟您唱支歌，然后再跳舞，好不好？"

他从衣袋里掏出一根小木笛，吹奏起来。姑姑因为受不了音乐，开始不安地在椅子上扭动起来，还汪汪地叫。四面八方响起一阵欢呼声和掌声。主人一鞠躬，等大家安静下来，又继续吹奏……在他刚刚吹到一个高音时，楼座上的观众席中有人大声惊叫道：

"什么姑姑！"有个孩子的声音喊道，"这不是卡什坦卡吗！"

"是卡什坦卡！"有个带着醉意、声音嘶哑的男高音证实说，"真是卡什坦卡！费久什卡，没错，要是我说假话叫上帝惩罚我！喂，卡什坦卡！到这儿来！"

最高楼座上有人打了一声唿哨，一个童音和一个男高音同时大声呼喊：

"卡什坦卡！卡什坦卡！"

姑姑猛地一惊，朝发出喊声的地方望去。那里有两张脸：一张脸毛茸茸，醉醺醺，龇着牙笑着，另一张胖嘟嘟，红通通，一副吃惊的样子。两张脸直冲它的眼帘，就像刚才明晃晃的灯光直刺它的眼睛一样……它想起来，就从椅子一跤跌下来，摔在地上，翻了个身跳起来，带出快活的尖叫声冲向这两张脸。这时又响起了震耳的吼声，夹杂着一声声唿哨和一个孩子的尖细的呼叫声：

"卡什坦卡！卡什坦卡！"

姑姑跳过横栏，然后窜过一个人的肩膀，落进一个包厢里。想要跑到另一层楼座，需要越过一堵高墙才成。姑姑纵身一跳，但没有跳过去，顺着那道墙跌落下来。后来它被人从这只手传到那只手，舔着一些人的手和脸，升得越来越高，终于到了最高楼座

半小时以后，卡什坦卡已经来到大街上，跟着两个有胶水和油

漆味的人奔跑。卢卡·亚历山德雷奇身子踉踉跄跄，凭经验本能地尽量离水沟远一些。

"我娘生下我这个孽种……"他嘟哝道，"你呢，卡什坦卡，缺心眼的东西。拿你跟人比，就像拿粗木匠跟细木匠比一样。"

在他身旁，费久什卡戴着父亲的便帽大步跟在后面。卡什坦卡瞧着两人的后背，它觉得自己仿佛随着他们已经跑了好几十年似的，暗自庆兴它的生命总算一刻也没有中断过。

它又回想起了那个糊着肮脏壁纸的房间，想起了鹅和费奥多尔·季莫费伊奇，可口的饭食，上课，马戏院……可是现在，这一切在它看来，就像一场漫长而杂乱的噩梦而矣……

一八八七年十二月二十五日

农 民

一

尼古拉·奇基利杰耶夫，莫斯科一家旅馆"斯拉夫商场"的一个茶房害病了。他的腿发麻，行走不稳，结果有一天，他在过道里绊了一个筋斗，连同托盘上的火腿烧豌豆一块摔倒了。他只好辞去他的职务。他把自己和妻子的所有积蓄都花在医生和药品上，已经没有办法生活了，再说没有事做实在无聊，于是他决定回到乡下老家去。在家里不只养病便当得多，生活费用也会省不少。俗话说："在外千日，不如在家一天。"这话实在有道理。

将近黄昏，他回到了故乡茹科沃村。在他小时候总是那么明亮、舒适、幽静，可是现在，当他跨进木头的小屋时，简直吓了一跳：这里又黑又挤又脏。他的妻子奥莉加和女儿萨莎望着又大又脏的炉子发着呆：炉子大得差不多占去半间屋，给煤烟和苍蝇弄得一片漆黑。有多少苍蝇啊！炉子已经歪了，墙上的原木也倾斜了，看样子小木屋就要塌下来了。在前面墙角放圣像的地方，旁边贴满了瓶子上的商标和剪下来的零零碎碎的报纸——这些代替画片。穷，穷啊！大人一个也不在家，都收割庄稼去了。炉台上坐着一个大约八岁的小姑娘，淡黄色的头发，没有梳洗，显露出冷冷淡淡的神

情。她甚至没有抬起眼来瞧进来的人。炉台下一只白猫正在炉叉上蹭痒痒。

"猫咪，猫咪！"萨莎逗着它叫道，"猫咪！"

"我家的猫听不见，"小姑娘说，"它聋了。"

"为什么？"

"哦。被打的。"

尼古拉和奥莉加一眼就瞧出这里的生活是什么样子，但谁也没有说话。他们一声不响地放下行李，又一声不响地走到街上。他们的房子从村头数第三家，看样子是最穷困、最破旧的一家了。第二家也好不了多少，可是尽头的一家却有铁皮屋顶，窗子上挂着窗帘。这所孤零零的房子没有围墙，那是一家小饭馆。所有的小屋排成一行。整个小村安静而幽雅，各家院子里的柳树、接骨木和花椒树的枝头都探出墙来，一片招人喜欢的样子。

在农家的宅旁背后，一道陡峭的土坡通向河边，坡上这儿那儿的黏土里露出一块块大圆石头。小路在这些石头和陶工挖出的土坑之间，蜿蜒出去。成堆的陶器碎片，有褐色的，有红色的，到处都是。山坡下面是一片广阔而严整的绿油油的草场。草场已经割过，此刻只有农家的牲畜在溜达。那条河离村有一俄里远，河水在绿树成荫的美丽的河岸间奔流盘旋。河那边又是一个宽阔的草场，草场上有牲畜，成排成排的白鹅。过了草场，跟河的这边一样，一道陡坡爬到山上。山顶上有个村子和一座五个拱顶的教堂，再远一点是一个庄园。

"这儿挺好！"奥莉加说，对着教堂在胸前画着十字，"多么豁亮啊，主啊！"

正在这时，响起了教堂的钟声，召唤人们去做晚祷（这是礼拜天的黄昏）。坡下有两个小姑娘正抬着一桶水，她们回过头去望着教堂，听钟的鸣声。

"这会儿'斯拉夫商场'正好开晚饭……"尼古拉出神地说。

尼古拉和奥莉加坐在陡坡边上，观赏日落景象，那金黄的、紫红的晚霞映在河里，映在教堂的窗子上，映在四野的空气中。空气柔和、沉静，说不出的纯净，莫斯科是从来没有这种空气的。太阳落山了，一群群牲口哞哞地、哗哗地叫着回村来，鹅群也从对岸飞过河来。随后一片沉静了，柔和的亮光从空气里消散，昏暗的暮色很快就降下来。

这时候，尼古拉的父母亲，两个憔悴的、驼背的、脱了牙的老人，身材差不多一般高，已经回来了。两个女人，儿媳妇玛丽亚和菲奥克拉，白天在对岸地主庄园做帮工，这时也回家来了。玛丽亚是哥哥基里亚克的妻子，有六个孩子。菲奥克拉是弟弟杰尼斯的妻子，有两个孩子，现在杰尼斯从军去了。尼古拉走进木房，看见了全家人，所有这些大大小小的身子在高板床上、在摇篮里、在所有的屋角里蠕动，看到老父亲和女人们把黑面包蘸着水，狼吞虎咽地吃着，他马上就觉得，他，一个有病的人，一个钱也没有，还拖着一家子人，回到老家来是错了——错了！

"哥哥基里亚克在哪儿？"他们互相招呼后他问道。

"他在一个商人的树林做看守，"父亲回答，"他待在那边树林子里。他是个不错的庄稼人，就是太喜欢喝酒。"

"他不是那种挣回钱来的人！"老太婆抱怨说，"我们家的汉子都命苦，从不拿东西回家，反倒从家里大把大把地往外拿。基里亚克酗酒那是不用说的，老头子呢，用不着隐瞒，也认得上小酒馆的路啊。惹得圣母娘娘生咱们的气啦。"

由于来了客人才烧起了茶炊。茶水里有一股鱼腥味。糖是黑色的而且已经给咬过了，蟑螂在面包和碗碟上爬来爬去。这种茶真叫人恶心，谈话也叫人不痛快——不谈别的，不是穷就是病。可是大家还没喝完一杯茶，忽然从院子里传来响亮的、拖长的、醉醺醺的

喊叫声。

"玛—玛丽—亚！"

"看样子好像基里亚克回来了，"老头子说，"真是一说谁，谁就来了。"

大家不作声了。不一会儿，喊声又响起来，粗声粗气，拖得很长，像从地底下发出来的：

"玛—玛丽—亚！"

大儿媳玛丽亚，脸色煞白，直往炉子后边靠。这个宽肩膀、壮实、难看的女人脸上会出现这么害怕的神情，让人看了有点奇怪。她的女儿，那个坐在炉台上的小姑娘，一直神情淡漠，忽然大声哭起来。

"你哭什么，讨厌鬼？"菲奥克拉喝斥她，她是个漂亮女人，身子也壮实，肩膀很宽，"他又不会把你打死，不用怕！"

从老人口里尼古拉得知，玛丽亚不敢跟基里亚克一块儿住在林子里，因为每当他喝醉了酒，就回来找她闹事，毫不留情地毒打她一顿。

"玛—玛丽—亚！"喊声到了房门口。

"看在基督分上，救救我，好人，"玛丽亚结结巴巴地说。喘着粗气，仿佛浸在冰水里似的，"救救我，好人……"

小屋里所有的孩子都哭起来，萨莎给她的榜样们招惹得也跟着哭起来。先是一声醉醺醺的咳嗽，随后一个身材高大的黑胡子农民，他戴一顶冬天的帽子走进来，所以在昏暗的灯光下看不清他的脸——可是样子显得很吓人。这个正是基里亚克。他走到妻子跟前，抡起胳膊，一拳头打在她的脸上。她没出一点声音，被打昏过去，一下子瘫倒在地上，鼻子里立刻流出血来。

"真不害臊，不害臊。"老头子嘟嘟哝哝趴到了炉台上，"而且是当着客人的面！造孽呀！"老太婆一声不响地坐着，弓腰驼背，

在想心事。菲奥克拉摇着摇篮……显然基里亚克觉得自己造出了恐怖气氛，心里很得意，便一把抓住玛丽亚的胳膊，把她拖到门口去，为了显得更可怕些，就像野兽似的吼叫着。可是这时他忽然看到有客人在，就停住了。

"啊，他们已经回来……"他说，放开了妻子，"我的亲兄弟带着家眷……"

他对着圣像祈祷一阵，身子摇摇晃晃，使劲睁大那充血的醉眼，接着说：

"我的亲兄弟带着家眷回老家了……我的意思，是从莫斯科来的。我的意思是说，莫斯科是古时候定为国都的城市，是万城之母……原谅我……"

他在茶炊旁的长凳上坐下开始喝茶。大家谁都没有说话，只有他就着小茶盅大声地喝着。他喝了十几杯，随后倒在长凳上，立即打起鼾来。

大家分头上床去睡觉。尼古拉因为有病，就跟父亲一起躺在炉台上。萨莎睡在地板上，奥莉加跟别的女人去板棚里睡。

"唉，算了，亲人儿，"她挨着玛丽亚在干草上躺下来说，"眼泪也解除不了痛苦！只好这样。圣书上说：'谁要是打你的右脸，就把左脸也送上去。'唉，算了，亲人儿！"

后来她压低声音讲起莫斯科，讲起自己的生活，讲她怎样在那些带家具的公寓里当女仆。

"莫斯科的房子都很大，是石头做的，"她说，"教堂很多很多，有四十个都不止哩，亲人儿。房子的主人都是老爷，又体面，又有礼貌。"

玛丽亚说，别说莫斯科，就连县城她也没有去过。她不认得字，也不会祷告，就连"我们在天上的父"也不知道。她和奥菲克拉，她此刻坐在不远的地方听着，两人都十分落后而且迟钝，什么

也不懂。她俩都不喜欢自己的丈夫。玛丽亚怕基里亚克，每当他呆在家里，跟她在一起的时候，她就怕得浑身发抖。只要她一挨近他，他身上喷出的那股酒气和烟味总熏得她头痛。菲奥克拉呢，每当有人问她，是不是惦记丈夫，她总是没好气地回答：

"滚他妈的！"

她们聊了一阵，后来就沉默了……

天气凉了。板棚附近有只公鸡扯着嗓门喔喔地啼叫起来，吵得人没法继续睡下去。当淡蓝色的晨光刚刚穿过每一条板缝时，菲奥克拉就悄悄地起身，走了出去，随后传来了她的光脚板的践踏声，她不知跑哪儿去了。

二

奥莉加到教堂去时，把玛丽亚也带去了。她们顺着小路向草场走去。两个人心情都很愉快。奥莉加喜欢空旷的田园，玛丽亚觉得这个妯娌和蔼可亲。太阳升起来了。一只带着睡意的鹰在草场上空低低地盘旋，河水混浊无光，有些地方晨雾缭绕。可是在河对岸的山上一条光带已经射过山来，照得教堂金光闪闪。在地主家的花园里，一群白嘴鸦呱呱叫得很欢。

"老爷子倒不坏，"玛丽亚告诉她说，"老奶奶可挺凶，老跟人吵架。自家种的粮食只够吃到谢肉节，只好在小铺里买面粉，所以她就不痛快，她说我们吃得太多。"

"唉，算了，亲人儿，背着你的十字架吧，也只好这样。圣书上写着：'凡劳苦的，负累很重的人，可以到我这里来。'"

奥莉加用念经一样的声调平心静气地说着，走起路来像朝圣女人那样，又快又急。她每天必读《福音书》，像教堂诵经士念得那

么响，尽管有很多地方她不懂，但神圣的语言总让她感动得流下眼泪，每当她读到"如果"和"直到"这类词时，她的舒服的晕晕乎乎的感觉。她信仰上帝，信仰圣母，信仰所有侍奉上帝的人。她相信不能欺负任何人；普通人也好，德国人也好，茨冈人也好，犹太人也好，世上的任何人都欺负不得。她相信。凡是不怜恤动物的人迟早都要遭难。她相信这些都是在圣书里写着的。所以每当她读《圣经》的时候，即使读不懂的地方，她的脸上也总是流露出慈祥、感动和欢欣的表情。

"你是哪儿的人呢？"玛丽亚问道。

"我是弗拉基米尔人。可是我很早就给带到莫斯科了，那年我才只有八岁。"

她们到了河边。河对岸有个女人正站在水边，脱衣服。

"那是我们家的菲奥克拉，"玛丽亚认出她来，"她刚过河去地主的庄园。找那里的男管家。她是骚娘们儿，满嘴脏字——她就是这么个东西！"

黑眉毛的菲奥克拉披着散发，她还很年轻、健壮，像个姑娘家。她从岸上跳进河里，用脚拍水，在她的四围掀起了一片浪花。

"她是骚娘们儿——她就是这么个东西！"玛丽亚又说一遍。

河上架着一道原木搭成的歪歪斜斜的桥。桥底下，在清澈透明的河水里，成群的大头圆鳍雅罗鱼游来游去。绿色的树丛倒映在水里，露珠在碧绿的灌木丛中闪亮。四下里暖融融的，让人好不愉快。多么美丽的早晨啊！若是没有贫穷，没有可怕的、无尽头的、叫人无处可躲的贫穷，大概这人世间的生活也像这早晨一样美丽吧！可是只要回头看一眼村子，就会清晰地记起昨天发生的一切事情，于是她们本来由周围的景色唤起的那份让人陶醉的幸福感，立即便消失了。

她们走到教堂。玛丽亚站在门口，不敢再往前面走了。她又不

敢坐下，尽管要到八点多钟以后才打钟做弥撒。在这段时间里她就始终这样站在那儿。

念福音书的时候，人群忽然分开，给地主一家人让路。进来了两个穿白色连衣裙、戴宽边帽的姑娘，身后跟着一个红红胖胖穿水手服的男孩。他们的仪表使奥莉加大为感动，她一眼就断定，他们是上流社会有教养的、高贵的人。玛丽亚却皱起眉头、阴沉着脸、垂头丧气地看着他们，仿佛进来的不是人，而是魔鬼，要是她不让出路来，就要被他们踩死似的。

每当助祭的男低音宣读经文的时候，玛丽亚总好像听到"玛—玛丽—亚"的一声喝斥，于是她不由得打冷战。

三

这些客人的光临，传遍了全村，做完弥撒，不少人来到他们家。列昂内切夫家的人，玛特维伊切夫家的人和伊利伊乔家的人都来打听他们那些在莫斯科做事的亲戚。茹科沃村里的所有年轻人，凡是认得字，能读会写，都被送到莫斯科，而且只送到饭馆和旅店当学徒（正如河对岸的村子里年轻人只送到面包房当学徒一样）。这已形成了一种风气，还在农奴制时代就开始了。那时最先有个茹科沃的农民卢卡·伊凡内奇，如今他已是传奇人物，那时候在莫斯科的一个俱乐部里当小卖部的店主，只接受同村人来做事，等到这些同村人站稳了脚跟，又照样把他们的亲戚叫来，给他们在饭馆和旅店里找事做。从那时起，四周围的乡民把茹科沃的村名都改了，管它叫"下人村"或者"奴才村"。尼古拉是在十一岁时被送到莫斯科，由玛特维伊切夫家的伊凡·玛卡雷奇为他谋了一份差事。伊凡·玛卡雷奇当时在"艾尔米塔日"花园的剧场里当差。现在，

尼古拉对着玛特维伊切夫家的人，假装热心地说：

"伊凡·玛卡雷奇是我的恩人，我得日日夜夜为他祷告，因为我成了体面人，多亏了他。"

"求上帝赐福给你，"一个高个子老太婆，伊凡·玛卡雷奇的妹妹含着眼泪说，"他老人家，我那亲人，现在一点他的消息都没有了。"

"去年冬天他在奥蒙老爷家当差，传说这个季节他到城外的花园饭事里做事……他老啦，是啊，往年夏天他每天都能带回家十来个卢布，可是现在到处生意清淡，这下可苦了他老人家了。"

那些老太婆和女人看着他穿着毡鞋的脚，又看着他苍白的脸，悲凉地说：

"你不是挣钱的人了，尼古拉·奥西佩奇，不是挣钱的人了！不行啦！"

大家都疼爱萨莎。她快满十一岁了，可是长得很瘦小，看上去只不过有七岁的样子。别的小姑娘一个个脸蛋晒得发黑，头发胡乱地剪短，穿着褪色的长衫。她呢，脸蛋白白的，眼睛又大又黑，头发上还系着红丝带，夹在她们中间显得挺可笑，倒好像她是个野东西，在田野里给人捉住，带到这小屋里似的。

"她已经认得字了！"奥莉加温柔地瞧着女儿，要拿她夸耀一番。"你念一念，好孩子！"她说，从包裹里拿出一本《福音书》，"你念一念，那些正教徒会听你念的。"

《福音书》很旧，很重，皮封面，书边已经摸脏了。书本冒出一股气味，就好像修士进屋来了。萨莎扬起眉毛，开始响亮地、像唱诗般念起来：

"'有主的使者向约瑟梦中显现，说，起来，带着小孩子同他母亲……'"

"小孩子同他母亲，"奥莉加重复道，她激动得涨红了脸。

"'逃往埃及，住在那里，等我吩咐你……'"

听到"等"字，奥莉加再也忍不住，失声哭起来。玛丽亚受了她的影响也呜咽抽泣，随后便是伊凡·玛卡雷奇的妹妹也跟着落泪。老头子不住地咳嗽，翻来翻去想找件小礼物送给孙女，可是什么也没有找到，只好摆了摆手算了。经书念完之后，邻居们四散回家去了，一个个深受感动，对奥莉加和萨莎十分满意。

由于是节日，全家人整天都待在家里。那老太婆，不论丈夫、儿媳，还是孙子、孙女都统统管她叫老奶奶，她亲自生炉子，亲自烧茶炊，甚至在午间亲自去挤牛奶，然后就不住地抱怨，说她干得快累死了。她时时刻刻提心吊胆地担心家里人吃多了，担心老头子和儿媳们闲着不干活。她时不时就仿佛听见，小铺老板家的一群鹅好像从后面钻进她家的菜园子，于是她操起一根长杆子，赶紧跑出屋来，守着跟她一样干瘦、发蔫的白菜，不歇气地一连喊上半个钟头。有时她好像觉得乌鸦想来抓她的小鸡，就跑过去大声痛骂一顿。她从早到晚没好气，发牢骚，动不动就提着嗓门叫骂，弄得街上的行人不由得停了下来。

她对她的老头子很不和气，不是叫他懒骨头，就是叫他讨厌鬼。他是个没有主张的、任人摆布的人，若不是她经常催赶着他，恐怕他真的什么活都不干，成天坐在炉台上说闲话了。他没完没了地对儿子讲起他的好些仇人，抱怨他每天都在邻居手里遭到种种委屈，听他说话真是一点儿意思也没有。

"是啊，"他双手叉腰，说起来，"是啊……在十字架节后一个礼拜，我把干草卖了，一担三十戈比，我自愿卖的……是啊……挺好……可是你瞧，有一天早晨，我把干草搬出去，我是自愿卖的，也没有招谁惹谁，可是偏偏赶上运气不好，我看见，村长安季普·谢杰利尼科夫正巧打从酒馆里出来。'你把它往哪儿送？没出息的东西！'他说啊说啊还随手给了我一记耳光。"

基里亚尔喝醉后头痛欲裂，很不好意思面对面瞧他弟弟。

"伏特加害得人好苦哟。唉，我的天哪！"他嘟哝着，不住地摇晃他那血脉跳动的脑袋，"你们要看在基督分上，亲兄弟和亲弟妹，原谅我才好，我喝醉了酒自己也不舒服呀。"

因为这天是节日，他们从酒馆里买了一条鲱鱼，熬了一锅鱼头汤。中午大家坐下来先喝茶，喝了很长时间，直喝到头上冒汗，看来茶水把肚子都撑大了。这之后才开始抢着喝鱼汤，大家就着一个瓦罐喝。至于鱼身子，老奶奶却藏起来了。

傍晚，有个陶工在坡上烧窑。坡下的草场上，姑娘们围成圆圈唱歌跳舞。有人在拉手风琴。河对岸也有人在烧窑，也有姑娘们在唱歌，远处听来歌声柔美而和谐。酒馆内外不少农民吵吵嚷嚷，他们用醉醺醺的声音各唱各的调，破口大骂，让奥莉加听了直打哆嗦，反反复复念叨：

"哎呀，天哪……"

最使她感到吃惊的是，那些骂人话可以滔滔不绝，而且骂得最凶、嗓门最大的倒是那些快要入土的老头子。可是孩子们和姑娘家听了却毫不理会连一根头发也没动一动，显然他们在摇篮里就听惯了。

时候已经过了午夜，两岸的窑火都已熄灭，可是下面草场上和酒馆里仍旧有人在玩乐。老头子和基里亚克都醉了。他们胳膊挽着胳膊，肩膀撞着肩膀，跌跌撞撞来到奥莉加和玛丽亚睡觉的板棚前。

"饶了她吧，"老头子劝他说，"饶了她吧……这婆娘挺老实……这是罪过呀……"

"玛—玛丽—亚！"基里亚克喊道。

"饶了她吧……罪过呀……这婆娘不错的。"

两人在板棚前站了一会儿，走开了。

"我—我爱—野花儿！"老头子突然用刺耳的男高音唱起来，"我—我爱—到野地里—摘花儿！"

随后他啐了一口，难听地骂了一句粗话，进屋去了。

四

萨莎按老奶奶的吩咐待在菜园里，守着白菜，不让鹅进来祸害。那是炎热的八月天。酒馆老板家的鹅经常从后面钻进菜园，不过眼下它们正在干正经事：在酒馆附近啄食燕麦，平心静气地闲聊着，只有一只公鹅高高地昂起头，似乎想观察一下，老太婆是不是拿着杆子跑来了。别的鹅也可能从坡下上来捣乱吧，不过那群鹅此刻在河对岸觅食，在绿色的草场上拉出一道长长的白线。萨莎站了一会儿，觉得很无聊，看看鹅也不来，就跑到陡坡的边上去了。

她在那里看到玛丽亚的大女儿莫季卡正一动不动地站在一块大石头上呆呆地望着教堂。玛丽亚总共生过十三个孩子，可是只有六个活着，而且全是女儿，没有男孩。大女儿才八岁。莫季卡光着脚，穿一件长衬衫，站在没一点儿遮拦的太阳光底下，火辣辣的太阳烤着她的头顶，但她毫不在意，仿佛化成了石头似的。萨莎站到她身边，望着教堂说：

"上帝就住在教堂里。人到了晚上点灯，点蜡烛，上帝呢，点长明灯。长明灯有红的、绿的、蓝的，像小眼睛似的。到了夜里上帝就在教堂里走来走去，圣母娘娘和上帝的仆人尼古拉陪着他——咯，哆，哆，他们走的好响……守夜人听了吓坏了，吓坏下！唉，算了，亲人儿，"她学着母亲的话，说道，"到了世界末日那一天，所有的教堂都要飞到天上去。"

"钟—楼—也——齐飞？"莫季卡一字一顿地低声问道。

"钟楼也一齐飞。到了世界末日那一天，好心的人都到天堂去，凶恶的人呢，给扔进永远燃烧而不灭的火里去烧，亲人儿。上帝会对我妈妈和玛丽亚说，你们没有欺负人，所以往右边走，去天堂吧。可是对基里亚克和老奶奶他就会说：你们往左边走，到火里去。谁在持斋日吃荤，也要送到火里去。"

"你瞧着天空，别眨眼睛，那你就能看到天使。"

莫季卡也仰望天空，在沉默中过了一分钟。

"看见了吗？"萨莎问道。

"没有。"莫季卡低声说。

"我可看见了。一群小天使在天上飞，扇着小翅膀——忽搭忽搭，跟小飞虫一样。"

莫季卡想了一会儿，眼睛看着她，问道：

"老奶奶也要遭火烧吗？"

"会的，亲人儿。"

从她们站着的大石头一直到山脚下，是一道光滑、不陡的缓坡，长满了绿油油的嫩草，叫人见了真想伸出手去摸一摸，或者在上面躺一躺。萨莎躺下，翻身滚到坡底下。莫季卡一脸正经认真的样子，喘着气，学着她的样子也躺下，翻身往下滚，这么一来，她的衫子就卷到肩膀上去了。

"多好玩呀！"萨莎快活地说。

她俩走到顶上去，想再滚一次，可是这时传来了熟悉的尖叫声。哎呀，那是多么可怕！老奶奶没了牙，瘦骨嶙峋，驼着背，短短的白发随风飘起，拿着一根长杆子正把一群鹅赶出菜园子，一边大声叫骂着：

"把所有的白菜都糟践了，这些该死的畜生，把你们统统宰了才好，你们这些挨千刀的祸根子，怎么不死哟！"

她一眼看到两个小姑娘，就扔下杆子，拾起一根枯树枝，伸出

干瘦、粗硬、像弯钩似的手指，一把掐住萨莎的脖子，开始抽打她。萨莎又痛又怕，立即大哭，这时候那只公鹅却伸长脖子，一摇一摆地走到老太婆跟前，嘎嘎地吼了一阵，当它转身归队时，所有的母鹅都赞赏地欢迎它：嘎—嘎—嘎！随后老奶奶挥着树枝抽打莫季卡，这时莫季卡的衫子又给掀了起来。萨莎伤心透了，大哭着跑回屋里，想申诉委屈。莫季卡跟在她后面，也放声大哭，不过她的哭声低得多，而且不擦眼泪，她的脸上泪水涟涟，就像她刚把脸泡进水里一样。

"我的天哪！"奥莉加见她俩跑进屋来，吓慌了叫道，"圣母娘娘啊！"

萨莎开始讲起怎么回事，这时老奶奶尖声叫骂着也进了屋，菲奥克拉也恼了，于是屋子里闹得乱成一团。

"不要紧，不要紧！"奥莉加脸色苍白，神情愁苦，一边抚摩着萨莎的头，一边极力安慰她，"她是你的奶奶，生奶奶的气是罪过的。不要紧的，好孩子。"

尼古拉本来就已被这经常不断的叫骂、饥饿、煤烟和臭气弄得疲惫不堪，他本来已经痛恨、鄙视这种贫穷的生活，本来已经在妻子、女儿面前常常为自己的爹娘感到羞愧——这时候，他从炉台上垂下腿来，用哭泣的声音气恼地对母亲说：

"您不应该打她！您根本没有权力打她！"

"得了吧。你躺在炉台上等着咽气吧，你这个懒鬼！"菲奥克拉恶狠狠地冲着他大声嚷嚷，"鬼把你弄来的，谁叫你们回来吃闲饭啦？"

萨莎、莫季卡和家里所有的小姑娘都爬到炉台上，躲在尼古拉背后的角落里，在那儿一声不吭地、心惊胆颤地听着大人们讲这些话，似乎可以听到她们那小小的心脏在怦怦地跳动。每逢一个家庭里有人久病不愈，而且没有养好的希望，常常会出现极其沉重的时

刻，这时他身边的所有亲人会胆怯地、暗暗地、在内心深处希望他死去。只有孩子们才会害怕亲人的死亡，一想到这个就会心惊肉跳。此刻，小姑娘们都屏住呼吸，脸上一副凄凉的神情，望着尼古拉，想到他不久就要死掉，她们不由得想哭，想对他说几句亲切的、可怜他的话。

尼古拉直往奥莉加这边靠，仿佛在寻找她的保护，用颤抖的声音轻轻地对她说：

"奥莉加，亲爱的，我在这儿再也待不下去了。我筋疲力尽了。看在上帝的分上，看在天主基督分上，你给你妹妹克拉夫季娅·阿勃拉莫夫娜写封信吧，让她把她所有的东西都卖了、当了，让她把钱寄来，我们就可以离开这里。啊，上帝。"他痛苦地继续道，"哪怕让我再看一眼莫斯科也好啊！哪怕我能在梦中看见莫斯科也好啊，亲爱的！"

黄昏到，木屋里越来越暗，大家愁闷得说不出话来。爱生气的老奶奶把黑麦面包的硬壳掰碎后泡在碗里，再放进嘴里慢慢地嚼着，吃了足足一个钟头。玛丽亚挤完牛奶，提着牛奶桶进来，把它放在凳子上。老奶奶再把桶里的牛奶倒进一只只瓦罐里，慢腾腾地从从容容地干了很长时间。显然她很满意，因为眼下正是圣母升天节斋戒期，谁也不许碰牛奶，这些牛奶就都可以留下了。她只往一个小碟子里倒了一点点，留给菲奥克拉的小娃娃喝。后来她和玛丽亚把一只只瓦罐送到地窖去。莫季卡忽然跳起来，从炉台上溜下来，走到凳子跟前，拿起盛牛奶的碟子，往那只泡着面包硬皮的木碗里泼了一点牛奶。

老奶奶回到屋里，又端起自己的碗吃起来。萨莎和莫季卡坐在炉台上眼巴巴的望着老奶奶，心里暗暗高兴：这下她开荤了，往后包管她要人地狱了。她们得到了安慰，就躺下睡觉。萨莎快要迷迷糊糊的睡着，可还在想象着最后的审判情景；一只像陶窑那样的大

炉子里烈火熊熊，有个头上长着牛那样的犄角，浑身漆黑的魔鬼，拿着一根长杆子把老奶奶往火里赶，就像她自己刚才赶鹅一样。

五

在圣母升天节的晚上十点钟以后，在陡坡下草地上玩耍的姑娘和小伙子们，忽然大惊小怪的叫喊起来，一起都朝村子方向。那些坐在陡坡上边的人一时间怎么也弄不明白出了什么事。

"起火啦！起火啦！"下面传来声嘶力竭的呼喊声，"村里起火啦！"

坐在陡坡上边的人回头一看，在他们前面是一幅可怕的、不同寻常的景象。在村头一座木房的干草顶上，蹿起 2 米多高的火柱，火舌往上卷着，向四面八方洒出无数的火星，像喷泉喷水似的。随即整个屋顶燃起熊熊大火，可以听到火烧发出来的噼啪声。

月色朦胧了，整个村子已经笼罩在颤动的红光中，黑影在地上移动，空气中弥漫着火烧的气味。从坡下跑上来的人，一个个气喘吁吁，战战兢兢，一句话也说不出来。他们互相推挤，跌跌撞撞，由子不习惯刺眼的火光，他们什么也看不清楚，甚至彼此都认不出来了。真是可怕。特别可怕的是几只鸽子在火焰上空的浓烟里飞来飞去。而在酒馆里，那些还不知道村里起火的人还在唱歌，拉手风琴，就像压根什么事也没有发生一样。

"谢苗大叔家起火啦！"有人粗声粗气地大喊道。

玛丽亚在自己屋前急得团团转。她哭哭啼啼，搓着手，吓得牙齿不停地抖动，其实火还远着呢，在村子的另一头。尼古拉穿着毡靴走出屋来，孩子们穿着贴身衫子到处乱跑。在乡村巡警的小屋左边，一片铁片敲响了。哐哐的声音飘过空中。这急促的不断的铁板

声弄得人胆战心惊，浑身发冷。老太婆站在一旁，举着神像。所有的羊、牛犊和母牛都让人从院子里轰到街上，不少箱笼、熟羊皮和木桶都搬了出来。一匹黑野马，素来跟成群的马隔开，因为它老踢伤别的马，这时却撒开了缰。它一声嘶鸣，马蹄得得，在村里一连跑了两个来回，后来忽然在一辆大车旁停住，扬起后蹄踢那辆车子。

河对面，教堂里的钟响起来。

靠近燃烧着的小屋，又热又亮，亮得连地上的每一棵小草都清晰可见。一些箱子好不容易给拖了出来。谢苗坐在其中的一只箱子上，这是一个生着胡萝卜颜色的头发的农民，大鼻子，一顶便帽压得很低，直到耳朵，穿一件大上衣。他的妻子脸朝下躺在地上，已经不省人事，嘴里不住地哼哼着。有个八十岁的小老头，留一把大胡子，看上去活像个地精。他不是本地人，可似乎跟这场火有什么联带关系，在一旁走来走去，没戴帽子，抱一个白包袱。他的秃顶上映照出火光来。村长科尼夫，红黑的脸膛，乌黑的头发，跟吉卜赛人一样，拿一把斧子走到木屋前，把所有的窗子接连砍下来，谁也不知道为什么缘故随后开始砍门廊。

"婆娘们，弄水来！"他嚷道，"把机器抬来！快着！"

在饭铺里闹酒的村民们把机器拉来了。他们都已喝醉，不时磕磕绊绊，跌跌撞撞，眼睛里含着泪水，一副无可奈何的表情。

"姑娘们，拿水来！"村长嚷着，他也醉了，"快点，姑娘们！"

女人和姑娘们跑到下面泉水边，把大桶、小桶灌满了水往山上送，倒进救火机里，又往下跑。奥莉加、玛丽亚、萨莎和莫季卡都去弄水。女人们和男孩们用唧筒压水消防水龙带吱吱地响，村长拿着它一会儿对着门，一会儿对着窗，有时还用手指堵住水流，这一来水管吱吱叫得越发尖了。

"好样的，安季普！"有些人称赞道，"加一把劲！"

安季普冲进起火的小屋里去，在里面大声喊叫：

"使劲压水！正教徒们，出了这么可怕的变故，合力干哪！"

不少农民站在一旁，什么事也不干，瞧着火发愣。谁也不知该做什么，也不会做，四下里堆着成捆的麦子和干草，成堆的柴火。基里亚克和老奥西普也站在里面，两人都带着醉意。像是为自己的袖手旁观开脱，老头对躺在地上的女人说：

"何必这个样子，朋友？这小屋保过火险，那还愁什么？"

谢苗时而对这个人，时而对那个人讲起着火的原因：

"就是那个拿包袱的老头子，茹科夫将军的家奴……他从前在将军家当厨子，求上帝让将军的灵魂安息。晚上来我家说：'留我在这儿住一夜……'好吧，不用说，我们两人就喝了那么一小盅……老婆子忙着烧茶炊，想请老头子喝点茶，可是合该倒霉，她把茶炊搁在门道上，烟囱里的火星一直蹿到屋顶，是啊，就是这么回事。我们差点没给烧死。老头子的帽子烧掉了，作孽呀。"

那块铁片被人不知疲倦地敲着，河对岸的教堂里钟声齐鸣。奥莉加周身映在火光里，气喘吁吁地时而跑下，时而跑上，惊恐地看着那些火红色的绵羊和在烟雾里飞来飞去的粉红色的鸽子。她觉得钟声跟尖锐角似的钻进了她的灵魂，又觉得这场火永远扑不灭，而萨莎找不见了……后来轰隆一声木屋的天花板塌下来，她心想这下全村准会烧光，这时她头昏脑胀，再也提不起水桶，就坐在坡上，水桶扔在一旁。在她身旁和身后农妇们坐在那儿嚎啕大哭，仿佛在守灵样。

这时候，从河对岸的村子里来了两辆车子，车上坐着好些汉子，他们运来了一台救火机。有个身穿白色海军服、敞着怀的年轻大学生骑着马也赶来了。响起了斧子的砍击声，梯子安在燃烧着的房架上，立即有五个人往上爬，打头的就是那个大学生。他周身被火光照红，用粗哑的声音喊叫着，那口气，就好像他是救火的行家

似的。他们把木屋拆散，把原木一根根卸下来，把畜栏、篱笆和近处的干草垛都移开了。

"不准他们拆屋子，"人群里传来严厉的喊声，"不准他们拆！"

基里亚克带着坚决的神气走向木屋，似乎要阻止来人拆房子。可是一名雇工把他赶回来，还狠狠地揍了他一拳。大家一阵哄笑，雇工又给了一拳，基里亚克倒下了，手脚并用爬回到人群里。

河对岸又来了两个戴帽子的漂亮姑娘，多半是大学生的姊妹吧。她们站在远处观望。拆下拖走的原木不再燃烧，但是冒着浓烟。现在大学生拿着水龙头，先对着原木冲，然后对着农民冲，后对那些提水的女人冲。

"乔治！"两个姑娘责备地、不安地向他喊道，"乔治！"

火灭了。直到大家四散回家，这时才发现天快亮了，人人脸色苍白，还有点发黑——清早那些殒星消灭的时候人的脸总是这样的，总是这样的。回家路上，农民们嘻嘻哈哈，不断地拿茹科夫将军的厨子开玩笑，取笑他把帽子烧掉了。他们已经打算把这场火变成笑谈，甚至好像惋惜火熄得太快了。

"您，少爷，救起火来很有本事，"奥莉加对大学生说，"真该把您调到我们莫斯科，那儿差不多天天有火灾。"

"怎么，你是从莫斯科来的？"一位小姐问道。

"是这样。我丈夫在斯拉夫商场当差。这是我的女儿，"她指着冷得发抖、紧贴着她的萨莎说，"他的脸上放出希望的光。"

两位小姐对大学生讲了几句法语，他就给了萨莎一个二十戈比的硬币。老头子奥西普冷眼看见了。

"我们得感谢上帝，老爷，多亏没风，"他对大学生说，"要不然我们早就给烧光了。老爷，好心的贵人，"他压低嗓音，不好意思地加了一句："大清早的，可真冷……您行行好，赏几个小钱打点酒喝吧。"

他什么也没有得着，于是嗽了嗽喉咙，磨磨蹭蹭地回家了。奥莉加一直站在坡边，望着两辆车子过河，瞧着那贵人穿过草地，河对岸有一辆马车正等着他们。她一回到木屋，就热诚地对丈夫说：

"那几个好心的人啊！长得也漂亮！两位小姐出落得跟天使一样！"

"叫她们咽了气才好！"睡得迷迷糊糊的菲奥克拉恶狠狠地说。

六

玛丽亚认定自己命苦，常说不如死了算了。菲奥克拉正相反，贫穷啊，龌龊啊，不停的咒骂啊，这生活样样合她的胃口。给她什么，她就吃什么，从不挑挑拣拣，不管什么地方，不管有没有铺的盖的，她倒头就睡。她把脏水倒在台阶上，或者在门槛上泼出去再光着脚从水洼里走过去。她从第一天起就痛恨奥莉加和尼古拉，因为他们不喜欢这种生活。

"我倒要瞧瞧你们在这里吃什么，你们这些莫斯科的贵族！"她恶毒地说，"我倒要瞧一瞧！"

九月初。一天早晨菲奥克拉挑了一担水从坡下回来，冻得脸蛋红红的，又健康又漂亮。这时候玛丽亚和奥莉加正坐在桌子那儿喝茶。

"品茶呐，"菲奥克拉挖苦地说，"两位娇太太，"她放下水桶，又说，"倒时兴天天喝茶哩，小心点，别让茶把你们呛死了！"她痛恨地瞧着奥莉加，接下去说，"她在莫斯科长了一脸的肥肉，这油篓！"

她抡起扁担，一下子打在奥莉加的肩膀上，两个妯娌吃惊得击掌叹道：

"哎呀，我的天哪！"

随后菲奥克拉又去河边洗衣服，一路上高声咒骂，弄得屋子里都听得见。

白天过去了，随后是秋天的悠长的黄昏。木屋里在绕丝。大家动手，除了奥菲克拉：她又跑到河对岸去了。这丝是从附近的工厂里弄来的，全家人靠它挣几个钱———一星期二十来戈比。

"当年在东家手下，日子要好过些，"老头子一面绕丝，一面说，"干完活就吃，吃了就睡，一样挨着一样。中午饭有菜汤和粥，晚饭又有。黄瓜和卷心菜多的是，你可以吃个够，爱吃多少就吃多少，那时候也严得多，人人都守本分。"

小屋里只点一盏小灯，光线暗淡，灯芯冒烟。要是有人挡住了小灯，就有很大一片黑影落在窗上，这时可以看到明亮的月光。老头子奥西普不慌不忙地讲话，谈起农奴解放前人们怎样生活。他说到，在这一带地方，想当年老爷们常常带着猎犬和职业猎手外出打猎，凡是给他们雇用做打手的农民都能喝到伏特加。之后整车整车被打死的野禽就送到莫斯科年轻的主人那边。他还说到，坏的农奴怎样给人用棍子打一顿，或发配到特维尔的世袭领地上当农奴，好心的农奴受到奖赏。老奶奶也讲些往事。她什么都记得，一样也没忘。她谈起自己的女主人，说她心地善良，严守教规，可是丈夫是个酒徒和浪荡子。说她有三个女儿，婚姻都不利，一个嫁给酒鬼，另一个嫁给小市民，第三个私奔了（老奶奶当时很年轻，还帮过小姐的忙）。她们三个不久都郁郁地死了，跟她们的母亲一样，想起这些，老奶奶居然洒了两滴眼泪。

突然有人敲门，大家都吃一惊。

"奥西普大叔，留我住一夜吧！"

进来一个秃顶的小老头子，就是那个烧掉帽子的茹科夫将军的厨子。他坐下来，听着，随后也开始回忆往事，讲起各种各样的故

事来。尼古拉坐在炉台上，搭拉着两条腿，听着，问起旧日为贵族们准备的菜。他们谈起了炸肉饼、肉排、各种汤和佐料。那厨子样样事情都清清楚楚地记得，讲起现在已经不再烹调的菜，比如说有一道用牛眼睛做的菜，取名叫"早晨醒"。

"那时候你们烧'五将排骨'吗?"尼古拉问。

"不烧。"

尼古拉不以为然地摇摇头，说:

"哎呀，你们所做的是什么，厨子哟!"

炉台上的小姑娘们有的坐着，有的躺着，不眨眼地往下瞧着，她们人很多，看上去真像云端里的一群小天使。她们喜欢听大人讲话，她们时而高兴，时而害怕得脸色发白，不住地叹气、发抖，老奶奶的故事在所有故事中顶有趣味，她们便屏住呼吸听着，不敢动一下。

后来大家默默地躺下睡觉。老年人给回忆激动着困扰着，想起年轻的时候多么美好。青春，不管它什么样，在人的记忆中总是留下轻松、愉快、动人的印象。至于死亡，它已经不远了，却是那么可怕——最好不去想它! 小灯熄了。黑暗也好，月光照亮的两扇小窗也好，寂静也好，摇篮的吱嘎声也好，不知什么缘故这一切使老人们想起他们的生活已经完结，设法子把它拉回来……他们刚刚迷迷糊糊，刚刚沉入遗忘的境界，忽地有人碰碰你的肩膀，一口气吹到脸上，立即就睡意全消了，觉得身子发麻，好像血液循环停止了似的，种种死的念头直往脑子里钻。翻一个身吧——死的事倒忘了，可是满脑子都是贫穷、饲料、面粉涨价等等早就让人发愁、烦心的事。过了一会儿，不由得又会想起: 生活已经完结了，没法子把它拉回来了……

"唉，主啊!"厨子叹了一口气。

有人轻轻地从没这么轻地敲了几下小窗子。多半是菲奥克拉回

来了。奥莉加打着哈欠，小声念了一句祷告，起身开了房门，又到门道里拉开了门闩。可是没有人进来，只有一阵冷风从街上吹进来，月光一下子照亮了门道。从门里望出去，可以看到寂静而荒凉的街道和天上浮游的月亮。

"是谁呢？"奥莉加招呼。

"我，"来者回答，"是我。"

大门旁贴着墙跟站着菲奥克拉，全身一丝不挂。她冻得浑身发抖、牙齿打颤，在明亮的月色里显得很白、很美、很怪。她身上的暗处和皮肤上的月辉，不知怎么十分显眼，她那乌黑的眉毛和一对年轻、结实的乳房显得特别清楚。

"那边那些坏蛋胡闹把我的衣服剥光，照这样把我赶出来了……"她嘟嘟哝哝地说，"我只好没穿衣服，就这么一丝不挂走回家来。快给我拿件衣服来。"

"可是你快进屋呀！"奥莉加小声说，她也开始打冷战。

"我不要老家伙们看见。"

实际上，老奶奶已经操心地嘟哝起来，老头子问："是谁啊？"奥莉加把自己的上衣和裙子拿出去，帮菲奥克拉穿上，随后两人极力不出声地关上门，轻手轻脚地走进木屋。

"是你吧，讨厌鬼？"老奶奶猜出是谁，生气地嘟哝道，"该死的东西，你这夜游鬼！为什么魔鬼不把你逮了去！"

"这就行了，这就行了，"奥莉加悄悄地说，给菲奥克拉披上衣服，"不要紧的，亲人儿。"

屋里又静下来。这家人向来睡不踏实：那种纠缠不休、摆脱不掉的苦恼妨碍他们每个人安睡：老头子背痛，老奶奶满心焦虑和气恼，玛丽亚担惊受怕，孩子们疥疮发痒、肚子常饿。此刻他们在睡梦中也是不安的：他们不断地翻身，说梦话，爬起来喝水。

菲奥克拉突然哇的一声哭起来，粗声粗气但立即又忍住，不时

抽抽搭搭，声音越来越轻，越来越含糊，到后来完全静下来了。河对岸偶尔传来报时的钟声，可是敲得很怪：先是五下，后来是三下。

"唉，主啊！"厨子连连叹息。

望着窗子，很难弄清楚，这是月光仍在照耀呢，或者已经天亮了。玛丽亚起床，走出去。可以听见她在院子里挤牛奶，不时地说："站好！"后来老奶奶也出去了。小屋里还黑着，可是人已经能看清屋里的一切物件了。

尼古拉一夜没睡着，从炉台上爬下来。他从一只绿色的小箱子里拿出自己的燕尾服，穿到身上，走到窗前，摩挲衣袖，摸一摸燕尾——微微的笑了。后来他小心地脱下燕尾服，收进箱子里，又去躺下了。

玛丽亚回到屋里，开始生炉子。她显然还没有完全睡醒，一边走，一边醒过来。她一定梦见了什么，或者又想起了昨晚的故事，因此她在炉子跟前伸了个大大的懒腰，说：

"不，自由得多！"

七

"主人"来了——村里人都这样称呼县里的警官。他什么时候来，为什么来，一礼拜以前大家就知道了。茹科沃村只有四十户人家，可是他们在地方会议里积下了两千多卢布的欠款和别的税款。

区警察局局长先在小酒馆里歇脚，他"赏光"喝了两杯清茶，然后步行到村长家里，房子外面一群拖欠税款的农民已在恭候。村长安季普·谢杰利尼科夫尽管很年轻——他只有四十岁出点头——却很严格，总是帮着当局说话，其实他自己也挺穷，也一再地拖延

税款。显然他很喜欢当村长，喜欢意识到自己拥有权力，这权力就是严厉，此外他不知道还有什么能表现出这份权力。全村开会的时候，人人都怕他，由他说了算。有时，在街上或者酒馆附近，他抓住个醉汉大声呵叱，反绑了他的手，把他关进拘留室。有一次他甚至把老奶奶也关了一天一夜，原因是她代替奥西普来开村会，还在会上骂起街来了。他没有到过城里，也从来没有念过书，但他不知从哪儿拾来了各式各样的、文绉绉的字眼儿，喜欢在言谈中用一用，为此他备受村民敬重，尽管别人听不懂是什么意思。

奥西普带着他的纳税簿走进村长家的小木屋。区警察局局长，一个瘦老头子，灰白的连鬓胡子蓄得很长，穿一身灰制服，正坐在上座的桌子旁写些什么。小屋干干净净，四面墙上贴满了从杂志上撕下来的花花绿绿的画片。在圣像旁边最显眼的地方，贴一张保加利亚巴腾贝克王子的照片。村长安季普·谢杰利尼科夫两手交叉抱在胸前，站在桌旁。

"大人，他欠一百十九卢布，"轮到奥西普时，他说，"复活节前他交了一个卢布，从那时候以后没付过一个钱。"

区警察局局长抬眼望着奥西普，问道：

"这是为什么，兄弟？"

"发发慈悲吧，大人，"奥西普激动地说，"容我回禀，去年柳托列茨村的老爷对我说：奥西普，把你的干草卖了吧……卖给我。'怎么不行呢？我有一百普特干草要卖出去，都是几个婆娘在草场上割的。行，我们谈妥了价钱……本来挺好，两厢情愿……"他抱怨起村长来，不时转身瞧瞧农民们，似乎要请他们来作证似的。他满脸通红，额头冒汗，眼神变得尖利而气愤。

"我不明白你说这些干什么？"区警察分局局长说，"我问你……我只问你为什么不缴纳欠款？你不缴，你们都不缴，难道这要我来负责？"

"我缴不出来嘛!"

"这些话毫无道理,大人,"村长说,"不错,奇基利杰耶夫一家固然是家道贫寒,不过请您问问其余的人,全部过错在伏特加,他们是一帮胡作非为的人。他们一窍不通。"

区警察局局长记下什么,然后心平气和地对奥西普说,那语气就像讨杯水喝似的:

"出去。"

不久区警察局局长就走了。他坐进一辆便宜的四轮马车,不住地咳嗽,望着他那又长又瘦的背影可以看出,此刻他已经忘了奥西普,忘了村长,忘了茹科沃村的欠款,只在想着自己的心事了。他还没有走出一俄里,安季普·谢杰利尼科夫已经夺走了奇基利杰耶夫家的茶炊,老奶奶在后面追,使足劲尖声喊叫:

"不准你拿走!我不准你拿走,你这个混蛋!"

他迈开大步,走得很快;老奶奶驼着背,愤怒若狂、气喘吁吁、跌跌撞撞地在后面追他,她的头巾滑到肩膀上,一头白发泛出淡淡的绿色,在风中飘扬。她突然站住,像一个真正的叛党似的,双拳不住地捶胸,用唱歌的声音比平时响亮地嚷着,好像在呜咽似的"正教徒们,信仰上帝的人啊!老天爷哪,他们欺负人!乡亲们哪,他们压迫人!哎呀,哎呀,好人们哪,来帮帮我吧!"

"老奶奶,老奶奶,"村长厉声说,"不得无理取闹!"

没有了茶炊,奇基利杰耶夫的小屋里阴惨得不像样了。茶炊被人夺走,不要紧,可是这却有点叫人难堪甚至有侮辱的意味,就像这家人的名誉忽然扫地一样。要是村长拿走桌子和凳子,拿走所有的瓶瓶罐罐倒也好些,那样的话,这地方反倒不会显得这么空荡荡。老奶奶呼天喊地,玛丽亚伤心落泪,所有的小姑娘望着她们也都哇哇哭起来。老头子聋拉着脑袋,垂头丧气地坐在屋角里一声不吭自觉有罪。尼古拉也一声不响。老奶奶一向疼他,可怜他,可是

这会儿忘了体恤，忽然冲着他不停地叫骂，责难，对着他的脸不住地摇拳头。她尖声叫道，说全是他的过错，还在信里吹牛，说什么在"斯拉夫商场"每月领五十卢布，可实际上给家里寄的钱却很少很少，这是为什么？他干吗回家来，还带着家眷？他要是死了，哪儿弄钱来葬他？……尼古拉、奥莉加和萨莎的模样儿看上去真叫人心酸。

老头子粗声粗气地叹了一声，拿起帽子走出门，找村长去了。天色已黑。安季普·谢杰利尼科夫鼓着腮帮子在炉子旁焊什么东西。满屋子煤气味。他的孩子们都很瘦，没有梳洗，在地板上爬来爬去，不见得比奇基利杰耶夫家的强多少。他的妻子长相难看，脸上有雀斑，挺着大肚子在绕丝。这是一个不幸的困苦的家庭。只有安季普一人看上去既年轻又漂亮。在长凳上放着一溜五把茶炊。老头子对着巴滕贝克念着祷词，说：

"安季普，大慈大悲，把茶炊还给我！看在基督面上！"

"拿三个卢布来，你就取走。"

"我拿不出来嘛！"

安季普鼓起腮帮子吹气，火就呼呼地响，噼啪地叫，火光映在茶炊上。老头子揉着帽子，想了一阵，又说：

"把它还给我吧！"

黑皮肤的村长变得完全漆黑，活像个巫师。他转身对着奥西普，说得又快又严厉："这得由县长官说了算。到本月二十六日，你可以到行政会议上口头或者书面申诉你不满的理由。"

奥西普一点也听不懂他的意思，可是也算满意。回家去了。

十多天后，区警察局局长又来了，坐了个把钟头，后来又坐车走了。那些天，天冷而且有风，河面早已结冰，雪倒没有下，人们都累得要死，因为道路难走，有一天，一个节日的傍晚，邻居们到奥西普家闲坐，聊天。他们在黑屋子里说着话，因为节日里不该干

活，所以没有点灯。消息倒有几个，不过都叫人不痛快。比如有两三户人家的公鸡被抓去抵债，送到当地局子里去，在那里死掉了，因为没人喂它们。又比如，有几家的绵羊给拉走了，他们把羊捆起来，装在大车上运走，每到一个村子就换一辆大车，结果一头羊闷死了。现在有一个问题需要解答：这都该怪谁呢？

"该怪地方自治局！"奥西普说，"不怪它怪谁！"

"当然，该怪地方自治局。"

他们把欠款、受欺压、粮食歉收等等所有的事都怪罪于地方自治局，虽说他们中谁也不知地方自治局是怎么回事。这种情形从很早就开始了。当初一些富农自己开工厂、小铺和客店，当上了地方自治会议员，却始终心怀不满，后来便在自己的工厂和铺子里痛骂它。

他们又谈到了上帝怎么还不下雪；谈到该把树木拉回家来做柴火，可是眼下路面坑坑洼洼，车不能行，人不能走。过去吧，十五年、二十年以前，茹科沃村里的人谈话要有趣得多。那时候，每个老头子脸上都是这样一副神气，仿佛他心里藏着什么秘密，知道什么，盼着什么。他们谈论盖着金印的公文，土地的划分，新的土地和埋藏的财宝；他们的话里都暗示着什么；现在的茹科沃人根本没有什么秘密，他们的生活全部赤裸裸地清清楚楚地摊在大家面前，仿佛就在手掌心上一样，他们能谈的不外乎贫穷和食物，畜林，再就是老天爷怎么不下雪……

他们沉默片刻。后来又想起了公鸡和绵羊的事，又开始讲起该怪谁不对。

"地方自治局！"奥西普沮丧地说，"不怪它怪谁！"

八

教区的教堂在六俄里外的科索戈罗沃村。农民们只在不得不去的时候，如给婴儿施洗礼、举行婚礼、举行葬仪时才去一趟。平时做礼拜到过河的教堂就行了。到了节日，遇上好天气，姑娘们穿上顶考究的衣服，成群结队去做弥撒。她们穿着红的、黄的、绿的连衣裙，穿过草场，看上去很起眼。不过遇上天气坏，她们只好待在家里。为了忏悔和领圣餐，她们总是到教学的教区去，在复活节后的一周内，神父举着十字架走遍所有的农舍，向大斋日没去教堂做忏悔的教徒每人收取十五戈比。

老头子不信上帝，因此他几乎从来不想他。他承认神仙鬼怪，但他认为这种事只跟女人有关。遇到人家在他面前谈起宗教或者奇迹这类事，向他提出关于这类事情的问题，他总是搔搔头皮，勉强地回答：

"谁知道这个呀！"

老奶奶信上帝，不过有点糊涂。她的记忆里所有的事都混在一起，她刚想起罪孽、死亡、灵魂得救，忽然贫穷啦，种种操心的事啦，又都插了进来，她立即忘了刚才在想什么。祷告词她是一点儿记不住，通常在晚上睡觉前，她站在圣像面前小声念道：

"喀山圣母娘娘，斯摩棱斯克圣母娘娘，三臂圣母娘娘……"

玛丽亚和菲奥克拉经常在胸前画十字，每年都持斋领圣餐，可是完全是应应景儿。孩子们没有学过祷告，大人们也不对他们讲上帝，传授什么教规，只是禁止他们在斋期吃荤。其余的家庭也差不多：相信的人少，懂教规的人更少。同时大家却都喜欢《圣经》，温柔而尊敬地喜爱它，可是他们没有书，没人念《圣经》，讲《圣

经》。奥莉加有时念《福音书》，为此大家都敬重她，对她和萨莎都恭敬地称呼"您"。

奥莉加经常去邻村和县城参加教堂命名节活动和感恩祈祷，在县城里有两个修道院和二十六座教堂。她去朝圣的路上总是痴痴迷迷，完全忘了家人，直到回村来，才突然高兴地发现自己有丈夫和女儿，于是喜气洋洋地笑着说：

"上帝赐福给我了！"

村子里的那种情形，依她看来，好像处处讨厌，不断地折磨她。农民们在伊利亚节喝酒，在圣母升天节喝酒，在十字架节又喝酒。圣母庇护节是教区的节日，茹科沃村的农民为此一连喝三天酒。他们不但喝光了五十卢布的公款，过后还挨家挨户敛集酒钱。第一天，奇基利杰耶夫家就宰了一头公羊，早中晚一连吃了三顿羊肉。他们吃得很多，到了夜里孩子们爬起来再找补一点。这三天里基里亚克喝得酩酊大醉，他喝光了所有的家当，把帽子和靴子也换酒喝了。他往死里殴打玛丽亚，打得她晕过去，家里人只好往她头上泼水才能使她苏醒过来。事后大家都感到羞愧、厌恶。

然而，即使在茹科沃这样的"奴才村"，每年也总有一回隆重的宗教盛典。那是在八月，在全县，从一个村子到一个村子，人们迎送着赋予生命的圣母像。到了茹科沃村盼望的这一天，天气无风，天色阴沉。一大清早，姑娘们就穿上鲜艳漂亮的衣裙去迎圣像，到了傍晚时人们才抬着圣像，举着十字架和神幡、唱着圣诗，进了村子，这时河对面的教堂里钟声齐鸣。一大群本村人和外村人挤满了大街，吵吵嚷嚷，尘土飞扬，挤成一团……老头子也好，老奶奶也好，基里亚克也好，大家都向圣像伸出手去，眼巴巴地地瞧着它，哭哭啼啼地说：

"保护神啊，圣母娘娘！保护神啊！"

大家好像突然明白了，人间和天堂并设有隔阂，有钱有势的人

还没有抢走一切，尽管他们遭受着欺凌和奴役，遭受着难以忍受的贫穷，遭受着可怕的伏特加的祸害，却有神灵在保佑着他们。

"保护神啊，圣母娘娘！"玛丽亚嚎啕大哭，"圣母娘娘啊！"

可是感恩祈祷做完，圣像又抬走了。一切都恢复原样，粗鲁而醺醉的声音又从饭铺里传来。

只有富裕农民才怕死，他们越阔，就越不相信上帝，不相信灵魂得救的话。他们只是出于对死亡的恐惧，才点起蜡烛，做弥撒，为的是这样做总可以稳妥一点。穷苦的农民不怕死。人们当着老头子和老奶奶的面说他们活得太久，早该死了，可是他们却满不在乎。他们也当着尼古拉的面毫无顾忌地对菲奥克拉说，等尼古拉死了，她的丈夫丹尼斯就可以得到照顾——退役回家了。至于玛丽亚，她不但不怕死，甚至还巴不得早点死才好。她的小孩一死，她倒高兴。

他们不怕死，可是对各种各样的病却有过分的恐惧。本来是一些小毛病，如肚子不舒服啦，着了点凉啦，老奶奶立即躺到炉台上，捂得严严实实，开始大声地不停地呻吟："我要——死——啦！"老头子赶紧去请神父，老奶奶就领圣餐，接受临终前的涂圣油仪式。他们经常谈到感冒、蛔虫和硬结，说蛔虫在肚子里闹腾，结成团后能堵到心口。他们最怕着凉，所以即使夏天也穿得很厚，在炉台上取暖。老奶奶喜欢看病，经常坐车到诊所，在那里她老说她自己是五十八岁，不说七十岁。照她想，要是医生知道她的实际年龄，就不会给她治病，只会说：她该死了，用不着再治了。她通常一清早就动身去诊所，再带上两三个小孙女，傍晚才能回来，肚子挺饿，脾气挺坏，给自己带回了药水，给小孙女带回了药膏。有一次她把尼古拉也带去了，后来他一连喝了两周的药水，说是觉得好了一点儿。

老奶奶认识方圆三十俄里内所有的医师、医务助理和江湖郎

中，可是却没有一个让她喜欢。在圣母庇护节那一天，神父举着十字架走遍所有的农舍，教堂执事对她说，城里监狱附近住着一个老头子，在军队上做过医士，治好过很多人的病，劝她找他去看病。老奶奶听了他的劝。等到头阵雪落下地以后，她就坐车进城，带回一个小老头儿。这人留着大胡子，脸上布满又细又蓝的血管的网，穿着长袍，是个皈依正教的犹太人。那时家里正请了几个雇工做事：一个老裁缝戴一副吓人的眼镜用碎布头拼成坎肩，两个年轻小伙子用羊毛做毡靴。基里亚克因为酗酒丢了差事，现在只好住在家里。他坐在裁缝旁边修理马脖子上的套具。屋子里又挤又闷，臭烘烘的。犹太人给尼古拉做完检查，说需要给病人拔罐子放血。

他放上许多罐子。老裁缝、基里亚克和小姑娘们站在一旁看着，他们好像觉得，他们看到疾病从尼古拉身上流出来了。尼古拉自己也瞧着，那些附在胸口的罐子慢慢地充满了浓黑的血，感到当真有什么东西从他身子里跑出去了，于是他满意地微微笑着。

"这样行，"裁缝说，"求上帝保佑，能见效就好。"

犹太人拔完十二个罐子，随后又放上十二个。他喝足了茶，就坐车走了。尼古拉开始打冷战，他的脸瘦下去，用女人们的话说，缩成一个小拳头了，他的手指发青。他盖上一条被子，再压上一件羊皮袄，但还是觉得越来越冷。将近傍晚，他觉得病重了，要他们把他放到地板上，要裁缝别抽烟，随后静静地躺在羊皮袄下面，天不亮就死了。

九

唉，多么严酷，那是漫长的冬季啊！

圣诞节过后，自家的粮食已经吃完，只得去买面粉。基里亚克

现在住在家里，到傍晚就胡闹，弄得人人害怕，一到早晨又因头痛和羞愧而痛苦不堪，看他那副模样真叫人可怜。在畜栏里，那头饥饿的母牛一天到晚不停地哞哞哀叫，叫得老奶奶和玛丽亚的心都碎了。好像故意捣乱似的，一直是冻得树木喀喀响的严寒天气，到处是厚厚的积雪和高高的雪堆，冬天拖得很长。到了报喜节，还刮了一场十足的冬天的暴风雪，在复活节居然还下了一场雪。

但是不管怎么样，冬天毕竟过去了。四月初，白天变得暖和起来，夜里依然寒冷。冬天还不肯退让，但暖和的春日终于还是来临了，最后，冰雪消融，河水奔流，鸟儿开始唱歌。河边的整个草场和灌木丛淹没在泛滥的春水中，从茹科沃村直到河对岸成了一片泽国，水面上不时有一群群野鸭振翅飞起飞落。春天的落日如火如荼，映红了满天的彩霞，每天晚上都变出一幅不同往常的新的图景，那样美妙绝伦，也就是人们日后在画儿上看见那种彩色和那种云朵时候所不能相信的景致。

仙鹤飞得很快很快，发出声声哀鸣，似乎在召唤同伴。奥莉加站在斜坡的边上，久久地望着这片泛滥的春水，望着太阳，望着那明亮的、仿佛返老还童的教堂，她不禁流下了眼泪，激动得喘不过气来。她急切地想离开这里，随便去什么地方，即使是天涯海角也好。家里已经决定，让她还回到莫斯科去当女仆，让基里亚克跟她一路去，去那里找个看门人或者其他什么差事。啊，快点走吧！

等路变干了，天气暖和了，她们就准备动身上路。奥莉加和萨莎每人背着包袱，穿着树皮鞋，天不亮就出发了。玛丽亚出来送她们一程。基里亚克因为身体不好，还得在家再待上一个礼拜。奥莉加最后一次面对着教堂在胸前画十字，默默祷告。她想起了自己的丈夫，虽然没哭出来，但她的脸皱起来，像老太婆那样难看了。这一个冬天，她变的瘦多了，变丑了，头发有点灰白，脸上再没有昔日那种动人的风韵和愉快的微笑，在经受了丧夫之痛以后，只有一

种悲哀的听天由命的神情。她的目光有点迟钝、呆板，耳朵仿佛聋了似的。她舍不得离开这个村子和这些农民。她回想起他们怎样抬着尼古拉顺着大街走下去，在一座座农舍旁边都有人做安魂祈祷，大家同情她的悲痛，陪着她哭，在夏天和冬天，经常有一些时日，这些人过得好像比牲口还糟。同他们生活在一起是可怕的，他们粗鲁，诡诈，肮脏，酗酒；他们不和睦，老是吵架，因为他们彼此不是尊重，而是互相害怕，互相猜疑。谁开饭铺，鼓励闹酒？农民。是谁挥霍掉村社、学校和教堂的公款，把钱换酒喝了？农民，是谁偷邻居家的东西，纵火，为了一瓶伏特加在法庭上作伪证？是谁在地方自治会和其他会议提高喉咙头一个出来反对农民？还是农民。不错，同他们生活在一起是可怕的，可是他们毕竟是人，他们跟普通人一样受苦，流泪，而且在他们的生活里没有哪件事是不能找到使人谅解的缘由的。沉重的劳动使他们到了夜里就浑身酸痛，严寒的冬天，粮食歉收，住房拥挤，可是没有人帮助他们，哪儿也寻不到帮助。那些比他们有钱有势的人是不可能帮助他们的，因为他们自己就粗鲁，不诚实，酗酒，骂起人来照样难听得很。那些小官和地主管家对待农民如同对待乞丐一样，他们甚至对村长和教堂主持讲话也跟见了部下一样自以为有权这样做。至于那些贪财的、吝啬的、放荡的、懒惰的人，他们到农村里来只是为了欺压、掠夺、吓唬农民，哪里还谈得上帮助呢？奥莉加回想起去年冬天，当基里亚克被拉去用树条体罚时，两位老人的模样是多么可怜而悲惨啊！现在她替所有那些人难过，所以她一边走，一边频频回头瞧那些小木屋。

送出三俄里，玛丽亚开始告别，然后她跪下来，不住地磕头，开始痛哭：

"又剩下我孤零零一个人了，我这苦命人啊，多么可怜、多么不幸啊……"

她就这样哭诉了很长时间，奥莉加和萨莎每一次回头总能看到她跪在地上，双手抱住头，一个劲儿地向两边即头，同时白嘴鸦在她的头飞来飞去。

太阳高高地升起，天气热起来。茹科沃村远远地落在后头子。走路是痛快的，奥莉加和萨莎很快就忘了村子，忘了玛丽亚。她们高兴起来，样样东西都中她们的意。有时出现一个土岗，有时出现一排电线杆，一根接一根不知伸向何方，最后消失在地平线上，那上面的电线发出神秘的嗡嗡声；有时看到远处绿树丛中有个小村子，从那边飘来一股潮气和大麻的香味，不知怎么那地方好像住着幸福的人似的，看那匹马的精瘦的骨架，在空旷的田里像孤伶伶的一个白斑点。云雀不停地婉转啼唱，鹌鹑的叫声此起彼伏，互相呼应，一只秧鸡断断续续发出急促的叫声，仿佛真有人猛地在拉扯旧的铁门环一样。

中午时分，奥莉加和萨莎来到一个大村子。在一条宽阔的街上，她们遇见一个小老头，就是茹科夫将军家的厨子。他感到热，他那冒汗的红秃顶在阳光下发亮。起初他同奥莉加都没有立即认出对方，随后都回过头来对视了一会儿，认出来后一句话也没说，就各走各的路了。她们停在一座显得更阔气、更新的木屋前，奥莉加对着敞开的窗子深深地鞠了一躬，用尖细的唱歌般的喉咙说：

"正教徒啊，看在基督的分上，给点施舍吧，求上帝保佑你们，保佑你们的双亲在天国得到永久的安息。"

"正教徒啊，"萨莎也跟着她唱起来，"看在基督的分上，给点施舍吧，求上帝保佑你们，保佑你们的双亲在天国……"

一八九七年四月

姚内奇

一

　　每当有人来到这个省城，抱怨这里的生活枯燥而单调的时候，本地的居民就像是为自己辩护似地说：恰恰相反，这个城市好得很，这儿有图书馆、剧院、俱乐部，经常举行舞会，最后还说，这儿有许多有头脑、有趣味、令人愉快的人家，尽可以跟他们交往。他们还举出图尔金一家，说那一家人可以算得上是本城最有教养、顶有才华的一家人了。

　　这一家人住在本城一条主要大街上自家的宅院里，跟省长官邸相隔不远。伊凡·彼得罗维奇·图尔金本人是个肥胖漂亮的黑发男子，留着络腮胡子，常常举办业余公演为慈善事业募集资金，他自己在剧中扮演老将军的角色，不时发出滑稽可笑的咳嗽声。他知道许多趣闻、字谜和谚语，喜欢开玩笑，说俏皮话，他脸上总是露出让人琢磨不透的那副表情：不知道他这是在开玩笑呢，还是在说正经话。他的妻子薇拉·约瑟福夫娜是个模样俊俏的身材瘦弱的女人，戴着夹鼻眼镜，她常写中篇小说和长篇小说，还喜欢在客人们面前朗诵她的作品。他们的女儿叶卡捷琳娜·伊凡诺夫娜是个年轻的姑娘，会弹钢琴。总而言之，这个家庭的每个成员都各有各的才能。图尔金一家人殷勤好客，而且总是兴致勃勃地、真诚纯朴地、落落大方地向客人们展示他们各自的才华。他们那幢高大的砖砌的房子十分宽敞，夏天凉快，一半的窗子朝着一个古老的树木苍郁的

花园，每年到了春天，那里的夜莺就婉转啼唱。每逢家里来了客人，厨房里就响起叮叮唑唑的菜刀声，院子里散出一股煎洋葱的气味。这一切总是预告着有一席丰盛而就要出来了的晚餐。

地方自治局新派任的医生名叫德米特里·姚内奇·斯塔尔采夫，在离省城九俄里以外的佳利日居住。他刚上任不久，就有人告诉他说，他既然是有知识的人，那就非结识图尔金一家不可。有一次，在冬天，在大街上经人介绍他认识了伊凡·彼得罗维奇。两人谈到天气、戏剧和霍乱，随后图尔金邀请他有空上自己家里去作客。春天，耶稣升天节那一天，斯塔尔采夫看完病人之后，进城去散散心，顺便买点东西。他不慌不忙地步行进城（当时他还没有购置马车），一路上轻轻地哼着歌：

> 我痛饮人生之杯，
> 还不知道伤心落泪……

他在城里吃过午饭，又在公园里逛了一阵，后来忽然想起了伊凡·彼得罗维奇的邀请，便决定登门拜访图尔金一家，看看他们都是些什么样的人。

"您好啊，有请啦，"伊凡·彼得罗维奇走到门外台阶上迎接他说，"真是高兴见到这样一位趣味相投的客人驾到。请进屋来，让我把您介绍给我的好太太。我跟他说过，薇洛奇卡，"他把医生介绍给妻子，接着说，"我跟他说过，根据罗马法典，他没有任何理由只呆在自己的医院里，他应当把闲暇时间用在社交活动上才对。我说的对不对，亲爱的？"

"请坐在这儿，"薇拉·约瑟福夫娜指着身边的座位说，"您不妨对我献献殷勤。我丈夫虽然爱吃醋，他是奥赛罗，不过我们可以做得很小心叫他一点儿也看不出来。"

"哎呀，你这个小母鸡，宠坏了的女人……"伊凡·彼得罗维奇柔声说道，吻了吻她的额头。"您来得正是时候，"他又对客人说，"我的好太太刚写完一部'其大无边'的著作，今天她正打算高声朗诵呢。"

"亲爱的伊凡，"薇拉·约瑟福夫娜对丈夫说，"叫人给我们端茶来。"主人又把斯塔尔采夫介绍给叶卡捷琳娜·伊凡诺夫娜，一个十八岁的姑娘，她长得很像母亲，同样清瘦、俊俏。脸上的表情仍带着几分稚气，腰身柔软而苗条，她那已经发育起来的少女的胸脯健康而美丽，洋溢着十足的青春气息。然后大家喝茶，吃果酱、蜂蜜、糖果和饼干。饼干十分好吃，一放进嘴里便化了。傍晚时分，渐渐地来了许多客人，伊凡·彼得罗维奇用含着笑意的眼睛迎接每一位客人，说：

"您好啊，有请啦！"

然后大家神情严肃地在客厅里坐下，薇拉·约瑟福夫娜开始朗诵她的长篇小说。她这样开头："严寒凛冽……"所有的窗子都敞开着，从厨房里传来叮当的菜刀声，和一股煎香葱的气味……大家坐在柔软的深深的圈椅里心平气和，在昏暗的客厅中灯光那么亲切地照着眼睛。眼下，在这种夏日的傍晚，当窗子里传来街头人们的欢声笑语，送来院子里丁香花的阵阵清香，听众们就很难体会出来凛冽的严寒，以及夕阳的冷光照耀着雪原和孤独的行路人赶路的情景了。薇拉·约瑟福夫娜读的是一个年轻美丽的伯爵小姐如何在自己村子里开办学校、医院和图书馆，以及如何爱上一个流浪的画家的故事。尽管她读的是现实生活中绝对不会有的故事，不过听起来还是很受用，很舒服，让人的脑子里生出许许多多美好的恬淡的思想。叫人简直不想站起来……

"真不赖……"伊凡·彼得罗维奇柔声叹道。

有一位客人听得心驰神往，用轻轻的几乎听不见的声音说：

"是的……的确……"

两小时过去了。邻近的市立公园里有一个乐队在演奏，合唱团在唱歌。当薇拉·约瑟福夫娜合上她的稿本，足有四分钟的时间大家都在沉默，听着合唱团唱的《松明》，这支歌道出的浓浓的生活情趣，却是小说中所没有的。

"您把您的作品送到杂志上发表吗?"斯塔尔采夫问薇拉·约瑟福夫娜。

"不，"她回答，"我从来不拿出去发表。我写完了就把它藏进我的柜子里。何必发表呢?"她解释说，"要知道我们足可以维护生活。"

不知为什么大家都叹了一口气。

"现在，科季克，你来弹支曲子吧，"伊凡·彼得罗维奇对女儿说。

钢琴盖子掀开了，原先摆在那儿的乐谱翻开了。叶卡捷琳娜坐下来，双手齐击琴键，随即又使足力气敲打起来，一下，两下，她的肩头和胸脯不住地颤抖着，她固执地敲打着同一处地方，似乎不把那几个琴键敲进钢琴里是决不罢休似的。客厅里满是铿锵声，震得地板、天花板和家具全都轰隆作响……叶卡捷琳娜·伊凡诺夫娜弹的是一段极难的曲子，又长又单调，这曲子之所以有趣味就是因为它难弹。斯塔尔采夫一边听着，一边想像着，高山上有许多乱石滚滚而下，滚滚而下，他巴望着这些石块快点停住。这时叶卡捷琳娜满脸绯红，精神抖擞，充满活力，一绺卷发披下来盖在她的额头上，那模样他很喜欢。在佳利日，他在病人和农民中间度过了漫长的冬季，现在坐在这客厅里，看着这个年轻、文雅，十分纯洁的人儿，听着这支喧闹的、冗长的，但又高雅的乐曲，这是多么令人愉快，多么新鲜啊……

"哦，科季克，你以前从没弹得像今天这么好，"伊凡·彼得罗

维奇在女儿弹完一曲站起来时含着泪说，"去死吧，丹尼斯，反正你写不出更好的曲子了。"

大家围拢她，向她表示祝贺，表示惊奇，众口同声地说，他们已经很久很久没有听到这样美妙的音乐了。她呢，默默地听着，微微地笑着。全身显出得意的神态。

"好极了！太美啦！"

"好极了！"斯塔尔采夫受到众人热情的感染，也说，"您在哪儿学的音乐？"他问叶卡捷琳娜·伊凡诺夫娜，"是在音乐学院吗？"

"不，我正在准备进音乐学院，暂时在家里跟扎夫洛夫斯卡娅太太学琴。"

"那么，您在本地的中学毕业了？"

"噢，没有！"薇拉·约瑟福夫娜替女儿回答，"我们为她请了家庭教师，进普通中学或者进贵族女中，我想您也会同意的，说不定会受到坏的影响。一个年轻女孩子在发育成长阶段，只应接受母亲的影响。"

"可是我还是要进音乐学院！"叶卡捷琳娜·伊凡诺夫娜说。

"不，科季克爱她的妈妈。科季克不会做让爸爸妈妈伤心的事。"

"不嘛，我要去！我偏要去！"叶卡捷琳娜·伊凡诺夫娜撒娇地说，还要脾气跺了一下脚。到吃晚饭的时候，轮到伊凡·彼得罗维奇来露一手了。他眼睛笑眯眯地讲着各种趣闻轶事，说俏皮话，打滑稽谜语，自己又说出了谜底来。他始终用一种他独有的奇特语言高谈阔论，这种语言是他长期卖弄俏皮话培养出来的，而且显然早已成了他的习惯，比如说：其大无边的，真正不赖的，千万分地感谢您，等等，等等。

可这还没完。等到客人们酒足饭饱，心满意足挤在前厅里，拿各自的大衣和手杖时，有个小仆人就来到他们身旁忙着伺候他们。

他叫帕夫卢沙，这家人叫他帕瓦，是个十四五岁的男孩子，留着短短的头发，脸蛋胖乎乎的。

"喂，帕瓦，表演一下！"伊凡·彼得罗维奇对他说。

帕瓦拉开可笑的架式，扬起胳膊，用悲惨惨的声调说：

"死去吧，你这苦命的女人！"

于是大家就哈哈大笑。

"真有意思。"斯塔尔采夫走到街上时心想。

他又顺路进了一个酒店，喝了点啤酒，然后动身步行回佳利日。一路上边走边轻轻地唱着：

> 你的声音温柔亲切
>
> 令我心神陶醉……

走完九俄里路，然后躺下睡觉，他一丝倦意也没有，刚好相反，他觉得自己还能高高兴兴地再走上二十俄里。

"真不赖……"，想起这句话，他笑着昏昏睡去。

二

斯塔尔采夫总是想去看望图尔金一家，但是医院的工作繁重，他怎么也抽不出空来。有一年多的时间就这样在辛劳和孤独中度过了。可是有一天，从城里邮来了一封蓝封皮的信。

薇拉·约瑟福夫娜早就有偏头痛的毛病，可是近来，因为科季克每天吓唬她说要进音乐学院，她就经常犯病了。城里所有的医生都请遍了，最后就轮到了他这名地方自治局医生。薇拉·约瑟福娜给他写了一封令人感动的信，信上求他无论如何到这儿来一趟解除她的痛苦。斯塔尔采夫立即前往，而且此后就常去图尔金家……

经他的治疗，薇拉·约瑟福夫娜的病还真有点好转，于是她就对所有的客人说，斯塔尔采夫是一名不同凡响的、医道惊人的神医。不过现在他之所以经常去图尔金家，已经不再是为她治偏头痛了……

这天正逢节日。叶卡捷琳娜·伊凡诺夫娜坐在钢琴前总算弹完了那些冗长的、乏味的练习曲。随后大家一直坐在饭厅里喝茶，听伊凡·彼得罗维奇讲了个逗笑的故事。后来门铃响了，得有人去前厅迎接客人，斯塔尔采夫趁这一时的杂乱，万分激动地对叶卡捷琳娜说："我求求您，看在上帝的分上，别折磨我，我们到花园里去吧！"

她耸耸肩膀，一副莫名其妙的神色，似乎不明白他要她做什么，不过她还是站了起来，走出去了。

"您每天要练三四个钟头的琴，"他跟在她后面说，"然后就跟您母亲坐在一起，简直没法跟您说话。哪怕给我一刻钟的时间也好，我求您了。"

秋天来了，古老的花园里宁静而忧郁，林荫道上铺满了枯黄的落叶。天色已经提早黑下来了。

"我有整整一个星期没有看到您了，"斯塔尔采夫接着说，"如果您知道这是多么痛苦就好了！请坐下，请听我说。"

两人在花园里有一处喜欢流连的地方：一棵枝繁叶茂的老枫树下的一张长椅。这时他们就在这张椅子上坐下来。

"您有什么事？"叶卡捷琳娜·伊凡诺夫娜办公事一样的口吻，干巴巴地问。

"我有整整一个星期没有见到您，有这么久没有听到您的声音。我一心指望着能听到您的声音。求您说话呀。"

她那青春的朝气，眼睛和脸上的天真神态迷住了他。连她身上穿的连衣裙在他眼里也有一种与众不同的妩媚，那份朴素而天真浪漫的风姿令人心动。尽管她天真浪漫，同时他又觉得她很聪明，很

有素养，超过她目前的年龄。他能够跟她谈论文学，谈论艺术，以及随便什么样的话题，还能向她发发牢骚，抱怨生活和人们，不过在这种严肃谈话的中间，有时她会突然没来由地笑起来，或者干脆跑回屋里去了。她跟C城的所有女孩一样，看过许多书（一般说来，C城的人是不经常读书，本地图书馆里的人都说，要是姑娘们和年轻的犹太人不来借书，图书馆就可以关门了）。这一点尤其让斯塔尔采夫感到无限的满意。每回见面他总是激动地问她，近来读了什么书。等她开口讲起来，他就简直听得入迷了。

"在我们分别的这个星期里，您读了什么书？"此刻他问她道，"给我说一说吧，求您了。"

"我一直在读皮谢姆斯基的作品。"

"哪一本？"

"《一千个农奴》，"科季克回答，"可是这个皮谢姆斯基的名字真可笑，叫什么阿列克谢·费奥费拉克特奇！"

"您这是上哪儿去呀？"斯塔尔采夫看到她突然站起来朝房子走去，非常诧异，"我必须跟您好好谈一谈才行，我有心里话要说……您哪怕再陪我坐上五分钟也行！我恳求您！"

她站住了，像要说点什么，随后却忸怩地把一张纸条塞进他手里，跑回正房，又坐到她的钢琴前。

"今晚十一点，"斯塔尔采夫念道，"请去墓地，在杰米奇的墓碑附近相会。"

"哦，这个主意可太不高明，"他清醒过来，不禁想道，"为什么挑中了墓场？她要干什么？"

显而易见：科季克这是在做恶作剧。说真的既然不难在街上或在公园里安排约会，有谁会想出这种主意——正正经经地约人半夜三更跑到离城那么远的墓地去约会呢？再说他身为地方自治局委任的医生，是个有头脑的体面人，好，现在却唉声叹气，接下约会的

条子，到墓地去徘徊游荡，做出这种连中学生都会笑话的蠢事，岂不是丢脸？这种罗曼蒂克会有什么结果？要是让同事们知道了，他们会怎么说？当斯塔尔采夫在俱乐部的桌子旁踱来踱去的时候就是这样想的。可是到了十点半，他却忽然打定主意去墓地了。

这时他已经有了自己的一对马和车夫。车夫叫潘捷莱蒙，经常穿一件丝绒坎肩。月色朦朦，空中没有一丝风，天气暖和，不过已透着秋天的一丝凉意。城郊的屠宰场附近有狗在吠叫。斯塔尔采夫吩咐马车留在城边上的一条巷子里，自己步行去墓地。"每个人有每个人的怪脾气，"他想，"科季克也古怪，谁知道呢？说不定她不是在开玩笑，也许果真会来的。"他沉湎于这种微弱空虚而且渺茫的希望之中，这使他陶醉了。

他在田野里走了半俄里路。远处的一长条黑漆漆的墓地呈现在眼前，看上去像是一片树林或是一座大花园。渐渐地露出了白石头的围墙，大门也看得见了……借着月光可以看清大门上的题词："时候要到……"斯塔尔采夫从一个小门里走进去，头一眼看到的是宽阔的林荫道两侧的许多白十字架和墓碑，以及它们和枫树投下的无数阴影。向四处远远望去，周围也都是黑白两种颜色，沉寂的树木把枝叶垂向白色的墓石。仿佛这儿比野地里更明亮些似的。无数像野兽的爪子似的枫叶清清楚楚地印在林荫道的黄沙上和墓石上轮廓分明，墓碑上的题词也清晰可见。初进来，眼前的一切使斯塔尔采夫惊呆了，这是他生平第一次见到这番景象，这以后大概也不会再见到了。这是一处跟人世完全不同的另一个世界：月色无比美妙柔和，就跟躺在摇篮里睡熟了似的，这里没有生命，无论什么样的生命，可是每一棵黝黑的杨树，每一座坟墓都让人感到里面隐藏着一种神秘，它能揭开平静、美好、永恒的生活的。白色的墓石，枯萎的鲜花，连同树叶的秋天的气息，无不倾吐着宽恕、悲伤和安宁。

　　四周一片肃穆，星星、天空静静地俯视着这片土地，只有斯塔尔采夫的脚步声显得那么响亮刺耳，跟四周的气氛很不相符。直到教堂的钟声响起来，他设想自己也死了，而且永远埋在这里，这时他感到似乎有人在凭吊他，一刹那间他想到，这里并不安宁，并不恬静，只不过是由虚无而产生的无声的悲哀和深深压抑的绝望罢了。

　　杰米奇的墓碑做成小教堂的样子，顶上立着一个天使。从前，有个意大利歌剧团路过这个城市，团里一名女歌唱家死了，就被安葬在这里，还造了这块碑。现在本城人谁也不记得她了，可是墓门上方的长明灯，反映着月光像有火在燃烧着。

　　周围一个人也没有。本来，没有人会半夜三更到这个地方来。但斯塔尔采夫还是等着，仿佛那月光温暖着他的心，他热情洋溢地等待着，想像着跟心爱的姑娘拥抱接吻。他在墓碑旁边坐了半个钟头，然后又在侧面的林荫道上走来走去。他手里拿着帽子，一边等待一边想，在这些坟墓里不知埋葬了多少妇女和姑娘，她们原先美丽迷人，满腔热爱，享受过夜间热烈而缠绵的欢爱。说真的，大自然是多么歹毒地耍弄人，想到这里又多么令人沮丧。尽管斯塔尔采夫这么想着，但他还是情不自禁地想大声呼喊，说他需要爱情，说他不惜任何代价期待着爱情的欢乐。在他看来，那些发白的东西已经不再是一块块大理石，而是许多美丽的女儿身。他看到羞答答地躲藏在树影里的玉人，感受到她们身上的温暖，这种心醉神迷的幻想叫人好难受啊……

　　月亮躲进云层，仿佛一块天幕落下，四周忽然一片黑暗。斯塔尔采夫好不容易才找到大门——这时天色已经漆黑，秋夜总是这么黑……然后他又摸黑走了一个半小时左右，才找到停着马车的那条巷子。

　　"我累了，脚都站不稳了。"他对潘捷莱蒙说。

他舒舒服服地在马车里坐下，心想："哎呀，我的身体真不该发胖的！"

<h1 style="text-align:center">三</h1>

第二天黄昏，他坐上马车去图尔金家求婚。不料时机不凑巧，因为有个理发师在叶卡捷琳娜的房间里给她做头发。她正准备去俱乐部参加跳舞晚会。

他只好在饭厅里闲坐，喝了很久的茶。伊凡·彼得罗维奇看到客人有心事、颇不耐烦的样子，便从坎肩口袋里掏出几张纸，念了一封可笑的信。那是他的德国总管写来的，报告说庄园里"所有的铁器已经毁掉，粘性掉了。"

"他们大概会给一笔丰厚的嫁资。"斯塔尔采夫想道，一边心不在焉地听着。

度过了一个不眠之夜，此刻他觉得自己总是昏昏沉沉，仿佛有人用催眠的甜酒把他灌醉了似的：他迷迷糊糊，但是很快活，心里暖洋洋的。与此同时脑子里有个冰冷而严厉的声音在争辩：

"趁早罢手吧！你们两个般配吗？她娇生惯养，好撒娇使性子，每天要睡到下午两点钟才起床；你呢，一个教堂执事的儿子，地方医生。"

"那有什么关系？"他想，"我不在乎。"

"况且，你要是娶了她，"那声音接着说，"她的家人一定会逼你扔掉地方医生的工作，搬到城里来住。"

"那又有什么关系？"他想，"要住在城里就住在城里好了。他们会给一笔丰厚的嫁资，我们可以好好布置一番……"

最后，叶卡捷琳娜总算出来了。她穿一身袒胸露背的舞衣，看上去那么美丽动人，纯洁可爱，让斯塔尔采夫看得满心爱慕，欣喜

若狂，连一句话也说不出来，只是瞧着她傻笑。

她开始跟大家告辞，他呢，现在没有理由再待下去了，便起身说，他也该回去了：有病人等着呢。

"那也没法留您了，"伊凡·彼得罗维奇说，"请便吧。不过，请您顺便把科季克送到俱乐部去。"

外面下起了细雨，天色很黑，只是凭着潘捷莱蒙的暗哑的咳嗽声，才能推断马车停在哪儿。车篷已经支起来了。

"我在地毯上走，你在假话上走，"伊凡·彼得罗维奇说着顺口溜，一面扶女儿坐进马车，"他在假话上走……走吧！再见，请啦！"

他们坐车走了。

"昨晚我去墓地了，"斯塔尔采夫开口说："您啊！好刻薄，太狠心……"

"您真到墓地去了？"

"是啊，我去了，一直等您，等到差不多两点钟才走。我很痛苦……"

"既然您不懂得开玩笑，那就活该吃苦。"

叶卡捷琳娜·伊凡诺夫娜想到这么巧妙地捉弄了一个爱她的男人，想到对方又这么强烈地爱着自己，感到十分得意，不禁哈哈大笑起来。忽然她惊恐地大叫一声，因为这时两匹马猛地转弯走进俱乐部大门，车身歪了一下。斯塔尔采夫趁势搂住她的腰，她吓得惊魂不定，就依偎着他。他情不自禁，便热烈地吻她的嘴唇，她的下颏，把她搂得更紧了。

"别再闹了。"她毫无感情地说。

转眼间，她已经下了车。俱乐部大门口灯火辉煌，一名警察用厌恶的口气冲着潘捷莱蒙大声斥责："停在这儿干什么，你这只呆鸟！快把车赶走！"

斯塔尔采夫坐车回家，可是不久又回来了。他穿上借来的礼服，系着白色的硬领结，那领结不知怎么老是翘起来，总要从领口上滑开。午夜时分，他坐在俱乐部的休息厅里，一往情深地对叶卡捷琳娜·伊凡诺夫娜说：

"啊，从来没有恋爱过的人怎么会懂得什么叫爱呢！我认为，至今还没有人真实地描写过爱情，而且这种温柔、欢乐而又痛苦的感情恐怕根本就没有办法描写出来。凡是体验过这种感情的人，哪怕只领略过一次，也绝不会打算用语言把它表白出来。何必来一番开场白，再细细倾诉衷肠呢？花言巧语有什么用呢？我的爱情无边无际……我请求您，我恳求您，"斯塔尔采夫终于说出口："做我的妻子吧！"

"德米特里·姚内奇，"叶卡捷琳娜·伊凡诺夫娜想了一下，露出极其严肃的神情说，"德米特里·姚内奇，多谢您的厚爱，我十分感激，我尊敬您，不过……"她霍地站起来，接着说下去；"不过，原谅我，我不能做您的妻子。让我们严肃地谈一谈。德米特里·姚内奇，您知道，我爱艺术，胜过爱生活里的任何东西。我爱音乐爱得发狂，我崇拜音乐，我已经打算把我的一生奉献给它。我要做一个艺术家，我渴望名声、成就和自由，而您却要让我继续在这个城市里住下去，继续过这种空虚、无聊的生活，这种生活我已经受不了了。做您的妻子——哦，不，原谅我！人应当朝一个崇高而辉煌的目标奋斗才行，而家庭生活只会从此缚住我的手脚。德米特里·姚内奇（她念到他的名字时微微一笑，因为这个名字让她想起了"阿列克谢·费奥菲拉克特奇"），德米特里·姚内奇，您是一位善良、高尚、聪明的好人，谁都比不上您……"她的眼泪已经涌上她的眼眶了："对您我深表感谢，但是……但是您得明白……"

她怕自己哭出来，赶紧转身跑出了休息室。

斯塔尔采夫的心停止了不安的悸跳。他走出俱乐部来到街上，

第一件事就是扯下那个硬领结，长长地吁一口气。他觉得有点难为情，他的自尊心受了委屈——他没有料到会遭到拒绝——也不能相信，他的一切幻想、痴情和希望竟会弄到这么一个尴尬的结局，简直就跟业余演出的一出小戏里的结局一样。他为自己的感情难过，为自己的初恋感到伤心，伤心得恨不得大哭一场，或者操起伞来使劲敲一顿潘捷莱蒙的宽阔的背脊。

　　一连两三天他无心工作，吃不下，睡不着。但等消息传来，他得知叶卡捷琳娜·伊凡诺夫娜已经去莫斯科进了音乐学院，他才定下心来，照以前那样生活下去了。

　　后来，他偶尔回想起当初怎样在墓地里徘徊，怎样坐着马车跑遍全城去借一套晚礼服的情景，总是懒洋洋地伸个懒腰，说：

　　"惹出多少麻烦事，真是的！"

契诃夫文集

俄·契诃夫⊙著

李 辉⊙译

中学生枕边书

The Collected Works Of Maupassant

·下·

【 契诃夫文集 】

专为中学生选编的名家名作

每一位具有世界影响的伟大人物，都蕴藏着一部感人至深的故事。

北京联合出版公司

图书在版编目（CIP）数据

契诃夫文集/（俄罗斯）契诃夫著；李辉译. —北京：北京联合出版
公司，2010.5（2015.10 修订重印）

ISBN 978-7-8072-4197-7

Ⅰ. 契…　Ⅱ.①契…②李…　Ⅲ. 短篇小说—作品集—俄罗斯—近代
Ⅳ. I512.44

中国版本图书馆 CIP 数据核字（2006）第 018586 号

契诃夫文集

著　　者：契诃夫

译　　者：李　辉

责任编辑：王　巍

封面设计：燕宏林洲

图文制作：北京东方视点数据技术有限公司

北京联合出版公司出版

（北京市西城区德外大街 83 号楼 9 层　100088）

北京龙跃印务有限公司　新华书店经销

字数 400 千字　640mm×960mm　1/16　36 印张

2015 年 10 月第 2 版　第 3 次印刷

ISBN 978-7-8072-4197-7

定价：84.00 元（全三册）

目 录

The Collected Works Of Chekhov

目 录

姚内奇（续）

四

　　四年过去了。斯塔尔采夫在城里的业务已经相当繁忙。每天早晨他在佳利日匆匆看完病人，然后坐车去城里给人看病。这时候他坐的已经不是双套马车，而是带许多小铃铛的三套马车了，每天总要到夜深才能回到家。他已经发福了，而且越来越胖，因为气短已经不大愿意走路了。潘捷莱蒙也发福了，他越是往宽里长，就越是伤心地叹气，抱怨自己命苦：赶马车的活儿太累人了。

　　斯塔尔采夫去过各种各样的人家，遇见过形形色色的人，但跟谁也没有深交。城里人的言谈，对生活的看法，甚至他们的外表，都惹得他不痛快。经验渐渐地教会他：你尽可以跟当地人打打牌，或者吃吃喝喝，这时候他们多半都会心平气和，宽厚善良，甚至相当聪明，但是只要话题一转到吃喝以外的事，比如说转到政治或者科学，那他们就一定会茫然不懂，或者发一通空洞、愚蠢、恶毒的大道理，叫人听了只好摆摆手走开。有时，斯塔尔采夫甚至试着找一些思想开通的当地人交谈，比如说到人类。他说，谢天谢地，人类总算在不断进步，又说随着时间的推

移，总有一天人类将废除护照和死刑。这时候，对方就会斜着眼睛狐疑地看着他，问道："这么说来，到那时候人就可以在大街上任意杀人了？"有时斯塔尔采夫在交际场合中，在饭余酒后说到人应当劳动，生活中没有劳动是不行的，大家便会把这些当做训斥，生起气来，并喋喋不休地争辩。尽管这样，城里人还是什么事也不干，对什么也不感兴趣，简直想不出能跟他们谈些什么。斯塔尔采夫只好回避各种谈话，只限于吃喝与玩牌。碰上谁家有喜庆的事，主人请他入席时，他就坐下，眼睛瞧着面前的盘子，默默地吃喝。席间的谈话全都没有趣味，没有道理，而且很是无聊，他感到气愤、激动，但仍旧一言不发。由于他总是板着脸沉默不语，眼睛望着盘子，城里人就给他起个外号，叫他"傲慢的波兰人"，其实他根本就不是波兰人。

像戏剧和音乐会这类娱乐活动，他是向来不参加的，不过每天晚上都打"文特"，一玩就是三个钟头，倒也玩得津津有味。他还有一种消遣，那是他在不知不觉中渐渐养成的习惯：每到晚上，他总要从一个个口袋里掏出行医赚来的钱细细地清点，这些所有口袋都塞得满满的黄黄绿绿的票子有的带香水味，有的带醋味，有的带熏香味，有的带鱼油味。这些票子胡乱塞在各个口袋里，有时约摸有七十个卢布。等到积攒到几百，他就送到信贷合作社存活期。

在叶卡捷琳娜·伊凡诺夫娜外出求学的四年间，斯塔尔采夫只去过图尔金家两次，都是应薇拉·约瑟福夫娜之请去治她的偏头痛的。每年夏天叶卡捷琳娜都回来度假，但他没见到过她一次，不知怎么每回都错过了。

就这样四年过去了。在一个宁静温暖的早晨，一封信送到医院里来。信是薇拉·约瑟福夫娜写给德米特里·姚内奇的。信上说，她很惦记他，请他务必大驾光临以便解除她的痛苦。信下面还有一

行附言："我也赞同妈妈的邀请。卡。"

斯塔尔采夫想了想，傍晚驱车到了图尔金家。

"哎呀，您好啊，有请啦！"伊凡·彼得罗维奇眉开眼笑地迎接他，"蓬茹杰！"

薇拉·约瑟福夫娜已经老多了，头发也白了许多。她握住斯塔尔采夫的手，装模作样地叹口气，说：

"大夫，您对我们疏远了，我们家您也不来了，我对您来说是太老了。不过，现在回来了一位年轻的，说不定她运气会好一点儿。"

科季克呢？她瘦了，白了，变得更漂亮，更苗条了。不过现在她已经是叶卡捷琳娜·伊凡诺夫娜，不是当年的科季克了：在她身上已经失去了昔日的蓬勃朝气和那种稚气的天真浪漫的神态。现在她的目光和神态里流露出一种新的东西——一种惭愧的，拘谨的感觉，仿佛在这里，在图尔金家里，她是在作客似的。"这么多年不见了！"她说着，把手递给斯塔尔采夫，看得出来，她有点心慌意乱。她凝神地、带着好奇心瞧着他的脸，继续道："您可发福了！您晒黑了，男人气概更足了，不过总的来说变化不大。"

即使现在他还是觉得她非常动人，不过，她身上好像缺了一点什么东西，再不然就是多了一点什么——究竟是什么，他自己也说不清，但它却从中作梗使他产生不出以前那样的感情。他不喜欢她那苍白的脸色，新有的神情，淡淡的笑容和说话的声音。又过了一会儿。就连她的衣服和坐着的圈椅他也不喜欢了，他也不喜欢过去的那段往事了，当时他几乎就娶了她。他想起了四年前令他激动不安的爱情、幻想和希望，他感到很不自在。

大家喝茶，吃甜点心。然后薇拉·约瑟福夫娜朗读她的小说，读着生活中永远不会发生的故事。斯塔尔采夫听着，瞧着她那一头漂亮的白发，盼望着她早点读完。

"不会写小说的人不能算是愚蠢，"他想，"写了小说却不会把它藏起来的人那才愚蠢。"

"真正不赖的……"伊凡·彼得罗维奇说。

然后叶卡捷琳娜·伊凡诺夫娜弹钢琴，声音嘈杂，弹了很久。一曲弹完，大家费了不少工夫向她道谢，对她赞不绝口。

"多亏我当年没有娶她。"斯塔尔采夫心中暗想。

她望着他，显然希望他邀她到花园里去，但他却一声不响。

"让我们谈谈吧，"她走到他跟前，说，"您过得如何？您在做些什么事？境况怎么样？这些日子我一直在想您，"她激动地说下去，"我原本想写信给您，也想亲自去佳利日去看望您，我已经下决心动身了，可是后来又改变了主意——上帝才知道您现在对我是什么看法。今天我就这样激动不安地等着您的到来。看在上帝分上，我们去花园里走走吧。"

他们来到了花园，在那棵老枫树下那张长椅上坐下，就跟四年前一样。周围很黑。

"您生活得到底怎么样？"叶卡捷琳娜·伊凡诺夫娜问。

"没什么，马马虎虎。"斯塔尔采夫回答。

他再也想不起别的话来。他们沉默了。

"此刻我很激动，"叶卡捷琳娜·伊凡诺夫娜说完双手捂住脸，"不过请您别在意。我回到家心情好极了，看到大家我真高兴，我一时还没能够习惯。有多少事值得回忆啊！我觉得我们两人会不停地谈下去，一口气谈到天亮呢。"

此刻他在近处看见她的脸和亮闪闪的眼睛。在这儿，在黑暗里，她比刚才在屋子里显得更年轻些，就连她旧时有的那种孩子气的神情仿佛重现在她的脸上。实际上她确实怀着天真的好奇心望着他的脸，似乎想在近处仔细地看一看并且了解一下这个当年那么热烈、温柔地爱过她，却又那么不幸的人。她的眼睛分明在为他的这

份爱情道谢。于是他也记起了过去的一切，连同全部细节：他怎样在墓地走来走去，后来在凌晨又怎样筋疲力尽地回到自己的住处。他忽然感到悲凉，往日的情怀多么令人惆怅！他内心的激情开始点起一团火。

"您还记得那天傍晚我送您去俱乐部参加晚会的情景吗？"他说，"当时下着雨，天很黑……"

内心的激情不断地燃烧起来，他要诉说他的苦闷，抱怨生活的无奈……

"唉！"他叹口气说，"您刚才问我过得怎么样，我们在这里过的是些什么生活？简直算不得生活。我们衰老、发胖、泄气了。日子一天天过去，生活悄悄流逝，没有一点光彩，没有一点儿印象，没有思想……白天赚钱，晚上去俱乐部，周围是一群牌迷、酒鬼和嗓子喊哑了的人，我简直受不了。这生活有什么好呢？"

"可是您有工作，有崇高的生活目标。以前您总是那么喜欢谈您的医院。那时候我却是个怪女孩子，自以为是个了不起的钢琴家。其实现在凡是年轻的小姐都在弹钢琴，我也在弹，跟大家一样地弹，并没有什么与众不同的地方。我这个钢琴家弹钢琴的水平，跟妈妈那个作家写作的水平一个样。所以很自然的，我那时候不了解您，不过后来到了莫斯科，我却常常想念您。我只想念您一个人。作为一名地方医生，帮助受苦的人们，为大众服务，那是多么幸福，多么幸福啊！"叶卡捷琳娜·伊凡诺夫娜深情地反复说着，"我在莫斯科想念您的时候，你在我心目中是那么完美，那么崇高……"

斯塔尔采夫想起了每天晚上从一个个口袋里掏出许多钞票津津有味地清点的乐趣，他心中的激情便熄灭了。

他站起身来，想回到屋里。她挽住他的胳臂。

"您是我生平所认识的最好的人，"她接着说，"我们会经常见

面谈心的，不是吗？答应我。我不是什么钢琴家，在这方面我已经有自知之明，在您的面前我不会再弹琴，或者再谈音乐了。"

他们走进了屋。斯塔尔采夫就在傍晚的灯光下瞧着她的脸，看到那双忧伤、感激、探询的眼睛正定定地望着他，他觉得不安起来，又暗自想道："幸好我那时没有娶她。"

他起身告辞。

"按照罗马法典，您没有任何权利不吃晚饭就走，"伊凡·彼得罗维奇送他出门时说，"您这态度完全是垂直线。喂，快表演一下吧，"他对前厅里的帕瓦说。

这时的帕瓦已经不再是小孩子，这个留着唇髭的年轻人拉开可笑的架式，扬起胳膊，用凄惨的声调说：

"死去吧，你这苦命的女人！"

这一切都惹得斯塔尔采夫感到愤怒。他坐进马车，望着乌黑的房子和花园，望着这处他曾经十分珍爱宝贵的地方，一下子想起了一切——薇拉·约瑟福夫娜的小说，科季克轰响的琴声，伊凡·彼得罗维奇的俏皮话和帕瓦的悲剧姿势，他不禁心想，既然全城最有才华的这家人尚且个个这么浅薄无聊，那么这个城市还会有什么道理呢？

三天后，帕瓦送来一封叶卡捷琳娜的信。她在信里是这样写的：

> 您为什么不来看我们？我担心您别是对我们变了心吧，我一想到这一点就害怕。只有您才能使我安下心来，快来吧，告诉我说您没发生什么变化。
>
> 我必须跟您谈一谈。
>
> 您的叶·图

他读完这封信，想了想，对帕瓦说：

"亲爱的，你回去告诉她们我今天很忙，不能去。就说过两三天再去。"

可是三天过去了，一星期过去了，他始终没有再去图尔金家。有一回他坐着车子凑巧路过那里，想到应当进去坐坐才对，哪怕一小会儿也好，但转念一想……还是没有进去。

从此他再也没有去过图尔金家。

五

又过了几年。斯塔尔采夫更胖了，一身肥肉，气喘吁吁，走起路来总是仰着头。每逢他大腹便便、红光满面地坐在铃声叮当的三套马车上，而那个同样大腹便便、红光满面的潘捷莱蒙，坐在车夫座上，挺起胖嘟嘟的后脑勺，朝前伸出木棍般僵直的胳膊，向着迎面而来的行人叱喝着："靠右，右边走！"——这幅景象可真够威风的：似乎这坐车的不是人，而是异教的神灵。他在城里的业务十分繁重，忙得连喘口气的工夫都没有。他已经有了一处庄园，两幢城里的房子，目前正物色第三幢更有利可图的房产。每当他在信贷合作社听说某处有房出售时，他就毫不客气地闯进去，走遍每个房间，全然不管那些没穿好衣服的妇女和孩子正惊恐地瞧着他，用手杖捅着所有的房门，问：

"这是书房吗？这是卧室吗？那么这又是什么房间？"

他一面说，一面气喘吁吁地擦着额头上的汗珠。

他有很多事要办，可是仍然不放弃地方医师的职位。他贪得无厌，总想两头都兼顾着。在佳利日也好，在城里也好，大家都简单地称呼他"姚内奇"。"这个姚内奇要到哪儿去？"或者"要不要请

姚内奇来会诊？"

大概是他的喉部脂肪过多，他的声调变得又尖又细。他的性情也变了，变得暴躁不安，动辄发怒。他给病人看病的时候，总爱发脾气，他急躁地用手杖敲地板，用他那难以入耳的声音叫喊。

"请您只回答我提出的问题！别说废话！"

他仍单身一人，过着寂寞无聊的生活，什么事情也提不起他的兴趣。

他住在佳利日的这些年月，他对科季克的爱情算是他惟一的、恐怕也是最后的一件快活事。每天晚上他在俱乐部里玩"文特"，然后独自坐在一张大桌子旁边吃晚饭。一个年龄最大、最有规矩的侍者伊凡伺候他用餐，给他送上第十六号拉斐特红葡萄酒。俱乐部里每一个人，上至主任，下至厨师和侍者，都知道他喜欢什么不喜欢什么，个个都想尽方法极力地奉迎他，惟恐他突然大发脾气，拿起手杖来敲地板。

他吃晚饭的时候，有时偶尔转过身，对别人的谈话插上几句：

"你们这是在说什么？啊，说谁呢？"

遇到邻桌有人谈到图尔金家的事，他就问：

"你们说的是哪个图尔金家？是在说有个女儿会弹钢琴的那一家吗？"

关于他的情况，可以述说的，都在这儿了。

那么，图尔金一家人呢？伊凡·彼得罗维奇一点儿也不显老，一丁点儿也没有变，仍旧爱说俏皮话，讲各种奇闻轶事。薇拉·约瑟福夫娜照旧兴致勃勃地、真心诚意地、落落大方地朗诵她的小说。科季克每天依旧弹钢琴，一弹就是三四个钟头。她明显地见老了，还常常生病，每年秋天总跟母亲一道去克里米亚疗养。这时，伊凡·彼得罗维奇便送她们上车站，火车开动时，他就擦着眼泪大声嚷道：

契 诃 夫 文集

"再见吧，请啦！"
还挥动着他的手帕。

一八九八年九月

The Collected Works Of Chekhov

· 9 ·

在催眠术表演会上

整个大厅里灯火通明,到处都挤满了人。这里的主角人物是催眠师。别看他身材矮小,相貌平平,却谈吐自然,满脸红光,神采奕奕。人们对他不住地微笑,鼓掌,称赞不断……在他面前人们都自愧不如。

奇迹确实让他做到了。他让一个人沉沉睡去,把另一个人弄得全身僵直,使第三个人的后脑勺支在一把椅子边上,同时,脚后跟却架在另一把椅子上……他把一个又高又瘦的新闻记者拧成了螺旋形。总之,鬼才知道他是怎么搞出来的。他对女士们造成的影响最为强烈。

她们的目光碰到他的目光就全都魂不守舍,像挨打的苍蝇一样。啊,女人的神经!这世上如若缺了她们,生活该是多么枯燥乏味!

向一些人施展过他的法术之后,催眠师走到了我的跟前。

"我觉得您的气质极易受到外来因素的影响,"他对我说,"您神经那么敏锐,那么富于表情……您愿意让我催您入眠吗?"

"睡一觉挺好?行啊,亲爱的,你试试吧。"我在大厅中央一把椅子上坐下来,催眠师坐在我正对面的椅子上,他握住我的双手,用他那对吓人的蛇眼盯住我可怜的眼睛。

我们被观众团团围住。

"嘘……先生们!嘘……安静!"

大家安静下来……我们两人相对坐着，彼此瞧着对方的眼睛……过了一分钟，两分钟……我的背上起了鸡皮疙瘩，心怦怦地跳，但就是不想睡觉……

我们继续坐着……又过了五分钟……七分钟……

"他不受影响！"有人说，"好！这个人真厉害！"

我们面对面坐着，四目相对……我仍然毫无睡意，甚至连打盹的感觉也没有……如果让我看一份市议会或者地方自治局的会议记录，我恐怕早就进入梦乡了。观众开始交头接耳，嘿嘿冷笑……催眠师慌了神，开始眨巴眼睛……可怜的人！遭受了惨败之后谁还能保持心情愉快呢？救救他吧，神灵们，快打发莫耳甫斯来合上我的双眼吧！

"他根本没事！"那个人又说，"够啦！别胡闹了！我早就说过，这把戏都是骗人的！"

这位朋友的建议我很想赞成，刚要做出一个起立动作，这时，我的一只手突然感觉到掌心里多了个异物……我开动我敏锐的触觉，知道这异物是一张钞票。我的父亲是医师，凡是医师单凭触觉就能知道钞票的面值。根据达尔文的理论，我在遗传自我父亲的种种本领的同时，也继承了这种可爱的本领。我摸出是一张五卢布的钞票。摸出之后，我立刻睡着了。

"真棒啊，催眠师！"

几名在场的医师都向我走过来，在我身边转来转去，闻了又闻，都说：

"嗯，没错……他睡着了……"

催眠师为他的成功而洋洋自得，又在我头顶上挥舞着双手，于是我这个"熟睡"的人便在大厅里走动起来。

"让他的手臂强直起来！"有人建议道。

"您行吗？让他的手臂变僵硬！……"

催眠师（他可不是胆小鬼！）便拉直我的右臂，开始对它施展法术：搓揉，吹气，拍打。我那条胳膊却不听话。它东摇西晃像一条破布，就是不想变僵。

"直不了的！您把他弄醒吧，要不然会害了他……瞧他那么瘦弱，又神经质……"

这时我的左手又觉察到掌心里多了一张五卢布钞票……这一刺激通过条件反射由左臂传至右臂，于是那条胳膊迅即变僵直了。

"真厉害啊！你们瞧，多直，还冰凉凉的！就跟死人没什么区别。"

"完全失去痛觉，体温下降，脉搏减弱。"催眠师报告说。

医师们开始摸我的脉。

"没错，脉搏很细，"其中一人说。

"肢体完全麻痹。体温大大下降……"

"不过，这种事情该怎么解释呢？"一位太太问道。

有位医师不无遗憾地耸耸肩膀，叹口气说：

"我们只有事实！可惜现在还没有什么可以解释。"

你们有事实，我却有两张五卢布钞票。还是我的更实惠些……为此我要谢谢那位催眠师。至于解释我可用不着。

可怜的催眠师！你又干吗缠住我这条眼镜蛇不放呢？

追记：哎，这不是有违常理吗？这不是卑鄙龌龊吗？

我刚刚才弄清楚：那两张五卢布的钞票原来不是催眠师塞进我手心里的，那是我的上司彼得·费奥多雷奇干的……

"我这么做，"他说，"是想考查一下你的人品……"

哼，真见鬼！

"可耻啊，老弟……这可不好……我真没料到……"

"可是我家里有儿有女，头儿，还有妻子……老母亲……再说目前物价又这么昂贵……"

"这可不好……你居然还想创办一份自己的报纸……你在午宴上慷慨陈辞时，总是热血澎湃……可耻啊……我原以为你为人正直，想不到你……你也是视财如命！"

没办法我只好把那两张五卢布钞票退还给他。有什么办法呢？名声比金钱重要得多。

"我不生你的气！"上司说，"这件事就算了吧，你这是本性难改……可是她呢！她呢！真—奇—怪！她这人既温柔，又纯洁，像块杏仁奶酪！可是她又怎么样呢？连她也挡不住金钱的诱惑！怎么她也睡着了！"

我上司所说的"她"，指的是他的妻子玛特廖娜·尼古拉耶夫娜……

新　娘

一

晚上十点钟光景，花园里被一轮满月照耀着。舒明家里刚做完祖母玛芙拉·米哈伊洛夫娜吩咐做的晚祷。这时，娜佳到花园去散了一会儿步，她看到，大厅里已摆好桌子，放上小吃；祖母穿着华丽的丝绸连衣裙正忙着张罗；教堂大司祭安德烈神父正跟娜佳的母亲尼娜·伊凡诺夫娜在说话。隔着窗子望过去，此刻母亲在夜光下不知怎么显得特别年轻；安德烈神父的儿子安德烈·安德列伊奇站在一旁，专注地听着他们的谈话。

花园里清凉宁爽，片片宁静的树影躺在地上。可以听到远处一片青蛙在欢叫，声音很远很远，大概在城外的什么地方。到处洋溢着五月的气息，可爱的五月！你可以深深地呼吸着，而且不由得会联想：不在这儿，而在别处的天空下，在远离城市的地方，在田野和树林里，此刻万物正生机盎然，春意浓浓，大自然如此神秘、美丽、富饶而神圣，却是软弱而有罪的人领会不到的。不知什么原因真想大哭一场。

她，娜佳，已经二十三岁。从十六岁起，她就渴望着出嫁，现在终于成了安德烈·安德列伊奇的未婚妻，他此刻正站在窗子后

面。她喜欢他，婚礼已经定在七月七日举行，可是她内心却没有欢欣，夜夜睡不好觉，怎么也快活不起来……从地下室敞开的窗子里，可以听到里面人们在忙碌地干活，菜刀叮咚作响，安着滑轮的门砰砰地开关有声。那里是厨房，正散发出来烤火鸡和醋渍樱桃的气味。不知什么原因她仿佛觉得今后整个一生将永远这样过下去，没有变化，没有尽头！

这时有人从房子里走出来，在台阶上站住。这是亚历山大·季莫费伊奇，或者简称萨沙，他是大约十天前从莫斯科来这儿作客的。很久以前，祖母的一个远亲常来走动，接受周济，她叫玛丽亚·彼得罗夫娜，破了产的贵族寡妇，人长得瘦小又多病。萨沙就是她的儿子。不知为何大家都说他是一名出色的画家。他母亲去世后，祖母为了拯救自己的灵魂，便把他送到莫斯科上警察学校，两年后他转入绘画学校，在那里一呆差不多就是十五年，最后才在建筑专科勉强毕业。但他始终没有干建筑这一行，而是在莫斯科一家石印工厂做事。几乎每年夏天，他都要拖上患重病的身子来祖母这儿小住，以便休息和养病。

现在他穿一件扣子全扣好的长礼服，一条旧帆布裤的裤筒边已经磨破。他的衬衫领子设有烫过，周身上下一副精神不振的样子。他很瘦，大眼睛，十个手指又长又细，留着胡子，肤色发黑但相貌仍然漂亮。他跟舒明一家人很熟，把他们当亲人看待，他在这里就像在家里一样。他在这里住的那个房间早就被称为萨沙的房间了。

他站在台阶上，看到了娜佳，便走到她跟前。

"你们这儿真好。"他说。

"当然好啦。您最好能在这里住到秋天。"

"会的，很可能这样。也许我要在你们这儿住到九月份。"

他无缘无故地笑了起来，在她身边坐下来。

"我坐在这儿，看我妈妈，"她说，"从这边望过去，她显得多

么年轻啊！当然我妈妈有她的弱点，"她沉默片刻，又补充说，"不过她仍然是个非凡的女人。"

"是的，她人好……"萨沙同意道，"您的母亲就其本性来说，当然是个极其善良和可爱的女人，可是……该怎么对您说呢？今天我一大早去了你们家厨房一趟，看到那里有四个女仆直接睡在地板上，没有床，没有被褥，盖着的都是一些破衣烂衫，有一股酸臭味，还有不少臭虫和蟑螂……还是二十年前那个样子，没有任何变化。哦，讲到祖母，愿上帝保佑她，她老了，不管事了。可是要知道，您的母亲一定会讲法语，也参加业余演出，看来她应该明白呀。"

萨沙讲话的时候，总喜欢把两个既长又细的手指伸到听话人面前。

"这里的一切都有点古怪，让人看不惯，"他接着说道，"鬼知道什么原因，这儿的人也不做任何事情。您的母亲整天只知道走来走去，像一位公爵夫人，奶奶也不做任何事情，您也一样。连您的未婚夫安德烈·安德烈伊奇也同样什么事都不做。"

这番话娜佳去年就听过，好像前年也听过，而且她知道除此之外萨沙再也讲不出别的道理来。以前这些话让她觉得很可笑，而现在不知什么原因她却开始恼火了。

"您说的都是老一套，早就听腻了，"她说着站起身来，"您该想出一些更新鲜的话来说。"

他笑了，也站起来，两人一起朝房子走去。

她个子高，漂亮，苗条，此刻跟他一起更显得健康，衣着华丽。她感觉到这一点，不禁可怜起他来，而且不知为什么觉得很不自在。

"而且您讲了许多不必要的话，"她说，"比如您刚才提到我的安德烈，其实您并不了解他。"

"'我的安德烈'……算了吧，去你的安德烈！我真为您的青春感到惋惜。"

他们进了大厅，这时大家已经坐下来开始吃晚饭。祖母，或者按家里人的称呼，老奶奶，长得很胖，相貌难看，眉毛浓浓的，还有一点点唇髭，说起话来嗓门很大，仅凭她说话的声音和气派就可以知道，她在这儿是一家之主。她拥有集市上的好几排商店和这幢带圆柱和花园的老房子，她每天早晨都要祈祷，求上帝保佑她不要破产，而且祈祷时常常泪流满面。她的儿媳妇，也就是娜佳的母亲尼娜·伊凡诺夫娜，浅色头发，腰束得很紧，戴着夹鼻眼镜，每个手指上都戴着钻石戒指。安德烈神父是个牙齿掉光了的瘦老头，他脸上的那副表情让人觉得他正准备讲一件逗人发笑的故事。他的儿子安德烈·安德烈伊奇，也就是娜佳的未婚夫，长得壮实而英俊，头发鬈曲，像个演员或画家。他们三个人正谈着催眠术。

"你在我这儿再住上一个礼拜就会康复，"祖母转身对萨沙说，"只是你得多吃点。瞧你现在像什么样子！"她叹了一口气说："你那模样真吓人！瞧你，简直成了浪子了。"

"挥霍掉父亲赠予的全部资财以后，"安德烈神父眼里带着笑意说，"浪荡的儿子只好给人去放猪……"

"我爱我的父亲，"安德烈·安德烈伊奇拍拍父亲的肩膀说，"他是个可爱的老人，善良的老人。"

大家沉默了一会儿。萨沙突然笑起来，拿起餐巾捂住了嘴。

"这么说来，您相信催眠术喽?"安德烈神父向尼娜·伊凡诺夫娜问道。

"当然我还不能肯定说我相信，"尼娜·伊凡诺夫娜回答，她的神色变得极其认真，甚至有点严厉，"不过我应当承认，自然界中有着许多神秘而不可理解的现象。"

"我完全同意您的看法，不过本人还得补充一句：宗教信仰为

我们大大缩小了神秘的部分。"

一只又大又肥的火鸡端了上来。安德烈神父和尼娜·伊凡诺夫娜正继续着他们的谈话。尼娜·伊凡诺夫娜手指上的钻石戒指闪闪发光，后来她的眼眶里泪花也在闪闪发光，她开始激动起来。

"尽管我不敢同您争论，"她说，"但您得承认，生活中毕竟有着许多解不开的谜！"

"一个也没有，我敢向您担保。"

晚饭后，安德烈·安德烈伊奇拉小提琴，尼娜·伊凡诺夫娜弹钢琴为他伴奏。十年前他在大学的语文系毕了业，可是从来没在任何地方做过事，没有从事固定的职业，只偶尔参加为慈善事业举办的音乐会。于是城里的人都叫他演奏家。

安德烈·安德烈伊奇拉着小提琴，大家默默地听着。桌上的茶炊烧开了，发出咕嘟声，冒着气，只有萨沙一个人在喝茶。后来时钟敲响十二点，提琴上的一根弦突然断了。大家都笑起来，接着便忙忙碌碌着起身告辞。

送走未婚夫之后，娜佳回到楼上自己的房间里，她跟妈妈住在楼上，祖母住在楼下。楼下的大厅里仆人动手熄灯了，可是萨沙还坐着喝茶。他喝茶的时间总是很长，完全是莫斯科人的习惯，总得喝上七八杯左右。娜佳脱掉衣服，躺在床上，很久了还能听到女仆在楼下收拾东西，老奶奶在发脾气。最后，一切都静下来，只偶尔从楼下萨沙的房间里传来他低沉的咳嗽声。

二

娜佳醒来时，大约是两点钟了，这时天色开始破晓。远处有守夜人在敲打着梆子。她不想睡了，床太软，反而不舒服。与已往的

五月之夜完全相同，娜佳坐在床上，开始想心事。可是她的那些想法跟昨夜一样，单调乏味，令人生厌，翻来覆去都一样，无非是安德烈·安德烈伊奇怎样向她献殷勤并向她求婚，她又怎么答应了他，然后逐渐地看重了这个善良而聪明的人。但不知为什么到了现在，离婚期不到两个月了，她却开始觉得恐慌和不安，仿佛有一件吉凶未卜的令人心情沉重的事在等着她。

"滴笃，滴笃，"守夜人懒洋洋地敲着梆子，"滴笃，滴笃……"

从旧式大窗子里往外看，可以看到花园，更远处是正在盛开的丁香花丛，花儿睡意朦胧，冻得有点打蔫。一片白白的，浓浓的雾，不声不响地朝丁香花这边漫过来，想要把它遮盖住。远处的树林中不时有睡意未消的白嘴鸦啼叫几声。

"我的上帝，为什么我的心情这么沉重！"

说不定每一个未婚妻在结婚前都有这种感受。谁知道呢！要不然的话就是受了萨沙的影响？可是要知道，萨沙已经一连几年都说着同样的话，像照本宣科一般，而且说话时总显得又天真又古怪。不过为什么萨沙总停在脑海里呢？为什么？

守夜人早已不打梆子了。窗前的花园里鸟儿叽叽喳喳地叫起来，花园中的雾气已经散去，周围的一切沐浴在春天的晨曦中，像是笑逐颜开了。不久，太阳晒暖的整个花园，在阳光的爱抚下苏醒了，树叶上的滴滴露珠，像钻石般晶莹剔透，闪闪发光。这古老的、荒芜多时的花园在这个清晨显得生机勃勃、非常美丽。

老奶奶已经醒来。萨沙那低沉粗重的嗓门开始不住地咳嗽。可以听到楼下有仆人端来了茶炊，搬动椅子。

时间过得很慢。娜佳早就下了床，而且在花园里散步已经很长时间了，可是早晨还在延续。

后来尼娜·伊凡诺夫娜出来了，她脸上泪痕犹在，手里端一杯矿泉水。她对招魂术和顺势疗法很感兴趣，读了许多这方面的书，

喜欢自己深以为苦的各种疑团。这一切在娜佳看来都蕴含着深刻而神秘的内涵。现在娜佳吻了吻母亲，跟她并排走着。

"你在哭什么，妈妈？"她问道。

"昨天晚上我读了一夜的小说，里面描写一个老人和他的女儿的故事。老人在某个地方做事，后来他的上司爱上了他的女儿。书我还没有读完，不过小说中有一处地方叫人读了不能不落泪，"尼娜·伊凡诺夫娜说完，喝了一口矿泉水，"今天早晨我回想起那个段落，就又哭了一阵。"

"这些天来我心里很不快活，"娜佳沉默片刻，说，"为什么我夜夜睡不好觉呢？"

"我不知道，亲爱的。不过我要是夜里失眠的话，我就闭上眼睛，瞧，就这样闭得紧紧的，想像出安娜·卡列宁娜的模样，想像她走路的姿势，说话的样子，要不然就想像古代历史上的什么事情……"

娜佳感到，母亲并不了解她，而且不可能了解她。她这是有生以来第一次有这种感觉，她甚至觉得害怕，很想躲起来。于是她一个人回自己的房间里去了。

下午两点钟，大家坐下来吃午饭。那天是礼拜三，是斋日，所以给祖母端上的是素的红甜菜汤和鳊鱼粥。

萨沙故意跟祖母逗乐，喝完他的荤菜汤又喝素的红甜菜汤。吃饭的时候，他总是在说着玩笑话，不过他的玩笑都沉甸甸的，总带上道德的训诫，结果也就完全不可笑了。每当他说俏皮话的时候，他总先高高举起他那又长又细、像死人般的手指，使人不由得想到，他病得很重，恐怕已不久于人世，那么大家就会由衷地可怜他直至伤心落泪。

饭后，祖母回她自己房间休息。尼娜·伊凡诺夫娜弹了一阵儿钢琴，也回房去了。

"唉，亲爱的娜佳！"萨沙开始例行饭后的闲谈，"您要听我的劝才好！听我的劝才好！"

她深深地埋在老式的圈椅里，闭上眼睛；他则缓缓地在房间里从这头走到那头。

"要是您能出去读书就好了！"他说，"只有受过教育的、圣洁的人才有魅力，只有他们才是有用的人。要知道，这类人越多，人间的天国就来得越快。到那时，你们这座城市就要土崩瓦解——一切都会弄个底朝天，一切都变了样子，简直像施了魔法似的。到那时这里将出现无数宏伟富丽的楼房，美丽的花园，奇异的喷泉，非凡优秀的人……但主要的还不是这些。最主要的是，在我们的头脑中，就不会像现在这样充满恶意，因为每个人都有自己的信仰，每个人都知道他们为什么活着，每个人都无需到乌合之众中寻求支持。我亲爱的，好姑娘，您走吧！您该向大家表明，您已经厌倦这种死气沉沉的、灰色的、罪恶的生活。哪怕您只是向自己表明这一点也好啊！"

"不行，萨沙，我就要出嫁了。"

"哎，够了！何必结婚呢？"

他们走进花园，散了一会儿步。

"不管怎样，我亲爱的，应该好好想一想，应该明白，你们这种游手好闲的生活是多么肮脏，多么不道德，"萨沙继续道，"您要明白，假如，举例说吧，您、您的母亲和您的奶奶什么事都不做，那么这就是说，别的什么人要替几位做事，你们在摧残别人的生命，难道这是干净的，难道这不肮脏吗？"

娜佳本想说："是的，您这话是对的。"她还想说这些她都明白，可这时泪水涌上她的眼眶，她突然说不出话来，全身一阵瑟缩，便回自己房里去了。

傍晚时，安德烈·安德烈伊奇来了，他照例拉小提琴，同往常

一样拉了很长时间。总的说来，他不爱说话，喜欢拉小提琴，也许这是因为拉琴的时候不必说话。十点多钟，他穿好大衣，准备回家。临别时他拥抱娜佳，热烈地吻她的脸、肩头和手。

"亲爱的，我的宝贝，我的美人儿！……"他喃喃低语，"啊，我是多么幸福！我欣喜得要发狂了！"

可她觉得，这些话她很早以前就听过了，很早很早以前，要不就是在哪本书里……在一本破旧的、早已丢了的长篇小说中读到过。

在大厅里，萨沙正坐在桌旁喝茶，五个长长的手指托着一个小杯子；老奶奶在摆纸牌猜卦，尼娜·伊凡诺夫娜在看书。圣像前的长明灯火苗不时噼啪作响，一切看来都很安宁而圆满。娜佳告辞之后，便回到楼上自己房间。她躺下后马上就睡着了。可是同前一天夜里一样，天刚蒙蒙亮，她又醒了。没有睡意，思绪不宁，心头沉重。她坐了起来，把头贴在膝盖上，想起了未婚夫，想起了婚事……不知怎么娜佳想起了她的母亲不爱她已故的丈夫，弄得现在她一无所有，只能依赖自己的婆婆，也就是老奶奶过日子。娜佳左思右想，无论如何也弄不明白，为什么她至今仍把母亲看得那么特别、不凡，为什么没有发觉她其实是个普通的、平凡的、不幸的女人。

萨沙在楼下也睡不着——听得见他在不断咳嗽。娜佳想到，这是个古怪而又天真的人，在他的幻想里，在那些奇异的花园和不平常的喷泉里，不免有些荒唐可笑的成分。可是不知什么原因在他的天真里，甚至在他的荒唐可笑里，却蕴含着许多美好的东西，使得她一想到要不要外出求学充满着她的整个心灵，整个胸膛就会感到一股凉意，随即充满着欢快、狂喜的感情。

三

"不过，最好别去想它，最好别想……"她小声说，"不该去想这种事。"

"滴笃，滴笃……"守夜人在远处什么地方敲打着梆子，"滴笃，滴笃……"

到了六月中旬，萨沙忽然觉得烦闷无聊起来，打算回莫斯科去了。"我无法再呆在这个城市里了，"他苦闷地说，"既没有自来水，也没有下水道！我一吃饭就感到恶心：瞧厨房里脏得一塌糊涂……"

"再呆一阵吧，浪子，"祖母不知怎么小声劝道，"七号是婚期。"

"我不想参加了。"

"你原来说过要在我们这儿住到九月的！"

"可是现在我不想住了。我该工作了！"

这年夏天潮湿而阴冷，树木湿漉漉的，花园里的各样东西看上去都阴森凄凉，有气无力，使人不由得真正想工作。楼上楼下的各处房间里，可以听到陌生女人的说话声，祖母房里的缝纫机嗒嗒地响得正欢：这是在赶做嫁妆。光是毛皮大衣就给娜佳做了六件，其中最便宜的一件，据老奶奶讲，就值三百卢布！婚前的这番忙碌景象激怒了萨沙，他坐在自己的房间里经常发脾气。不过大家还是劝他留下，他也终于答应七月一日以前暂时不走。

时间过得很快。圣彼得节那天下午，安德烈·安德烈伊奇和娜佳一道前往莫斯科街，为的是想再一次仔细看看那幢早已租下、准备给这对新婚夫妇居住的房子。房子有两层，不过眼下只有楼上一

层已装修完毕。在大厅里，镶木地板油漆一新闪闪发亮，有几把维也纳风格的椅子，一架钢琴和一个小提琴斜面谱架。屋里散发出一股油漆气味。墙上的金边大画框里有一幅油画：一个裸体女人，身旁有一只断把的淡紫色花瓶。

"画得真妙，"安德烈·安德烈伊奇怀着敬意赞叹道，"这是画家希什玛切夫斯基的杰作。"

旁边是客厅，摆有一张圆桌子，一张长沙发，和几把蒙着鲜蓝色的套子圈椅。沙发上方挂着安德烈神父戴着法冠、佩着勋章的大幅照片。然后两人进了带酒柜的餐室，又去了卧室。卧室里光线暗淡，并排放着两张床，看起来人们在布置新房的时候，就已经想好了今后这里一定将永远美满，不可能会有异样。安德烈·安德烈伊奇领着娜佳在各个房间转了一遍，并且一直搂着她的腰。而她却感到自己软弱、内疚，她痛恨所有这些房间、床和圈椅，那个裸体女人更让她恶心。此刻她已经明白无误地意识到，她不再爱安德烈·安德烈伊奇，或者说不定她从来就没有爱过他。可是这话该怎么说，对谁说，而且为了什么目的去说，她至今弄不明白，也不可能弄明白，尽管她日夜都在苦思冥想这件事……他搂着她的腰，说起话来那么亲昵、殷勤，他喜气洋洋地在自己的寓所里走来走去，而在她眼中看到的，这一切无非是庸俗的、愚蠢的、露骨的、叫人无法忍受的庸俗，连他那只搂住她的胳膊的手她也觉得又硬又冷，像铁箍似的。她随时都准备跑掉，大哭一场，跳到窗外去。安德烈·安德烈伊奇又把她领进浴室，一进去就拧开安在墙上的水龙头，水立即哗哗流出来。

"怎么样？"他说着朗声笑起来，"我吩咐人在阁楼上做一个大水箱，能存一百桶水，这样我们就能用上自来水了。"

最后他们穿过院子，来到街上，雇了一辆马车。飞扬的尘土遮天盖地，看起来天就要下雨了。

"你冷不冷?"安德烈·安德烈伊奇关切地问道,尘土吹得他眯起了眼睛。

她没有回答。

"昨天萨沙,你记得吧,责备我什么事也不做,"他沉默片刻,又说,"是啊,他说得对!对极了!我的确什么事都不做,也不会做。我亲爱的,你知道这是为什么吗?为什么当我一想到有朝一日我会在帽上别上一枚帽徽走去办公,心里就反感呢?为什么当我见到律师、拉丁文教员或者市参议委员的时候,我就那么不自在呢?哦,俄罗斯母亲啊,你的身上还要背负着多少游手好闲、无所事事的人!有多少像我这样的人靠在你身上,受尽苦难的母亲啊!"

他对他的无所事事做了概括,认为这是本时代的特征。

"等我们结了婚,"他继续说,"我们就一块儿到乡下去,亲爱的,我们在那里工作!我们要给自己买一小块专用地,有花园,有河,我们一块儿劳动,观察生活……啊,这将多么美好!"他摘下帽子,头发让风吹得乱飘起来。而她一边听着他的话,一边心里却想:"上帝,我要回家,上帝!"快要到家的时候,他们的马车才赶到了安德烈神父的前面。

"瞧,那是父亲!"安德烈·安德烈伊奇挥动帽子,高兴地说,"我爱我的父亲,真的,"他说,一边给车夫付钱,"多么可爱的老人,善良的老人。"

娜佳回到家里,心里窝着火,身子也不舒服,想到整个晚上客人不断,她就得陪着笑脸,应酬他们,又得听小提琴,听各种各样的废话,还得不谈别的,只谈婚礼。祖母坐在茶炊旁边,穿着华丽的丝绸连衣裙,洋洋自得,态度傲慢,在客人面前她总是显得高傲。安德烈神父面带调皮的微笑走了进来。

"看到贵体安康,本人不胜欣慰。"他对祖母说,别人很难弄清,他这是在说笑,还是说正经的。

四

风不时敲打着窗子和屋顶。传来像吹哨似的呼啸风声，宅神在壁炉里哀怨忧郁地小声唱着它自己的悲歌。已是午夜十二点多钟。宅子里的人全都躺下了，然而谁也没有睡着。娜佳总觉得楼下好像有人在拉小提琴。忽然砰的一声轰响，是护窗板掉下来一块。过了一会儿，尼娜·伊凡诺夫娜走了进来，她只穿一件绣花衬衫，手里拿着蜡烛。"这是什么东西在响，娜佳？"她问道。

母亲把头发梳成一条辫子，面带羞怯的微笑，在这个令人不安的夜里显得老了，丑了，个子矮了。娜佳不由得想起，不久前她还一直认为自己的母亲是一个非凡的女人，自己总是怀着骄傲的心情聆听她说的话；而现在怎么也记不起这些话了；凡是能记起来的也都苍白无力，没有任何意思。

壁炉里呜呜作响，像有几个男低音在重唱，甚至还听到一句"唉唉，我的天哪！"的叹息。娜佳坐在床上，忽然用力揪自己的头发，号啕大哭起来。

"妈妈，妈妈，"她说，"我亲爱的妈妈，假如你能知道我出了什么事就好了！我请求你，我恳求你，让我离开这里吧！求求你了！"

"去哪儿？"尼娜·伊凡诺夫娜问，心里莫名其妙，便在床上坐下来，"你要去哪儿？"

娜佳哭了很久，说不出一句话来。

"你让我离开这个城市吧！"她终于说，"不应该举行婚礼，今后也不会举行婚礼，请你了解我！我并不爱这个人……就是提起他我也不愿意。"

"不，我亲爱的，不，"尼娜·伊凡诺夫娜吓坏了，急急地说，"你冷静一下，你这是心情不好的缘故，会过去的。这是常有的事。大概你跟安德烈吵架了吧，可是亲人间吵吵架，那是闹着玩儿的。"

"那好吧，你走吧，妈妈，你走吧！"娜佳又大哭起来。

"是的，"尼娜·伊凡诺夫娜沉默了一会儿，说，"不久前你还是个小孩子，小姑娘，现在已经要做新娘了。自然界的一切物体经常要新陈代谢。自己不经意，就成了母亲和奶奶，你也会同我一样，也会有个固执而任性的女儿。"

"我亲爱的好妈妈，要知道你聪明，你又很不幸，"娜佳说，"你很不幸，为什么你要尽说这些庸俗的话？看在上帝的分上，请务必告诉我，为什么？"

尼娜·伊凡诺夫娜本想说点儿什么，但却吐不出一个字来，便抽抽搭搭哭起来，跑回自己房里去了。壁炉里的男低音又呜呜地唱起来，忽然变得十分可怕。娜佳跳下床，赶紧跑到母亲房里。尼娜·伊凡诺夫娜躺在床上，满脸泪痕，身上盖一条浅蓝色被子，手里拿着一本书。

"妈妈，你听我说！"娜佳说道，"我求求你仔细想一想，你要明白我的意思！你只需弄清楚，我们的生活是多么庸俗、多么狭隘！我的眼睛已经擦亮了，我现在一切都看清楚了。你的那个安德烈·安德烈伊奇算什么人，要知道他其实并不聪明，妈妈！我的上帝啊！你要明白，妈妈，他很愚蠢！"

尼娜·伊凡诺夫娜猛地坐了起来。

"你和你奶奶都来折磨我！"她哽咽着说，"我要生活！要生活！"她重复着，还两次举起拳头捶胸口，"你们还给我自由！我还年轻，我要生活，可是你们却把我变成了老太婆！……"

她伤心地哭起来，躺进被子里，缩成一团，显得那么弱小、可怜、愚蠢。娜佳回到自己房里，穿上衣服，坐在窗边等待天亮。这

一夜她一直坐着想心事，院子里不知是谁不时拍打着护窗板，还打着哎嗯。

早上祖母抱怨，说这一夜的风吹落了所有的苹果，一棵老李树也折断了。天色灰暗异常，阴沉沉，毫无生气，真想放它一把火。大家都抱怨天冷，雨点还在敲打着窗子。喝完茶后娜佳来到萨沙房间，一言不发，在圈椅旁的屋角跪了下来，双手捂住了脸。

"怎么啦？"萨沙问道。

"我没法……"她说，"早先我怎么能在这儿活过来，我不明白，也理解不了！现在我蔑视我的未婚夫，蔑视我自己，蔑视所有这种游手好闲、毫无意义的生活……"

"哦，哦……"萨沙连连应着，还没明白过来她出了什么事，"这不要紧……这很好……"

"这种生活让我烦透了，"娜佳继续道，"我在这儿一天也待不下去了。明天我就离开这里。请您把我带走吧，看在上帝的分上！"

萨沙吃惊地看了她一阵儿，足有一分钟的时间，最后他终于明白过来，便高兴得像个孩子似的，他手舞足蹈，高兴得要跳舞了。

"好极了！"他搓着手说，"我的上帝，这有多好啊！"

她像着了魔似的，睁着一双充满爱意的大眼睛，一眨不眨地瞧着他，等着他立即对她说出意味深长、有分量的话来。他还什么也没有说，但她已经觉得，在她面前正在展现一个她以前不知道的新的广阔天地，此刻她正满怀希望地期待着它，为此做好了一切准备，即使去死也心甘情愿。

"明天我就动身，"他考虑了一会儿说，"您到车站来送我……我把您的行李放在我的皮箱里，我会替您买好车票。等响第三遍铃时，您就上车，我们一道走。您陪我到莫斯科，在那儿您再一个人去彼得堡。身份证您有吗？"

"有。"

"我向您担保，您日后不会感到遗憾、也不会后悔的，"萨沙兴奋地说，"您去吧，去念书，到了那边再由命运安排您的去向吧。只要您彻底改变您的生活，那么一切都会有变化的。关键在于彻底改变生活，其余的一切都不重要。就这样，我们明天一块儿走！"

"啊，是的！看在上帝的分上！"

娜佳觉得，此刻她异常激动，心情从来没有这样沉重，从现在起直到开车前她一定会伤心难过，苦苦思索。可是她刚回到楼上自己的房间，躺到床上，就马上睡着了。她睡得很香，脸上带着泪痕和微笑，沉沉地一直睡到傍晚才醒。

五

已派人去叫出租马车了。娜佳已经戴上帽子，穿好大衣。她走上楼去，想再看一眼母亲，再看一眼自己所有的东西。她在自己的房里那张还有余温的床边站了片刻，环顾一番四周，然后轻轻地走到母亲房里。尼娜·伊凡诺夫娜还睡着，房间里很静。娜佳吻了母亲一下，理理她的头发，站了两三分钟……然后又平静地回到楼下。

雨越下越大。马车已经支上车篷，湿淋淋的，停在大门口。

"娜佳，车上坐不下两个人，"祖母看到仆人把皮箱搬到马车上，说，"真是的，这种天气何必去送行呢！你最好呆在家里。瞧这雨有多大！"

娜佳想说点什么，但却吐不出一个字来。这时萨沙扶她上车坐好，拿一条方格毛毯盖在她腿上，他自己也在旁边坐了下来。

"一路平安！愿上帝赐福给你！"祖母在台阶上喊道，"萨沙，你到了莫斯科要常给我们写信！"

"好的，再见了，老奶奶！"

"求圣母娘娘保佑你！"

"唉，这鬼天气！"萨沙说道。

娜佳才哭起来。现在她心里明白无误，她真的走远了，而刚才去看母亲、跟奶奶告别的时候她还不怎么相信。再见了，故乡的城市！忽然间她想起了一切，想起了安德烈，想起他的父亲，新房，裸体女人和花瓶。所有这一切已经不再可怕、心情沉重，而这一切又是那样幼稚、渺小，并且正在永远地成为过去。等他们坐进车厢、火车开动的时候，如此漫长而沉闷的往日生活，就缩成很小的一团，面前展现出的是宏伟而广阔的未来，而在此之前她却觉察不到这种未来。雨水敲打着车窗，从窗子里望出去，只能看到绿色的田野、闪过的电线杆和电线上的鸟雀。一股欢乐之情猛然间让她透不过气来：因为她想起她现在是在走向自由，外出求学，这正如很久以前人们常说的"外出去投奔自由的哥萨克"一样。她又笑、又哭、又祈祷。

"不错，"萨沙得意地笑着说，"真不错！"

六

秋天过去了，随后冬天也过去了。娜佳已经非常想家，每天都惦念母亲和奶奶，记挂萨沙。家里的每封来信，语气平和，而充满善意，似乎一切已得到宽恕，甚至被遗忘了。五月份考试完毕，她，身体健康，精神饱满，高高兴兴动身回家。途经莫斯科时，她作了停留，为的是见萨沙一面。他还是去年夏天那副样子：胡子拉碴，披头散发，还是穿着那件长礼服和帆布裤，还是那双大而美丽的眼睛。只有一脸病容，一副疲惫不堪的样子，他显然老了，瘦

了，而且咳嗽不断。不知怎么娜佳觉得他变得土里土气了。

"天哪！是娜佳来了！"他说着，快活得满脸笑容，"我的亲人，好姑娘！"

他们在石印厂房里坐了一阵，室内烟雾飘绕，油墨和颜料的气味浓重得令人窒息。后来他们来到他的房间，这里同样烟气熏人，还痰迹斑斑。桌子上，一把冷冰冰的茶炊旁边，有个破盘子里盖着一张黑纸。桌上和地板上到处是死苍蝇。所有这些显示出，萨沙个人生活漫不经心，马马虎虎，他显然蔑视居所的舒适和方便。如若有人跟他谈起他的个人幸福和他的私人生活，或者别人对他的爱慕，那么他便觉得不可理解，常常只是一笑了之。

"很好，事事顺利，"娜佳急忙介绍说，"妈妈在秋天的时候到彼得堡来看过我，说奶奶已经不生气了，只不过还常常走进我的房间，在墙上画十字。"

萨沙的眼神看上去很快活，不过总是咳嗽，说话的声音发颤。娜佳仔细打量他，不明白他是真病的不轻，还是这仅仅是她的感觉。

"萨沙，我亲爱的，"她说，"要知道您病了！"

"不，没什么。有点病，但不要紧……"

"哎呀，我的上帝，"娜佳着急地说，"干嘛您不去治病，为什么您不保重自己的身体呢？我亲爱的亲人萨沙，"她说时眼睛里闪着泪花，不知怎么她的想象中突然浮现出安德烈·安德烈伊奇，裸体女人和花瓶，浮现出过去的一切往事，尽管此刻她觉得所有这些像童年一样很遥远。她之所以流泪还因为在她的心目中萨沙不再像去年那样新奇、有教养、有魅力了。"亲爱的萨沙，您病得非常非常重。我不知道做什么才能让您不这么苍白清瘦。我对您真是感激不尽！您甚至不可能想象，您为我做了多少事情，我的好萨沙！实际上对我来说您现在是最亲近最贴近的人了。"

他们坐着聊了一阵。现在,当娜佳在彼得堡度过了一个冬天之后,她只觉得萨沙,他的话,他的笑容,以及整个体态,无不流露出一种衰老陈腐的,不再时髦的,也许已经进入了坟墓的东西的味道。

"我后天就去伏尔加河旅行,"萨沙说,"然后去喝马奶酒。我很想喝马奶酒。和我同路的有一个朋友和他的妻子。他妻子是个非常好的人,我一直在说服她、说服她外出求学。我希望她能把自己的生活翻新。"

谈了一阵,他们便去火车站。萨沙请她喝茶,吃苹果。火车开动了,他微笑着不停挥动手帕,即使从他的脚步也可以看出他病得很重,恐怕活不了多久了。

中午时分,娜佳回到了故乡的城市。她出了站台,坐上马车回家。一路上她觉得故乡的街道显得很宽,而两边的房子却显得又小又扁。街上没有什么行人,只碰到一个穿棕色大衣的德国籍钢琴调音师。所有的房屋都像蒙上了一层灰尘。祖母已经老态毕露,依旧很胖,相貌难看。她双手搂住娜佳,脸挨着娜佳的肩头,哭了很久都不肯放开她。尼娜·伊凡诺夫娜也苍老了许多,变得不好看了,消瘦了,不过依然同原先一样束着腰,手指上的钻石戒指闪闪发光。

"宝贝儿,"她全身颤抖着说,"我的宝贝儿!"

然后大家坐下,泣不成声。看得出来祖母和母亲也都感到,往日的生活一去不复返,无可挽回:无论是社会地位,先前的荣誉,还是请客聚会的权利,统统不复存在。这正像一家人原本轻松地无忧无虑地生活着,忽然夜里来了警察,搜查一通,原来这家主人非法盗用公款,弄虚作假——这么一来,轻松的无忧无虑的生活从此永远告别了!

娜佳回到楼上,看到的还是那张床,还是那个窗子和朴素的白

窗帘。窗外还是那个花园，阳光明丽，树木葱茏，鸟雀喧闹。她摸摸自己的桌子，坐下来，想了一会儿。她吃了一顿丰盛的午饭，就着杯浓浓的可口的奶茶，不过还是觉得缺少了什么，房间里空荡荡的，天花板显得低矮。晚上她躺下睡觉，盖上被子，不知怎么觉得躺在这张温暖柔软的床上非常可笑。

尼娜·伊凡诺夫娜进来略坐了坐，像犯有罪过似的怯生生地坐着，说话也小心谨慎。

"哦，怎么样，娜佳？"她沉默了一阵，问道，"你满意吗？很满意吗？"

"很满意，妈妈。"

尼娜·伊凡诺夫娜站起身来，在娜佳身上和各个窗子上画十字。

"可是我，你也看到了，开始信教了，"她说，"你知道，我现在在研究哲学，我一直在想啊，想啊……于是对我来说许多事情就如同白昼一样清楚明亮。最要紧的是，我觉得，全部生活要像透过三棱镜一样度过。"

"告诉我，妈妈，奶奶身体怎么样？"

"好像还可以。那回你跟萨沙一道走后，你发来一封电报，奶奶读后就晕倒在地，一连有三天时间她躺着没有动弹。后来她不住地祷告上帝，伤心落泪。可是现在没什么了。"

她站起来，在房间里走一走。

"滴笃，滴笃……"守夜人敲打着梆子，"滴笃，滴笃……"

"第一要紧的是，要让全部生活像透过三棱镜一样度过。"她说，"换句话说，也就是要让生活在意识中分解成最简单的因素，就像光能分解成七种基本原色一样，然后对每一种因素都应当进行单独的研究。"

尼娜·伊凡诺夫娜还说了些什么，她是什么时候走的，娜佳都

没有听见，因为她很快就睡着了。

五月过去，六月来临。娜佳已经习惯了家里的生活。祖母成天忙着烧茶炊，深深地叹气。尼娜·伊凡诺夫娜每到傍晚都要谈她的哲学。她同从前一样住在这所房子里，她依旧像个食客，花一个小钱也得向奶奶讨。屋子里苍蝇很多。房间里的天花板好像变得越来越低矮。奶奶和尼娜·伊凡诺夫娜从来不出家门，因为害怕在街上遇见安德烈神父和安德烈·安德烈伊奇。娜佳在花园里散步，到街上走走，瞧那些房子，灰溜溜的围墙，她只觉得这个城市里的一切东西都已衰老、过时了，等着它的只能是它的末日，或者一种富于朝气的全新的生活的开始。啊，但愿那光明的新生活早日到来，到那时就可以直接地勇敢地面对自己的命运，意识到自己的正确，做一个快活的人、自由的人！而这样的生活迟早要来临的！祖母的家里的一切布局使得四个女仆不能有别的住处，只能挤在肮脏的地下室里——但总会有那么一天，这幢老房子将片瓦无存，被人遗忘，谁也不会再记起它……只有邻院的几个调皮男孩子能够让娜佳开开心，当她在花园散步的时候，他们会敲打着篱笆，哄笑着逗她：

"喂，新娘子！新娘子！"

萨沙从萨拉托夫寄来了一封信。信中的笔迹歪斜、潦草，他在信中说他的伏尔加之旅十分顺利，不过他在萨拉托夫有点小病，嗓子哑了，已经在医院里躺了两周了。她清楚这是什么意思，她的近似确信的预感充满了她的心，有关萨沙的预感和对他的思念不再像从前那样使她激动不安，这一点也让她感到不愉快。她热爱生活，渴盼回到彼得堡，同萨沙的交往已经成了虽然亲切却十分遥远的往事了！她彻夜未眠，早晨起来坐在窗前，谛听着周围的动静。的确楼下有人在说话：惊慌不安的祖母焦急万分地问什么。后来有人哭起来……娜佳赶紧下楼，看到奶奶正站在屋角，做祷告，她的脸上尽是泪痕。桌上有一封电报。

娜佳在房间里来回走了很久，听着奶奶的哭泣，最后拿起那封电报，读了一遍。上面通知说，亚历山大·季莫费伊奇，简称萨沙，于昨日晨在萨拉托夫因肺结核去世。

祖母和尼娜·伊凡诺夫娜当即去教堂安排做安魂弥撒。娜佳依然在各个房间里走来走去，想了许多。她清楚地意识到，她的生活，正如萨沙期望的那样，已经彻底翻了一个身；意识到她在这里孤单、陌生，谁也不需要她，这里的一切她也不需要，她同过去已经决裂，它消失了，像是焚毁了，连灰烬也随风飘散了，她来到萨沙的房间，在那里站了很久。

"永别了，亲爱的萨沙！"她默念道。于是在她的想象中，一种崭新、广阔、自由的生活展现在她的面前，这种生活，尽管还不太清晰，充满神秘，却在吸引着她，召唤她的参与。

她回到楼上房间开始收拾行装，第二天一早她向自己的亲人告辞，便生气蓬勃、兴高采烈地走了，——正如她打算的那样，从此她不会再回到这座城市。

一九〇三年十二月

万 卡

　　九岁的男孩万卡·茹科夫三十月前被送到鞋匠阿里亚兴的铺子里来做学徒。在圣诞节的前夜，他没有躺下睡觉。他等到老板、老板娘和帮工们出外去做晨祷以后，他从老板的立柜里取出一小瓶墨水和一支笔尖生了锈的钢笔，然后在自己面前铺平一张皱巴巴的白纸，开始写起来。他在用心写出第一个字以前，有好几次战战兢兢地回过头去看一下门口和窗子，还斜起眼睛瞟一下昏暗的圣像和那两旁摆满鞋楦头的一排排架子，然后若断若续地叹了口气。那张纸铺在一条长凳上，他自己在长凳前面跪着。

　　"亲爱的爷爷，康司坦丁·玛卡雷奇！"他写道，"我正在给你写信哩。祝您圣诞节快乐，求上帝保佑你一切都好。我没有父母，只剩下你一个亲人了。"

　　万卡把目光转向昏暗的窗子，玻璃窗上映着他的蜡烛的影子一闪一闪。他脑海里生动地想起他的祖父康司坦丁·玛卡雷奇，地主席瓦烈夫家的守夜人的样儿来。那是个身材瘦小而又异常矫健灵活的小老头，约摸六十五岁的年纪，老是笑容满面，一双醉眼。白天他在下人的厨房里睡觉，或者跟厨娘们说笑，到夜里就穿上宽大的高领羊皮袄，在庄园四周来回走动，不住地敲梆子。他身后跟着耷拉着脑袋的老母狗卡希坦卡，和小公狗泥鳅，它得

了这样的外号，是因为它的毛是黑的，而且身子细长，像是黄鼠狼。这条泥鳅倒是格外恭顺亲热的，不论见着自家人还是陌生人，它都一概用脉脉含情的目光瞧着，可是它是靠不住的。在它的恭顺温和的后面，隐藏着极其伪善的险恶用心。任凭哪条狗也不如它那么善于抓住机会，趁人不注意冷不防溜到人的背后，在人腿肚子上咬一口，或者钻进冷藏室里去，或者偷农民的鸡吃。它的后腿已经不止一次被人打断，有两次人家索性把它吊起来，而且每个星期都把它揍得半死，可是它每次总能养好伤，活过来。

这会儿他祖父一定在大门口站着，眯起细眼睛看那些乡村教堂的灯火通明的窗子，一边用穿高统毡靴的脚打拍子，一边跟仆人们开玩笑。他的梆子挂在腰带上。他冻得不时地拍手，缩起脖子，时而在女仆身上捏一把，时而又在厨娘身上拧一下，发出阵阵苍老的笑声。

"咱们来点鼻烟，怎么样？"他说着，把他的鼻烟盒送到那些女人鼻子跟前。

女人们闻了点鼻烟，不住打喷嚏。祖父乐不可支，发出一连串快活的笑声，嚷道："快擦掉，不然的话，就冻在鼻子上了！"

他还给狗闻鼻烟。卡希坦卡直打喷嚏，皱了皱鼻子，委屈地走开了。泥锹出于礼貌而没打喷嚏，光是摇尾巴。天气好极了。空气纹丝不动，清澈而新鲜。夜色黑暗，可是看得见整个村子以及一个个白房顶，烟囱里冒出来的一缕缕烟儿，满身披霜的银白色树木和雪堆。

快活地眨眼的繁星布满了整个天空，天河也异常清楚地显出来，就好像节日前夕有人用雪把它擦洗过似的……

万卡叹口气，用钢笔蘸一下墨水，继续写道：

The Collected Works Of Chekhov

"昨天我挨了一顿打。老板揪着我的头发，把我拽到院子里，拿师傅干活用的皮条狠狠地抽我，怪我摇他们睡摇篮的小娃娃时一不小心睡着了。上个礼拜老板娘叫我收拾一条青鱼，我就从尾巴上开始做，她就捞起那条青鱼，用鱼头直戳到我脸上来。帮工师傅们总是要笑我，打发我到小酒店里去打酒，还怂恿我偷老板的黄瓜，老板随手抓过来什么就用什么打我。我什么吃的东西也没有。早晨吃面包，午饭喝稀粥，晚上又是面包，至于茶啦，白菜汤啦，只有老板和老板娘才大喝特喝。他们叫我睡在过道里，他们的小娃娃一哭，我就根本睡不成觉，就要一股劲儿去摇摇篮。亲爱的爷爷，求您发发上帝般的慈悲心，带我离开这儿，回家去，回到村子里去吧，我再也熬不下去了……我给你叩头了，我会永远为你祷告上帝，带我离开这儿吧，不然我就会断气的……"

万卡撇撇嘴，举起脏乎乎的拳头揉一揉眼睛，抽抽嗒嗒地哭了几声。

"我会给你搓碎烟草，"他接着写道，"我将为你祷告上帝，要是我哪儿做的不对，您就尽管抽我，像抽西多尔的山羊那样。要是你认为我没活儿干，那我就去求总管请他看在基督面上让我给他擦皮靴，要么替菲德卡去做牧童。亲爱的爷爷，我没有别的办法了，简直只有死路一条了。我本想跑回村子，可我没有皮靴，我怕冷。等我长成大人了，我就会为这件事报答你养活你，不许任何人欺侮你，等你过世了，我就祷告，求上帝保佑你的灵魂安息，就像为我的妈妈彼拉盖雅祷告一样。

"莫斯科是个大城市。房屋全是老爷们的。马倒是有很多，羊却没有，狗也不凶。这儿的孩子用手举着星星走来走去，唱诗班也放入进去参加唱歌。有一回我见到一家铺子的橱窗里有些钩钩摆着卖，都是装好细钓线的，能钓各式各样的鱼，非常结实，有一个钓钩甚至经得起一条特重的大鲶鱼呢。我还看见几家铺子卖各式各样的枪，和老爷的枪式样差不多，每支抢恐怕要卖几百卢布……肉铺里野乌鸡、松鸡、兔子什么的全都卖，可是这些东西是在哪儿打来的，铺子里的伙计却不肯说。

"亲爱的爷爷，等到老爷家里摆着上面挂着礼物的圣诞树，你就帮我摘下一个用金纸包着的核桃，把它藏在那个小绿箱子里。请你向奥尔迦·伊格纳捷耶芙娜小姐要吧，就说是给万卡留的。"

万卡心神不宁地叹了一口气，又凝神瞧着窗子。他想起祖父总是到树林里去给老爷家砍圣诞树，带着孙子一起去。那个时候可真快活啊！祖父发声咔咔地咳嗽，严寒把树木冻得也咔咔地响，万卡就学他们的样子也咔咔地叫。那时候在砍树以前，祖父往往要抽完一袋烟，然后闻很久的鼻烟，看着冻得够呛的万卡……那些做圣诞树用的小云杉满身冰霜，一动不动地站在那儿，等着看它们谁先死掉。冷不防，不知从哪儿跳出来一只野兔，在雪堆上像箭似的窜过去。祖父忍不住叫道："抓住它，抓住它……抓住它！嘿，这短尾巴的家伙！"

祖父把砍倒的云杉拖回老爷的家里，大家就动手装饰它。

……最忙的要算万卡喜爱的奥尔迦·伊格纳捷耶芙娜小姐。当时万卡的母亲彼拉盖雅还活着，在老爷家里做女仆的时候，奥尔迦·伊格纳捷耶芙娜就常给万卡糖果吃，没事可做时便教他念书，写

字，教他从一数到一百，甚至还教他跳卡德里尔舞。可是等到彼拉盖雅一死，孤儿万卡就被送到仆人的厨房去跟祖父住在一起，后来又从厨房送到莫斯科的靴匠阿里亚兴的铺子里来了……

"你来吧，亲爱的爷爷。"万卡接着写道，"求你看在基督和上帝的分上带我离开这儿吧。你就可怜可怜我这个不幸的孤儿吧，这儿人人都打我，而且我饿得要命，我气闷得没法说，我总是在哭。前几天老板用鞋楦头敲我的头，把我打得昏倒在地，好不容易才活过来。我的日子没有指望了，连狗都不如……替我问候阿辽娜、独眼的叶果尔卡、马车夫，我的手风琴不要送给别人。您的孙子伊几·茹科夫草上。亲爱的爷爷，你来吧。"

万卡把这张写满字的纸叠成四折，把它放进头天晚上花一个戈比买来的信封里……他略为想一想，用钢笔蘸一下墨水，又写下地址：

寄交乡下祖父（收）

然后他抓抓脑袋，再想一想，又添了几个字：

康司坦丁·玛卡雷奇（收）

他为写完信而没有人来打扰感到心满意足，就戴上帽子，羊皮袄也顾不上披，只穿着衬衫便直奔街上去了……

昨天晚上他仔细问过肉铺的伙计，伙计告诉他说，信件丢进邮筒以后，就由醉醺醺的车夫驾着三套马的邮车，把信从邮筒里取走，响起铃铛，分送到世界各地去。万卡跑到最近的一个邮筒边，把那封宝贵的信塞进了筒口……

他陶醉在美好的期待中，过了大约一个钟头，就沉沉睡去……在梦中他看见一个炉灶。祖父坐在炉台上，低垂着一双光脚，念信给厨娘们听……泥鳅在炉灶旁边，晃着摇尾巴……

瑞典火柴

一

一个装束考究的青年人，在一八八五年十月六日早晨，走进县第二区警察分局局长办公室里，走进来，报告说：他的东家，一个退役的近卫军骑兵少尉玛尔克·伊凡内奇·克里亚乌左夫，不幸遇害身亡。青年人报告这件事的时候，脸色惨白，情绪非常激动。

他双手不住地颤抖，眼睛里充满恐怖的神情。

"请问，您是什么人？"警察分局长问他说。

"普塞科夫，克里亚乌左夫庄园的总管。农艺师兼机械师。"警察分局长和必要的证人们，会同普塞科夫一起来到出事现场，发现情况如下：克里亚乌左夫所住的厢房四周，密密层层地围着一群人。

出事的消息闪电般地传遍附近一带。正巧这天是节日，附近各村的人纷纷赶来，聚在厢房附近。到处是连续不断的嘈杂声和谈话声。随处都可以见到苍白而泪痕斑斑的脸。克里亚乌左夫的卧室房门，经查明是锁着的。钥匙插在门里边的锁眼里。

"凶手显然是从窗口爬进去，害死他的。"在检查房门的时候，普塞科夫说。

他们走进花园，卧室窗子正对着花园开着。那窗子看上去阴森而恐怖。窗上挂着绿色窗帘，褪了色。窗帘的一角略微往外掀着，这就使人看得见卧室里面了。

"你们谁在窗口往里面张望过？"警察分局长问。

"谁也没有看过，老爷，"花匠叶弗烈木说。他是个身材矮小头发灰白的小老头，带着退役的低级军士的脸色。"大家的腿打哆嗦，谁也顾不上去看呀。"

"唉，玛尔克·伊凡内奇，玛尔克·伊凡内奇啊！"警察分局长瞧着窗口叹道。"我早就告诉过你，你不会有好下场了！我早就告诉过你，可怜的人，可你不肯听啊！放荡胡为，到头来不会有好下场啊！""这还得谢谢叶弗烈木，"普塞科夫说，"要不是他，我们至今还蒙在鼓里呢。他头一个想起来事情有点蹊跷。今天早晨他来找我，说：'怎么我们的东家睡这么久还没醒？他有整整一个星期没走出卧室了！'他对我说出这句话，就像迎头给我一斧子似的……有个想法猛然在我心里一闪……他从上星期六就没露过面，而今天已经是星期日！七天了，这可不是闹着玩的！"

"是啊，这可怜的人……"警察分局长又叹道。"挺聪明的人，又受过高等教育，心地又那么善良。在朋友们当中，简直可以说，他是个数一数二的好人。可他就是生活放荡，只求他到了天堂才好！这我早就料到了！斯捷潘。"警察分局长转过身去对证人说，"你立刻坐车到我家里去，叫安德留希卡去找县警察局长，向他根告一声！就说玛尔克·伊凡内奇给人谋杀了！你再跑到乡村警察那儿去。他为什么舒舒服服地坐在家里？叫他到这儿来！

"然后你自己赶快去找法院侦讯官尼古拉·叶尔莫拉伊奇，请他到这儿来！慢着，我来给他写个条子。"警察分局长派人在厢房四周站岗守卫，给侦讯官写了个条子，随后到总管家里去喝茶。大约十分钟以后，他坐在一个凳子上，一点一点地啃着糖块，把像烧

红的煤块那么烫的热茶喝下去。

"你看……"他对普塞科夫说,"你看……一位绅士,家境又好……用普希金的话来讲,可以说是上帝的宠儿呢。

"可是结果怎么样?一事无成!酗酒啊,放荡啊……现在你瞧!……被人杀死了。"过了两个钟头,侦讯官坐着马车来了。尼古拉·叶尔莫拉耶维奇·楚比科夫(这是侦讯官的姓名)一个高大而结实的老人,有六十岁的年龄,已经在他的行业里勤勤恳恳工作了二十五年。他这个人是个为人正直、头脑聪明、精力充沛,热爱工作而在全县闻名的。同他一起来到出事地点的,还有跟他形影不离的同伴、助手兼秘书玖科夫斯基。他是个魁伟的青年,年纪在二十六岁左右。

"真会有这种事吗,诸位先生?"楚比科夫走进普塞科夫的房间里,匆匆同所有的人握手,开口说:"有这种事吗?"

"玛尔克·伊凡内奇出事了?被人谋杀了?不。这不可能!不可能!"

"这事就是怪呀……"警察分局长叹道。

"我的上帝啊!要知道,上星期五我还在达拉班科沃镇的市集上见过他!我跟他一起,不瞒你们说,还喝了盅烧酒呢!""这事就是怪呀……"警察分局长又叹道。

大家唉声叹气,讲了讲各自的沉痛心情,各人喝下一大杯热茶,然后往厢房走去。

"让开!"乡村警察对人群吆喝说。

侦讯官走进厢房,首先着手察看卧室的房门。原来那扇房门是松木做的,涂了黄油漆,没有人动过的痕迹。他们没发现特殊的标记足以成为任何罪证的线索。他们就动手撬门。

"我请求你们,诸位先生!凡是跟本案没关系的人,请退后,"房门经不住长久的敲击和劈砍,终于向斧子和凿子让步而打开了,

侦讯官说："我为侦讯工作的方便要求你们……警察，不准把人放进来！"楚比科夫、他的助手和警察分局长推开房门，迟迟疑疑地一个跟着一个走进卧室里。映入他们的眼帘的是下面一幅图景：

房间里只有一个窗子，窗旁放着一张大木床，上面铺着很大的羽毛褥垫。在那揉皱的羽毛褥垫上放着揉成一团的被子，枕头丢在地板上，蒙着花布的枕套，也揉成一团。床前小桌上放着一个银怀表和一枚二十戈比银币。桌上还放着几根硫磺火柴。除了床、小桌和仅有的一把椅子以外，卧室里再也没有别的家具。警察分局长瞧了瞧床底下，瞧见二十几个空酒瓶、一顶旧草帽和一小桶白酒，小桌底下丢着一只皮靴，蒙着灰尘。侦讯官对房间各处察看了一遍，皱起眉头，涨红脸。

"这些坏蛋！"他嘟哝着，捏紧拳头。

"可是玛尔克·伊凡内奇在哪儿呢？"玖科夫斯基轻声问道。

"我请求您别打岔！"楚比科夫粗鲁地对他说。"请您把地板检查一下！我办案以来，碰到这样的案情已经是第二次了。叶夫格拉甫·库兹米奇，"他转过身去，压低喉咙，对警察分局长说，"在一八七〇年，我也办过这样一个案子。您一定记得吧……就是商人波尔特烈托夫凶杀案。那案子跟这一样。那些坏蛋把他打死，然后从窗口把他的尸体拖出去了……"

楚比科夫走到窗前，把窗帘拉到一边，小心地推一下窗子。窗子就开了。

"这个窗子是开着的，这就说明本来就没扣上……嗯！……窗台上有痕迹，看见没有？这是膝盖的痕迹……肯定是有人从这儿爬出去过……我们得彻底检查一下窗子！地板上看不出什么特别的地方来，"玖科夫斯基说，"既没有血迹，也没有抓痕。只找到一根点过的瑞典火柴。喏，就是这根！我记得玛尔克·伊凡内奇不吸烟。在日常生活里他只用硫磺火柴，从没用过瑞典火柴。这根火柴可以

作为线索……"

"哎……麻烦你闭紧你的嘴!"侦讯官摇一摇手。

"他一个劲儿唠叨他那根火柴!我就受不了这种意气用事的人。您与其找火柴,不如把床检查一遍。"

检查床以后,玖科夫斯基报告说:

"没有血迹,也没有别的什么斑点……也没有什么新撕破的裂口。枕头上有牙齿印,被子上洒过一种液体,有啤酒的气味……这张床的大概情形,使人有根据认为床上发生过斗殴。""就是您不说,我也知道发生过斗殴!谁也没问您斗殴的事。您与其找斗殴的痕迹,还不如……""这儿只有一只皮靴,另一只不在现场。""哦,那又有什么相干呢?""那就可见他是在脱掉皮靴的时候给人活活闷死的。他还没来得及脱另一只皮靴就……""胡扯!……您凭哪一点知道他给人闷死的?""枕头上有牙齿印嘛。枕头本身揉得很皱,况且又扔在离床两俄尺半的地方。""夸夸其谈,这个话匣子!我们还是到花园里去吧。您与其在这儿乱翻,还不如到花园里去检查一下……这儿的事,有我一个人就够了,用不着你帮忙。"侦讯人员走进花园里,他们的第一件事就是检查青草。窗前的青草已经被人踩平。窗下沿墙的一丛牛蒡也已经被人踩倒。玖科夫斯基在其中找到几根折断的小枝子和一小块棉絮。在上边的花头上找到几根很细的深蓝色毛线。

"他最后穿的一套衣服是什么颜色?"玖科夫斯基问普塞科夫说。

"黄色的,帆布料子。"

"妙极了。那么凶手一定穿着蓝色衣服。"

他掐下几个牛蒡的花头,细心地把它们包在纸里。这时县警察局长阿尔契巴谢夫、司维斯达科夫斯基和医师丘耶夫来了。县警察局长同大家打过招呼,立刻去满足他的好奇心去了。医师却没同任

何人打招呼，而且什么话也不问。他是个身材很高而且极瘦的人，长着一双陷下去的眼睛，鼻子很长，下巴尖尖的。他在一个树墩上坐下，叹口气说："塞尔维亚人又在捣乱了！我真弄不明白他们到底要怎么样才能称心？唉，奥地利呀，奥地利！这都是你干出来的好事！"检查窗子的外部，仍旧一无所获。可是，检查草地以及离窗子最近的灌木丛，总算为侦讯工作提供了许多有益的线索。比方说，玖科夫斯基在草地上发现一条又长又黑的小径，血迹斑斑，从窗口直通到花园深处，有几俄丈远。这条狭长小径的尽头在丁香花丛下边，那儿有一大滩深棕色的污迹。在花丛底下找到一只皮靴，同卧室里找到的那只恰好配成一双。

"这滩血迹是早就有的了！"玖科夫斯基考察那些污斑，说。

医师听到"血"字，就站起来，懒洋洋地瞟了一眼污斑。

"对，是血，"他嘟哝说。

"既然是血，可见他就不是给闷死的！"楚比科夫恶狠狠地瞧着玖科夫斯基说。

"他们是在卧室里把他闷死的，可是抬到这儿时，又怕他活过来，就拿一个什么尖东西扎他。花丛下面的血迹表示，他在那儿躺得相当久，因为当时他们在找东西，想法把他从花园里抬出去。""哦，那么这只靴子呢？""这只靴子进一步肯定了我的想法：他是在临睡以前脱靴子上床的时候遇害的。当时他已经脱掉一只靴子，至于另一只，也就是这只，他刚来得及脱掉一半。后来他被人拖着而且摇动，于是那只只脱了一半的靴子，就自己掉下来了……""好厉害的推想力，你们瞧瞧他！"楚比科夫冷笑一下说，"他讲得天花乱坠，天花乱坠！您什么时候才能学会不唠唠叨叨发空论？您与其夸夸其谈，还不如取下点带血的青草来供化验用！"他们检查完毕，把调查的地点画下草图以后，就动身到总管家去写报告。吃早饭的时候，他们谈着天。

The Collected Works Of Chekhov

"那怀表、钱和其余的东西……都没动过，"楚比科夫第一个开口说。"跟二乘二等于四一样清楚：这个凶杀案根本不是见财起意。""这个案子是由受过教育的人干出来的。"玖科夫斯基插嘴说。

"您凭哪一点得出这个结论？"

"那根瑞典火柴帮这案子下了这个结论，本地的农民至今还没学会使用这种火柴。只有地主们才使用这种火柴，而且也不是所有的地主都会用。顺便说一句，这个凶杀案不是由一个人干的，至少有三个人：两个人按住他，第三个人闷死他。克里亚乌左夫身强力壮，凶手一定知道这一点。""他既是在梦乡里遇害的，那他的力气于他还有什么用？""凶手是趁他脱皮靴时下手的。他在脱皮靴，显而易见他还没有睡觉。""不用乱下断语！您还不如吃饭的好！""按我的想法，老爷，"花匠叶弗烈木把茶炊端到桌上来，说，"干这件坏事的不是别人，一定是尼古拉希卡。""非常可能，"普塞科夫说。

"这个尼古拉希卡是什么人？"

"他是东家的贴身佣人，老爷，"叶弗烈木回答说，"要不是他，还会是谁？他是个强盗，老爷！他又是酒鬼，又是色迷，只求圣母保佑，别再叫这种人投胎到人间来才好！平时他总是给东家送酒去，他服侍东家上床睡觉……不是他还是谁？再者，我斗胆禀告一声，老爷，有一回，他，这个混蛋，在小酒店里夸下海口，说是要害死东家……那全是因为阿库尔卡惹出来的事，他们争夺一个娘们儿……他姘上一个大兵的老婆。"

"……可是东家看中她，跟她亲近，得，他呢……当然吃醋啦……这会儿他醉醺醺地倒在厨房里。还呜呜地哭……假意为东家伤心呐……"

"确实，为阿库尔卡这种女人是很容易吃醋的，"普塞科夫说，"她是大兵的老婆，是个村妇，不过……难怪玛尔克·伊凡内奇叫她娜娜。她也真有点像娜娜……媚里媚气的……"

"我见过她……我知道……"侦讯官说，拿出红手绢来擤鼻子。

玖科夫斯基涨红了脸，垂下眼帘。警察分局长用手指头轻轻地叩着茶碟。县警察局长开始咳嗽，不知什么缘故打开皮包翻东西。只有医师一个人听到人家提起阿库尔卡和娜娜没有任何反应。侦讯官吩咐把尼古拉希卡带上来。尼古拉希卡是个身材瘦长的年轻小伙子，生着布满雀斑的长鼻子，胸脯凹进去，穿着东家赏给他的旧上衣。他走进普塞科夫的房间，对侦讯官一躬到地。他脸上带着睡意，泪痕斑斑。他喝醉了，站也站不稳。

"你的东家在哪儿？"楚比科夫问他说。

"他被人害死了，老爷。"

说完这话，尼古拉希卡眨了眨眼睛，哭起来。

"我们知道他被人害死了。可是他现在究竟在哪儿？他的尸体在哪儿？"

"听说他让人从窗子里拉出去，埋在花园里了。"

"嗯！……那么我们的调查结果已经传到厨房里了……真糟糕。小伙子，你东家遇害的那天晚上，你在哪儿？也就是说星期天晚上你在哪儿？"尼古拉希卡扬起头来，伸直脖子，思忖着。

"我也说不清，老爷，"他说，"我当时喝醉酒，记不得了。"

"好一个答辩！"玖科夫斯基小声说，冷笑，搓手。

"哦。那么，你东家窗子底下怎么会有血呢？"尼古拉希卡仰起头来，沉思不语。

"快点想！"县警察局长说。

"我马上就想出来。那血是因为一件小事弄出来的，老爷。我宰过一只鸡。我照通常的方法很简单地宰它一刀，可是那只鸡猛一下挣脱我的手，挣扎着跑掉了……血就是这么来的。"叶弗烈木证明尼古拉希卡确实每天傍晚都宰鸡，而且是在不同的地点干这件事，固然谁也没见过那只没有宰死的鸡满花园里乱跑，然而另一方

面，却也不能绝对否认没发生过这样的事。

"好一个答辩，"玖科夫斯基冷笑说，"而且是多么荒谬的答辩啊。"

"你跟阿库尔卡来往过吗？"

"我造过孽。"

"那么你东家从你手里把她勾引过去了？"

"不是的，根本没有这么回事。从我手里把她夺过去的是他老人家，普塞科夫先生，伊凡·米海雷奇。东家是从伊凡·米海雷奇手里把她夺过去的。事情就是这样。"普塞科夫神情慌张，开始揉他的左眼皮。

玖科夫斯基目不转睛地瞅着他，看出他的窘态，不由得暗自吃惊。他看见总管下身穿一条蓝色长裤，这是他先前一直没有留意过的。那条长裤使他联想到在牛蒡上找到的蓝色细线。这时候楚比科夫也怀疑地瞧着普塞科夫。

"你去吧！"他对尼古拉希卡说。"那么现在，容我向您提出一个问题，普塞科夫先生。您星期六晚上，当然，是在这儿吧？"

"是的，十点钟我同玛尔克·伊凡内奇一块儿吃晚饭来着。"

"那么后来呢？"

普塞科夫心慌意乱了，从桌旁站起来。

"后来……后来……说真的，我实在想不起来了，"他支支吾吾地说。

"那当儿我喝了许多酒……我记不得我是在什么地方，什么时候睡的觉……你们为什么都这么瞧着我？倒好像我犯了凶杀罪似的！"

"您是在哪儿醒过来的？"

"我是在仆人厨房里的灶台上醒过来的……大家都能作证。至于我是怎么睡在灶台上的，那我就说不清了……"

"您不必慌张……您认识阿库尔卡吗?"

"认识是认识,不过不很熟……"

"她丢下您,跑到克里亚乌左夫那儿去了?"

"是的……叶弗烈木,你再端点菌子来!您要茶吗,叶夫格拉甫·库兹米奇?"随后是难堪而气闷的沉默,有五分钟光景。玖科夫斯基一言不发,他尖利的目光一刻也不放松普塞科夫渐渐惨白的脸。侦讯官打破了沉默。

"我们,"他说,"得上那所大房子里去一道,同亡人的姐姐玛丽雅·伊凡诺芙娜谈谈才对。她也许能给我们提供点线索。"楚比科夫和他的助手为早饭道过谢,然后动身上大房子里去了。克里亚乌左夫的姐姐玛丽雅·伊凡诺芙娜是个四十五岁的老处女,他们正赶上她在很高的祖传神龛跟前做祷告。她见到客人们手里拿着皮包,帽子上有帽章,脸色顿时煞白。

"首先,我要表示歉意,因为我们破坏了您的所谓敬神。"礼貌周到的楚比科夫行个礼,开口说:

"我们有件事想麻烦您。您,当然,您已经听说了……目前有人怀疑您的弟弟被人用某种方式谋杀了。您知道,那是上帝的旨意……死亡是谁也逃不脱的,不论是沙皇还是庄稼汉都一样。您能提供些线索或一些能够破案的事情来帮助我们吗?……"

"哎呀,您不要问我!"玛丽雅·伊凡诺芙娜说,脸色越发苍白,用手蒙住自己的脸。"我没什么可以告诉你们的!没有!我求求您!我没什么话可说……我有什么办法呢?啊,不,不……关于我弟弟的事,一个字也别提!我宁可死,也不想说!"玛丽雅·伊凡诺芙娜哭起来,走进另一个房间里。两个侦讯人员面面相觑,耸一耸肩膀,只好打退堂鼓。

"这个鬼女人!"玖科夫斯基走出大房子,骂道,"看来,她知道些隐情,却瞒着不说。女仆脸上的表情也有点鬼鬼祟祟……你们

等着就是，这些鬼东西！我们早晚会把这个案子弄个水落石出！"

傍晚，楚比科夫和他的助手，在白脸般的月亮照射下，回家去了。他们坐在轻便的双轮马车上，头脑里总结这一天经历过的种种事情。两个人都疲乏了，一声不吭地坐在那里。楚比科夫一般说来不喜欢在旅途上说话，饶舌的玖科夫斯基为了使老人满意而保持沉默。不过临到旅程就要结束，助手却再也忍不住沉默，开口讲话了。

"不容置疑，"他说，"那个尼古拉希卡跟这个案子有关系。凭他那副嘴脸就可以看出他是哪一流人……他的答辩弄得他露出了马脚。然而这个案子的主犯不是他，这也无可怀疑。他只不过是被人买通的愚蠢工具而已。您同意吗？小心谨慎的普塞科夫在这个案子里也不是演小角色的。蓝色的长裤啦，狼狈的神态啦，杀人以后由于害怕而睡在灶台上啦，他那答辩啦，阿库尔卡啦……"

"你又张牙舞爪啦！那么依您看来，谁认识阿库尔卡，谁就是凶手？哎，您这个头脑发热的人！您该去叼着橡皮奶头，不该来查案子！您也亲近过阿库尔卡，莫非您在这个案子里也有份儿？"

"阿库尔卡也在您家里做过一个月厨娘，不过……我什么也没说。那个星期六晚上，我跟您一块儿打纸牌来着，我见到您了，要不然我也要怀疑您。问题，先生，不在于女人。问题在于下流的、卑鄙的、恶劣的感情……那个小心谨慎的青年人发现得手的不是他，您要明白，他就一肚子不高兴。他爱面子，您要明白……他一心想要报仇。再者……他的厚嘴唇正是强有力地说明他好色。您记得他把阿库尔卡比做娜娜的时候，把嘴唇叭哒得多么响？他，这个流氓，欲火中烧，这是无可怀疑的！结果呢，他因此有了受伤的自尊心和得不到满足的欲念。这就足够叫人动杀机了。凶手中两个已经落在我们手上了，可是第三个是谁呢？尼古拉希卡和普塞科夫按住他。然而是谁闷死他的呢？普塞科夫胆小，动不动就害臊，是个

彻头彻尾的懦夫。尼古拉希卡不会用枕头闷死他，他们干起来总是抢斧子，耍刀子。

……一定有个第三者把他闷死，不过是谁呢？"玖科夫斯基把帽子拉下来遮在眼睛上，沉吟不语。直到双轮马车驶到侦讯官家门口，他才开口。

"找到了！"他一面说，一面走进那所小房子，脱掉大衣。

"找到了，尼古拉·叶尔莫拉伊奇！我简直不明白早先我怎么就没有想起来。您知道第三个人是谁？"

"麻烦您别说了，喏，晚饭准备好了！坐下吃饭吧！"侦讯官和玖科夫斯基坐下来吃晚饭。玖科夫斯基给自己斟好一大杯白酒，站起来，举起杯子，两眼闪闪发光，说："那么我告诉你吧，同坏蛋普塞科夫串通作案，闷死他的第三个人，是个女人！对！我说的是受害人的姐姐玛丽雅·伊凡诺芙娜！"楚比科夫把酒呛到气管里去了，他定睛瞧着玖科夫斯基。

"您……别是不大舒服吧？您的脑袋……出了毛病吧？头痛吗？"

"我一点儿毛病也没有。好，就算我神志不清吧，不过她一看见我们去了就惊惶失措，这您怎么解释呢？她一句供词也不肯吐露，这您又怎么解释？就算这都是小事……好吧！也行！……那您回想一下他们相处的情形！她痛恨她的弟弟！她是旧教徒，他呢，却是浪子，是个不信上帝的家伙……这就是积怨很深的缘故！听说，他居然弄得她相信他就是恶魔的使者。他常当着她的面施展招魂术！"

"哦，那又怎么样？"

"您还不懂？她这个旧教徒是出于恨才把他弄死的！她不但弄死一个坏人，一个浪子，而且还让全世界少了一个基督的敌人。她认为这就是她的功劳，她在宗教上的丰功伟绩！啊，您可不知道这

些老处女，这些老派的教徒！您该读一读陀思妥耶夫斯基的作品才对！列斯科夫和彼切尔斯基写得多好！……一定是她，就是她，您就是杀了我，我也要说是她！是她把他闷死的！啊，阴险的女人！我们走进去的时候，她正站在圣像面前，岂不是特意蒙哄我们？她对自己说：我站在这儿做祷告，他们就会以为我心里踏踏实实，没有想到他们会来！所有的犯罪新手都用这种办法。好朋友，尼古拉·叶尔莫拉伊奇我亲爱的人儿！您把这个案子交给我办就是了！我要亲自把它弄个水落石出！我亲爱的！我已经开了头，那我就会把它弄个水落石出！"楚比科夫开始摇头，皱起眉头。

"棘手的案子我自己会办，"他说，"您的事就是不要去管那些不该管的事。到了该您抄写公文的时候，您就把我嘴里念的照记不误，这就是您的事！"玖科夫斯基涨红了脸，砰的一声关上门，走掉了。

"他是聪明人，这个坏包！"楚比科夫瞧着他的背影，喃喃地说，"聪明得很！只是动不动就头脑发热，劲头用得不得当。我应该到市集上去买个烟盒来送给他做礼物"……第二天早上，有人从克里亚乌左夫卡村带着一个年轻小伙子来见侦讯官，那人脑袋很大，嘴唇上有个缺口，自称是牧人丹尼尔卡。他的口供很有趣。

"那天我喝多了酒，"他说"我在我的好朋友家里一直呆到午夜才走。我回家的路上，醉醺醺地钻到河里洗澡。我正洗着……你猜我看见了什么！有两个人在河坝上走过，抬着个黑糊糊的东西。'哎！'我对他们吆喝了一声。他们吓了一跳，撒腿便跑，一口气跑到玛卡烈夫的菜园里。要是他们抬的不是我们的老爷，叫上帝打死我就是了！"当天将近傍晚，普塞科夫和尼古拉希卡被捕，押解到县城去。一到城里，他们就被送进了监狱。

二

已经过去十二天了。

那是早晨。侦讯官尼古拉·叶尔莫拉伊奇坐在家里一张绿桌子旁边，翻阅克里亚乌左夫的案卷。玖科夫斯基心神不宁地在房间里走来走去，就像关在笼子里的狼一样。

"您已经相信尼古拉希卡和普塞科夫有罪，"他说，烦躁地揪他新生出的胡子。"那您为什么就不肯相信玛丽雅·伊凡诺芙娜有罪？莫非您还嫌罪证不足吗？"

"我没说我不相信。我相信是相信，不过不知怎么总还有点不放心。

……究竟没有实在的证据啊，所有的只是些抽象的理论……什么宗教狂热啦，这个那个的……"

"那么您非要斧子和带血的被单不可！……你们这些法律家！那我会证明一下给您看的！对这个案子的心理方面，请您不要保持马马虎虎的态度！您那个玛丽雅·伊凡诺芙娜该送到西伯利亚去！我会证明她有罪！要是您嫌抽象的理论不够，那我手上还有物证。

……它会向您表明我的理论多么正确！只要让我出去走一趟就行。"

"您指的是什么？"

"就是瑞典火柴，先生……您忘了？可是我没忘！我要查清楚谁在受害人房间里划着那根火柴！点那根火柴的不是尼古拉希卡，也不是普塞科夫，搜查他们衣物的时候没发现那种火柴。一定是第三个人划的，也就是玛丽雅·伊凡诺芙娜。我来证明给您看！……不过请容许我坐车在全县走一遭，四处查访一下。……"

"哦,行,您坐下……我们先来审一审看。"玖科夫斯基就挨着小桌坐下,把长鼻子伸到公文上去。

"把尼古拉·捷捷霍夫带上来!"侦讯官叫道。

尼古拉希卡押来了。他脸色苍白,瘦得跟一根细劈柴一样,身子索索地抖。

"捷捷霍夫!"楚比科夫开口说,"一八七九年,您在第一区法官那里因盗窃罪受审,判过刑。一八八三年,您第二次因盗窃罪受审,第二次关进监狱……您的事我们都知道……"尼古拉希卡的脸上现出惊讶的表情。侦讯官的无所不知使得他暗暗吃惊。不过惊讶的神情很快就被极度悲伤的神情所代替。他放声大哭,要求去洗一下脸,定一定神。他便被押走了。

"把普塞科夫带上来!"侦讯官命令道。

普塞科夫押来了。在这十二天当中,这个青年人的脸容大大变了样。他消瘦、苍白、憔悴了。他的眼睛里流露出冷漠的神情。

"坐下,普塞科夫,"楚比科夫说,"我希望今天这一次您会放明白点儿,不像以前那些次似的说假话。这些天,您不顾大量的罪证证明您有罪,矢口否认您参与过克里亚乌左夫的凶杀案。这是不识利害。坦白是可以减轻罪刑的。今天我是最后一次跟您谈话。要是今天您不招认,明天可就太迟了。那么,告诉我们……"

"我什么也不懂……我也不知道你们那些什么罪证。"普塞科夫低声说。

"这样可没好处,先生!好,那么索性就让我来告诉你犯案的情形吧。那个星期六傍晚,您在克里亚乌左夫的卧室里坐着,同他一起喝白酒和啤酒。"(玖科夫斯基盯住普塞科夫的脸,在整个这段独白中始终没移开他的眼睛。)"尼古拉伺候你们。十二点多钟,玛尔克·伊凡内奇告诉您说他要上床睡觉了。他向来是在那个时候上床睡觉的。他一面脱靴子,一面对您交待有关农务方面的事,不料

您和尼古拉根据预定的暗号，抓住喝醉的主人，把他按倒在床上。你们一个人坐在他腿上，一个人坐在他头上。这时候前堂里走进来一个女人，你们知道她是谁，穿着黑色连衣裙，她事先已经跟你们约定她在这件犯罪的事当中担任什么角色。她拿起枕头来，开始用它闷死他。在扭打中，蜡烛熄了。那女人就从口袋里取出一盒瑞典火柴，点上蜡烛。不是这样吗？我凭您的脸色就看得出我说的是实情。好，接着说下去……你们把他闷死，相信他已经断了气，您跟尼古拉一起把他从窗口拖出去，把他放在牛蒡附近。你们生怕他会活过来，就用尖东西扎他。后来你们抬着他走，有一阵儿暂时把他放在丁香花丛下边。你们休息一会儿，想一想，又抬着他走……你们翻过一道篱墙……后来你们顺着大路走……前面是一道河坝。在河坝附近你们被一个乡下人吓了一跳。可是，您这是怎么了？"普塞科夫脸白得像亚麻布一样，站起来，身子摇摇晃晃。

"我透不出气来了！"他说，"好……随便怎么样吧……不过我是非出去不可了……劳驾。"普塞科夫被押走了。

"他到底还是招认了！"楚比科夫舒畅地伸个懒腰，说。

"他露出马脚来了！我多么巧妙地揭穿了他！这下子可把他整垮了……而且他连那个穿黑衣服的女人都没否认！"玖科夫斯基笑着说，"不过另一方面，我还是放心不下那根瑞典火柴！我再也受不住了！再见！我要走了。"玖科夫斯基戴上帽子，动身走了。楚比科夫开始审问阿库尔卡。阿库尔卡声明她对这件事一点儿也不知道……"我只跟您相好过，此外我没跟任何人相好过！"她说。

傍晚五点多钟，玖科夫斯基回来了。他比先前越发兴奋。他的手抖得没法解开大衣扣子。他的脸烧得通红。看得出来，他是带着新消息回来的。

"我胜利了，"他飞奔到楚比科夫的房间里，往一只圈椅上一坐，说，"我凭我的名誉起誓，我开始相信我自己的天才了。"

"您听着，真正的无奇不有，您听着会大吃一惊的，老头子！事情是既可笑又可悲！您手心里已经有三个人了……不是这样吗？我却找到了第四个罪犯，或者更确切地说，是女犯，因为那也是个女人！而且是个什么样的女人啊！光是为了碰一碰她的肩膀，我情愿减十年的寿呢！不过……您听着……我坐车到克里亚乌左夫卡村，绕着它兜了个大圈子。一路上我访问了所有的小杂货铺、小酒店、酒馆，问他们有没有瑞典火柴。到处都对我说'没有'"。

"我坐着车子一直在那边转。我二十次失掉希望，又二十次恢复希望。我逛荡了整整一天，直到一个钟头以前我才算找着我要找的东西。离这儿有三俄里远。他们拿给我一大包，一共是十盒。其中正好缺了一盒……我马上问：'那一盒是谁买去的？''一个女人买去了……她喜欢这东西，这玩意儿一擦就……嗤的一响声音清脆。'我的好朋友！尼古拉·叶尔莫拉伊奇！一个被宗教学校开除出来而且熟读过加博里奥的作品的人，有的时候竟然能办出这样不可思议的大事来，那是人类的智慧简直无法理解的！从今天起我要开始尊敬自己了！……嘿嘿……好，我们走吧！"

"到哪儿去？"

"到她那儿去，到第四个那儿去……我们得赶紧去，要不然……要不然，我就要失去耐性，爆炸啦。"

"您知道她是谁？您再也猜不中了！就是我们警察分局长、老头子叶夫格拉甫·库兹米奇的年轻妻子奥尔迦·彼得罗芙娜，就是她！她买了那盒火柴！"

"您……您……您……不是发疯了吧？"

"这很合情合理嘛！第一，她吸烟。第二，她没头没脑地爱上了克里亚乌左夫。他呢，有了阿库尔卡，就冷淡了她的爱情。她要报复。现在我想起有一次我碰见他俩躲在厨房里屏风后面。她向他赌咒发誓，他却吸着她的纸烟。把烟儿喷到她脸上去。不过，我们

得走了……赶——快，天黑下来了……我们走吧！"

"我还不至于神志不清到听了个坏孩子的话就半夜三更去打搅一个高尚而诚实的上流女人！"

"高尚，诚实……出了这样的事还说这样的话，您简直是叫花子，算不上侦讯官！我向来不敢骂您，可是现在您逼得我骂！叫花子！老顽固！得了，我的亲人，尼古拉·叶尔莫拉伊奇！我求求您！"侦讯官摆头，吐了口唾沫。

"我求求您了！我不是为我自己，而是为破案的利益求您！我真心实意地求您！您赏我一个脸，哪怕一辈子就这一次！"玖科夫斯基跪下去。

"尼古拉·叶尔莫拉伊奇！哎，您发发善心吧！要是我看错了这个女人，您就骂我混蛋，流氓！要知道，这是个什么样的案子啊！这真算得上一个案子！简直是长篇小说，不是案子！这个案子的名声会传遍整个俄国！日后人家会提拔您做专办，特别重大案件的侦讯官！想想明白吧，您这死心眼儿的老头子！"侦讯官皱起眉头，犹豫不决地伸出手去拿帽子。

"好，见你的鬼，就这样吧！"他说。"去就去。"等到侦讯官的轻便双轮马车开到警察分局长的家门口，天色已经黑了。

"我们简直是猪！"楚比科夫拉了拉门铃说，"我们在打搅人家哟。"

"没什么，没什么……别担心……我们就说马车上的弹簧坏了。"在门口迎接楚比科夫和玖科夫斯基的，是个大约二十三岁的女人，身材很高，体态丰满，眉毛漆黑，嘴唇又厚又红。她就是奥尔迦·彼得罗芙娜夫人。

"啊……真高兴！"她说，满面笑容。"你们正好赶上吃晚饭。我的叶夫格拉甫·库兹米奇不在家……他到教士家串门去了。……不过他不在，我们也照样可以谈谈……请进来坐！你们这是刚办完

侦讯工作吧？……"

"是的……我们，您猜怎么着，车上的弹簧坏了，"楚比科夫走进客厅里，在圈椅上坐下，开口说。

"您要冷不防……给她个措手不及来制服她！"玖科夫斯基小声对他说，"您给她个措手不及！"

"弹簧……嗯……是的……我们就冒冒失失地到您这儿的来意。"

"给她个措手不及，我跟您说！要是您净说废话，她就会猜出来了！"

"哦，既然你全懂，那就由你来干就是了，饶了我吧！"楚比科夫嘟哝说，站起来，往窗子那边走去。"我办不到！你自己煮的粥你自己喝！"

"是啊，弹簧……"玖科夫斯基走到警察分局长的妻子跟前，开口说，皱起他的长鼻子。

"我们到这儿来，不是为了……呃呃……吃晚饭，也不是来看叶夫格拉甫·库兹米奇。我们来，是为了问您，太太：由您杀害的玛尔克·伊凡诺维奇如今在哪儿？"

"什么？哪个玛尔克·伊凡诺维奇？"警察分局长的妻子吞吞吐吐地说。她那张丰满的脸转眼间涨得通红。"我……不明白。"

"我是以法律的名义问您！克里亚乌左夫在哪儿？我们全都知道了！"

"是谁告诉你们的？"警察分局长的妻子受不住玖科夫斯基的目光，轻声问道。

"请您必须告诉我们：他在哪儿？！"

"不过你们怎么会知道？是谁告诉你们的？"

"我们已经全知道了，太太！我是用法律的名义来坚持问您这件事！"侦讯官看见警察分局长的妻子心慌意乱，就放大胆子，走

到她面前，说："您告诉我们，我们就走了。要不然我们就要……"

"你们找他干什么？""您问这话是什么意思。太太？我们要求您说出来！您在发抖，惊惶失措……是的，他遇害了，而且说句不怕您见怪的话，正是被您害死的！您的同谋犯已经把您供出来了！"警察分局长的妻子顿时脸色惨白。

"跟我来，"她绞着手，低声说，"他在我家的浴室里藏着。只是看在上帝的分上，你们不要对我丈夫说起这件事！我求求你们！他听了会受不了！"

警察分局长的妻子从墙上取下一把大钥匙，领着她的客人们穿过厨房和前堂，走进院子里。院子里黑乎乎的。天上下着毛毛细雨。警察分局长的妻子在前边带路。楚比科夫和玖科夫斯基在高高的草丛中跟着她走，吸着野麻和泥水塘的气味，泥水塘在他们脚下发出咕唧咕唧的响声。院子很大。不久，泥水塘没有了，他们脚下感觉到耕松的土地了。黑暗中露出树木的轮廓，他们看见树木之间有一所小房子，房顶上竖着一根歪烟囱。

"这就是浴室，"警察分局长的妻子说，"可是，我求求你们，不要对别人说！"楚比科夫和玖科夫斯基走到浴室跟前，看见门上挂着一把极大的锁。

"准备好蜡烛头和火柴！"侦讯官小声对他的助手说。

警察分局长的妻子开了锁，把客人们让进浴室。玖科夫斯基擦燃火柴，照亮浴室的进口。更衣间中央摆着桌子。桌上放着矮胖的小茶炊，旁边有个海碗，里面盛着冷菜汤，还有个菜碟，上面只剩些调味汁。

"再往前走！"

他们走进隔壁房间，也就是浴室。那儿也有一张桌子，桌上摆着一大碟，还有一大瓶白酒、几个盘子和一些刀叉。

"可是那个人在……哪儿？受害者在哪儿？"侦讯官问。

"他在上边那层铺上！"警察分局长的妻子小声说，脸色越发苍白，浑身瑟瑟发抖。

玖科夫斯基手里拿着蜡烛头，爬到上层铺去。他在那儿看见一个人的很长的身体，一动不动地躺在大绒毛褥垫上。那个身体发出轻微的鼾声……"他们在耍弄我们，见鬼！"玖科夫斯基叫起来。"这不是他！这儿躺着个活人，蠢货。喂，您是什么人，该死的？"那个身体吸进一口气，发出呼啸的声音，还翻了个身。

玖科夫斯基用胳膊肘捅他一下。他举起胳膊，伸了个懒腰，略微抬起头来。

"这是谁爬上来了？"一个沙哑而低沉的男低音问道，"你要干什么？"玖科夫斯基拿起蜡烛头凑近那个生人的脸上，不由得发出一声尖叫。

他看见紫红的鼻子，没梳理过的蓬松头发，两撇漆黑的唇髭，其中一撇雄赳赳地往上翘着，傲慢地直指天花板，他认出这个人就是骑兵少尉克里亚乌左夫。

"您是……玛尔克……伊凡内奇？！哪会有这种事！"侦讯官抬头一看，也惊呆了……"是我，对了……原来是您啊，玖科夫斯基！您到这儿干什么来了？下边，还有下边那个丑嘴脸是谁？圣徒呀，敢情是侦讯官！是什么风把你们吹来的？"克里亚乌左夫匆匆爬下来，拥抱楚比科夫。奥尔迦·彼得罗芙娜乘机溜出门外去了。

"你们是怎么找到这来的？咱们来喝一盅，见鬼！特拉——搭——梯——多……咱们来喝一盅！可是，到底是谁把你们领到这儿来的？你们怎么知道我在这儿？不过，反正也无所谓！咱们来喝一盅吧！"克里亚乌左夫点上灯，斟满三杯酒。

"事实是，我不懂你是怎么回事。"侦讯官摊开两只手说。

"这到底是不是你？"

"你算了吧……难道你想教训我一番吗？那就请别操这个心。

青年人玖科夫斯基，喝下你那杯酒！朋友们，咱们来快快活活地度过这个良宵吧……你们瞪大眼睛瞧着我干什么？喝呀！"

"可我仍旧弄不明白你是怎么回事。"侦讯官说，心不在焉地喝下酒去。

"你为什么待在这儿？"

"要是我觉得在这儿舒服，我为什么不该待在这儿呢？"克里亚乌左夫喝酒，吃火腿。

"你们看得明白，我跟警察分局长太太住一块儿。我住在这个荒野的破屋里，住在这个密林里，活像一尊家神。喝吧！当时，老兄，我觉得对不起她。我既然怜惜她，得，我就住到这儿，住到这个没人用的浴室里来，像个隐士似的……我有吃有喝。不过，下个星期我想从这儿搬出去……我已经住腻了……"

"莫名其妙！"玖科夫斯基说。

"这有什么莫名其妙的？"

"莫名其妙！看在上帝面上，请您告诉我，您那只皮靴怎么会跑到花园里去的？"

"哪只皮靴？"

"我们在您卧室里只找到一只，另一只却在花园里。"

"你们何必要知道这种事情呢？这不关你们的事……还是喝酒吧，管它呢。你们既是把我叫醒了，那就得喝酒！说起那只皮靴，老兄，倒有一段有趣的故事呢。我原不肯到奥丽雅这儿来。你要知道，那时候我本不打算这样，又有点醉意……她就跑到我窗底下来，开口骂我……你知道，就跟娘们家一样……照例是这么一套……我呢，喝醉了，捞起一只靴子朝她扔过去……哈哈……我说，不许再骂。她就爬进窗口，点上灯，因为我醉了。她灵机一动，把我拉到这儿来，锁在屋里。现在我倒有吃有喝了……爱情，白酒，还是种种好东西！可是你们上哪儿去？楚比科夫，你上哪儿去啊？"

侦讯官啐了口唾沫，从浴室里走出来。玖科夫斯基低垂着脑袋，跟着他走出去。两个人沉默地坐上轻便的双轮马车，走了。这条路，他们觉得，好像从来没像现在这样漫长乏味过。两个人都闷声不响。楚比科夫一路上气得发抖。玖科夫斯基把脸藏在大衣领里，仿佛深怕黑暗和细雨会看见他脸上的羞愧表情似的。

回到家里，侦讯官正碰上丘丘耶夫医师在他家里。医师在桌旁坐着，翻看《田地》杂志，唉声叹气。"这个世界上净是些什么样的事呀！"他带着忧郁的笑容迎接侦讯官，说，"奥地利又闹起来了，格拉德斯冬也有点……"楚比科夫把帽子往桌子底下一丢，瑟瑟地抖起来"瘦鬼！不要找我废话！我已经跟你说过一千次，不要拿你那套政治来纠缠我。现在不是谈政治的时候！还有你，"楚比科夫转过脸去对着玖科夫斯基，挥着拳头说，"还有你……我永生永世也忘不了这件事！"

"可是……这都要怪那根瑞典火柴啊！我怎么能知道呢！"

"巴不得叫你那根火柴堵在你嗓子眼里，把你活活地卡死才好！你给我走开，别惹我生气，要不然鬼才知道我会把你揍成什么样！别叫我的眼睛再看见你！"玖科夫斯基叹口气，拿起帽子，走出去了。

"我要去喝它个烂醉！"他走出门外，暗自决定，然后垂头丧气往小饭铺慢慢走去。

警察分局长的妻子从浴室回来，发现她丈夫在客厅里。

"侦讯官上这儿来干什么？"她丈夫问。

"他来说一声：克里亚乌左夫已经找着了。你猜怎么着，他们是在别人妻子家里找着他的。"

"唉，玛尔克·伊凡内奇啊，玛尔克·伊凡内奇！"警察分局长眼珠往上翻着，叹道，"我早就告诉过你，放荡是闹不出好下场来的！我早就告诉过你，可你就是不听我的话啊！"

乞 丐

"好心肠的大老爷！行行好吧，请照顾一下我这个不幸的挨饿的人。我有三天没吃东西了……身无分文，没有地方住……我向上帝起誓！我做了八年的乡村教师，后来由于地方自治局的诬陷，这样丢了职位。我成了诬告的牺牲品。这一年来，我没有事情可做了。"

司克佛尔佐夫律师打量着这个求讨的人，瞧瞧他那件灰蓝色的破大衣，混浊的醉眼和脸上的红斑，他觉得以前好像在什么地方见过这个人似的。

"现在卡卢加省有人为我找到一份工作，"那人继续道，"可是我没有钱去那里。发发慈悲，救救我！真不好意思求人，不过，出于环境所逼……"

司克佛尔佐夫又瞧瞧他的雨鞋：雨鞋一只高腰，一只浅帮。于是他突然想起来了。

"听着，在前天，我好像在花园街遇见过您，"他说，"不过那时您对我说您是被开除的学生，没有说是乡村教师，还记得吗？"

"不……不，不可能！"求讨者慌乱地喃喃说道，"我是乡村教师，如果您愿意的话，我可以拿证件给您看。"

"别胡说了！那天您自称是大学生，甚至告诉我校方为什么开除您，还记得吗？"

司克佛尔佐夫脸涨得通红，带着一脸不屑的神情从这个衣衫褴

褛、形同乞丐的人身边走开。

"这很下流叫人看不起，先生！"他生气地喊道，"这是诈骗！我可以把您送警察局去，真见鬼！您贫穷，您挨饿，这可不是有理由这么卑鄙无耻地撒谎！"

破衣人抓住门把手，像被捉住的贼，神色惶恐地打量着门厅。

"我……我没有说谎，先生……"他小声嘟哝，"我可以拿证件给您看。"

"谁能相信您？"司克佛尔佐夫继续忿忿地说，"骗取社会对乡村教师和大学生的好感——要知道这样做是多么下流、卑鄙、无耻！真是龌龊，可恶至极！"

司克佛尔佐夫大发脾气，毫不留情地痛斥这个求讨的人。对方的无耻谎言勾起他嫌弃和厌恶的心情，侮辱了他，司克佛尔佐夫十分喜爱和看重自身就有的品德：善良，怜悯心，对不幸的人们的同情。这家伙就知道说谎，利用别人的仁慈，恰恰亵渎了他出于纯洁的心灵喜欢周济穷人的一片好意。破衣人一再为自己解释，赌咒发誓，但后来不作声了，羞愧得低下头。

"先生！"他说，把手按到胸口，"确实，我……说了谎！我不是大学生，也不是乡村教师。这些全是捏造的！我原来在俄罗斯合唱团里任职，由于酗酒，被赶了出来。可是我没有办法。苍天在上，请您相信：我不说谎是不行的！我若说真话，谁也不会施舍我什么。说真话就得活活的饿死，没有住处就得冻死！您说的那些都正确，我也明白，可是……叫我有什么办法呢？"

"什么办法？您问您有什么办法？"司克佛尔佐夫大喝一声，走到他跟前，"工作呀，这就是办法！您应该工作！"

"工作……这个我自己也明白，可是上哪儿去找工作呢？"

"胡说！您身体健康，年轻有力气，只要您愿意任何时候都能找到工作。可是您懒惰，娇生惯养，还酗酒！您身上就像小酒馆那

样，冒出酒气来。您谎话连篇，放荡成性，你的本事就会像叫化子那样只配要饭和说谎！如果您屈尊什么时候想去工作，那也得给您找一个可以不做事白拿薪水的部门，比如说坐机关，去合唱团，或者当个台球记分员等等。您是否愿意从事体力劳动？恐怕您不会去当看门人或者工厂的工人吧！您这种人可是太娇贵的！"

"您怎么能这样说，真是的……"求讨者说完苦笑了，"叫我上哪儿去找体力活儿呢？去当店伙计我未免太迟了，因为人得从小做起才行，去当看门人吧，谁也不会要我，因为我不喜欢别人对我指手划脚……工厂也不会要我，工人要有手艺，我却什么也不会。"

"胡说！您总是找借口！那么，您愿意去劈柴吗？"

"我倒不反对，可是如今连地道的劈柴工都找不到活儿干。"

"哼，所有的懒汉都这么说。真要给您们找到事情，您都会拒绝。那么您愿意在我家里劈柴吗？"

"我当然愿意……"

"好，咱们走着瞧……很好……日后就会知道的！"

司克佛尔佐夫张罗起来，而且不免带点幸灾乐祸的神情搓着手，把厨房里的厨娘叫了出来。

"是这样，奥尔格，"他对她说，"把这位先生领到板棚里去，让他劈木柴。"

乞讨人耸耸肩膀，似乎有点迷迷糊糊，犹豫不决地跟着厨娘去了。从他的步态上看来，他之所以同意去劈柴并不是因为他饿着肚子想挣钱糊口，只是碍于面子，不好意思，因为他的话既已说出了口，就不得不去兑现。同样可以看出，他由于平时酒喝得过多，身体十分虚弱，恐怕有病，另外丝毫没有干活兴致。

司克佛尔佐夫匆匆走进餐室。那里的窗子正对着院子，可以看到堆放木柴的板棚里和院里发生的一切事情。司克佛尔佐夫站在窗前，看到厨娘和那人从侧门进了院子，踩着肮脏的雪朝板棚走去。

奥尔格气呼呼地打量她的同伴，把胳膊拐向两旁，打开锁着的板棚，砰一声恶狠狠地推开了门。

"大概我们打搅这女人喝咖啡了，"司克佛尔佐夫想道，"这个坏脾气婆娘！"

接下去他看到，那个冒牌教师和冒牌大学生在木墩子上坐下来，用拳头支着红腮帮，想起心事来。厨娘把一把斧子扔到他脚旁，恶狠狠地啐了一口，而且，看她嘴的形状可知，她开始骂人了。乞讨人迟迟疑疑地拉过一块木头，把它放在两腿中间，胆怯地用斧子砍下去。木柴头一歪便倒下去了。那人又把它拉过来，朝冻僵的手上哈一口气，又用斧子很小心地砍下去，惟恐砍着自己的雨鞋或者砍掉手指。木头又倒下了。

司克佛尔佐夫的气愤已经消散，这时他感到有点不安，有点惭愧，也许他不该逼着这个舒服惯了的、可能还有病的酒鬼在寒冷的板棚里干这种粗糙的活计。

"哎，也没什么，让他干去吧……"他又想，离开餐室回到书房里，"我这样做是为了他好。"

一个钟头过去了，奥尔格来了，报告说，木头已经劈好了。

"拿着，把这半卢布交给他，"司克佛尔佐夫说，"要是他愿意，就让他每月的一号都来劈柴……总归有活儿给他做的。"

到了下月一号，那个破衣烂鞋、形同乞丐的人又来了，又挣了半卢布，虽然他的腿勉强才站得稳。从那以后，他开始经常出现在院子里，每次都找些活儿给他干：有时把雪扫成堆，有时收拾板棚里的杂物，有时打掉地毯和床垫上的尘土，每次他都能拿到二十到四十戈比的劳动报酬，有一次主人甚至送给他一条旧裤子。

司克佛尔佐夫搬家的时候，雇他来帮着收拾东西，搬运家具。这一回，乞讨人没有喝酒，神色阴郁，沉默少语。他几乎没有碰过那些家具，低着头跟在货车后面，甚至也不想装出一副肯干活的样

子，光是冷得缩着脖子。当那几个赶车人取笑他的懒散、没力气和老爷那件贵重的破大衣时，他常常窘得手足无措。搬运完之后，司克佛尔佐夫吩咐人把他找来。

"噢，我看得出来，我的话对您已经发生了影响，"他说着；递给他一个卢布，"这是给你的工钱。我看得出来，您没有喝酒，也没有反对工作。您叫什么？"

"卢什科夫。"

"那么，卢什科夫，我可以给你找一个好一点的工作。您会写字吗？"

"会，先生。"

"好的，您拿上这封信，明天去找我的一个同行，他会给您一份抄写的工作。好好工作，别喝酒了，别忘了我对您说过的话。再见！"

司克佛尔佐夫很是得意：自己总算扶这个人上了正路。他亲切地拍了一下卢什科夫的肩膀，分别时甚至伸手和他握手。卢什科夫拿了信就走了，此后再也没有到这个人家里来干活。

两年过去了。一天司克佛尔佐夫站在剧院的售票处付钱买票的时候，看到身边站着一个身材矮小的人，羊皮的衣领，戴一顶旧的海狗皮帽子。这个矮小的人怯生生地向售票员要一张顶层楼座的票，付了几枚铜币。

"卢什科夫，是您呀？"司克佛尔佐夫问，认出这个人就是他家以前的劈柴工，"喂，怎么样？你现在做什么差使？日子过得好吗？"

"挺好，现在我在一位公证人的办公室里的，每月拿三十五个卢布，先生。"

"哦，谢谢上帝。太好了！我替您高兴，非常非常高兴，卢什科夫！要知道您在某方面说来是我的教子。要知道这是我把您扶上

正路的。您还记得我当时如何痛斥您吗？您那时在我面前窘得恨不得找个地缝钻进去。好了，谢谢，亲爱的朋友，谢谢您记住我的话。"

"我也要谢谢您，"卢什科夫说，"如果当初我不去找您，也许现在我还在冒充教师或者大学生。是的，我在您那里得救了，爬出了陷阱。"

"我非常非常高兴！"

"谢谢您那些好心的话和好心的举动。您那时讲得很精彩。我既感激您，也感激您家的厨娘，求上帝保佑这个善良而高尚的女人身体健康！您那时讲得很正确，这一点，我当然至死都不会忘记您的恩情。不过，说实在的，真正救我的是您家的厨娘奥尔格。"

"这是怎么回事？"

"是这样。当初我去您家劈柴，我一到，她开头总是说：'唉，你这个酒鬼！你这个天地不容的人！你怎么不死呀！'然后坐在我对面，发起愁来，瞧着我的脸，唉声叹气地说：'你是个不幸的人！你活在世上一点快活也没有，就是到了另一个世界，你这酒鬼，也要下地狱，也要遭火烧！你这苦命人啊！'您知道，她说来说去都是这套话。她为我耗了多少心血，为我流了多少眼泪，这些我没法对您说。但重要的是，她替我劈柴！要知道，先生，我在您家里连一根柴也没有劈过，全是她劈的！为什么她要挽救我，为什么我瞧着她就决心痛改前非，戒酒，这些我对您也解释不清。我只知道，她的那些话和高尚的行为使我的灵魂起了变化，是她挽救了我，这件事我永世也忘不了。不过现在该入场了，里面正在打铃。"

卢什科夫鞠躬告辞，上楼去了。

捉　弄

那是晴朗的冬日的中午……天气冷冽刺骨的严寒，树木被冻得喀喀作响。娜简卡两鬓的鬈发上，嘴上的茸毛上，已经蒙着薄薄的银霜。她挽住我的胳臂站在一座高山上。从我们脚下到平地伸展着一道平滑的斜坡，在阳光的照耀下，它像一面镜子闪闪发光。在我们身旁，放着一副小小的轻便雪橇，蒙着鲜红色的绒布套。

"让我们一块儿滑下去吧，娜杰日达·彼得罗夫娜！"我央求道，"只滑一次！我向您保证：我们将会稳稳当当的，不伤一根毫毛。"

可是娜简卡害怕。让她用那双小小的套鞋滑到冰山底下去，在她看来就像一个深不可测的无底深渊。当我刚邀她坐上雪橇时，她往下一看，不禁倒抽一口冷气，要是她当真冒险飞向深渊，那会怎么样？她会被吓死的，会吓疯的。

"求求您！"我又说，"您用不着害怕！您知道，您这是缺少毅力，胆小！"

娜简卡最后总算让步了，不过从她的脸色我可以看出来，她是冒着生命危险作出让步的。我扶她坐到小雪橇上，一手搂着这个脸色苍白、全身发抖的姑娘，跟她一块儿溜下那道陡坡。

雪橇像子弹一样飞了出去。劈开的空气迎面袭来，在耳畔怒吼呼啸，凶狠地撕扯着我们的衣帽，我们的脸颊如刀割般刺痛，简直想揪下你肩膀上的脑袋。由于风的压力，我们几乎透不过气来。像

有个魔鬼用铁爪紧紧抓住我们，咆哮着要把我们拖进地狱里去。周围的景物汇成一条飞跑的长带子……仿佛再过一秒钟，我们就要完蛋了！

"我爱你，娜嘉！"我小声说。

雪橇滑动得渐渐慢下来，风的吼声和滑木的沙沙声已经不那么可怕，呼吸也比较容易了，我们终于滑到了山脚下。娜简卡已经半死不活。她脸色煞白，几乎透不过气来……我扶她站起身来。

"说什么下一回也不滑了，"她睁大一双布满恐惧的眼睛望着我说，"我一辈子也不滑了！差点把我吓死了！"

过了一会儿，她恢复过来，已经怀疑地探察我的眼神：那句话是我说的，或者仅仅是在旋风的呼啸声中她的幻听？我呢，站在她身旁抽烟，专心致志地看着我的手套。她挽起我的胳膊，我们在山下又玩了好久。那个谜显然搅得她无法安心。究竟说了那句话没有，说了还是没说？说了还是没说？这可是一个有关她的自尊心、名誉、生命和幸福的问题，非常紧要的问题，世界上头等重要的问题。娜简卡不耐烦地、忧郁地、用那种有穿透力的目光盯着我的脸，胡乱地回答我的问话，等着我会不会再说出那句话。啊，在这张可爱的脸上，表情变换得多厉害！我看得出来，她在竭力控制自己，她想说点什么，提个什么问题，可是她找不着恰当的字眼，她感到别扭，可怕，又为了自己的高兴感到不好意思……

"您知道吗？"她说，并没有看我。

"什么？"我问。

"让我们再……再滑一次雪橇。"

我们便沿着阶梯石级而上。我再一次扶着脸色苍白、周身打抖的娜简卡坐上雪橇，我们再一次向恐怖的深渊猛冲下去，再一次听到风的呼啸，滑木的沙沙声，而且在雪橇飞得最快、风声最大的时候，我再一次小声说：

"我爱你。娜嘉!"

等到雪橇停下来,娜简卡立即回头看着我们刚刚滑下来的山坡,随后久久地审视着我的脸,倾听着我那无动于衷、毫无热情的声音,于是她整个人,周身上下,连她的皮手笼和围巾、帽子在内,无不流露出极度的迷惑。她的脸上写着:

"怎么回事?到底是谁说的那句话?是他,还是我听错了?"

这个疑团弄得她心神不宁,完全失去了耐心。可怜的姑娘不回答我的问话,愁眉苦脸,差点哭出来。

"我们是不是该回去了?"我问她。

"可是我……我喜欢这样滑雪橇,"她涨红着脸说,"我们再滑一次好不好?"

虽说她"喜欢"这样滑雪,可是等她上了雪橇,跟前两次一样,她依旧脸色惨白,浑身直打哆嗦,害怕得气也透不出来了。

我们第三次飞身滑下去,我看到,她一直瞧着我的脸,注视着我的嘴唇。可是我用围巾挡住嘴,咳嗽一声,等我们滑到半山腰时,我又小声说了一句:

"我爱你,娜嘉!"

谜依旧是谜!娜简卡默默不语,想着心事……我从冰场送她回家,她极力走得慢些,放慢脚步,一直期待着我会不会对她再说那句话。我看得出来,她的内心怎样受到煎熬,又极力不叫自己说出一句话来:

"这句话不可能是风说的!我也不希望是风说的那句话!"

第二天上午,我收到一张便条:"如果您今天还去冰场,请顺便来叫我一声。娜"从此以后,我和娜简卡几乎天天都去滑雪。当我们坐着雪橇滑下坡时,每一次我总是小声说出那句话:

"我爱你,娜嘉!"

不久娜简卡对这句话就听上了瘾,就像人对喝酒、打吗啡成了

瘾一样。现在缺了这句话她就没法生活下去了。当然,从山顶上飞身滑下依旧是好害怕,可是此刻的恐惧和危险,反给那句表白爱情的话平添一种特殊的魅力,尽管这句话依旧是个谜,依旧折磨着她的心。可疑的依旧是我和风……这二者中究竟谁向她诉说爱情,她不知道,不过到后来她显然已经不在乎了——只要喝醉了就成,管它用什么样的杯子喝的呢!

有一次,我在中午时分独自一人去了冰场。我混在拥挤的人群中,突然看见娜简卡正朝山脚下走去,四下里张望地在寻找我……后来她畏畏缩缩地顺着阶梯往上走……一个人滑下来是很可怕的,——啊,可怕极了!她脸色白得像雪一样,战战兢兢地走着,仿佛在赶赴刑场,但还是走着,头也不回,坚决地走着。她显然打定主意,最后要试一试,身边没有我的时候,还能不能听到那句美妙而甜蜜的话?我看到她脸色苍白,吓得张着嘴巴,坐上雪橇,闭上眼睛,像向人世告别似的滑下去……“沙沙沙”……滑木发出响声。我不敢断定娜简卡是否听到了那句话,我只看到,她从雪橇上站起来时已经摇摇晃晃、有气无力了。从她的脸色可以看出来,连她自己也不知道究竟听到什么没有,她一人滑下时的恐惧夺走了她的听觉,丧失了辨别声音和理解的能力……

眼看早春三月已经来临……春天阳光变得温暖多了。我们那座冰山渐渐变成黑色,失去了原有的光彩,最后冰雪消溶了。我们也不再去滑雪。可怜的娜简卡再也听不到那句话,况且也没人对她说了,因为这时已经没有了风声,而我正要动身去彼得堡——要去很久,也许一去就不回来了。

有一回,大约在我动身的前两天,薄暮中我坐在小花园里,这花园与娜简卡居住的那个院子只由一道高高的篱墙隔开,篱墙上钉有钉子……天气还相当冷,畜粪下面还有积雪,树木萧条,但已经透出春天的气息,一群白嘴鸦呱呱地叫着,忙着找旧枝宿夜。我走

到板墙跟前，从板缝里一直往里张望。我看到娜简卡走出门来，站在台阶上，抬起悲凉伤感的目光凝望天空……春风吹拂着她那苍白忧郁的脸……这风勾起她的回忆；昔日，在半山腰，正是在呼啸的风声中她听到了那句话。于是她的脸色变得非常、非常幽怨，两行眼泪夺眶而出……可怜的姑娘张开臂膀，仿佛恳求春风再一次把那句话带来似的。我等着一阵风刮过去，又小声地说：

"我爱你，娜嘉！"

我的天哪，娜简卡起了什么样的变化！她一声欢呼，脸上布满笑容，迎着风张开臂膀，那么高兴，幸福，真是美丽极了。

我离开那儿，回去收拾行装……

这已是许久以前的事了。现在娜简卡已经结婚了。究竟是出于父母之命，还是她本人的意愿——这无关紧要，她嫁给了贵族监护会的一名秘书，现在已经有三个孩子了。想当年，我们一块儿滑雪橇，那风送到她耳畔一句话："我爱你，娜嘉！"——这段回忆是她永远不能忘怀的。对她来说，这是一生中最幸福、最动人、最美好的回忆…

现在我年纪大了，已经不明白，为什么当初我说了那句话，为什么要捉弄她……

一八八六年三月十二日

在钉子上

在涅瓦大街上有一群下了班的十二品文官和十四品文官慢步走着。他们在斯特鲁奇科夫带领下，到他家去参加他的命名日晚宴。

"我们很快就可以美餐一顿了，诸位兄弟！"过命名日的人一边想象着一边大声说，"咱们痛痛快快地吃一顿！我那小娘子可烤了不少馅饼呢。我昨天傍晚亲自去买的面粉。还有白兰地……是沃龙佐沃出产的……我老婆恐怕已经等得不耐烦啦！"

斯特鲁奇科夫家住在很远的地方。他们走了很久，最后总算走到了他的家。他们进了门厅，馅饼和烤鹅的香味飘进所有人的鼻孔里。

"你们都闻到了吧。"斯特鲁奇科夫问，高兴得笑出声来，"先生们！请把皮大衣都放在箱子上！卡佳在哪儿？哎，卡佳！各科的同事们都来了！阿库林娜，你快来帮各位先生脱大衣！"

"这是怎么回事？"有人指着墙上的一根大钉子问道。钉子上挂着一顶崭新的制帽，帽舌和帽徽闪闪发光。官员们顿时脸色发白面面相觑。

"这是他的帽子！"他们小声说，"他……在这儿？!"

"是的，他在这儿，"斯特鲁奇科夫口齿不清地小声说，"在卡佳那里……我们走吧，先生们！我们找一家饭馆先待一会儿，等他走了以后我们再回来。"

这伙人又重新扣上大衣钮扣，出门去了，慢吞吞地朝饭馆走去。

"难怪你家里有股子鹅的气味，原来还有一只大公鹅待在那里，"档案助理员放肆地说，"准是魔鬼指使他来的！他会很快走吗？"

"会很快的。他从来不会超过两个钟头。哎，我快饿死了！一上来咱们就吃鲱鱼喝伏特加……然后再喝一杯，诸位兄弟……两杯后立即上馅儿饼。否则就该没有胃口了……我那小娘子烤的馅饼可好哩，然后再上菜汤……"

"你买没买沙丁鱼？"

"买子两罐呢。腊肠有四个品种……我老婆肯定也饿坏了……偏偏他闯来了，真见鬼！"他们在小饭馆里坐了一个半钟头，为了表示表示，每人喝了一杯清茶，然后又回到斯特鲁奇科夫家里。他们进丁门厅。香味比刚才的更浓了。从半开的厨房门里文官们看到一只鹅和一盘黄瓜。女仆阿库林娜正从炉子里往外取出一样东西。

"真是又不凑巧，诸位兄弟！"

"怎么回事？"

官员们的胃难以忍受得抽紧了：饥饿可是无情的，现在又有一顶貂皮帽挂在那根可恶的钉子上。

"这是普罗卡季洛夫的帽子，"斯特鲁奇科夫说，"我们还是走吧，先生们！再找个地方坐一坐……这一位坐不长的……"

这时从客厅里传出一个沙哑的男低音："这么一个委琐的人家里竟有这么个漂亮老婆！"

"傻人有傻福嘛，大人！"一个女人随声附和着。

"我们还是走吧！"斯特鲁奇科夫呻吟着说。

他们又回到那家小饭馆。他们这回要了啤酒。

"普罗卡季洛夫可是个有权势的大人物！"大家开始安慰斯特鲁

奇科夫，"他在你家坐上一个钟头，准保你……十年官运亨通。福星高照，老兄！你为什么伤心呢？用不着伤心难过。"

"这不用你们说。我知道用不着伤心。可问题不在这儿！我难受的是，肚子饿得发慌！"

又过了一个半钟头，他们回到了斯特鲁奇科夫家里。貂皮帽仍旧挂在钉子上。无奈他们只得再一次全体撤退。

直到晚上七点多钟，那根钉子才解除负担，他们才总算吃上馅饼！可是馅饼已经干瘪，菜汤也不热，鹅已被烤焦了——斯特鲁奇科夫的官运糟蹋了一桌美味佳肴！不过尽管如此，他们吃得还是津津有味呢。

一八八三年二月五日

夜莺演唱会

　　我们在河岸上占了一席之地。一道陡峭的褐色土岸在前方，后方则是一大片黑魆魆的小树林。我们伏卧在绿油油的嫩草地上，用拳头支着下巴，两条腿自由的伸展：请吧，请随意吧。我们把春季大衣脱下来了，而且不必付二十戈比的保管费，因为在我们跟前，谢天谢地，也没有剧场招待员。树林、天空和一望无际的田野一切都沐浴在月光之中；而在远处，有一盏红色的灯火忽隐忽现，发出微弱的亮光。空气宁静，清洁，芳香……一切条件都有利于歌唱家的演出。只要夜莺不把我们的耐性滥用，赶快出场才好。但它久久没有动静……在期待中我们根据节目单只好先听别的演唱者的演出。

　　布谷鸟的独唱把晚会拉开帷幕。它在树林深处懒洋洋地"咕咕"叫起来，叫了十几声，便停住不叫了。就在这时，两只红脚隼从我们头顶上空掠过发出刺耳的尖叫声。随后鼎鼎有名的低音歌手黄鹏，认真严肃地开始一展它的歌喉。我们听着它的歌唱，感到心旷神怡，我们真想一直听下去，如果没有那一群白嘴鸦飞回树林宿夜……先是远处出现一片乌云，乌云朝我们这边移动，随着一片"哑哑"叫声落到了树林上。这黑压压的一群乌鸦很长时间都没有安静下来。

　　正当白嘴鸦喧闹不止的时候，住在芦苇丛中公房里的无数青蛙也"蝈蝈"地鼓噪起来。整整半个小时，这广阔的音乐会广场充满

了各种各样的交响乐。不知什么地方，一只昏睡的鸫鸟开始叫起来，为它伴唱的是林间山鸡和苇莺的啼唱。随后便是幕间休息，周围都静了下来。偶尔有一只歇在观众席旁草丛中的蛐蛐"瞿瞿"地唱两声，打破四周的沉寂。就在幕间休息的时候，我们的耐性达到了极限：我们已经开始报怨这位演唱家。直到夜幕全部降落，月亮爬到树林上空的天穹，主角这才出场了。夜莺歇在一棵幼小的椒树上，嗖的一声飞进一丛黑刺李中，尾巴抖动一阵，便站住不动了。它身着灰色羽衣……一般而言，它不在乎听众的意见，即使面对观众也总是一身灰麻雀的粗俗打扮。（可耻啊，年轻的歌手！观众不是为你存在，而是你为观众存在！）大约有三分钟，夜莺一直一声不响，纹丝不动……可是你听，树梢开始簌簌作响，微风轻拂，蛐蛐叫得更欢，在这支乐队的伴奏下，我们的演唱家开始初试歌喉，发出了第一声颤音。它开始歌唱了。关于它的歌声我不打算过多的描写，我只想说，当这位演唱家轻启莺喙，婉啭啼鸣，让那清脆甜美的歌声响彻整个树林，连那支伴奏乐队也兴奋得忘了演奏，都屏息静听了。夜莺的歌声里透着力量和柔情。不过，我不想争夺诗人的面包，还是由他们去描绘吧。夜莺唱着，而周围一片专注的静听被笼罩着。只有一次，树林生气地咆哮起来，风也发出嘘声，因为这时一只猫头鹰忽然伸着脖子大叫，竟想把我们的演唱家给压倒……

当天空现白、群星消隐、夜莺的歌声变得更为轻柔的时候，公爵地主家的厨子出现在这片树林的边缘。他弯腰拱背，左手压着帽子，悄悄地潜行。他的右手拿着一只柳条筐。他的身影在树丛中时隐时现，没过多久就消失在密林深处，夜莺又唱了一会儿，突然不唱了。这时我们正欲离去。

"看这小坏蛋！"我们听见有人这样说，很快就看到了厨子。公爵家的厨子正朝我们走来，高兴得眉开眼笑，也让我们看他的拳

头。在他的拳头里露出他刚刚捉到的夜莺的小脑袋和尾巴……可怜的演唱家！上帝保佑，希望谁也别再遇上这样的厄运。

"您为什么要捉它？"我们问他。

"把它放进鸟笼里呀！"

长脚秧鸡—声哀怨的啼叫迎来了黎明，失去了歌手的树林开始喧闹起来。厨子把玫瑰的情人夜莺塞进柳条筐里，兴高彩烈地跑回村子。我们也各自回家去了。

一八八三年五月二十一日

柳 树

"勃"、"特"两地之间的驿道有谁走过？

只要是走过的人，肯定会记得科兹亚夫卡河岸上那座孤零零的安德烈耶夫磨坊。磨坊很小，只有两只磨盘……它有上百年的年龄，早就废弃不用了，难怪它看上去像个弯腰驼背、破衣烂衫、随时都可能倒下的小老太婆。如果不是因为它倚靠着一棵粗大的老柳树的话，这老磨坊早就倒塌了。这棵老柳树很粗，两人合抱都围不拢。它那油亮亮的树叶落到屋顶上，落到堤坝上；下部的枝条垂进水中，垂在地面上。这树也老了，背也驼了。它那佝偻的树干上有一个非常难看的黑色大洞。如果你把手伸进树洞，你的手就会粘上黑糊糊的蜂蜜。一群野蜂会在你头上不停地嗡嗡地叫，不住地螫你。这树年纪有多大了？据它的朋友阿尔希普说，原来他在一位老爷家当"法国听差"，后来又在一位太太家当"黑人听差"的时候，那棵柳树就已经很老了，而那也已是很久以前的事了。

这棵柳树还支撑着另一个衰老不堪的人——老汉阿尔希普，他经常坐在柳树根上，从早到晚地钓鱼。他年纪大了，跟老柳树一样驼背了，他那没牙的嘴就像树洞。他白天钓鱼，夜里坐在树根上冥想。老柳树和老汉阿尔希普，日日夜夜都在悄悄私语……他们的一生都饱经了沧桑。现在请听他们的故事……

大约三十年前，在复活节前的那个星期天，也就是柳树老婆婆过命名日的那一天，老汉照旧在老地方坐下，观看着春天的景色，

钓着鱼。跟以往一样，周围一片寂静……只听到人和树的低声絮语，或偶尔响起一条游鱼的溅水声。老人钓着鱼，等待中午的到来。中午他动手煮鱼汤。每当柳树的阴影离开对岸的时候，也正好是中午。另外，阿尔希普根据邮车的铃铛声也能知道现在是什么时候。中午十二点，一辆由"特"城来的邮车肯定经过拦河坝。

就在这个星期天，阿尔希普又听到了铃销声，他放下鱼竿，开始朝堤坝望去。一辆三套马的大车翻过山包，下了山坡，马上就要来到堤坝上了。邮差睡着了。马车上了堤坝，不知什么原因却停住了。很久以来阿尔希普对任何世事已不感惊奇，但这一次他却不由得大吃一惊。发生了一件不同寻常的事。赶车人先是东张西望，然后神色慌张地开始行动起来，他把邮差脸上的布巾扯下来，挥起一把短柄链锤。邮差立刻不动了。在他的浅色头发里，露出了一个鲜红的伤口。赶车人跳下车，又给了他一锤。不一会儿，阿尔希普听到近处有脚步声：赶车人从岸上跑下来，径直朝他这边跑来……他那晒黑的脸膛此刻显得十分苍白，眼睛直直地不知是看着什么地方。他浑身颤抖，跑到柳树跟前，并没有发现阿尔希普，就把邮包塞进了树洞，之后他又跑回堤坝跳上大车，而让阿尔希普更为惊讶的是，他朝自己的太阳穴猛击了一拳。把血抹了自己一脸，这才用鞭子抽打起马匹来。

"救命啊，出人命啦！"他大声叫喊着。

他的呼喊引起了回声，很长时间里阿尔希普都听见这声音："救命啊！"

又过了六天，有人来磨坊调查情况。他们画了磨坊和堤坝的平面图，不知是什么缘故还测量了河水的深度。这群人在柳树下吃了饭，又都坐车走了。在来人调查的时候，阿尔希普一直在水轮下面坐着，全身发抖，两眼呆呆地望着那个邮包。他看到里面有不少盖五个戳子的信封。他昼夜望着这些戳子沉思，而柳树老婆婆则白天

不声不响，到了夜里就呜呜哭泣。阿尔希普倾听着柳树的哭泣心里暗想"傻婆子！"七天后，阿尔希普已经带着邮包进了城。进城后他向人打听：

"这里的官府在什么地方？"

有人告诉他那一幢黄色房子，门口有一个带条纹的岗亭就是。他走进前厅，见到一位老爷，制服上的钮扣闪闪发亮的。老爷吸着烟斗，正为何事训斥看守人。阿尔希普走到老爷跟前，战战兢兢地讲了老柳树旁发生的事。那长官接过邮包，解开细皮带，脸上一会儿白一会儿红的。

"我一会儿回来！"他说完就跑进了办公室。在那里他被许多人围拢起来……人们跑来跑去，乱作一团，还不住地小声交谈……十分钟后，长官把邮包交还给阿尔希普，对他说：

"你找错地方了，老伙计。你应该到下街去，那里的官员会告诉你怎么办，这里是地方金库，亲爱的朋友！你应该去找警察局。"

阿尔希普把邮包接过来，走了出去。

"邮包怎么变轻下！"他思索着，"至少比原来少了一半！"

在下街，有人指给他另一幢黄房子，这回门口有两个岗亭。阿尔希普走进去。这里没有前厅，登上台阶就是办公室。他走到一张桌子跟前，向几名文书讲了交来邮包的来历。那几个人夺去他手中的邮包，对着他大声嚷嚷。他们派人去找长官，来了一个胖胖的大胡子。他简单地问了几句，便拿起邮包，进了另一个房间，把门反锁上了。

"钱在哪儿呢？"不一会儿，房间里传来说话声，"邮包是空的！去告诉那个老头儿：他可以走了。要不然就把他抓起来！带他去会见伊凡·马尔科维奇！不，算了，还是让他走吧！"

阿尔希普鞠了一躬，走了出来。一天后，那些鲫鱼和河鲈又重新看到他那把灰白的胡子了……

此时已是深秋。阿尔希普依旧坐在河边钓鱼……

他的脸阴沉得很难看，就像那棵枯黄的柳树。他不喜欢秋天。当看到那个赶车人出现在身旁时，他的脸色越发阴沉了。赶车人仍然没有发现他，径直来到柳树前，把手伸进树洞。一些湿漉漉懒洋洋的蜜蜂爬了他一袖子。摸了一阵以后，他脸色变得煞白。一个钟头过去了，他才到河边坐下，呆呆地望着水面。

"那东西在什么地方？"他问阿尔希普。

阿尔希普开头没说一句话，沉着脸想躲开这个杀人凶手，但不久又可怜起他来了。

"我送交官府了！"他说，"不过，你这个蠢货用不着害怕，我只告诉他们，那东西是我在柳树下拾到的……"

赶车人跳起来，一声怒吼，猛朝阿尔希普扑去。他把老汉打了一顿。打他的老脸，把他摔在地上，用脚踢他。打完之后，他却不想离开老汉了。他在磨坊里留下来，和阿尔希普一起生活了。

白天他睡觉，一言不发，到了夜里就在堤坝上走来走去。邮差的幽灵也在堤坝上游荡，于是他就跟幽灵交谈。春天来了，赶车人依旧一言不发，来回游荡。一天夜里，老汉出去找他。

"算啦，你这笨蛋，别再闲逛了！"他对他说，同时偷眼观察邮差的幽灵，"你也走吧！"

邮差的幽灵也这么说……老柳树也这么说……

"可不行啊！"赶车人回答，"我很想走，可是我腿痛，心也痛。"

阿尔希普把赶车人扶起来，把他带到城里。他把他领到下街，走进那间他上交邮包的办公室。赶车人跪倒在长官脚下，连连悔过。大胡子露出满脸的惊讶。

"你把什么罪名往自己头上按，傻瓜！"他说，"你是喝醉了酒吧？还是想叫我把你关进拘留所？你们这些恶棍都疯了！只会把事

情搞乱……凶手没有找到——好，这就没事儿了！你还想干什么？你给我滚出去！"

当阿尔希普提到那只邮包时，大胡子哈哈大笑，那几个文书也都露出惊讶的样子。看来他们的记性都不太好……这样，赶车人在下街赎罪不成，只好又回到柳树旁……

为了躲避良心的谴责，赶车人只好投河身亡，他的身体搅动了水面，水面上正漂着阿尔希普的浮标。赶车人溺水死了。现在，老汉和柳树老婆婆在堤坝上能看到两个幽灵……难道他们是在跟幽灵谈心？

一八八年四月九日

飞 岛

一 演说

"……我的话讲完了,各位先生!"皇家地理学会青年会员约翰·龙德先生说着,疲备不堪地垂直落进圈椅里。会议厅里响起最热烈的鼓掌声和欢呼声,整个大厅都被震动了。在座的先生们依次走到约翰·龙德面前,跟他握手。有十七位先生为了表示惊讶而打坏了十七张椅子,使八位先生的八个长脖子都脱了位,其中一位就是十万零九吨快艇"混杂"号的艇长。

"各位先生!"大受感动的龙德先生说,"我认为我有最神圣的责任向你们道谢,因为你们用开天辟地的耐性听完我这篇历时四十小时三十二分十四秒钟的演说!汤姆。贝卡司,"他转身对他的老仆人说,"你五分钟以后叫醒我。我得睡一会儿,各位先生一定会原谅我斗胆在他们面前睡觉的!"

"是,老爷!"年老的汤姆·贝卡司说。

约翰·龙德就把头向后一仰,立刻睡着了。

约翰·龙德是苏格兰人。他没有在任何地方受过教育,也从没有学习过任何知识,然而他通晓各种知识。他属于那种得天独厚的幸运儿,只凭自己的智慧就能领悟一切美好伟大的事物。他的演说

使听众热血澎湃，他得到这种赞赏完全配得上。他在四十小时当中恳请那些先生审查一个伟大的方案，如果这个方案实行，就会给英国争得巨大的荣誉，并且能够表明人类的智慧有时候竟然能达到多么远！《以庞大的螺旋钻打通月亮》正是龙德先生的演说的题目！

二　神秘的陌生人

龙德爵士连三分钟还没睡满。不知何人的沉重的手按在了他肩膀上，他醒来了。他面前站着一位先生，身高四十八俄寸半，细得像根长枪，瘦得像晒干的死蛇。他的头完全光秃。他穿一身黑色衣服，鼻子上架着一副眼镜，胸前和背后分别挂着一只温度表。

"您跟我走！"秃头先生用没有生机的声音说

"去什么地方？"

"您就跟着我走吧，约翰·龙德！"

"如果我不去呢？"

"那我就只好抢在您前面把月球钻通！"

"既然是这样，先生，我遵命就是了。"

"您的仆人跟着我们去！"

龙德先生、秃头先生和汤姆·贝卡司离开了会议厅，三个人一起在伦敦灯光明亮的街道上走着。他们走了很久。

"老爷，"贝卡司对龙德先生说，"如果我们的道路像这位先生的身体那么长，根据磨擦定律，我们的鞋底可就全磨完了！"两个先生沉思不语，十分钟过去了才体会到贝卡司的话颇为俏皮，便放声大笑起来。

"请问，先生，我在荣幸地同谁一起发笑？"龙德问秃头先生说。

"您荣幸地陪着一块儿走路、发笑、讲话的，是一切地理学会、考古学会、人种志学会会员，古往今来各种学问的硕士生，莫斯科演员小组成员，索斯安普敦市母牛产科学校名誉督学，《魔鬼画报》订户，未来的新西兰大学黄绿色魔法及初级美食学教授，别塞缪纳亚天文台主任，名字是威廉·包尔凡纽斯。我带着您，先生，到……"约翰·龙德和汤姆·贝卡司在他们闻名已久的伟人面前拜倒，恭敬地低下头……

"我带着您，先生，正往距此地二十英里远的我的天文台去。

先生！沉默使人增光。我在我的事业上需要一个伙伴，而我的事业的重要性您只有同时运用您头脑的两个半球体才能理解。

我选择了您……您既然已经做过四十小时的演讲，恐怕也不愿意再跟我谈任何事情，至于我，先生，我所喜爱的是我的天体望远镜和持久的沉默。关于您仆人的舌头，我希望，先生，您能下命令叫它别动。沉默是金！我这就领着您去工作。

……您没有反对的意思吧？"

"一点也没有，先生！我惟一感到惋惜的是，我们不是飞毛腿，我们脚下有费钱的鞋底……"

"我给你们买新皮靴就是了。"

"谢谢您，先生。"

三　神秘的斑点

他带着龙德和苍老的汤姆·贝卡司走进了一个天文台。

……那儿立着一架由包尔凡纽斯加工改进了的天体望远镜。龙德先生走到天体望远镜跟前，开始观看月亮。

"您看见了什么，先生？"

"月亮，先生。"

"那么您在月亮旁边还看见什么没有，龙德先生？"

"我非常荣幸地告诉您我只看见了月亮。"

"难道您没看见月亮旁边活动着的白色斑点吗？"

"真是活见鬼，先生！如果我连那些斑点都看不见，您干脆骂我蠢驴好了！那斑点究竟是些什么呢？"

"那些是只有用我的天体望远镜才看得见的斑点。够了！你们躲开我的天体望远镜远点儿！龙德先生和汤姆·贝卡司！我必须弄清楚，也很想弄清楚那些斑点究竟是什么东西！我很快就会到那儿去！我要到斑点那儿去。你们跟着我走！"

"呜呼！斑点万岁！"约翰·龙德和汤姆·贝卡司叫喊。

四　空中出事

大约过了半个钟头，威廉·包尔凡纽斯先生、约翰·龙德和苏格兰人汤姆·贝卡司乘上十八个气球，向神秘的斑点飞去。

他们坐在密封的立方体里，其中有压缩的空气和造氧的制剂。这次宏伟的而且是前所未有的飞行是从一八七〇年三月十三日夜间启动的。天上刮着西南风。磁针指着西北。……在立方体里，他们默不作声。两位先生穿着斗篷，吸着雪茄烟。汤姆·贝卡司在地板上直挺挺地躺着，睡着了，像在家里一样。温度表指示空气温度为零度以下。最初一连二十个钟头，他们一句话也没说，也没有什么特别的事情发生。气球钻进云层以后。有些闪电追踪气球，可是没追上，因为气球是英国人制造的。第三天约翰·龙德患了白喉症，而汤姆·贝卡司开始心绪苦闷。立方体同气球相撞，发生了可怕的震动。温度计指着七十六度。

"您身体怎么样，先生？"包尔凡纽斯在第五天终于打破了沉默，对龙德先生说（据说缺了它就不能活命。纯属胡说。只有缺了钱才不能活命。——契诃夫注）。

"谢谢您，先生，"大受感动的龙德回答说。"您的关怀使我很感动。我现在非常痛苦！可是我那忠心耿耿的老汤姆在什么地方？"

"目前他坐在角落里嚼烟草，竭力装得像是娶了十个老婆的人。"

"哈——哈——哈，包尔凡纽斯先生！"

"谢谢您，先生！"包尔凡纽斯先生还没来得及同年轻的龙德握手，就发生了一件极可怕的事。忽然响起惊人的爆裂声。不知是什么东西炸开，仿佛发出一千颗炮弹，轰的一响，带着猛烈的呼啸声。原来铜铸的立方体落进空气稀薄的空间，经不住内部的高压，炸裂了，它的碎片飞进广阔无垠的宇宙。

这是全世界有史以来惟一算得上可怕的时刻！！

包尔凡纽斯先生抓住汤姆·贝卡司的腿，汤姆·贝卡司又抓住约翰·龙德的腿，他们三人快如闪电般地飞进一个无人知晓的无底深渊里去。气球离开他们，解除了负担，团团乱转，随后就辟辟啪啪，全都爆炸了。

"我们在哪儿呀，先生？"

"在太空。"

"嗯……既然是在太空，那我们呼吸什么气体呢？"

"您的意志力到哪儿去了，龙德先生？"

"老爷们！"贝卡司喊道。"我非常荣幸地报告你们：不知什么缘故我们不是在往下飞，而是往上飞！"

"嗯……真是活见鬼！这样说来，我们已经不在地球引力范围之内了……我们的目标正把我们吸引过去！呜呼！龙德先生，您身体怎么样？"

"谢谢您，先生！我看见地球好像在上边，先生！"

"那不是地球，而是我们的一个斑点！我们马上就会碰上它而撞得粉身碎骨！喀嚓！"

五 约冈·果夫岛

第一个醒过来的是汤姆·贝卡司。他揉了揉眼睛，开始观察自己、包尔凡纽斯和龙德正躺着的地方。他脱下一只袜子，用它去擦两位先生的眼睛。两位先生马上醒过来了。

"我们现在在哪里？"龙德问。

"您是在岛上，而这个岛属于一组不断飞翔的群岛！呜呼！"

"呜呼！您往上看，先生！我们胜过哥伦布了！"岛的上空还有几只鸟在飞……（以下描写的是只有英国人才看得懂的画面）……他们开始考察这个岛。它宽……长……（数字，数字，……滚它的！）汤姆·贝卡司竟然找到一棵树，树的汁液很像俄国的白酒。奇怪得很，那些树都比草低（？）。岛上没有人。到现在为止活的生物一个也没登上过这个岛的土地呢。

……

"您看，先生！这是什么东西？"龙德爵士拾起一个纸卷，包尔凡纽斯爵士说

"奇怪……惊人……简直叫人震惊……"包尔凡纽斯嘟嘟哝哝地说。

原来这个纸卷是一个名叫约冈·果夫的人做的广告，都是一种野蛮人的语言写成的，看样子似乎是俄语。

这个广告怎么会跑到这儿来的？

"岂有此理！"包尔凡纽斯先生叫起来。"这个地方居然有人比

我们来得早?！！谁能先到这个地方来?！真是岂有此理！哎，哎！天雷啊，劈碎我这伟大头脑吧！把他交给我！把他交给我！我要把他、连同他的广告，一起吞进肚子里。"包尔凡纽斯先生举起双手，狰狞地大笑着。他眼睛里闪着怀疑不定的火花。他发疯了。

六 归来

"呜呼！！"在勒阿弗尔的堤岸上挤满了勒阿弗尔的居民，嚷叫着。欢乐的嚷叫声、敲钟声、音乐声，震荡着空气。一大团乌黑的东西从天而降，用死亡来威胁所有的人，然而它没落到城里来，却正好落到海湾里……大船赶紧开到辽阔的海面上。

那一大团黑东西已经遮住太阳好几天了，这时候在人们昂扬的呼喊声、雷鸣般的音乐声中，庄严地（笨重地）落进海湾里，扑通一声，水花四溅，把所有的堤岸都溅湿了。它一落进海湾，就沉了下去。过了一分钟，海湾上已经恢复了和平空旷的海面。四面八方，海浪起伏不定……海湾中央，有三个人在水里不停扑腾。那正是神志失常的包尔凡纽斯、约翰·龙德和汤姆·贝卡司。人们急忙把他们打捞到一条小船上。

"我们已经有五十七天没吃过东西！"龙德先生抱怨道，瘦得像是常年挨饿的画家。他把事情的经过讲述了一遍。

原来约冈·果夫岛已经不复存在。它负载着这三个勇敢的人，变得太重无法飞行，就滑出中间地带，由于地球引力的原因，沉到勒阿弗尔海湾里……

尾声：约翰·龙德目前仍旧致力于钻研月球的问题。月亮打出窟窿的日子指日可待。那个窟窿将属英国人所有。汤姆·贝卡司现在住在爱尔兰，以种植为业。他养鸡，常常鞭打他的独生女儿，用

契诃夫文集

斯巴达方式教育她。他对科学问题也并不是漠不关心：他常常生自己的气，因为他忘记把那种其汁水颇像俄国白酒的树木种子从飞岛上带回来。

拔萝卜

很久以前，有个老爷爷和老奶奶。他们年纪很大，生下个孩子取名叫谢尔日。谢尔日耳朵很长，而且应该长脑袋的地方，却长着一个萝卜。后来谢尔日长得又高又大……老爷爷常常揪他的耳朵，揪呀揪呀。却怎么也不能把他揪到上流社会里去。老爷爷把老奶奶叫来。

老奶奶扯住老爷爷，老爷爷拉住萝卜头，拽呀拽呀，还是无法拽起来。老奶奶叫来了姑妈，姑妈是位公爵夫人。

姑妈拽住老奶奶，老奶奶拽住老爷爷，老爷爷拽住萝卜头，拽呀拽呀，就是不能把他拽到上流社会里去。公爵夫人叫来了孩子的教父，孩子的教父是位将军。

教父拽住姑妈，姑妈拽住老奶奶，老奶奶拽住老爷爷，老爷爷拽住萝卜头，拽呀拽呀，还是拽不起来。老爷爷实在忍不了了。他把女儿嫁给了一个万贯家财的富商。之后老爷爷又叫来了女婿。

富商拽住教父，教父拽住姑妈，姑妈拽住老奶奶，老奶奶拽住老爷爷，他们一起拽呀拽呀，最后总算把这个萝卜头拽到上流社会里去了。

这下，谢尔日可算做上了五品文官。

一八八三年二月十九日

必要的前奏

刚刚举行完婚礼的一对年轻夫妇从教堂乘马车回到家里。

"喂，瓦莉娅，"丈夫说，"抓住我的一根胡子，用力揪。"

"天知道你在想什么！"

"不，不，有请啦！我在恳求你呢！抓住它，用力揪，不要客气……"

"算了，你这又是何必呢？"

"瓦莉娅，我要求你，……简直是命令你！如果你爱我，就抓住我的一根胡子揪……这是我的胡子，揪吧！"

"说什么都不可以！那会叫人痛苦，而这个人我又爱他胜过爱自己……不，我永远也不会干！"

"可是我求你了！"新婚的丈夫生气了，"你听懂了吗，我要求你，而且……是命令你！"

终于，经过一段时间的争执，迷惑不解的妻子终于把小手伸进丈夫的胡子里，使出全身的力气揪下了一根……丈夫连眉头都没有皱一下……

"你看，我可是一点也不痛的！"他说，"真的，不痛！好了，请你等一等，现在该我来揪你的了……"

丈夫抓住妻子鬓角上的几根头发，用力揪起来。妻子大声尖叫。

"现在，我的亲爱的，"丈夫总结说，"你要知道，我比你强壮

许多，而且比你有耐力。所以今后，如果你挥起拳头想打我，或者扬言要把我的眼睛弄瞎的时候，你必须记住这一点……归根结底一句话：妻子要惧怕丈夫！"

一八八五年七月二十日

歌　女

当年，她比现在更加年轻漂亮，嗓音也更为动听。有一天，在她的别墅里，坐着她的崇拜者尼古拉·波得罗维奇·科尔巴科夫。天气闷热得让人无法忍受。科尔巴科夫刚吃完午饭，喝了一大瓶劣质葡萄酒，感到心情很不好，浑身不舒服。两人都觉得无聊，只等暑气消退，好出去散步。

突然前厅里意外地响起了门铃声。没穿外衣、穿着拖鞋的科尔巴科夫一跃而起，带着疑问的神情瞧了瞧帕莎。

"大概是邮差，或者也可能是女友，"帕莎说道。

科尔巴科夫从来不回避帕莎的女友和邮差，但这一次为了防备万一，他还是抱起自己的衣服，走到隔壁房间里去了。帕莎便快步跑去开门。让她大吃一惊的是，门口站着的既不是邮差，也不是女友，而是一个素不相识的陌生女士。那人年轻漂亮，穿着华贵，从各方面看来，是一位出身于上流社会的太太。

陌生女人脸色苍白，气喘吁吁，像刚刚爬完一道高高的楼梯似的。

"请问您有什么事？"帕莎问道。

太太没有马上回答。她朝前迈了一步，慢腾腾地打量着整个房间，然后坐下来，带着一副因为疲乏或有疾病而体力不支的神情。她苍白的嘴唇哆动了半天，想说点什么。

"我的丈夫在你这儿吗？"她终于发出了问话，抬起一双哭红了

的大眼睛瞧着帕莎。

"什么丈夫?"帕莎轻声说，突然吓得手脚冰凉了，"什么丈夫?"她又问了一遍，开始打战。

"我的丈夫，尼古拉·彼得罗维奇·科尔巴科夫。"

"不……没有……太太……我……我谁的丈夫都不认识。"

一分钟默默地过去了。陌生女人几次用手绢擦她那苍白的嘴唇，不时屏住呼吸强压住内心的颤栗，而帕莎则呆若木鸡地站在她面前，困惑、而又恐惧地瞧着她。

"那么你是说，他不在这儿?"太太已经用平静的声音变得坚定有力，不知怎么还古怪地微笑着说。

"我……我不知道您问的是谁。"

"你卑鄙，下流，可恶……"陌生女人一口气说下来，用仇恨和厌恶的眼光打量着帕莎。"是的，是的……你卑鄙。我非常非常高兴，我总算能当面把这句话说出来了!"帕莎感到，她一定给这位一身黑衣、眼睛冒火、手指又白又细的太太留下某种下流而丑陋的印象，她不由得开始为自己胖胖的红脸蛋、鼻子上的雀斑和额上那络怎么也梳不上去的额发而感到害羞。她觉得，如果她长得身材瘦削，不涂脂抹粉，不留刘海，那么她还可以隐瞒她那并不高贵的身份，她站在这个素昧平生的神秘的女人面前也就不至于那么恐慌和难为情了。

"我丈夫在哪儿?"太太继续盘问，"其实，他在不在这里我都不关心，可是我必须告诉你，他盗用公款的事已经被发现，尼古拉·彼得罗维奇正受到通缉……他们要逮捕他。瞧你干了什么好事!"

太太站起来，十分激动地在房间里走了几步。帕莎望着她，由于恐惧没法子明白她的话。

"他们今天就可以找到他，逮捕他，"太太说到这里抽泣起来，在这声抽泣中可以听出她的屈辱和烦恼。"我知道，是谁把他弄到

了这般可怕的境地！卑鄙，下贱的东西！可憎的出卖皮肉的荡妇（太太厌烦得皱起鼻子，撇着嘴唇）。我软弱无能……你听着，下流的女人！……我软弱无能，你比我强，可是有人会出来保护我和我的孩子们！上帝看得见一切！他公正！他会为我的每一滴眼泪、为我所有的不眠之夜惩罚你！总有一天你会记起我这番话的——会有这样的时候的。"

又是一阵沉默。太太继续在房间里走来走去，不停地搓手，而帕莎依旧木然地一脸困惑地望着她，不明她的来意，害怕她做出可怕的举动来。

"我，太太，什么也不知道！"她说完突然哭起来。

"你在撒谎！"太太高声训斥，眼睛向她射出一道凶光，"我什么都清楚！我早知道你了！我还知道，最近这个月他天天在你这里鬼混！"

"是的。那又怎么样？从这里能得出什么结论来呢。我这里经常有许多客人，不过我从来没强拉过任何人。来不来随客人的便。"

"我告诉你：他盗用公款的事已经被发现！他利用职务之便侵吞了公款！为了你这种……为了你，他竟然不惜去犯罪。听着，"太太在帕莎面前站住，用斩钉截铁的语气说，"你们这种人不可能有什么原则，你们活着就是为了做害人的事，这就是你们的目的。但还不能认为，你已经堕落得连一丝一毫人情味都没有了！他有妻子，有孩子……一旦他判了罪，并且被送去拘留，那我和我的孩子们就要活活饿死……你要明白这一点！不过眼前还有办法救他，救我和孩子们免得受穷和丢脸。如果我今天能交出九百卢布，那么他们就不会再打扰他，他就平安无事了！只要九百卢布！"

"什么九百卢布？"帕莎轻声问道，"我，我不知道……我可没拿过……"

"我不是跟你讨九百卢布——你没有钱，而且我也不会要你的

钱。我要的是别的东西——像你这样的人，男人通常会送些各种贵重物品给你们的。只请你把我丈夫送的东西还我就是了!"

"太太，老爷他可从没有送过我任何东西!"帕莎突然叫起来，开始明白她的来意了。

"那么钱到什么地方去了呢？他挥霍了自己的钱，我的钱和公家的钱……所有这些钱都上哪儿去了？听着，我求你了。我刚才非常生气，对你说了许多不中听的话，不过我现在向你道歉。你必定恨我，这我知道，不过如果你还有一点点同情心，那就请你设身处地为我想一想!我恳求你把东西还给我!"

"哼……"帕莎说着，耸耸肩膀，"我倒乐意这样做，不过，我若说谎就让上帝惩罚我好了，老爷他真的也没有给过我任何东西。请相信我的良心。不过，你是对的，"歌女不好意思地说，"有一次，老爷他是给我带来两件小东西。好吧，要是您愿意要，我就交出来……"

帕莎拉开梳妆台的一个小抽屉，从里面取出一个空心的金镯子和一只成色不足的红宝石小戒指。

"请拿去!"她说着，把这两样东西交给女客人。

太太霍地涨红了脸，面部肌肉抽搐起来。她觉得受到了侮辱。

"你给我的算什么东西!"她说，"我不是来乞求施舍的，我是来要回原本不该属于你的东西……你利用你的地位，从我的丈夫、这个软弱而不幸的人身上敲诈去的东西。星期四，我看到你和我丈夫在码头上，当时你戴着贵重的胸针和镯子。所以，你用不着在我面前装扮成无辜的羔羊!我最后一次问你：那些东西你是给我还是不给？"

"您这人，说真的，多奇怪……"帕莎说着，开始生气了，"我向您保证，除了这个手镯和戒指，我没见过您的尼古拉·彼得罗维奇的任何东西。老爷他通常只给我带来一些甜馅饼。"

"甜馅饼……"陌生女人冷笑一声说,"家里的几个孩子饿肚子,而你这里倒有甜馅饼!你是铁了心不肯退回东西了?"

没有等到回答,太太坐了下来,眼睛盯着一处地方,心里在打着主意。

"现在该怎么办?"她想道,"假如我弄不到这九百卢布,那他就完了,我和孩子们也完了。我该杀了这个坏女人,还是在她面前下跪呢——要不怎么办?"

太太用手绢捂着脸,号啕大哭起来。

"我求你了!"她边哭边说,"是你诱使我丈夫倾家荡产,是你毁了他的前程,求你救救他吧……你对他尽可以没有一点同情心,可是孩子们,孩子们……孩子们有什么过错呀?"

帕莎脑子里想像着几个小孩子站在大街上,饿得不住啼哭,她自己也大声痛哭起来。

"太太,我能做些什么呢?"她说,您刚才说我是坏女人,诱使尼古拉·彼得罗维奇倾家荡产,可是我面对着您,就像面对真正的上帝一样问心无愧……我向您保证,我从老爷的身上没有得到任何东西……在我们这班歌女中,只有莫蒂一人有一个阔情人供养她,而我们这些人都是靠面包加克瓦斯勉勉强强地过日子。尼古拉·彼得罗维奇是一位既有教养、又很文雅的上流人物,所以我才接待他。我们不能不接待呀。"

"我求您给我东西!把东西还给我!我在哭……低声下气……好吧,我给你下跪!这样行了吧?"

帕莎吓得尖叫一声,挥舞着双手。她觉得,这个苍白而美丽的太太,说话措词像在舞台上演戏一般高雅,她因为骄傲和高贵的气度,当真会给她下跪,以便抬高自己而贬低歌女。

"好,我给你东西便是!"帕莎一边擦着眼泪,一边开始忙乱起来,"好吧。不过它们都不是尼古拉·彼得罗维奇的东西……都是

别的客人送我的。随您的便吧，太太……"

帕莎拉出五斗柜上面的抽屉，从里面取出一枚嵌有几颗钻石的胸针，一串珊瑚，几只金戒指，一个金镯子，把所有这些东西都交给了那位太太。

"要是您想要的话，就都拿去吧，只是我从你丈夫那里任何好处也没有得到过。拿走吧，您发财去吧！"帕莎继续说道，陌生女人要给她下跪来威胁她，这使她感到莫大的侮辱，"既然您是贵族出身……又是他的合法妻子，您就该让他时时刻刻守在您身边。这是理所当然的事。我可没有叫他来，是他自己来的……"

太太泪眼汪汪地瞧着给她的东西，说道：

"这不是全部……这些东西的价值不到五百卢布！"

帕莎猛地又从五斗柜里扔出一块金表，一个烟盒和几颗金钮扣，摊开双手说：

"这下我什么也没有了……您来搜吧！"

女客人叹了一口气，用颤抖的手把东西包在小手绢里，一句话没说，甚至没点一下头，就走了出去。

隔壁的房门打开了，科尔巴科夫走了进来。只见他脸色苍白，像抽风一般直晃脑袋，好像是刚刚吃下极苦的药似的。他的眼睛里闪着泪光。

"您到底给过我什么东西？"帕莎冲着他责问，"我问你，什么时候给的？"

"东西……东西不东西不足挂齿，"科尔巴科夫说着又晃一下脑袋，"我的上帝！竟在你面前哭哭啼啼，还低三下四……"

"我要问您：您到底给过我什么东西啦？"帕莎大声嚷道。

"我的上帝，她高贵、骄傲、纯洁……她竟想下跪求……求你这种娼妇！唉，是我把她逼到了这一步，都是我的罪过！"

他抱住头，数落着自己说：

"不！我永远不能为这种事原谅自己！永远不能原谅！你离我远点……下贱货！"他厌恶地大声喝道，从帕莎身边往后退，用颤抖的双手推开她。"她居然想下跪……跪在谁面前？跪在你面前！啊，我的上帝！"

他很快穿好衣服，厌恶地躲着帕莎，向大门跑去，走了。

帕莎躺下来开始放声大哭。这时她已经为自己一时冲动给出去的东西表示惋惜，感到一肚子的委屈。她回忆起三年前有个商人竟毫无道理地就揍了她一顿，想到这里，于是她哭得更伤心了。

一八八六年七月五日

假　面

　　出于为慈善事业募捐的目的，在某地社交俱乐部里举办了一次假面舞会，或者用当地女士们的说法，叫化装舞会。

　　午夜十二点。几个没有跳舞、没有戴假面的知识分子（一共五人），围坐在阅览室里一张大桌旁，把鼻子和胡子藏到报纸里，在看报、打盹，但是据京都报纸驻本地记者，一位颇有自由派倾向的先生的表述，人们在"思考"。

　　卡德里尔舞曲《纺车》的乐声从大厅里传来。门外，不时有仆役跑过，"嗵嗵"的脚步声和杯盘的"叮当"声不时地响起。阅览室里却十分安静。

　　"看来这里比较舒服！"突然传来一个低沉而喑哑的声音，这声音更像是从炉子里发出来的，"都到这儿来！快点，朋友们！"

　　门开了，一个肩宽背厚的敦实的男人走进了阅览室，他身着马车夫的号衣，几根孔雀毛插在一顶宽边帽上，脸上蒙着假面。两个戴假面的女人和一名端托盘的仆役跟在后面。托盘上摆着一个盛满烈性甜酒的大肚玻璃瓶，三瓶红葡萄酒和几只杯子。

　　"都到这儿来！这里更凉爽，"男人说，"把托盘放在桌上……你们请坐吧，小姐们！热—武—阿—拉—特里蒙特朗，你们呢，先生们，走开些……别待在这里！"

　　男人的身子摇晃一下，一挥手，几本杂志从桌子上掉了下去。

　　"托盘放在桌子上！你们呢，看报的先生们，让开地儿。现在

不是看报和研究政治的时候……把报纸都扔了吧!"

"请你安静点,"有个知识分子透过眼镜,瞧了一眼那人的假面说,"这里是阅览室,不是小吃部……这里不是喝酒的地方。"

"为什么不是?难道桌子不牢固,还是天花板会塌下来,真是奇怪!不过……现在没时间跟你们闲扯!你们把报纸扔了……你们看了很长时间了,该知足了。不看报你们已经够聪明的了,再说看报有损眼睛。最主要的是,我不让你们看报,就这么回事!"

仆役把托盘摆到桌上,把手搭在胳膊肘上,在门旁站住。两个女人马上拿起了红葡萄酒。

"天下竟然有这样的聪明人,居然觉得报纸比美酒还好,"插孔雀毛的男人给自己倒了一杯烈性甜酒说,"依我看,你们这些可敬的先生之所以喜欢看报,是因为你们没有钱买酒喝。我说对了吧?哈哈!他们总是看报!喂,那上面写着什么?眼镜先生!您读到些什么事?哈哈!算了吧,不要再看了!别再装模作样了,不如来喝一杯!"

插孔雀毛的男人微微挺起身子,一把夺过眼镜先生手里的报纸。对方的脸由白转红,吃惊地看看其余的知识分子,那些人也吃惊地看看他。

"你太狂妄了,先生!"眼镜先生发怒了,"您把阅览室当成了小酒馆,您如此放肆,把我手里的报纸抢去!我不允许!您知道在跟谁打交道吗,先生!我是银行经理热斯佳科夫!……"

"我啐你这个热斯佳科夫!至于你的报纸,只配享受这种荣幸……"

男人把报纸拾起,撕得粉碎。

"诸位先生,这是怎么回事?"热斯佳科夫嘟囔着说,他惊呆了,"真是莫名其妙,这……这简直岂有此理!"

"他老人家发火了。"男人大笑起来,"哎呀呀,吓死我了!两

条腿哆嗦得厉害。是这么回事。可敬的先生们！说正经的，我都懒得跟你们说废话……因为我想同这两位小姐单独待在这里，想在这儿找点乐子，所以请不要妨碍我们，都给我出去……有请啦！先生们！别列布欣先生，滚出去！你皱什么眉头？我叫你出去，你就乖乖地出去！给我快点！要不然小心我揍你一顿。"

"胡说八道？"孤儿院会计别列布欣红着脸、耸着肩膀说，"我简直不明白……有个无赖闯到这里……突然说出这种愚蠢的话来！"

"你说谁是无赖？"插孔雀毛的男人大喝一声，他怒不可遏，一拳头捶在桌子上，震得托盘上的杯子都跳了起来。"你在跟谁说话？你以为我戴上假面，你就可以在骂我吗？好一个尖嘴辣子！我叫你出去，你就出去，哪个混蛋也不准留在这里！快点，给我全部滚出去！"

"我们马上就会见分晓！"热斯佳科夫说，他因激动连镜片都冒汗了。"我要给你点颜色看看！喂，快去把值班主任叫来！"

不一会儿，一个身材矮小、头发棕红的主任跑了进来，他的上衣翻领上别着蓝色小布条，跳舞跳得气喘吁吁的。

"请您出去！"他说，"这儿不是喝酒的地方！请到小吃部去！"

"你从哪儿跑出来的？"戴假面的男人说，"难道是我叫你的？"

"请别——你——你——你，请出去！"

"听我说，亲爱的人：我给你一分钟时间……因为你是主任和头面人物，所以请你拉着他们的胳膊，把他们弄出去。我的小姐们不喜欢这里有外人——她们害羞，而我既然花了钱，就希望她们露尽自然本色。"

"显然，这个蛮子不明白，他不是在猪圈里！"热斯佳科夫大声叫着，"把叶夫斯特拉特·斯皮里多内奇叫来！"

"叶夫斯特拉特·斯皮里多内奇！"俱乐部里响起呼喊声，"叶夫斯特拉特·斯皮里多内奇快来阅览室？"

一个身着警察制服的老头，叶夫斯特拉特·斯皮里多内奇，立刻来到了。

"请您离开这里！"他的可怕的眼睛，耸动着染过的八字胡，声音低沉而嘶哑地说。

"哎呀，吓死人了！"男人高兴得哈哈大笑，"真的，真吓人！你这个人真可怕，你那小胡子活像猫的触须，眼睛都鼓出来了……嘿嘿嘿……"

"闭嘴！"叶夫斯特拉特·斯皮里多内奇因为生气而浑身发起抖来，声嘶力竭地喊道，"滚出去！不然我叫人来把你拉走！"

阅览室里一片嘈杂。叶夫斯特拉特·斯皮里多内奇，他的脸红得像煮熟的虾，不停地喊叫、踩脚。热斯佳科夫也在喊叫。别列布欣也在喊叫。所有的知识分子都在喊叫。不过，他们的声音却让假面人那低沉喑哑的声音给压下去了。舞会因一片混乱而中断，人群从大厅里涌向阅览室。

为了显示自己的威风，叶夫斯特拉特·斯皮里内奇把俱乐部里所有的警察都叫了来。他坐下开始写违警记录。

"写吧，写吧，"假面人用手指戳着笔尖说，"哎呀，现在叫我这个可怜的人怎么办呢？我这个可怜虫呀！你们为什么要欺侮我这个无依无靠的人呀！哈哈！好吧，现在我让你们看看！一……二……三！"

男人站起来，挺胸凸肚，忽然摘下自己的假面。他的醉脸露了出来，瞧着大家，欣赏着造成的效果，之后便倒在圈椅里，兴奋得放声大笑。他引起的反响的确非常大。所有的知识分子面面相觑，神色慌张，脸色煞白，有的直挠后脑勺。叶夫斯特拉特·斯皮里内奇不安地噤着嗓子，像个无意中做了蠢事的人。

所有的人都认出这个捣乱分子竟然是当地的百万富翁、工厂主、世袭的荣誉公民皮亚季戈洛夫，这人向来以喜欢胡闹、热心公

益事业而闻名乡里。另外，像当地通报里多次所载的那样，他还"对教育事业充满爱"。

"怎么样，你们走还是不走？"皮亚季戈洛夫沉默片刻后问道。

知识分子们都无言以对，踮起脚尖悄悄地走出阅览室。等他们走后，皮亚季戈洛夫立即反锁上门。

"你肯定早就知道他是皮亚季戈洛夫！"过了一会儿，叶夫斯特拉特·斯皮里内奇摇着那个端酒进阅览室的仆役的肩膀，声音嘶哑地小声说，"为什么你不作声？"

"他老人家吩咐不许说，长官！"

"不许说……等我把你这个该死的畜生关起来，让你蹲上一个月班房，到时候你就知道该说不该说了，滚开！而你们倒好，诸位先生，"他转身又对那些知识分子说，"居然造反了！离开阅览室有何不可！好了，现在你们去收拾这烂摊子吧。唉，先生们，先生们……我可不希望这样，真的！"

知识分子们在俱乐部里来回地走着，一个个都垂头丧气，心神不宁，满脸愧色，似乎犯了不可饶恕的罪过……他们的妻子和女儿听说皮亚季戈洛夫"受了委屈"，还发了一通脾气，吓得都不敢出声，早早就各自回家了。舞会因此中止了。

凌晨两点钟，皮亚季戈洛夫才从阅览室里出来。他喝醉了，走路跟跟跄跄。他来到大厅，坐在乐队旁，在乐曲中打起瞌睡，后来愁苦地垂下头，立即鼾声大作。

"停止奏乐！"主任们对乐师们直摆手，"嘘！……叶戈尔·尼雷奇睡着了……"

"请问，要不要把您送回家，"叶戈尔·尼雷奇·别列布欣俯身在百万富翁的耳畔问道。

皮亚季戈洛夫嘴唇动了动，好像要吹掉脸上的苍蝇似的。

"请问，要不要把您送回家？"别列布欣又问了一遍，"或是吩

咐备好马车?"

"啊? 谁? 你……你有什么事?"

"该把您送回去了,先生……该睡觉了……。"

"我要回……回家……你送我……回去!"

别列布欣高兴得手舞足蹈,立即扶起皮亚季戈洛夫。其余的知识分子也跑过来帮忙,他们微笑着,手忙脚乱地把这位世袭荣誉公民抬起来,小心翼翼地放上了马车。

"只有演员,只有天才,才能愚弄这么一大群人,"热斯佳科夫扶他坐下时快活地说,"我确实感到震惊,叶戈尔·尼雷奇! 直到现在我还想笑……哈哈……可是我们呢,竟然大动肝火,胡乱折腾! 哈哈! 你们相信吗? 上次看戏我都没有这样开怀大笑过,……滑稽极了! 我一辈子也下会忘记这个难忘的夜晚的!

送走了皮亚季戈洛夫,那几个知识分子脸上露出了笑容,心也安静下来了。"

"临走时他还向我伸出手来呢,"热斯佳科夫非常得意地说"这么看来,一切平安了,他不生气了……"

"愿上帝保佑!"叶夫斯特拉特·斯皮里多内奇松了口气说"恶棍,无赖,可是谁知道,又是慈善家! ……真没法说! ……"

一八八四年十月十三日

胖子和瘦子

有两位朋友，一个胖子和一个瘦子，在尼古拉铁路的一个火车站上相遇了。胖子在火车站餐厅里刚刚吃过午餐，嘴唇油亮亮的，像熟透了的樱桃。他身上散发出一股核烈斯酒和橙花的气味。瘦子刚刚下火车，吃力地提着箱子、扛着包裹和硬纸盒。他身上散发出一股火腿肠和咖啡渣的味道。在他背后，有个尖下巴的瘦女人不时探头张望——这位是他的妻子，还有一个眯着一只眼的高个子中学生——这是他的儿子。

"波尔菲里！"胖子看到瘦子欢叫起来，"是你吗？我亲爱的！真是久违了！"

"我的老天爷！"瘦子惊喜地叫道，"这是米沙，小时候的朋友！你这是打哪儿来呀？"

两位朋友彼此拥抱，一连吻了三次，然后彼此泪眼汪汪地看着对方。两人都感到又惊又喜。

"我亲爱的！"吻过之后瘦子开口说，"真没想到！简直出乎意料之外！好了，你倒是仔细瞧瞧我！还跟从前一样，是个美男子！还是那样气派，喜欢打扮！哎呀！天哪！那么你呢？发财了吧？结婚了吧？我已经结婚了，你看……这是我的妻子路易莎，娘家姓万岑巴赫……她是新教徒……这是我的儿子，纳法奈尔，中学三年级学生。纳法尼亚，这位是我小时候的朋友！我们是中学同班同学！"

纳法奈尔犹豫一下，便摘下帽子。

"我们是中学同班同学！"瘦子接着说，"你记不记得，同学们当时怎么拿你开心的？大家给你起了一个绰号，叫赫洛斯特拉特，因为你用纸烟把公家的一本图书烧坏了，我的绰号叫厄菲阿尔特，因为我喜欢告密。

哈哈……当时我们都还是小孩子！别不好意思，纳法尼亚！你走到他身边去……噢，这是我的妻子，娘家姓万岑巴赫……新教徒。"

纳法奈尔犹豫一下，在父亲背后躲了起来。

"那么，朋友，你的日子过得怎么样？"胖子热情地望着老朋友，问道，"在哪儿供职？官位多大？"

"是在做官，我亲爱的！升了八品文官，已经做了两年了，还得了一枚圣斯坦尼斯拉夫勋章。薪水不多……不过随它去吧！我妻子教音乐课，我呢，业余时间用木料做烟盒。烟盒很精致！我卖一卢布一个。若是有人要十个或更多，你知道，我就给他便宜点。维持生活还不成问题。你知道吗，原来我在一个厅里做科员，现在调到这里任科长，还是原来那个部门……今后我就在这里工作了。那么你呢？大概已经做到五品文官了吧？啊？"

"不对，亲爱的，你再往高说，"胖子说，"我已经是三品文官了……有两枚星章。"

瞬间，瘦子脸色发白，目瞪口呆，不过很快他的脸部各处肌肉四下里扭动，挤出满脸笑容。似乎是，他的脸上，他的眼睛里都在往外冒金星。他本人则蜷缩起来，弯腰曲背，人也矮了半截……他的那些箱子、包裹和硬纸盒也缩作一团，皱眉蹙额……他妻子的长下巴拉得更长，纳法奈尔作出立正姿势，扣好制服上所有的钮扣……

"我，阁下……深感荣兴！您，可以说，原来是我儿时的朋友，忽然间，青云直上，成了一个大贵人了！嘿嘿，大人！"

"哎，得了！"胖子皱起了眉头，"何必用这种口气说话！你我可是从小的朋友——为什么要官场里的这一套奉承！"

"那怎么行呢……您怎么能这么说，大人……"瘦子身体缩得更小，嘿嘿笑着说，"阁下体恤下情……使我如蒙再生的甘露……这是，大人，我的儿子纳法奈尔……这是我妻子路易莎，新教徒，多少也算是……"

胖子本想说点什么反驳他，但瘦子那副诚惶诚恐、阿谀谄媚、低三下四的寒酸相，使得三品文官感到恶心。他扭过脸去不看瘦子，向瘦子伸出一只手去告辞。

瘦子握了握他的三根指头，整个身子一躬到地，像中国人那样陪笑。他妻子也眉开眼笑。纳法奈尔喀嚓一声，收脚敬礼，把制帽也掉到地上了。全家三口人都感到又惊又喜。

一八八三年十月一日

套中人

在米罗诺西茨村边，误了归时的猎人们正在村长普罗科菲的堆房里，安顿下来过夜。他们一共只有二人：兽医伊凡·伊凡内奇和中学教师布尔金。伊凡·伊凡内奇姓一个相当古怪的复姓：奇木沙——喜马拉雅斯基，这个姓跟他一点也不相称，所以全省里的人就简单地叫他的名字和父称。他住在城郊的养马场，这回出来打猎是想透一透新鲜空气。中学教员布尔金每年夏天都在 n 姓伯爵家里做客，所以在这一带早已熟透了。

他们没有睡觉。伊凡·伊凡内奇，是一个又高又瘦的老头，留着长长的胡子，这时坐在门外吸着烟斗，月光照在他身上，布尔金躺在里面的干草上，在黑暗中谁也看不见他。

他们闲聊着。顺便还谈到了村长的老婆玛芙拉，说这女人身体结实，而且不愚蠢，就是一辈子没有走出过自己家乡的村子，从来没有见过城市或者铁路，最近十年来更是整天守着炉灶，只有到夜间才到街上。

"这有什么可奇怪的！"布尔金说，"那种生性孤僻，像寄居蟹或蜗牛那样，总想缩进自己的壳里去的人世上还真有不少呢。也许这是一种返祖现象——返回太古时代，人的祖先还不是群居的动物，而是孤零零地居住在各自的洞穴里，也许这只不过是人的性格的一种类型吧——谁知道呢。我不是博物学家，探讨这类问题不是

我的事。我只是想说，像玛芙拉那样的人，并不是稀有的现象。是啊，不必往远处找，大约两个月前，我们城里去世了一个人，他姓别利科夫，是希腊语教员，也是我的同事。您一定听说过他。他所以出名，是因为他只要出门，哪怕天气很晴朗，也总要穿上套鞋，带着雨伞，而且一定穿上暖和的棉大衣。他的伞总是装在套子里，怀表也总是装在灰色的鹿皮套子里，有时遇到他拿出小折刀削铅笔，就连那把刀也装在一个小套子里。就连他的脸也好像蒙在一个套子里，因为他总是把脸藏在竖起的衣领里。他戴着墨镜，穿着绒衣，用棉花堵上耳朵，每当他坐上出租马车，就一定吩咐车夫支起车篷。总而言之，从这个人身上总可以看出一种难以克制的愿望——把自己包在一层壳里，仿佛要给自己做一个所谓的套子，好让他可以与世隔绝，不受外界的影响。现实生活刺激他、惊吓他，总是弄得他终日心神不安。也许是为自己的胆怯、为自己对现实的厌恶辩护吧，他总是称赞过去，赞扬那些不曾有过的东西。实际上就连他所教的古代语言，也无异于他的套鞋和雨伞，使他可以躲在里面逃避现实生活。"

"'啊，古希腊语是多么响亮动听，多么美妙！'他说话时露出甜滋滋的表情。仿佛要证实自己的话，他眯细眼睛，举起一个手指头，念道：'安特罗波斯！'（希腊语：人）。"

"别利科夫把他的思想也极力藏进套子里。对他来说，只有那些刊登各种禁令的官府的告示和报纸上的文章才是明白无误的。看到有个告示规定晚上九点后中学生不得到街上去，或者报上有篇文章提出禁止性爱，那么他认为这又清楚，又明白，既然禁止了，那就够了。至于官方批准、允许干的什么事，他总觉得其中带有可疑的成分，带有某种隐隐约约，还没说透的成分。每当城里批准成立一个戏剧小组，或者阅览室，或者茶馆时，他总是摇着头低声说：

"'这个嘛，当然，行是行，这固然很好，可是千万别闹出什么

乱子来！'

"凡是违犯，偏离、背弃所谓规章的行为，虽说看来跟他毫不相干，也总让他忧心忡忡。比如说要是有个同事参加祷告式时迟到了，或者听说中学生调皮捣乱了，或者有人看到女同学很晚还和军官在一起，他就会心慌意乱，总是说：千万别闹出什么乱子来。在教务会议上，他那种慎重、多疑的作风和一套纯粹套子式的论调，简直把我们压得透不过气来。他说什么不管男子中学也好、女子中学也好，年轻人都品行恶劣，教室里乱哄哄的——唉，只求这种事别传到上司的耳朵里才好，哎呀，千万不要惹出什么事端！又说，如果把二年级的彼得罗夫和四年级的叶戈罗夫开除出校，那么情况就会好转。后来怎么样呢？他凭他那种不住地唉声叹气，不住地发牢骚，他那苍白的小脸上架的一副墨镜——您知道，那张小尖脸活像黄鼠狼的脸，使我们只好让步，把彼得罗夫和叶戈罗夫的操行分数减少，关他们的禁闭，最后终于把他们开除了事。他有一种古怪的习惯——到同事家串门。他来到一个教员家里，坐下后总是一言不发，像是在考察什么似的。就这样沉默不语地坐上个把钟头就走了。他把这叫做'和同事保持良好关系'。显然，这类拜访、这样呆坐，对他来说也并不轻松，可他照样挨家挨户串门，只不过因为他认为这是尽到同事应尽的责任罢了。我们这些教员都怕他。就连校长也怕他三分。您想想看，我们这些教员都是些有思想、极正派的人，受过屠格涅夫和谢德林的良好教育，可是我们整个中学却让这个老穿着套鞋、带着雨伞的小人辖制了整整十五年！何止一所中学呢？全城都辖制在他的掌心里！我们的太太小姐们到星期六不敢安排家庭戏剧晚会，因为害怕让他知道；到了斋期神职人员在他面前不好意思吃荤和打牌。在别利科夫这类人的影响下，在最近这十到十五年间，我们全城的人都变得谨小慎微，什么都怕。他们不敢大声说话，不敢写信，不敢交朋友，不敢看书，不敢周济穷人，不

敢教人念书识字……"

伊凡·伊凡内奇想说点什么，嗽了嗽喉咙，但他先点燃了烟斗，看了看月亮，然后才一板一眼地讲起来：

"是啊，我们都是有头脑的正派人，我们读屠格涅夫和谢德林的作品，还读巴克莱等人的著作，可是我们却总是向某种压力屈服，一再忍让……问题就在这儿。"

"别利科夫跟我住在同一幢房里，"布尔金接着说，"同住在一层楼，门对门，我们经常见面，所以我了解他在家里怎样生活。在家里他还是那一套：睡衣，睡帽，护窗板，门闩，无数清规戒律，还有那句口头惮：'哎呀，千万不要惹出什么乱子来！'斋期吃素对健康有害，可是吃荤又不行，因为怕人说别利科夫不守斋戒。于是他就吃用牛油煎的鲈鱼——这东西固然不是素食，可也不能算是斋期禁止的食品。他不用女仆，因为害怕别人背后说他的坏话。他雇了个厨子，六十岁上下，老头子阿法纳西老是醉醺醺的，还有点神志不清。从前做过勤务兵，好歹能弄几个小菜。这个阿法纳西经常站在房门口，两只胳膊交叉抱，总是长叹一口气，嘟哝那么一句话：

"'眼下啊像他们这种人真是多得很呢！'

"别利科夫的卧室小得活像个箱子，床上挂着帐子。睡觉的时候，他一上床就拉过被子蒙上脑袋。房间里又热又闷，风敲打着关紧的门，炉子里像有人呜呜地哭，厨房里传来叹息声，不祥的叹息……

"他躺在被子里战战兢兢。他生怕会出什么事情，生怕阿法纳西会杀了他，生怕小偷溜进家来，这之后就通宵做着噩梦。到早晨我们一块到学校去的时候，他已是无精打采，脸色苍白。看得出来，他所要去的这所学校很多的学生分明使他满心感到恐慌和厌恶，而对他这个生性孤僻的人来说与我同行显然也是苦事。

　　"'我们班上总是吵得很凶,'他说,似乎极力想找个理由解释一下他为什么心情沉重,'真不像话!'"

　　"你猜怎么着,这个希腊语教员,这个套中人,您能想象吗,还差一点结婚了呢!"

　　伊凡·伊凡内奇很快回头瞟一眼堆房,说:

　　"您开玩笑!"

　　"真的,他差一点结婚了,尽管说起来古怪。我们学校新调来了一位史地课教员,叫米哈伊尔·萨维奇·柯瓦连科,小俄罗斯人。他不是一个人来的,而是带着姐姐瓦莲卡。他年轻,个子高,肤色黝黑,一双大手,看模样就知道他说话是男低音,果真没错,他的声音像是从木桶里发出来的一样:卜,卜,卜……他姐姐已经不算年轻,三十岁上下,个子高挑,身材匀称,黑黑的眉毛,红红的脸蛋——一句话,她简直不能说是姑娘,而是蜜饯水果,她那样活跃,谈笑风生,不停地哼着小俄罗斯的抒情歌曲,总是哈哈大笑,动不动就发出一连串响亮的笑声:哈,哈,哈!我记得我们初次真正结识科瓦连科姐弟,是在校长的命名日宴会上。在一群死板板的、闷闷不乐、把参加校长命名日宴会也当作例行公事的教员中间,我们忽然看见,一位新的阿佛洛狄忒从大海的泡沫中钻了出来:她双手叉腰走来走去,笑啊唱啊,翩翩起舞……她动情地唱起一首《风飘飘》,随后又唱一支抒情歌曲,接着再唱一曲,我们大家都被她迷住了——所有的人,甚至包括别利科夫。他挨着她坐下,甜蜜地微笑着,说:

　　"'小俄罗斯语言的柔和,清脆,使人联想到古希腊语。'

　　"这番奉承使她感到很得意,于是她就开始热情而恳切地动情地对他讲起,说他们在加佳奇县有一处田庄,现在她们的妈妈还住在庄园里。那里有那么好的梨,那么好的甜瓜,那么好的'卡巴克'!小俄罗斯人把南瓜叫'卡巴克',把酒馆叫'申克'。他们做

的西红柿加紫甜菜浓汤'可好吃，可好吃啦，简直好吃得——要命！'

"我们听啊听的，忽然大家灵机一动冒出同一个念头：

"'把他们撮合成一对，那倒不错'，校长太太轻轻对我说。

"不知什么缘故大家这才记起来，我们的别利科夫还没有结婚。这时候我们才感到奇怪，对他的终身大事我们以前竟一直没有理会，完全给忽略了。他对女人一般采取什么态度？他准备怎么解决这个重大问题？以前我们一点儿也没有关心过这件事，也许我们甚至不能允许自己去设想，一个无论什么天气都穿着套鞋、挂着帐子的人还能爱上什么人。

"'他已经四十多岁了，她也三十多了……'校长太太说出自己的想法，'我看她是愿意嫁给他的。'

"在我们省，由于人们闲得无聊，什么事干不出来呢？干了多少不必要的蠢事！这是因为，必要的事大家根本不去做。是啊，就拿这件事来说吧，既然大家甚至不能设想别利科夫是一个可以结婚的人，我们又何必突然之间头脑发热要给他撮合婚事呢？校长太太，督学太太，以及我们中学里的所有教员太太们全都活跃起来，甚至连模样都变得好看了，仿佛忽然找到了生活的目标似的。校长太太订了一个剧院包厢，我们一看——原来她的包厢里坐着瓦莲卡，拿着这么小的一把扇子，眉开眼笑，满脸放光。身旁坐着别利科夫，身材瘦小，脊背拱起，看上去倒像是让人刚用一把钳子夹到这里来的。我有时在家里办小晚会，太太们便要我一定邀上别利科夫和瓦莲卡。总而言之，机器开动起来了。其实瓦莲卡本人也不反对出嫁。她跟弟弟生活在一起不太快活，大家都知道，他们成天争吵不休，还互相对骂。比方说，有过这样一个场面：柯瓦连科顺着大街大踏步走着，他是一个壮实的大高个子，穿着绣花衬衫，一绺头发从制帽底下耷拉到额头上。他一只手抱着一捆书，另一只手拿

一根有疖疤的粗手杖。她姐姐跟在后面，也拿着书。

"'你啊，米哈伊里克，这本书绝没有读过！'她大声嚷道，'我对你说，我敢赌咒，你压根儿没有读过这本书！'

"'可我跟你说，我读过！'柯瓦连科也大声嚷道，还把手杖在人行道上敲得直响。'哎呀，我的天哪，明契克！你干嘛发脾气，要知道我们谈的是原则问题。'"

"可我跟你说过：我读过这本书！"他嚷得更响了。

在家里，即使有外人在，他们也照样争吵不休。这样的生活多半使她厌倦了，她一心盼望着有个自己的窝，况且也该到考虑的年龄了。现在已经没有工夫挑挑拣拣。嫁谁都可以，哪怕是希腊语教员也将就了。可也是，我们这儿的大多数小姐只要能嫁出去就行，嫁给谁都是无所谓的。不管怎么样，瓦莲卡开始对我们的别利科夫表露出明显的好感了。

"那么，别利科夫呢，他也常去拜望柯瓦连科，就像常来拜望我一样。他去了坐下来就一言不发。他默默坐着，瓦莲卡就为他唱《风飘飘》，或者用那双乌黑的眼睛沉思地望着他，再不就突然发出一串朗朗的笑声：

"哈哈哈！"

"在恋爱问题上，特别是在婚姻问题上，外人的撮合总会起到很大的作用。于是所有同事和所有太太们都开始劝说别利科夫，说他应当结婚了，说他的生活中没有别的缺憾，就只差结婚了。我们大家向他道喜，一本正经地重复着那些老生常谈，比如说婚姻是终身大事等等，况且瓦莲卡相貌不错，又招人喜欢，她是五品文官的女儿，又有田庄，最要紧的是，她是第一个待他这么亲热又真心诚意的女人。于是他头转向了，认定自己当真该结婚了。"

"哦！这下该有人拿掉他的套鞋和雨伞了，"伊凡·伊凡内奇说。

"您只要一想就会明白，这是办不到的。虽然他把瓦莲卡的相片放在自己桌子上，还不断来找我谈论瓦莲卡，谈论家庭生活，也谈婚姻是终身大事，虽然他也常去柯瓦连科家，可是他的生活方式却一点儿也没有改变。甚至刚好相反，结婚的决定对他起了像害了一场大病一样的影响：他变得更消瘦了，脸色更苍白了，似乎更深地缩进自己的套子里去了。"

"'瓦尔瓦拉·萨维什娜我是喜欢的，'他对我说道，勉强地淡淡一笑，'我也知道，每个人都应该结婚的，但是……这一切，您知道吗，这件事发生得太突然……总得细细考虑考虑。'"

"这有什么好考虑的？"我对他说，"一结婚就万事大吉了。"

"不行，结婚是一件大事，首先应当掂量一下将要承担的义务和责任……免得日后闹出什么乱子。这件事弄得我不得安宁，现在我通宵都睡不着觉。老实说吧，我心里害怕：他们姐弟俩的思想方法很古怪，他们议论起事情来，您知道，也有点古怪。她的性格太活泼。真要结了婚，说不定日后会遇上什么麻烦。"

"于是他就这样一直没有求婚，总是拖延，弄得校长太太和我们那里所有的太太们大为恼火。他时时刻刻估量着面临的义务和责任，与此同时又几乎每天都跟瓦莲卡出去散步，也许他认为这是处在他的地位必须做的事吧。他还常来我家谈论家庭生活，要不是后来忽然闹出荒唐的事，他最终多半会去求婚的，那样的话，一门不必要的、愚蠢的婚姻就在我们这里促成了。由于无聊，由于无事可做，照这样就结了婚的可以说有成千上万的先例。这里应该说明一下，瓦莲卡的弟弟柯瓦连科，从认识别利科夫的第一天起就痛恨他，不能忍受他。

"'我不明白'他常常耸耸肩膀对我们说，'不明白你们怎么能容忍这个爱告密的家伙，那副叫人恶心的嘴脸。哎呀，诸位先生们，你们怎么能在这儿生活下去！你们这里的空气闷死人，能把人

活活憋死。难道你们能算是教育家、师长？不，你们是一群官吏，你们这里不算是科学的殿堂，而是城市警察局，有一股酸臭味，跟警察岗亭里的气味一样。不，诸位同事，我在你们这儿再待上一阵，就要回到自己的田庄去了。我宁愿在那里捉捉虾，教小俄罗斯的孩子们读书认字。我一定要走，你们呢，尽管跟你们的犹大留在这里吧，叫他见鬼去吧！'"

"要不然他就哈哈大笑，笑得流出眼泪来，笑声时而低沉，时而尖细。他双手一摊，问我：

"他干什么上我家来坐着？他要干什么？他一直坐在那里发呆！"

"他甚至给别利科夫起了个绰号叫'毒蜘蛛'。当然，我们对他决口不提关于他的姐姐要嫁给'毒蜘蛛'的事。有一天，校长太太暗示他，说要是把他的姐姐嫁给一个像别利科夫这样一个稳重的、受人尊敬的人倒是一件好事。他就皱起眉头，埋怨道：

"这不关我的事。哪怕她嫁一条毒蛇也由她去，我可不喜欢干涉别人的闲事。"

"现在您听我说一说后来发生的事吧。有个好恶作剧的人画了一幅漫画：别利科夫穿着套鞋，卷起裤腿，打着雨伞正在走路，臂弯里挽着瓦莲卡，下面的题词是：'恋爱中的安特罗波斯'。那副神态，您知道吗，画得简直惟妙惟肖。那位画家想必画了不止一夜，因为全体男子中学和女子中学的教员们、中等师范学校的教员和全体文官居然人手一张。别利科夫也收到一份。这幅漫画给他留下了极难堪的印象。"

"我们一道从房子里走出去——这一天刚好是五月一日，星期天，我们全体师生约定在校门口集合，然后一道步行去城郊的一个小树林里郊游。我们动身了，他的脸色铁青，比乌云还要阴沉。"

"'天底下竟有这么歹毒、这样阴险的人！'他说话时嘴唇在

发抖。"

"我甚至可怜起他来了。我们走啊走，突然，您猜怎么着，柯瓦连科骑着自行车赶上来了，在他身后跟着瓦莲卡，也骑着自行车。她满脸通红，筋疲力尽的样子，但兴高采烈，快活得很。"

"'我们先走一步啦!'她大声嚷道,'天气多么好，多好啊，简直好得要命!'"

"他们俩走远了，不见了。我的别利科夫脸色从发青变成发白，好像吓呆了。他站住，瞪着我……"

"'请问，这是怎么回事?'他问,'或许我的眼睛看错了? 中学教员和女人骑自行车，这成何体统?'"

"'这有什么不成体统的?'我说,'愿意骑就让他们骑好了。'"

"'可是这怎么行呢?'他喊起来，对我的平心静气感到惊讶,'您这是在说什么话?!'"

"他像受到致命的一击，不愿意再往前走，转身独自回家去了。"

"第二天，他老是心神不宁地搓着手，不住地打哆嗦，从他的脸色看来他像是病了。还没有到放学时间他就走了，而且也没有吃午饭，这在他还是平生第一次呢。将近傍晚，他穿上暖和的衣服，尽管门外已经完全是夏天了，步履蹒跚地朝柯瓦连科家走去。瓦莲卡不在家，只有她的弟弟在家里。"

"'请坐吧,'柯瓦连科皱起眉头，冷冷地说。他午睡后刚醒，睡眼惺忪，心情极坏。"

"别利科夫默默坐了十来分钟才开口说:

"我到府上来，是想减轻我心里的负担。现在我的心情非常非常沉重。有个不怀好意的家伙，把我和另一位跟你我都很亲近的女士画成一幅可笑的漫画。我认为我有责任向您保证，我跟这件事毫不相干……我并没有做任何事，可以招致这样的讥诮，恰恰相反，

我的言行举止在各个方面都可以表明我是一个极其正派的人。"

"柯瓦连科坐在那里生闷气，一言不发。别利科夫停了片刻，然后压低喉咙忧心忡忡地接着说：

"我还有另外一件事想跟您谈谈。我已任教多年，您只是刚开始工作，因此，作为一个年长的同事，我认为有责任向您提出一个忠告。您骑自行车，这种消遣对身为青年的教育工作者来说，完全是不成体统的！"

"那为什么？"柯瓦连科粗声粗气地问。

"这难道还用解释吗，米哈伊尔·萨维奇，难道这还不是理所当然的吗？如果教员骑自行车，那么还能希望学生们做出什么好事来？恐怕他们只好用头走路了！既然这事未经政府发出通告正式批准，那就不能做。昨天我吓了一大跳！我一看到您的姐姐，我的眼前就发黑。一个女人或者姑娘骑自行车——这太可怕了！"

"说实在的您本人到底有什么事？"

"我所要做的只有一件事——对您提出忠告，米哈伊尔·萨维奇。您还年轻，前程远大，所以您的举止行为得非常非常小心谨慎才成，可是您太随便了，哎呀，多么马马虎虎！您经常穿着绣花衬衫出门，经常拿着些什么书在大街上走来走去，现在还骑自行车。您和您姐姐骑自行车的事会传到校长那里，再传到督学那里……那还会有什么好下场？"

"'我和我姐姐骑自行车的事，不干任何人的事！'柯瓦连科涨红了脸说，'谁来干涉我个人的和家庭的私事，我就让他——滚蛋！'"

"别利科夫脸色煞白，站起身来。"

"'要是您用这种口吻跟我讲话，那我就不能再讲下去了，'他说，'我请求您注意，往后在我的面前永远不要这样谈论上司。您应当尊敬当局才是。'"

"'怎么，难道我刚才说了当局什么坏话了吗？'柯瓦连科责问，生气地瞧着他，'劳驾了，请您躲开我。我是一个正直的人，不愿跟您这样的先生讲话。我不喜欢告密分子。'"

"别利科夫心慌意乱，匆匆忙忙地穿上衣服，一脸恐怖的神情。这是他平生第一回听见这么不客气的话。"

"'随您怎么说，都由您，'他边说边从前室走到楼梯口，'只是我得警告您：我们刚才的谈话说不定有人听见了，为了避免别人歪曲谈话的内容，惹出什么乱子来，我必须把这次谈话内容要点向校长报告。我不能不这样做。'"

"告密吗？去吧，告密去吧！"

"柯瓦连科从后面一把揪住他的衣领，使劲一推，别利科夫就滚下楼去，套鞋碰着楼梯啪啪地响。楼梯又高又陡，不过他滚到楼下却安然无恙，他站起来，摸摸鼻子，看眼镜摔碎了没有？可是正当他从楼梯上滚下来的时候，偏巧瓦莲卡和两位太太刚好走进来；她们站在楼梯下面呆呆地瞧着——对别利科夫来说这比任何什么事都可怕。看样子，他宁可摔断脖子和两条腿，也不愿成为别人的笑柄：这样一来全城的人都会知道这件事，还会传到校长和督学那里——哎呀，千万别惹出什么乱子来！——有人会画一幅新的漫画，到头来校方会勒令他辞职……"

"他爬起来后，瓦莲卡才认出是他。她瞧着他那可笑的脸，皱巴巴的大衣和套鞋，不明白是怎么回事，还以为他是自己不小心摔下来的。就忍不住放声大笑起来，笑声响彻整个房子："

"哈哈哈！"

"这一连串清脆响亮的'哈哈哈'就此断送了一切：断送了别利科夫的婚事和他的人间生活。他已经听不见瓦莲卡说了些什么话，也看不见眼前的一切。他一回到家里，第一件事就是把瓦莲卡的相片从桌上拿下来，然后在床上躺下，从此再也没有起来。"

"大约三天后，阿法纳西来找我，问我要不要派人去请医生，因为据他说他家老爷不大对头。我去看望别利科夫。他躺在帐子里，蒙着被子，一声不响。不管问他什么话，他只是回答'是'或'不是'，此外就闷声不响了。他躺在床上，阿法纳西在一旁走来走去。满脸愁容，紧皱眉头，不住地唉声叹气。他浑身酒气，跟小酒馆里一样。"

"一个月后别利科夫去世了。我们大家，那就是说男中、女中和师范专科学校的人，都去为他送葬。当时，他躺在棺木里，神情温和，愉快，甚至有几分喜色，仿佛暗自庆幸他终于被装进套子，从此再也不必出来了。是的。他终于实现了他的理想！连老天爷也仿佛表示对他的敬意，出殡的时候，天色阴沉，下着细雨，我们大家都穿着套鞋，打着雨伞。瓦莲卡也来参加了他的葬礼，当棺木下了墓穴时，她大声哭了一阵。我发现，小俄罗斯女人不是哭就是笑，对她们来说介于二者之间不哭不笑的情绪是没有的。"

"老实说，埋葬别利科夫那样的人，是一件大快人心的事。从墓地回来的时候，我们都是一副端庄持重、愁眉不展的脸相，谁也不肯流露出这份喜悦的心情——这种感情很像我们在很久很久以前还在童年时代时体验过的一种感情：遇到大人们出了家门，我们到花园里跑来跑去，玩上一两个钟头，享受一番充分自由的欢乐。啊，自由呀自由！哪怕只有它的半点影子，哪怕有它的一线希望，我们的心灵就会长出翅膀。难道不是这样吗？"

"我们从墓地回来，感到心情愉快。可是，一个星期还没过完，生活又回到了原来的样子，跟先前一样严酷，令人厌倦，杂乱了。这样生活固然没有奉到明令禁止，但也没有得到充分的许可呀。局面没有变得好一点儿。的确，我们埋葬了别利科夫，可是还有多少这类套中人留在世上，而且将来还会不知道有多少套中人呢！"

"问题就在这儿，"伊凡·伊凡内奇说着，点起了烟斗。

"将来还会有多少套中人啊！"布尔金重复道。

中学教员从堆房里走出来。这人身材不高，很胖，秃顶，留着几乎齐腰的大胡子。有两条狗也跟他一块儿走出来。

"好月色，好月色！"他说着，抬头望着天空。

已是午夜。向右边瞧。可以看到整个村子，一条长街远远地伸出去，足有四五俄里。一切都沉浸在寂静而深沉的梦乡。没有一丝动静，没有一丝声息，甚至叫人难以置信，大自然竟能这般沉寂。在这月色溶溶的深夜里，人望着那宽阔的街道、街道两侧的农舍、草垛和熟睡的杨柳，心里就会感到分外恬静。躲开了一切辛劳、忧虑和不幸，隐藏在朦胧夜色的庇护下，村子在安然歇息，显得那么温柔、哀伤、美丽。似乎天上的繁星也在亲切地、动情地望着它，整个大地上邪恶已不复存在，一切都十分美好。向左边瞧，村子尽头处便是田野。可以看见田野一望无际，一直延伸到远处。沐浴在月光中的这片旷野上，同样没有动静，没有声音。

"问题就在这儿，"伊凡·伊凡内奇又说了一遍，"我们住在空气污浊、拥挤不堪的城市里，写些无聊的公文，玩'文特'牌戏——难道这一切不是套子吗？至于我们在游手好闲的懒汉、图谋私利的讼棍和无所事事的女人们中间消磨了我们的一生，说着并听着各种各样的废话——难道这不是套子？哦，如果您愿意的话，那我现在就给您讲一个很有教益的故事。"

"不用了，我也该睡觉了，"布尔金说，"留到明天再讲吧。"

两人回到堆房里，在干草上睡下来。他们盖上被子，正要朦胧入睡，忽然听到轻轻的脚步声：吧嗒，吧嗒……有人在离堆房不远的地方走动：走了一会儿，站住了，过一分钟又吧嗒吧嗒走起来……狗唔唔地叫起来。

"这是玛芙拉在走来走去，"布尔金说。

脚步声渐渐听不见了。

The Collected Works Of Chekhov

"你看别人作假，听别人说谎，"伊凡·伊凡内奇翻了一个身说，"人们却因为你容忍这种虚伪，而管你叫傻瓜。你只好忍气吞声，任人侮辱，不敢公开声称你跟正直自由的人们站在一边，你只好自己也说谎，还微笑，凡此种种无非是为了混口饭吃，有个温暖的小窝，捞个分文不值的一官半职罢了！不，再也不能这样生活下去了！"

"哦，算了吧。您这是另一个话题了，伊凡·伊凡内奇，"教员说，"我们睡觉吧。"

大约十分钟后，布尔金已经睡着了。可是伊凡·伊凡内奇却还在不断地翻身叹气。后来他索性爬起来，走到外面，在门口坐下，点上烟斗。

一八九八年六月十五日

我的"她"

　　她，据我的双亲和上司的权威说法，出生得比我早。暂且不管他们说得对与否，我只知道，在我的一生中，没有一天不属于她，不感到她对我的控制。她昼夜不离开我，我也从未表示过要离开她，所以说这种结合是坚实而牢固的……然而请不要嫉妒，年轻的女性读者！这种令人感动的结合并没有给我带来什么好处，只有种种不幸。首先，我的"她"昼夜厮守着我，不让我干一点正经事情。她妨碍我阅读，写作，游玩，欣赏大自然风光……我才写了几行字，她就总是来碰我的胳膊，分分秒秒都在引诱我到床榻上去，不亚于古代的克莉奥佩特拉引诱安东尼。其次，她像个法国妓女，弄得我倾家荡产。由于她的依依不舍，我为她牺牲了一切：前程，荣誉，舒适……多谢她的关照，我住便宜的租屋，穿破烂的服装，吃糟糕的饭食，用淡墨水写作。她吞噬一切的一切，这个贪婪无厌的东西！我憎恨她，蔑视她……早该离开她，但我到现在也没有跟她分开，倒不是因为莫斯科的律师们办离婚手续要收费四千……我们目前还没有孩子……您想知道她的名字吗？好吧……她的名字较有诗意，它使人联想起莉丽娅，列丽娅，涅丽……

　　她叫做"琳"——懒惰。

一八八五年六月六日

相识的男人

万达漂亮迷人，或者照身份证上的记录：荣誉公民娜斯塔西娅·卡纳夫金娜，刚从医院出来就落入前所未遇的困境中——既无处安身，又身无分文。她该怎么办？

她第一件事就是去信贷所，把她现存惟一的宝物——一枚绿松石戒指典当了。他们付给她一个卢布，可是……一个卢布能买什么呢？这点钱买不了时髦的外套，买不了漂亮的高帽，买不了古铜色的鞋子，而如果没有这些东西她就总觉得就像没穿衣服一样。她感到不单单是行人，就连那些马和狗也在盯着她看，嘲笑她这身很不像样的衣服。她一心想的只有穿戴，至于吃饭住宿问题她倒一点也不着急。

"只要遇到一个相识的男人……"她心想，"我就有钱了……谁也不会拒绝我的，因为……"

可是相识的男人一个也没有遇到。晚上在"文艺复兴"俱乐部里倒很容易碰见他们，不过现在她穿着这身难看的衣服，而且不戴帽子，人家是连门都不会让她进的。她该怎么办？经过这么长时间的折腾，她也走累了，坐腻了，想烦了。万达决定使出最后一招：干脆直接找上门去，跟某个相识的男人要点钱。

"找谁好呢？"她思忖，"米沙不行，他是个有家室的人……红毛老头子正在上班……"

万达想起了牙科医生芬克尔，他是一个改信东正教的犹太人。

这人在三个月前曾送给她一只手镯，有一次在德国俱乐部的晚餐席上她往他头上倒过一杯啤酒。想起了这个芬克尔，真让她兴奋得手舞足蹈了。

"只要他在家，肯定会给我钱的。"她一路上想着，"他如果不给，我就把他家的灯全给砸了。"

她走到牙医家时，已经打好了主意：她格格笑着跑上楼梯，飞也似地奔向他的诊室，向他要二十五卢布……可是，她正打算拉门铃，这主意不知怎么突然从脑子里跑掉了。万达顿时胆怯心慌起来，这在从前是不曾有过的。其实她也只是在一群醉汉中才表现出大胆而放肆，现在让她穿一身家常便服，充当一个平平常常的乞讨者的角色，而这种人又是完全可以被拒之门外的。想到这里，她便感到自己内心空虚，低三下四。她又羞又怕。

"也许他已经把我给忘了……"她又想，可还是不敢去拉门铃，"穿这身衣服叫我怎么去见他呀？跟叫花子或是小市民没有什么两样……"

她犹犹豫豫地拉了一下门铃。

门后传来看门人的脚步声。

"医生在家吗？"她问。

此刻，如果看门人说声"不在"，她肯定会更高兴些，可是对方没有回答就让她进了门厅，帮她脱去大衣。她觉得这里的楼梯豪华而气派，不过在所有富丽堂皇的陈设中，她首先注意到的是一面大镜子，她从中看到了一个破衣烂衫的自己，没有漂亮的帽子，没有时髦的外套和古铜色的鞋子。万达甚至感到奇怪，怎么她现在穿得这么寒酸，倒像是个女裁缝或洗衣妇，她心里只有羞耻，早没了那份放肆大胆的劲头，况且思想上她也不认为那人是万达，而是从前那个娜斯佳·卡纳夫金娜……"请进！"女仆边说边把她领进诊室，"医生马上就来……您坐吧。"叫万达坐进软椅里。

"我就这么对他说：请借我几个钱！"她心想，"这样可能会体面些，毕竟我们是熟人。只是最好这个女仆能出去。当着女仆的面多么难为情……她为什么老站在这儿呀？"

大约过了四五分钟，房门开了，芬克尔走了进来。这是个肤色发黑、身材高大的犹太人，腮帮子肥嘟嘟的，眼睛凸出来。那脸蛋，那眼睛，那肚子，还有粗壮的大腿——他身上的所有部位都显得那么臃肿、讨厌和冷漠。在"文艺复兴"俱乐部和德国俱乐部，他通常喝得烂醉如泥，他肯为女人花很多钱，对受她们的嘲弄心甘情愿地承受（比如，那次万达往他头上倒了一杯啤酒，他只是微微一笑，伸出一个手指吓唬她一下）。然而眼前的他却是脸色阴沉，睡眼惺忪，看上去一本正经，神情冷淡，就像个官僚。而且嘴里还嚼着什么东西。

"您哪里不舒服？"他问，根本没有正眼看万达。

万达看看女仆那严肃的面孔，再看看芬克尔大腹便便的身子，显然他已经认不出她来了，她不禁脸红了起来……

"您哪里不舒服？"牙医问第二遍时已经生气了。

"牙……牙疼……"万达嗫嚅着说。

"啊哈……哪个牙？它在哪儿？"

万达猛然想起她有一颗蛀牙。

"右边，下面……"她说。

"嗯哼，把嘴张开！"

芬克尔皱起眉头，屏住呼吸，开始检查那颗病牙。

"疼吗？"他问，同时拿个铁家伙在牙齿里抠。

"疼……"万达瞎说了一句。她正在想："要是提醒他一下，他一定认得出……可是……女仆在！她为什么老是站在这儿？"

芬克尔忽然对着她的嘴呼哧呼哧地直喘气，像火车头似的。

他说：

"依我看您这牙别补了……您这牙没用了，有没有都一样。"

他又在牙齿里折腾一阵，烟熏的手指弄脏了万达的嘴唇和牙床。他又屏住呼吸，把一个冰冷的东西往她嘴里一塞……万达猛地感到一阵剧痛，她尖叫一声，一把抓住了芬克尔的手。

"不要紧，不要紧……"他嘟哝说，"您不要害怕……您这牙反正没什么用处。你要勇敢一点。"

烟熏的手指沾着血捏着一颗拔出来的牙齿送到她的眼前。女仆走过来，把杯子送到她嘴边。

"回家用冷水漱漱口……"芬克尔说，"血就止住了……"

他站在她面前，满脸盼着来人快点走开、不要再来打搅他的模样。

"再见……"她说，转身朝门口走去。

"哎！那谁来给我付诊费呀？"芬克尔用戏谑的语气问。

"噢，对了……"万达想起来，脸一下子涨得通红，忙把那用绿松石戒指当来的卢布给了芬克尔。

来到街上，她感到比先前更加羞辱。不过现在她已经不觉得贫穷可耻了。她已经不在乎她没戴漂亮的帽子，没穿时髦的外套。她走在街上，吐着鲜血，每一口鲜血都在告诉她：她的生活太糟糕，太艰难，而且蒙受着种种屈辱，不只是今天，而是明天，一周后，一年后——一辈子都这样，一直到死……

"啊，这太可怕了！"她喃喃自语道，"天哪，这太可怕了！"

不过第二天她已经回到了"文艺复兴"俱乐部，而且又在那里跳舞了。她头上戴着崭新的大红帽，身上穿着最新的时髦外套，鞋子是古铜色的。一位从喀山来的年轻商人正请她吃晚饭呢。

一八八六年五月三日

柔弱的女人

几日前，我曾把孩子们的家庭教师尤丽娅·瓦西里耶夫娜请到我的办公室来。为的是结算工钱。

我对她说："请坐，尤丽娅·瓦西里耶夫娜！让我们结算一下工钱吧。您也许也需要钱用了，而你又太拘礼，自己不肯开口要……咴……我们和您协商过，每月三十卢布……"

"四十卢布……"

"不，三十……我这里记着呢，我一向按三十付给教师工资的……咴，您在此共有两个月……"

"两月零五天……"

"整两月……我这里是这样记载的。这就是说，应该付给您六十卢布……再扣除九个星期日……实际上星期日您是不和柯里雅一块儿学习的，只休息不干活……还有三个节日……"

尤丽娅·瓦西里耶夫娜涨红了脸，她开始拉扯衣服上的皱边，一言不发……

"三个节日，应扣除十二卢布……柯里雅生病四天没有上课……你只和瓦里雅一人学习……有三天你牙痛，我妻子允许您午饭后歇假……十二加七得十九，扣除……还剩……嗯……四十一卢布。对吧？"

尤丽娅·瓦西里耶夫娜的左眼红了，而且眼泪涌进了眼眶。下巴在不住地颤抖。她神经质地干咳起来，还擤了擤鼻涕，可是——

仍旧一言不发！

"除夕晚上，您打碎了一个带底碟的配套茶杯。扣除二卢布……按理茶杯的价钱还要高的，它是传家之宝……愿上帝保佑您，我们的财产总是到处丢失！后来，由于您照看不周，柯里雅爬树撕破了礼服……该扣除十卢布……那个女仆盗走瓦里雅一双皮鞋，也因您照看不周，您应对这一切负责，您是拿工资的，所以，也就是说，还得再扣除五卢布……一月九日您在我这儿支取了九卢布……"

"我没有支过！"尤丽娅·瓦西里耶夫娜小声地说着。

"可我这儿记着呢！"

"好吧！"

"四十一减二十七应得十四。"

她两眼充满了泪水，除此之外长长的好看的小鼻子渗出汗珠。多么令人怜悯的小姑娘啊！

她声音颤抖地说道："有一次我只从您夫人那里支取了三卢布……除此之外再没有支过……"

"是吗？这么说，我这里漏记了！从十四卢布再扣除……呐，这是您的钱，我最可爱的姑娘！三卢布……三卢布……又三卢布……一卢布再加一卢布……请收下吧！"

我把十一卢布递给她……她接过去，手指哆哆嗦嗦地把票子塞进衣袋里，小声地说：

"谢谢。"

我终于一跃而起，开始在屋里踱来踱去。憎恶使我不安起来。

"为什么'谢谢'？"我问。

"为了您给我的钱……"

"可是我洗劫了你，鬼知道，这是抢劫！实际上我在偷你的钱！为什么还说'谢谢'？"

"可是在别的地方，根本一文不给。"

"不给？怪事！我在和您开玩笑，或许对您的教训是太残酷了……我要把您应得的八十卢布如数付给您！呐，事先已经装好在信封里了！可是怎么至于这么快快不快呢？为什么不抗议？为什么一言不发？难道在这个世界口笨嘴拙能活得下去吗？难道做人可以这样软弱吗？"

她苦笑了一下，但我看到，她脸上的表情分明写着，那就是"可以"。

我请求她对我给她的残酷教训给予宽恕原谅，接着又把使她大为惊骇的八十卢布递给了她。她胆怯地说了声"谢谢"就走出去了……

看着她的背影，我沉思着：

"在这个世界上做一个强者可真容易啊！"

一个时髦青年的惨痛的忏悔

　　吕西安在之后的一天办好身份证的签证手续，买了一根冬青树质的手杖，在地狱街广场搭上一辆小型载客马车，坐到隆于莫花十个铜子车费。头一个晚上，在离阿帕戎七八里的地方歇下来，睡在一个农家的马房里。在走到奥尔良时他已经精疲力尽了，于是又搭一条便船到图尔花了三法郎船费，只吃了两法郎伙食。从图尔到普瓦捷，吕西安走了五天。过了普瓦捷，他身边只剩下五法郎了，他拼着最后一点儿气力继续赶路。有一天走在旷野里，天黑下来了，正想露宿一宵，忽然从洼地里望见有辆马车在上坡，车夫旁边坐着一个男当差的。吕西安乘车内的客人，车夫，以及坐在车夫旁边的当差没注意，爬在车厢背后两个包裹中间，隐住身子，睡着了。第二天早上，阳光射着他的眼睛，四下里人声嘈杂，把他惊醒过来，他看出来这是芒斯勒。十八个月以前，他心中充满着爱情、希望、快乐，就在这小镇上等候德·巴日东太太。这当儿他发现自己浑身灰土，周围挤着一群赶车的和看热闹的人，知道这下可要挨骂了，当他跳下来正想说话时，车内却走出两个旅客，使他见了无法开口：原来正是新任的夏朗德省省长，西克斯特·杜·夏特莱伯爵，身边站着他的妻子路易丝·德·奈格珀利斯。

　　伯爵夫人看了他一眼道："没想到这样巧，我们竟是同路！跟我们一起上车吧，先生。"

　　吕西安向夫妇俩冷冷地行了个礼，眼神中带着又惭愧又威吓的意味，朝他们瞪了一眼，便朝芒斯勒镇外一条横路上走开了。他想找一个农家，弄些牛奶面包当早饭，再歇息一下，静静的考虑自己的前途。现在他还有三法郎。《长生菊》的作者浑身发热，一口气跑了很久，沿着河往下一跑，一路打量地形，风景越来越美了。晌午他走到一处地方，四周都是杨柳，中间一大片水光，看上去像一个湖。他受着田园情趣的吸引，停下来眺望那清新茂密的林子。河的支流岸边有一个磨坊，连着一所屋子，树梢中露出茅草盖的屋顶，屋顶上长着石莲花。屋子的门面很朴素，惟一的点缀是几簇素馨、忍冬和制啤酒用的酒花，周围开着夹竹桃类和多肉植物的花，卜分鲜艳。湖周水位最高的地方有一条石堤，底下用一排粗糙的木桩撑着，堤上的水在阳光中奔流直下泻入湖中。磨坊的那一边，一群鸭子在明净的池塘里游来游去，好几股水在水闸中轰隆隆响成一片。磨坊的轮子发出刺耳的声音。吕西安望见一条天然木做的凳上坐着一个胖胖的女人，一边打毛线一边在看管一个孩子，孩子正在捉弄几只母鸡。

　　吕西安向前走了几步说道："大嫂，我累得很，还在发烧，身边只有三个法郎；你能不能收留我只呆一个星期？只要有牛奶和黑面包，晚上给我一个能睡觉的草垫就行了。我会马上写信给家里，他们会寄钱来，或者来接我回去的。"

　　她道："行，不过我要问我丈夫是否允许。怎么样，小家伙？"

　　磨坊司务走出来瞧了瞧吕西安，拿下嘴里衔的烟斗，说道："三个法郎住一个星期？干脆就不收钱吧。"

　　磨坊司务的女人铺起床来。诗人临睡前望着优美的风景，心里想："说不定我临了就在磨坊里当上伙计了。"他这一睡可吓坏了主人。

　　第二天中午，磨坊司务的女人说："库图瓦，快去瞧瞧那个小

伙子，看他是死了还是活着，他已经睡了十四个钟点了，我可不敢去。"

磨坊司务正忙着晒网，整理捕鱼的工具，回答说："我看那瘦兮兮的漂亮哥儿多半是个戏子，一个小钱都没有。"

女人问："你是怎么看出来的，小家伙？"

"嘿！他既不是王爷，又不是大臣，既不是议员，也不是主教，干吗一双手养得白白嫩嫩的，像个游手好闲的人？"

磨坊司务的女人刚刚给昨天闯上门的客人弄好了午饭，说道："他睡得连东西都不吃，真是怪了。你说他是戏子，那么他这是上哪儿去呢？现在还没到昂古莱姆赶集的时候。"

夫妇俩绞尽脑汁也不会想到除了戏子、王爷、主教，世界上还有另一种人。他们又是王爷又是戏子，名字叫做诗人，担任着庄严的圣职，他们看上去像无所事事而其实是控制人类精神的人，如果他会描写人类的话。库图瓦对老婆说："那么他是干什么的呢？"

老婆说："收留他应该没有危险吧？"

磨坊司务回答："呢！小偷可比他机灵得多呢，早该把咱们的东西都搬空了。"

吕西安从窗口里隐约听到两夫妻的谈话了，忽然走出来伤心的说："我不是王爷，不是小偷，不是主教，也不是戏子；只是一个可怜的青年，从巴黎走到这儿，快要累死了。我的名字叫吕西安·德·吕邦泼雷，我的父亲沙尔东从前在乌莫开药房，后来药房盘给了波斯泰尔。我妹子嫁给了大卫·赛夏，他在昂古莱姆桑树广场上开印刷所。"

磨坊司务道："啊，我想起来了，印刷所老板的爷爷不就是那个精明的老头儿，在马萨克经营田地产的吗？"

吕西安道："一点儿没错。"

库图瓦道："吓！那老头子真是个混蛋！听说他逼得儿子把家

里的东西统统卖了；他自己除掉积蓄，光是田产就值二十多万呢。"

一旦遇到长时期残酷的斗争摧毁了身体和精神，把本身能量过分消耗以后，接下去的不是死亡，便是同死亡差不多的消沉；但是能够抵抗的人这时反而会更振作。吕西安处在这种生死关头，听人含含糊糊提到他妹夫大卫出事的消息，差点支持不住了。

他叫道："哎啊，我的妹妹！我干的好事！天啊，我真不是人。"

他说完就一下子倒在一条子凳上，脸色煞白，浑身瘫软，好像就要死了。磨坊司务的老婆急忙端来一碗牛奶，让他喝下去；他却央求磨坊司务搀他上床，说他死在这儿连累了主人，请求原谅，吕西安只知道自己马上要完了。风流的诗人看到了死神的影子，忽然想起宗教，要找一个神甫来听他忏悔，给他授临终圣体。库图瓦太太看见这样一个身段和面相十分漂亮的青年，毫无精力的说出这样悲痛的话来，被感动了。

她说："喂，小家伙，赶快骑马到马萨克去请玛隆医生来；我看这小伙子神气不太对劲儿，让医生来瞧瞧是不是得了什么病；你把本堂神甫也一块儿请来；说不定他们比你知道得更清楚，桑树广场上的印刷所老板到底出了什么事；波斯泰尔是玛隆先生的女婿。"

乡下人都深信害了病的人应当多吃东西，库图瓦一走，他老婆就把吕西安喂得饱饱了，吕西安听凭摆布，同时悔恨交加，精神一激动，反而从低沉的情绪中振作起来了。

一乡之中的首镇就是马萨克了，坐落在芒斯勒到昂古莱姆的半路上。磨坊离马萨克不过三四里地，好心的磨坊司务很快就把马萨克的本堂神甫和医生请来了。这两人早就听说过吕西安同德·巴日东太太的关系，此刻夏朗德省又在到处谈论那位太太和新任省长杜·夏特莱结了婚，一块儿回到昂古莱姆的消息；所以一听说吕西安在磨坊司务家出现，神甫和医生都心痒难熬，急于要知道德·巴日

东先生的寡妇为什么没有嫁给跟她一起逃走的青年诗人，诗人这次回乡是不是来搭救他的妹夫大卫·赛夏的。好奇心和慈悲心凑在一处，马上替半死不活的诗人带来了救星。库图瓦走后两小时，吕西安听见磨坊外面的石子路上响起乡下医生的破马车的声音。一会儿两位玛隆先生到了眼前，医生原是本堂神甫的侄儿。是住在一个种葡萄的小镇上的乡邻，彼此没有不相熟的；吕西安见到的这两个人就和大卫·赛夏的父亲是有来往的人。医生仔细检查病人，按过脉，看过舌苔。笑眯眯地望着磨坊司务的老婆，意思是叫她尽管放宽心。

他道："库图瓦太太，我相信您的地窖里准有几瓶好酒，篓子里准养着肥大的鳗鱼，你去弄给病人吃喝就行了，他没有什么病，只是脱力。咱们的大人物吃饱了饭，马上能站起来了！"

吕西安道："唉！先生，我这是心病。这两个人告诉我一句话，我听着难过死了，据说我妹子赛夏太太家出了乱子！库图瓦太太说你的女儿嫁给了波斯泰尔，那么大卫·赛夏的事，你一定知道一些了。"

医生回答："他大概坐了牢，而他父亲又不肯帮他的忙……"

吕西安道："坐牢！为什么坐牢？"

玛隆先生道："巴黎有一些票据送到他那儿，想必他忘了清理。大家都说他糊里糊涂。"

诗人神色大变，说道："对不起，先生，我想要单独同神甫谈谈。"

医生、磨坊司务和他的老婆，都一块儿走了出去。屋子里只剩下一个老教士了，吕西安才说："先生，我觉得我快死了，而且我也不配再活在这个世界上。我罪孽深重，只有投入神的怀抱。我把大卫·赛夏当做亲兄弟一般，而最后我竟害了我的哥哥，我的妹妹。我出了几张本票，大卫没有能力照付……他被我害死！我当时

正遭遇不幸的事，无路可走，忘了这桩罪过。债主为这笔款子要控诉我的时候，有个大财主出来替我说情，不再向我追逼，我一直以为那财主替我把钱还清了，原来根本不是这么回事！"

于是吕西安讲出了他的不幸。他到底是诗人，把那个可歌可泣的故事说得非常感人，最后他请求神甫上昂古莱姆走一遭，向他妹子夏娃和母亲沙尔东太太问问真实的情况，看他还能不能挽回局面。

吕西安泪眼婆娑说："我一定支撑到你回来。只要母亲、妹子、大卫不嫌弃我，我就不死了！"

巴黎人的口才，惊心动魄的忏悔，漂亮青年的面无人色，绝望到半死不活的地步，而他讲的不幸的遭遇又是谁都担当不了的，一切都引起了本堂神甫的怜悯和关切。

他回答说："在外省跟在巴黎一样，人家的闲话只可信得一半；你不用害怕，这儿离昂古莱姆有十几里，少不得以讹传讹。我们的邻居赛夏老头进城有几天了，大概是去料理儿子的事情的。让我到昂古莱姆走一趟吧，回来告诉你能不能回家；我可以把你认错悔过的话说给你家里人听，代你说情。"

本堂神甫不知道吕西安十八个月中已经忏悔过好多次了，忏悔得再沉痛也只抵得上一场表演得挺好而且不是有心假装的戏！神甫退出去，又来了医生。他看吕西安是发了肝阳，危险期已经过去了；侄儿和叔叔一样说了一番安慰的话，病人听着感到安慰，答应再吃些东西补补身体。

生死关头

凡是野心勃勃的人，凡是要靠别人的力量和形势的帮助，要依赖一个多多少少经过谋划、贯彻、坚持的行动方案才能成功的人，一生中必然经历一段危险时间，有种不知名的威力使他们受一些艰苦的考验：做什么事都失败，各方面的线不是断了就是搅乱了，碰来碰去到处碰壁。遇到这种精神上的骚乱，只要心里一慌就完事大吉。只有顶得住恶劣的形势，能站定脚和等待风暴过去，拼命爬到高地上去躲避的人，才算得上真有魄力。无论是谁，除非是生来就非常有钱的，都有他的生死关头。拿破仑的生死关头是莫斯科的溃退。这个危险时间现在临到吕西安头上了。他前前后后在上流社会和文坛上的遇事太顺利了；他太得意了，如今要看到所有的人，所有的事情，一齐跟他作对了。第一阵痛楚最剧烈最让人难以忍受，伤害到他自以为最安全的地方，伤害到他的心和他的爱情。柯拉莉也许谈不上风度优雅，却有一颗高尚的灵魂，常在热情冲动之下表现出来，这冲动便是造就著名演员的主要因素。这个奇怪的现象，在没有经过长期的应用而成为习惯之前，完全受捉摸不定的气质支配，也往往受羞耻心支配；而在一般年纪尚轻的女演员身上，这种值得赞美的羞耻心是非常强的。柯拉莉表面上轻狂、放肆和普通的女孩儿没什么分别，可骨子里却天真、胆怯，而且还充满爱情，她对于自己在舞台上的嘴脸本能地感到厌恶。表达感情的艺术是一种崇高的做作，柯拉莉如今还不能让这作假的艺术克服她的本性。她

还不能不顾羞耻，把只属于爱情的东西向观众公开。此外她还有真正的女性所特有的一个弱点：明知道自己压得住台，仍旧需要观众的称赞。她害怕面对她不喜欢的群众，上台时老是颤颤栗栗：观众的冷淡可以使她毛骨悚然。因为情绪紧张，她每次扮一个新角色都不异于第一次登场。掌声使她心神陶醉，她并非要满足自尊心，而是要用这掌声来鼓足自己的勇气。场子里唧唧哝哝表示观众不满意，或是静悄悄的表示观众心不在焉，她的本领就会不知去向。倘若卖了满座，台下观众聚精会神，对她只有钦佩和友好的目光，她就精神振奋，可以和观众交流的品质，觉得自己有感动人心的力量，并且能使这种力量不断增长。这一类的消沉和兴奋说明她有神经质的性格和天才的素质，也显出这可怜的女孩子的敏感和温柔。吕西安终究赏识了她的内心的宝藏，看出他的情妇还是个单纯的少女。柯拉莉没有一般女演员弄虚作假的能耐，无法拒抗同事之间的倾轧和后台的钩心斗角，不像佛洛丽纳，她是此中的老手了，她的阴险可怕同柯拉莉的忠厚慷慨正好是两个极端。柯拉莉担任角色是要人家邀请的，她生性高傲，不肯央求作家接受他们的屈辱的条件，不会因为有什么记者用爱情和笔杆子威胁她而投降。在性质非常特殊的舞台艺术中，卓越的才能已经极其少有，它只不过是成功的条件之一；倘使像柯拉莉那样不同时具备玩弄手段的本领，反而使她长期受累。吕西安料到柯拉莉在竞技剧场第一次出台的痛苦，不惜代价要保证她成功。变卖家具剩下的款子和吕西安的稿费，统统拿去置办服装，布置更衣室，开销第一次出场的各种费用。几天以前，吕西安为爱情所迫，做了一件屈辱的事：他带着方当和卡瓦利埃的票据，到布尔东奈街上金茧子铺子去见卡缪索，要求贴现。诗人还没堕落到能够满不在乎地干这种勾当的地步。他一路上受着痛苦煎熬，想像着许多可怕的念头，翻来覆去对自己说着：去吧——别去！临了他还是走进一间又冷又黑，只靠天井取光的办公

室：里面一本正经坐着的不是那个迷着柯拉莉的老头儿，忠厚没用，游手好闲，爱女人，不相信宗教，吕西安一向认识的卡缪索；而是一位严肃的家长，一位精明而又守规矩的商人，摆着一副商务裁判的道学面孔，用冷冰冰的老板神气做挡箭牌，周围簇拥着伙计、出纳、绿的文件夹、红的发票、货样，旁边还有他的老婆护驾，他的衣着朴素的女儿陪伴。吕西安走近去时从头到脚打了一个寒噤，因为尊严的商人瞅了他一眼，那冷淡傲慢的目光正是吕西安在一般丝绸商脸上领教过的。

卡缪索坐着，吕西安站着说："先生，要是您肯收下这几张票子，我将不胜感激。"

卡缪索说："我记得你，先生，你拿过我的东西。"

吕西安贴着丝绸商的耳朵悄悄的说出柯拉莉的处境，卡缪索连这屈辱的诗人心跳的声音都听见了。卡缪索并没有想让柯拉莉过不去的意思。他一边听一边看着票据上的签名，微微一笑，他是商务法庭的裁判，他知道两个出版商的情形。卡缪索给了吕西安四千五百法郎，要他在票子上加一个背书，并写明付丝绸账。吕西安马上去找勃罗拉，把保证柯拉莉成功的办法谈妥当。勃罗拉答应彩排的时候到场（那天他的确到了），并且约定在哪些段落叫他的罗马人鼓掌，鼓励柯拉莉成功。吕西安把剩下的钱，没说是向卡缪索调来的，交给柯拉莉，让她和贝雷尼斯定下心来，她们已经不知道怎样维持生活了。玛丹维尔是当时精通戏剧的行家，好几次跑来帮柯拉莉排练。吕西安请几个保王党记者写文章捧场，他们应允了，因此他想不出还会出什么乱子。柯拉莉上台的前一天，吕西安遇到一桩极不幸的事。阿泰兹的书出版了。埃克托·曼兰的报纸的主编把作品交给吕西安，认为由他来评论最胜任：算他倒霉，他批评过拿当，写这一类稿子已经很出名了。办公室里人很多，全体编辑都在场。玛丹维尔为了攻击自由党报刊，商量问题，就也呆在那儿。拿

当、曼兰，所有参加《觉醒报》的记者正在谈论莱翁·吉罗的半周刊，认为那刊物措辞谨慎，有分寸，有节制，所以对社会的影响更有害。那时大家已经开始注意四风街上的小团体，称呼它新国民会议。保王党的刊物决定同这批危险的敌人展开一场你死我活的、有计划的斗争。后来这些敌人果然组成理论派，成为一个操纵大局的党团，等到保王党内最有才华的作家出于卑鄙的报复心理和他们联盟以后，波旁就被推翻了。外边不知道阿泰兹主张专制政体，把阿泰兹包括在他们看作死敌的小团体内，作为第一个开刀的对象。他的书，照那时流行的说法，非一棍子打死不可。吕西安不肯写稿。在场聚会的保王党要人不胜愤慨，认为他的拒绝毫无理由。他们老实告诉吕西安，刚转变过来的新党员根本没有自由；他如果觉得投靠王上和教会不应该，尽可回到他原来的阵营。曼兰和玛丹维尔把吕西安拉过一边，好意提醒他，失去了保王党和政府派报纸的援助，等于听任自由党报刊拿柯拉莉出气。有了保王党和政府派的支持，柯拉莉可以引起一场激烈的笔战，借此出名，这是所有的女演员求之不得的。

玛丹维尔对吕西安说："你完全不了解此中奥妙。她将来在两派报刊交锋的期间演上三个月戏，再利用三个月假期到外省去走一遭，可以捞进三万法郎。你一定消除那些顾虑，否则你根本当不了政治家，只能断送柯拉莉，破坏你的前途，砸毁你的饭碗。"

吕西安清楚地明白对阿泰兹和柯拉莉是没有两全的办法：如果不在大报和《觉醒报》上扼杀阿泰兹，就得牺牲自己的情妇。可怜的诗人回到家里伤心到了极点；他坐在卧房的火炉旁边念了阿泰兹的书，近代文学中最美的一部作品。他一边看一边哭，每一页上都留下他伤感的泪痕，犹豫了半天。可是他终于用他的拿手好戏写下一篇含讥带讽的稿子，就像孩子抓着一只美丽的鸟，拔掉羽毛，叫它受尽煎熬一样。他的恶毒的嘲讽完全是损害性作品。等到把精彩

的原作重读一遍以后，吕西安所有的高尚的感情又升起来了；他在半夜里穿过巴黎城赶往阿泰兹家。这个真正的大人物的至死不渝的情操，他始终是非常敬佩的；阿泰兹窗上的烛光，他从前抱着敬仰的心情不知望过多少回，此刻他又透过窗子看到那道摇曳不定的纯洁的微光。他没有勇气上楼，靠着路旁的界石站了一会。最后他受到良心鼓励，敲敲门，进去了，发现阿泰兹正在看书，屋子里没有生火。

阿泰兹见了吕西安，问道："你出了什么事啊？"他猜到吕西安只有大祸临头才会来找他。

吕西安泪眼蒙眬的回答："你的书真是棒极了，他们却要我攻击它。"

阿泰兹道："可怜的孩子，你这碗饭可真难吃！"

"别让别人知道我到这儿来过。就让我在地狱里做苦工吧，这是我惟一请求您的事。也许良心上不长点儿肉茧永远成不了大事。"

"你还是老脾气！"阿泰兹说。

"你以为我没有骨气吗？不，阿泰兹，我是一个孩子，被爱情缠住了。"

接着他说出他的处境。

阿泰兹听说柯拉莉的情形，受了感动，说道："让我看看你的文章。"

吕西安拿出原稿，阿泰兹念完笑了笑，叹道："聪明误用到这个地步！"他看见吕西安在椅子上垂头丧气，的确很痛苦，便不再说下去了。一会儿又道："我替你撰改一下行不行？明天还你。轻薄的讪笑是侮辱作品，认真严肃的批评有时等于赞美，我能让你的书评保持我们两个人的尊严。况且我的缺点也只有我自己知道！"

"一个人爬上荒凉的山坡，渴得要死的时候，偶尔发现了一个果子给他解渴；这个果子就是你！"吕西安说着，扑在阿泰兹怀里，

一边哭一边亲他的额角。"我把良心寄存在你这里了，将来再还给我吧。"

阿泰兹庄严地说道："我认为定期的忏悔是个骗局。这样一来，忏悔变作恶的奖品。忏悔可是一种贞操，是我们对上帝的责任。忏悔过两次的人是最可恶的伪君子。我怕你只是想用忏悔来抵消你的罪孽！"

这几句话让吕西安听了精神恍惚，慢吞吞地走回月亮街。第二天，稿子经过阿泰兹的修改，送回来了，吕西安带往报馆。从此他郁郁寡欢，有时面上也遮盖不了。晚上他看见竞技剧场客满，少不得感到第一次登台的激动，再加上他对柯拉莉的爱情，他的情绪越发紧张了。各式各样的虚荣心成了问题，他眼睛望着观众的表情，像被告望着法官和陪审员的脸：一听见场子里有唧唧哝哝的声音就发抖；台上的每一个细节变化，柯拉莉上场下场，音调略微有些高低，都使他心惊胆战。柯拉莉演的是一出开始可能失败而以后却会走红的戏，那天就是失败了。柯拉莉出场时没有人鼓掌，正厅里冷冰冰的气氛使她吃惊。除了卡缪索的包厢，别的几个都没有掌声。二楼和三楼上的人把卡缪索嘘了好几回。鼓掌队拍手的方式明显过火，被楼厅的看客喝住了。玛丹维尔很勇敢地鼓掌，假仁假义的佛洛丽纳、拿当、曼兰，在旁附和。戏完全砸了。柯拉莉的更衣室里来了一大批人，他们的安慰使她更加难受。女演员回去后，灰心绝望，主要还不是为她自己，而是为了吕西安。

"勃罗拉出卖了我们，"吕西安说。

心灵上的打击让柯拉莉发了一场高烧，第二天不能登台。她的艺术生涯眼看就这样搁浅了。吕西安藏起报纸，躲在房间内拆看。所有的副刊编辑都这样说，戏失败的责任在于柯拉莉：她对自己估价太高。她在大街上是挺讨人喜欢，但不适宜进竞技剧场；她固然有心向上，可惜不自量力，更不该担任那个角色。吕西安看到许多

评论柯拉莉的文章，跟他当初对付拿当的一套假仁假义的手法别无二致。他好比克罗托内人米龙劈开了橡树，一双手被树干卡住了一样，气得脸色发青。他的朋友们用殷勤、关切，仿佛是一片好心的话，替柯拉莉出了一些极恶毒的主意。他们劝她演另外几种人物，正是奸诈的记者明知道跟她的路子完全相反的角色。这些保王党刊物的论调，准是拿当教唆出来的。至于自由党的大报和小报，用的又是吕西安常用的一套卑鄙和挖苦的手段。柯拉莉听见一两声抽噎，从床上起来走到吕西安身边，发现了报纸，拿起来看了，看完又闷声不响去睡了。佛洛丽纳跟打击柯拉莉的一伙通好了气，早就料到这个结局，她把柯拉莉的台词背熟了，仍旧由拿当帮她排练。戏院当局不愿意放弃这本戏，打算叫佛洛丽纳接替柯拉莉。经理来探望可怜的女演员，她流着眼泪，生气全无；等到经理当着吕西安的面说出当晚不能不照常开演，佛洛丽纳能够胜任柯拉莉的角色时，柯拉莉却一骨碌坐起来，跳下床，叫道：

"我依然能坚持上台演出。"

说完她就晕过去了。佛洛丽纳补了她的缺，一举成名，因为她把戏救活了，受到所有的报纸的赞扬，从此变成了众所周知的名角儿。吕西安看见佛洛丽纳的成功，气坏了。

他对柯拉莉说："这个女人简直不知羞耻，还是你给她的饭碗呢！竞技剧场要是愿意，尽可以取消你的合同。等我做了吕邦泼雷伯爵，发了财，就和你正式结婚。"

"废话！"柯拉莉说着，两眼涣散地瞅了他一下。

"废话？"吕西安叫道。"要不了几天，你就等着住进一所漂亮的屋子吧，有自备马车。让我来给你写个剧本！"

他拿着两千法郎奔往弗拉斯卡蒂。倒霉鬼一连呆了七小时，心情激动得像发疯，脸上却冷冰冰的装做若无其事。从白天到上半夜，他不知经过多少风浪：最多赢到三万，出门的时候是一文不

剩。回去发现斐诺在他家中等着，要他的小品文。

吕西安真是愚蠢，在斐诺面前大发牢骚。

斐诺回答说："嗯！形势对你不利，是不是？你这次向后转，动作太猛了，当然要失去自由党报刊的支持，他们的力量比保王党和政府派的报纸大得多。事先要是没有留好退步，补偿你意料中的损失，就不应该转移阵地；无论如何，聪明人总是先去看看朋友，说明自己的理由，把脱党的事跟他们商量一下，那他们就会变成你的同谋，向你表示同情，朋友之间约好互相帮助。拿当和曼兰对他们的伙伴就用这个办法。豺狼虽狠，不伤同类。你对付这件事老实得像绵羊。你在新加入的党内如果张牙舞爪，就休想分到一根骨头一个翅膀。他们为着拿当自然要牺牲你了。老实告诉你，你攻击阿泰兹的文章惹动了公愤，外面闹得沸沸扬扬。据说和你相比，马拉竟是圣人了。大家正在布置，预备向你进攻，将来你的书非被他们打下去不可。说起你的小说，进行得怎样啦？"

吕西安指着一包校样说："这是最后几页了。"

"政府派和极端派报刊上攻击阿泰兹的文章，有好些没有署名，大家都说是你写的。此刻《觉醒报》天天向四风街上的一帮人放冷箭，讽刺的话说得挺滑稽，所以就更恶毒。莱翁·吉罗的刊物背后，的确有一个小小的政治集团，态度很严肃，我看那一派早晚能抓到政权的。"

"我八天没有进《觉醒报》的门了。"

"啊！别忘了我的小文章。马上写五十条来，稿费一次付清，不过要符合报纸的色彩才行。"

斐诺随意轻松地讲了一个关于掌玺大臣的小故事，说是在交际场中流传出来的，正好给吕西安做题目，写一篇逗笑的稿子。

但为了挣回赌输的钱，吕西安尽管筋疲力竭，照样头脑敏捷，思想清新，一口气写了三十条，每条两栏。稿子写完，吕西安带着

去道里阿书店，打算碰到斐诺，私下交给他；同时也想问问出版商，为什么他的诗集搁着不印。他看见铺子里挤满了人，都是他的对头。他一走进去，大家就寂静无声，不说话了。吕西安发觉自己被新闻界列入名人黑单，反而勇气倍增，像以前在卢森堡走道上一样暗暗发誓："我一定胜利！"道里阿态度不软不硬，只是嘻嘻哈哈，推说他有他自己的权利：印《长生菊》要趁他高兴，还要等吕西安的地位能保证诗集畅销，他是把全部版权都买下来的。吕西安指出按照合同规定，道里阿有印发《长生菊》的义务。道里阿的意见正好相反，说是在法律上谁也不能强制他做一桩他认为要亏本的买卖，时机是否恰当只有他能决定。此外，还有一个无论哪个法院都会同意的办法：吕西安不妨归还三千法郎，把作品收回去交给一个保王党的出版商承印。

走出铺子，吕西安觉得道里阿的不冷不热的口气比第一次见面时的傲慢更气人。这么说来，诗集要出版，只有要等吕西安有一个强大的帮口撑腰，或者他本人有权有势的时候，诗人慢悠悠的回到家；倘若一有念头就立刻行动的话，那时的绝望就已经使他自杀了。他发现柯拉莉躺在床上，面无血色，病得厉害。

贝雷尼斯对吕西安说："如果不让她登台，她就活不成啦。"那时吕西安正在打扮，要到勃朗峰街去赴德·图希小姐家的晚会，他可以在那边遇到德·吕卜克斯、维尼翁、勃龙代、德·埃斯巴太太、德·巴日东太太。

那是为一班歌唱家举行的晚会：先是大作曲家孔蒂，业余歌唱家中声音最好的一个，还有森蒂、芭斯塔、加西亚、勒瓦瑟，以及两三个在上流社会里名声在外的好嗓子。吕西安溜到侯爵夫人、侯爵夫人的大姑和德·蒙柯奈太太的位置旁边。倒霉的青年面上却装做轻松、愉快、有说有笑，同他全盛时期一样，不愿意露出要人帮忙的样子。他滔滔不绝地谈到他替保王党立的功绩，并提出自由党

对他的咒骂作证明。

德·巴日东太太嫣然一笑，说道："朋友，你一定能得到应有的报酬。后天你同鹭鹚和德·吕卜克斯上掌玺局去领王上的诏书。掌玺大臣明儿亲自送到宫里去签字，宫中有会议，他回家比较晚；我要是当夜能知道结果，就立刻派人给你报信。你住哪儿呢？"

"还是我自己来吧，"吕西安不好意思说出他住在月亮街。

侯爵夫人接着说道："勒农库和纳瓦兰两位公爵在王上面前提起你，都称赞你一心一意、尽忠尽力地效忠王室，说应当给你一个特殊的荣誉，才能报复自由党对你的侮辱。况且吕邦泼雷的姓氏和爵位是你在母系方面应得的权利，这个将来还要在你身上发扬光大呢。陛下当晚吩咐掌玺大臣起草上谕，准许吕西安·沙尔东以最后一个吕邦泼雷伯爵的外孙身份改姓，承袭伯爵的头衔。幸而我大姑记得你那首歌咏百合花的十四行诗，抄给公爵，王上看过了说："平达斯山上的蓟鸟应当提拔。"——德·纳瓦兰先生就回答说："是的，尤其在陛下您能创造奇迹，化蓟鸟为鹰隼的时候。"

要是别的不像路易丝·德·埃斯巴、德·奈格珀利斯那样受过严重伤害的女子，看着吕西安痛哭流涕的表现，准会心肠软下来。可是吕西安越美，路易丝报仇的心越强。德·吕卜克斯说的没错；吕西安笨在不够机灵，识不透所谓诏书根本就是德·埃斯巴太太设下的骗局。成功的消息和德·图希小姐的另眼相看，使他壮起胆子，在德·图希府上守到深夜两点，一心打算和女主人单独谈谈。吕西安在保王党报馆里听说德·图希小姐暗中同人家合编了一个剧本，将要由当时的名角儿小费伊演出。客厅里人走空了，他和德·图希小姐坐在内客室的沙发上，讲出他和柯拉莉的不幸，话说得非常动人，那位颇有男子性格的女作家听了挺受感动，答应把她剧中的主角派给柯拉莉。

柯拉莉听到德·图希小姐的许诺在第二天就快活起来，有了精

神，和她的诗人一同吃中饭了。吕西安正在看着卢斯托的小报，讽刺掌玺大臣夫妇的那个凭空捏造的故事登出来了。文章诙谐百出，骨子里恶毒透顶。路易十八也被吕西安很巧妙地牵引出来，写得很可笑，只是检察署实在无法干涉。自由党有心把下面的事说得逼真，其实只是在他们俏皮的毁谤中间多添了一桩毁谤罢了。

路易十八尤其喜欢同人家交换文字雕琢而多情的书信，其中掺杂着情歌和撩拨的话。吕西安的小品文把这个嗜好弥做路易十八的风流到了最后阶段，只能变为纯粹的理论，从行动化为思想了。受过贝朗瑞猛烈抨击，被他称为奥太维的那个大名鼎鼎的情人，近来大为恐慌，因为王上的来信变得无精打采了。奥太维越是卖弄才情，她的情人的态度就越冷淡越灰色。

奥太维终于找出她失宠的原因是王上有了一个新的通信对象，掌玺大臣的太太；新鲜的刺激动摇了奥太维对王上的影响。据说那个贤慧的大臣太太事实上连一个便条都写不出来，可知幕后必有一个大胆的野心家捉刀，她不过是负责出面的傀儡罢了。躲在她裙子底下的到底是谁呢？奥太维留神观察之下，终于发现王上原来是跟他的大臣通信。于是她制定了计划。靠着一位忠心的朋友的帮助，有一天让大臣在议会里被激烈的辩论绊住身子；她自己单独去见王上，揭穿这个骗局，以激恼王上的自尊心。路易十八的火气不愧为波旁家出身，他对奥太维大发雷霆，不相信她的话。奥太维建议当场证明，请王上写一个条子去立等回音。可怜的大臣夫人猝不及防，派人到议会去请她丈夫；可是一切都在算计之中，大臣正在讲坛上辩论呢。这位太太只得满头大汗，搜索枯肠，好不容易挤出一点聪明写了回信。王上大失所望，奥太维笑着说："下文如何，让大臣来向陛下说明吧。"

内容虽是毫无根据，但那篇文章却大大地伤害了王上和掌玺大臣夫妇。据说故事是德·吕卜克斯创造出来的，可是斐诺始终替他

保守秘密。自由党和王弟的一派看了这篇诙谐尖刻的小品乐不可支；吕西安只把它当做有趣的谣言，除了觉得好玩之外，看不出有什么作用。第二天他去找德·吕卜克斯和杜·夏特莱男爵一同出发。男爵要向掌玺大臣道谢。他当上了参事院特别参议，封了伯爵，上面还答应他补夏朗德省省长的缺；现任省长再做几个月，就能领到最高额的养老金然后退休。杜·夏特莱伯爵——他的"杜"字已经正式写在上谕上，——邀吕西安坐上他的马车，对他平等相待。要没有吕西安攻击他的那些文章，也许夏特莱还不可能爬得那么快。自由党的迫害等于做了他加官晋爵的垫脚石。德·吕卜克斯先到部里，等在秘书长的办公室里。那位官员一见到吕西安，竟诧异得直跳起来，眼睛望着德·吕卜克斯。

"怎么回事！先生，你竟然还敢到这儿来？"秘书长对吕西安说，吕西安吃了一惊。"部长大人把已经准备好的上谕撕掉了，你瞧！"他随手指着一张撕成几片的纸。"部长要追究昨天那篇该死的文章是谁写的，我们把底本找来了，"秘书长说着，给吕西安看他的原稿。"先生，你说你是保王党，事实上你暗地里却同这份万恶的报纸合作，这份报害得部长们平白添了不少白头发，也给中间派添了许多烦恼，把我们推入泥坑。你拿《海盗报》、《明镜报》、《宪政报》、《邮报》当中饭，拿《每日新闻》和《觉醒报》当晚饭，再同玛丹维尔吃宵夜；玛丹维尔是跟政府捣蛋最凶的人，他要王上走专制的路，那不就是要煽动革命，同倒向左派一样快吗？你是一个挺俏皮的作者，可惜永远当不了政治家。部长已经报告王上，那篇稿子是你写的，王上气愤之极，责备他的内廷供奉德·纳瓦兰公爵。这一下你招了不少冤家，他们过去越重用你，现在就越恨你！敌人做出这种事来倒还罢了，你却自称为政府的朋友，这些岂不可怕！"

德·吕卜克斯道："亲爱的，难道你是个小孩子吗？你使我大

受牵连啊。德·埃斯巴太太、德·巴日东太太、德·蒙柯奈太太，都保举过你，她们准要被你气坏了。德·纳瓦兰公爵要埋怨侯爵夫人，侯爵夫人要嗔怪她大姑。我劝你别再去拜访她们了，过些日子再说吧。"

秘书长道："大人来了，赶快出去！"

站在旺多姆广场上吕西安呆若木鸡，仿佛挨了当头一棒。他从大街上一路回去，一路反省。他发觉自己被一伙嫉妒、贪婪、奸诈的人耍弄了。在这个名利场中他是个怎样的人呢？不过是个孩子，贪快乐，爱虚荣，为了这两样竟然牺牲一切；不过是个诗人，不会作深刻的思考，像飞蛾扑火似的到处乱撞，没有固定的计划，完全被形势支配，想的是好主意，做的是坏事情。他的良心变成为一个无情的刽子手。并且他的钱花光了，只觉得工作和痛苦把他折磨得精疲力尽。报纸先要登载曼兰和拿当的文章才轮到他的。他信步走去，千思百想，入了神。他一边走一边瞧见一些阅览室的招贴，那时刚刚流行的新办法，图书和报刊同样可以借阅；广告上有一个古怪的、对他完全陌生的题目，底下却写着他的姓名：吕西安·沙尔东·德·吕邦泼雷著。他的小说出版了，他可不知道，报上一个字都没有提。他耷拉着胳膊，一动不动地站着，没看见前面来了一群最漂亮的青年，其中就有拉斯蒂涅、德·玛赛，还有另外几个熟人。他也不曾留意米歇尔·克雷斯蒂安和莱翁·吉罗两个也朝着他走过来。

"你是沙尔东先生吗？"米歇尔说话的声音使吕西安听了心惊胆战。

他脸色苍白，回答说："你不认识我了？"

米歇尔朝他脸上唾了一口。

"这就是你写文章骂阿泰兹的报酬。如果每个人都为自己为朋友像我一样去做，报纸就不敢胡来，就能成为值得尊重并且受人尊

重的讲坛!"

吕西安身子一软,倒在拉斯蒂涅身上,对拉斯蒂涅和德·玛赛说:"请你们两位做我的证人。不过我得先回敬一下,好让事情设法挽回。"

米歇尔来不及防备,被吕西安狠狠地打了一巴掌。几个花花公子和米歇尔的朋友扑上来把共和党人和保王党人拉开,免得两人的争吵变成扭殴。拉斯蒂涅抓着吕西安,带到泰布街上他的家里去,那儿离开出事的根特大街只有几步路。幸而那是吃晚饭的时间,没有人围拢来看热闹。德·玛赛跑来找吕西安,和拉斯蒂涅两人硬把他拉往英国咖啡馆去痛痛快快的吃饭,临了三个人都喝醉了。

德·玛赛问吕西安:"你剑法高明吗?"

"从来没上过手。"

"枪法呢?"拉斯蒂涅问。

"一辈子没放过枪。"

德·玛赛道:"那你运气一定好。你这种敌人最可怕,往往会把对方置于死地的。"